L'HÉRITAGE DES DARCER

Marie Caillet

L'Héritage des Darcer

Tome 1 : L'Envol

Michel Lafon Poche

Déjà parus :
tome 2 : *L'Allégeance*
tome 3 : *La Relève*

118, avenue Achille-Peretti
CS 70024 – 92521 Neuilly-sur-Seine Cedex
www.lire-en-serie.com

À Bénédicte, sans qui cette histoire
n'aurait pas pu naître.

GRANDS OCÉANS DU NORD
Harpenn
Everenn
Farellea
Sheria
Menlas
Aïdrez
Liash
EDRILION
Tediac
Teyres
Preen
Siartt
Monts Baïshdro
Dahis
Alestes
Ourissan
Epeck
Ashân
Orghill
Saetr
An'Jas
Jial
Peli
Berias
Vesdrell
Dalen
Mealla
Plaines
du Demi-Pas
Les Vallons chanteurs
ACRYAK
Penhata
Esliat
Les Bois
Golfe du Médant

Le Daj'Arlant
Massif du Rheagor
LA DÉLÉANE
Liett
Estrin
Les ravins d'Erlett
Chaneer
Feleòn
MER D'OLRANTE

Prologue

Crissement, éclat blanc, ténèbres et silence. L'éclat blanc, réduit à un fil, s'élargit. Le crissement reprit. Silence à nouveau.

Jouant avec les ombres et les lumières, une plume de cygne dansait sur la surface du parchemin. Une danse tout en virevoltes et en hésitations…

La lumière du couchant, saupoudrant l'obscurité, semblait recouvrir mine et vélin de légères paillettes d'or, qui scintillaient quand la plume s'élevait et s'abaissait, modifiant les reflets. Petit à petit, elles parurent fluctuer moins vite. Les mots, auparavant tracés avec rythme et élégance, s'étiraient maintenant au bout de la pointe, pâteux et indécis comme les premières lettres d'un apprenti. Madael s'arrêta.

Cette lettre était la plus importante qu'il ait jamais écrite. Pourquoi fallait-il que les mots lui manquent en cet instant précis ?

La plume tournicotait follement entre ses doigts, fidèle illustration de son état d'esprit. Aux rois comme aux simples mortels, il arrivait de perdre tout sang-froid. Et, force était de l'admettre, il perdait, lui, tout sang-froid devant un bout de papier. Était-ce cela, la peur du vide ?

Il en avait écrit, des lettres, par centaines. Mais alors, ses correspondants étaient en vie, il s'adressait à des êtres de chair et de sang. Dans le cas présent, ses destinataires n'existaient pas. Et quand ils liraient cette lettre, ce serait à l'heure où lui ne serait plus. C'était un vrai dialogue de sourds qu'il lui fallait lancer et, malgré son indécision, il devait absolument poursuivre. Conclure, signer. Tout confier à un bout de parchemin, dans l'espoir qu'un de ses héritiers, après sa mort, réponde à l'appel…

À regret, il reprit sa plume. Sa réticence s'inscrivait dans les moindres mouvements de la pointe, qui crissait, s'enfonçait dans le papier, s'en extirpait à contrecœur, traçant dans son sillage une série de lettres baveuses et déchirées. Piquer le point final fut un vrai soulagement. Il parapha largement en dessous et enroula la missive, qu'il glissa dans le bec d'un sifflet gris, posé sur le bureau. Fini.

Madael put enfin lever les yeux de son bureau pour regarder par la fenêtre. L'arcade en ogive, de pierres gris clair, se détachait nettement sur le ciel qui éclatait derrière. Le soir tombait tout juste. Parfait. Il avait encore un peu de temps devant lui…

L'homme se leva, fit quelques pas au milieu de l'immense salle où on l'avait laissé seul. Toute de pierre et de velours, mi-froide mi-pompeuse. À n'importe qui d'autre, elle aurait paru intimidante, mais Madael avait fini par éprouver à son égard une sorte d'attachement. Les dalles, les piliers, l'odeur de la pierre, tout lui était extrêmement familier. C'était ici qu'il avait connu le pouvoir, les grands tralalas du protocole et la sensation grisante de se savoir maître incontesté. À présent, les vieilles pierres ne lui renvoyaient plus que l'image floue des choses qu'on sait perdues avant même de se résoudre à leur dire adieu. Soudain, malgré sa cape, il eut très froid.

Son regard tomba sur le sol. Chaque dalle reproduisait en son centre l'emblème royal : deux ailes de rapace orgueilleusement déployées. Mais tout à coup, cette posture, au lieu d'un essor victorieux, lui évoqua plutôt le même oiseau tentant désespérément de freiner sa chute. Tout avait l'air mort… ou voilé. La lumière dorée qui perçait à travers la suite de fenêtres, alignées sur tout un côté de la salle, n'y changeait rien. Elle lançait simplement sur le sol des losanges si nets qu'ils paraissaient d'or pur, isolés du reste. On ne distinguait même pas, en dessous, le damier du dallage. Madael s'y perdit un moment. Ses soucis l'y suivirent.

Il n'aurait de réconfort nulle part ici. Face à l'invasion de La Déléane, le royaume voisin, la fuite était la seule option qui lui restait. Depuis deux jours, il avait cherché toutes les solutions possibles pour sauver son royaume, et n'en avait trouvé qu'une : partir. Mais quel crève-cœur…

Il n'aurait jamais pensé qu'il finirait son règne ainsi. On allait lui en vouloir, noircir son nom. Il passerait pour un lâche, incapable d'affronter l'ennemi qui avait envahi son pays par surprise quelques semaines plus tôt, mettant les stratèges dans l'impossibilité de préparer leur défense ou de riposter de quelque manière que ce soit. Mais quelle défaite était préférable ? Celle d'un homme qui s'incline, ou celle d'un royaume qu'on écrase ? Il y aurait eu autant d'opinions que d'habitants en Edrilion. Le choix de Madael était fixé d'avance. Il n'avait rien d'un téméraire et ne pouvait se permettre de l'être ; pas lorsque le sort d'un royaume dépendait de lui seul.

Madael se savait né pour régner : il avait l'esprit vif, le cœur juste, l'âme ouverte. L'ensemble de ces qualités, exploitées depuis neuf ans en vue d'un unique objectif, protéger son pays, allait lui servir à présent pour la même chose, mais d'une manière plus concrète et plus cruelle.

Il avait cru, au début de son règne, que gouverner, c'était dominer les autres. Faux. Gouverner, c'était servir. Et il en trouvait à présent la parfaite illustration.

Lui, Madael, roi d'Edrilion, toujours si dynamique et assuré, se sentait à bout de forces. Il avait souvent tendance à oublier qu'il n'avait que vingt-cinq ans. Débarrassé de sa couronne et de sa traîne, échouées au pied du trône, il renouait douloureusement avec sa condition de mortel…

Il alla s'accouder à une fenêtre, contemplant la ville de Liett derrière le vitrail. Les maisons semblaient enflammées sous le soleil couchant. Il n'avait jamais vu sa capitale aussi belle. C'était l'image qu'il voulait en garder : la ville où il était né, où il avait grandi, sereine, sans siège, sans panique à l'horizon. S'il partait pour lui éviter cela, son sacrifice en valait la peine. Il savait que La Déléane, son assaillant, n'aurait aucun scrupule à s'en prendre aux populations tout le temps de sa progression vers la capitale. Mais le souverain de La Déléane visait le trône d'Edrilion, non son anéantissement : malgré ses faibles moyens militaires, Edrilion était un pays prospère, susceptible d'appâter les royaumes les plus proches. Et puis, outre sa prospérité, il y avait aussi la légende du trésor royal, propre à éveiller les convoitises… Un trésor d'autant plus légendaire que seules quinze personnes avaient pu le contempler de leurs propres yeux : les quinze rois de la dynastie des Darcer, qui, siècle après siècle, avaient contribué à en faire la plus grosse fortune royale jamais amassée.

Madael était le dernier. Il savait que le trésor se cachait non loin de lui, dans les profondeurs du palais. Même s'il doutait que les assaillants soient capables de trouver son emplacement, il était hors de question de fuir en laissant son héritage derrière lui. Il pouvait bien céder son trône : il n'était que le dehors, bien classique, d'un règne. Les Darcer avaient changé leurs trônes, en quinze générations. Mais le trésor, lui, était resté. Il s'était agrandi, fortifié, jusqu'à devenir le fondement de leur dynastie, presque leur raison d'être. Non à cause de sa valeur : plus important, il détenait aussi leur histoire… et leur avenir. Si la lignée chutait, il aurait le pouvoir de la faire revenir, plus tard, en payant des mercenaires s'il le fallait. Ou en rachetant des alliés politiques. On faisait bien des choses avec l'or… Mais pas du vivant de Madael. Son rôle à lui se bornait à fuir. Rien de bien glorieux, mais c'était indispensable.

D'un mouvement vif, Madael se détourna de la fenêtre pour s'avancer dans la salle, les yeux balayant le dallage. Les carreaux déployaient leurs aigles gravés par centaines, qui paraissaient tournoyer en une danse silencieuse. Après quelques minutes de recherches infructueuses, il trouva enfin ce qu'il cherchait : un rapace semblable aux autres, les ailes bordées par un liseré d'or si fin qu'il était invisible aux yeux de quiconque ne connaissant pas son existence. Madael posa ses pieds sur les ailes et ferma les yeux, perdant progressivement conscience de ce qui l'entourait dans l'appel de son unique faculté magique.

Les pouvoirs de ses ancêtres étaient bien plus grands que celui qu'il détenait actuellement. Beaucoup s'étaient évanouis au fil des descendances : Madael ne disposait pas du troisième œil, il ne savait parler que l'humain, et sa durée de vie n'excéderait pas un siècle. Mais une aptitude avait perduré de génération en génération. C'était la plus belle et la plus caractéristique de leur dynastie, leur emblème. Un cadeau frêle et doux, qu'on achevait du talon, qu'on déployait d'une brise… Une paire d'ailes.

Madael avait découvert son Don à l'âge de vingt ans. Cela avait été une expérience unique. Terrifiante tout d'abord, par le fait de se retrouver dans le corps d'un autre qui était pourtant lui. Intrigante ensuite, par les innombrables possibles qui s'ouvraient avec ce nouveau corps à apprivoiser. Il avait passé des heures à se métamorphoser, au fond des jardins royaux, à se rendre compte du cadeau fabuleux que lui avaient transmis ses ancêtres. Puis, quelques mois plus tard, son père était mort et il lui avait succédé sur le trône. À partir de là, il n'avait plus eu une minute à lui. Et depuis cinq ans, il n'avait pas pris son envol. Aujourd'hui seulement, il pouvait renouer avec son Don : une métamorphose sur cette dalle permettrait l'évacuation du trésor dans une île aménagée pour l'accueillir. Le stratagème avait été élaboré par ses premiers ancêtres, à l'époque où la magie était encore vivace.

Plusieurs minutes s'étaient écoulées sans changement perceptible. Il se força au calme. Le Don d'ailes était un pouvoir aléatoire et sensible, qui s'évanouissait à la moindre saute d'humeur. Inspirant, expirant, les traits détendus, il sentit un flot d'énergie se réveiller en lui.

Puis, très doucement, la transformation s'ébaucha.

Elle était d'une discrétion inouïe. Pas de peau brusquement mutée, pas de changement soudain de pigmentation. Elle était si discrète qu'elle en était presque imperceptible. C'était le genre de transformation qu'on voyait sans remarquer. On aurait plutôt dit, au lieu d'une métamorphose, une sorte de symbiose. L'apparence humaine du roi se mêlait à un aspect inférieur, comme une écorce, une seconde peau. Insensiblement, les deux s'inversèrent. Et, svelte et long, un dragon remplaça l'homme sur la dalle.

Il avait trois griffes à chaque patte, et des écailles d'un beau vert foncé. Le museau, lui, était pourvu de piques sur toute l'arête du nez. Mais c'étaient les yeux les plus saisissants : sous sa large arcade sourcilière, Madael fixait la salle de son regard d'homme. C'était extrêmement troublant. Un être humain se trouvait enfermé dans un corps animal à l'allure et aux gestes pourtant fidèles à son caractère. Étrange… dérangeant, voire tout à fait inquiétant. Il était aisé de comprendre pourquoi les rois d'Edrilion avaient choisi de dissimuler leur Don au peuple, le laissant devenir simple légende populaire.

Le sol trembla, sans qu'on sache exactement si la cause en était le poids du dragon, ou la disparition du trésor, quelque part dans les profondeurs du palais. Madael n'en savait rien lui-même. Il se détourna cependant du problème, faisant confiance au sortilège d'évacuation. Le temps pressait, et il lui fallait quitter Liett avant la nuit complète. Il reprit son apparence humaine pour sortir, jetant auparavant un dernier regard à la salle. Un regard infiniment triste. Les honneurs, les parades, les plats fins, le luxe… C'était toute sa vie qu'il abandonnait en fermant la porte. Mais il n'avait même plus de temps pour les regrets. Dans quelques heures, il se présenterait à une nouvelle vie, où la solitude prédominerait. Sa femme était morte quelques années plus tôt et il savait d'ores et déjà qu'il n'emmènerait pas son fils à la recherche de l'île, où l'attendrait une longue vie de gardien. Il ferait jouer ses relations une ultime fois pour placer le prince dans une famille où il grandirait heureux… pour quelques années. Seliett se mettrait en route bien assez tôt : dès sa première métamorphose, la lettre et le sifflet lui apprendraient tout. Ses origines, la mission qui l'attendait : rien de moins que retrouver un trésor introuvable et l'utiliser afin de récupérer sa couronne.

Les gardes redressèrent vivement leurs hallebardes à la sortie du roi. Il leur fit signe de ne pas bouger et disparut au bout du corridor. La chambre de Seliett se situait dans la tour nord ; arrivé devant les appartements du prince, il congédia les gardes et la nourrice et entra sans bruit. Seliett dormait à poings fermés, de l'attendrissant sommeil des tout-petits. Avec les rideaux tirés, Madael ne voyait que les contours de sa silhouette, minuscule dans le grand lit. Il l'éveilla d'une caresse sur la joue. Son fils entrouvrit un œil.

– Debout, Seliett. On part.

– Pourquoi ?

Il connaissait bien Seliett. Une question en entraînait indéfiniment une autre ; Madael s'abstint donc de répondre et souleva son fils dans ses bras, expliquant avec simplicité :

– Grimpe sur mon dos, et accroche-toi bien. Je vais changer d'apparence.

– Pourquoi ?

– Parce que nous allons sortir par la fenêtre et qu'il nous faut des ailes.

L'étrangeté de la réponse ne parut pas inquiéter Seliett, qui se contenta de s'accrocher fort.

– Où va-t-on ?

Son père réfléchit puis répondit, avant de se transformer définitivement :

– Où voudrais-tu grandir ?

Au-dessus de la ville de Liett, la nuit se ponctuait, très délicatement, de milliards de petites paillettes d'or, mêlées aux étoiles. Dans quelques minutes, la nuit gagnerait. Vers l'aube, le jour remporterait la seconde manche. Et ainsi de suite, jusqu'à la fin des temps…

Mais ce soir-là, de manière inattendue, ce ballet se trouva bouleversé.

Une paire d'ailes se déploya, sur des mètres et des mètres. Escamotant la brume argentée qui gagnait peu à peu l'espace. Se mettant à battre de plus en plus vite et de plus en plus puissamment. L'argent des étoiles, les paillettes de jour s'éparpillèrent, glissèrent à une vitesse vertigineuse sur l'interminable cou vert qui venait de se précipiter dans le vide, suivi par un corps tout aussi longiligne…

Accompagnant le dragon, un hurlement d'enfant se répercuta jusqu'au ciel.

Dans les rues, une multitude d'habitants se ruèrent hors de chez eux pour identifier l'origine du bruit. En écho aux pleurs de l'enfant invisible, des cris s'élèvent, puis des hurlements, à la vision de la créature d'apocalypse filant au-dessus des maisons. Dans peu de temps, elle atteindrait les limites de la ville, irait ailleurs dans le royaume, propageant à sa suite une rumeur d'effroi et, aussi, un peu d'émerveillement. Bientôt, tous, dans le royaume, sauraient que la légende du Don d'ailes n'en était pas une.

Ils auraient aussi entraperçu la dernière personne qui, de leur vivant, l'aurait montrée au grand jour.

1. Successions

Dans la pénombre de la boutique, les pincettes luisaient faiblement.

Façonnées à la forge du village, elles n'avaient rien d'extraordinaire. C'étaient des pincettes conçues dans un but purement fonctionnel. Pourtant, la main qui les maniait les traitait avec autant de respect que si elles avaient été la gemme chatoyante qu'elles tenaient entre leurs branches.

– Regarde ça, Kyron.

Un petit visage d'enfant surgit derrière le bureau, à côté de la main. Abandonnant les pincettes, celle-ci caressa affectueusement la tête blonde.

– Tu vois cette lumière, sur les parois ? Quand elle sera taillée, elle brillera deux fois plus.

– Elle est plus jolie quand elle est libre.

Un mot d'enfant comme les parents en découvraient tous les jours. Le père hocha la tête.

– En un sens, tu as raison.

Il cueillit la gemme du bout des doigts et l'éleva jusqu'à son œil, un œil presque dépourvu de cils, à l'inhabituelle fixité. Celui-ci contempla la pierre, immobile, détaillant sa chaude couleur : un beau rouge, légèrement doré dans ses profondeurs. Une Tinàthien… comme on en trouvait tant.

Cela faisait quinze ans que Seliett avait décidé de se consacrer au métier d'orfèvre. Des pierres, il en examinait des dizaines tous les jours, et pourtant, il lui semblait découvrir dans chacune un monde nouveau, avec ses mystères et ses lois, contenus dans quelques milligrammes de matière translucide. Cette pierre-ci ne faisait pas exception. Elle était irrégulière, de petite taille et il n'en ferait pas grand-chose, mais son imperfection même la rendait plus émouvante qu'aucune autre.

– Tiens, Kyron. Tu veux la voir de plus près ?

L'orfèvre saisit son enfant sous les aisselles et le déposa sur ses genoux. Il n'esquissa pas un geste lorsque Kyron s'empara de la pierre avec ses petits doigts vifs, la maculant de taches de graisse – Kyron, quand il n'était pas dans la boutique, passait son temps dans les jupons maternels, le plus souvent occupés en cuisine.

– Bon, tu l'as assez vue maintenant, dit-il lorsque la Tinàthien s'échappa des doigts de son fils et tomba sur la table. Tu me la rends ? Je dois la sertir avant ce soir.

– Je peux voir ?

– Secrets du métier, fiston… Allez, file ! Il va bientôt faire nuit.

Un minuscule sourire accroché aux lèvres, Seliett regarda son fils unique sortir par la petite porte du fond. Kyron, il le savait, ne rentrerait pas chez eux. Il était beaucoup plus amusant d'aller se promener dans les ruelles, chose qu'il faisait tous les soirs ; son père ne disait rien, respectant le petit secret qui s'était instauré entre eux. Kyron aurait bientôt neuf ans, l'âge ou les premiers moments d'indépendance devenaient importants, et il ne souhaitait pas le priver de l'occasion d'être libre – lui-même, à son âge, l'avait été si peu souvent.

Seliett avait grandi dans une famille riche des environs. Il n'avait jamais su qui étaient ses parents, et sa famille d'accueil pas davantage : elle l'avait reçu d'un messager, accompagné d'une somme d'argent suffisante pour s'occuper de l'enfant avec des bénéfices à la clé. Traité convenablement, mais soumis à une éducation stricte qui ne lui convenait pas, Seliett avait attendu avec impatience l'âge de se diriger seul. Il était arrivé dans ce village isolé pour ouvrir sa boutique et prendre femme : sa tendre Meldi, qui lui avait donné Kyron. Il n'avait pas eu, après ça, d'ambitions plus hautes. Au fond de lui-même, Seliett pensait fermement avoir trouvé sa voie. Lui aurait-on dit qu'il descendait du dernier Darcer qu'il aurait simplement éclaté de rire sans chercher à en savoir plus.

Malheureusement, la révélation brutale qui lui vint ce soir-là ne lui laissa pas l'occasion de rire. À trente ans, Seliett, orfèvre aisé, père et mari comblé, allait voir sa vie changer du tout au tout sans rien pouvoir y faire.

Les pas de Kyron, s'éloignant dans la ruelle qui passait derrière la boutique, s'étaient évanouis. Émergeant de ses pensées, Seliett repoussa sa chaise et se leva pour chercher au fond de sa boutique les outils nécessaires à l'épuration de la pierre. Tout en sélectionnant sur l'établi tenailles et scalpels, il tournait et retournait la Tinàthien en pensée. Il la voyait bien sertie en pendentif. Une petite pierre pour une petite fille… taillée en poire… avec un châssis d'or brun. Ou alors, une épuration basique en vue de l'élaboration d'un futur diadème, comme on lui en commandait parfois. L'idée lui plaisait moins. Cette pierre avait un petit quelque chose d'unique qu'il fallait plutôt mettre en valeur… Guidé par son goût très sûr, il s'était décidé pour un pendentif à mailles fines lorsqu'il retourna à son bureau pour prendre la pierre.

Il avait, très nettement logée dans sa tête, la nuance chaude de la Tinàthien quand il tendit la main vers les pincettes. Ses doigts sensibles devinaient d'instinct le contact de la gemme lorsqu'il la saisirait : une matière dure et lisse, douce aux contours, un peu froide, un peu tiède. Un contact harmonieux.

Au lieu de quoi ses doigts butèrent sans préavis sur un objet métallique. Un objet qui ne s'apparentait en aucun cas à des pincettes. Presque aussitôt, un signal d'alarme retentit dans sa tête.

Dans un lieu familier, la moindre nouveauté était immédiatement perçue : dans sa boutique, il connaissait tout. Il aurait identifié dans le noir le plus insignifiant de ses outils. Or celui-là lui était inconnu, il le sentait de toutes les fibres de son être. Pire, cet objet était obscurément… dangereux.

La nuit était tombée et il ne voyait plus rien. Il se hâta d'allumer la lampe à huile, au-dessus du bureau. La flamme éclaira l'objet par à-coups, d'une lumière crue.

Un sifflet.

Un sifflet tout ce qu'il y avait de plus grossier. Métal gris, sans ornements, avec un cordon noir. Seliett l'examina avec sa loupe. Par quel mystère la Tinàthien avait pu se métamorphoser, il n'en savait rien, mais ce qui le souciait surtout, c'était que la gemme n'était plus visible nulle part. Très vite la peur se mêla à l'irritation.

Il retourna d'un coup sec le sifflet, détaillant son bec incurvé, la seule chose qui eût un semblant d'élégance. Ce ne fut toutefois pas ce qu'il remarqua en premier lieu. Inséré dans la fente, un morceau de parchemin dépassait de quelques millimètres. Il tira dessus du bout des ongles ; le papier vint à lui sans effort.

C'était une lettre.

À mes descendants.

Je ne sais pas qui vous êtes. Je ne sais pas ce que vous deviendrez. Je n'ai pas, comme ceux qui vous ont élevés jusqu'ici, accompagné vos premiers pas et je ne connais pas vos visages. Mais vous êtes de mon sang, et je ne connais rien de plus merveilleux. Surprenant d'ailleurs que je vous parle de votre future naissance alors qu'à l'heure où vous me lisez, vous avez probablement mon âge…

Mon nom est Madael. Ce jour où je vous écris, je viens d'abandonner mon poste de roi pour sauver mon pays. Madael vous évoquera probablement le premier roi d'Edrilion, probablement moins le dernier souverain légitime qui gouverna avant la guerre contre La Déléane. Pour vous, il s'agit sans doute d'une vieille histoire, et pourtant vous allez être tenus de la prendre en compte.

À vous, à tous mes descendants, j'ai légué deux pouvoirs. Le premier est moindre et conditionne le second. Il s'agit du pouvoir de transmission. Par celui-ci vous léguerez à votre aîné ce sifflet mais leur permettrez aussi d'avoir le don qui caractérise notre lignée. Si vous lisez ce message, c'est que vous-même l'avez déjà : le Don d'ailes. Du temps de votre génération, vous serez le seul et l'unique à le détenir, et à l'utiliser dans le but suivant : vous lancer en quête du trésor royal.

Ce trésor, c'est pour nous une occasion unique de réinstaller notre dynastie en Edrilion, en misant à la fois sur l'effet de surprise et sur une alliance avec d'autres puissances. À mon époque, cela n'aurait pas été possible. Quelques décennies sont nécessaires pour que les esprits s'apaisent ; j'ose croire que c'est maintenant chose faite et je vous demande donc de vous soumettre au plan que nos premiers ancêtres ont conçu pour nous. Il consiste en une quête simple : retrouver le trésor et l'utiliser pour renverser l'usurpateur. Le sifflet qui accompagne ce message vous aidera à point nommé, si vous savez vous en servir. Jusqu'à ce moment-là, vos ailes seront vos plus fidèles alliées. À vous d'exploiter au mieux vos ressources pour le retrouver. Courage, astuce et réflexion sont dorénavant vos maîtres mots.

Vous allez vous mettre en route aussitôt que possible. Gardez le secret sur vos pouvoirs, impérativement.

La lettre se terminait là, sans mot d'adieu ni de réconfort. Seul un paraphe énergique la soulignait. Un roi avait écrit, cela ne faisait aucun doute.

Seliett était un homme calme. Jamais il ne s'était laissé surprendre par quoi que ce soit, et cette lettre-là ne changea pas ses habitudes. Sa première réaction fut de la relire.

Madael. Un nom prestigieux. Il incarnait à la fois la naissance d'une dynastie et sa chute… Seliett calcula rapidement : les Darcer avaient fui peu après sa naissance. Donc…

Si Madael avait été le dernier roi, alors Madael était son père.

– Mon Dieu…

Il fallait connaître l'homme de longue date pour deviner tout l'effroi contenu dans ce simple murmure.

Car la joie n'était pas au rendez-vous. Seliett avait trente ans, il était devenu père lui-même. Une révélation aussi tardive de ses origines ne lui apportait aucun soulagement. Ce père tombé du ciel lui paraissait un ancêtre, lointain et rigide ; il n'avait pas laissé de traces pour qu'on le retrouve, et selon toute probabilité, l'avait abandonné de son plein gré trente ans plus tôt. L'unique rencontre qu'ils vivraient jamais se faisait par cette lettre : sitôt surgi du passé, Madael y disparaissait à nouveau, bel et bien mort, cette fois… Ce constat n'éveilla en lui qu'un vague regret.

Toute autre personne aurait refusé de croire cette lettre et trouvé mille façons d'expliquer l'arrivée d'un sifflet dans cette boutique obscure. Seliett ne remit rien en question. Malgré cette missive aux dehors peu crédibles, un argument unique avait su le convaincre, celui du Don d'ailes. Apportant, par la même occasion, toutes les explications sur cette métamorphose qu'il avait subie peu de temps auparavant.

Il battit rapidement des cils. Un mouvement instinctif, dicté de l'intérieur. Seliett ne s'y trompa pas. Les trois premières fois avaient débuté pareillement. Il resta agrippé à sa chaise, blême, à mesure que ses entrailles se tordaient, mollement puis de plus en plus vite. Une sensation infâme, le seul écho qu'il avait de ses transformations.

S'il avait été face à un miroir, il aurait constaté que la métamorphose qui s'opérait dans ses yeux était tout aussi troublante. Les cils disparurent complètement, les iris bruns virèrent au mordoré. Il serra les paupières. Il avait l'impression que ses pupilles étaient en feu. Non, il se sentait s'enflammer tout entier. Toujours agrippé à sa chaise, il baissa les yeux : ce n'étaient plus des mains qui enserraient le dossier, mais deux menues serres jaunes. Pour la quatrième fois de sa vie, il renoua avec son deuxième corps, vif, acéré : une silhouette de faucon, l'œil pétillant de sagacité.

Seliett sauta de la chaise au bureau. Après la douleur de la métamorphose, il retrouvait l'aisance de son corps de rapace, porteur d'un intense sentiment de libération. Il se pencha de nouveau sur la lettre, s'accordant un long moment de réflexion.

Les directives de Madael étaient claires. Si claires, d'ailleurs, que le roi n'avait laissé aucune possibilité à ses héritiers de refuser la quête. Ce constat l'irrita. Quel homme avait été ce Madael, pour abandonner son fils et exiger de ses descendants qu'ils en fassent autant ? Seliett tenait à Kyron comme à la prunelle de ses yeux et ne pouvait envisager son existence sans Meldi. Ici, il avait une bonne situation, un foyer, il gagnait très bien sa vie et il aimait son travail. Aucune raison, donc, de partir en quête d'un hypothétique trésor en laissant tout derrière lui !

Seliett n'avait oublié qu'une chose : c'était son métier. La perspective d'un trésor, hypothétique ou non, était suffisamment alléchante pour envahir peu à peu son esprit.

Ce soir-là, en fermant sa boutique, il avait déjà la tête pleine de beaux diamants purs, entassés les uns sur les autres au milieu de pièces d'or et de couronnes. Des pierres à monter, enchâsser, sertir, retailler, et tout simplement admirer.

Un mois plus tard, le rêve avait viré à l'obsession.

Les gens qui se sentent près de mourir, dit-on, mettent tout en ordre avant le grand voyage. Cette nuit-là, Seliett, machinalement, fit de même. Il rangea ses pincettes, glissa toutes ses gemmes à moitié taillées dans de petits sacs soigneusement étiquetés. Il épousseta sa table, verrouilla la remise du fond. Ses dernières créations étaient posées sur un présentoir tapissé de velours. Nostalgique, il le gratifia d'une petite caresse d'adieu.

Il avait assez créé pour que Meldi puisse vivre sur la vente de ses joyaux, mais l'abandon ne l'en remplissait pas moins de tristesse.

Il n'avait pris ni habits de rechange, ni nourriture. Il laissait derrière lui un petit mot. *Je reviendrai. Seliett.*

Ce que Seliett ne prévoyait pas, c'était qu'un rapace n'était, pas plus qu'un autre animal, à l'abri des pièges que déployait le monde.

Il avait encore moins envisagé qu'il ne reviendrait pas.

Appuyée contre le mur d'une ruelle, Eliranne attendait, trempée de la tête aux pieds par les caprices de la pluie.

C'était une averse ravageuse. Les gouttes tombaient avec une telle rapidité qu'elles semblaient aussi dures que des grêlons. Une averse dense. Les rais gris étaient si serrés qu'on n'y voyait pas à un mètre. Cela dit, même par beau temps, le résultat aurait été identique : on ne distinguait plus grand-chose aux alentours de minuit…

La robe d'Eliranne était déjà gorgée d'eau, et sa chevelure ne ressemblait plus qu'à un informe paquet de couleur imprécise. Ce simple détail aurait suffi à mettre une femme en rogne. Toutefois, chose étrange, malgré les larmes qui roulaient sur ses joues, envoyées en rafales par un ciel généreux, Eliranne souriait, aux anges.

Même sur un visage triste, sa beauté serait restée remarquable. Eliranne faisait partie de ces personnes gâtées par la nature, dont le charme, bien au-delà d'une simple harmonie de traits, donnait à tout leur être une beauté indescriptible. Il n'y avait pas chez elle de couleur d'yeux extravagante – ils étaient gris –, ni de blondeur à faire chavirer les blés ; mais cette discrétion même dans les teintes, ce brun timide, cette peau ni trop pâle ni trop mate lui permettaient d'atteindre ce que toutes ses comparses recherchaient : la finesse. Eliranne appartenait à ce panthéon très rare des femmes qui, avant d'attirer, fascinaient involontairement leur entourage.

On aurait pu la prendre pour une princesse. Elle en avait la prestance et l'allure. Un simple coup d'œil sur ses vêtements vous détrompait à l'instant. Elle portait une robe, certes, et de très bonne facture. Mais les couleurs trop vives, les paillettes scintillantes qui bordaient abondamment chaque ourlet brisaient le charme. Princesse de cœur, Eliranne n'était cependant qu'une prostituée comme on en trouvait tant.

Une mèche alourdie retomba piteusement sur son front ; elle la repoussa en arrière, d'une petite main parfaite. Elle attendait depuis une heure, dans cette ruelle des bas quartiers. Mais il allait venir. Cette simple perspective lui mettait le cœur en fête. Il allait venir, conformément à leur rituel. Ils avaient pris cette habitude depuis leur première rencontre. Deux êtres de la nuit qui s'étaient croisés, au beau milieu des ténèbres, par un pur hasard ou un magnifique coup du destin…

– Eliranne ?

Elle pressentit l'appel plus qu'elle ne l'entendit véritablement. Une seule voix pouvait se répercuter aussi intensément en elle, quelle que soit sa portée, une seule voix pouvait planer aussi doucement vers elle et se loger dans ses tympans comme un enfant se réfugie dans vos bras. Elle se mit à courir, vite, vite, malgré ses jupons et ses escarpins noyés d'eau, en direction de l'appel.

– Kyron !

Elle aimait ce nom, elle aimait tout, les lettres, les syllabes, les sonorités éclatantes et décidées. Elle se jeta dans ses bras, avec la spontanéité de la jeune fille qu'elle n'était plus, que lui seul savait ressusciter.

– Tu t'es fait attendre, reprocha-t-elle.

Il éclata de rire.

– On dit toujours que les femmes arrivent en retard aux rendez-vous, je ne vois pas pourquoi les hommes n'en feraient pas autant !

Son rire aussi, elle l'aimait beaucoup. Communicatif, un peu moqueur, un rire au charme immense, auquel elle ne pouvait s'empêcher de répondre. Nouant ses bras autour de son cou, elle le gratifia d'un baiser tendre :

– Laisse leurs habitudes aux femmes, va !

Souriant, il enserra sa taille, déposa un chaste baiser sur son front. L'un de ses petits gestes de tendresse, qu'aucun autre n'avait eu à son égard. Kyron était ainsi. Moins avide. Respectueux, surtout. Une vraie pépite dans les ténèbres. C'était pour cela, aussi, qu'elle en était tombée amoureuse. Kyron était le seul homme duquel elle avait voulu, de toutes ses forces, un enfant.

Elle referma sa cape autour d'elle, appuya sa tête sur son épaule, juste à bonne hauteur. Même dans le noir, elle se le repré-sentait exactement. Un grand homme, la vingtaine ou un peu plus, blond, assez maigre. Yeux bleus, sourcils foncés… Elle connaissait chaque détail et les chérissait tous. Même au bout de deux ans, ils n'avaient pas perdu de leur intensité. Elle sentit le menton de son amant se poser sur ses cheveux trempés.

– Phéléor va bien ?

– Phéléor a fracassé son nouveau jouet en bois ce matin et il hurle à la mort toute la journée parce qu'il fait sa troisième dent. On peut donc considérer qu'il est en pleine forme.

– Brave petit. On en fera quelque chose… Concernant la pension, tu as encore beaucoup ?

– Plus de la moitié de ce que tu m'as donné la dernière fois. C'est bien suffisant.

Mal à l'aise dès qu'ils abordaient la question de l'argent, elle le serra plus fort, en silence.

De Kyron, elle ne savait pas grand-chose. Il avait grandi dans un village, et son père l'avait abandonné quand il était tout jeune. Sa mère, femme courageuse, avait su, en reprenant la boutique de son mari, leur assurer une vie à peu près décente. Dès ses seize ans, soucieux de lui ôter une charge, il avait quitté son foyer pour la grande ville. Voilà tout ce qu'elle savait.

Pudique sur son histoire, il n'avait pas voulu lui en apprendre plus. Elle ne savait même pas exactement quel travail il faisait, hormis qu'il gagnait tout juste de quoi vivre. Des zones d'ombre persistaient entre eux, à l'image de cette nuit qui les réunissait si souvent. Elle ne savait pas que Kyron était resté dans ce taudis pour elle, et pour elle uniquement. Il était à mille lieues de se douter que la femme qu'il aimait en voyait d'autres que lui tous les jours.

– Je t'ai apporté ça.

Elle tendit la main, à l'aveuglette. Un sac en tissu très doux se déposa sur sa main.

– Qu'est-ce que c'est ?

– Ce sont des bijoux, sertis par mon père. Ma mère n'a jamais voulu les vendre, elle me les a donnés quand j'ai quitté la maison. Ils ont une grande valeur marchande. Je voudrais que tu les gardes, et que tu les vendes dès que tu manqueras d'argent.

– Je ne manque pas d'argent pour le moment, dit-elle, indignée, en cherchant à lui rendre le sac. Garde-les, je suis sûre que tu en as plus besoin que moi…

– Plus maintenant.

Ce sac surgi de nulle part. Cette phrase définitive, qui lui ressemblait si peu.

Un faible indice suffit, pour certaines personnes. Eliranne passait ses jours à s'inquiéter. Kyron était la seule personne auprès de qui elle n'avait pas peur. Cette exception ne fut plus, à l'instant, qu'un souvenir.

– « Plus maintenant », qu'est-ce que ça veut dire ?

Il se gratta le front, l'air embarrassé. Ce tic, qui habituellement l'amusait, ne fit qu'accroître l'inquiétude d'Eliranne.

Elle ne pouvait pas savoir qu'il ne partait pas de son plein gré. Elle ignorait bien évidemment l'existence de la lettre qu'il avait reçue la veille. Une lettre à laquelle il ne pouvait se soustraire. Son père avait osé partir avant lui, plus âgé, mieux établi… Abandonner après lui serait enraciner à vie dans son âme un affreux sentiment de culpabilité.

– Je vais partir.

Un séisme intérieur bouleversa la jeune femme. S'apaisa. Se calma. Reprit avec une intensité inquiétante, ravageant tout sur son passage.

– Pourquoi ? demanda-t-elle d'une toute petite voix.

– C'est… c'est une affaire de famille.

Il n'ajouta rien. En le regardant, elle vit qu'il avait l'air encore plus malheureux qu'elle. Chez lui, la tristesse avait pour principal effet de le rendre quasiment muet. Il ne savait pas expliquer, argumenter, trouver les mots qui consolaient. Et les larmes qu'il vit monter dans les yeux de la jeune femme le tétanisèrent encore plus. Il resserra simplement son étreinte. Ses gestes exprimaient mieux ses sentiments.

– Si tu pars, quand est-ce que tu reviendras ?

Elle le vit hésiter. Il ne se souvenait que trop bien du dernier message qu'il avait reçu de son père. *Je reviendrai. Seliett.* Sa mère et lui attendaient toujours…

– Je ne sais pas.

– Mais tu reviendras ? insista-t-elle.

– Peut-être…

Alors elle se tut. De toute évidence, il n'en savait pas plus qu'elle.

Le sac pesait dans sa main. Combien y avait-il de bijoux là-dedans ? Kyron lui avait dit, un jour, que son père était le meilleur orfèvre de la région. Avec ce qu'il lui avait laissé, elle aurait de quoi vivre, si elle ne faisait pas d'excès. Peut-être même de quoi quitter le faubourg. Chercher un travail dans la ville haute, comme nourrice. Kyron, sans le savoir, lui avait donné le moyen de sortir de la prostitution.

Elle demanda, la voix tremblante :

– Quand est-ce que tu pars ?

– Ce soir. Je préfère…

Il n'acheva pas. « Je préfère partir tout de suite, tant que j'en ai encore le courage. » Elle aurait tant voulu qu'il soit plus lâche.

Elle le regarda s'éloigner, toute seule sous la pluie, sa main serrée sur le sac. Comme quelqu'un à qui l'on aurait donné les clés pour s'échapper d'une prison, qui ouvre la porte et se rend compte que derrière ne l'attend qu'un grand vide.

Sourcils froncés, Phéléor détaillait la pile d'affaires qui s'amoncelait sur son lit.

À droite, la pile de chemises. Devant la pile de chemises, ses deux paires de chausses préférées (parce que ses deux seules), pliées avec grand soin : chausses brunes, chausses vertes. Passe-partout, le mot d'ordre. Au bout de la pile, enfin, une espèce de tunique recueillait une cape roulée en boule, laquelle avait perdu son attache, remplacée par une touffe de mauvaise herbe collante. Il semblait pourtant qu'il manquait quelque chose…

– Les provisions !

Le jeune homme quitta la pièce en courant, et dégringola l'escalier branlant menant au rez-de-chaussée de la modeste maison qu'il habitait avec sa mère. Ici, ni frère ni sœur, un père encore moins. Le mobilier même brillait par sa rareté. Il avait fini par s'habituer à ce vide, à ce silence… Plus repoussants que jamais, maintenant qu'il s'apprêtait à les quitter.

Le rez-de-chaussée était une grande pièce. Sa mère avait tenté de l'aménager, rassemblant d'un côté les sièges, de l'autre les placards à nourriture. Il alla y fouiner sans vergogne. Deux gros pains se tenaient au garde-à-vous derrière le battant de gauche. Il hésita, puis prit le plus petit. Suivirent quelques pommes et une écuelle en bois. Le reste, de la viande et quelques menues friandises, ne l'intéressait pas. Il ignorait encore où il allait se rendre et combien de temps il allait errer, mieux valait donc choisir des denrées peu périssables.

– Phéléor ?

La porte d'entrée s'ouvrit alors qu'il rangeait sa récolte. Phéléor se figea en même temps que sa mère lorsqu'ils tombèrent nez à nez. Le regard d'Eliranne se posa aussitôt sur le sac. Il parlait de lui-même.

– Ainsi, c'est pour aujourd'hui.

Elle poussa un long soupir et s'assit sur un tabouret qui traînait derrière la porte, étendant ses jambes fatiguées. Son fils resta debout, embarrassé. Elle le contempla en silence. Il venait d'avoir dix-sept ans, il avait ses yeux gris, la blondeur de Kyron. Il était beau. Elle se força à sourire.

– Ne fais pas cette tête, va ! Je m'y attendais. Tu as atteint l'âge où partir est une chose naturelle…

Encore une fois, il ne trouva rien à répondre. Il était bien comme Kyron : impossible de lui arracher trois mots dès qu'il était mal à l'aise.

– Phéléor, je ne te reproche rien, tu sais. C'est normal.

Elle ajouta avec un sourire ambigu :

– C'est de famille…

La gêne de son fils s'accrut instantanément, et elle pressentit qu'elle avait touché juste. De père en fils, depuis trois générations, il se tramait quelque chose.

– Où as-tu l'intention d'aller ?

– Vers le sud… je crois. Je ne sais pas.

« Je ne sais pas. » La même réponse que Kyron. Elle attendit une précision, un semblant d'explication ne vint pas.

Elle le voyait, depuis quelques jours, devenir de plus en plus secret. Il pesait ses mots, revenait plus tôt de ses périples nocturnes où elle devinait une jeunesse sûrement aussi tumultueuse que la sienne. Phéléor, depuis son enfance, lui échappait par miettes. Aujourd'hui, c'était le point d'orgue.

Elle ne lui demanda pas quand il avait l'intention de partir. Phéléor avait horreur des adieux et n'aimait pas attendre. Exactement comme Kyron, il partirait brutalement et incognito. Peut-être était-ce mieux.

Depuis des années, elle s'y préparait, s'efforçant d'habituer son cœur à l'idée d'un départ sans retour. Elle s'était contrainte à laisser son enfant libre, bien plus que les autres mères, dans l'espoir d'être moins affectée par son départ le jour où il surviendrait. Mais elle était mère. Et pour cette raison, elle ne put s'empêcher de pleurer le soir venu, quand elle se retrouva dans sa chambre et qu'il ne pouvait plus voir sa détresse.

Pendant ce temps, au premier étage, un magnifique griffon aux ailes noires prenait son envol vers un destin dont il avait rêvé toute sa vie.

La clé tourna dans la serrure avec violence. Cric, crac. Le fer gémit.

Sans s'attarder plus, Jarm tourna les talons et s'éloigna sans un regard en arrière.

Derrière lui, il n'avait rien à regretter. Père sans nom, mère fantôme, épouse défunte et enfants disparus, des années de dette et de peur du lendemain. Une vie figée. Il n'avait attendu qu'une paire d'ailes.

Un trésor lui tendait les bras à l'autre bout du royaume. Un seul homme aujourd'hui en était digne, et cet homme, c'était lui. Jarm le nabot, trop longtemps foulé aux pieds pour pouvoir pardonner. Ils allaient voir.

Une ombre se promenait sur le célèbre gazon vert tendre qui entourait le domaine de Siartt. Par chance, le cygne qui la projetait volait trop haut pour être identifié, et c'était tant mieux…

Peredan, veuf et père d'un bébé de deux mois, venait de déposer son enfant aux portes du plus grand duché de la région et s'envolait sans retour.

2. My

Les verrières laissaient filtrer une lumière transparente, qui tournoyait sur le sol. Elle était pure comme du diamant mais tout, dans la salle, était si clair qu'on la distinguait à peine : les murs étaient en pierres blanches, le dallage s'y accordait, jusqu'aux bibelots, l'ensemble conférant à la salle un air d'élégante uniformité… anéanti par le joyeux fouillis qui s'agitait au centre.

Avec de la patience et une bonne vue, on décomptait dix jeunes filles. Têtes blondes, têtes brunes, bouclettes, mèches lisses, tout se mêlait sans souci d'ordre. Il en était de même pour les robes. Les soieries, les taffetas se superposaient les uns aux autres, le velours voisinait avec la gaze. Toutes étaient de la meilleure coupe, et semblaient batailler ferme pour hisser leurs couleurs au-dessus de celles des autres. On trouvait du rouge, ondoyant sur la soie ou au contraire rôdant dans les profondeurs du velours, ou un camaïeu de bleus qui perçait régulièrement ; une toilette risquait parfois du vert plus vif, et un rose tendre déployait timidement ses plis. Ni noir, ni gris, ni blanc pour s'assortir à la salle. Cet ensemble gigotant constituait un monde à part, qui semblait tout à coup monopoliser la lumière. De loin, on l'aurait apparenté à une sorte de soleil particulièrement original, les rayons symbolisés par dix paires de jambes prolongées d'escarpins. Allongées à plat ventre sans aucun égard pour leur toilette, ces jeunes personnes étaient en effet disposées en cercle, les têtes se mêlant au centre, penchées sur le même sujet de préoccupation : un livre.

Elles avaient toutes de treize à dix-sept ans, étaient toutes fabuleusement riches, et toutes à marier. Elles représentaient la puissance d'Edrilion en devenir. Un claquement de doigts aurait mis à leurs pieds les loisirs les plus coûteux. Un ordre lâché du bout des lèvres les aurait instantanément assises sur les fauteuils les plus confortables. Et cependant elles étaient là, sur le marbre glacé, toute idée de décence oubliée, se partageant une histoire à dix malgré l'inconfort de la lecture. Des jeunes filles comme les autres… pour quelques instants.

Le livre qui captait à ce point leur attention n'avait pourtant rien d'exceptionnel. Il était un peu vieux, un peu jauni, la couverture ornée d'une simple bande d'or. Elles l'avaient retrouvé le matin même et s'étaient aussitôt ruées dessus : personne, quelles que fussent sa classe et son éducation, ne pouvait résister à un livre de contes…

Elles avaient parcouru le livre sans en manquer aucun. Ils les ramenaient droit vers l'enfance dont la plupart d'entre elles n'étaient pas vraiment sorties, et elles éprouvaient un délice de tous les instants à renouer avec la fée ou la marâtre, et surtout avec le prince charmant qu'elles rêvaient de rencontrer chez un prétendant prochain. C'était toujours la même chose, et toujours nouveau. Un héros, un adversaire, une princesse à marier. Les trames ne changeaient guère, mais le plaisir restait identique, à frémir et espérer pour l'issue d'une quête qui, immanquablement, finissait sur la même phrase : « Ils vécurent heureux et eurent beaucoup d'enfants. »

– Ils ne précisent jamais si le prince et la princesse ont vécu heureux aussi après l'arrivée des enfants, dit Férine, la plus petite du groupe, déclenchant une tempête de gloussements.

El'via, la plus âgée, fut la seule à ne pas rire : elle allait se marier quelques mois plus tard.

Le livre s'achevait là. Avec une fin semblable à toutes les autres, mais derrière laquelle l'enchantement d'un conte suivant ne se renouvelait plus. Toutes les mains qui s'accrochaient au livre pour l'orienter du bon côté, ou pour empêcher qu'on tourne la page, se retirèrent à regret, et les filles se remirent à genoux.

– Avez-vous remarqué, demanda une brunette, que l'on parle toujours des aventures d'un pauvre hère qui devient prince, jamais d'un prince lui-même ?

– Bien sûr que si, dit El'via, le héros du troisième conte en était un…

– Je veux dire, un prince qui ne soit jamais cadet, jamais ruiné, un prince, un vrai. Pourquoi ceux-là n'apparaissent-ils qu'à la fin ?

– Parce que les riches n'ont rien à prouver.

La jeune fille qui venait de prononcer cette phrase catégorique était assise de l'autre côté.

Si l'on se mettait devant l'entrée, on remarquait aussitôt que la place où elle se trouvait faisait face aux verrières du fond, présidant le cercle. La disposition ne paraissait nullement être un hasard, au vu de l'attention respectueuse accordée à son intervention.

– Comme vous y allez, My ! dit Joane. La richesse empêcherait notre classe de prendre part aux aventures ?

La dénommée My haussa les épaules.

– Non, mais mettons que nous, nous jouons à un autre niveau. Où les épées ne servent plus à grand-chose.

– Une aventure sans épée, ce n'est pas une aventure, trancha Férine.

– Peut-être, mais cette aventure-là a le mérite d'exister. Réfléchissez… Vous avez souvent vu des gens tirer l'épée dans le monde où nous sommes ?

– Nous avons connu des guerres, il n'y a pas si longtemps.

– El', le « nous » en question concernait tes arrière-grands-parents.

El'via fit la moue ; une fois de plus, elle faisait les frais de l'incurable esprit de contradiction qui sévissait chez son amie. Elle connaissait My depuis qu'elles étaient assez grandes et encore assez petites pour prendre part aux goûters donnés entre les enfants nobles de la région. Or, depuis ses trois ans, My avait pris l'habitude de s'accrocher mordicus à toutes ses convictions, traitant de haut toute personne en désaccord avec elle. El'via choisit prudemment de ne rien répondre. Mais Férine, qui avait intégré leur petit cercle depuis peu, prit aussitôt le relais :

– Et que faites-vous des tournois ? Vous y apparaissez assez souvent pour décompter le nombre d'épées tirées à la minute…

L'allusion était suffisamment claire pour que My permette à une modeste rougeur d'apparaître sur ses joues. Fervente adepte des tournois, elle l'était, effectivement… quoique davantage pour récolter les lauriers de ses propres succès que pour applaudir à ceux des prétendants qui se battaient pour elle.

– Je parlais de véritables combats, Férine. Des combats avec des morts, des vrais, et des enjeux cruciaux. Un royaume à sauver, un dragon à vaincre, que sais-je !

– Une princesse à conquérir compte aussi parmi les enjeux, dans les contes, risqua El'via.

– Dans les contes, la princesse est en supplément. Tout comme nous.

– My, observa El'via avec son sourire d'aînée, de là à vous comparer à une princesse… Ce n'est pas tout à fait la même chose.

– Pour moi, si.

Joane ouvrit des yeux ronds.

– Vous voulez dire… vous viseriez aussi haut ? s'exclama-t-elle.

My leva les mains en protestant, mais aucune d'elles ne fut dupe. Le prince actuel était à marier, jeune, et tout prêt à être couronné puisque son père agonisait. Il n'en fallait pas plus pour tourner la tête d'une jeune fille ambitieuse.

Oui, My visait l'héritier et n'en faisait pas mystère. Elle avait les atouts pour réussir. Des parents riches – le comte de Siartt comptait parmi les plus prospères –, des relations, le sens de la mesure et une beauté certaine…

Elle était fine, de petite taille, avec des traits réguliers, des yeux bleus et une chevelure qui cascadait jusqu'à sa taille en un flot d'or maîtrisé. La perfection sans originalité. On ne lui en demandait pas plus. Cette beauté, elle s'en servait comme d'une arme. Une arme très douce, mais qui pénétrait jusqu'au cœur. Allié à un regard de biche, à un rire argentin, ce don de la nature lui avait valu une quinzaine de demandes en mariage. Toutes refusées. Le charme d'une dame, My l'avait remarqué assez tôt, c'était de paraître inaccessible…

My n'était pas son vrai nom. Ses parents l'avaient appelée Mydria, mais l'inventivité affectueuse de ses amies avait réduit le prénom à deux lettres et depuis, on ne l'appelait plus que par son diminutif. Transformer Mydria en My, pour les jeunes filles comme pour les prétendants, avoir la permission de cette petite familiarité, c'était se rapprocher du cercle intime de cette demoiselle qui, nul n'en doutait, finirait par atteindre ce qu'elle briguait depuis longtemps : les honneurs de la couronne.

Elles n'avaient plus d'intérêt à rester dans cette salle vide et se levèrent donc, époussetant leurs robes. La suite de l'après-midi se passerait sans doute comme d'habitude : elles prendraient le traditionnel en-cas puis continueraient leur conversation assises dans les grands fauteuils du castel Siartt avant que leurs calèches viennent les chercher pour les ramener dans leurs demeures respectives. Elles se reverraient peu de temps après, dans les bals, les réceptions. Elles avaient toujours fait ainsi, à tel point que les fêtes se mélangeaient un peu dans leurs mémoires. De cet après-midi, seul resta un souvenir précis, celui d'une lecture qui instaura entre ces amies de façade une authentique complicité.

My, comme il convenait, les raccompagna jusqu'à leurs voitures, alignées sur la route en gravier blanc qui quittait le domaine. À chaque demoiselle, elle adressa un mot d'adieu et un compliment, puis elle remonta sur le perron pour assister au départ, agitant la main jusqu'à ce que les calèches diminuent de moitié. Une petite hôtesse modèle. Ses parents auraient été fiers.

Elles avaient laissé le livre dans la salle. Mydria retourna le chercher, savourant un moment la solitude qui y régnait. Cette pièce, dans laquelle elle se rendait peu souvent, était la salle de bal principale du castel, et elle ne l'avait vue jusqu'alors que remplie d'un monde papillonnant et multicolore, dans la musique, les rires et les odeurs de buffets. La simplicité des teintes la lui fit redécouvrir sous un autre jour. Un peu hors du temps. Un peu mélancolique…

Elle ramassa le livre. Comme elle n'avait pas de poches, elle le garda à la main, le balançant négligemment du bout des doigts tandis que, par un subit enfantillage, elle sautillait d'une dalle à l'autre. Elle avait la foulée légère, une vivacité maîtrisée qui lui venait de la danse, dégageant sa taille fine et faisant voler ses cheveux. Pour une fois, elle avait le plaisir de n'être gra-cieuse que pour elle-même. Pas de futur parti à impressionner, ni personne d'autre. Cette solitude passagère avait quelque chose… d'apaisant.

Elle ressortit par la porte du fond, la refermant soigneusement derrière elle. L'endroit n'était pas spécialement autorisé en dehors des bals, et elle préférait ne pas discuter avec ses parents de son intrusion : elle n'avait jamais compris comment, mais le comte et la comtesse, malgré la taille de leur demeure et leurs nombreuses occupations, trouvaient toujours le moyen d'être informés de tout ce qui se passait à Siartt.

Dans le corridor, les pièces lui redevenaient familières. Elle aimait particulièrement la galerie suivante, bordée de longues fenêtres qui s'ouvraient sur les jardins. Petite, elle passait ses soirées là, regardant la nuit tomber. Elle se souvenait encore de ces moments, et surtout, bizarrement, de ses petites chaussures d'intérieur fourrées qui se confondaient avec la couleur presque identique du tapis.

C'était le même tapis qu'elle arpentait aujourd'hui, mais ses chaussons avaient cédé la place à des escarpins. Et il y avait des années qu'elle avait cessé de regarder le soleil se coucher à travers les carreaux. Ses centres d'intérêt avaient changé. Elle sentait obscurément, à présent, qu'elle ne trouverait la patience d'admirer un paysage que lorsqu'elle serait vieille…

Elle passa de la galerie à la salle de musique. Là, elle avait appris à jouer de l'Ayaule, un instrument minuscule réservé aux jeunes filles de bonne famille : cette sorte de flûte rendait un son merveilleux, mais uniquement lorsqu'elle était forgée avec de l'argent. Son Ayaule, cela faisait une éternité qu'elle l'avait perdu. Il n'était porteur d'aucun souvenir particulier, elle avait même oublié les fastidieuses heures de leçon. Son livre de contes, sous cet angle, lui était bien plus cher.

Elle aurait pu le remettre à un serviteur quelconque, il était lourd et assez encombrant, mais le cuir chaud sous ses doigts lui donnait l'impression de marcher en compagnie d'un ami cher. Ou d'un vieil animal domestique. Elle continua donc de le porter, durant tout son tour du propriétaire. Une curieuse sensation l'envahissait pièce après pièce, là, dans la région du cœur. Pas vraiment un pincement… plutôt un sentiment indéfini. Ce n'était ni agréable ni vraiment douloureux. Elle repensa soudain à la salle de bal, à l'ambiance particulière qui y régnait, et trouva le mot juste.

De la mélancolie.

Elle vivait ici depuis toujours. Toujours, les mêmes murs avaient entouré sa petite vie choyée, elle connaissait par cœur les motifs des tapisseries de la grande salle à manger, elle aurait pu décrire les yeux fermés les divers tapis qui garnissaient les nombreuses pièces… du moins, presque tous. Certaines salles lui demeuraient interdites, mais cela faisait partie du charme.

Ce château, My l'aimait énormément. Elle avait avec lui une relation particulière, un peu comme avec un troisième parent. Mais elle vivait ici depuis seize ans, on attendait de la marier. Et chaque jour l'éloignerait inéluctablement de l'endroit qui renfermait une partie d'elle. Sa part d'enfance.

Brutale prise de conscience, lorsqu'on a seize ans et l'habitude de ne regarder toujours que devant soi. Pour la première fois, Mydria réalisait tout ce que son mariage prochain allait lui apporter : autant de pertes que de profits. Un unique livre de contes avait remis la question de l'autrefois sur le tapis.

L'âme à la dérive, elle sortit par la première porte et s'éclipsa dans les jardins. Il commençait déjà à faire nuit.

Les jardins représentaient un autre aspect du domaine, la partie sauvage, celle que, petite, elle ne pouvait contempler à loisir que de l'intérieur. Maintenant qu'elle avait le droit de sortir sans demander la permission, ils avaient perdu leur dimension énigmatique. Elle s'était familiarisée avec les sentiers sinueux et avait cessé d'imaginer derrière chaque bosquet une créature à découvrir : les seuls animaux autorisés près du gazon étaient les oiseaux qui le survolaient. Ces jardins, bien que beaux, s'étaient révélés plutôt décevants… Une mosaïque de variantes sur le même thème, harmonie. Où la spontanéité n'avait pas sa place.

Elle remonta la courbe d'une petite allée, couverte du même gravier blanc que les autres, caressant de la main la haie qui la bordait. Par désœuvrement, elle arracha quelques feuilles, qu'elle émietta consciencieusement. Des feuilles de Blirn. Forme policée, joli vert sombre et veinures claires… la coqueluche des jardiniers. Il faisait très sombre à présent et, n'y voyant plus grand-chose, la jeune fille se piqua le doigt à l'épine qui terminait la feuille. Elle laissa tomber sa cueillette pour sucer la plaie, le genre de geste qu'il valait mieux éviter en public mais bien plus pratique que d'aller chercher un mouchoir…

– My ?

La susnommée sursauta : une forme humanoïde se dressait à l'autre bout de l'allée.

– Qui est là ? demanda-t-elle, la voix mal assurée.

La forme s'approchait, une ombre plus foncée que les autres. Impossible de reconnaître le visage, et la voix ne lui évoquait rien.

– Je suis arrivé tout à l'heure au castel, mais l'on m'a dit que vous étiez aux jardins. J'espère que je ne vous dérange pas.

Elle l'identifia à ce moment-là. La voix n'éveillait toujours aucun souvenir, mais la dernière phrase était caractéristique d'une personne, une seule, qui en sa compagnie passait son temps à la répéter.

– Floan… soupira-t-elle.

L'ombre rapetissa en un profond salut.

– Ma mie, je reviens de mon long séjour à la cour de Liett. Passant à proximité de votre domaine, je ne pouvais résister à l'envie de vous présenter mes hommages. Vous m'avez terriblement manqué.

– Mes journées étaient également beaucoup plus… solitaires sans vous, Floan.

Il ne se passait en effet pas une semaine sans que Floan vienne la voir, poursuivant une cour qui, quoique émouvante, n'en était pas moins très agaçante.

Elle aimait bien Floan. C'était un jeune homme respectable, un ambassadeur de renom, mais aussi le plus ennuyeux de tous ses prétendants. Avec une fidélité de bon chien qui frisait l'entêtement. Son objectif était clair : My était l'amour de sa vie, et il n'attendait d'elle qu'un petit oui pour devenir l'homme le plus heureux du monde. Jusque-là, elle s'en était bien sortie, disant qu'il lui fallait encore un peu de temps, qu'elle n'était pas prête. Mais depuis le départ de Floan, elle avait atteint les seize ans, et elle était à peu près sûre que le jeune homme était revenu pour lui demander sa main en bonne et due forme. Quel ennui.

Certes, il était riche et, si elle l'épousait, elle se rapprocherait sensiblement de la Cour. Mais Floan était loin d'incarner l'époux idéal, surtout lorsqu'elle comptait dans ses relations un bon nombre de partis plus avantageux. Seulement, il fallait encore le lui faire comprendre et le jeune homme paraissait hermétique aux sous-entendus les moins subtils.

– Vous parliez de la cour de Liett, reprit-elle, soucieuse d'éviter une énième déclaration. Quelles en sont les nouvelles ?

– Pas grand-chose, vous savez, dit Floan en haussant les épaules. La vie à la Cour, une fois qu'on la connaît, se révèle assez monotone…

– Vous côtoyez quand même le roi, protesta la jeune fille, choquée.

– Ne l'appelez pas le roi, My. Il n'en est pas réellement un. Vous savez que la dynastie à laquelle il appartient…

– … a été instaurée illégalement par La Déléane suite au départ du dernier Darcer, oui, je sais !

Elle étouffa un grognement. Le royalisme de Floan l'exaspérait formidablement. C'était la seule personne de sa connaissance à rester aussi fidèle à une dynastie disparue depuis plus de deux siècles… Ridicule.

– De plus l'usurpateur n'apporte rien de bénéfique à notre pays, poursuivit Floan, tout feu tout flamme dès qu'il abordait le sujet. Je connais le taux des récoltes et des richesses qu'il nous prend au profit de La Déléane, et il ruine sa cour en futilités ! Vous ne le voyez sans doute pas, mais au-delà de ces jardins la misère menace.

– Vous n'allez pas mettre toutes les responsabilités sur les épaules d'un seul homme.

– Oh, ses prédécesseurs avaient bien travaillé aussi. Chaque année La Déléane pompe nos forces un peu plus.

My ne répondit pas. À vrai dire, tout cela ne la touchait pas beaucoup.

Ils marchèrent encore un peu, atteignirent une allée transversale et commencèrent à retourner vers le château. Le silence s'épaississait. Ce fut le moment que choisit Floan pour s'arrêter, l'air solennel :

– Mydria.

Mauvais augure.

– Mydria, veuillez excuser mon arrivée si peu protocolaire ici, mais je souhaitais vous voir au plus vite. En tête à tête.

Il s'interrompit. Elle n'avait pas besoin de voir son visage pour deviner son expression tendue.

– Aujourd'hui est un jour particulier. Cela fait longtemps que je l'espère. Vous… vous savez sans doute que je n'ai jamais aimé personne autant que vous. En réalité, je n'ai jamais aimé personne à part vous. Vous venez d'avoir seize ans. L'âge que vous aviez fixé pour commencer à penser sérieusement au mariage et… je… Eh bien, je suis venu vous faire ma demande.

Il avait débité sa phrase d'une traite, en butant sur les mots dans son angoisse. Il avait sûrement dû apprendre son petit discours par cœur pour trouver la force d'aller jusqu'au bout.

My resta immobile face à lui, triturant son livre de contes. Elle ne savait pas quoi dire. Elle avait conscience que l'amour dont l'entourait Floan était d'une rare constance, pourtant elle ne se faisait pas d'illusions : elle n'accepterait sous aucun prétexte. Restait à le lui faire comprendre.

– Votre demande m'honore, répondit-elle avec précaution. J'ai en effet l'âge de me marier, et…

Brutal, fulgurant, un déchirement au thorax la plia en deux.

Elle s'écroula sur le sol, les deux mains sur les côtes. Elle suffoquait.

– My ! s'écria la voix lointaine de Floan. My ! qu'avez-vous ?

Douleur, effroyable. Un étau se resserrait, se desserrait, broyait son ventre, ses poumons, tout son corps, par à-coups irréguliers. Elle avait l'impression d'être écartelée.

Indifférente à la douleur, si minime en comparaison, du gravier qui transperçait sa robe et s'enfonçait dans sa peau, la jeune fille se tordit convulsivement, dérisoire tentative pour échapper à la souffrance qui l'attaquait de l'intérieur. Elle sentit une brûlure soudaine au visage : la peau commençait à se boursoufler.

Elle s'était mise à hurler, de toute son âme, et n'entendit pas la voix paniquée de Floan :

– Je vais chercher du secours, My ! Je reviens !

Les pas décrurent. My se traîna jusqu'au gazon, s'allongea, espérant peut-être apaiser la douleur en détendant son corps.

La souffrance atteignit un dernier pic. Il y eut un dernier cri.

À côté d'un sifflet, une petite forme sombre gisait sur le gazon bien taillé.

3. Le secret des Darcer

My ouvrit les yeux.

Nul besoin de regarder autour d'elle pour savoir qu'elle se trouvait dans sa chambre. Il régnait ici un calme particulier, qu'elle identifiait d'instinct.

On l'avait étendue sur son lit et bordée avec soin. Seule sa tête émergeait du bouillonnement policé des draps, dont les plis, très fins, dessinaient autour de son corps les lignes imaginaires d'une robe, ornée de S sur toute sa surface. Si elle avait eu un doute sur l'endroit où elle se trouvait, les Siartt, présents jusque dans les éléments les plus secondaires du mobilier, lui auraient rafraîchi la mémoire sur-le-champ…

Son premier geste fut de tendre la main vers sa table de nuit. Comme tous les matins, son miroir l'y attendait mais, au lieu de la rasséréner, la contemplation l'immobilisa net : la jeune fille aux yeux larmoyants qui se tenait de l'autre côté du cadre avait tout d'une parfaite inconnue. My rejeta son miroir et se précipita devant la glace qui surplombait sa coiffeuse. Au milieu du large ovale, sa mauvaise mine se perdait un peu dans le décor de sa chambre. Elle ne s'en examina pas moins avec anxiété, remarquant qu'étrangement, les boursouflures de la veille n'avaient laissé aucune marque. Ne restaient que de légères marbrures, qui s'estompaient déjà. La jeune fille se détourna de son image, perplexe.

À en juger par la lumière qui coulait à flots dans sa chambre, il faisait grand jour. Elle avait donc dormi d'une traite, exactement comme s'il ne s'était rien passé. Avait-elle rêvé ? Mais non. Tout était trop net dans sa mémoire…

La jeune fille repensa tout à coup à l'épine qui avait piqué son doigt. Les feuilles de Blirn étaient-elles vénéneuses ?

– Mais que s'est-il passé ? murmura-t-elle, au désespoir.

Son malaise allait faire scandale au château. Pas qu'au château d'ailleurs. Être malade, pour une jeune fille, c'était excusable. Se rouler au sol en poussant des cris d'orfraie, nettement moins. Sans compter que dans son milieu, un si soudain malaise chez une demoiselle ne signifiait le plus souvent qu'une chose. La pire honte, la déchéance suprême : enceinte. Qu'elle nie, qu'elle proteste, rien n'y ferait avant neuf mois.

Cette pensée la glaça d'épouvante. Une rumeur, un soupçon, et c'était la fin de sa réputation sans tache. Adieu, beaux rêves de mariage, adieu, savantes intrigues, tout ce qu'elle préparait depuis des mois risquait de s'écrouler comme un château de cartes…

Anxieuse, elle recommença à s'observer. Elle ne s'était jamais vue si blafarde. C'était presque excessif. Que lui était-il arrivé la veille ? Elle avait entendu parler de ces maladies mystérieuses qui frappent, s'évanouissent et reviennent sans prévenir. Pour la première fois de sa vie, elle craignit intensément de mourir.

My en était là de ses réflexions quand on frappa à la porte.

– Entrez, chevrota-t-elle.

Le battant s'effaça devant une silhouette qu'elle connaissait bien. Haute et droite, ponctuée au sommet par un chignon d'ébène qui s'enroulait sur lui-même sans un cheveu dans le mauvais sens. Sa mère, aussi brune qu'elle-même était blonde, majestueuse, grave et fondamentalement Siartt. À croire que l'air de famille se transmettait aussi bien par l'hérédité que par le mariage, cet air si propre à leur branche qu'il ne s'attachait ni aux traits, ni à l'allure. Elle le retrouvait sur le comte, indécelable et pourtant présent, comme un sceau invisible posé sur les porteurs du nom.

La jeune fille regarda ses parents entrer et refermer la porte derrière eux non sans réprimer un mouvement d'appréhension. Leur mine, leur attitude, tout montrait assez clairement que l'heure était aux explications. Aux remontrances, peut-être. Mais que pouvait-elle bien leur dire ?

– Asseyez-vous.

Le visage du comte était impénétrable. Sans discuter, My retourna vers son lit et s'y laissa tomber.

– Écoutez, commença-t-elle avec véhémence, je n'ai…

– Allez-vous mieux ? coupa la comtesse à brûle-pourpoint.

Une entrée en matière qui ne correspondait pas à son habituelle retenue. C'était un visage tout nouveau que la comtesse lui présentait, plissé au front par une barre soucieuse, et dépourvu de toute réprobation.

– Par les dieux, Mydria, nous avons eu la plus grande peur de notre vie ! Un évanouissement, dans les jardins, et en pleine nuit ! Si Floan ne vous avait pas accompagnée…

Floan. Elle l'avait presque oublié.

– Enfin, par bonheur, vous voilà sauve, reprit sa mère plus calmement. En convalescence, tout au plus. Tant que vous ne vous serez pas totalement remise, je vous conseille de vous mettre au lit – et évitez de marcher ainsi pieds nus.

Le premier mouvement de spontanéité disparaissait déjà. Boudeuse, la jeune fille s'exécuta. Tout au fond du lit à baldaquin, elle avait l'air minuscule. Ses parents la considérèrent un instant sans parler.

Il se passait quelque chose d'étrange. Ils auraient dû la questionner sur les raisons de son malaise jusqu'à obtenir une réponse détaillée et montrer, dans tous les cas, autant de curiosité que d'inquiétude. Au lieu de quoi…

– Vous savez ce qui m'est arrivé.

Silence toujours. My sentit son cœur se glacer.

– Je suis malade ? Une maladie grave ? Mortelle ?

Ses parents échangèrent un regard indéchiffrable.

– Il n'est pas véritablement question d'une maladie, My.

– Ou alors, précisa le comte, il s'agit d'une maladie unique au monde.

– Et étonnamment précieuse. Dans ce cas, je crois qu'on l'appelle plutôt… un don.

Éberluée, My vit tout à coup ses parents sourire. Ils éclataient de fierté, teintée d'une mélancolie tout aussi curieuse, qu'elle ne releva pas. Sa surprise était telle qu'elle ne pouvait que regarder, sans comprendre, ces visages qu'elle avait connus si solennels, s'illuminer subitement.

– Vous avez une chance inouïe, My. C'est… tout simplement la meilleure chose qui pouvait vous arriver. Qui aurait pu s'y attendre !

La jeune fille se redressa brusquement sur ses oreillers. Chance inouïe. Meilleure chose. Étrange choix de formules, qui, combinées aux événements de la veille, prenaient un sens… Le signal d'alerte se déclencha.

– Mais je n'ai jamais dit oui à Floan ! s'écria-t-elle avec emportement. Je lui ai répondu que je souhaitais réfléchir !

Juste avant de s'évanouir. Il ne s'était tout de même pas pris pour l'élément déclencheur ?

– Floan n'a rien à voir avec ce qui nous intéresse ici, coupa le comte. Mydria, connaissez-vous ceci ?

Il posa un petit objet gris sur le lit. My s'en saisit, l'examinant attentivement. C'était métallique, sans aucune finesse, mais aisément reconnaissable.

– Un sifflet ?

Le comte et la comtesse opinèrent.

– Quel est le rapport avec moi ?

– Nous l'avons retrouvé à côté de vous hier.

– Mais il n'est pas à moi. Je ne l'ai jamais vu…

– Il vous appartient à présent.

Ils étaient longs à répondre, longs à expliquer. Irritée, My repoussa l'objet d'un revers de main.

– J'ai déjà un Ayaule. Je n'ai pas besoin d'un sifflet à six sous !

Son père se contenta de répondre :

– Regardez le bec.

La jeune fille tourna l'objet. Un rouleau de papier dépassait à moitié de la fente.

C'était une lettre.

À mes descendants.

Je ne sais pas qui vous êtes. Je ne sais pas ce que vous deviendrez. Je n'ai pas, comme ceux qui vous ont élevés jusqu'ici, accompagné vos premiers pas et je ne connais pas vos visages. Mais vous êtes de mon sang, et je ne connais rien de plus merveilleux...

Le silence s'installa tandis que, virant au blême, la jeune fille sautait de ligne en ligne. Puis elle parvint au bas de la missive. La signature, un « Madael » en coup d'épée, s'étendait avec largesse, suivie d'autres noms, d'écritures très différentes, alignés les uns en dessous des autres dans une continuité parfaite. Seliett. Kyron. Phéléor. Jarm. Peredan. Une, deux, trois…

Six générations s'étendaient sous ses yeux. Quasiment deux siècles.

– Mon Dieu !

My laissa retomber le sifflet, la lettre, ses mains, tout. Le choc était complet.

– Qu'est-ce que cela veut dire ? Que fait cette lettre ici ? C'est une plaisanterie, je n'ai jamais… le roi Madael !… mais il a disparu depuis une éternité !

Les mots se succédaient à toute vitesse, dans un tourbillon d'idées au milieu desquelles trois éléments disparates repaissaient en boucle. Madael. Une lettre. Un sifflet. Étroitement liés et pourtant, ça n'avait aucun sens…

Elle relut la lettre en diagonale. Les caractères glissaient, insaisissables.

– C'est une plaisanterie, répéta-t-elle.

Sa voix n'osa pas grimper jusqu'au point d'interrogation. Elle ne voulait pas d'une réponse ni même d'une explication. Elle voulait un démenti, clair, immédiat. Mais son père secoua la tête.

– J'ai déjà eu accès aux archives du dernier Madael. Cette écriture est bien la sienne. Quant au contenu de la lettre, il explique un certain nombre de choses. Le Don, nous le savons de source sûre, a bel et bien existé. La seule nuance, c'est que, contrairement à ce que nous pensions, il n'a pas disparu.

My crispa ses mains sur sa couverture, les oreilles bourdonnantes. Son père, si méfiant d'ordinaire devant le moindre petit élément inhabituel, se mettait à défendre un phénomène qui sortait tout à fait du champ des possibles ! Elle replia la lettre avec brusquerie.

– Je n'ai pas le Don, vous le sauriez. Et je suis votre fille ! Grands dieux, mais si les Siartt descendaient des Darcer, cela se saurait !

– Vous abordez le problème sous le mauvais angle, My, dit la comtesse. C'est vous qui descendez des Darcer ; pas les Siartt.

Elle s'interrompit. Un air étrange envahissait peu à peu toute sa figure, quelque chose entre les larmes et le flétrissement. Malgré sa chevelure sans fils blancs, son teint rehaussé par la poudre, tous ces artifices qui avaient fini par faire partie d'elle, sa mère se révélait lentement telle qu'elle était. Une femme de quarante ans, que l'âge commençait à faner tout autant qu'une tristesse vague et douce.

– J'aurais voulu que vous l'appreniez beaucoup plus tard. Une fois mariée, porteuse d'un autre nom… Rien n'aurait été remis en cause alors, il aurait été trop tard. Mais ce qui s'est passé hier a décidé pour nous.

Les doigts de My se serrèrent sur le sifflet.

– Que voulez-vous dire ?

– Vous êtes notre fille, My, de cœur, mais pas de sang. Des enfants, des vrais, nous n'en aurons jamais. Vous les remplacez depuis seize ans, et depuis seize ans, nous caressons l'espoir de sauver la maison des Siartt grâce à un substitut… une petite fille, belle comme le jour, qui nous est tombée du ciel alors que nous n'en espérions plus rien. Parce que vous n'aviez pas de racines, vous nous apparteniez tout entière. Si nous avions su…

Ahurie, comme assommée, My fixa ses parents en silence. Ses parents qui n'en étaient pas, mais avec lesquels elle entretenait depuis toujours une relation dénuée de la moindre ombre, du moindre petit doute. Se pouvait-il que les liens du sang aient si peu de force, pour qu'en seize ans elle soit incapable de les distinguer d'une hérédité bâtie de toutes pièces ? Elle ne leur ressemblait pas, c'était pourtant criant. Le vernis de son éducation avait gommé cette différence. Prise en étau entre des origines floues et ceux qui l'avaient faite à leur image, jusqu'à quel point s'appartenait-elle ?

– Votre père vous a laissée ici quand vous étiez toute petite, expliquait le comte. Ce sont les serviteurs qui vous ont trouvée dans les jardins. Votre mère était morte en couches et votre père s'en remettait à nous pour vous assurer une vie décente, en tant que servante, espérait-il au mieux. La suite, vous la connaissez. L'autre suite… elle reste à vivre.

My garda le silence. Tout allait trop vite, brisant le sentiment de sécurité qu'elle éprouvait habituellement dans cette chambre, près des deux personnes en qui elle avait une éperdue confiance. Le comte se pencha en avant, la regardant avec insistance.

– My, il faut que vous compreniez que rien, absolument rien, ne remet en question le lien qui nous unit. À nos yeux, vous êtes notre fille, sans réserve et sans concessions. Mais, nous qui avons toujours eu le désir de faire de la petite fille surgie de nulle part une grande dame du monde, nous réalisons que cette grande dame, vous l'êtes déjà. Vos origines vous destinent au trône, mais par des voies plus sinueuses que celle du mariage. Et cette lettre vous ouvre la route. Vous avez le point de départ. Alors, maintenant… il ne vous reste qu'à vous mettre en marche.

– Je ne peux pas baser toutes mes espérances sur une lettre ! protesta My d'une voix tremblante. Je suis votre fille, rien d'autre !

– Vous êtes notre fille, dit le comte avec fermeté, mais vous ne pouvez pas vous détourner de vos vraies origines. Pas maintenant que vous les connaissez, et pas lorsqu'elles sont aussi prestigieuses. Vous incarnez l'avenir d'Edrilion à vous seule, My, et c'est pour cela que la lettre ne vous laisse pas le choix. Vos prédécesseurs ne l'ont pas eu non plus. La dynastie qui nous gouverne est originaire de La Déléane, vous le savez : face à elle, vous avez votre légitimité comme argument de poids… et ce trésor, si nous parvenons à le retrouver.

– Je ne sais pas où se cache ce trésor. Et je n'en veux pas.

My repoussa le sifflet du bout de l'ongle. Son métal terne, son aspect rustre, tout la révulsait.

– Je n'en veux *pas*. Je ne suis pas mes prédécesseurs, et je ne suis pas ma dynastie. Je suis née Darcer, mais j'ai grandi chez les Siartt. S'il faut faire un choix, il est fixé depuis seize ans !

– Mais réalisez-vous qu'avec ce trésor vous pourriez accéder au trône, atteindre les sommets que nous espérions tant pour vous ?

La jeune fille ne répondit pas. Ce rêve de gloire, elle l'avait souvent fait. Sans prévoir qu'il se présenterait à elle sous un tel jour…

– Nous vous aiderons, bien sûr, dit le comte. Nous avons de l'influence à la Cour, et des alliés sur l'ensemble du royaume. En mobilisant toutes nos forces…

L'enthousiasme commençait à prendre le dessus. Et cet enthousiasme, elle le connaissait bien. Stratège infatigable, le comte ébauchait déjà les grandes lignes d'une reconquête, avec l'esprit de décision d'un héritier.

– Je ne sais pas quel rôle joue le Don, mais il nécessite votre présence sur place. Qu'importe, une escorte vous protégera. Je choisirai des subalternes…

– Je ne veux pas partir.

– … et il ne faudra pas tarder. La rumeur de votre malaise va se répandre à toute vitesse, mieux vaut partir avant de se faire envahir par les curieux.

– Je ne veux pas partir.

Le comte se leva.

– Faites apporter votre repas ici, si vous avez faim, mais ne sortez pas de votre chambre aujourd'hui. Si les domestiques vous voient sur pied le lendemain de votre crise, ils vont se poser des questions.

Avec lenteur, la comtesse se redressa à son tour. Elle n'ajouta rien. Suivant son exemple, My se tut. Pour ses parents, il ne faisait aucun doute qu'elle obéirait, elle qui les avait toujours écoutés en tout. Mais, lorsqu'ils passèrent le pas de la porte, la question jaillit sans qu'elle puisse la retenir :

– Quelle forme ai-je prise ? Quelle créature étais-je, hier ?

Le comte et la comtesse s'arrêtèrent sur le seuil.

– Nous n'avons pas vu. Vous aviez repris votre apparence humaine quand Floan vous a retrouvée.

My retomba sur ses oreillers, déçue.

– Tant pis…

Le comte et la comtesse sortirent, refermant soigneusement la porte. Le son était ténu, mais elle entendit malgré tout un léger grincement. Il n'en fallait pas plus pour la faire bondir au sol et courir à la porte. Un rapide actionnement de la poignée lui confirma ce qu'elle redoutait : par mesure de prudence, ils avaient fermé à clé.

– Flûte !

Furieuse, elle expédia un coup de pied dans le battant. Un battant solide, naturellement. Toutes les portes de Siartt étaient en bois massif…

Avec la très désagréable impression d'être prisonnière et condamnée à une exécution prochaine, la jeune fille se mit à arpenter sa chambre, réfléchissant à toute vitesse.

La situation n'était pas brillante. Elle se retrouvait enrôlée du jour au lendemain dans une chasse au trésor dont elle n'avait que faire et à laquelle cinq personnes avaient échoué sans explication. Hors de question de risquer sa vie dans cette course.

Certaines décisions se prennent en un seul coup. Moins d'une minute plus tard, My avait entassé dans un sac le livre de contes, quatre robes, sa brosse à cheveux et autres effets personnels.

Dix minutes après, elle s'attaquait à l'exercice le plus en vogue chez les princesses : l'escapade par la fenêtre. Sauf que dans son cas, aucun prince ne l'attendait en bas. Et, plutôt qu'un donjon sinistre, c'était son domaine qu'elle quittait, un lieu où elle n'avait besoin ni d'ancêtres ni de titre pour s'en savoir la reine.

Généralement, les décisions les plus brusques sont aussi les plus stupides. Car fatalement, lorsqu'on décidait de fuir une quête qui vous attendait à l'extérieur, on avait toutes les chances de retomber dedans.

4. En quittant Siartt

En pleine matinée, par un soleil radieux, My venait de tirer un trait définitif sur toute sa vie passée.

Elle était invitée le lendemain au château de Caliande. L'après-midi verrait arriver son tailleur avec ses trois nouvelles robes, choisies avec tant d'hystérie, attendues avec tant d'impatience, la rouge avec son décolleté carré, la noire moirée qui mettait si bien sa chevelure en valeur, et la dorée, surtout, la dorée pâle qu'elle avait mis deux mois à choisir en vue du prochain bal, ce bal même où le prince héritier devait paraître, où elle avait prévu de sortir le grand jeu… Mais non. Au lieu de cela, elle se retrouvait hors de chez elle, baluchon à l'épaule et bien incapable de savoir comment elle avait pu descendre trois étages sans dégringoler, avec pour seules prises les pierres bien scellées du mur. Une chose, en tout cas, était certaine : elle avait su descendre, elle ne saurait pas remonter.

Un instant plus tard, elle réalisa une deuxième chose, plus grave. Tout son argent était resté là-haut. Soit une bonne quarantaine de pièces d'or. Sans compter les bijoux qu'elle aurait pu revendre.

C'était bien parti.

Rassemblant ses jupes, My s'empressa de quitter les lieux.

Bien sûr, elle aurait pu passer par l'escalier, plus conventionnellement, pour aller prendre ce qui lui manquait, mais on n'avait jamais vu une princesse, puisque princesse elle était, faire demi-tour pour revenir à son point de départ. Tant pis.

Sans compter que c'était plus prudent : elle savait que ses parents ne lui voulaient aucun mal, qu'ils étaient prêts à l'épauler dans sa quête, puisque quête il y avait aussi, mais entre aider leur fille et la laisser partir seule à l'aventure, il y avait fossé. Pour les Siartt, une princesse était une aubaine… à la condition qu'elle reste sous clé.

Eh bien, il n'y aurait pas de princesse. Du moins pas dans ces conditions.

Une chasse au trésor ! Pourquoi pas l'assaut du château royal, tant qu'on y était ? Princesse par le mariage, oui, elle voulait bien ; princesse par manœuvres et politique des battements de cils, elle savait faire. Mais elle ne voyait aucun intérêt à gagner ce titre grâce à un trésor !

C'était l'heure où les domestiques s'affairaient un peu partout et se croisaient dans tous les recoins du domaine : sortir par l'allée principale était exclu d'avance. Elle savait rejoindre les grandes routes en passant par là, mais sur le gravier trop blanc, on la repérerait au premier coup d'œil. Restait l'évasion par les jardins. Les nombreuses allées pouvaient brouiller les pistes, et elle pensait pouvoir retrouver l'issue la plus proche en traversant une partie du domaine. Sans hésiter davantage, la jeune fille s'éloigna du castel et tourna à droite.

Il était presque invraisemblable de se dire, au milieu de ces allées verdoyantes, qu'ici, la veille même, elle avait cru mourir. C'était si irréel qu'elle s'attendait à revivre les mêmes événements. Voir Floan surgir de derrière un buisson l'aurait à peine surprise. Elle guettait avec plus d'angoisse l'éveil de la douleur dans son ventre. Rien de tout cela ne se produisit.

Bifurquant sur un chemin moins large, elle se surprit à penser au jeune homme. Qu'avait dû penser Floan ? Seule sa voix paniquée lui revenait en mémoire : « Je vais chercher du secours, My ! Je reviens ! » Sous quel angle, aujourd'hui, abordait-il la chose ?… Il n'était pas resté à Siartt. Ce pouvait aussi bien être une fuite qu'un repli dicté par la pudeur. Pour la première fois, Floan lui offrait un visage mystérieux.

Le domaine de Siartt était comme le castel : My le connaissait dans l'ensemble, mais certains détails lui demeuraient obscurs. Elle savait, par exemple, que le domaine était l'un des plus vastes de la région, mais ignorait ses proportions exactes. My les découvrit en temps réel ce jour-là. Elle qui croyait tout connaître, cette allée ombragée ou cette pelouse entourant un bassin, réalisa en une heure que, de sa vie, elle ne s'était jamais beaucoup éloignée du castel… en tout cas jamais autant. Alors, l'inquiétude se réveilla.

Elle avait passé l'heure du repas. Peut-être ses parents avaient-ils déjà constaté son absence. La perspective d'une course-poursuite avec les gardes du castel lui paraissait d'un ridicule achevé et elle pressa le pas, pour finalement courir de toutes ses forces. Elle connaissait heureusement la direction à prendre pour parvenir à la porte des jardins, il suffisait de suivre les allées principales. Elle bifurquait à l'occasion sur des sentiers parallèles, espérant semer de cette manière d'éventuels poursuivants.

Elle ne sut pas combien de temps elle courut exactement ; mais quand elle atteignit enfin la grille, un redoutable point de côté lui sciait les côtes. Qu'importait, après tout ! La fuite, la vraie, était enfin possible.

La grille était fermée. My faisait cependant partie des personnes dont la présence d'esprit fonctionnait à l'envers : laissant tout son argent derrière elle, elle avait songé à prendre les clés. Elle verrouilla soigneusement derrière elle. Puis elle fit volte-face, affrontant l'inconnu.

Derrière la grille, un chemin s'éloignait dans les sous-bois. Un vrai, celui-là. Avec des mauvaises herbes et un terrain irrégulier : on voyait tout de suite qu'il était peu fréquenté. My s'y engagea résolument, pressée de disparaître sous les frondaisons. Elle s'autorisa une pause dès qu'elle fut à l'abri, consciente d'avoir gagné la première manche.

Mydria était souvent sortie de Siartt, mais en calèche, empruntant de grandes routes pavées qui ralliaient directement d'autres domaines et d'autres villes. Elle ne connaissait rien du monde sauvage, celui où l'homme n'avait pas imposé aux plantes de pousser ici ou là. Et cette découverte n'eut rien d'agréable. Ce jour-là, elle découvrit que les fleurs n'étaient pas les seuls végétaux, qu'il s'en trouvait de moins aimables, qui surgissaient traîtreusement sous vos pieds, laminant les chevilles et les étoffes. De la même façon, elle réalisa que les oiseaux ne vivaient pas seulement en cage et qu'il en existait de toutes sortes, aux couleurs moins éclatantes mais beaucoup plus bruyants.

Elle remarqua aussi qu'en forêt les sentiers étaient très différents de ceux du domaine : ils ne menaient nulle part. Mais il lui fallut attendre la tombée du jour pour admettre qu'elle était perdue. Complètement, et irrémédiablement perdue.

– Flûte, mais ce n'est pas vrai !

Ulcérée, vidée, la jeune fille se laissa glisser à terre pour sangloter tout à son aise. Elle avait faim. Elle avait froid. Elle avait mal aux pieds et elle était bloquée : même si elle avait voulu revenir à Siartt, elle n'aurait pas pu. Le sentier, obscur et affreusement tranquille, l'effrayait plus que tout le reste. Quelques rayons passaient encore entre les feuillages, mais faiblement. Dès qu'il ferait noir, on pourrait l'attaquer de n'importe quel côté. Des bêtes nocturnes, des prédateurs de forêt. La mort rôdait. Pas besoin d'être spécialiste pour le sentir, de toutes les fibres de son être…

My en vint presque à souhaiter le retour de son Don. Avec une paire d'ailes, elle aurait au moins pu survoler les bois et retrouver une route… Mais son pouvoir ne répondit pas. Elle en fut réduite à grimper dans le plus grand arbre qu'elle trouva pour y passer la nuit. À mi-hauteur, deux grosses branches formaient une toute petite plate-forme sur laquelle elle s'installa. Il était temps : quelques minutes après, il faisait complètement noir. Et My passa la nuit là, redoutant de tomber, grelottante, recouverte de toutes les robes de son baluchon : des satins luxueux qui, malheureusement, ne protégeaient pas du froid.

Elle guetta le Don toute la nuit. Le matin levé, elle n'était toujours qu'un misérable petit être humain, fripé, pâlichon. Pas un soupçon d'ailes dans le dos. Elle se sentait déchue, au-delà de toute expression.

Et si, finalement, tout ce qu'elle avait vécu n'était qu'illusion ? Son malaise n'était peut-être que le signe annonciateur d'une folie qui l'avait poussée à fuir, ébauchant de toutes pièces un scénario incohérent… la veille paraissait si floue. Et, finalement, comme elle se connaissait peu elle-même ! Incapable de démêler, dans sa tête, le vrai du faux…

Voilà ce à quoi toute sa vie l'avait menée. Mydria, My pour les intimes, résidant actuellement au croisement des deux branches d'un chêne. Pas de parents. Et elle avait troqué son joli domaine contre une couronne fantôme. Oh, elle avait toujours seize ans, elle était toujours jolie, au moins cela n'avait pas changé. My, toutefois, ne pouvait pas deviner que sa beauté si délicate, elle l'avait héritée d'une prostituée…

Il fallait bien agir, pourtant. Quitter cet endroit, pour commencer. Sans savoir comment faire. Tant pis. Elle était peut-être déchue, elle était peut-être folle, mais elle avait encore ses jambes pour l'emporter loin d'ici. Ses bagages furent vite faits : ramassant ses robes, elle entreprit de les fourrer pêle-mêle dans son sac… mais suspendit soudain son geste, stupéfaite.

Ce sifflet, ce satané sifflet, elle l'avait laissé à Siartt, sous son oreiller. Comment se faisait-il alors qu'elle le retrouve là ? Innocemment posé au fond de son baluchon ?

La lettre dépassait toujours du bec. Elle la déplia sèchement. Les signatures de ses ancêtres se déployèrent à nouveau, révélatrices de caractères et de sentiments divers. Cédant à un mouvement de colère, My s'empara de sa plume, glissée dans la sacoche. À grands traits cinglants, elle signa en dessous du nom de son père : *My. L'ultime.*

Car oui, elle était bel et bien la dernière des Darcer. Elle eut un minuscule pincement au cœur. Dommage qu'une telle quête se termine de cette façon. Ses ancêtres s'étaient tous dévoués, avant elle, pleins de bonne volonté, de patriotisme ou d'ambition… Peu importait, ils étaient, en tout cas, tous partis de leur plein gré ; ce ne serait pas son cas.

Haussant les épaules, elle rangea le sifflet dans son baluchon et entreprit de grimper au sommet du chêne. Les branches étaient solides, la jeune fille, légère, mais ses escarpins, eux, ne facilitaient pas l'ascension. Redoutant de les perdre, elle les rangea soigneusement dans son sac : elle avait peut-être perdu beaucoup de choses en quelques heures, mais certainement pas sa dignité. Une fois descendue de cet arbre, elle n'irait pas pieds nus.

Sa première bonne surprise l'attendait à la cime : émergeant des dernières branches, elle put constater que la forêt qui lui avait paru si grande s'interrompait quelques kilomètres plus loin. Le vert foncé cédait la place à une autre étendue, plus claire. Des plaines, selon toute apparence, mais beaucoup trop lointaines pour qu'elle puisse voir si une route les traversait… My nota toutefois que les arbres de la forêt, en certains endroits, s'espaçaient légèrement, comme cédant le passage à une ligne invisible. Un sentier. Elle dégringola de son chêne plus qu'elle n'en descendit. Si un sentier menait là-bas, tout n'était donc pas perdu !

My, bien sûr, n'avait aucune notion de géographie ; elle connaissait les noms des pays voisins d'Edrilion et leurs capitales, mais on ne lui avait pas appris à distinguer les quatre points cardinaux ni à se repérer grâce à la mousse, au vent ou au soleil. L'escalade remplaça ces lacunes : à chaque embranchement, elle se hissait sur un arbre pour décider de la direction à suivre, méthode plus longue mais plus prudente et qui porta ses fruits : en fin de matinée, elle atteignait l'orée de la forêt.

Elle était toujours perdue, mais le décor qui l'entourait lui était plus familier, proche de ceux qu'elle traversait naguère en calèche. C'étaient des plateaux sauvages, alternant avec des champs. Elle coupa à travers. Il n'y avait pas la moindre route, et l'impression de solitude continuait à l'entourer, menaçante. Siartt était-il si isolé par rapport aux autres villes ?

Elle mit ses mains en porte-voix et cria :

– Il y a quelqu'un ?

Personne ne répondit.

Tout était tellement… vide. Malgré leur végétation luxuriante, les plaines semblaient désertes. Ni homme, ni animal n'était visible nulle part ; hormis une créature, mi-homme, mi-animal, qui était elle, et dont elle avait aussi peur que du reste.

Quand on est perdu, il se présente peu d'alternatives. Soit on s'effondre pour mourir là, soit on continue. L'être humain, par nature, choisit toujours la deuxième option. Et My avait beau abriter en son âme une bête inconnue, elle n'en restait pas moins très humaine. Elle peina tout l'après-midi, les pieds endoloris par ses chaussures inadaptées, le ventre tordu par la faim. Elle ne faisait pas cela par volonté, ni par bravade. Hors des salles de bal, My n'était pas téméraire et on ne lui avait pas appris à l'être ; elle était simplement poussée par ce courage exemplaire qui aide les couards à fuir leur fin.

Ce furent de petits indices qui apparurent tout d'abord, porteurs d'un fol espoir : une cabane plantée dans un champ, puis trois maisons. Beaucoup plus loin, les logis étaient passés de trois à huit, signe indiscutable qu'elle commençait à revenir en terrain habité. On l'informa que la grande route qui partait de Siartt, la seule qu'elle connaissait bien, passait à quelques lieues du dernier hameau. Il était trop tard pour continuer ; elle échangea l'une de ses robes contre le couvert et le gîte pour une nuit.

Ce soir-là, quand My se glissa sous la couverture mise à sa disposition, sa décision était prise : le lendemain, elle partirait pour Liett.

5. Liett

Où se trouvait précisément Liett ?

La question lui vint à l'esprit quand elle rejoignit la grande route. Question des plus embarrassantes. Elle avait tellement l'habitude de voyager en carrosse qu'elle avait occulté le problème de l'itinéraire.

Elle savait situer Liett sur une carte ; la capitale était au nord du pays, près du fleuve Alester, emplacement qu'elle supposait idéal, protégé par les terres tout en permettant d'atteindre rapidement les frontières par le biais du cours d'eau. Edrilion, à ce qu'elle en avait retenu, donnait sur la mer d'Olrante par la façade sud, avec le golfe du Médant ; la frontière est était accolée à celle de La Déléane, et celle de l'ouest voisinait avec Acryak. Elle arrivait à se remémorer la configuration globale du pays, mais elle ne se rappelait aucune grande ville, aucune voie commerciale, nulle chaîne montagneuse, rien qui pût l'aider à organiser sa route.

Alors, en désespoir de cause, elle resta sur le bas-côté, son sac à la main. Regardant passer les attelages et les cavaliers en se maudissant de n'avoir pas mieux écouté son précepteur et ses ennuyeux cours de géographie quand elle en avait l'occasion. Elle se doutait qu'elle offrait un spectacle incongru, avec ses yeux bouffis et sa robe chiffonnée, et s'assit dans le fossé pour réfléchir, se soustrayant ainsi aux regards.

Il avait commencé à pleuvoir. Ayant glissé ses mains sous ses jambes pour tenter de les réchauffer, elle les ressortit maculées de boue. Il lui semblait être l'incarnation vivante de la misère humaine ; elle n'avait même plus assez d'énergie pour pleurer un bon coup. Il faisait si froid qu'elle claquait des dents. Dire que sans l'incident de la veille, elle serait en ce moment à Siartt, regardant l'averse depuis son fauteuil tout en sirotant un bon thé ! Ce sentiment aigu de déchéance lui donna l'énergie de redresser la tête. Elle avait refusé la quête qui l'attendait, soit. Mais alors il lui fallait se donner les moyens de revenir à son état antérieur. Donc, trouver Liett, le seul lieu qui lui donnerait la possibilité d'y parvenir… En effet, qui disait Liett disait aussi Floan : ambassadeur résidant au palais royal, son prétendant officiel et le plus assidu. Le plan était parfait. Elle l'épouserait et, dès lors, ses parents n'auraient plus de pouvoir sur elle, puisque selon la loi, elle devrait obéissance à son mari.

Mais si Floan lui disait non ? Si son malaise l'avait effrayé ou, pire, fait douter de sa vertu ou de son équilibre mental ? Elle rejeta cette idée. Floan n'était pas ainsi. Et le cas échéant, elle saurait bien lui prouver qu'elle était digne de sa confiance. Elle avait toujours eu de l'emprise sur lui, ce n'était pas un problème… Le problème, c'était de parvenir à le rejoindre. Elle pesa rapidement le pour et le contre.

La route au bord de laquelle elle se tenait semblait très fréquentée. Un atout : elle devait sûrement rallier une autre voie menant à Liett, qui agissait sur le pays comme un aimant, appelant une multitude de jeunes gens à venir y chercher fortune, une multitude de petits commerçants à s'y installer pour agrandir leur négoce. Dès qu'ils passaient les portes, on n'en entendait plus jamais parler, enfouis qu'ils étaient dans l'obscur dédale d'une ville dépassée par sa réputation. Mais jamais les nouvelles générations ne se décourageaient. Chaque année, Liett engloutissait son quota d'êtres humains. Pourquoi ne trouverait-elle pas l'un de ces voyageurs sur sa route pour s'embarquer clandestinement ?

Hélas, elle ne pouvait deviner leur destination, et il était hors de question de le leur demander. Par principe, la distance entre les classes sociales devait être respectée. Sans compter que son habillement était susceptible d'éveiller les soupçons et les convoitises. Elle ne tenait pas à se faire enlever contre demande de rançon. Impossible aussi d'attendre le passage d'un équipage noble. Elle avait beau être connue, elle était trop peu reconnaissable ainsi, avec son baluchon et son air égaré, pour inspirer confiance. Faute de mieux, elle se mit donc à marcher. Elle n'avait aucune idée de ce qu'elle voulait faire, mais attendre ne lui servirait à rien. Avec la pluie, le rose trop voyant de sa robe s'était un peu terni, et elle passait, du moins l'espérait-elle, un peu plus inaperçue, regrettant tout de même de n'avoir pas emporté une cape.

Du coin de l'œil, elle s'amusait à observer les attelages qui la dépassaient, fidèles reflets de la diversité des populations en Edrilion : une charrette chargée de sacs qu'elle supposa remplis de grain, tractée par de lourds chevaux de bât, une paire de mules tirant un attelage bleu qui avançait en tintinnabulant, ou une grande calèche à l'apparat décevant, tout en tons gris. Sans oublier les chevaux, de toutes tailles et de toutes robes. Ce beau monde se bousculait pour avancer plus vite, éclaboussant la jeune fille au passage, puis disparaissait derrière un rideau de brume, lui laissant un étrange sentiment d'abandon. Mais il en venait toujours d'autres. De rose terne, sa robe vira au brun boueux. Bientôt elle se lassa d'observer, n'aspirant plus qu'à un toit, une assiette, et une place au chaud. Trempée jusqu'aux os, elle commençait à goûter l'expression dans tout ce qu'elle avait de pénible…

Elle se rappela soudain les habitations en bord de route, postées à intervalles réguliers, qu'elle voyait défiler pendant ses trajets en calèche. Des auberges, pour changer les chevaux ou passer la nuit. Elle aurait dû y penser : il était logique de prévoir des relais pour les messagers ou les voyageurs qui venaient de loin. Cette pensée lui redonna du courage et elle retroussa ses jupes pour courir.

Elle espérait que le prochain relais n'était pas trop éloigné, mais la malchance la poursuivait. Prise d'un fulgurant point de côté, elle clopinait encore bien plus tard sans qu'aucun toit ne se détache sur l'horizon brumeux. Elle était tellement épuisée qu'elle se serait bien roulée en boule pour dormir dans le fossé, mais le contact de l'eau lui était insupportable, et puis elle avait peur du noir. Ses efforts furent finalement récompensés : elle déboucha dans la cour d'un relais qui empestait le crottin, par une nuit noire.

L'auberge était bondée, elle l'entendait d'ici. Par ailleurs, la lueurjaune et légèrement glauque qui transparaissait par les fenêtres ne lui disait rien qui vaille. Malgré une faim aiguë, elle s'en détourna, cherchant plutôt les écuries. Une lampe à huile était suspendue dans la cour ; elle vit que plusieurs chevaux avaient été attachés sous un portique, lequel donnait sur une porte à double battant. L'odeur des écuries la révulsait, mais au moins elle y dormirait au chaud.

Discrètement, elle se faufila parmi les chevaux et entrouvrit la porte. On n'entendait que le souffle profond des bêtes. L'écurie semblait comble. Avançant dans l'allée, la jeune fille distingua, au fond, les attelages garés les uns à côté des autres. Délaissant le box vide qu'elle avait tout d'abord avisé, elle alla les voir de plus près. Toutes les voitures avaient gardé leur chargement. Les sacs portaient, pour la plupart, le nom de leur contenu marqué à l'encre noire, ainsi que, observa-t-elle avec un battement de cœur, leur destination. Liett revenait à plusieurs reprises. Au milieu des ténèbres, une flamboyante lueur d'espoir la réchauffa des orteils jusqu'au fond du cœur : à défaut d'itinéraire, elle avait trouvé son équipage.

Le soudain ébranlement de sa couchette improvisée réveilla My en sursaut, qui se cogna violemment la tête. Paniquée, mal réveillée, elle tendit la main par réflexe pour récupérer son sac qui roulait vers l'avant de la charrette.

Que se passait-il ? Où était-elle ? Elle mit un certain temps à organiser ses pensées pour répondre pêle-mêle à toutes les questions qui se pressaient dans sa tête, retrouvant ses souvenirs les uns après les autres. Elle se souvenait du fossé. De la révélation. De la forêt, du sifflet, de la boue et… le relais ! C'était donc cela. Le propriétaire de la charrette s'en allait. Après un jour d'errance, elle était bel et bien en route pour Liett.

Elle ne sut plus trop, tout à coup, si elle devait ou non s'en réjouir. Elle craignait d'avoir mal lu la destination indiquée sur les sacs, et aussi de se faire repérer. Et puis comment mangerait-elle ? Là, elle se sentit vraiment angoissée. Comme elle avait un appétit d'oiseau, ses besoins alimentaires n'étaient pas excessifs, mais elle n'avait jamais passé une journée sans manger et, si elle comptait bien, elle avait quitté Siartt depuis deux jours déjà ! Allait-elle finir par manger du foin ?

Elle roula sur le dos pour essayer de voir le ciel à travers la paille. Nuance très claire. Le matin débutait à peine… La jeune fille poussa un gros soupir. Elle avait déjà mal partout. De combien de jours Liett était-elle distante ? Préoccupante question. Les Siartt étaient influents, donc forcément assez proches de la capitale, mais dans un royaume comme Edrilion, proche voulait à la fois tout et rien dire… Il allait falloir prendre son mal en patience.

Cherchant à s'occuper, elle prit quelques poignées de foin pour s'en faire un matelas, le fond de la charrette étant décidément trop dur, mais elle ne parvint pas à se rendormir. Malgré elle, elle guettait un indice quelconque pouvant l'informer sur la nature de son transporteur. Des bribes de conversation lui firent comprendre qu'ils étaient en fait deux. Rassurant, car un seul conducteur aurait été plus attentif aux bruits annexes. Elle n'entendait rien de plus que quelques sons de voix étouffés, mais ils semblaient de meilleure humeur qu'elle : la faim aidant, elle ne pensait plus qu'avec son ventre, lequel grognait sans interruption.

Elle supporta bravement son supplice jusqu'à midi. Avant de sombrer dans une sorte de malaise, mi-fièvre mi-apathie, qui la mit dans un état second jusqu'à l'arrêt de la charrette. Ses convoyeurs avaient fait halte dans un relais pour laisser reposer les chevaux. N'y tenant plus, Mydria rampa hors de la charrette et s'éloigna discrètement vers l'auberge accolée aux écuries, salivant par avance à la perspective d'un repas chaud.

Malheureusement le problème restait le même, et cette pensée lui fit l'effet d'un coup de poing en plein ventre : pas d'argent… Elle en fut réduite à dérober dans une mangeoire le pain noir et sec distribué aux chevaux. Remontant dans la charrette avec son butin, elle était presque contente. Elle gardait du pain un souvenir agréable, mais c'était du pain blanc, rien à voir avec celui, sec et acide, exposé à la poussière et aux relents putrides de la cour, qu'elle s'acharna à avaler pendant une grande partie du voyage.

À partir de là, elle perdit toute notion du temps. Même le souvenir de sa première métamorphose semblait bien pâle en comparaison de la douleur qui lui labourait les entrailles. Elle était loin de se douter que cette journée était la première d'une longue série : d'autres jours l'attendaient, bien plus terribles et déroutants. Et ce, dès son arrivée à Liett.

Ce fut le brusque arrêt de la charrette qui tira My de sa léthargie. L'arrêt, et aussitôt après une succession de cahots ininterrompus qui firent bringuebaler le véhicule dans un tintamarre d'enfer.

Elle connaissait bien ce bruit, il avait bercé la quasi-totalité de ses voyages. Des pavés !

Précipitamment, elle s'agrippa aux rebords de la charrette et glissa un œil à l'extérieur, suivi très vite par un petit nez, une bouche bée et pour finir l'intégralité de sa tête. Devant le spectacle qui se révélait à elle, son ébahissement était tel qu'elle ne songea pas à se remettre à couvert et resta là, regardant de tous ses yeux.

La charrette avait quitté le chemin de terre pour une route beaucoup plus large, pavée à perte de vue. « La Voie du roi », se dit la jeune fille, qui se reprit aussitôt. Non : la Voie du roi n'était pas pavée, mais dallée de pierres blanches à qui elle devait sa réputation. Elle était en train de s'acheminer vers une porte marchande, l'une des trois qui filtraient les entrées du commun des mortels. Constat qui ne rembrunit pourtant pas la jeune fille. Au bout de la route, Liett apparaissait lentement, et elle n'avait d'yeux que pour elle. Les remparts immenses, la foule qui s'engouffrait dans la mâchoire pour l'heure grande ouverte que composaient la herse et le pont-levis, toute cette beauté dressée jusqu'aux cieux présentait un aspect inattendu.

Ainsi, ce géant qui s'avançait vers elle, doté d'une armure de pierre et de crocs à ses portes, était Liett, la merveilleuse Liett ? My s'était imaginé une cité ouverte, dont les palais éthérés se seraient élancés si haut qu'elle les aurait repérés avant même les remparts. Une cité de rêve, fidèle à sa légende… La vraie Liett était beaucoup moins belle.

La foule des arrivants, chariots, cavaliers et piétons confondus, ralentissait de plus en plus à mesure qu'on s'approchait de la herse. Passer les remparts avait l'air moins facile que prévu. Des gardes étaient sûrement postés pour surveiller les entrées, et spécialement les marchandises. À moins de vouloir se faire prendre au piège, elle allait devoir abandonner son statut, si commode, de passagère clandestine et entrer à pied.

My retourna se tapir au fond de la charrette, étalant ses trois robes devant elle. Si elle voulait accéder aux quartiers riches sans se faire arrêter, il lui fallait présenter une apparence irréprochable. Sans cela, la chevalière qu'elle portait à la main droite, signe de son appartenance à la famille Siartt, ne lui serait d'aucun secours – elle le savait depuis longtemps, c'était plus souvent une mise qui appuyait une preuve matérielle que l'inverse. Son choix se porta sur la robe en soie bleue qu'elle avait reçue pour ses seize ans, la robe préférée de Floan. Espérant qu'il serait sensible à l'attention, elle l'enfila et essuya ses escarpins boueux avec un coin de toile. Le résultat n'avait rien de folichon, mais dans les circonstances présentes, elle ne pouvait pas faire mieux. Ne restait plus qu'à repousser le foin et sauter à bas de la charrette, ce qu'elle fit à regret, profitant de sa petite taille pour se faufiler parmi la foule et accéder à la herse plus rapidement. Des éclats de voix déchiraient le bruit de fond, insultes et plaisanteries volant d'un véhicule à un autre avec le même emportement et un niveau sonore qui, dans son milieu, aurait correspondu à une féroce empoignade. Parvenue à la herse, My avait les tempes battantes, le cœur guère plus tranquille et la volonté impérieuse de remettre la main sur Floan le plus vite possible.

Les gardes la laissèrent passer sans faire de difficultés, se contentant de l'orienter vers une rue qui s'éloignait à droite. C'était celle qu'empruntaient tous les piétons, chariots et cavaliers afin de fluidifier la circulation. La jeune fille suivit le mouvement, complètement désemparée. Où était donc le palais ? Des étals encombraient la rue par dizaines, mais du castel royal, aucune trace. Elle regretta très vite d'avoir mis une robe aussi voyante. On commençait à la dévisager, avec surprise puis curiosité. L'intérêt des gens la flattait d'habitude, mais elle ne l'avait jamais affronté dans un endroit aussi insécurisant qu'une rue et pressa le pas avec un début de panique, efficace aiguillon : elle quitta peu après la rue et déboucha sur une place où évoluait une foule plus variée, par laquelle elle se laissa engloutir, avec, très vite, l'impression de tourner en rond, perdue dans un dédale mou-vant d'habits, de roues, de rues qu'elle entrevoyait avant que de nouveaux passants les masquent. Elle s'était à peine enfoncée dans la capitale que, déjà, elle n'avait plus aucune idée de la direction à prendre. Où pouvait bien se cacher le pouvoir royal ? Sûrement pas aux premières loges, pour une raison stratégique qui semblait évidente, mais alors où ? Dans les tréfonds de la capitale ?

De la place, les remparts étaient encore visibles. Puisqu'elle était déjà perdue, autant s'éloigner d'eux en s'égarant dans le bon sens. D'un pas décidé, elle se faufila parmi la foule qui l'entraînait, esquiva un étal de fromages et s'échappa dans la première ruelle qui se présenta. Beaucoup moins de monde ici. L'endroit compensait avec l'odeur : un mélange indéfinissable de déchets pourrissants, d'urines et de fientes en décomposition qui fermentaient dans les coins. Au bord de la suffocation, My ressortit aussi sec, inspira un grand coup et replongea dans la foule. La vue d'une marchande de paniers la fit s'arrêter, prise d'une idée subite. Forte et d'allure commune, la femme inspirait confiance et, de toute évidence, était une habituée des lieux. Exactement ce qu'il lui fallait.

– Je cherche le palais. Où est-il ?

Légèrement surprise, la femme détailla la robe bleue et les longs cheveux blonds de la jeune fille qui venait de l'interpeller, avant de remonter jusqu'au visage, tendu dans une expression altière. L'examen parut lui confirmer ce que le ton laissait entendre : son interlocutrice était d'un milieu élevé, trop pour qu'elle refuse de lui répondre.

– Pour arriver au palais, la belle, il faut d'abord entrer dans les quartiers riches.

– Et où les trouve-t-on ?

– Vous remontez la rue, là-bas, et ensuite vous regardez en l'air.

La jeune fille n'obtint rien de plus. Délaissant l'étal aux paniers, elle s'avança dans la rue indiquée, levant le nez sans savoir ce qu'elle cherchait précisément. La réponse s'imposa d'elle-même : le ciel était criblé de tours. Grosses tours carrées des remparts, tourelles éparpillées dans d'autres rues, mais aussi de hautes tours blanches, plus lointaines, dressées d'un élan vers les nues. Le palais, en effet, était quelque part là-haut…

La jeune fille se mit à marcher sans quitter des yeux les tours les plus proches. Tout entière projetée dans le bleu du ciel, elle oubliait de regarder les rues, la foule qui y grouillait et les immondices qui maculaient le pavé, reprenant brièvement conscience de la réalité au moment de bifurquer dans une nouvelle rue. Tout semblait bien plus beau là-haut. Elle n'avait pas trouvé au sol la Liett qu'elle espérait, mais les cieux la lui restituaient, inaccessible et fugace, à travers ces grandes tours qui s'éloignaient à l'horizon ou se cachaient derrière un toit pendant un bref instant. Les tours blanches étaient les plus capricieuses. Elle avait beau essayer de s'en approcher, elles restaient toujours plus lointaines que les autres, refusant de grandir. La jeune fille remonta un nombre incalculable de rues avant de déboucher, brusquement, sur une allée droite et beaucoup plus large que les autres. Le palais était toujours hors de vue, mais elle venait d'atteindre les quartiers riches.

Elle s'y sentit tout de suite à l'aise. Aucun rempart ne séparait ces quartiers des autres rues, mais peu y entraient, pour une raison qui n'était pas difficile à deviner. Il se dégageait de ces grandes maisons cossues, environnées d'arbres massifs, une telle superbe que personne ne pouvait en approcher sans un pénible sentiment d'infériorité. My, elle, s'engouffra dans la rue d'un pas tout à fait raffermi. Celle-ci, à l'inverse des autres, n'était pas tortueuse mais serpentait entre les maisons avec de grandes ondulations, de façon à suggérer une harmonie tout en nonchalance et, aurait pu croire un badaud ordinaire, en spontanéité, selon le même effet de mode qui avait façonné le jardin des Siartt et d'à peu près toute la noblesse. Détail qui renforça d'autant plus son assurance. Dans cette partie de la ville, elle était en terrain connu.

Traverser les quartiers en coupant dans les virages fut l'affaire d'un quart d'heure. Quart d'heure durant lequel elle ne lâcha pas les tours des yeux, notant avec satisfaction qu'après s'être stabilisées dans son champ de vision, elles commençaient à grossir. Toutes les autres s'étaient évanouies et elles se détachaient seules à présent : deux grandes tours rondes, aux sommets effilés comme des aiguilles. Puis, alors qu'elle amorçait son dernier virage, une grille en fer forgé jaillit au bout de la route. Les tours s'arrêtèrent juste derrière.

Folle de joie, My se précipita vers les grilles, s'accrocha aux barreaux, y colla son front. Si la ville l'avait désappointée, le peu qu'elle distinguait du palais annonçait une apparence conforme à la description qu'on lui en avait faite – que Floan lui en avait faite, lui qui y habitait la moitié du temps. Elle allait pouvoir vérifier par elle-même.

Comme à l'entrée de la ville, il y avait foule : gens de cour ou nobles de passage, qui patientaient devant le portail, un impressionnant duo de battants forgés étroitement surveillés. Elle crispa le poing jusqu'à sentir sa chevalière, une façon comme une autre de rassembler son courage. Entrer dans la ville ne posait problème à aucun piéton ; pénétrer dans le lieu du pouvoir même de Liett, c'était tout à fait autre chose. Elle ignorait combien de temps ses parents mettraient à deviner sa destination, combien de temps ils mettraient également pour rallier Liett. Le nom de Siartt, laissez-passer de choix, pouvait à tout moment se retourner contre elle… C'était le moment de prendre son courage à deux mains.

Elle attendit son tour avec impatience, lissant les plis de sa robe dans l'espoir de la défroisser, puis s'avança sous le portail à un signe des gardes. Un homme se tenait sur le seuil, dont elle n'avait pas remarqué la présence, équipé d'un rouleau de parchemin et d'une paire d'yeux perçants. Il haussa les sourcils en la voyant se présenter seule et la gratifia d'un rapide examen de haut en bas.

– Mydria Siartt, dit aussitôt My en tendant sa main droite.

Sa chevalière y brillait discrètement, gravée du blason des Siartt : le faciès d'un loup totalement noir à l'exception des yeux, laissés vides, à travers lesquels ressortait l'argent du bijou. Parfaitement ajustée, ce qui était un gage : tout enfant noble portait sa chevalière à partir de cinq ans, laquelle était agrandie tout au long de sa croissance. My gardait la sienne inchangée depuis plusieurs années, tant et si bien que la marque du métal avait fini par s'imprimer sur sa peau, l'auréolant d'un anneau presque noir. L'homme releva le détail sans rien dire et lui fit signe de passer d'un signe de tête.

De l'autre côté du portail s'étendait un gazon fragmenté par des haies ou des bosquets qu'elle ne prit pas la peine de détailler : au bout de l'allée principale, le palais recouvrait tout d'une ombre immense. Blanc, de lignes pures… Vertigineux. Combien d'étages pour hisser cette façade jusqu'aux tours ? Elle essaya de décompter les fenêtres, mais y perdit rapidement son compte.

Écrasée par la taille du palais, la porte d'honneur, malgré la volée de marches qui la rehaussait, semblait peiner à s'imposer avec la solennité voulue. My se dirigea vers elle, empruntant l'allée principale. Il y avait du monde dans les jardins, un beau monde policé et attentif, prêt à détecter la présence de tout nouvel arrivant. Le filtrage des entrées se poursuivait ici, plus exigeant, et infiniment plus discret. Dès les premiers mètres, elle sentit des regards se poser sur elle et se concentra sur sa marche, rabattant régulièrement l'ourlet de sa robe sur ses escarpins poussiéreux. Atteindre les marches fut un vrai soulagement. Les monter, un peu moins. Heureusement, il s'agissait d'une volée de degrés bas, davantage destinés à orner le devant du palais qu'à compliquer l'ascension. Elle déboucha dans la première salle, toute de marbre blanc et de fraîcheur réconfortante. Les piliers supportaient des clés de voûtes impressionnantes et une multitude d'escaliers entouraient la salle, s'envolant dans toutes les directions. Mais My ne prit pas la peine de détailler davantage l'architecture, taraudée par une question de taille : Floan serait-il là ?

Floan était sa chance. Sa plus grande et son unique chance. Elle en était terriblement consciente. Elle aurait sûrement refusé sa demande, l'autre jour, mais heureusement, la crise était survenue avant qu'elle le fasse ; et depuis, ses dispositions à l'égard du jeune homme avaient radicalement changé. Objectivement, leur mariage était encore possible… un petit oui, la bague au doigt, et un retour parmi les siens. Et ses parents ne pourraient plus la forcer à rien. Si seulement Floan était là. Si seulement son malaise ne l'avait pas effarouché. Floan était peut-être assez droit pour refuser d'attribuer la raison de sa crise à une grossesse, et c'était tant mieux. Mais il pouvait parfaitement croire à un accès de folie. C'était tout le problème : on ne plaisantait pas avec les idées de tares héréditaires, si courantes dans leur milieu, qu'on se transmettait de parent à enfant. Un peu comme les bijoux.

La jeune fille choisit, au hasard, l'escalier le plus proche et le franchit de quelques foulées nerveuses. La seconde salle était en réalité une galerie, avec des ouvertures en ogive qui donnaient sur les jardins en contrebas. Mais elle n'avait aucune idée d'où elle se trouvait. Où pouvait bien se cacher Floan ? Dans ses appartements sans doute… près des quartiers royaux. Impossible de songer même à y accéder. Elle se tritura les doigts, désespérée.

– Cherchez-vous quelque chose ?

La jeune fille sursauta. Son interlocuteur était un homme richement vêtu, dans les tons noirs et argentés qu'elle reconnut instantanément. Cette livrée était celle des domestiques attachés au service exclusif des arrivants, et généralement très informés de tout ce qui se passait au palais. Elle devina tout de suite qu'elle lui apparaissait suspecte et répondit à brûle-pourpoint :

– Je cherche Floan.

– Floan ? répéta poliment l'homme.

– Floan, du domaine de Trelleor, dit-elle impatiemment. L'un des ambassadeurs du roi… et mon fiancé. Je dois le voir de toute urgence. Où puis-je le trouver ?

– Floan de Trelleor…

L'homme s'immergea dans ses pensées.

– … oui. Il est revenu de province hier.

– Il est ici ? s'écria My.

Le domestique eut un geste de dénégation.

– Il est reparti ce matin.

– Reparti où ?

– Pour La Déléane.

– Comment… il… Il est reparti par ordre royal ?

La réponse fut des plus laconiques.

– Une affaire pressante.

My n'insista pas. L'affaire en question relevait du secret diplomatique, elle n'apprendrait rien de plus. L'homme enfonça le clou avec sollicitude :

– Il est parti pour un voyage de plusieurs mois. Souhaitez-vous que je lui transmette un message à son retour ?

Elle baissa la tête, les larmes montant, irrépressibles, à ses yeux.

– Dites-lui que My… non. Rien. Je vous remercie.

Elle s'éloigna rapidement, suivie par un regard inquisiteur. Ne pas pleurer. Ne pas pleurer, surtout, avant d'être ressortie. Et ressortir, avant tout.

My : ce simple signalement avait suffi. Son diminutif était presque plus connu que son nom complet. Dans quelques jours, tout le monde saurait qu'elle était venue ici… quelle idiote…

Floan. Floan parti. Il était revenu, il était reparti. Mais pourquoi ? Il avait quitté Liett exprès pour elle… Avait-il cru que le départ de la jeune fille était provoqué par la demande en mariage, le soir fatidique ? Il s'était sûrement informé. Qui savait ce que ses parents avaient inventé pour dissimuler la vraie raison de sa disparition ?

C'était la première fois qu'elle avait absolument besoin de lui. Et, pour la première fois, c'était lui qui prenait la fuite. Le monde marchait sur la tête.

Elle remonta l'allée au pas de charge. Jamais reine ne se serait aussi peu attardée à son légitime lieu de résidence. La déception était trop forte, et elle ne cherchait plus à retenir ses larmes, qui dégoulinaient de ses joues jusqu'au tissu de sa robe, brouillant sa vue. Elle avait l'impression de voir le monde à travers une surface de verre polie. Si elle ne buta pas sur les pavés en quittant le château, ce fut par un pur coup de chance. Une chance qui n'était jamais là où on avait besoin d'elle ! Quelle gravité aurait eue une chute ? De ce côté de la grille – côté peuple – elle n'était plus qu'une âme à la dérive…

Mydria Siartt, héritière légitime, créature volante non identifiée, précisément dépourvue, à cet instant, de tout ce qui ressemblait de près ou de loin à des ailes. Sa classe sociale aux talons. Sans échappatoire possible.

Elle était coincée dans la fosse aux loups.

6. Orest

Par la lucarne tout entoilée, un rayon de lumière perçait violemment, semblant presque déchirer, au passage, les fils poussiéreux.

C'était un rayon qui passait et un seul, net comme un coup d'épée. La matinée qui s'annonçait, si tapageuse, promettait le grand beau temps…

La porte du fond s'ouvrit à toute volée.

– 'rest ! On y va !

Plaquée contre le mur du fond, la seule couchette – le seul mobilier d'ailleurs – de la pièce eut un soubresaut. L'homme qui venait d'entrer chercha un moment dans l'ombre avant de la détecter.

– Ce matin, c'est au quartier des Pellons, dit-il rapidement. Tu décampes après, par prudence, va où tu veux, il y a le marché aux Estampelles, par exemple…

La couchette émit un grognement.

– Les Pellons…

– Écoute, au moins c'est le beau quartier. On devrait dégoter pas mal.

– Si tu le dis.

– On se retrouve là-bas. Ne traîne pas en route, hein !

Devant l'absence de réponse, l'homme haussa les épaules et referma la porte.

Apaisant, le silence se réinstalla. Un bras s'étira hors de la couchette. Nullement alangui par l'ensommeillement. Prudent, plutôt. Quelque chose entre la méfiance et la lenteur étudiée. Une lenteur aux aguets.

La couverture fut rejetée sur le côté. Avec une vivacité à faire sursauter un observateur s'il s'en était trouvé un. Mais une seule personne occupait cette pièce, et d'ailleurs l'ordre de son occupant était net : personne n'entre. Une seule personne passait outre, mais c'était uniquement parce que Krud était l'hôte… et l'employeur.

Ombre parmi les ombres, le dormeur laissa passer un moment, puis se redressa. Deux pieds se posèrent sur le parquet, crasseux, les ongles trop longs. Suivis par un corps famélique.

Orest s'habilla dans le noir, vite, tunique, cape, chausses – il allait bien falloir en trouver une nouvelle paire, celles-là devenaient vraiment trop vieilles –, finissant par une paire de souliers. Il connaissait tellement ces habits que les enfiler relevait presque, désormais, de l'instinct. Il paracheva sa tenue avec son poignard, glissé dans la ceinture. C'était là tout son rituel du matin. Krud ouvrant la porte en beuglant. L'habillage en quatrième vitesse. Et puis le moment qu'il détestait, attendait le plus… ouvrir la porte. À ce moment-là, sa journée commençait vraiment. Une journée de chassés-croisés en plein cœur de Liett.

Cap sur les Pellons, aujourd'hui. Pas franchement enthousiasmant. C'était un joli quartier, bordé d'étals plus coûteux les uns que les autres, mais Orest avait tendance à se lasser d'un lieu quand il y était déjà passé trois fois. Avec les Pellons, il dépassait facilement la dizaine. Krud l'envoyait systématiquement là-bas, depuis qu'il avait remarqué que son employé se débrouillait plus qu'honorablement dans la discipline du tire-bourse. Et puis, surtout, plus que le don du vol, Orest avait celui de passer inaperçu sans le moindre déguisement. Cependant le jeune homme était suffisamment bon voleur pour le savoir, la chance l'aidait dans une large part. Or, la chance tournait. Mais il fallait encore le faire admettre à Krud, plus entêté que les bourriques dont il faisait commerce !

Orest bifurqua à droite, une expression de mépris fiché sur ses traits durs.

Cela lui allait bien, à Krud, de se remplir les poches du travail des autres. Se soucier d'eux s'ils se faisaient prendre, c'était une autre affaire. Orest connaissait le châtiment réservé aux voleurs : pendu par les pieds à dix mètres d'altitude jusqu'à ce que le sang afflue au visage et que les artères se rompent. À ce qu'on disait, c'était assez douloureux. Personnellement, il n'avait jamais testé, mais l'idée de voir Krud essayer avant ne lui déplaisait pas. Et il y passerait sûrement. Le trafic de mulets avait un net inconvénient par rapport au recel de bijoux : bien moins facile à cacher…

Conformément à son habitude, Orest fit un crochet par la place dite « aux Cas ». Ce matin-là, elle était peu fréquentée, ce qui n'empêcha pas une poignée de personnes de se diriger vers lui dès son arrivée. Il recueillit rapidement les noms, à l'oral puisqu'il ne savait pas lire. Six personnes en tout… pas trop mal.

Deux des « cas », comme on les nommait dans le jargon, habitaient des quartiers qui se trouvaient sur sa route. Il s'en chargea en chemin. Frapper poliment à la porte, demander à voir le « cas » en tête à tête, lui enfoncer le poignard dans le ventre puis ressortir par une fenêtre… une méthode simple qui marchait à tous les coups. Orest jouait du poignard sans subtilité, mais il frappait juste et tuait son homme en une fois, proprement. Sortant de chez son hôte, il avait les mains nettes, l'esprit éclairci par cet exercice matinal, et aucune trace de culpabilité pour entacher le reste de sa journée.

Orest était un dur. Tout le monde s'accordait à le dire – du moins, le monde du faubourg, le seul endroit où il ne marchait pas tête basse, les mains à l'affût, et retrouvait son attitude réelle : glaciale et calme. Quand il était arrivé à Liett, il avait douze ans. Il s'était débrouillé tout seul, trouvant une petite place sur le marché de la truanderie, avec un succès croissant : espion. Voleur. Assassin. Il avait tout fait, le recel, le marché noir, il était même, l'espace d'un mois, devenu mercenaire. Derrière ce long garçon de dix-neuf ans, on était loin de détecter l'être élastique, adaptable à tout, qui avait survécu en rebondissant d'emploi louche en emploi louche. On le craignait, parce qu'il tuait déjà sans scrupules à l'âge où on envisage seulement de voler. S'il avait des ennemis, ils restaient prudents. Orest avait le sens de la mesure, comparé à d'autres ; mais, s'il n'ôtait jamais gratuitement la vie, il lui arrivait de jouer de la dague pour pas grand-chose…

Il faisait vraiment très beau, ce jour-là. Le ciel étalait un bleu presque violent et les ombres étaient littéralement balayées. On aurait dit que Liett venait de subir un grand nettoyage de printemps. Un coup de malchance pour Orest, qui exploitait toujours les ombrages des maisons pour progresser discrètement. D'un autre côté, le soleil attirait dehors bien plus de monde que d'habitude… Comme toujours, un malheur trouvait sa contrepartie.

Couvert de son capuchon, Orest passait, incognito, parmi les badauds, à la recherche de bourses bien remplies. En bon professionnel, il n'usait jamais de bousculades pour chaparder une personne ; il calculait la distance que sa main devrait parcourir pour se tendre vers la bourse sans trop s'éloigner de son propriétaire, et frôlait, preste, décrochait, empochait… Rapidité, le mot d'ordre. Il n'emportait jamais aucun sac, sa tunique étant dotée de poches secrètes. Généralement, quand la recette était bonne, le jeune homme arborait en fin de matinée une corpulence légèrement supérieure. Ce jour-là fut l'un des meilleurs : quand il arriva aux Pellons, Orest avait de quoi acheter légalement ce qu'il avait l'intention de dérober. Mais on ne se refait pas.

Il fixa son choix sur un diadème en argent – qui irait directement à la bonne amie de Krud, ça, aucun doute – et une poignée de pierres brutes innocemment posées dans un panier. Cela n'empêchait pas, bien sûr, le vendeur de surveiller avec vigilance, mais le résultat fut le même. Quand les marchands comprendraient-ils que des articles pareils, mieux valait les montrer sur demande ?

Trois boutiques plus loin, il était complet. C'était la première fois que toutes ses poches étaient pleines. Orest occupa donc l'heure suivante à flâner parmi les étals, goûtant, pour une fois, le simple fait… de ne rien faire. Saveur inconnue. Il commençait à se réconcilier avec les Pellons. Il s'arrêta même, indécis, devant l'étal d'un marchand d'armes : un poignard superbement damasquiné venait de faire battre son cœur un peu plus vite.

Orest pratiquait l'honnêteté, mais d'une façon particulière. Il n'avait aucun remords à voler, sauf quand la rapine lui revenait directement. Toutes ces bourses et ces bijoux étaient destinés à Krud, qui l'employait pour ça et lui mettait probablement deux espions au train chaque fois qu'il partait en mission. Krud gouvernait une guilde dans laquelle lui, Orest, n'avait qu'une influence mineure. Or, gruger le chef d'une centaine de truands, c'était se faire décapiter cent fois et, tout endurci qu'il fût, Orest tenait à ses os. En revanche, il souhaitait acheter, en bonne et due forme, tout objet qu'il se réservait. Impossible pour lui d'en expliquer la raison. Peut-être pour acquérir quelque chose, pour une fois, au grand jour. Pour posséder, authentiquement.

Un coup au cœur et un coup de tête, tous deux si rares chez le jeune homme, le firent payer sans réfléchir. Une belle dague comme celle-là, il en rêvait depuis longtemps. Il jeta son vieux couteau, complice de ses premiers crimes, et glissa amoureusement la nouvelle lame dans son fourreau, avec la tentation croissante d'essayer sa dague sur les quatre « cas » qui lui restaient.

Orest était non seulement un bon assassin, mais aussi un assassin fiable : chez lui, les affaires en cours ne s'éternisaient jamais. Il quitta les Pellons en fin de matinée. Une heure plus tard, ses « cas » du jour étaient chose réglée. En route, il fit un crochet par une cache de Krud pour y déposer son butin. Mieux valait repartir les poches vides pour l'après-midi. Il savait que plus il ramènerait de rapines, mieux Krud le récompenserait.

Les petits extras de la place aux Cas, en revanche, lui revenaient exclusivement. Accomplissant ses crimes à peu près dans le même état d'esprit que la ménagère partant chercher son pain, il en ignorait le plus souvent les mobiles, et le tarif dont on le récompensait était la petite surprise du jour. Il variait entre vingt sous, pour un habitant des faubourgs, à trois pièces d'or s'il s'agissait d'un noble, un cas qu'Orest n'avait eu qu'une fois… Il verrait bien ce soir.

La suite de la journée s'écoula à peu près de la même façon, mais dans un lieu plus populaire : le marché aux Estampelles, qui se tenait à l'autre bout de la ville. Cela ne posait toutefois pas de problème majeur. Orest vivait à Liett depuis sept ans, chaque jour consciencieusement employé à déambuler de rue en rue. Il connaissait des passages ignorés même des familiers. Il entretenait avec Liett une relation particulière, faite de répulsion et d'un fort sentiment de possession. Cette ville l'avait subjugué dès le premier regard : un entrelacs d'ignominie et de grâce, où les détritus avoisinaient des habitations à l'architecture élancée, miroitantes de fenêtres, devant lesquelles il lui arrivait trop souvent de s'arrêter.

Le marché aux Estampelles se situait, si l'on pouvait dire, entre les deux. Il constituait en fait la frontière entre quartiers riches et quartiers pauvres, et mêlait plus facilement les classes sociales. Les étals n'avaient rien à voir avec ceux des Pellons : en lieu et place des bijoux, on trouvait plutôt des fromages ou des quartiers de viande… En fait, c'étaient surtout les badauds qui présentaient de l'intérêt. Tout le monde se bousculait, les bourgeois protégeant peureusement leur bourse, ce qui avait pour seul effet de les faire détecter plus rapidement. Orest croisait régulièrement quelques compatriotes, s'alliant avec eux pour organiser leurs vols quand l'occasion se présentait.

L'après-midi s'acheva avec une rapidité déconcertante. Voyant que la foule commençait à s'écouler par les ruelles adjacentes, Orest vida lui aussi les lieux. Un dernier détour par la place aux Cas lui permit d'empocher le paiement de ses clients du matin. Rarement une journée s'était passée ainsi, sans fausse note, et le jeune homme se laissa envahir par la sombre satisfaction qui était, chez lui, l'expression habituelle de la bonne humeur. Le jour achevé, la nuit était à lui, complètement, la manière dont il l'occuperait et aussi ce qu'il récolterait dans l'ombre…

Ce soir-là, comme tous les soirs, il se rendit à l'Aliande. Cet établissement borgne avait la particularité de servir les espèces les plus inhabituelles de vins. Mais l'assassin ne venait pas là pour s'enivrer, et pas davantage pour retrouver un quelconque clan. Certains fauves se débrouillent seuls, et Orest en faisait partie. On ne lui comptait pas d'amis, et ses alliés présentaient des figures sans cesse changeantes. Si l'Aliande l'intéressait, c'était seulement parce que, ici, il pouvait s'informer de toutes les combines qui mijotaient dans l'ombre : la taverne était le quartier général d'une bonne demi-douzaine de guildes.

– Orest ! l'interpella-t-on dès l'entrée.

Le jeune homme se retourna, fouillant des yeux la pénombre enfumée de la pièce. Il reconnut tout de suite celui qui l'avait appelé, un jeune homme aux yeux ternes assis dans le fond. Sans se presser, il alla d'abord chercher sa chopine rituelle – le patron exigeait la commande d'une boisson pour chaque heure passée à l'Aliande, une manière comme une autre de rentabiliser un commerce qui n'en avait pas excessivement besoin, étant donné le nombre de soudards qui atterrissaient ici tous les jours – puis, se faufilant parmi les tables dépareillées, il alla s'asseoir à côté de l'homme.

– Salut.

Il goûta sa chopine avec circonspection. La boisson qu'il avait prise, ce jour-là, présentait une couleur bleue suspecte, due, paraissait-il, à la mûre qui teintait l'alcool. Il n'y avait rien de très fruité dans ce breuvage, cependant, constata-t-il après une gorgée. C'était très fort, sans goût particulier. Il reposa la chope, la tête lui tournant légèrement.

– C'est de l'Yôle et c'est ignoble, l'informa Guiaulth. Apparemment la maison va offrir une tournée pour liquider le tonneau…

– Ce sera sans moi. Qu'est-ce que tu veux ? demanda Orest sans préavis.

Guiaulth se redressa, l'air emprunté. Le connaissant, Orest savait qu'il avait soigneusement préparé tout un discours pour lui quémander, finalement, soit de l'argent, soit un service. Guiaulth était un type désespérément prévisible.

– Guiaulth… sobrement, s'il te plaît, reprit Orest en voyant son compatriote hésiter. Fric ou coup de main ?

– Je…

Guiaulth s'arrêta, chose rare, avant d'avoir prononcé sa première phrase. Orest le vit tout à coup écarquiller les yeux.

– Tu as vu ça ?

– Ça quoi ?

– La fille.

Orest, installé dos à l'entrée, se retourna avec un temps de retard après tous les consommateurs. Ce qu'il vit le laissa identiquement figé.

La fille, en effet.

Blanche et bleue, soie et cheveux d'or, une vraie demoiselle de château fort. Qui venait d'entrer, l'air éperdu, précisément dans le lieu où elle était la plus déplacée.

7. Des bienfaits de l'Yôle

Un diamant dans une poubelle n'aurait su faire plus d'effet.

La fille était égarée. Hagarde, même. Elle avait les cheveux sales, mal peignés, mais leur nuance restait visible : un or délicat, peu commun dans cette partie de la ville. Sa blondeur respirait le luxe, différente de la couleur délavée des femmes d'ici. Puis, malgré de grands cernes sous les yeux, elle était surtout jolie. La crasse et ses habits fripés n'y changeaient rien, détail que ne manqua pas de remarquer l'intégralité des hommes attablés.

– Qui est-ce ? fit Guiaulth en détaillant la silhouette qui restait sur le seuil, interdite. Une nouvelle ?

Visiblement, tous les habitués se posaient la question. La clientèle de l'Aliande était un cercle fermé, où peu de nouveaux arrivants entraient. Mais la fille ne devait probablement pas le savoir…

Sans répondre, Orest s'autorisa une nouvelle rasade d'Yôle. Le brouhaha commençait à revenir dans la taverne. Bientôt, tous reprirent leur conversation où ils l'avaient laissée, malgré des coups d'œil réguliers vers l'arrivante.

– D'où tu crois qu'elle vient ? reprit Guiaulth qui ne cessait d'examiner la jeune fille. Regarde-moi ces habits ! Elle va faire un malheur…

Orest eut un sourire sardonique.

– Elle a peut-être des beaux habits, mais, dommage pour toi, je doute qu'elle soit ce que tu penses.

– Eh !… Que ferait-elle ici, sinon ?

– Réfléchis deux minutes. Tu crois qu'une courtisane viendrait dans cette taverne ? Si c'en était une, elle viserait les hauts quartiers.

Il tenta une nouvelle gorgée. Rien à faire. L'Yôle était tout simplement immonde.

– Ils pourraient l'utiliser comme désinfectant, remarqua-t-il en écartant définitivement la chope. Hé, Guiaulth. Reviens sur terre.

Son voisin n'y semblait pas disposé. Orest n'eut pas besoin de lever les yeux pour savoir qu'il dévisageait encore la fille.

– Je suis presque sûr que c'en est une.

– Eh bien, va lui demander, ricana Orest.

Guiaulth haussa les épaules.

– J'aurais l'air malin !

– Alors reviens par ici, dit Orest, agacé. Pourquoi voulais-tu me voir ?

Au prix d'un effort apparemment immense, son complice arracha son regard de l'inconnue.

– C'est… compliqué.

– Ça, je n'en doute pas.

Guiaulth avait l'art de mettre sur pied les magouilles les plus tortueuses de Liett.

– Tu connais la maison de la rue Hurell ? Dans les quartiers riches. Près de la grand-place.

– Celle du bijoutier. Je vois.

Son comparse s'accouda à la table en baissant la voix, précaution inutile qu'il prenait systématiquement.

– On avait prévu de la mettre à sac. C'est une maison qui regorge de mobilier précieux, l'homme vit tout seul avec deux domestiques, j'ai mené mon enquête…

– Tu dis « on ». Combien vous êtes ?

– Nous sommes trois au total.

– Tu dis « avait ». Ce vol, il est commis, ou non ?

En voyant Guiaulth se dandiner sur son siège, l'assassin eut la confirmation de ses pires craintes.

– Ne me dis pas que vous vous êtes encore fait prendre ?

– Bien sûr que non ! s'exclama Guiaulth. Le fait est simplement que… le vol est bloqué.

Orest haussa un sourcil.

– Bloqué, car il nous manque le voleur, précisa son voisin.

– Si ma mémoire est bonne, tu voles, toi.

– Oui, mais pour cette opération-là, je ferai le guet. Et ma spécialité, c'est le vol en rue. Il me faut quelqu'un qui puisse se déplacer sans bruit sur les toits et qui se défende en escalade… Tu marches ?

Guiaulth n'avait pas réellement besoin de la réponse. Orest marchait toujours. Parce qu'ils faisaient ainsi depuis quatre ans, et surtout parce que le partage du butin était équitable. Peu importait l'asociabilité d'Orest, il n'en était pas moins un précieux allié.

– J'espère que cette fois ton plan tient debout, se contenta-t-il de dire. Sinon, tu connais la suite : ne compte pas sur moi pour vous tirer d'affaire.

– Pas de crainte à avoir. Il n'y aura pas d'erreur.

Ils trinquèrent pour sceller leur accord, Orest trempant à peine les lèvres dans son alcool bleuté. Tout en buvant, il garda les yeux levés par-dessus la chope. La fille était dans son champ de vision, les contours brouillés par la fumée qui emplissait la pièce. Il la voyait désemparée, hésitant visiblement à s'asseoir : toutes les tables étaient occupées. De là où il était, il entendait les harangues que les hommes les plus proches lui adressaient, l'incitant sur un mode plus ou moins hardi à les rejoindre. Elle faisait mine de ne pas entendre, bien maladroitement.

– Une courtisane, hein ? lâcha-t-il, sarcastique, voyant son voisin, irrésistiblement, revenir à sa contemplation.

– Admettons que non, répondit Guiaulth de mauvaise grâce. Mais alors… d'où vient-elle ?

– Je ne sais pas.

Une corbeille de pain attendait sur la table. Espérant évacuer le goût de l'Yôle, Orest s'empara d'une tranche, jaugeant la fille du coin de l'œil.

– De la haute, je pense.

Guiaulth s'étrangla avec ses miettes.

– Rien que ça !

– Elle a le profil. Et je ne connais personne d'ici qui s'attiferait comme ça. Et puis regarde son maintien.

En effet, plus que droite, elle se tenait avec une grâce qui subsistait malgré sa fatigue. Et, nota Orest, un petit début de panique. Nul doute que l'Aliande était sa première taverne, et qu'elle ne goûtait pas l'expérience.

– Elle va repartir, dit Guiaulth.

– Je ne pense pas, non. Il fait nuit, elle a faim, et je suis sûr que les faubourgs l'effraient.

Orest avait reposé son pain et, accoudé de part et d'autre de sa chope, suivait les mouvements de la jeune fille avec une expression que son compère connaissait bien. Guiaulth ne tenta pas de remettre les affirmations du jeune homme en question. Concernant l'étude humaine, Orest se trompait rarement.

– Si elle a peur, que fiche-t-elle ici ? Pourquoi n'est-elle pas chez elle ?

– Ça, aucune idée… Tiens, regarde.

La fille, d'un mouvement brusque, venait de se détourner de l'entrée et marchait en direction du bar.

– Reste à savoir si elle a de quoi payer.

Légèrement amusé, il la regarda parlementer avec le patron : elle n'avait pas d'argent en effet, et il connaissait l'homme, un vrai commerçant, pas du tout le genre à baisser ses prix pour des yeux doux. Qu'elle ne lui faisait pas, d'ailleurs, ou pas volontairement. Son ton devint assez vite désespéré. Elle plongea la main dans son baluchon et la ressortit, une coûteuse robe accrochant la lumière. Vivement intéressé, Orest se pencha en avant.

– Mazette, du satin.

Le patron se contenta de repousser l'offre. Orest crut la voir s'essuyer furtivement les yeux, bien que ce fût difficile de saisir le geste, puisqu'elle lui tournait le dos et que la fumée déformait tout. Peu importait. Dans l'incertitude, il se fiait à son instinct, et il était certain que le moment d'intervenir arrivait à point nommé. Il se leva de table.

– Reste là, je vais aider la dame.

Évoluant avec aisance parmi les tables, les jambes tendues et la fumée qui escamotait certaines zones de la salle, il arriva au bar juste avant que la situation se dégrade.

– Ma belle, je me fiche de ton chiffon. Ici, on ne paye qu'avec de bonnes pièces bien réelles, ou on repart.

– Et si… si j'échange avec…

– Trois fois que je le dis ! Pas de troc !

– Laisse, dit Orest en déposant quelques pièces sur la table. Je paye.

La fille tourna vivement la tête vers lui.

– Je ne peux pas accepter. Je n'ai pas de quoi vous rembourser.

– Peu importe. Que voulez-vous manger ?

Elle ouvrit la bouche pour protester. Puis la faim prit le pas sur la honte.

– De la viande.

Du bout des doigts, Orest poussa les pièces vers le patron.

– Ajoutez du vin d'Yôle… si vous en avez encore.

L'argent en poche, le patron les servit sans protester. Tenant l'assiette d'une main, la chope de l'autre, Orest revint vers Guiaulth qui les attendait au fond, suivi de près par la fille.

– Installez-vous, lui dit-il en lui tirant un siège – prenant soin, cependant, de la placer dos au reste de la salle, pour isoler la conversation

Elle s'assit avec soulagement, et attendit leur autorisation pour se mettre à manger, leur proposant de partager son assiette avec eux. Mais Orest n'avait pas faim et Guiaulth était tout occupé à l'examiner des pieds à la tête, avec une curiosité gênante.

L'œil plissé, Orest la regarda chercher de chaque côté de son assiette des couverts inexistants, puis commencer, après beaucoup d'hésitation, à manger avec ses doigts. Une habituée des grands tralalas. Quel niveau dans la classe noble, exactement ?... Sa curiosité monta d'un cran, mais il attendit qu'elle parle la première.

– Je suis désolée de vous voir payer tout le repas. Si cela vous est d'un quelconque intérêt, je peux vous rembourser avec la robe... Apparemment, elle vaut un certain prix.

Elle sortit un bout du tissu pour leur en faire voir la facture. Orest se mit à rire :

– Nous donner votre robe serait une très mauvaise affaire pour vous. Un tel tissu doit valoir vingt fois un tel repas.

– Je ne m'y entends pas en affaires, dit-elle.

Elle avait vidé son assiette avec une rapidité confondante. Raclant timidement le fond, elle ajouta :

– Mais si elle vous intéresse un tant soit peu, je peux vous la vendre, si vous voulez, au prix que vous en demanderez. J'ai besoin d'argent et je n'ai rien d'autre à proposer.

– Dans ces quartiers, les seules personnes qui pourront vous acheter votre robe vous rouleront, fit Orest. Pourquoi ne pas chercher preneur dans des quartiers plus riches ? Vous aurez là des chances de trouver de bien meilleurs clients.

Elle se raidit.

– Je ne peux pas.

– Pourquoi ? demanda Guiaulth.

– Parce que...

Cherchant à gagner du temps, elle attrapa sa chope et but une large lampée. Le résultat ne se fit pas attendre. Toussant, les larmes au yeux, écarlate, elle s'étrangla dans sa manche pour tenter d'enrayer la sensation d'inflammation qui lui montait dans la gorge. Imperturbable, Orest attendit que la crise s'apaise, tandis que Guiaulth, à grands renforts de tapes dans le dos, tentait vainement de l'aider à reprendre contrôle.

– J'avais oublié de vous prévenir, s'excusa Orest quand elle se fut calmée. L'Yôle est un bon alcool, mais pour ceux qui n'ont pas l'habitude, le premier contact est un peu… violent.

– Ce n'est pas grave, dit-elle en s'essuyant les yeux. Je ne bois pas souvent d'alcool, la faute me revient, j'aurais dû faire attention.

Elle ne savait plus comment s'excuser. Dans son milieu, une telle scène à table aurait sans nul doute été inacceptable. Le petit sourire de l'assassin s'étira.

– C'est peu de chose en comparaison des cuites que certains prennent, la rassura-t-il.

La jeune fille ouvrit de grands yeux.

– Des cuites ?

– Boire jusqu'à rouler sous la table, si vous préférez.

– Ah…

– Vous êtes arrivée récemment dans les faubourgs ? s'enquit Guiaulth. Je ne pense pas vous avoir déjà vue.

– Non… en réalité, je… je ne vis pas ici.

Ni Orest ni Guiaulth ne la relancèrent. Elle fut contrainte de s'expliquer d'elle-même.

– Je suis arrivée à Liett il y a trois jours.

Silence toujours des deux complices. Elle tendit de nouveau la main vers la chope, trempa prudemment les lèvres. Déglutit. Éloigna la chope. Y revint. Buvant sa troisième gorgée, elle vacillait légèrement.

– Que cherchiez-vous à Liett ? Vous avez de la famille ?

– N… non. Je cherchais un ami…

Quatrième gorgée. Deux petites larmes perlèrent à ses yeux.

– Mon fiancé. Mais…

Cinquième.

– Il est parti. Je ne sais pas pour combien de temps.

– Il savait que vous étiez à Liett ?

– Non.

– Vous connaissez quelqu'un d'autre ici ?

– Personne… ou plutôt… Enfin, en réalité, si. Mais ce ne sont pas des personnes que je voudrais rencontrer.

Orest eut un hochement de tête compréhensif.

– Au moins, tentez de retourner dans les quartiers qui vous conviendraient mieux. Vous ne venez pas des faubourgs, je pense. Plutôt côté riche, non ?

– Je préfère rester dans les faubourgs.

Elle voulut ajouter quelque chose, mais porta de nouveau la chope à ses lèvres pour y boire, plusieurs secondes. Elle reprit d'un ton raffermi :

– Comprenez-vous, dans d'autres quartiers… je suis recherchée.

Et, de manière inattendue, elle éclata en sanglots.

– Je ne peux pas bouger d'ici, je me suis perdue l'autre jour, et même si je change de quartier, on va me reconnaître ! Je suis allée au palais, on m'a sûrement identifiée, et pas de possibilité de ressortir de Liett non plus. Si je ressors, ça va être l'enfer ! Si je retourne chez moi, encore pire !

Sa voix leur parvenait à travers un double rideau de cheveux et de doigts plaqués sur le visage. Orest, cependant, avait saisi l'essentiel. Elle était seule, elle ne tenait pas du tout l'alcool, et, mieux : croyant épingler une petite noble, il se retrouvait avec une demoiselle qui avait accès au palais royal.

– Calmez-vous, dit-il en lui tapotant la main avec délicatesse. Nous allons vous aider.

– Mais que peut-on faire ? Que peut-on ? C'est l'impasse !

– Ne désespérez pas d'avance. Commencez par nous dire votre nom, ce sera un premier pas…

– My.

– Mi ? reprit Orest, légèrement décontenancé.

Elle s'essuya les yeux du coin de la manche.

– Excusez-moi. Mydria Siartt.

Orest émit un sifflement. Pour de la haute, c'était de la haute. Même jusqu'au fin fond des faubourgs, les grandes familles nobles étaient connues, et les Siartt n'étaient pas les derniers…

La fille s'était à nouveau rabattue sur sa chope. Ses gorgées étaient de plus en plus longues, et malgré ses yeux qui s'emplissaient de larmes, elle avalait jusqu'au bout. Ses mains tremblaient. L'Yôle commençait à faire son effet.

– Mydria Siartt, certes, certes, reprit-t-elle d'une voix pâteuse. Recherchée par des parents qui ne sont pas les siens, pour couronner le tout, et par toute la noblesse, je suis bloquée au fond du trou, et même si j'arrive à en ressortir, qui m'attend à l'issue ?

Elle éructa ce qui semblait être le plus gros mot de son répertoire :

– Voulez-vous que je vous dise ? C'est la *poisse* !

Guiaulth et Orest échangèrent un regard par-dessus la chevelure blonde.

– Comment ça, des parents qui ne sont pas les vôtres ?

– Oui. Une cigogne m'a déposée, dans mon jeune âge, apparemment. Un grand machin avec des ailes. Mon père, je ne sais même pas ce qu'il était, exactement… C'est la poisse !

Elle eut une nouvelle crise de larmes, longue, douloureuse, et complètement noyée dans le bruit de fond de la taverne. Cette fille avait tout d'une demoiselle de bonne famille, elle savait même pleurer avec discrétion. Orest eut un soupir d'agacement, mais se força à reprendre avec patience :

– Vous dites… Votre père est une cigogne ?

– Sais rien. Il avait des ailes. Ils avaient tous des ailes, avant moi. Il n'y a que chez moi qu'elles sont invisibles…

Orest s'agitait sur sa chaise. Un souvenir très ancien commençait à refaire surface dans sa mémoire. Une chose liée… aux légendes. Il entrevoyait un vague rapport avec une couronne… mais rien ne daignait s'éclaircir. L'irritation envahit ses yeux sombres.

– Pourquoi parlez-vous d'ailes ?

– Parce que… Je n'en sais rien. J'ai l'impression de ne plus rien comprendre à l'histoire. Tout ce que je sais, c'est que l'histoire a commencé… avec ça !

Elle fouilla furieusement dans son sac et en extirpa un objet suspendu au bout d'un cordon, qu'elle jeta sur la table, avec tout le mépris dont elle était capable.

– Ce n'est qu'un sifflet, dit Orest.

– Un sifflet, oui, mais magique. Qui apparaît quand on ne lui demande rien. Et puis regardez dans le bec, surtout !

Les doigts habiles du jeune homme en tirèrent un morceau de papier très fin.

– Une lettre ?

– Oui, et regardez la signature ! Rien de moins que Madael !

– Madael… répéta Orest. Madael… Tu connais, Guiaulth ?

– C'était notre dernier roi, répondit la fille, qui scrutait, attristée, sa chope vide. Mais lisez, surtout. Lisez, vous allez rire.

Orest et Guiaulth échangèrent un nouveau regard, embarrassés. Ils étaient tous deux analphabètes.

– Ça vous dérangerait de lire pour nous ?

La fille obtempéra de bonne grâce. Elle avait la voix pâteuse, mais cela ne nuisait pas réellement à la compréhension.

– « Et si ce jour ce sifflet vous échoit, c'est parce que vous allez devoir vous en servir à votre tour. Dans le but suivant : vous allez vous lancer en quête du trésor royal… Gardez le secret sur vos pouvoirs, impérativement. »

Les ongles plantés dans la table, Orest écoutait avec une attention extrême. Guiaulth, lui, avait viré au blême.

La jeune fille acheva la lecture, puis reposa la lettre sans plus y accorder d'attention.

– Bon sang… souffla Guiaulth. Bon sang…

Orest n'avait pas changé d'expression.

– Ça peut aussi bien être un piège.

– C'est ce que j'ai cru, dit My qui lorgnait à présent vers la chope encore pleine du jeune homme. Avant que ce sifflet se retrouve dans mon sac comme par enchantement. Et puis… je me suis transformée, d'après mes parents. Puis-je… ?

– Allez-y, dit Orest en lui laissant sa chope.

Son cerveau était emporté dans un ouragan de pensées décousues, tanguant entre avidité et méfiance.

Une pareille histoire. Une histoire pareille. C'était… c'était invraisemblable. Pourtant… pourtant… Et si ce qu'on racontait sur Madael le dragon était réel ? Il s'agissait cependant de rumeurs vieilles de plus de deux siècles…

Mais il y avait cette jeune fille face à lui. Aussi désemparée que lui, et sûrement sincère. Certaines personnes ne savent pas mentir, et il sentait qu'elle en faisait partie.

Une erreur de jugement ne serait pas si grave. Mais c'était la chance de sa vie qu'il pouvait saisir ce soir.

– Écoutez, Mydria, dit-il. Minuit est largement passé. Si vous voulez trouver un abri pour la nuit, je vous ouvre volontiers la porte de ma guilde.

Elle n'avait plus les idées très claires et mit un certain temps à organiser sa réponse.

– J'accepte avec plaisir. Mais pour le paiement…

– Peu importe.

Avec un peu de chance, le paiement serait tout bonnement royal.

8. La Guilde

Bam, bam, bam…

My laissa échapper une plainte. Méthodique, un marteau broyait sa tête par petits coups. Il semblait cogner de l'intérieur. La moindre zone de son crâne était au supplice…

Au milieu de la souffrance, les bribes d'un dialogue récent et très lointain lui revint en mémoire.

– *C'est peu de chose en comparaison des cuites que certains prennent.*

– *Des cuites ?*

– *Boire jusqu'à rouler sous la table, si vous préférez.*

Elle expérimentait plus vite que prévu.

Enserrant sa tête de ses mains, Mydria se redressa laborieusement. On l'avait étendue sur une couchette. Les draps étaient rêches, et, sous le matelas à la surface inégale, elle sentait même un caillou qui s'était malencontreusement retrouvé coincé là, meurtrissant son dos… Qu'était donc cet endroit ?

Elle risqua une jambe pour descendre de ce lit improvisé. Son pied rencontra aussitôt le plancher, et elle sortit du lit à quatre pattes. Une écharde s'incrusta dans l'une de ses paumes. À la douleur de sa tête s'ajouta celle de sa main, fulgurante. Elle se releva d'un bond.

Quatre foulées suffirent pour qu'elle atteigne le pan de mur opposé.

À part la couchette, il n'y avait rien. Pas de sac. Pas de sifflet. Le pire, c'est qu'elle ne se souvenait de presque rien : elle était entrée dans une taverne, la veille, ou quelques heures plus tôt, à moins que ce ne soient quelques jours, mais… ensuite ? Avait-elle parlé ? Lui avait-on volé ses affaires ? L'avait-on enlevée ? Plus que la perte du sifflet, c'était cela qui l'effrayait. Malgré une jeunesse très protégée, elle avait entendu parler du marché de la prostitution. Et, quant à l'autre explication de sa séquestration, elle n'était pas plus rassurante : si ses ravisseurs l'avaient enfermée pour empocher une récompense offerte par le palais, certes elle serait indemne, mais elle allait se retrouver à son point de départ, et cette fois, ses parents ne la laisseraient pas s'échapper. Dans tous les cas, c'était la catastrophe. Mais qu'attendaient ses ailes pour l'aider enfin !

My n'était pas une personne particulièrement sauvage. Cependant la peur sembla réveiller, tout au fond d'elle, une petite bête rageuse qui prit possession de tout son être. Elle se rua sur la porte, prête à la défoncer à coups d'escarpins. Un simple actionnement de la poignée suffit pour apaiser son fauve intérieur.

La porte n'était même pas fermée.

Elle eut un moment d'hésitation. Pour un peu, elle serait retournée s'allonger sur sa couchette. Mais il y avait un temps pour cuver son vin, et un autre pour saisir les occasions de s'enfuir. Refermant la porte derrière elle, My s'aventura craintivement sur le palier.

Il ressemblait beaucoup à la mansarde. Comme elle, il était étroit, misérable, les planches tachées d'auréoles. La jeune fille avait beau poser son pied avec toutes les précautions possibles, le bois grinçait, gémissait, comme à deux doigts de se rompre. Un endroit peu rassurant, si différent des corridors de Siartt… Au moins lui permettait-il de se situer dans la ville : une maison pareille avait sa pleine place dans les faubourgs.

Elle distingua un gouffre sombre au bout du couloir. Son cœur manqua un battement. L'escalier. Réelle aubaine, quand on se préparait plus ou moins à s'échapper par la fenêtre. L'étage semblait désert de tout occupant, et, folle d'espoir et de panique, elle accéléra le pas pour atteindre la première marche. Elle allait s'en sortir, elle…

Crac.

Glacée, elle jeta un coup d'œil à l'arrière.

Une silhouette s'élevait dans le noir, très haute, évoluant en silence dans son dos.

Elle laissa échapper un cri strident et dévala l'escalier, sans plus se soucier de discrétion. À peine entendait-elle les marches gémir sous le poids de l'autre…

– On s'arrête là, ma petite dame !

Un bras la crocheta par le cou à quatre degrés du rez-de-chaussée. My eut un spasme et perdit pied. Son poursuivant, resserrant son étreinte, l'empêcha de tomber ; l'honneur était sauf, mais pas la gorge. Toussant, à moitié étranglée, elle essaya d'une main sans force de repousser le bras qui la broyait. Lequel accentua cruellement sa pression.

– On reste tranquille…

Rien de plus angoissant que de voir bloqué un instinct aussi naturel que celui de la respiration. Ardemment, elle appela son Don à l'aide. Elle invoqua la bête qui rôdait en elle, une bête aux contours inconnus, qu'elle espérait à l'égal de son dragon d'ancêtre. Pas de réponse. Le décor se mit à tournoyer, à se parer de teintes vives…

Soudain, un souffle neuf s'engouffra dans ses poumons.

Hoquetante, elle s'accrocha à la rampe en essayant de reprendre sa respiration normale.

– Aucun souffle, observa la silhouette qui restait derrière elle, toute proche. Comment tu comptes survivre avec ça ?

– Je n'ai pas l'habitude de respirer par les oreilles, siffla My, les mains sur les côtes.

– Alors, il ne fallait pas t'échapper. Tu vas vexer ton hôte…

La jeune fille se retourna pour observer le visage de son interlocuteur. Malgré la terreur qui palpitait encore en elle, elle était intriguée. Cette voix n'avait rien de celle d'un malfrat, du moins d'un malfrat basique. Claire, elle avait des intonations distinguées qui, sans sonner de manière authentique pour l'habituée qu'elle était, lui donnaient un certain relief.

Tranchant avec le reste, une tenaille lui agrippa brusquement le bras, tandis qu'elle laissait échapper un piaulement.

– Bon. Je suppose que si je t'enferme là-haut, tu vas vouloir t'échapper par la fenêtre. On n'abîme pas la fille, ordre du chef. Donc, partons visiter la maison.

Une poigne énergique la poussa en avant et, trébuchante, elle dévala les dernières marches menant au rez-de-chaussée. On appuya sur son épaule.

– À droite toute.

Elle pénétra dans l'un des corridors qui desservaient le hall, aussi miteux que le reste. Jusque-là, elle pensait n'avoir affaire qu'à une bicoque. Les proportions du lieu laissaient deviner qu'il s'agissait de bien plus.

– Où sommes-nous ?

– Secret défense.

– Je ne crois pas me tromper en affirmant que nous sommes dans les faubourgs ?

– Entre autres.

– Qui habite ici ?

– Ça, ce n'est pas un grand mystère… Le propriétaire, c'est Krud.

– Croude ?

– Krud est connu, mais pas au-delà des faubourgs. La Guilde, tu en as sûrement entendu parler ? La plus grande organisation de la capitale. Même au palais, ils connaissent. Eh bien, Krud en est le dirigeant.

Son interlocuteur lui fit traverser une salle encombrée de caisses.

– Toutes ces pièces sont réservées à la Guilde. Krud a consacré sa maison à ça. Elle offre des caches, du matériel…

Ça paraissait sérieux.

– Quel est le rapport avec moi ?

Elle aurait aimé gommer l'altération de sa voix.

– Toi ? Je ne sais pas. On t'a amenée ici en pleine nuit, et sans commentaires. Assez inhabituel, je dois dire. On ne vend pas de femmes d'habitude… Krud préfère le commerce des morts. À gauche.

Comme il relâchait légèrement sa prise sur son bras, My essaya de se dégager.

– Alors si je ne vous sers à rien, laissez-moi partir !

Implacable, le bras se verrouilla autour de son thorax.

– Une fois, je veux bien, deux fois, ça commence à bien faire. Reste tranquille !

Manœuvrant habilement de l'escarpin, la jeune fille enfonça son talon dans la jambe de l'inconnu. Une paire de gifles fit tournoyer sa tête.

– Encore un coup de ce genre, et je t'attache. Tu te présentas saucissonnée à Krud, j'ai déjà hâte de voir ça…

Vaincue, My se laissa mener sans protester davantage : l'élancement dans sa tête s'était multiplié à l'infini, elle n'arrivait même plus à réfléchir. Après la douleur lancinante de l'enivrement, celle de la gifle, brûlante, trop vive, la rendait à moitié folle. Elle en vint à se dire, confusément, qu'être remise à ses parents moyennant rançon serait bien peu de chose. Elle avait suffisamment tenté de survivre seule. Ses parents, eux, la protégeraient… Ses parents qui n'en étaient pas. Peu importait. Elle avait besoin d'eux.

Et soudain, elle n'eut plus qu'une envie, celle de leur être rendue. Ironie du sort, cette envie survint au moment précis où elle ne pourrait plus jamais la satisfaire.

L'homme la fit pivoter à nouveau, l'immobilisant face à une porte.

– Après toi.

À la différence des autres, le panneau s'ornait d'un faciès métallique, cloué à mi-hauteur. Il représentait un humanoïde aux traits épais, crispés dans une expression patibulaire, les dents serrées sur le haut d'un heurtoir. Sa fonction était assez claire. Tremblante, My souleva le marteau et le laissa retomber. Un coup vibrant traversa la porte.

– Tu peux entrer. Bienvenue au Conseil…

Son guide desserra son emprise et recula de quelques pas, la laissant seule face au panneau. D'un gris luisant dans la pénombre, le blason la fixait d'un œil vide, angoissant, comme s'il la mettait au défi d'entrer. My actionna faiblement la poignée, s'appuya sur le lourd battant et le fit pivoter à grincements progressifs. Dans le silence qui nimba son entrée, ils lui parurent résonner à la façon de ricanements désincarnés. La porte balaya le seuil d'un mouvement ample et s'immobilisa avec un léger claquement : un dispositif l'avait crochetée par le bas, dévoilant tout entière la salle qui se trouvait de l'autre côté. My s'arrêta sur le seuil, stupéfaite.

Le lieu qui se révélait à elle se démarquait si fondamentalement des pièces exiguës et des planchers moisis du quartier général qu'il semblait appartenir à une autre bâtisse. Pas de parquet ici, mais un sol dallé, et des murs qui s'élevaient à une hauteur vertigineuse noués au plafond par une élégante clé de voûte. La salle ressemblait à un temple, baignée par une pénombre mêlée de fraîcheur. Étourdissant dans les premières secondes, le contraste du feu et des ténèbres commença progressivement à s'atténuer, rendant plus distincts les détails de la salle : contenue dans un halo tremblant, la lueur des chandeliers fixés aux murs se projetait en dansant sur le sol, éclairant par-derrière les gradins qui longeaient les murs. Ils en apparaissaient démesurément hauts, formes noires bordées d'orange et parsemées d'ombres irrégulières, verticales. Où qu'elle portât le regard, My les retrouvait d'un bout à l'autre de la salle, au garde-à-vous. Son cœur se comprima dans sa poitrine, se recroquevilla, parut imploser de terreur.

Tous les rangs étaient occupés. Des brigands – partout. Elle voyait leurs yeux, brillants à la lumière des chandeliers, elle distinguait des visages, innombrables. Chacun tenait sa place. Au fond, sur les côtés, ou au premier rang, derrière l'immense table en forme de U qui englobait le vide central. Le Conseil déployait ses rangs devant elle, ses rangs d'hommes fermés, à la dureté muselée, contrôlée, orientée par et pour la Guilde. Elle n'aurait pas imaginé autrement un conseil de guerre.

Elle n'était pas allée plus loin que le pas de la porte, mais le mal était fait. Tous les assistants s'étaient tournés vers elle. Leur attention braquée avec la même intensité sur cette silhouette en robe de soie, surgie sans crier gare. Seule devant l'assemblée, elle se sentit ravalée au statut de cible, assaillie de tous côtés par une hostilité muette. Intruse. Le mot planait quelque part, au-dessus d'elle – ou plaqué ouvertement sur ses habits trop riches. Intruse, cible et proie.

Elle n'eut pas la force d'avancer dans la salle. Rester sur le seuil, pas davantage. Prise de panique, elle recula en trébuchant et se heurta à son guide. Une clé vive lui croisa aussitôt les bras dans le dos, la bloquant face à l'assemblée avant qu'elle ait le temps d'amorcer sa volte-face.

– Quand on s'invite, railla l'homme, on dit bonjour. Et puis dis-moi, tu n'as quand même pas l'intention de repartir aussi vite ?

La jeune fille se débattit, mais il lui était impossible de se retourner, sous peine de se tordre le dos. Flegmatique, l'homme la laissa lutter sans resserrer sa prise d'un millimètre. Les yeux embués de larmes, elle finit par abandonner toute tentative de fuite et releva la tête, affrontant de nouveau l'assemblée. La terreur se soulevait en elle à gros bouillons. Ils étaient si nombreux – pourquoi l'amenait-on ici ? Pourquoi, alors que pour une demande de rançon, on n'avait nul besoin d'elle ?

– Allian, qu'est-ce que tu fiches ici ?

La question claqua dans la pénombre et s'immobilisa, vibrante. Elle provenait de la table, très exactement du tronçon qui faisait face à l'entrée. Un gros homme s'y trouvait assis, légèrement surélevé par rapport aux autres. À en juger par son regard désapprobateur, il ne faisait aucun doute que l'apostrophe venait de lui.

– Je t'ai dit de la surveiller, pas de lui faire découvrir toute la planque !

– Navré.

My sentit la main qui lui verrouillait les poignets bouger légèrement tandis que l'homme exécutait une courbette.

– Elle s'est réveillée plus tôt que prévu, alors j'ai cru bon de l'amener ici. Qu'est-ce que j'en fais ?

– Tu la laisses là, maintenant, évidemment ! Tu veux lui refaire explorer la maison en sens inverse ? Ici, Altesse.

L'ordre était brusque, dénué de la révérence généralement associée au titre. My trébucha en avant, poussée par Allian. Les bras de la table gagnèrent lentement son champ de vision, lui donnant l'impression d'être encerclée par une barrière de bois à mesure qu'elle s'enfonçait dans la salle. Une rumeur croissait autour d'elle, tout aussi oppressante, effaçant comme par enchantement le calme hostile qui avait accueilli son entrée. Accents moqueurs, relents avides : parmi les murmures, le mot « Altesse » revenait sans cesse. Il sonnait différemment à ses oreilles, insaisissable… vaguement menaçant.

Altesse. Un secret qu'elle n'avait jamais partagé avec personne, depuis Siartt. Pourtant l'homme avait prononcé le titre sans une hésitation. Il ne s'agissait pas d'une boutade. Il savait. Mais comment ?…

Le souvenir de la taverne s'imposa à elle, violent comme une gifle. La taverne, associée à l'odeur immonde de l'Yôle. Elle se rappela la brûlure de l'alcool, le vague qui lui avait succédé. Puis, flottant entre les deux, un visage aux cheveux pendants et à l'expression dure. Ce souvenir chassa les derniers pans d'incompréhension.

L'Yôle. Elle avait parlé.

Elle ralentit, regarda en arrière, mais Allian avait fermé la porte à clé et se tenait devant les battants, immobile comme une statue. Elle n'avait plus d'autre choix que d'avancer, repoussant lentement la pénombre au fond de la salle. La table lui parut interminable, longée à l'infini par des silhouettes sombres qui devenaient hommes, éclaircis à leur tour, et qui la regardaient passer avec une curiosité rapace. L'homme du milieu, lui, ne laissa transparaître aucune émotion particulière : au centre de son visage empâté, agrémenté d'un collier de barbe qui suivait la ligne d'une mâchoire noyée dans la graisse, ses yeux semblaient deux petites billes qui brillaient d'un éclat serein. Ses habits tranchaient de façon ostentatoire sur le reste du décor, un assortiment de brocards et de tissus fins qui l'assimilaient plus à un riche bourgeois qu'à un brigand digne de ce nom. Sans nul doute possible : Krud.

– Mademoiselle Mydria, la salua-t-il. Je suis ravi d'avoir pu héberger pour cette nuit une jeune dame de la haute, il était donc inutile de vouloir vous échapper comme si votre présence m'incommodait… bien au contraire.

Le ton patelin ne la trompa pas une seconde. De but en blanc, sa détention était reconnue et, à peine moins explicitement, renouvelée pour une durée indéterminée. My se redressa de toute sa taille.

– Vous n'avez aucune raison de me retenir ici ! Si vous voulez une rançon, mes parents paieront, mais…

– Mais il se trouve que je n'ai rien à faire de tes parents, jeune fille, coupa affablement Krud. C'est toi qui m'intéresses.

Il se leva, déclarant à la cantonade :

– Bien. Cette intervention n'était pas prévue, mais elle tombe à pic : voilà avancée la raison de votre convocation. Inclinez-vous, messires, elle justifie à elle seule la réunion du Conseil. Tout à fait : cette jeune fille, et elle seule. Laissez-moi vous la présenter, elle possède un pedigree tout à fait intéressant. Par adoption, comtesse de Siartt – par naissance, une princesse authentique. Plus exactement, l'héritière du trône d'Edrilion.

Un mélange de stupeur, d'incrédulité et, plus ténue, d'exultation accueillit ses dernières paroles.

– Je sais exactement ce que certains pensent, poursuivit Krud. Quelle meilleure aubaine qu'une princesse entre nos griffes, et quel merveilleux moyen de pression sur le pouvoir en place ! Navré de vous décevoir… notre princesse n'appartient pas à la dynastie qui nous gouverne. Plus exactement : sa dynastie n'existe pas.

La rumeur reprit dès qu'il s'interrompit, suspendue, fourmillante, dans l'attente d'un semblant d'explication, qui ne vint pas. À l'entrée, Allian délaissa la porte et s'avança en direction du chef, piqué lui aussi par la curiosité. Il se campa à côté de My, révélant un visage qu'elle n'avait pas pu distinguer, avec des pommettes saillantes et une physionomie racée, animée à fleur de peau par un enjouement charmeur, mais qu'une extrême concentration venait atténuer pour l'heure.

– Qu'est-ce que ça veut dire, ça ? Une dynastie qui n'existe pas ?

– Si, elle existe. Elle est juste réduite à un exemplaire. Krud vous parle de la dynastie Darcer.

Toutes les têtes se tournèrent vers le fond. Une silhouette s'était levée, et descendait les gradins pour rejoindre la table. Elle passa à proximité d'un chandelier, qui l'éclaira au passage. My le reconnut à l'instant. Visage émacié, yeux froids, c'était l'échalas de la veille. Celui qui l'avait fait boire.

– La dynastie Darcer ! répéta un homme, incrédule. Tu veux rire ? Le dernier a disparu depuis des siècles !

– Le dernier roi, pas la dernière branche, dit Orest. Du reste, voilà qui nous le prouve.

L'intervenant jeta un coup d'œil à My, manifestement peu convaincu.

– Comtesse, c'est aisément vérifiable. Sur quoi tu t'appuies pour la taxer d'héritière ?

– Sur ça.

Solennel, Krud déploya un bout de parchemin sur la table. My reconnut avec un coup au cœur la missive de Madael.

– Messires, un correspondant de choix prend la plume. Un, ou plusieurs – j'entends toute sa branche. À vrai dire, il s'agit plus d'une succession de signatures que d'un vrai arbre généalogique. Beaucoup d'entre vous n'y croiront pas. Pourtant, à peu de chose près, toutes ces vies s'étendent sur deux siècles. Soit la durée qui sépare l'abdication du dernier Madael de sa descendante *ultime*. Or l'ultime, nous l'avons.

Allian eut une moue dubitative.

– Noble, passe encore. Mais je ne vois pas comment une missive datant de deux siècles pourrait légitimer la demoiselle.

Lentement, l'attention générale revint sur My. La suspicion était en train de naître, qu'elle voyait enfler à vue d'œil. Elle se trouvait au centre d'une discussion qui se déployait avec et sans elle, se désintéressant de sa personne ou l'éraflant d'une critique assassine. Au milieu de l'assemblée, elle n'était plus qu'une chose, une valeur qu'on examinait sous toutes les coutures ou qu'on rejetait sans égard. Elle sentait à quel point les enjeux la dépassaient.

– Elle est Darcer, gronda Orest, c'est même pour ça qu'elle est à Liett. Tu veux aller discuter lignage avec ses parents adoptifs ? Ils la recherchent, ils savent très bien que les Darcer ont disparu sans s'éteindre. D'ici quelques jours, les avis de recherche seront placardés, ça te va comme confirmation ?

– Ce n'est pas la confirmation qui nous intéresse ici, dit Krud. Je comprends votre perplexité, mais les Darcer ont existé et leur dynastie a très bien pu perdurer jusqu'aujourd'hui. Du reste, je ne vois pas pourquoi cette jeune fille mentirait. Non, ce qui doit nous interpeller n'est pas le problème du nom. L'élément crucial, c'est la lettre.

Il fit glisser la lettre sur le côté, la mettant à la disposition des assistants les plus proches.

– Tout y est. Sur ce papier, la réalité rejoint la légende, mais vous savez ce qu'on dit : un mythe naît toujours d'un fait réel. Et le mythe est vivant. Je parle de l'héritière, bien sûr, je parle du Don…

Il se renversa sur son siège, détendu par une expression de satisfaction extrême.

– Et je parle aussi du trésor.

Une pause assourdissante succéda à ses paroles.

– Le légendaire trésor, ajouta Krud comme pour lui-même. Qui n'en a jamais entendu parler ? La fortune amassée par les Darcer, évanouie avec le dernier souverain. On l'a cru définitivement perdu, récupéré en secret, ou inexistant, au final. Eh bien figurez-vous que toute l'explication est contenue dans cette lettre. Si du moins vous aimez les explications vagues, et les enjeux sans point d'appui. Car le trésor existe. Sauf que personne ne sait où il se cache.

Allian s'avança vers la table et, prestement, rafla la lettre avant que son chef l'intercepte. Son regard se mit à sauter de ligne en ligne, empli d'une curiosité impatiente. L'expression passa d'un extrême à un autre avec une rapidité confondante : concentrée tout d'abord, puis perplexe et désorientée avant que finalement, flamboyante cerise sur le gâteau, un éclat de rire s'envole, aussi irrépressible que communicatif.

– Non mais je rêve ! Je rêve… attendez…

Il se remit à lire la lettre, sautant certains passages, s'arrêtant plus longuement sur d'autres. Son rire retentit exactement au même moment : juste après le point final.

– Qu'est-ce que c'est beau. Magie, mystère et émouvants adieux, les ballades de mon enfance n'ont pas fait mieux ! Il n'y a même pas de sceau pour rendre un poil crédible ce tissu d'énormités. Alors quoi, c'est parce que le papier est d'époque ? Ça suffit comme preuve ?

– Allian, repose ça.

Krud n'avait pas jugé utile d'élever la voix. La demande fut suffisante toutefois. Allian écourta sa troisième lecture et reposa la missive devant son chef, les sourcils haussés.

– Et tu y crois. Tu penses qu'il y a un trésor, quelque part, sur une île, rien que pour nous, qui nous attend. Tu es prêt à baser tous tes espoirs sur une succession de fadaises et une fille prétendument noble. Vraiment ?

– Si on y croit, c'est parce qu'il y a un bien-fondé derrière les fadaises que tu es infichu de remarquer ! réagit aussitôt

Orest. Qu'est-ce que tu imagines, que c'est une pratique courante d'aller s'inventer des ancêtres signatures à l'appui ? Que Krud en est resté au stade des missions-mirages et que moi, je m'amuse à écumer les tavernes dans le seul but de vous ramener des gamines ?

– Qu'une chose soit bien claire : je ne considère pas ce document comme une preuve, déclara Krud. Et si vous tenez absolument à en trouver une entre les lignes, vous déboucherez sur une impasse. Cette missive n'est qu'une ligne directrice. L'élément de base est inhabituel, abstrait peut-être, mais cela ne l'empêche pas de déployer ceux qui le composent de façon très cohérente et complémentaire : une héritière, une lettre. Un sifflet. Et le Don…

L'homme qui se trouvait à sa droite s'empara à son tour du parchemin. Sa physionomie pointue parut s'étirer à mesure qu'il lisait, prolongée par la même moue perplexe qu'Allian.

– En théorie, c'est cohérent. Les explications sur le Don recoupent ce qu'on sait sur ce pouvoir, le peu qu'on en sait, en fait. Et la missive a été écrite en situation d'urgence, c'est assez manifeste. Pour les signatures… elles ont été faites à des époques différentes, il suffit de voir les variations de l'encre. Mais tout cela ne signifie rien. Ta lettre a beau être cohérente, c'est d'une légende dont elle parle. Le Don est le seul élément qui pourrait nous apporter un semblant de justification, et il s'agit du plus invraisemblable. Or tu peux peut-être te passer de preuves, Krud, mais pas moi. Il serait tellement rassérénant de voir cette jolie légende toucher, ne serait-ce que d'une aile, notre réalité ô combien terre à terre…

L'homme releva la tête, dévisageant My comme s'il s'agissait d'un coffre-fort particulièrement compliqué.

– Le Don… Si elle l'a, qu'elle se métamorphose. Nous serons fixés.

Ça ne pouvait plus être pire.

– Je ne sais pas comment convoquer le Don, dit My d'une voix tremblante. Il n'est venu qu'une fois, je ne sais pas s'il reviendra, ni si je le détiens vraiment, je…

– De toute façon, Nadrett, le Don d'ailes ne se convoque pas, intervint Krud. C'est un pouvoir magique, pas un chien. La lettre précise assez clairement que la métamorphose est aléatoire.

– Non. Non, non, *non*.

Nadrett serra les mâchoires, empli d'une colère froide.

– Non, Krud, désolé. Je ne peux pas y croire. La princesse, passe encore. Le trésor, non. Le *trésor* ! Mais, bon sang, il s'agit d'une légende et rien de plus ! De vieilles histoires, véridiques ou non, qui n'ont plus lieu d'être ! S'il y a eu un trésor aussi gros que la lettre le prétend, quelle que soit sa cachette, on a dû mettre la main dessus depuis belle lurette, et quant au Don d'ailes… c'est de cela que tu veux nous faire partir ? On lâche la fille avec son Don et on la laisse repérer l'île depuis les nuages ? Bon plan, si seulement le Don existait !

– Qu'est-ce que ça veut dire, pour toi, exister ? demanda Orest. Tout ce qui existe t'est déjà passé devant ? Légende ou pas, le Don existe. Il n'y a que de cette façon que le dernier Madael a pu s'échapper de Liett il y a deux siècles. On a eu assez de témoignages pour que la rumeur traverse les époques. Et puis, Don ou non, tu ne trouves pas que la perspective est assez alléchante pour qu'on tente notre chance ?

– C'est justement le terme de « chance » qui n'a pas à être cité pour une mission ! lança quelqu'un depuis les gradins du fond. Nous basons nos missions sur des objectifs précis, des lieux, des butins à saisir, jamais il n'a été question de s'en remettre à une lettre !

– Et depuis quand fait-on dépendre toute une mission d'une légende ?

– Et cette histoire de sifflet ? C'est un jeu de piste ?

La lettre avait fait le tour de la table, passant rapidement de main en main, et s'éloignait à présent vers le fond, provoquant sur son passage une explosion de contestations qui se mirent bientôt à fuser de tous les coins de la salle : chacun avançait son avis, haussant le ton sans prendre en compte les interventions des autres. Le brouhaha devint très vite insoutenable. Avec une indifférence apparente, Krud se contenta de croiser les mains et de les appuyer sur la table, sans prendre part à la discussion. Les vociférations redoublèrent, encouragées par son mutisme : avec une soudaineté que rien n'avait laissé prévoir, les mains jointes se dissocièrent et un poing flou s'abattit sur la table de toutes ses forces. Le choc résonna sous la voûte avec le même fracas qu'un coup de tonnerre. Stoppant tout bruit annexe.

– Maintenant vous la *fermez*. Je contrôle un conseil et j'ai mieux à faire que gérer des mutineries. Qu'une chose soit bien claire : tous autant que vous êtes, vous constituez des maillons de la Guilde, mais un maillon rétif, ça se remplace et j'en ai plein en réserve. Alors écrasez.

Il fit un signe impératif aux gradins du fond. Dans une rumeur à peine audible, la lettre remonta les rangs en direction de la table et glissa jusqu'à la place du chef.

– Vous mettez l'accent sur le côté exceptionnel de la mission et vous avez raison, reprit Krud. Non, cette fois nous n'avons pas de plan pour nous guider, pas de descriptif du butin et pas d'alliés sur place. Mais nous avons un objectif, et c'est l'objectif seul qui importe. Retrouver une île. Nous avons le but, le point de départ : le sifflet, et la fille. Incompréhensible ? Peut-être. Irréalisable ? Je ne le pense pas. Ce qu'on nous demande, c'est de trouver la route qui relie les deux. Et si vous restez bloqués sur des dénis stériles, vous pouvez être sûrs qu'en effet, le trésor va vous passer sous le nez.

Une série de remarques cassantes, marquées au coin d'un solide bon sens ; ou plutôt d'un solide goût du risque. Déjà l'ambiance n'était plus la même. Krud était en train de faire du précédent obstacle un tremplin. Retournement de situation qui laissait Mydria sans forces… mais parfaitement consciente d'un fait capital : par l'influence énorme du chef et par la faute de cet Orest, elle allait se retrouver plongée dans la chasse au trésor qu'elle avait tant voulu éviter.

– Vous n'allez pas vous lancer dans pareille équipée !

Elle avait crié sans réfléchir. Quarante paires d'yeux se braquèrent sur elle.

– Pendant deux siècles, les héritiers qui m'ont précédée sont partis pour trouver ce trésor, aucun n'en est revenu ! Mon père même en est mort. Et vous espérez réussir là où toute une famille a échoué ? Mes premiers ancêtres ont sûrement mis la cachette du trésor à l'épreuve des lames, et qu'avez-vous comme autres atouts ? Mon sifflet ? Vous en trouverez l'équivalent sur n'importe quel marché. Moi ? Mais je ne sais rien sur l'emplacement de cette île. Et je ne mérite même pas le qualificatif d'héritière. Ma métamorphose ne s'est produite qu'une seule fois… Et vous comptez gagner ?

– Je n'ai jamais prétendu que cette quête serait une partie de plaisir, dit Krud abruptement. Mais si vous réfléchissiez, vous vous feriez la remarque que vos ancêtres ont sûrement échoué parce qu'ils étaient partis seuls. Cette fois, la situation est différente. Vous aurez pour escorte, de votre côté, la fine fleur des malfrats de Liett. Une équipe rodée, capable de combattre et de tenir la distance. Aussi, pourquoi vous plaindre ?

– Partez si vous voulez. Je veux bien vous laisser le sifflet et la lettre, mais je ne vous suivrai pas !

Elle avait beau savoir que sa déclaration prêtait à rire, elle ne pouvait s'empêcher de s'y raccrocher, espérant que l'intérêt du trésor l'emporterait sur celui, bien mince, qu'elle présentait. Orest fracassa ses illusions d'une phrase :

– Et lâcher une héritière dans la nature ? Vous rêvez, Votre Hauteur.

– Sans compter, insinua Nadrett, que vous êtes recherchée dans cette ville. Et toute seule, et perdue. Il serait inhumain de vous abandonner à votre sort…

– Je peux toujours me faire oublier, fit My éperdument, m'en aller loin d'ici, fuir Liett…

– Eh bien fuyez avec nous ! répliqua Allian.

La jeune fille leva vers Krud des yeux suppliants.

– Je vous en prie. La seule chose qui vous soit utile, c'est cette missive. Pas moi. Laissez-moi partir. Je ne parlerai à personne de cette histoire, je...

– Majesté, coupa aimablement Krud, sans vous, l'histoire n'a pas lieu d'être. J'ai peut-être la lettre et le sifflet, mais je n'ai pas le Don. Vous êtes la seule au monde à le détenir, et pour cette raison, j'ai bien peur de devoir vous forcer à nous accompagner. Question réglée. Gariott !

L'homme massif qui se trouvait derrière le chef quitta son poste et s'avança droit vers la jeune fille, l'empoignant par le bras sans égard. My se retrouva assise de force sur un siège, à l'extrême bout de la table. Quasiment hors du champ de vision de Krud, qui s'était retourné vers l'assistance et enchaînait déjà :

– Il va falloir aller vite. Pour les mêmes raisons que nous, lesparents de notre Altesse la recherchent et seront à Liett dans quelques jours. Je ne tiens pas à sous-estimer la capacité des Siartt à faire jouer leurs contacts. Parce que qui dit contacts dit personnes haut placées, et qui dit personnes haut placées dit maîtrise totale de Liett. Si on veut passer les portes, il faudra le faire le plus tôt possible. Tôt également à cause de la durée du voyage : il va falloir traverser un pan entier du royaume avant d'avoir notre première île en ligne de mire... Bref, rien à voir avec nos raids habituels. Par conséquent, je n'ai pas l'intention de repousser éternellement l'heure du départ. Nous partirons demain.

Il lissa le parchemin du plat de la main, et ajouta :

– Ce qui m'amène à aborder la question du groupe.

Il y eut un frémissement général. La question du groupe : pomme de discorde de tous les conseils, sans exception. Gagner sa place au cœur d'un groupe, c'était abandonner pour un temps le périlleux métier de voleur ou d'assassin, c'était avoir la possibilité de se faire reconnaître au cœur d'une organisation prompte à remplacer les moins efficaces. Mais le groupe tout juste mentionné par le chef se parait d'une aura bien différente. Il ne s'agissait pas de survivre, cette fois-ci, mais de s'en tirer, définitivement. Une chasse au trésor… le rêve de tout malfrat. Promesse qui, bien qu'encore vague, n'en était pas moins terriblement tentante… Mais pour combien ?

Krud balaya la salle d'un regard attentif.

– Je veux un groupe efficace et structuré. Je veux que nous puissions aller vite, et faire face à n'importe quel danger. Un noyau solide… donc ramassé.

Indifférent à la pression qu'il imposait à ses hommes, il se détourna du fond de la salle, passant au crible les malfrats qui siégeaient à la table. Par sa position centrale, celle-ci se démarquait nettement des gradins, occupée par des hommes dont l'attitude, jusqu'aux habits, trahissait un rang supérieur. Toute suffisance déserta cependant les visages quand Krud se mit à les étudier les uns après les autres, glissant sans s'arrêter sur toute la longueur de la table. Le premier nom tomba :

– Allian.

Seule personne campée au milieu de la salle, l'homme eut un air surpris.

– J'ai postulé ?

– Pourquoi, tu préfères que je prenne un nouveau bras droit ?

Allian esquissa une grimace, sa belle désinvolture soudain atténuée.

– C'est bon… je plaisantais.

– Une manie embarrassante… On soignera ça ; reste au milieu.

Krud passa au deuxième tronçon de la table dans un silence de mort.

– Je verrais… sept personnes, guère plus. Une miniature de notre hiérarchie si nous voulons tenir le choc. Un trio de décision… Nadrett. Au centre.

Le deuxième nom avait été lâché exactement de la même manière, à ne pas savoir si le chef avait déjà son idée ou se décidait au bout d'une concertation expéditive. La figure de l'homme s'éclaira vivement, transformant en pur air de triomphe son expression mesquine. Il se leva précipitamment pour rejoindre Allian au milieu de la salle, croisant son chef qui longeait la table en sens inverse.

– Un trio attaché aux prises de décisions d'une part, disais-je, et de l'autre un groupe spécialisé dans les combats. Ne manque que le point d'équilibre entre les deux parties, j'ai nommé, un garde du corps. C'est presque inutile de préciser… mais pour la forme : Gariott.

Le garde du corps contourna la table à son tour et s'avança au centre, affichant une expression impénétrable, plaquée sur ses traits comme un masque. Il était impossible de savoir si sa nomination le réjouissait d'une manière ou d'une autre. Le fond de la salle fut traversé par une vague d'agitation quand le chef se désintéressa de la table et s'éloigna en direction des gradins, scrutant les rangs avec le même soin. Il laissa échapper un grognement indécis.

– Beaucoup d'entre vous ont fait leurs preuves comme combattants. Mieux vaut donc, je pense, privilégier les éléments de stabilité. Léréon, Lyrend'ell.

Un remous de protestation parcourut les gradins. En un seul coup, c'étaient deux espoirs qui partaient, définitivement rattachés aux silhouettes jumelles qui se levaient et descendaient les gradins comme un seul homme. Ils semblaient avoir la vingtaine environ, avec une juvénilité qui perdurait dans l'attitude. Éléments de stabilité : d'instinct, My saisit toute la force de la formule. Ils s'avancèrent à leur tour au centre, rejoignant le reste du groupe. Krud jaugea ses élus depuis le fond de la salle et s'autorisa un sourire satisfait.

– Oui, c'est ainsi que je voyais les choses. Et maintenant…

– Krud.

L'apostrophe jaillit tout à côté du chef. Krud se retourna, faisant face à Orest : l'assassin lui barrait la route avec un air de défi qui frisait l'impolitesse.

– Krud, il vous reste deux places pour deux combattants. Avant de choisir, n'oubliez pas à qui vous devez le lancement de cette quête… c'est un simple conseil.

Le chef haussa un sourcil.

– Simple conseil, et sinon quoi ?

– Je n'ai pas prévu de « sinon » : rappelez-vous juste.

Sans se donner la peine de répondre, Krud se détourna des gradins et se recentra sur l'assassin, opposant à la silhouette immobile une détermination identique, teintée d'agacement. Il était un peu plus grand et son tour de taille faisait le triple de celui du jeune homme, contraste qui aurait été amusant dans un autre contexte. Mais, dans la situation présente, Krud s'apparentait plutôt à un dogue prêt à déchiqueter la bête efflanquée qui s'opposait à lui. Un pénible moment s'écoula, cristallisant l'affrontement muet entre les deux volontés – brisé tout à coup par Krud qui haussa les épaules et laissa finalement tomber :

– Orest et Guiaulth.

Gratifiant son chef d'un signe de tête reconnaissant, l'assassin quitta le fond de la salle et prit place au milieu du groupe sans une hésitation. Guiaulth fut le dernier à se fondre au noyau. Krud, lui, retourna lentement à sa place et, le parchemin tapotant sa paume droite dans une série de petits coups rapides, prononça un ton plus fort :

– Allian, donc ; Nadrett, Gariott, Léréon, Lyrend'ell, Orest, Guiaulth. Moi-même. Et Mademoiselle Mydria, naturellement. L'affaire est close ; départ demain.

Ils étaient sept au milieu. Sept malfrats aussi différents que possible d'âge et d'allure. My passait de l'un à l'autre, essayant de se rappeler leurs noms, de deviner leur âge. Ils se mélangeaient tous dans sa mémoire, et pourtant leur image commune s'y gravait à vif, faisant rejaillir chaque silhouette avec une intensité redoublée.

Telle était donc l'escorte qu'on lui avait choisie. Ou plutôt le groupe de geôliers avec lesquels elle allait voyager, c'était selon. Tous âges, toutes disciplines confondues. Mais ce n'était pas une impression de variété qui la frappait quand elle les considérait, groupe compact et séparé de l'assemblée par une frontière invisible. Tous, à leur façon, dégageaient une aura de menace. Elle les devinait obscurément résolus à obéir aux ordres et parvenant à leurs fins. Oui, c'était cela. Ils dégageaient une impression d'efficacité brute. Pas de scrupules à tuer un homme, pas de pouvoir à respecter hormis leur chef de guilde. Très, trop éloignés des hommes qu'elle avait l'habitude de côtoyer. La peur lui laboura le ventre, une peur vive, animale. Elle n'avait jamais eu autant conscience de sa vulnérabilité.

Krud repliait soigneusement son parchemin devant une assemblée attentive.

– Sérieuse expérience des armes, aptitudes variées, valeur déjà prouvée… Je n'envisage pas d'être déçu.

D'un geste résolu, il fourra la lettre dans sa poche, et de toutes les poitrines un soupir imperceptible s'échappa. Voilà, c'était fini, c'était tranché. Krud avait choisi, et ne reviendrait pas sur sa décision. La frontière invisible venait de basculer dans la réalité et séparait définitivement les élus de ceux qui resteraient dans l'ombre. My seule balançait entre les deux. La déception jalouse des uns lui semblait aussi peu enviable que l'exultation féroce qui éclatait chez les autres. Elle, elle n'avait qu'un désir : s'envoler d'un coup d'ailes, quitter Liett, quitter tout. Puisque c'était lorsqu'elle était seule qu'elle pouvait disposer d'elle-même, une envolée en solitaire lui paraissait l'unique solution… mais comment s'envoler, quand le sort lui ôtait jusqu'à ses ailes ?

Sans se soucier des autres, elle nicha son visage dans ses bras. Le bois de la table frottait contre sa peau. Elle fermait les yeux, toute tendue vers son appel, doux et intense. « Emmène-moi. » Quelle que soit la créature qu'elle abritait. Puisqu'elle n'avait plus que cela…

Un léger choc fit frémir le bois. Elle releva vivement la tête.

– On a retrouvé ça, dans votre sac.

Ses pages déployées et froissées par le choc, son livre de contes gisait écrasé sur la table. Orest s'éloignait, sans un regard en arrière.

Dans la clarté du petit matin, une file d'ânes patientait au milieu de la rue.

Tous identiquement équipés, ils portaient deux sacs pendus de chaque côté de la selle, à l'avant, et une petite malle attachée sur la croupe. C'était leur seul point commun, car ils présentaient tous des aspects différents. On comptait deux petits blancs, un grand aux longs poils hésitant entre brun et châtaigne, un noir aux oreilles démesurément longues, et cinq ânes gris, plus communs, dont les sabots brillaient au soleil matinal. Ils semblaient tous astiqués des oreilles aux pattes, en vue du long voyage qui les attendait. C'étaient en tout cas de belles bêtes, bien soignées, et l'homme qui les examinait depuis son seuil affichait une expression satisfaite.

– Ah, non !

Allian venait de sortir à son tour.

– Non, par pitié, pas des mulets…

– Ce sont des ânes.

– Alors là, peu importe ! Crois-moi, une chasse au trésor à dos de mulet fait aussi sérieux qu'à dos d'âne ! Je ne monterai pas là-dessus. Trouve-moi un cheval.

– Si tu ne veux pas de mes ânes, tu peux aller à pied, répliqua Krud. Le trafic de canassons est bouché en ce moment. Et crois-moi, un cheval, pour ce qui nous attend, ce n'est pas du tout l'idéal. Il nous faut des bêtes résistantes. Va faire courir un pur-sang dans la caillasse !

– Compris, soupira Allian. Quel est le moins têtu ?

– Aucune idée. Je les ai volés il y a une semaine.

– De mieux en mieux…

Le nez froncé, Allian passa en revue les montures, avant de se décider pour le grand noir.

– Celui-là a une allure raisonnablement chevaline, observa-t-il, pensif. Peut-être qu'en lui raccourcissant les oreilles…

– Il restera quand même un âne. Fiche-nous la paix et monte en selle.

My fut traînée sans égards jusqu'à l'un des ânes blancs, et se laissa ballotter sur sa selle, le moral au plus bas, alors que les ânes quittaient la ruelle en file indienne. Krud partait en tête. My, elle, était au milieu, sévèrement encadrée, comme si l'on craignait qu'avec sa piètre monture elle parvienne à s'évader. Elle n'essaya même pas. Si elle devait faire une tentative, ce serait loin de ces rues trop étroites, encombrées par la foule, qui menaient elle ne savait où. Elle avait trop erré dans l'enfer de ce dédale pour oser recommencer.

On lui avait rabattu un capuchon sur la tête pour cacher sa chevelure, et des chaussures en cuir remplaçaient ses escarpins. On avait aussi voulu lui donner d'autres habits que sa robe bleue, mais elle avait défendu ladite robe bec et ongles en voyant les vêtements miteux qu'on lui ordonnait d'enfiler, et au final l'avait gardée, gagnant en sus une pèlerine aux laçages poisseux pour la dissimuler. Mais, avantage notable, elle comportait une poche, dans laquelle la jeune fille glissa amoureusement son livre de contes, la seule chose qui lui restait encore. Même le sifflet lui avait été retiré : Krud le portait autour du cou, la lettre glissée dans le bec…

De ruelles en places, l'homme conduisait son groupe d'une main sûre, louvoyant entre les badauds, les écartant au besoin. Leur progression fut étonnamment rapide : ils atteignirent les portes en milieu de matinée. C'était un moment stratégique, celui où la foule abondait, relâchant la vigilance des gardes. Car, si les nouveaux venus entraient à Liett sans grande difficulté, il n'était pas aussi évident de quitter la capitale. Le roi avait ordonné la fouille systématique de toute personne qui ressortait. En théorie, à part Mydria, ils ne détenaient rien de compromettant, mais Krud divisa quand même le groupe en trois. Autant éviter de se faire remarquer en passant à neuf d'un coup.

My sentit sa gorge se serrer en voyant les trois premiers cavaliers mettre pied à terre, pendant que les gardes fouillaient habits, malles, sacs… Si quelqu'un se faisait arrêter, ils y passeraient tous tôt ou tard, trop semblables d'équipement. Elle s'inquiétait à tort. Le premier convoi sortit sans problème. Le deuxième, mené par Allian, franchit la herse un peu plus tard. Ne restaient qu'elle, Orest, et Krud.

– On y va, ordonna Orest après un temps d'attente.

Elle aurait aimé utiliser la foule pour se faire emporter dehors en semant les autres, mais son petit âne blanc était étroitement serré entre les deux autres. Ceux-ci se détachèrent d'elle quand ils furent à la hauteur des gardes, et franchirent la herse en même temps. Elle pesta : elle avait un comité d'accueil à l'extérieur, maintenant, et quant à faire demi-tour, c'était impossible : la foule s'étendait dans son dos, compacte…

Résignée, My s'approcha du premier garde et mit pied à terre, gardant le nez baissé ; la capuche lui retombait quasiment sur le menton, dissimulant son visage de façon suspecte. D'un geste brusque, l'homme rejeta son capuchon en arrière.

Son visage se figea sous l'effet de la surprise : bien différente de la silhouette esquissée par la pèlerine, qui aurait tout aussi bien pu être celle d'un adolescent, c'était une jeune fille à la chevelure éclatante qui apparaissait au grand jour, étrangement décalée. Tout clamait, explicitement, son appartenance à l'aristocratie.

Abandonnant son impassibilité de commande, il s'inclina devant elle tandis que son compagnon, alerté par le caractère inattendu de la situation, refermait la malle après un coup d'œil superficiel. Il lui tendit les rênes sans un mot, et après un tapotement sur l'encolure de l'âne, s'écarta pour la laisser passer. Elle relança sa monture au petit trot, exultant de s'en tirer à si bon compte.

Mais elle ne vit pas l'expression du garde qui regardait sa main, celle qui avait caressé l'âne. Couverte d'une poudre blanche.

– Hé là ! Vous !

Elle eut un sursaut. Le changement brutal du ton n'augurait rien de bon. Sans se retourner, elle pressa les flancs de l'âne de ses genoux pour le faire accélérer, mais il garda la même allure. Le garde la rattrapa avant qu'elle franchisse la herse.

– Qu'est-ce que c'est que ça ? lança-t-il en lui fourrant sa paume sous le nez.

Serrant fortement la bride d'une main, il tapota le museau de l'autre, dégageant du petit âne un nuage de poussière. Sous les yeux horrifiés de la jeune fille, le blanc faisait lentement place à un gris sombre…

– Ça, c'est une bête volée !

Toute galanterie disparue, il l'empoigna par le coude.

– Descendez.

– Je ne savais pas ! protesta-t-elle en se dégageant. Je pensais…

– Descendez et suivez-moi !

Désespérément, Mydria enfonça les talons dans les flancs de la bête. Celle-ci bondit en avant, mais fut figée en plein élan par le garde qui tirait sur la bride. Effarouchée, elle se mit à braire de toutes ses forces. Si l'attention de la foule ne s'était pas encore fixée sur eux, c'était désormais chose faite…

La rumeur s'intensifiait derrière elle. Et il n'y avait pas de Krud, pas d'Allian ni d'Orest pour revenir l'aider. Logique. Ils avaient d'autres projets que la prison. Tirée à nouveau par le garde, My glissa de sa selle, se raccrochant d'extrême justesse au pommeau. Cela ne ferait pas une grande différence. Elle en descendrait, tôt ou tard.

Elle avait tellement peur qu'elle ne distinguait même plus ce qui se passait, et ne vit pas que d'autres gardes étaient arrivés, désanglant la selle à laquelle elle s'agrippait. Tout à sa terreur, elle attribua le soudain spasme dans son ventre à un effet nerveux. Une nouvelle fulgurance la stoppa net. Inquiète, et pleine d'espoir…

Soudain, il n'y eut plus de My.

Un cri de stupéfaction s'éleva de la foule entière lorsqu'une forme ailée s'envola soudain de la bête, pour monter, monter jusqu'au ciel, où elle disparut en quelques secondes.

De l'autre côté de la herse, un hurlement fit écho à la clameur de la foule :

– La fille, bon sang ! La fille s'envole !

9. Le premier envol

C'était le premier envol de Mydria, un envol qui serait suivi de beaucoup d'autres. Pendant des années, elle en explorerait peu à peu toutes les particularités. La force du vent. Les légers tangages, les piqués vers le sol, les remontées fulgurantes. Tout, petit à petit, lui deviendrait plus limpide, plus maîtrisable.

Mais ce jour-là, ce ne fut pas le cas. Cette expérience toute neuve lui apportait un tourbillon de frayeurs, un fouillis de sensations qui se catapultaient avec emportement. C'était une nouvelle ouverture, sur un nouvel univers, qui se déchirait devant elle, la forçant à voir les choses sous un nouvel angle, à affronter la réalité d'une façon différente… et ce, sans préparation.

Le monde cavalait en dessous d'elle. En dessous – non pas sous une paire de chaussures, ni sous les roues d'une calèche. En dessous, sans rien entre eux, si ce n'étaient des mètres et des mètres de vide. Et il cavalait vite. La seule chose qu'elle gardait de son ancien elle-même était sa vue, inexplicablement accrue malgré la hauteur. Elle distinguait toutes les nuances des verts, défilant dans un camaïeu irrégulier, coupés à l'occasion par un fil plus clair, une route, une rivière…

Et, droit devant elle, du bleu à perte de vue, décliné à l'infini. Elle avait l'impression d'être aux portes du paradis.

Une impression qui avait été longue à venir. Elle s'habituait tout juste, après la frayeur d'un envol qu'elle n'avait pas prévu, la clameur de la foule pour seule escorte – rien que d'y penser, son cœur en palpitait encore. Au début, elle avait craint le pire : un rapace lancé à sa suite. Elle avait déjà vu ces chasseurs à l'œuvre. Ils ne laissaient aucune chance. Leur excellente vue, leurs ailes taillées pour la vitesse, tout promettait la mort à distance. Heureusement, les gardes de la ville ne disposaient que d'archers pour traquer les fuyards. Au moins un point qui ne lui causait pas d'inquiétude : avec sa taille, même le meilleur des tireurs ne l'aurait pas atteinte. Elle ne s'était pourtant pas attardée. Si on appelait la garde royale à la rescousse, les aigles, cette fois, ne se feraient pas attendre. Et le roi serait, à coup sûr, averti dans l'heure. Le Don d'ailes était trop caractéristique pour passer inaperçu.

Son dernier coup d'œil avait été adressé à son groupe qui s'éloignait de la herse en courant derrière elle, dans une dérisoire tentative de poursuite. Ceux-là au moins étaient écartés, mais déjà un nouveau problème remplaçait l'autre…

Comment volait-on ?

Le genre de question qu'il fallait éviter de se poser entre ciel et terre. Tout comme la métamorphose, l'envol avait été instinctif, involontaire. Sauf que l'instinct en question l'avait abandonnée une fois dépassée la plus haute tour de Liett. La laissant là, petit point suspendu dans le vide.

À six ans, My était comme tous les enfants, mimant le vol en agitant les bras. Elle était loin de se douter que l'affaire était, en réalité, plus compliquée : dans ses jeux d'enfant, elle avait oublié le vent. Un réseau complexe de courants qui modelaient nuages et temps en se modifiant sans cesse.

My comprit tout de suite qu'avec son gabarit, elle ne pourrait pas lutter. Alors, elle se laissa transporter, au hasard, dans le bal le plus fantasque de sa vie. Remontant jusqu'à dépasser les nuages, chutant comme une pierre avant de se faire emporter au vol par un nouveau courant plus doux… Aucun pas de danse réglementaire pour cette valse-là. Accélérant ou stoppant ses battements d'ailes, elle réussit à redescendre pour apercevoir la route qui quittait Liett. Dans cette folle danse, elle avait conservé son cap et put réellement commencer son vol quand elle descendit assez bas pour échapper aux courants.

À son grand désappointement, Liett se trouvait encore dans son champ de vision. Peut-être très lointaine, peut-être sensiblement rapetissée, mais présente. Au milieu des plaines, on ne voyait qu'elle. Le soleil de midi frappait ses murs, renvoyant aux yeux de My un éclat lumineux, comme un diamant sur son coussin de velours vert. Une route s'en échappait semblable à une chaîne, dont les ondulations fines serpentaient jusqu'à elle.

My était sensible aux comparaisons, et le pouvoir évocateur de celle-ci la décida à suivre la route. C'était la solution la plus sûre, quand on ne savait pas s'orienter. Elle descendit un peu plus bas pour mieux voir le sol et, battant bravement des ailes, entama son voyage.

Elle avait le vague projet de retourner près de Siartt. Retourner à Siartt même était exclu, elle le savait bien, mais elle pensait, peut-être avec raison, que la région du domaine serait la dernière à attirer ses pisteurs : si elle avait fui Siartt, elle n'y reviendrait pas, en principe. Or sa nouvelle apparence lui donnait la possibilité de revenir dans la région qui lui tenait tant à cœur : si elle restait discrète, on ne pourrait ni l'identifier, ni la détecter, ni la suivre. En contrepartie d'une encombrante quête, son Don lui offrait tout de même un certain nombre d'avantages…

Elle ne savait pas comment elle allait vivre. Elle se souvenait de la forêt qui avait accueilli sa première nuit hors de son domaine, et pensait que s'y établir serait l'idéal… Une fois là-bas, de quoi se nourrirait-elle ? Ses anciens goûts se révoltaient à l'idée de manger des feuilles ou des insectes ou… Mais de quoi, au juste, avait besoin son nouveau corps ? Elle écarta le problème. Tout comme elle préféra oublier celui de la survie dans un monde où les lois de sa société n'existaient pas.

Ainsi, My se lança dans son voyage solitaire avec l'insouciance d'une enfant, accrue par un agréable sentiment de supériorité : elle avait beau être petite, elle dépassait de trente bons mètres la personne la plus influente de ce pays. Que demander de plus ? Elle suivait d'une aile alerte la route en contrebas, sans se demander une seconde si cette route menait où elle voulait aller, dépensait son énergie en téméraires voltiges. Sournoisement, le grand air lui montait à la tête, et elle eut peu à peu la sensation de voleter dans un vaste espace multicolore, sans distinguer le haut du bas ni la droite de la gauche, en proie à une crise de félicité aussi étrange que malvenue.

Une brûlure au thorax ramena toutes les teintes à la normale. Et elle se rendit soudain compte que, croyant s'élever droit vers les nues, elle fonçait tête baissée vers un sol qui se rapprochait à toute vitesse. Éperdue, elle battit frénétiquement des ailes pour freiner sa chute. Sans prévenir, la métamorphose s'inversa. Et My se retrouva à agiter bêtement les bras, ses jupes gonflées comme une corolle en plein milieu d'un ciel myosotis. Mais plus d'envolées gracieuses, cette fois. Elle chutait comme une pierre, gagnant trois mètres par seconde.

Sa robe perdit tout son bouffant quand une turbulence bascula la jeune fille en avant, les pieds pointés vers le ciel. Elle n'eut pas le temps d'avoir peur. Son cœur lança juste une rafale de battements désordonnés et son Don revint à son secours, bloquant sa dégringolade. Un seul instant. Agitées de tics nerveux, ses ailes ne pouvaient maintenir leur cap et, tout étourdie, My se laissa dériver vers le sol comme une feuille morte. Son aile droite heurta le gravier de plein fouet. Elle se réceptionna mécaniquement sur ses pattes avant qu'une chute de tension la fasse s'effondrer au beau milieu de la route.

Son aile lui faisait mal. Ce n'était pas une douleur lancinante, plutôt une vibration sourde qui l'engourdissait progressivement. My avait déjà basculé dans l'inconscience ; elle ne sentit pas l'aile se changer une deuxième fois en un bras barré d'une zébrure rouge. De la même façon, elle n'eut pas un frémissement quand une botte se glissa sous son bras pour le soulever avant de le laisser retomber sans état d'âme, piquetant la peau de plaies supplémentaires.

– Bon ! conclut Orest. Dans les pommes.

– Elle ne s'est pas manquée ! observa Nadrett qui mettait pied à terre à son tour.

– Tu parles. Je ne sais pas comment elle a réussi à tomber sans se fracasser la tête… Elle a dû réussir à se métamorphoser de justesse. On a eu chaud…

Orest s'écarta de la jeune fille, reprenant la bride de son âne fumant. Ils avaient couru sans une halte, et sa bête râlait d'épuisement. Méthodiquement, il lui ôta selle et paquets, puis se mit à la faire marcher pour qu'elle reprenne son souffle, tournant autour de la jeune fille sans la quitter des yeux.

– On devrait l'enlever de là… Qu'est-ce qu'on en fait, Krud ?

Son chef arrivait en fin de file, dégoulinant de sueur. Il ne daigna pas répondre, trop occupé à s'éventer avec la bride de son âne. Le reste de la troupe semblait tout aussi exténué. Un âne hors d'haleine s'était étendu sur l'herbe des bas-côtés. Seul Allian était à peu près frais, et considérait le spectacle avec un œil froid.

– Voilà qui promet.

– Allian, s'impatienta Orest, va chercher Krud ! Qu'est-ce qu'on fait de la fille ? On l'emmène tout de suite ou…

– Allongez-la, lâcha Allian après un rapide coup d'œil, et soignez cette plaie. On ne va pas repartir si elle est dans cet état… Elle va nous claquer dans les doigts.

Aidé par Guiaulth, l'assassin déposa la jeune fille dans le fossé, lui bandant le bras avec un pansement rudimentaire. Il se sentait nerveux. Rien ne s'était passé comme prévu, et ils étaient encore trop proches de Liett à son goût… Il fallait faire vite. Il laissa son complice installer leur prisonnière sur le plus robuste des ânes et s'empressa d'aller trouver Krud.

– Il faut quitter la route, dit-il de but en blanc. Liett va envoyer ses gardes.

– Je sais bien, dit Krud avec agacement. On va se cacher dans la brousse. À moins d'une lieue de notre point de départ… la petite idiote !

– Ce qui est fait est fait, répliqua Orest en haussant les épaules. La prochaine fois, tu maquilleras tes ânes autrement.

Le regard incendiaire, son chef se releva lourdement.

– Rassemble les autres. On part.

En hâte, ils remirent leurs selles, leurs paquets et, les uns derrière les autres, passèrent le fossé pour quitter la route. Orest était en tête. Il avait repéré la lisière d'une forêt, un peu plus loin, où ils pourraient se mettre à l'abri. Après cela, il n'avait aucune idée d'où ils pourraient aller. Seul Krud connaissait la route, la voie la plus pratique, mais qui leur était désormais interdite…

Les hautes herbes s'accrochaient à leurs bottes, se prenaient dans les pattes des ânes, dissimulant les creux et les bosses du terrain. Autant d'inconvénients qui irritaient la troupe. Tous avaient l'habitude de missions bien cadrées, qui se déroulaient sans heurt. Un âne travesti et une jeune fille à la beauté trop apparente avaient démoli toute l'affaire.

My avait été installée sur la monture d'Allian. Les yeux étrécis, Orest regarda sa tête ballotter sur le flanc de l'âne, les cheveux à l'inouïe blondeur suivant le mouvement dans un rayonnement lumineux. Même dans cette position, elle restait jolie, jolie et touchante, comme une petite poupée. Il se repaissait de cette vue, la détaillant avec impudence. Mais My ne l'émouvait pas. Elle n'était pour lui qu'une silhouette. Peut-être plus fine, plus racée que les autres, mais sur qui, comme sur tous les autres, il avait pouvoir de vie et de mort.

Et pourtant, au-delà de sa condition de captive, elle avait ce quelque chose qui lui échappait et la rendait unique. Ce don… Il aurait voulu forcer son âme pour le lui ravir. Il l'aurait giflée pour ce pouvoir qu'elle détenait, un pouvoir si risible, en apparence… mais un pouvoir malgré tout.

10. Keagan

Les mains dans le dos, l'usurpateur passait et repassait rageusement devant son trône. Il présentait toutes les caractéristiques du souverain courroucé : la mine butée, les larges enjambées, et le pli sur le front. Mais le front en question n'avait rien de vénérable. Le pli s'inscrivait sur une peau jeune, lisse, y dessinant sa première ride. Pour autant, malgré sa jeunesse, il n'avait rien d'un candide. Keagan, vingt ans, jaugeait le monde à travers une paire d'yeux clairs, sa couronne ciselée posée sur une chevelure blonde – écho parfait à l'or du diadème. Tout en lui respirait l'assurance. Il était d'un caractère téméraire et ferme, résolu à faire régner l'ordre dans son royaume grâce à une poigne de fer, ôtant volontiers le gant de velours. Il était rare qu'un jeune homme ait présenté un caractère aussi apte au commandement. Il s'y préparait depuis longtemps.

Et déjà, à sa grande fureur, un grain de poussière venait s'immiscer dans l'engrenage bien huilé d'un règne qu'il entendait prospère. Un grain de poussière volant.

L'usurpateur s'arrêta, l'œil fixé sur le dallage de la salle, qui multipliait à l'infini le même rapace aux ailes déployées. Discret moyen de lui rappeler que cet endroit ne lui appartenait pas. Un moyen aussi de lui glisser que, selon toute vraisemblance, un héritier légitime cavalait dehors, loin de ses gardes, de sa ville…

Or comment aurait-il pu deviner ? Le dernier roi d'Edrilion s'était en effet échappé, mais deux siècles auparavant… et jamais on n'aurait cru que sa lignée se serait perpétuée jusqu'à aujourd'hui !

Personne ne savait quelle forme l'héritier avait prise à la métamorphose. À ce qu'on disait, c'était une petite bête. Impossible de le retrouver s'il conservait cette forme. En revanche, Keagan avait appris que l'héritier était en réalité une héritière, on l'avait même identifiée. Une certaine Mydria Siartt. On la disait très belle. Ce détail pourrait la faire reconnaître facilement, s'il lançait des avis de recherche.

Mais cela ne suffisait pas. Parce que, s'il y avait héritière… il y avait aussi moyen de récupérer le trésor.

Ce trésor, c'était la malédiction de leur dynastie. Ses prédécesseurs ne s'étaient jamais pardonnés d'avoir laissé une telle richesse leur filer entre les doigts. Le pire, c'était qu'on ne savait même pas comment. Madael l'avait mis en sécurité quelque part, et il ne fallait pas être grand clerc pour deviner qu'il attendait alors de ses héritiers qu'ils le récupèrent, en même temps que leur puissance disparue.

Ses gardes lui avaient rapporté que l'héritière était partie avec une petite dizaine de personnes, toutes équipées pour un grand voyage. Ce détail sentait la chasse au trésor à plein nez. C'était bon signe…

L'usurpateur s'autorisa un sourire furtif.

Il allait pouvoir joindre à sa chasse à l'homme une chasse au trésor rêvée.

11. La traque

Quand elle revint à elle, My avait les pieds dans le vide.

Plus exactement, ses pieds ne touchaient pas terre, pendant au bout d'une paillasse qui lui arrivait aux chevilles.

Cheveux en éventail, silence, oreiller. Une situation qui tendait à se répéter un peu trop souvent, ces derniers temps…

La jeune fille soupira, prit appui sur ses mains pour se redresser. Une douleur fulgurante plia son bras droit au premier mouvement. Elle retomba sur son matelas, le souffle coupé.

La première fois, la douleur l'avait frappée au ventre. La deuxième fois, à la tête. Que s'était-il passé cette fois-ci ?

Et d'ailleurs…

Que faisait-elle allongée ? Son dernier souvenir remontait au niveau des nuages. Comment s'était-elle arrangée pour…

À cet instant seulement, elle se souvint de la chute. De la terreur et de la dérive, de la blessure à l'aile. Elle ne mit pas longtemps à faire le lien entre chute et douleur, mais cette première explication ne fit que la dérouter davantage.

Elle avait quitté Liett : de cela au moins, elle était sûre. Les souvenirs commençaient à affluer et elle revoyait distinctement les grilles de la herse défiler à toute vitesse devant elle, puis s'écarter brusquement, laissant place à un bleu éclatant. Elle avait tout laissé derrière elle, les tours, les remparts, les soldats. Elle avait l'impression d'avoir avalé une telle distance en quelques coups d'ailes… et elle se retrouvait ici. Clouée au sol.

Blessée de surcroît, et seule dans les ténèbres. Où se trouvait-elle ? L'avait-on ramenée à Liett, ou bien l'avait-on recueillie ? L'issue du problème se jouait au quitte ou double. La libération d'un côté, l'emprisonnement de l'autre.

Son bras droit serré contre elle, la jeune fille se redressa à nouveau et glissa sur les alentours un œil méfiant. Autour d'elle, seul le parquet était visible. Les lattes jetaient dans la pénombre un éclat rectiligne qui s'effaçait presque aussitôt, sans qu'aucune lumière ne lui permette de voir au-delà de ses orteils. Elle avait l'impression de se retrouver perchée sur un îlot minuscule, cernée par des flots opaques qui attendaient patiemment de l'engloutir.

Il lui était impossible de rester là sans rien faire. Rejetant sa couverture, elle posa un pied prudent sur le plancher. Il émit un couinement ténu, presque rassurant. Enhardi, son pied gauche suivit et transposa le poids léger de la jeune fille sur les lattes qui supportaient sa paillasse. Un grincement soudain, surgi du fond de la salle, l'y rapatria en quatrième vitesse.

Une porte qu'on ouvre, une poignée qu'on tourne : le bruit était bien trop aisément identifiable. Elle tendit l'oreille pour essayer de le localiser, en vain. Sitôt né, il avait disparu, ne laissant aucun écho. Elle se retrouvait seule à nouveau. Avait-elle rêvé ou…

Une étincelle aveuglante coupa court à ses interrogations. La lueur rouge parut se plaquer directement sur sa rétine sans traverser la pièce, transformant les ténèbres ambiantes en un univers flamboyant qui s'éteignit aussitôt, ramené à ses dimensions réelles : l'envergure d'une petite flamme. Dans le noir, elle était visible jusqu'à ses moindres détails, de son cœur bleu jusqu'à ses contours tremblants. My la regarda s'élever de quelques centimètres, comme dotée d'une vie propre, puis s'immobiliser à mi-hauteur.

– Madame My est réveillée ?

L'interpellée sursauta violemment. Feutrée, la question avait fusé sans crier gare, doublant d'une lueur mouvante l'éclat de la bougie : le visage d'Orest venait de se détacher des ombres, la dureté de ses traits accentuée par la lumière qui l'éclairait d'en dessous. Elle avait l'impression d'avoir, face à elle, un masque suspendu à mi-hauteur. Un masque qui ne souriait pas, ne jaugeait pas, se contentant de la regarder avec un mélange de froideur et d'attention.

– Vous !

Son cœur venait de se figer sans signe avant-coureur. Plus de battements désordonnés, tout à coup. Mais l'atterrement le plus total.

– Mais… mais que faites-vous là ? Je vous avais laissé à Liett !

– Désolé de vous décevoir…

Le masque esquissa un sourire railleur.

– Il va falloir apprendre à voler plus vite.

La flamme de la bougie s'inclina comme pour un salut ironique, replongeant le visage de l'assassin dans l'ombre, et My ne distingua plus qu'une silhouette imprécise, noire au milieu du noir, qui bientôt se mit en mouvement, foulant le parquet dans un silence de mort. Droit dans sa direction.

– Restez où vous êtes ! piailla-t-elle, remontant fébrilement sa couverture jusqu'au menton.

L'assassin ne prêta aucune attention à son avertissement. Deux secondes plus tard la flamme était à terre, captive d'un bougeoir en verre, et le visage d'Orest, à hauteur du sien. Son bras blessé fut soulevé et gratifié d'un examen expéditif tandis que le jeune homme laissait tomber :

– Éraflé, pas beaucoup plus. Pour un atterrissage en catastrophe, vous vous en sortez bien. Une bonne nouvelle pour Krud.

My se tordit le cou pour observer sa blessure à son tour, et manqua tourner de l'œil. Rouge de sang coagulé, son bras avait été râpé sur toute la longueur.

– Je m'en sors bien ? Vous voulez rire ! Il faut soigner la plaie, elle va s'infecter !

– Si vous avez votre nécessaire à bobos sous la main, n'hésitez pas.

Le visage froid, Orest se leva.

– Sinon, essayez de survivre. Parce que je vous préviens, ce n'est pas ici que vous dénicherez du tulle et des lotions.

La jeune fille gratifia les alentours d'un nouveau coup d'œil. La seule chose qu'elle voyait distinctement, c'était le parquet en bois terne, usé à certains endroits, taché de noir à d'autres. Se pouvait-il que…

– Sommes-nous revenus à Liett ?

– Généralement, on ne retourne pas dans un lieu qu'on veut quitter. Non, nous sommes en Edrilion.

– En Edrilion, c'est-à-dire ? Où précisément ?

– Nous sommes cachés.

Du bout de l'ongle, l'assassin se mit à rayer la cire de sa bougie, y traçant de petites stries nettes, régulières, avec une lenteur appliquée. Si My l'avait davantage connu, elle aurait tout de suite su que le geste cachait une colère parfaitement maîtrisée. Fascinée, elle suivit le mouvement de l'ongle, un mouvement implacable, d'une inhumaine régularité, et sursauta quand le jeune homme repoussa tout à coup la bougie.

– Cachés, par votre faute, bien sûr.

– Par MA faute ! s'écria la jeune fille. Et qui voulait quitter Liett ? Qui a décidé de courir le risque de se faire repérer ?

Orest haussa les sourcils.

– Et qui s'est fait repérer, de fait ?

– Ce n'était pas ma faute. Cet âne appartenait à Krud !

– Ce n'est pas l'âne qui s'est envolé.

– Ce n'est pas ma faute, répéta My, la voix légèrement tremblante. Je ne sais pas comment j'ai réussi à me métamorphoser. Mon Don m'est étranger, j'ai simplement eu peur et puis…

– Et puis quoi ? Vous incarnez une créature d'une petitesse surprenante et vous avez quand même réussi à alerter le roi. Prouesse qui me dépasse, mais qui nous a mis l'usurpateur à dos. Et vous osez me dire que vous n'y êtes pour rien ?

D'un geste large, le jeune homme désigna les ombres qui les environnaient.

– Remerciez Krud pour ses contacts. Nous avons réussi à trouver une planque dans une auberge juste à temps : des patrouilles ont été lancées partout, il y a des primes en jeu, des maisons fouillées. Je vous laisse deviner ce que nous risquons.

– Mais pourquoi ? Pourquoi le roi souhaite-t-il à tout prix me rattraper ? Je n'ai pas de dynastie, pas d'alliés et aucun pouvoir, je ne représente pour lui aucune espèce de menace !

– Il s'en moque. On croyait votre dynastie morte et voici qu'elle revient, vous croyez qu'il va laisser vivre une rivale ? Ne serait-ce que par principe, vous êtes à supprimer. À plus forte raison quand votre dynastie est liée à la légende du trésor. Un trésor qui constitue une menace s'il ne se trouve pas dans le bon camp.

Le jeune homme ne daigna rien ajouter. La situation était en effet limpide. Mydria se mit à réfléchir à toute vitesse.

Ses pires craintes étaient dépassées, de loin : elle était prisonnière, et de plus, l'objet d'une traque d'envergure. Doublement prisonnière, par conséquent : sa protection passait par ses geôliers. Quelle ironie…

Elle demanda, désespérée :

– Vous allez abandonner, n'est-ce pas ?

– La quête ? Non.

Orest n'avait pas hésité une seconde.

– Vous êtes fous, totalement, dit-elle avec emportement. Vous allez tuer neuf personnes !

– Vous parlez à un assassin. Pas sûr que l'argument porte.

Raflant sa bougie au passage, Orest commença à s'éloigner vers le fond de la salle, jetant par-dessus son épaule :

– Je vous laisse méditer. Et il n'y a pas de fenêtre, ici, ne cherchez pas. Vous allez gentiment rester sur votre paillasse en attendant qu'on reparte… je vous conseille de savourer la pause. Une fois en marche, Krud ne s'arrête pas et je vous garantis que si vous tentez à nouveau une petite escapade, vous allez carrément déguster. Don d'ailes ou pas, la créature que vous abritez se range facilement dans une boîte…

La précision rendit My songeuse.

Tout, dans son Don, était étrange, illogique. Comment muter en quelques secondes, comment se retrouver dans un corps autre en gardant son âme et conscience, elle n'avait de réponse à rien, et encore moins à cette question : comment pouvait-elle vivre dans un corps dont elle ignorait l'apparence ? Comment, mieux encore, avait-elle pu se tromper à ce point sur les minces hypothèses qu'elle formulait à son sujet ?

C'était si net, pourtant. Cette impression d'avoir accès à un monde à la fois immense et fragile, un monde à taille humaine ou bien davantage encore. Cette impression, elle l'avait vécue intensément lors de son envol. Elle avait bâti ses premières images à sa mesure. Des images fières, déployées… royales. Et voilà qu'un mot, un seul, venait toutes les souffler. Une boîte. Comment ranger la grandeur dans une boîte ?

Elle vit le dos d'Orest s'enfoncer progressivement dans les ténèbres et sans réfléchir s'écria :

– Attendez !

L'assassin se retourna, agacé.

– Quoi ?

– Quelle forme ai-je prise à Liett ? Il y a des jours que je traîne le Don dans mon sillage, et sur lui, j'en sais toujours aussi peu. Répondez-moi : qui suis-je ?

– Vous êtes sûre de vouloir l'apprendre ?

Une expression sarcastique était née sur le visage d'Orest, qui s'étendait sur tous ses traits. Elle n'avait jamais vu un air aussi mauvais sur aucune figure humaine. Mauvais, et infiniment moqueur. Assez pour lui faire marquer une hésitation.

– Eh bien… Déjà, vous battez Madael à plate couture. Je tiens à préciser. Les dragons, les griffons – dépassé, tout ça. Vous conciliez, Votre Altesse, toutes les qualités que vos vénérables ancêtres n'ont pas été fichus d'incarner. La plus jolie, la plus vulnérable et la plus ridicule de toutes les formes ailées…

Le sarcasme parut refluer du visage de l'assassin pour se transposer tout entier sur sa bouche, et du bout des lèvres Orest précisa :

– Un papillon.

Flic. Flac. Ploc. Ding…

Un petit jeu qui pouvait durer longtemps. Oui, Krud pouvait rester là des heures. Appuyé contre le mur, les yeux mi-clos, guettant avec une attention distraite la prochaine petite éclaboussure qui viendrait se briser au sol. Les réserves du plafond semblaient inépuisables. Inlassablement, une nouvelle goutte naissait de la fissure, toujours la même, juste au-dessus de lui, se suspendait dans le vide avant de grossir, millimètre après millimètre… et s'écraser à la suite des autres. Quel que soit le temps d'attente entre chaque goutte, l'issue ne manquait jamais. Une forme de fatalité assez reposante, en somme.

Krud se passa la main sur le visage, étendant en une couche uniforme les gouttes qui s'étaient incrustées dans sa barbe. Machinal, le geste ramena une petite parcelle de son esprit dans la pièce. Il revit avec une certaine surprise les murs voûtés qui se penchaient au-dessus de lui, amorce de la suite de galeries qui débutait derrière la porte. Elles avaient été aménagées pour abriter des fuyards dans leur genre ou, indifféremment, des stocks de matières illicites. Le contact de Krud les y avait fait entrer juste avant la déferlante de gardes. Pour le moment, ils se trouvaient en sécurité, mais le chef gardait une conscience aiguë de la proximité de la capitale. Entre Liett et eux, à peine plus d'une lieue…

Si au moins ils avaient pu fuir dans la bonne direction. Il avait son itinéraire tout prêt, les villes-relais, les étapes définies, les contacts sur place. Autant d'éléments capables de leur assurer un voyage rapide. Ils seraient passés par l'ouest, une région qu'il connaissait par cœur pour s'y être rendu pendant de nombreuses années, et qu'il savait aussi agréable que facile d'accès. Toutes les grosses villes y poussaient pêle-mêle, constituant par les échanges le vrai cœur d'Edrilion, un cœur qui battait vite, nourri d'allées et venues incessantes à peine surveillées. Ils auraient couvert une bonne moitié de la route avant qu'enfin les premiers problèmes d'itinéraire se posent… Mais, avec l'usurpateur aux trousses, il ne fallait plus y songer. Krud avait détourné sa route dès la sortie de la capitale, orientant son groupe vers une région moins peuplée que l'axe direct qu'il prévoyait d'emprunter : les soldats allaient sûrement s'y poster pour bloquer la route à tous les voyageurs suspects, et de toute façon, avec un groupe aussi important que le leur… non, décidément. Il se faisait trop vieux pour les missions-suicides. Mais quelle autre solution avait-il à sa disposition ? Quelle autre, hormis celle de faire un immense détour pour parvenir au sud avec des mois de retard ?

Deux coups furent frappés à la porte, l'extirpant d'un magma de questions sans réponse.

– Entrez !

Allian passa la tête à travers l'embrasure, dévisageant avec une certaine surprise son chef affalé au sol.

– On commençait à se demander si tu étais mort, dit-il. Apparemment, je repasse dans une heure et c'est bon.

– Je réfléchissais, Allian. Et je pense avoir clairement ordonné qu'on me foute la paix.

Son second laissa échapper une grimace.

– L'ordre était clair. Malheureusement… j'ai des nouvelles.

– Envoie, soupira Krud.

Le second entra rapidement dans la pièce et referma la porte derrière lui.

– Tout d'abord, la petite est réveillée. Un peu groggy, mais elle tient la route. Le Don n'a pas donné signe de vie, on ne sait toujours pas comment il se déclenche… Enfin, quelle que soit sa forme, vous aurez l'Altesse dans vos bagages.

Krud haussa les épaules.

– Je n'en attendais pas moins. Ensuite ?

– Ensuite… c'est moins réjouissant : l'usurpateur a lancé un avis de recherche, prime à la clé. Sur notre groupe au complet.

– Classique…

– Oui, mais je crois que notre hôte est au courant.

Krud haussa un sourcil.

– Comment peux-tu en être aussi sûr ?

– Ah, mais je n'en suis pas *sûr*, je pronostique. Nous sommes arrivés ici en catastrophe, à une saison où les voyageurs se font rares et avec à notre tête un chef de guilde qui ne quitte quasiment jamais Liett. Une série d'étrangetés qui n'ont pas dû échapper à ton contact. Si on ajoute ensuite l'annonce de la poursuite qui nous serre de près… et la prime, surtout…

– Évidemment, marmonna Krud. On ne va pas pouvoir éternellement compter sur cette planque. D'ici quelques jours, je pense que nous…

Allian toussota.

– Quoi ?

Suspicieux, Krud regarda son second arranger un pli sur sa cape avec embarras.

– Il se trouve… en fait… on vient d'apprendre qu'une escouade est entrée dans le village et qu'ils ont prévu une fouille générale. Qu'est-ce qu'on fait ?

Krud dévisagea Allian pendant de longues secondes. Celui-ci avait croisé les bras, et le regardait avec un sérieux inhabituel, comme s'il coulait de source que son chef trouverait à l'instant la parade au problème. Pris d'un subit accès de fureur, le chef se releva et entreprit de faire les cent pas, fulminant :

– Qu'est-ce qu'on fait, qu'est-ce qu'on fait ! Et que veux-tu qu'on fasse ? ! On sort leur dire coucou ?

– Ce serait bête, nota Allian avec candeur. D'après les rumeurs, ils sont… beaucoup.

– Combien ?

– Mettons cent ?

Krud s'arrêta au milieu de la pièce.

– Le roi a envoyé cent soldats ? Dans ce village ?

– Pour l'instant, je sais qu'il fait rayonner le plus de forces possible dans les environs immédiats de Liett. D'où la déferlante en ce moment même. Ils œuvrent par petits détachements, de façon à passer les rues au peigne fin. Sachant que nous nous trouvons dans un village, et que ton aubergiste m'a l'air tout sauf fiable…

Allian laissa sa phrase en suspens et trancha finalement :

– Krud, il faut partir. Et pas dans une semaine, pas dans deux jours : immédiatement. Les hommes sont prêts. En tentant une sortie de nuit…

– C'est hors de question, répliqua Krud. Qu'on sorte de jour ou de nuit, le village est cerné. Comment veux-tu faire passer les ânes et les équipements ? N'importe quel garde ayant notre signalement nous repérera. Et on ne peut pas se permettre de partir sans notre chargement. Non, je ne veux pas prendre de risque.

– Nous restons donc ici, dit Allian, désapprobateur. En somme, tu te contentes de choisir le risque le moins fatigant…

– Tu as une autre solution ?

– C'est toi le chef. Décide.

– Si seulement c'était aussi facile, dit Krud avec amertume.

Il jeta son sac à bas du tabouret bancal qui se tenait près de l'entrée, et s'y assit avec un énorme soupir.

– Les risques… J'en ai suffisamment pris pour connaître la chanson. Prendre des risques seul, c'est grisant. En groupe, je ne vois pas l'intérêt. J'ai des vies sous mes ordres, Allian, je ne peux pas me permettre de foncer tête baissée au milieu du premier traquenard sous prétexte de gagner du temps… Est-ce que tu as au moins dosé le rapport de forces ? Est-ce que tu te rends compte que si nous essayons de sortir, l'issue est courue d'avance ?

Allian longea sa mâchoire de l'index

– En fait, dit-il d'une voix lente, c'est un peu comme dans un jeu d'échecs. Prends des cases, des pions et répartis les camps de part et d'autre de l'échiquier… Pour peu qu'on ait une petite force de frappe et pas beaucoup de mobilité, on se retrouve vite coincé dans un coin.

– Subtile analyse, et en quoi peut-elle nous aider ? Tu comptes régler l'affrontement sur un damier ?

– Avant de résoudre, il faut comprendre. Nous sommes coincés ici en plus d'être encerclés, oui, c'est un fait. Et nous avons neuf pions à sortir d'affaire. C'est le camp au complet qu'il faut évacuer, et tu remarqueras que je ne mentionne pas les ânes… Donc. En réfléchissant bien. Sachant que des escouades sillonnent tous les axes routiers sur des lieues alentours. Mmm…

Allian s'abîma dans ses réflexions avant de conclure tout à coup :

– Le seul pion à pouvoir s'échapper, vois-tu, c'est la petite.

– Pourquoi donc ?

– Parce qu'elle n'est pas conventionnelle. Elle, elle possède un atout sur toutes les autres pièces, elle peut voler par-dessus.

– C'est ce que je me tue à ressasser depuis des heures, dit Krud d'un ton acerbe, et j'en arrive toujours à la même conclusion : quoi qu'il arrive, nous sommes bloqués. Impossible de retourner à Liett, impossible de tenter une percée…

– Pourquoi une percée ? interrogea Allian. Choisis l'échappée. Plus pratique. Une échappée non conventionnelle ! Dis-moi, que trouve-t-on autour d'un jeu d'échecs ?

– Autour d'un… mais rien ! Qu'est-ce que tu veux qu'on trouve ?

– Tu l'as dit : rien.

De plus en plus perplexe, Krud regarda son associé souffler sur ses ongles avec désinvolture.

– Et après ?

– Eh bien, qui dit rien dit vide ! Dépourvu de cases ! En sortant des cases, tes pions peuvent s'égailler sans contrainte et fuir leurs poursuivants…

– Certes, mais…

– Mais. En effet ; car le vide ne compte pas dans la partie. Bête, hein ? Eh bien prenons-le en compte, si nous voulons survivre. Ceux qui s'en tiendront à leurs habitudes ne prévoiront pas le coup.

– Allian, nous ne jouons pas. Nous n'avons pas de vide autour de nous.

– Pas dans l'immédiat, non, mais tu crois que le roi a posté un soldat tous les mètres carrés ? En exploitant les petites marges, nous arriverons à nous égailler dans la nature, et ensuite…

– Ici ou là-bas, ce sera la même chose. L'usurpateur peut étendre son pouvoir sur tout son royaume.

– Ah ! non, pas tout. Certaines zones très définies sont dépourvues d'habitants, chose que connaît tout petit Edrilien. Et la zone la plus proche est accessible, j'ai nommé… ?

– Attendez… vous voulez tenter une sortie ?

Nadrett dévisagea tour à tour Krud et Allian.

– Une sortie *ce soir* ?

Pas de révolte pour l'heure. Il s'agissait d'une vraie question, avec l'incompréhension qui allait avec, et la surprise, surtout. Une surprise largement partagée, si Krud s'en référait aux expressions affichées par ses hommes. Son annonce débutait mal.

Il se campa sur ses pieds, soutenant sans broncher :

– Oui, nous partons. Je veux qu'on prenne le large avant que l'usurpateur déploie toutes ses troupes dans la région, et il est dangereux d'attendre. Rassemblez vos affaires, on s'en va cette nuit.

Mutisme général. Où que Krud regarde et quelles que soient les attitudes, le message de fond était clair : ses hommes faisaient bloc. Seul Gariott, fidèle à son statut de garde du corps, restait à ses côtés, neutre au point de ne prendre parti ni pour son employeur ni pour ses compagnons, tandis qu'Allian flottait entre les deux camps : comme toujours lorsqu'il fallait faire preuve d'autorité, Krud se retrouvait à un contre tous. Encombrant atout que le pouvoir, contesté dès qu'il entrait en exercice…

– Et l'idée vient sûrement d'Allian ?

Il s'attendait à une attaque de Nadrett, mais pas sous cette forme : bifurcation, au dernier moment. La réplique était polie, mais la pique, assez claire. Krud répliqua :

– L'idée vient d'Allian, mais c'est moi qui décide. Une autre observation du même type ?

– Une observation tout court.

Krud tourna vers l'intervenant une attention légèrement radoucie. C'était l'un des jumeaux qui venait de prendre la parole, Léréon ou Lyrend'ell, il n'en savait rien, mais peu importait. La question semblait motivée par le besoin de comprendre, non celui d'empêcher. Un appui bienvenu.

– Si nous quittons les caves, nous éviterons peut-être de nous faire prendre comme des rats, expliqua le jeune homme, mais nous sommes trop nombreux pour passer inaperçus à l'air libre : Guiaulth est allé voir tout à l'heure et des soldats sont postés à toutes les rues…

Guiaulth acquiesça énergiquement.

– Pas un croisement de libre.

– Alors ? enchaîna Nadrett.

Krud prit une grande inspiration.

– Alors, j'ai déjà réfléchi à tout ça. Et la conclusion que j'en ai tirée, c'est que quel que soit notre choix, nous nous exposons à une bonne demi-douzaine de risques. Cependant, que préférez-vous, les décider ou les subir sans rien tenter ? Non, pas la peine de répondre. Il se trouve que j'ai choisi pour nous tous.

Il coinça les pouces dans les passants de sa ceinture, poursuivant d'un ton docte :

– Sortir du village est notre souci immédiat, mais il est loin d'être le plus important. Tout comme vous, j'en sais peu sur notre roi, mais s'il a été aussi rapide à organiser les recherches, il ne va pas se contenter de surveiller une seule région. Aussi, ce qui m'inquiète, moi, c'est surtout l'itinéraire à prendre : faisons tout de suite une croix sur les grandes routes. Sur les petites aussi. En fait, oublions l'itinéraire initialement prévu... L'ouest était tentant, mais le réseau de contacts du roi dépasse largement le mien et nous n'aurons pas les soutiens nécessaires pour espérer passer entre les gouttes. Nous allons donc partir dès maintenant pour gagner du temps, et passer par la région des ravins d'Erlett.

Il y eut une pause.

– Les Ravins, répéta Nadrett. Pourquoi les Ravins ? Krud, je suis d'accord pour dire que les routes sont dangereuses, mais les Ravins sont cent fois pires ! La région est inhabitée, il n'y a pas de chemin, pas de cartes, c'est un vrai labyrinthe à l'air libre !

Autant d'arguments valables. Krud acquiesça avant de contrer sereinement :

– Je considère qu'il vaut mieux affronter un danger naturel qu'une menace humaine, surtout de l'envergure de celle qui nous poursuit. Les Ravins sont les mêmes depuis des millénaires, tandis que le roi, lui, peut déplacer ses troupes d'un claquement de doigts et bloquer les routes en quelques jours. Les Ravins sont pour nous l'idéal : ils sont désertés et même évités...

– S'il ne s'agissait que des Ravins, intervint Orest, je serais partant. Mais tu sais qu'il y a pire derrière : un pan du royaume à moitié sauvage qui bloque tout accès au sud. Tu es sûr de vouloir prendre cette route-là ? C'est dangereux, nous allons perdre des mois, et les villes qui s'y trouvent sont reliées par...

Krud prit une brusque inspiration. Sa capacité de tolérance commençait à plafonner.

– Écoutez, il n'y a que dans les ballades que les solutions s'offrent toutes belles et parfaites. Alors mettez-vous dans la tête que oui, vous allez faire plus de route, que oui, vous aurez mal aux pieds, et que OUI, vous vous coltinerez les Ravins parce qu'à défaut d'être le plus pratique, c'est le plus sûr. Et ceux qui râlent…

– Personne ici ne râle, fit Orest, visiblement satisfait. Nous relevons simplement les failles de ton plan, et elles…

– Mettons au point l'itinéraire, trancha Krud en faisant tout à coup volte-face. Passe-moi les cartes, Allian.

Une façon des moins délicates de reprendre l'autorité sur son groupe. Orest crispa fortement les mâchoires, seul signe extérieur de frustration, avant de desserrer lentement les muscles. De même, les grognements qui s'étaient élevés dans la cave s'atténuaient petit à petit : une mutinerie dans ce lieu, dans ces conditions, aurait sans doute eu des conséquences très graves, et pas forcément du côté qu'on croyait…

L'œil froid, Orest regarda Krud déplier la première carte, puis l'étaler sur le grabat et la suivre du bout de l'ongle. Selon lui, Krud partait dans un mur. Il avait beau être influent à Liett, la donne n'était absolument pas la même à l'échelle du royaume. Cette fois, ils allaient vraiment devoir se débrouiller seuls. Plus d'aubergistes, de fournisseurs, plus aucune planque sûre. Plus rien, en fait.

– Les Ravins… marmonna Krud. Ah. Une bonne trotte pour les rallier, tout de même. L'avantage, c'est qu'on évite les grands axes dès le départ… espérons que les gardes ne nous doubleront pas. Une fois entrés dans la région même des Ravins, ce sera beaucoup plus simple. En attendant…

– Oui, repartit Nadrett, en attendant, comment sort-on ?

– On pourrait s'échapper les uns après les autres, proposa Guiaulth.

– Opposition, lança Allian. Dans ce genre de bourgade, tout le monde se connaît. Et tout le monde, en ce moment, a sûrement peur. Les habitants vont chercher à se débarrasser des gardes en les aidant dans leurs recherches, et ils livreront tout intrus sans état d'âme. Or nous sommes neuf, et que nous sortions isolément ou non, nous sommes trop nombreux pour passer inaperçus. Surtout avec les ânes.

Sa remarque provoqua un silence maussade.

– Pourquoi ne pas évacuer séparément les ânes ? demanda Léréon. Enlevons leur camouflage et faisons-les sortir un à un par l'aubergiste. Nous les retrouverons à un endroit stratégique.

Krud releva la tête, pensif.

– Il existe un relais, dans la direction où nous souhaitons aller. Je connais le propriétaire. On peut les envoyer là-bas, c'est une idée…

– Oui, mais nous ? dit Orest. C'est bien beau de prévoir à long terme, mais dans l'immédiat, on en reste au même point : toutes les issues de l'auberge sont bloquées.

– Concernant la sortie, dit Krud en haussant les épaules, j'en suis au même point que vous. Pas Allian, semble-t-il. Allian qui a une *théorie*, et qui serait bien aimable de nous la faire partager. Mieux vaudrait qu'elle fonctionne, parce que toute notre belle aventure dépend d'elle – Allian ?

Le second laissa tomber :

– Je vous ai dit et répété que si nous respectons les règles du jeu, nous sommes cuits. Partant de là, pas compliqué. Si toutes les cases sont occupées, nous passons par-dessus.

– Concrètement ? grinça Nadrett.

– Par les dieux, qu'est-ce que vous êtes lents. Lents *et* conventionnels. Je t'ai dit, Krud, que la seule personne à pouvoir se sauver, c'est la fille. Nous, nous n'avons pas d'ailes, c'est entendu. Mais faut-il forcément des ailes pour prendre la poudre d'escampette sans se faire remarquer ?

Visiblement, la réponse était un oui franc, bien qu'informulé. Allian examina ses compagnons les uns après les autres, les jumeaux décontenancés, Nadrett irrité, Gariott sceptique, Orest de marbre. En fin de liste, Krud affichait, lui, un air résolu tout à fait significatif : assez tourné autour du pot. Le second poussa un gros soupir.

– Bien, alors, je reformule : comment s'envoler lorsqu'on n'a pas d'ailes ?

L'air nocturne passait par la fenêtre béante, frappant de plein fouet les visages emmitouflés dans leurs capes. Il faisait froid, mais c'était un froid différent de la température des caves : plus piquant, plus audacieux… un froid au parfum d'aventure. My n'était pas sûre d'aimer.

– Je vous laisse une heure, dit l'aubergiste. À mon retour, je ne veux plus entendre parler de vous. J'ai déjà risqué trop gros.

Saisissant sans trop de difficulté la demande voilée, Krud plongea une main dans sa poche et en sortit une bourse de bonne taille.

– Trois pièces d'or par personne. Une pièce de plus que le tarif habituel. Disons que ce supplément servira à assurer votre discrétion. C'est entendu ? Vous connaissez la suite, sinon. La quasi-totalité des personnes présentes est constituée d'assassins…

L'aubergiste empocha l'argent sans répondre et se retira, emportant la lumière. Le groupe se retrouva serré autour de la fenêtre, dans une petite chambre au plancher poussiéreux, leurs haleines blanches se mélangeant au froid.

– Bon…

Allian ajusta la courroie de son sac sur son épaule.

– Qui se lance ?

– Pas moi, dit Guiaulth. Testez avant.

Nadrett se pencha pour examiner le mur à l'extérieur.

– C'est un mur en grosses pierres. Quelques mètres à monter avant de parvenir au toit… c'est faisable. Assurez-vous simplement que votre sac se trouve bien fixé, pour éviter de vous déconcentrer pendant la montée. À cette hauteur, une chute ne pardonne pas… J'y vais.

Personne ne parla pendant qu'il s'agenouillait sur le rebord de la fenêtre, cherchant une prise pour les pieds. On reconnaissait aisément un habitué. Sans hésiter, il décala ses pieds puis s'agrippa au mur. Son corps s'éleva sans à-coups, avant de disparaître à leurs yeux. Seules les respirations se firent entendre tandis qu'ils patientaient, attendant le minuscule bruit du caillou heurtant le pavé en bas, selon le signal prévu.

– Allian, à toi.

Allian s'évanouit dans les airs presque aussi rapidement que Nadrett. Au lieu de rassurer My, cette aisance ne fit qu'accroître son angoisse. Si elle l'avait pu, elle se serait métamorphosée pour éviter une chute qu'elle redoutait plus que tout, mais elle ne sentait en elle aucune palpitation… et Krud ne lui aurait pas laissé une chance.

Une main la poussa dans le dos.

– À vous.

Les mains moites, elle s'approcha du rebord de la fenêtre, se raidissant intérieurement pour ne pas s'effondrer. Après une grande inspiration, elle se plaça dos au vide et agrippa les pierres en tâtonnant… Et alors, toute peur s'évanouit. Elle se souvint avoir déjà fait une telle chose, dans un passé indéterminé, et en être sortie vivante. Pourquoi pas cette nuit ? Elle n'était plus en robe rose et n'escaladait pas un château, mais elle gardait la même facilité à choisir ses prises… et une totale absence de vertige.

La jeune fille ouvrit des yeux incrédules quand sa main se posa sur une surface oblique et non plus verticale. Elle avait atteint le toit. Une fois debout, elle resta immobile, émerveillée, face au panorama irréel qui s'étendait sous elle : des toits de toutes formes, déployés sous des étoiles à peine voilées…

Le temps passait étrangement, cette nuit-là. My avait l'impression d'être tout juste arrivée quand le dernier de la troupe atteignit à son tour le toit. Ils se retrouvèrent en rond, tous réunis, dans une configuration proche de celle adoptée dans la chambre. Krud leva un bras pour capter leur attention :

– Allian a repéré une file de toits au même niveau, assez resserrés. Ils vont nous mener à l'arrière du village, on pourra redescendre sans danger.

Ils longèrent les rues les plus passantes du village, dans la discrétion la plus totale, et vidèrent les lieux sans rencontrer personne.

Allian avait réussi à leur faire prendre l'itinéraire exactement prévu par les gardes… en passant dix mètres plus haut.

12. Esquives

– Bicoques en vue !

Fulgurant, l'avertissement d'Allian fut ramassé dans une succession de syllabes. C'était si rapide, si diffus, que My ne songea même pas, dans un premier temps, à dissocier la voix du reste. Il lui fallut entendre le grognement du chef pour s'immobiliser, aux aguets.

– Et merde.

À la tête du groupe, Krud tira brusquement sur les rênes, forçant les autres à s'arrêter. Son âne se mit à gratter le sol inégal du sentier, comme s'il éprouvait le même sentiment de contrariété que son maître. Depuis qu'ils avaient récupéré leurs montures, expédiées dans un relais quelques heures avant qu'ils fuient l'auberge, ils suivaient la même route, un ruban de terre caillouteuse qui s'étirait d'un creux du terrain à un autre, l'air de ne mener à aucune destination précise. C'était pourtant d'une rêne sûre que Krud les avait conduits, suivant sans broncher le tracé capricieux du sentier, dont le seul mérite était d'apporter une certaine imprévisibilité au paysage : une interminable succession de champs, d'herbages et de bosquets, débarrassée de toute présence humaine… jusqu'à cet instant.

Allian se pencha en avant, plissant les paupières. Ses prunelles bleues, devenues à titre exceptionnel le seul élément mobile de sa physionomie, balayaient le paysage avec soin.

– C'était fatal. On ne peut pas remonter éternellement une route sans rencontrer signe de vie à proximité. D'après ce que j'en devine, il s'agit d'un bourg – trois chaumières et dix bouseux, les choses auraient pu être pires…

Les doigts de Krud s'entrechoquèrent à petits mouvements secs, trahissant un mécontentement croissant.

– Ça peut *toujours* être pire. J'aurais juste aimé faire quelques lieues supplémentaires avant les complications, mais malheureusement… autant opter tout de suite pour le compromis.

Il reprit ses rênes et fit claquer sa langue, poussant son âne en avant. Sous les yeux surpris de My, la bête descendit lestement du sentier et s'enfonça sans hésiter dans le pâturage attenant. Gariott suivit, puis Nadrett, disloquant la formation qui l'encerclait. La jeune fille sentit les ânes des derniers brigands s'avancer dans son dos, l'incitant à avancer. Il n'en fallait pas plus pour la faire piler net.

– Où allons-nous ?

L'âne qui marchait derrière elle manqua la percuter et freina à son tour, laissant échapper un braiment interrompu par une torsion sèche des rênes.

– On se balade, et avancez.

La jeune fille tourna vers Orest un visage fermé. La monture de l'assassin piaffait dans son cou, visiblement peu disposée à la contourner, mais elle ne daigna pas s'écarter d'un pas.

– Le village est à peine visible. Quel est l'intérêt de quitter la seule route qui peut nous guider pour aller se perdre en plein champ ?

Allian, qui s'apprêtait à franchir le fossé, se retourna sur sa selle en haussant un sourcil.

– Parce que vous voyez, vous, une bonne raison de continuer à suivre une route qui nous mènera droit au village en question ?

– Non, mais…

– Non, alors laissez faire les grands.

Le conseil était assorti d'un sourire étincelant, dont la condescendance affichée lui coupa le souffle. Elle ouvrait vivement la bouche pour répliquer, lorsqu'on lui frappa la cheville par-derrière. L'âne d'Orest venait de lui expédier un coup de sabot. Les dents serrées sur une plainte muette, elle s'empressa de quitter le sentier, renonçant à discuter.

Un pré vide l'attendait derrière la haie, laissé en friche pour la saison, un hasard des plus heureux. La main en visière, Krud, loin devant, cherchait déjà à repérer aux extrémités du champ le prochain pâturage qui pourrait dissimuler leur avancée. My, au contraire, s'immobilisa dès qu'elle se fut enfoncée dans les herbes. Après les interminables virages du sentier, l'espace qui s'étalait autour d'elle lui procurait une sensation de libération extrême jaillie comme une étincelle – en même temps qu'un espoir fou. Et si…

Un coup d'œil à l'avant. Nadrett s'éloignait en direction de Krud, Gariott, le plus proche, était tourné vers l'est. Une volte-face : les jumeaux s'attardaient sur le sentier, et Orest commençait tout juste à franchir le fossé. Allian, à trois pas devant elle, était le plus menaçant, mais il lui tournait le dos. Il n'en fallait pas plus. Sans réfléchir davantage, elle retroussa ses jupes et détala.

– Hé ! Revenez ici !

Le cri avait fusé presque instantanément. Il y eut un brusque cliquetis de harnachements et le sol se mit à trembler derrière elle, à coups sourds. Prise de panique, la jeune fille accéléra sensiblement. Les herbes qui masquaient ses pieds, ses longs cheveux blonds qui lui battaient la figure, tout parut soudain grillager son horizon de longs rais clairs et mouvants comme une toile d'araignée. Elle cessa de distinguer clairement les alentours, cessa même de savoir si elle courait dans la bonne direction, uniquement préoccupée par le va-et-vient de ses pieds, tour à tour freinée par les herbes et déséquilibrée par les creux du sol.

Une silhouette grise apparut tout à coup à ses côtés et la doubla vivement, imitée par une autre, jaillie de la droite. La respiration précipitée, My vit les deux ânes se rejoindre devant elle et s'arrêter net. Route bloquée. Elle se retourna aussitôt, cherchant une autre issue. Laps de temps suffisant pour que deux autres ânes comblent la distance qui les séparait d'elle et s'arrêtent à leur tour. Elle se retrouva au centre d'un quatuor qui se resserra implacablement, interdisant toute tentative de fuite.

– Recommencez encore une fois, Majesté, et je vous stoppe d'un bon coup sur la tête. Le genre de coup qui *calme*, vous voyez ?

Krud tremblait de rage. Une rage contenue qui faisait tressauter ses rênes, tendues au point d'arquer la tête de son âne écumant. La bête avait l'air prête à repartir au premier signal, beaucoup plus nerveuse que son apparence ne le laissait penser. Il en était de même pour ses congénères, dont le souffle exhalait dans l'air matinal de grandes bouffées bruyantes. Ils étaient bien plus menaçants tout à coup, plus grands, plus chevalins. My détourna les yeux du chef, fixant les harnachements qui s'élevaient à hauteur d'œil, et s'y attarda. C'était la première fois qu'elle les regardait de près : selle, étriers, bride, ils présentaient, au premier abord, une allure des plus basiques. Quelques éléments, pourtant, lui sautèrent aux yeux. La forme de la selle, surtout. Cuir clair, lignes atypiques. Elle n'y avait pas prêté attention, mais elles étaient très voisines de celles qu'elle avait vues, parfois, sur le dos des plus beaux destriers de Siartt. Pas exactement le genre de selle faite pour la marche, mais pour la course, oui. Impossible d'y voir un simple hasard.

La mort dans l'âme, elle releva la tête vers Krud. Jusqu'aux ânes, il avait tout prévu sans qu'elle s'en doute, abusée par l'aspect humble des bêtes de bât. Elle hésitait entre le désespoir d'avoir été bernée, et le soulagement d'avoir sous-estimé Krud avant qu'il ne soit trop tard. La grosse main de l'homme exécuta un moulinet impérieux.

– Demi-tour, et tout doux.

Il ne restait rien d'autre à faire. À contrecœur, la jeune fille emboîta le pas à Allian et Gariott. Les ânes l'encadraient de si près qu'elle voyait à peine l'herbe autour d'elle, défilant dans une succession trouble de pattes et d'éclaircies verdâtres. Ils rejoignirent les autres au bout d'un temps qui lui parut ridiculement court. Il n'y eut pas d'arrêt, pas même de flottement : accordant les pas de leurs montures à ceux du quatuor, Orest et les jumeaux s'intégrèrent à la formation en marche avec une rapidité déconcertante et le carré redevint cercle. Exactement le même que celui qui l'encadrait depuis le début de la route, chaque brigand retrouvant sa place dans la disposition. Les épaules alourdies par sa cape et titubant de fatigue, elle n'avait pas d'autre choix que de suivre le mouvement. Krud misant tout sur la discrétion et non sur la vitesse, leur progression était assez lente pour qu'elle puisse se maintenir à hauteur des ânes sans forcer l'allure. Le fait d'être la seule à pied, cependant, avait quelque chose d'accablant. Ils avaient quitté l'auberge à la tombée de la nuit et, hormis une brève halte pour récupérer les ânes, ils ne s'étaient accordé aucun arrêt, avançant dans les ténèbres jusqu'aux premiers rayons. My aurait tout donné pour un âne. Mais, depuis la malheureuse histoire de son envol, celui-ci l'attendait de l'autre côté de la herse de Liett, plus ou moins l'endroit où elle ne devait se rendre à aucun prix. Et, alors qu'elle s'imaginait que Krud lui dénicherait un autre âne, le relais s'était révélé vide, et le chef, loin de se préoccuper d'un remplacement. En conséquence de quoi la jeune fille en était réduite à peiner en silence, guettant l'arrêt de mort de ses chaussures.

Elle n'avait aucune idée d'où ils pouvaient se trouver. Les lambeaux de paysage qu'elle arrivait à saisir entre deux ânes étaient écrasés sous un ciel bas, nuageux, prêt visiblement à se crever d'un instant à l'autre, et qui recouvrait tous les alentours d'un voile humide. Le temps était aux bises glacées et aucune distraction ne venait égayer sa marche, hormis le défilé monotone des herbes. À la faveur de ce petit jour gris, le champ qu'ils traversaient pouvait se trouver à n'importe quel endroit d'Edrilion. My éprouvait à cette vue un sentiment étrange, inconnu : dans le royaume, ses deux seuls points de repère étaient Siartt et Liett. Tant qu'elle pouvait se situer par rapport à eux, elle gardait une certaine confiance, mais à présent, c'était comme si Edrilion s'était mis sens dessus dessous pendant la nuit, effaçant les rares paysages qui lui étaient familiers. Elle était comme un aveugle qu'on menait au bord d'un précipice. Quel itinéraire Krud avait-il prévu de leur faire prendre ? Claquemurée dans sa chambre durant tout leur séjour à l'auberge, elle n'avait pu recueillir aucune information. Considérant que la quête qui avait poussé la Guilde sur les routes était initialement faite pour elle, c'était plus que vexant.

Krud, devant elle, avait sorti sa carte : un grand morceau de vélin dont les coins battaient au vent, tandis que le chef s'intéressait alternativement au document et au paysage, soucieux de les raccorder tous deux sur un parcours commun. Piquée par la curiosité, la jeune fille tendit le cou, tentant d'identifier les contours du royaume, et y renonça presque aussitôt. La carte était encombrée d'une foule de noms, de taches grises et de traits qui s'entrecroisaient dans un désordre total, empêchant même de localiser Liett. Pourtant Krud ne faisait pas mine d'hésiter et progressait sans ralentir, coupant à travers champ de façon parfaitement rectiligne. Pour un compromis, c'était plus ou moins discutable… De toute façon, qu'ils avancent en ligne droite ou non, la couche de nuages était trop épaisse pour qu'ils se repèrent à la lumière du levant ; quant à la carte, elle était déjà trop chargée d'indications pour leur donner en plus l'emplacement du moindre carré de pâturage. Or le panorama en était recouvert, de toutes tailles et de toutes sortes, une mosaïque sans fin au milieu de laquelle la menace d'un village à éviter paraissait, somme toute, bien minime…

Allian était juste devant elle. My apercevait son profil élégant, à la peau mate, tourné vers l'extérieur. Ses yeux plissés étaient le seul indice de son état d'alerte. Chaque parcelle de l'horizon inégal qu'ils longeaient était passée au crible. Une vigilance qui la laissait perplexe.

My ignorait tout des menus indices qu'un pisteur attentif pouvait relever dans le milieu qu'ils traversaient – les empreintes qui creusaient la terre, l'ombre d'une clôture à travers la végétation qui la recouvrait : autant de signaux qu'elle ne pouvait pas voir, qu'elle ne songeait même pas à chercher. Mais l'œil d'Allian les saisissait à l'instant, identifiait l'âge du bois, le nombre de jours qui séparait une empreinte du passage de la bête qui l'avait marquée au sol. Et Krud, malgré sa carte fermement serrée dans son poing, n'en surveillait pas moins le paysage avec vigilance, accordant de moins en moins d'attention au tracé vieilli.

Tout, autour d'eux, le clamait : il n'était plus question, désormais, de tenter une fuite à travers champs. C'était une zone habitée qui se déployait autour d'eux, avec mesure, sobriété, mais implacablement. Le village entraperçu n'avait été qu'un avant-goût. D'autres se cachaient sûrement tout près, séparés d'eux par une clôture ou un champ, et sans carte, sans connaissance précise des lieux, il leur était impossible de contourner le danger. Ils progressaient à tâtons, sans autre repère qu'une direction globale et l'espoir incertain que, loin de tout sentier, les villages se feraient plus rares. Et le seul moyen de s'en assurer, c'était de se jeter dans la gueule du loup.

– Pour aujourd'hui, ce sera tout.

Krud fit l'annonce en plein champ, sans prévenir. My s'arrêta aussitôt. Alentour, il n'y avait qu'une vaste étendue plane ratatinée en une énorme flaque terne sous une couche de nuages qui s'épaississaient à l'horizon – ni abri ni cachette, à cette heure, si particulière, où la nuit pouvait tomber d'un moment à l'autre. Krud les immobilisait en plein terrain découvert et au beau milieu du danger.

– Tu tiens donc tant que ça à nous rincer ? protesta Allian, mécontent.

Il mit pied à terre, gratifiant l'horizon d'un coup de tête :

– J'en connais certains, là-haut, qui s'amoncellent depuis les premières heures du jour. Tant qu'à essuyer une averse, j'aurais préféré que ce soit sous un arbre !

Les jérémiades du second s'interrompirent quand, mettant pied à terre les uns après les autres, ses complices se mirent à désangler les harnachements de leurs montures sans un regard pour le ciel bas. Après une journée de marche tout en arrêts brusques et détours incessants, la perspective d'une averse n'avait l'air d'inquiéter personne. Ils avaient contourné une dizaine de villages, évité plusieurs axes routiers et dévié de leur trajectoire initiale sur un nombre incalculable de lieues : pour garder intact l'avantage de la discrétion, Krud semblait prêt à tous les sacrifices. Des sacrifices qui, dès le premier jour, se faisaient pesants…

– S'il pleut, il faudra t'en accommoder, grogna le chef à l'intention d'Allian. Cette zone est idéalement déserte, fais donc une croix sur tes arbres et réjouis-toi de pouvoir dormir sur tes deux oreilles.

– Excuse-moi, dit Allian d'un ton sec, mais j'éprouve quelques difficultés à dormir sur mes deux oreilles quand je me prends des trombes d'eau en pleine figure.

La remarque était assez irrévérencieuse pour que Krud réagisse aussitôt, mais My n'écoutait plus. Transie de froid, les cheveux collés aux tempes par une sueur glacée, elle se tenait immobile au milieu du cercle qui progressivement s'élargissait, incapable de faire un pas de plus. Ardemment désirée, brusquement accordée, la halte ne suscitait rien du soulagement qu'elle espérait depuis des heures. Pas une seule fois Krud ne s'était soucié de savoir si elle tenait le rythme de leur marche accélérée, et elle avait eu la surprise de constater qu'elle le tenait, effectivement, poussée en avant par une crainte sourde. Mais, à présent que la torture touchait à son terme, elle avait l'impression de se trouver clouée au sol, par la force d'une fatigue qui pesait sur elle comme une chape de plomb.

Elle se laissa tomber à terre, hébétée. L'impact de la chute se répercuta, amplifié, dans sa tête vide. Vide, oui, c'était cela, elle se sentait coquille. À l'intérieur, le néant, à l'extérieur… quelque chose entre la carapace et la croûte.

Ainsi c'était cela, la marche. Rien à voir avec la déambulation paisible, sur terrain ratissé, qu'elle pratiquait jusqu'alors. C'était proprement épouvantable. Elle ôta à demi sa chaussure droite, risqua un œil sur son pied et verdit d'un seul coup. Cette fois c'était la fin. En lieu et place d'un petit pied blanc, aux ongles roses et polis, elle se retrouvait affublée d'un amas de chairs rougeâtres. Un immense sentiment de désespoir enfla dans sa poitrine. Comment marcher à présent ?

Quelques ânes la dépassèrent pour s'arrêter un peu plus loin, rattachés aux autres par un système de licous enchevêtrés. Des bruissements de paquetages se faisaient entendre non loin, quelques voix également. Elle identifia celle des jumeaux et de Guiaulth, peut-être, ainsi que Krud qui aboyait un ordre, mais n'eut pas la force de démêler leurs paroles. Elle n'avait d'yeux que pour ses pieds. Des yeux qui s'écarquillèrent lorsqu'elle remonta à l'ourlet de sa robe et se mit à décompter les accrocs. La soie azurée disparaissait sous un infâme mélange de poussière et de boue séchée. Elle avait cru toucher le fond, la veille. Apparemment, le pire attendait toujours un cran plus bas…

– Qu'est-ce que vous fichez par terre ?

La jeune fille sursauta. À quelques mètres de distance, la silhouette de Krud se dressait sur l'horizon brumeux, menaçante. Et sur le qui-vive, pour autant qu'elle pouvait en juger.

– Je me repose…

– Oui, eh bien, vous allez me faire le plaisir de venir vous reposer sur le lieu de campement. Et au galop.

My lança un regard désespéré aux ânes. Ils formaient une masse compacte, la seule chose encore réellement distincte, à mi-chemin entre elle et le reste du groupe. Beaucoup trop éloignés à son goût. Beaucoup trop noirs, aussi. Encore quelques instants et elle ne les distinguerait plus du ciel. Son cœur s'accéléra. Avec une extrême précaution, elle se ramassa sur elle-même, prête à s'enfuir à quatre pattes, et étouffa un cri. Ses pieds boursouflés la rappelaient à la dure réalité : dans son état, chaque foulée serait une souffrance, et il n'était même pas question de courir. Elle comprenait mieux pourquoi Krud n'avait pas jugé utile de lui donner un âne. Pour une captive comme elle, il n'y avait pas meilleure entrave que la fatigue. De fait, le chef ne manifesta aucune surprise en la voyant rester immobile. Un certain agacement, plutôt.

– Votre Altesse… j'attends.

– J'ai mal aux pieds.

Envolée, la politesse. Sa voix avait cinglé, définitive. Ses pieds en feu, son ventre vide, tout son être lui envoyait des signaux de détresse, de tous les côtés. Elle ne ferait pas un pas de plus. C'était décidé.

– Son Altesse a mal aux pieds, railla Krud. Voyez-vous ça. Vous voulez qu'on vous porte ?

– Allez au diable ! glapit la jeune fille. Je suis hors d'état de me déplacer, vous ne me ferez pas me relever pour franchir trois malheureux mètres !

– « Allez au diable »… une version très plaisante d'un juron que j'ai connu, mettons, plus coloré. Pour autant, ça n'est pas très gentil. Krud, on sanctionne ?

Allian venait de surgir devant elle, accompagné par Nadrett. Un léger coup de botte la secoua de la tête aux pieds.

– Allez, princesse.

My ne répondit pas. Elle se contenta de nouer plus étroitement ses bras autour de ses genoux, comme si ce geste pouvait l'enraciner au sol. Derrière Allian, Nadrett émit un grognement.

– Je ne me suis pas engagé pour faire garde-chiourme. Alors princesse ou pas, hein…

My n'eut pas le temps d'ébaucher un geste. Avec une vitesse sidérante, l'homme la remit sur ses pieds et la balança sous son bras comme un vulgaire sac de linge sale, rejoignant à grands pas le lieu de campement. Lâchée sans égard, elle s'écrasa au sol aux côtés des autres, les cils rapidement emperlés lorsque ses pieds l'élancèrent plus vivement.

– Vous voyez, quand vous voulez, grommela Krud.

Très spontané, le rire des jumeaux avait salué sa chute. Un rire de jeunes gens sans souci, sans bienveillance non plus. Elle ne savait pas si elle le préférait au ricanement de Nadrett, ou à l'indifférence des autres. Tout ce qui émanait de la Guilde, à cet instant, lui paraissait inhumain, quel que soit le masque. Aucun, ici, ne se souciait de savoir si elle était sincère, aucun ne songeait à la torture du parcours. Tous avaient leurs ânes, leur place au sein du groupe, l'intérêt personnel pour seule motivation. Malgré son pedigree royal, elle n'avait pour elle aucun avantage tangible. Aucune protection non plus : juste un sursis. Désarmée, captive et fille… les ténèbres aidant, combien de temps pouvait-elle encore espérer vivre sans que l'un de ses geôliers cède soudain à la tentation d'abuser d'elle ?

Avec vivacité, elle passa en revue les moindres ombres du campement, cherchant à prévenir l'irruption de toute menace. Mais dans l'obscurité, la menace était partout. Chaque bruissement, chaque murmure était à la fois proche et lointain, comme si My constituait le seul point fixe d'un univers mouvant, dangereux – dangereux surtout.

Éblouissante, une lumière s'échappa tout à coup du tas de branches rassemblées au milieu du campement. Elle éclaira crûment les alentours immédiats avant de s'atténuer tout aussi vite et retourna se tapir sous les branchages. My planta ses ongles dans la terre, arrachant quelques herbes au passage, sans cesser de fixer le feu avec terreur. Ce n'étaient pas là des flammes normales, elle n'en percevait ni la chaleur, ni l'ondoiement orangé, caractéristiques qui baignaient les grandes salles de Siartt pendant les journées d'hiver.

– Pas mal, dit Krud avec un signe de tête approbateur. Pour une fois que la contrebande de Liett me refile autre chose que de la camelote…

Il approcha ses mains du feu, beaucoup plus près que raisonnable, et son air satisfait s'affirma.

– Pas de chaleur, lumière sourde… L'élixir des Feux-Furtifs, précisa-t-il à l'intention de son second, visiblement perplexe. Undélire d'alchimiste, aux dernières nouvelles. Comme quoi, mieux vaut toujours se faire une idée par soi-même.

Allian haussa les épaules.

– Si tu le dis. Il n'empêche que, s'il pleut…

Comme pour lui donner raison, le feu se mit à crépiter. Quelques gouttes commençaient à dégringoler du ciel, déchargeant les nuages de leur trop-plein d'humidité. La pluie profitait de leur premier répit pour les accabler d'un fléau supplémentaire.

– L'aube venue, dit Allian d'une voix d'outre-tombe, je souhaite que l'on m'enterre avec mon âne. Envoyez l'avoine.

My ramena son attention sur le morceau de viande qu'elle avait à la main. Des bruits de mastication commençaient à remplacer le silence lourd de la confrontation. Après l'avoir taraudée toute la journée, sa faim avait totalement disparu. Impossible de manger, et de dormir encore moins. Raide comme un piquet, elle resta donc éveillée, tandis que ses geôliers s'étendaient les uns après les autres.

Un éclat blanc apparut à mi-hauteur, en face d'elle, la faisant bondir. Elle avait oublié Gariott. Le garde du corps la fixa d'un œil parfaitement éveillé, puis se désintéressa d'elle pour balayer lentement du regard le reste du campement, avant de se perdre dans la plaine. Prêt à repérer toute approche nocturne. Toute échappée aussi. La main de la jeune fille se crispa sur la terre, fouillant les herbes dans l'espoir futile d'y dénicher un bâton ou une pierre, n'importe quoi qui pût lui permettre de repousser une attaque. Elle ne cueillit qu'une poignée de minuscules cailloux, aux arêtes aiguës. Son poing se referma sur eux avec force. Dans sa situation, tout semblant d'aide gagnait une valeur inestimable.

Sa première nuit parmi la Guilde, elle la passa sous une pluie fine et serrée, claquant des dents dans les replis de sa couverture, les entrailles nouées d'angoisse et repoussant inlassablement un sommeil qui toujours revenait à la charge. À l'aube, elle n'avait pas fermé l'œil une seule fois. Et les cailloux reposaient dans sa main, inutiles.

Lorsqu'elle récapitulait les derniers événements, My considérait qu'elle avait subi assez de catastrophes pour occuper une vie entière. Elle s'était découverte orpheline puis enfuie, avait échoué dans une taverne, fini terrassée à coups d'Yôle, avant de se réveiller captive, le tout en supportant le plus stoïquement possible les marques de mépris ou d'irrespect de ses geôliers. Mais cela, elle l'apprit très vite, n'était rien, rien du tout, face à la souffrance continue de la marche à pied. Sans oublier les insectes, sa hantise. Impossible à prévenir, encore moins à éviter. Elle se souvenait de son cri suraigu, ce soir où une araignée énorme avait cru bon de choisir sa couverture comme terrain d'exploration. C'était Nadrett qui s'était chargé de l'écraser, observant sarcastiquement qu'en tant que papillon, elle aurait dû se sentir en terrain familier parmi les plus insignifiants de ses sujets. Mais, et c'était la triste vérité, Mydria en savait si peu sur son royaume qu'elle était incapable d'identifier jusqu'aux insectes les plus communs. Il lui semblait que Siartt, maintenant qu'elle en était sortie, constituait un monde à part, plus clair et surtout infiniment plus simple que l'Edrilion qu'elle découvrait jour après jour avec davantage d'étonnement.

Ils continuaient à progresser selon la curieuse trajectoire en zigzag à laquelle Krud se conformait coûte que coûte ; en revanche, le paysage s'était modifié autour d'eux, s'était brouillé en quelque sorte. Si, au moins, elle avait su où Krud les emmenait ! Elle aurait pu essayer de se remémorer ses leçons sur la géographie edrilienne, de visualiser un pan de carte, n'importe quoi pour cesser de se sentir simple couronne à pattes, traînée d'un endroit à l'autre sans bénéficier de la moindre autonomie. Au lieu de cela, elle se laissait entraîner à l'aveuglette, capable au bout de quelques jours d'ébaucher les contours, en pensées, de n'importe quel caillou ou brin d'herbe… en revanche, se reconnaître elle-même aurait été impossible.

Après s'être sentie humaine et insecte à la fois, la jeune fille avait l'impression d'abriter en elle-même deux My très distinctes. La première était Mydria Siartt, une demoiselle pour laquelle elle avait une immense estime. Svelte, gracieuse, ambitieuse – promise, elle n'en doutait pas, à un avenir de petite princesse accomplie. L'autre My était la vraie princesse. Elle n'en avait que le titre. Dans la foulée, elle avait perdu sa famille, sa superbe, son castel et le beau nom de Siartt. Belle altesse, en effet !

Dès qu'ils déposaient leurs affaires pour le bivouac du soir, son premier geste était devenu réflexe : se précipiter vers le cours d'eau près duquel ils s'installaient, se pencher sur l'onde et la scruter, intensément, anxieusement. Elle avait toujours les mêmes traits, mais il lui semblait dévisager une autre personne. Certaines de ses anciennes expressions avaient tout bonnement disparu : le petit air frondeur qui arquait ses sourcils, le sourire aristocrate qu'elle réservait à ses égaux… Mydria Siartt les aurait arborées une fois par heure. Cette Mydria était morte. Même le « My » n'était plus le même qu'avant : le diminutif aux accents affectueux s'était retrouvé flanqué d'un « Madame » dédaigneux. On la renvoyait à ses origines comme on aurait renvoyé un traîne-la-faim à sa fange. Elle avait longtemps cru à un ordre immuable des choses, des classes sociales en particulier. La vie s'avérait plus complexe…

Plus complexe que jamais quand elle se mettait à s'interroger sur la Guilde. Il aurait été tellement plus simple, plus reposant de diviser le monde en deux couleurs. Le blanc aristocratique, le noir trouble du reste. Mais jamais ses parents, au cours des années qui l'avaient fait passer de l'enfance à l'état de jeune fille apprêtée, d'esprit vif et facile, si papillonnant déjà, ne lui avaient fait remarquer que le noir, couleur trompeuse, pouvait accumuler une multitude de nuances et anéantir la vision du monde que son éducation, moitié persuasive, moitié contraignante, lui avait fait adopter. Elle avait beau regarder les habits râpés de ses ravisseurs, entendre leur grossièretés fuser avec un don du renouvellement qui la laissait pantoise et saisir dans leurs moindres gestes cette dureté si caractéristique d'hommes grandis dans la violence, elle n'arrivait pas à les mettre dans le même moule.

Oui, des nuances étaient là, sous les habits sans apprêts, les visages mal rasés, et plus elle les détaillait, plus il lui semblait que Krud avait réuni autour de lui les échantillons les plus divers de sa Guilde, sans qu'elle parvienne à dépasser le stade de l'intuition tant les liens de la Guilde soudaient étroitement ces hommes. Avant d'être malfrats ils étaient groupe et Krud, seul, se détachait. Krud et son allure épaisse de bourgeois parvenu, avec ses habits de brocard et son visage graisseux, capable de passer en une demi-seconde d'une placidité bovine à l'énergie chauffée à blanc d'un chef de guerre. Krud, qui tenait ses hommes par la seule force de sa volonté, aussi abject que redoutable parce que, en dépit d'une apparence inoffensive, My n'arrivait pas à déterminer quelle sorte d'homme il fallait vraiment être pour diriger une guilde – seul. Elle ignorait que, loin d'avoir grandi dans un milieu défavorisé, Krud, de sa propre initiative, avait tourné le dos à la carrière de commerçant qui lui tendait les bras et utilisé sa fortune pour recruter des hommes et construire, année après année, l'organisation la plus puissante de Liett. Une organisation tentaculaire, qui allait chercher ses recrues dans les endroits les plus sordides ou les plus inattendus. Par quelle combinaison de hasards des individus aussi décalés qu'Allian avaient fini par se hisser au rang de sbires, cela entre autres était un mystère complet. Mais, même en regardant du côté des jumeaux, dont les vingt ans tout neufs, le regard clair et la discrétion cachaient à la perfection une efficacité de mercenaires rodés, My gardait au fond d'elle une certitude absolue : différents, oui. Ils l'étaient tous. Mais parmi eux, l'inoffensivité n'avait pas sa place. Face à eux, le milieu privilégié duquel elle venait paraissait aussi futile qu'une jolie bulle de savon prête à voler en éclats à la première attaque : quand on avait les pieds dans la caillasse, de quelle utilité pouvait bien être un titre ?

Trop épuisée pour y réfléchir, My était loin de se douter que son titre, au contraire, avait le pouvoir d'épargner quelque chose de beaucoup plus important. Devant l'absence d'agressions, elle avait fini par croire, très simplement, que pour des hommes habitués à une compagnie féminine plus aguicheuse, elle était trop jeune, trop Madame My, pour être d'un intérêt quelconque. Pas une seule fois ne lui vint l'idée que son titre d'Altesse, incessamment raillé, la parait d'une aura formidable. Étrange, intimidante, à la limite du sacré. Deux siècles après leur abdication, l'influence des Darcer la protégeait d'une barrière impalpable, invisible, impuissante… Mais, du fin fond de sa détresse, My, elle, ne voyait qu'une chose : Altesse ou non, elle restait au sol, contrainte de suivre l'allure en dépit de ses pieds en feu.

Elle devait pourtant garder au fond d'elle un reste de la force de sa dynastie, car elle attendit plusieurs jours avant de s'évanouir. Elle évita même de s'effondrer en pleine route : elle attendit que le groupe stoppe à son lieu de campement pour perdre conscience en toute discrétion. Pas de cri, pas de chute brutale : elle s'affaissa tout doucement sur l'herbe tandis que les autres dessellaient leurs ânes en discutant. Les montures étaient nourries et bouchonnées une heure plus tard alors qu'elle sombrait de plus en plus profondément, abandonnée au sol. La giclée d'eau envoyée par Gariott ne la réveilla pas. La gifle de Krud non plus. Elle refit surface le lendemain, à moitié morte d'épuisement.

– Vous êtes pire qu'un sac.

My releva lentement la tête. Ce simple geste fit tanguer le monde autour d'elle, lui mettant le cœur au bord des lèvres.

Écarquillant les yeux avec peine, elle finit par réaliser qu'elle se trouvait sur un âne. On l'avait jetée en travers du garrot, entre la selle et l'encolure.

– Arrêtez de gigoter. L'âne a suffisamment de mal avec deux cavaliers.

La voix avait jailli au premier mouvement, et, glacée malgré elle, la jeune fille s'immobilisa. C'était compter sans les secousses infligées par la marche. Très vite, ses poumons se vidèrent de l'air péniblement inspiré. Elle se résolut à se redresser à nouveau pour demander, avec des trésors de diplomatie :

– Y aurait-il moyen d'arrêter l'âne pour que je me réinstalle ?

– Pourquoi, s'enquit Orest, vous n'êtes pas bien, il vous faut un coussin ?

La jeune fille inspira péniblement.

– Non, je… suis coincée, j'aimerais pouvoir…

– Parfaitement. Vous êtes coincée dans le dernier espace disponible, parce que si vous regardez bien, des bagages occupent la croupe, et moi la selle. Soyez déjà heureuse de vous faire trimballer.

Les paupières de la jeune fille se fermèrent brièvement.

– J'ai la place de m'asseoir à l'endroit où je me trouve…

– C'est ça, et me boucher la vue après.

Autant parler à un mur.

– Ou alors, suggéra-t-elle, m'installer sur la malle…

– Vous avez quand même des notions d'équilibre ? Il a déjà un poids sur la croupe.

– Très bien ! s'écria My, alors faites-moi descendre !

Orest ricana.

– Tout à fait, et vous allez vous traîner sur trois mètres, vous remettre à jouer les belles endormies, et j'en serai quitte pour vous refoutre avec les bagages au même endroit qu'avant.

Derrière ses cheveux pendants, le visage de My passa au blême. Que ce garçon analphabète réussisse à la repousser dans ses derniers retranchements par le seul biais d'une agressivité adroitement orientée, cela, elle ne le supporterait pas. Mieux valait marcher, quitte à ralentir le groupe – tout, mais pas cette situation infâmante, la tête en bas et en compagnie de celui qui, depuis Liett, portait la responsabilité de sa déchéance !

Mais, alors qu'elle tendait les bras pour s'accrocher à l'encolure de l'âne et se laisser glisser au sol, elle prit conscience d'un détail crucial. Ses poings s'ornaient d'un bracelet de cordelette, parfaitement ajusté. Tout comme ses chevilles. À moins de se laisser tomber du haut de l'âne et de se faire piétiner, toute tentative de fuite lui était interdite.

– Orest, dit-elle, je vous en prie. Enlevez-moi cette corde.

Difficile, cependant, d'avoir l'air moins suppliant que My en cet instant. Toute sa morgue ressortait dans ses paroles, toute sa dignité bafouée et sa colère trop longtemps réprimée. Elle n'aurait pas pris un autre ton pour s'adresser à un serviteur et, comme c'était à prévoir, les traits d'Orest se durcirent.

– Vous plaisantez, j'espère.

– Je vous promets que je ne m'enfuirai pas !

– Parce que je suis censé vous croire sur parole ?

– Je suis Siartt et héritière, ma parole n'est peut-être pas suffisante ?

– Il ne suffit pas d'avoir un titre pour que les promesses se tiennent, laissa tomber Orest.

– Peut-être, mais c'est une garantie…

– Pas pour moi.

My se mordit les lèvres au sang. Krud l'avait confiée à celui qui, de tous ses malfrats, paraissait le moins sensible à l'argument royal.

– Je vais refaire un malaise, je ne peux pas tenir toute une journée ainsi !

– Allez-y.

Faisant rapidement glisser les rênes entre ses doigts, le jeune homme ajouta :

– Mais tant qu'à faire, essayez de rester sur l'âne. Je n'ai aucune envie d'aller à la repêche, et il ne reste que quelques jours avant d'entrer dans la région d'Erlett. Si vous tenez absolument à marcher, vous pourrez le faire là-bas.

Erlett. La colère de My s'évanouit à ce seul mot.

– Comment cela ? dit-elle d'une voix blanche. C'est à Erlett que nous nous rendons ?

Parmi la multitude d'itinéraires qu'elle avait envisagés, elle n'avait pas pensé à Erlett, pas une seconde.

– Les ravins sont au sud de Liett ! dit-elle. Les contourner, si vous cherchez à atteindre Olrante, c'est dévier de notre trajectoire sur des dizaines et des dizaines de lieues !

– Il n'a jamais été question de longer cette région, dit Orest. Nous la traversons.

C'était lâché avec une telle désinvolture que My, dans un premier temps, ne fut pas sûre d'avoir bien entendu. Immense zone battue par les vents, la région d'Erlett était l'un des déserts d'Edrilion, délaissé par les populations au cours d'un exode long de plusieurs siècles. La rigueur du climat en était l'une des raisons, mais pas la principale : dans tout Edrilion, la région d'Erlett était la seule qui, par définition, ne se traversait pas, zébrée d'un bout à l'autre par d'énormes ravins qui empêchaient tout échange entre cette enclave et le reste du royaume. Tant et si bien que les voyageurs qui se risquaient dans cette zone ne descendaient jamais plus bas que la partie septentrionale. La Guilde ne voulait tout de même pas…

– Traverser, répéta-t-elle. Mais… il n'y a aucun moyen de le faire, vous savez bien que les Ravins font obstacle !

– Krud pense qu'ils peuvent surtout faire obstacle à nos poursuivants. À condition de les mettre entre eux et nous, bien sûr. C'est un risque à prendre…

My dévisagea l'assassin sans en croire ses oreilles. Il n'avait pas l'air spécialement ému, plutôt froidement intéressé, comme devant une expérience nouvelle et un peu abstraite. Elle se demanda si quelqu'un, dans le groupe, partageait son état d'esprit, ou si elle était véritablement la seule à prendre la vie au tragique.

– Personne n'a réussi à franchir ces Ravins, ni à évaluer leur profondeur, dit-elle en essayant de garder son calme. Aucun être humain, depuis des siècles ! Et Krud veut tenter sa chance ? Avec un groupe entier, des montures, des bagages ?

– Vous avez tout compris.

– Mais c'est totalement fou ! s'écria-t-elle. Nous avons réussi à semer les gardes, nous aurions tout le loisir de contourner les Ravins pour poursuivre vers le sud ensuite !

– Nous perdrions des mois entiers.

Et cela constituait bel et bien la première raison – et la seule – d'une telle décision. La perte de temps… Mydria se tut, anéantie.

Erlett. Elle n'aurait pas pu trouver pire. Erlett et ses Ravins, ses monstrueux Ravins… Elle n'irait pas. Il fallait s'enfuir, dès ce soir, profiter du premier instant d'inattention de la part de ses geôliers. Ce soir, ou demain… une poignée de jours pour tenter sa chance. Elle se sentait comme un cheval lancé au galop qui voit s'ouvrir un fossé devant lui et ne dispose que de quelques secondes pour préparer son saut.

Mais la suite de la journée ne lui apporta rien. Ni aide, ni occasion à saisir, ni apaisement : elle s'escrima en vain à défaire les nœuds qui l'enserraient solidement, essaya désespérément de se transformer, échouant chaque fois. On la détacha le soir, pour qu'elle puisse s'assouplir les articulations. Elle avait été assez naïve pour croire que la nuit lui offrirait une seconde chance ; malheureusement, Krud avait d'autres projets et elle dormit sous la surveillance d'une garde de nuit renouvelée toutes les heures. Malgré son état pitoyable, elle sentait ses geôliers plus méfiants que jamais, prêts à stopper aussitôt la moindre tentative de fuite. Elle en aurait pleuré de frustration.

Ainsi, jour après jour, My en fut réduite à voir les dernières villes passer à l'horizon, sans avoir la possibilité de fuir pour les rejoindre. Quand la Guilde entra dans la région d'Erlett, elle n'avait pas une seule fois eu l'occasion de tenter une fugue.

13. Les ravins d'Erlett

Il plut le lendemain, et tous les jours suivants ; une pluie abondante et tenace, qui se faufilait dans les sacs et alourdissait les habits, rendant les humeurs moroses : même lors des pauses du soir, l'eau était toujours présente, à tel point qu'ils ne purent allumer un seul feu pour réchauffer leur nourriture. Il n'y avait pas d'abri non plus dans les plaines qu'ils traversaient, tout juste quelques branches d'arbres à peine assez épaisses pour protéger une personne.

– Les joies du voyage, commenta Allian en mordant sans enthousiasme dans sa tranche de viande dégoulinante.

Krud était le seul à trouver des avantages à leur situation : obsédé par le risque d'être poursuivi, il se rassurait en observant qu'avec la pluie, les gardes royaux auraient été bien en peine de les repérer. La mentalité du groupe différait : la plupart des hommes enrôlés étaient des grands habitués de bagarres, et ne demandaient pas mieux que de se défouler sur des poursuivants. Une dispute éclata un beau soir entre Gariott et Nadrett, pour un motif dérisoire. Ils en vinrent rapidement aux mains et le groupe évita de justesse un incident.

My était de loin la plus calme. Dès qu'ils se furent suffisamment enfoncés dans la région, Krud accepta qu'on lui ôte ses liens, à condition qu'elle reste sous bonne garde. Elle s'était débarrassée d'Orest en monopolisant l'âne de Guiaulth, embobiné par trois jolies phrases et deux battements de cils, et à partir de là, son moral avait sensiblement remonté : elle mangeait à sa faim, dormait au chaud et chevauchait son âne comme une reine à la parade, un retournement de situation qui avait surpris tout le monde. Malgré le temps exécrable, My était la seule à voir sa qualité de vie s'améliorer.

Elle se remettait vite de ses malaises. Ses nausées n'étaient plus qu'un mauvais souvenir et elle commençait à goûter au voyage, plus particulièrement au charme de la pluie. L'avantage d'être une va-nu-pieds, c'est qu'elle n'était plus contrainte de se réfugier au château pour regarder avec envie toute cette eau tomber du ciel.

Dépossédé de son âne, Guiaulth patouillait à l'arrière comme un malheureux, et le prenant en pitié, Allian avait fini par lui proposer de monter sur le sien. Guiaulth se retrouva à chevaucher en tête, aux côtés d'Orest, Krud et Nadrett qui, préoccupés par la question de l'itinéraire, étaient loin de savourer le voyage comme leur prisonnière : le groupe errait depuis des jours, sans parvenir à s'orienter dans une région sans villes et de surcroît plongée dans une brume malsaine qui collait aux vêtements et pesait sur les esprits. La seule planche de survie qui leur restait était une route étrange, faite d'herbes aplaties et large de plusieurs mètres, qui sillonnait les plaines, les guidant depuis des jours. Sans résultat.

– Ça va mal, lâcha Krud un beau jour. Je crois qu'on est perdus.

Guiaulth tiqua.

– Perdus, c'est-à-dire ? On suit la route depuis le début !

– Route ne veut pas dire bonne direction, observa Nadrett.

– Je n'ai pourtant pas l'impression qu'on retourne vers l'Edrilion civilisé.

Krud haussa les épaules.

– Nous cherchons malgré tout à tenir un cap précis, or je n'ai aucune idée de l'endroit où peuvent se trouver les Ravins par rapport à nous…

C'était là le point noir. Ils n'avaient de la région qu'une carte approximative. Et apparemment, ils avaient dévié de leur chemin sans s'en rendre compte.

– Le passage que nous avions prévu d'emprunter ne mentionnait pas cette route-là, intervint Guiaulth. À vrai dire, la carte ne mentionne pas de route du tout. Je ne sais pas si c'était une bonne idée de la suivre…

– Et pourquoi pas ? dit Allian d'un air pincé. Toutes les routes conduisent quelque part et, que je sache, les Ravins sont la seule destination notable de la région. Pourquoi une route n'y mènerait-elle pas ?

Krud donna un autre son de cloche :

– À la réflexion, je ne fais pas confiance à cette route. J'ai l'impression qu'elle serpente partout sans mener nulle part… Il vaudrait mieux…

– Du hors-piste ? compléta Allian. Très, très mauvaise idée. Ou très bonne idée pour se perdre définitivement, c'est selon.

– Je suis d'accord avec Krud, annonça Orest de manière inattendue. On tourne en rond depuis des jours, ce n'est pas comme ça que nous arriverons à quelque chose.

– Et sans cette route, avec quoi vous comptez vous repérer, hein ? La mousse des arbres ? Un parcours fléché ?

– Je ne vois pas de flèches et il y a de la mousse partout, répondit Orest du tac au tac, mais on peut toujours utiliser la fille.

La réaction fut unanime.

– *Quoi ?*

– Et pourquoi pas ? Son Don est utile. Si elle monte assez haut, elle pourra peut-être repérer quelque chose.

– C'est hors de question ! s'emporta Krud. Utile ou pas, elle est trop difficile à rattraper. Tu as déjà oublié la sortie de Liett ?

– Oui, mais là, nous n'étions pas prêts. Et elle pouvait suivre une route fiable. Plus maintenant. Si elle fuit, elle se perdra. Elle n'aura pas d'autre choix que de revenir vers nous.

– Elle a des ailes, Orest ! Elle peut quitter la région en s'élevant assez pour voir les changements de paysage.

– C'est un papillon, Krud, pas un faucon pèlerin. Elle s'épuisera en moins d'une heure.

– Regarde le ciel : des nuages ras la terre ! On la perdrait encore plus vite.

– Pas si elle vole à hauteur raisonnable, et vu la créature qu'elle incarne, pas de risque qu'elle monte très haut.

– Tu as perdu la tête, mon grand ! fit Allian. Elle est enrôlée pour une quête mortelle, pas pour un voyage de plaisance. Elle va saisir l'occasion de s'enfuir à la moindre opportunité, et tu veux la lui fournir ?

– Mettez-vous à sa place, expliqua Orest sans se démonter. Elle peut prendre la forme d'un papillon, oui, mais elle maîtrise tout juste le vol. Elle n'a pas l'instinct d'un véritable papillon. Elle ne saurait pas vivre d'eau et de petites fleurs, et quant à s'orienter toute seule, elle en est incapable. Imaginez-la lâchée dans une région inconnue, dont elle ne pourrait pas ressortir, que pensez-vous qu'elle va faire ? Elle va devoir revenir vers nous. Pas le choix.

– C'est non, martela Krud. Le risque est bien trop gros. On a failli la perdre une fois et on l'a retrouvée par un coup de chance. Ça ne se reproduira pas.

– Mais puisque je te dis…

– Orest… ça suffit !

Seul Guiaulth vit les doigts du garçon se resserrer sur les rênes avec une effrayante brusquerie. Les jointures devinrent blanches, puis tout à fait bleues, sans qu'il daigne desserrer les mains, trouvant dans la douleur un exutoire à sa rage, comme chaque fois qu'on le renvoyait à sa condition de subalterne.

Malgré son caractère rebelle, le jeune homme s'était toujours forcé à respecter ses chefs. Il s'était incliné devant des ordres que son intelligence particulière, toute faite de contrastes et d'observations pratiques, aurait su rendre plus efficaces. Mais il connaissait les limites à ne pas dépasser – la patience des supérieurs en faisait partie – et avait toujours pris soin de s'en tenir à l'écart. Il avait tenu ainsi près de dix ans. Maintenant… ça suffisait.

– Bonsoir.

My eut un petit passage à vide avant de lever le nez de son livre de contes.

Elle en était à la huitième histoire ; en temps normal, elle aurait déjà achevé le volume mais cette fois, elle prenait son temps. Chaque page embaumait d'une foule de souvenirs heureux, pleins de couleurs et de délicatesse. Le plus récent n'était pas le moins triste : un groupe de jeunes filles allongées sur le dallage d'une salle de bal… C'était si pâle, si doux, au regard de la voix autoritaire qui retentit derrière son épaule, que la jeune fille eut la pénible impression d'être arrachée à un monde et aspirée par un autre, beaucoup moins plaisant.

– Bonsoir, répondit-elle, alors qu'Orest s'asseyait par terre.

La dernière fois qu'ils s'étaient retrouvés ainsi face à face, c'était à la taverne. Nouveau souvenir, bien plus amer que les précédents…

Il la fixa droit dans les yeux, provocation tacite. Les iris trop foncés rendaient son regard infiniment déplaisant. Incapable de le soutenir plus de deux secondes, elle se déroba de la façon la plus plate :

– Que voulez-vous ?

– Avant tout, vous allez avoir la gentillesse de ne pas répéter notre entretien au grand Krud le magnifique.

Il jaillissait tant de rancœur de l'épithète qu'elle fut aussitôt sur ses gardes :

– Je ne veux avoir aucune responsabilité dans vos démêlés avec votre chef.

– Ai-je parlé de démêlés ?

Par pure forme, il jeta un regard circulaire, mais leur campement était désert, en tout cas désert de toutes personnes inquiétantes : son chef était parti explorer les environs, la moitié des hommes était à la corvée d'eau, et l'autre, installée à plusieurs mètres de là. Selon ses calculs, il disposait de quelques minutes. Suffisant si elle ne l'interrompait pas.

– Vous avez sûrement remarqué que nous errons depuis un certain temps, commença-t-il de but en blanc ; la route que nous suivons n'est apparemment pas la bonne et Krud est résolu à la quitter demain. Bonne idée, mais si nous trouvons les Ravins, ce sera après avoir traîné un bon bout de temps. Pour éviter ça, j'ai besoin de vous.

Il s'attendait plus ou moins à une interruption. Il n'y en eut pas : elle écoutait bouche bée.

– Vous pouvez voler, expliqua-t-il. Vous repérerez ainsi les changements de terrain et me les signalerez. À moi seulement.

– Pourquoi ?

– Krud refuse. Peur d'une fugue.

– Et pas vous ? demanda-t-elle avec un air de doute.

– Vous êtes incapable de survivre seule, surtout dans une région pareille, répondit Orest. Les papillons ne sont pas très résistants, vous serez obligée de revenir à nous sous peine de crever sous une herbe.

– Je vois, dit-elle d'un ton sec. Alors mieux vaut éviter que je parte.

– Vous préférez errer des semaines ici ?

Elle hésita, puis lâcha tout à trac :

– Oui. Tout pour éviter les Ravins.

– Quelle importance ? railla-t-il. Nous ferons rempart.

– Cela n'a rien à voir !

Inconsciemment, la jeune fille se blottit dans sa cape. Le jour fraîchissait, mais c'était de son corps que venait le froid. Elle reprit à voix basse :

– J'ai de bonnes raisons de penser que d'autres personnes sont passées par ici, des personnes plus fortes, infiniment plus fortes que nous, et qui n'ont pas survécu.

– Vous pensez à vos ancêtres ?

– Madael parlait d'une île. Vous cherchez à atteindre la mer d'Olrante, or le passage que nous empruntons semble le plus direct, malgré le danger qu'il représente. Imaginez que mon père, mon grand-père, mon arrière-grand-père aient fait le même raisonnement… Le Don d'ailes passe à l'héritier quand le parent meure. S'il est arrivé jusqu'à moi, c'est que personne n'est parvenu au terme du voyage.

Il ne put que hocher la tête.

– Oui, mais ils partaient seuls. Nous, nous sommes en groupe, et nous savons nous battre. Rien ne dit que vos ancêtres combattaient.

– Mes ancêtres pouvaient voler par-dessus les Ravins, et ils sont morts quand même…

Il sentit son irritation grimper d'un cran.

– Et alors ? Dans ce cas, ce ne sont pas forcément les Ravins qui les ont tués.

– Oui, mais nous n'en savons rien et c'est là le problème !

– Alors vous préférez qu'on reste ici et que les gardes nous rattrapent ? C'est ce qui va finir par arriver si vous ne faites rien. On ne sait rien des Ravins, d'accord, mais on sait d'avance ce qui nous attend si on se fait rapatrier à Liett. Pendus en place publique. Jolie fin pour une princesse.

My garda la tête baissée sur son satané livre de contes. Orest avait essayé les arguments, les menaces, la brusquerie ; elle n'abandonnait pas, en dépit des apparences. Madame My lui offrait parfois des réactions inattendues.

– Mydria, écoutez, reprit-il d'un ton radouci. Nous sommes neuf, coincés ici. Vous êtes la seule à pouvoir nous sortir de là. Nous formons un groupe. Vous êtes notre captive, par la force des choses, mais nous vous protégeons. Ne serait-il pas logique que vous fassiez de même ? Que je sache, vous n'êtes pas trop mal traitée ici !

Elle resta silencieuse.

Il sentit le peu de pédagogie qu'il avait rassemblée partir en miettes.

– Bon Dieu ! Vous avez l'intention de rester passive jusqu'à la fin du voyage ? En tant que papillon, vous ne servirez plus beaucoup, alors saisissez l'occasion !

Elle releva la tête avec fureur, et il eut l'étrange et saisissante impression de rencontrer son propre regard dans ce visage de jeune fille. Ce fut elle qui le fixa dans les yeux, cette fois, avec une rage qui aurait effrayé un homme d'une autre trempe qu'Orest. Celui-ci ne daigna pas ciller. Regard azur et regard brun, ils s'affrontèrent plusieurs minutes, sans qu'un mot soit prononcé. L'échange n'avait rien à voir avec les œillades qu'elle adressait aux jeunes hommes de sa classe. Il ne s'apparentait pas exactement aux regards meurtriers que lui lançait à un adversaire avant un duel. Il y avait un agacement réciproque, une bonne dose de dédain, qui lui procuraient tout son piquant, formant entre eux une étrange alchimie. My se fit un plaisir de briser l'instant en lançant, sans réfléchir :

– Je tenterai l'envol demain.

Les pupilles du jeune homme s'élargirent de quelques millimètres, seul signe de sa surprise. Elle savourait. Faisant mine de céder, c'était bel et bien elle qui prenait l'avantage…

My avait volé une seule fois, et par grand beau temps. Le lendemain lui offrit l'expérience d'un vol en pleine brume. Alors seulement elle prit conscience de sa bêtise – et aussi du fait qu'Orest l'envoyait à la mort, en toute tranquillité.

Elle avait fait la fière la veille : impossible de revenir sur sa décision. Orest vint la réveiller, attendant manifestement un repli. Contrainte et forcée, elle se métamorphosa sans trop savoir comment ; la peur d'échouer y fut sans doute pour beaucoup.

Le reste fut aussi vague que le monde alentour. Elle prit maladroitement son envol, aidée par un coup de vent. Orest, qui s'était arrangé pour prendre le tour de veille au moment propice, l'avait fait lever à l'aube, ce qui n'améliorait pas la luminosité. Elle vit la silhouette du jeune homme disparaître derrière un pan de brouillard… et son enfer commença.

Elle fut aussitôt happée par les courants, battant désespérément de ses ailes alourdies par les gouttes. Les papillons avaient la sagesse de fuir les averses, elle n'eut pas besoin d'en chercher la raison. Comment voler convenablement lorsque les deux fragiles membranes qui vous maintiennent au-dessus du sol deviennent plus lourdes que du plomb ? Un coup de vent l'emporta quelques mètres au-dessus, au niveau des nuages les plus bas. Elle se retrouva dans le gris, bien plus effrayant que le noir, doté de mille nuances qui se chevauchaient toutes.

Le souci de ne pas s'éloigner du campement fut balayé par l'inéluctable : elle devait l'avoir perdu. C'était la catastrophe. Orest avait raison : sans son groupe, elle était vulnérable, mais que faire maintenant ? Son nez minuscule adressa cette question aux dernières étoiles. Mais la nuit était comme le monde : indifférente aux malheurs des petits…

Ce matin-là, Krud commença sa journée comme d'habitude : il replia son paquetage, alla éteindre le feu, passa le campement en revue.

Sa deuxième action différa légèrement du rituel, puisque le chef se mit à beugler, le visage brusquement écarlate :

– OREST !

L'intéressé se redressa en même temps que les autres, réveillés en sursaut. À cette différence que le visage d'Orest n'était aucunement ensommeillé et n'essayait même pas de s'en donner l'air. En deux pas, Krud fut sur lui et l'empoigna par le devant de la chemise.

– La fille, où est-elle ?

Le jeune homme garda un visage impassible.

– Je pourrais peut-être répondre si tu arrêtes de m'étrangler.

– Pas d'insolence, tu veux ! postillonna Krud, à deux doigts du visage de son subordonné. Tu étais de garde à l'heure d'avant, qu'est-ce que tu en as fait ? Qu'est-ce que tu en as fait ? Ne… ne me dis pas que tu l'as convaincue de partir en exploration !

– Je suis désolé, Krud. Elle a décollé à l'aube.

Personne ne vit le coup venir. Le poing de Krud décrivit un vigoureux arc de cercle avant de percuter de plein fouet la mâchoire du garçon. Orest s'écroula sur sa couchette, à moitié assommé. Quand il se redressa, son regard éclatait de méchanceté pure.

– Dégage, Krud. Dégage, c'est un conseil.

Krud ne se donna pas la peine de répondre. Un claquement de doigts et les hommes les plus proches garrottèrent l'assassin, éloignant d'un coup de pied son baluchon, qui contenait ses armes.

– J'avais dit, aucun risque inutile ! hurla Krud. Tu nous lâches un papillon en pleine brousse ! Comment veux-tu qu'on la retrouve ? Par la grâce de ta vue perçante, peut-être ?

Le garçon ne répondit pas. Il présentait exactement le même visage que dix ans plus tôt, quand, agressé dans les ruelles de Liett, il se laissait battre sans desserrer les dents.

– Krud, ça suffit, intervint Allian. On ne résout pas les problèmes par des coups, sauf situations précises. La demoiselle est perdue, mais pas introuvable…

– Eh bien, retrouve-la donc ! Retrouve-la et reprenons la route ! Tu quadrilles quel coin de ciel ?

Dégoûté, le chef se mit à arpenter le campement à grands pas. Offensé à son tour, Allian se tut.

– Bon, qu'est-ce qu'on fait ? lança Krud en s'arrêtant soudain au milieu du camp. On continue ? On l'attend ? Équipes de recherches ?

– Mauvaise idée, dit Nadrett. Tout le monde va se perdre…

– Je propose qu'on continue, fit Gariott.

– Moi aussi, renchérit Lyrend'ell. Nous pourrons toujours nous retrouver aux Ravins, c'est le seul point de repère que nous ayons, elle s'y accrochera…

– Elle mourra avant, coupa Krud. Elle ne peut pas traverser la région avec les ailes qu'elle a.

– Elle peut reprendre son apparence humaine…

– Et faire une chute de deux cent mètres. Un oisillon s'en sortirait mieux qu'elle !

La plupart des guerriers présents avaient déjà eu l'occasion de seconder Krud dans des missions de grande envergure, et ils n'avaient jamais vu le chef s'inquiéter autant pour aucun butin ; personne ne songea à en rire. Maintenant qu'elle était absente, le groupe prenait conscience de l'énorme importance de My. Son Don était certes unique, mais son lignage surtout la rendait précieuse : comment fomenter un coup d'État contre l'usurpateur, si la princesse légitime n'était plus là ? Privée de la jeune fille, leur quête perdait tout son sens.

Ils se remirent pesamment en marche. Toujours furibond, Krud avait envisagé de bannir Orest, mais le groupe au complet s'y était opposé. Ils n'avaient déjà plus My, inutile d'aggraver les pertes. Orest fut malgré tout relégué en queue de convoi. Sa disgrâce semblait avoir un effet répulsif sur les autres : même Guiaulth l'évitait. Habitué à une certaine considération, l'assassin était plus touché par son isolement qu'il ne l'aurait cru ; son principal sujet de préoccupation restait toutefois My. Il pensait à elle constamment, mais elle était plus, dans son esprit, une My-objet qu'il aurait aimé diriger à sa guise. Hélas, elle était loin, libre de mourir de cent façons différentes…

Il fallait la retrouver. Il n'aurait jamais la bonne foi de l'admettre, mais son plan avait été insensé. Il l'avait surestimée, elle était trop aristocrate, trop jeune fille pour survivre dans la furie des cieux. Ils découvriraient les Ravins par leurs propres moyens, avec un peu de temps. Mais il fallait la retrouver. Orest se tortura les méninges pendant plusieurs jours pour trouver une solution. Ce ne fut qu'au terme d'une laborieuse méditation qu'il pensa à se servir du sifflet.

Le fameux sifflet. L'unique objet, en dehors de la lettre, qui avait été légué à My. Étrange héritage… On aurait difficilement trouvé legs moins royal : il existait des sifflets partout en Edrilion. Qu'étaient-ils, tout bien considéré ? De simples fragments de métal forgés d'une certaine façon, qu'on vendait dans n'importe quelle foire. Le dérober à Krud fut à la fois un jeu d'enfant et une source certaine de satisfaction – même si le chef n'y prêtait plus vraiment attention depuis que la banalité de l'objet avait été prouvée.

Sceptique, Orest prit l'instrument entre le pouce et l'index. C'était vraiment un sifflet basique. Nul ornement, un bec fondu en biseau comme tous les autres ; il tenait dans la paume, lourd, inerte. Le jeune homme haussa les épaules et le porta à ses lèvres. Un son strident retentit. Exactement le même que tous les autres.

Le contact du métal froid était désagréable, lui rappelant inconsciemment celui d'une lame, et il n'insista pas. Mortifié de constater que l'idée avait été ridicule, il rangea le sifflet et n'y pensa plus.

Lorsqu'au matin, un papillon aux ailes iridescentes rejoignit leur groupe, Orest n'envisagea pas plus de remettre la prétendue banalité de l'objet en question.

Elle était là, et c'était incroyable. Perchée sur l'âne de Krud, toute petite, un tourbillon de couleurs et de poussière d'ailes. Méconnaissable.

Ils n'avaient vu, à son premier envol, qu'un vague insecte disparaître dans les airs. Maintenant qu'elle était revenue, ils pouvaient détailler à leur aise le chef-d'œuvre sur pattes qu'elle était devenue.

La My qu'ils connaissaient avait une allure de princesse. Blonde, pâle, mince. Une allure de princesse… ordinaire. Sans altérer sa beauté, cette apparence classique avait brisé un charme invisible. Son nouveau corps venait restituer la magie de l'inattendu.

Ses ancêtres n'auraient pu lui offrir plus beau cadeau : My incarnait un papillon au summum de sa beauté, et aussi une variété condamnée à mourir avec elle. Car, cette fois, elle était unique.

Comment la décrire ? Une dizaine d'adjectifs n'y auraient pas suffi. Le plus approprié devait être « indescriptible ». On aurait dit que son créateur avait déposé sur ses ailes toutes les nuances de l'arc-en-ciel sans se soucier de les ordonner en motifs, comme pour les autres espèces. Le résultat en était une créature aux allures irréelles, qui tenait tout entière dans une paume.

Tout le monde se taisait, même Allian. Crispé, Krud fixait le papillon, redoutant de le voir s'envoler. Les autres attendaient plutôt la métamorphose. My resta telle qu'elle était.

– Comment a-t-elle fait pour nous retrouver, avec sa taille ? bégaya Léréon.

Tous se tournèrent vers Orest.

– Je vous l'avais dit, qu'elle reviendrait, dit celui-ci d'un air de défi.

– Le ciel a dû l'aider, observa Léréon. Il est plutôt dégagé, aujourd'hui.

Les échanges s'arrêtèrent là, interrompus par une gêne inexplicable. Sous sa nouvelle forme, My leur en imposait beaucoup plus. Ils se rendaient compte à quel point elle était différente d'eux. Humaine et bête. Présente sans l'être. Consciente sans parler…

– Pourquoi ne se retransforme-t-elle pas ?

Était-elle mieux ainsi ? Était-elle coincée là-dedans ? Ils n'avaient pas d'explication.

À l'effroi général, le papillon s'envola dès qu'ils firent un pas en avant. Sans faire mine de s'enfuir, toutefois. Il se contenta de remonter en tête du groupe, voletant à mi-hauteur, de manière à rester bien en vue. Pas une seule fois il ne se laissa dépasser. Pour une créature de cette taille, l'exercice devait être épuisant, à la longue. My ne renonçait pas. Son attitude était claire.

– Ma parole, dit Krud, incrédule, elle nous guide !

– Qu'est-ce que j'avais dit, répliqua Orest avec ce qu'il fallait de mépris pour rester correct.

D'autorité, il avait repris sa place initiale : en tête de file. Une quasi-certitude le faisait exulter, sans que rien ne se devine dans son regard impassible.

– Je crois bien qu'elle nous a trouvé les Ravins.

Ils surpassaient en grandeur, en sauvage beauté, en fureur aussi, tous les paysages de leur connaissance. Les ravins d'Erlett. Un bien petit mot…

La première comparaison qui vint à l'esprit de My fut exactement la même que le jour où elle les avait découverts : on aurait dit qu'un dieu armé d'une hache avait assené un coup gigantesque à la terre, la fissurant de tout son long sur des dizaines et des dizaines de lieues, craquelant la roche ou la faisant saillir en pics agressifs. La faille était si grande que l'autre rive était invisible, noyée dans le brouillard. My se serait crue au bord d'une falaise, surplombant un néant. Un frisson parcourut ses ailes. La même douleur fulgurante que pendant la première manifestation de son don attaqua son thorax, couvert de poils noirs et brillants. Littéralement foudroyé, le groupe vit la métamorphose s'ébaucher sous leurs yeux.

C'était d'une telle beauté, d'une telle étrangeté, qu'elle en était presque affreuse. Le papillon ne semblait pas enfler. C'était autre chose. On aurait plutôt dit qu'il déployait ses ailes pour prendre son envol, un envol qui n'en finissait pas d'arriver, et qui étirait les ailes en les pâlissant à toute vitesse. Celles-ci laissèrent place à deux bras blancs sans qu'on puisse déterminer à partir de quel moment ils étaient apparus. Et une jeune fille remplaça l'insecte sur le sol.

Personne ne vint l'aider à se relever : la plupart des hommes avaient les yeux écarquillés, incapables de réaliser pleinement ce qui venait de se passer. C'était pourtant la même Mydria qui se tenait devant eux, avec sa robe bleue toute crottée, et son livre enluminé qui dépassait d'une poche. Sa première phrase, idiote, fit involontairement revenir le groupe sur terre.

– Voilà les Ravins.

Sarcastique, Orest s'autorisa un sourire en coin. Oui, il n'y avait pas eu d'échange dans les airs. C'était bien Mydria.

– Et on pourrait savoir comment vous les avez trouvés ? s'enquit-il.

– J'ai erré. Je ne pouvais pas les manquer, ils traversent toute la région.

– Et comment nous avez-vous retrouvés, nous ?

– Tout est plat et gris, ici. On vous repère vite en altitude.

– Vous n'avez pas entendu d'appel ? insista Orest.

– Quel appel ?…

– Ce sifflet, par exemple.

Orest le sortit de sa poche, sous les yeux ronds de la jeune fille.

– Je m'en suis servi… pensant qu'il aurait peut-être un lien magique avec vous, ou un pouvoir d'appel.

– Je n'ai entendu aucun sifflement d'aucune sorte, dit My en prenant le sifflet et en le détaillant attentivement. De toute façon, ce sifflet n'aurait pas porté assez loin pour que je l'entende, je pense.

– Bon, conclut l'assassin, sans parvenir à masquer sa vexation.

Se détournant, il mit pied à terre pour observer les Ravins. On ne voyait pas le fond, même en se penchant. Un noir d'encre montait des profondeurs, ternissant les pierres ou les effaçant complètement. De toutes les entrailles monta la même peur insidieuse. Ils n'auraient jamais prêté aux Ravins de telles proportions !

– Plus la peine de se demander pourquoi la région n'a pas d'habitants, remarqua Allian, lugubre. Vous imaginez le danger d'avoir ce gouffre près de chez soi ?

– On n'imagine pas, on va voir, répondit Guiaulth. Je suppose qu'il n'est pas question de faire demi-tour ?

Les traits de Krud se durcirent.

– Non.

Nadrett avait déjà un tour d'avance : allongé à plat ventre au bord du précipice, il étudiait les parois avec minutie pour évaluer la qualité des prises.

– Pierre solide, beaucoup de creux et de bosses. C'est surtout le temps de descente qui va poser problème. Et on va devoir abandonner les ânes…

– Ainsi que la plupart des affaires, ajouta Allian. Les malles, les accessoires…

Krud poussa un juron. Il avait choisi exprès des ânes pour les terrains escarpés. La mine sombre, il se contenta d'un signe de la main et ses hommes retournèrent à leurs montures pour se préparer à la suite de leur voyage, selon un rituel bien rodé. Les ânes furent rapidement délestés. S'étalèrent ensuite sur le sol, en trois piles distinctes, les affaires à abandonner, les armes indispensables et les provisions. Nadrett se chargeait d'apprêter le matériel d'escalade, puisqu'ils allaient descendre encordés. Combien de mètres jusqu'au fond ?…

My refusa de se métamorphoser quand Allian le suggéra : si, au moindre courant d'air, elle perdait le contrôle et redevenait humaine, elle irait immanquablement s'écraser au fond. Mieux valait s'encorder avec les autres. Après tout, elle avait déjà tenté l'escalade et s'en était plutôt bien sortie. L'exercice qui l'attendait serait, bien sûr, sans commune mesure, mais elle préférait ne pas y penser.

On la plaça entre Orest et Guiaulth, tous deux bons grimpeurs. Nadrett, leur acrobate, était premier de cordée. Elle sentit les poils de ses bras se hérisser quand il s'accrocha au rebord des deux mains et plongea les pieds dans le vide, disparaissant petit à petit. Allian descendit à son tour, Léréon et Lyrend'ell suivirent dès qu'un appel surgit du gouffre. Enfin, ce fut au tour d'Orest. Puis à celui de My, sans qu'elle ait eu le temps de s'y préparer. Son dernier regard fut adressé aux ânes, qui broutaient paisiblement, tandis que, tout doucement, elle s'enfonçait dans l'inconnu.

Son pied rencontra rapidement une prise. Par chance, la roche n'était pas friable. L'autre pied tâtonna un moment dans le vide avant de se poser à son tour. Ses mains suivirent plus rapidement. À cette heure de la journée, il faisait grand jour et elle parvenait à voir où elle allait ; la corde était encore tendue sur quelques mètres entre elle et Orest, et elle continua à descendre jusqu'à se trouver juste au-dessus de lui.

– Ne lâchez pas prise tant que Guiaulth descendra, dit-il. S'il tombe, c'est grâce à vous qu'il ne dégringolera pas dans le vide. Compris ?

Elle acquiesça, la gorge serrée. Orest avait une façon de dépeindre les choses qui lui fit agripper très fermement ses prises… Mais elle s'inquiétait à tort. Guiaulth descendit avec bien plus d'aisance qu'elle, se stabilisa à son tour en attendant Krud, et ainsi de suite jusqu'à ce que Gariott, le dernier, soit lui aussi collé à la paroi verticale comme un chardon sur un lainage. Il avait pris soin de se munir d'une Phreell, une roche phosphorescente de variété commune, pour guider la cordée entière. La lumière, pour l'heure vivace, éclairait les pierres d'un halo verdâtre, facilitant leur progression.

Ses doigts, écorchés par les saillies aiguës, commençaient à lui faire mal. Elle se crispa intérieurement. Ne pas faiblir. Il en allait de sa vie.

Le pire était qu'ils ne pouvaient même pas s'arrêter : aucun surplomb ne s'y prêtait. Lassée, elle avait cessé de regarder en l'air ; quand elle le fit à nouveau, bien plus tard, le ciel s'était réduit à une grosse tache gris-bleu. Et le fond n'était toujours pas visible… Elle commença à s'interroger. Combien de siècles avait-il fallu pour ouvrir une crevasse pareille ?

Avec le temps, la Phreell commençait à faiblir. Ils descendaient dans la semi-obscurité – une prise de risque énorme. Son pied ripa sur une prise et elle se rattrapa de justesse, les mains moites. La voix de Nadrett retentit soudain :

– J'ai trouvé un promontoire. Il est assez grand pour nous tous.

– Très bien, on s'arrête ! lança Krud.

Personne n'essaya de cacher son épuisement. Les uns après les autres, ils se laissèrent tomber sur le roc, adossés contre la paroi. My, qui d'habitude conservait soigneusement ses distances avec les autres, s'écroula à leurs côtés en s'éventant de la main.

Tous avaient des plaies qu'ils nettoyèrent puis pansèrent tant bien que mal avec l'eau des gourdes et des chiffons. Le groupe au complet finit par basculer dans le sommeil, sans prendre la peine de désigner un veilleur. Qu'avaient-ils à craindre ici ? Pour rôder à nouveau, la mort attendrait sagement qu'ils se remettent en route…

Tout à fait terne à présent, la Phreell était devenue incapable d'éclairer toute la cordée. Gariott distribua des fragments de pierre lumineuse qu'il avait stockés dans son sac, pour un éclairage individuel. Et la descente recommença.

C'était long, long, long. Pénible et angoissant. Les parois semblaient s'être affûtées au contact du froid nocturne. Et il n'était pas question de porter des gants, qui n'accrochaient pas assez. Au milieu de ses tourments, My se félicitait de ne pas être sujette au vertige. Elle le savait d'avance, elle n'aurait pas tenu.

Ils ne trouvèrent plus, par la suite, de corniches où s'arrêter. Ils descendaient suivant une trajectoire presque rectiligne, et passaient peut-être près de promontoires, mais, hélas, les Phreells n'éclairaient pas assez pour qu'ils les aperçoivent.

My avait passé un cap dans la fatigue : ses gestes étaient devenus plus lents, méthodiques, comme dirigés par une entité supérieure. Elle avait même cessé de penser. Son visage, sous la crasse, était d'une pâleur mortelle. Elle voyait approcher à grands pas le moment où elle perdrait conscience. Guiaulth s'en aperçut à temps. La meilleure solution, dans ces cas-là, était de manger ; on lui donna un morceau de pain qu'elle porta d'une main à sa bouche, crispée contre la paroi. Par la suite, leur rythme se ralentit, certains grimpeurs à bout de forces demandant des victuailles à leur tour.

Ils s'acharnaient encore à la descente quand le trait de ciel qui leur parvenait pâlit. Les Phreells, qui captaient la lumière de l'aube, s'éclairèrent un peu plus ; à peine, mais cela redonnait espoir. Au milieu d'une telle débauche de noir, la lueur verdâtre qu'elles émettaient était réconfortante…

Enfin, un premier signe leur indiqua qu'ils approchaient du fond. Un tout petit bruit, qui ne laissait pas place au doute : le chant d'une rivière encaissée. Combien de mètres plus bas ? My n'en savait rien, mais elle remarqua bientôt qu'elle pouvait évaluer la distance les séparant du cours grâce à l'humidité des pierres : des milliards de gouttelettes projetées en l'air par les flots atterrissaient sur les parois, dégoulinant doucement depuis des siècles et imprégnant les lieux d'une agréable fraîcheur.

Au soulagement général, la voix de Nadrett retentit avec force sur les parois :

– Ça y est !

La voix d'Allian fit écho juste après :

– Faites attention quand vous descendez. La roche est complètement trempée.

Les jambes de My vacillèrent d'épuisement lorsqu'elle sentit sous ses pieds une surface plane : l'eau vivait là depuis une éternité, et avait façonné les lieux à sa convenance. Le sol où ils se trouvaient était poli par le passage incessant des ondes, ainsi que la base des parois. La jeune fille tint sa Phreell à bout de bras pour contempler les alentours. C'était un monde tout aussi noir que les hauteurs qu'elle voyait là, mais d'un noir luisant, chatoyant, scintillant, par la double origine de l'eau agitée et de la pierre complètement lisse. Une œuvre d'art grandeur nature, inconnue du monde. Un sentiment de regret s'empara d'elle, mais elle était malheureusement la seule à ressentir les choses ainsi. Orest cherchait plutôt une plate-forme où ils seraient davantage à l'abri de l'eau, Krud se baignait le visage, les autres cherchaient déjà comment traverser, désireux de fuir les lieux au plus vite ; Allian, quant à lui, avait disparu.

Haussant les épaules, la jeune fille s'assit au bord de l'eau, jambes pendantes. Ses pieds furent rapidement aspergés, pour son plus grand plaisir. Tant pis si elle détruisait ses souliers. Elle n'avait plus la tête à grand-chose, juste à chercher les étincelles que les Phreells réveillaient sur le paysage souterrain…

– Hé !

Allian venait de surgir du noir.

– Il y a une espèce de caverne, là-bas. Je propose qu'on s'y abrite, en attendant de traverser.

Krud donna son accord d'un signe de tête fatigué. Ils suivirent Allian en traînant péniblement leurs affaires. Effectivement, c'était une caverne, assez profonde bien que basse de plafond. Ils se massèrent à l'intérieur en déposant leurs affaires dans un coin, avant de s'étendre pour dormir. Orest était le seul à ne pas chercher le sommeil. La grotte ne semblait pas lui plaire et il ressortit peu après, pour se camper devant l'ouverture, regardant l'eau passer en glougloutant.

Ils étaient descendus et arrivés intacts, c'était déjà ça. Mais il commençait à se demander si l'exploit n'était pas plutôt leur plus grosse bêtise. Ils se retrouvaient au plus profond, dans le fossé du monde. Une pénible escalade les attendait sur la paroi d'en face, une escalade plus que périlleuse, mortelle. Et au milieu, un énorme cours d'eau. Il ne distinguait pas l'autre rive.

Une traversée à la nage… Son front se plissa. Traverser, oui… mais quelle était la force du courant ?

– De toute façon, nous n'avons pas le choix, résuma Krud très sobrement. On fera sans barque et puis voilà. Après ce que nous avons enduré, ce n'est pas une rivière qui va nous faire peur !

My considérait avec terreur les eaux noires qui rongeaient la pierre.

– Je ne sais pas nager.

– Métamorphosez-vous, proposa Lyrend'ell.

– Non ! fit-elle aussitôt. L'air est trop humide ici. Si je trempe mes ailes, je dégringole dans le cours d'eau…

– Nous allons traverser ensemble, vous n'aurez qu'à suivre le mouvement.

Sur ordre de Krud, dès leur réveil, ils avaient rassemblé leurs sacs, leurs victuailles, et attendaient devant les eaux noires. Mais la hâte avait laissé place à l'inquiétude. Tous avaient en tête la même pensée.

Traverser… ou dériver ?

Orest se gratta pensivement le menton.

– L'ennui, c'est qu'on ne peut pas se risquer dans la flotte sans connaître sa vitesse. Ou alors nous serons de passage ici pour l'éternité.

– Et comment comptes-tu faire ? demanda Nadrett.

Orest ne se donna pas la peine de répondre.

– Je voudrais un bout de pain.

Gariott s'empara du sac à provisions et lui tendit le morceau demandé sans poser de questions. Orest le laissa tomber dans l'eau, devant eux. Il fut englouti par l'obscurité sans qu'ils aient le temps d'évaluer sa vitesse. Orest en demanda un deuxième, avec le même résultat.

– Pas assez visible, pesta-t-il. Il faudrait quelque chose de brillant pour bien voir… et qui flotte.

Il passa en revue les sacs. Il y avait bien les lames, qui captaient idéalement la lumière, mais elles étaient trop lourdes. My avait un collier, mais la chaîne était trop discrète… Son regard s'arrêta néanmoins sur la Phreell que la jeune fille avait en main, plate et légèrement creuse. C'était parfait ; sans hésiter, il s'empara de la pierre et la jeta à l'eau. Il y eut un minuscule plouf. La pierre flottait très bien, ainsi qu'il l'avait prévu, accrochant suffisamment la lumière de ses sœurs pour qu'il puisse la suivre sur plusieurs mètres.

– C'est bon. Le courant n'est pas trop fort, on peut y aller.

My n'eut pas le loisir de protester contre le vol de sa pierre : Krud organisait déjà la traversée.

– Fixez soigneusement vos sacs, et traversez à partir d'ici, il y aura moins de distance à parcourir. La première personne prend la corde et l'arrimera sur l'autre rive : si quelqu'un dérive ensuite, il pourra se raccrocher quelque part. Qui se lance ?

– Moi.

Orest se prépara sans hésiter, attachant en quelques torsions des doigts la corde autour de sa taille. L'eau n'eut aucun remous lorsqu'il y pénétra. Il s'élança d'un mouvement sûr. My l'avait souvent observé quand il était au repos. Elle réalisa, en le suivant des yeux, à quel point il devait être redoutable en attaque. Il avait la même allure de félin qu'Allian. Plus exactement, de prédateur : moins gracieux, mais plus rapide…

Un cri répercuté à l'infini jaillit de l'autre rive :

– Suivant !

Allian s'échauffa brièvement et plongea à son tour, négligeant de s'accrocher à leur garde-fou improvisé. Par fantaisie sans doute, il nageait en apnée, invisible, provoquant de grands remous qui firent clapoter l'eau contre leur plate-forme.

– Suivant !

– Gariott, à toi, fit Krud d'un ton haché.

My ne semblait pas la seule à redouter la traversée. Contrairement à elle, pourtant, Krud préféra brusquer le moment d'affronter les eaux au lieu de le retarder. Il traversa juste après Nadrett.

– S'vant !

Jumeaux jusqu'au bout, Léréon et Lyrend'ell se portèrent volontaires en même temps. Mydria suivit avec curiosité leurs moindres gestes alors qu'ils descendaient dans l'eau.

Une main la poussa dans le dos, la dirigeant vers la rive, ce qui la ramena à la réalité. Elle était la dernière sur la rive, en compagnie de Guiaulth, chargé de la surveiller. Cette fois, ça y était. Elle allait devoir se lancer…

Guiaulth entra dans l'eau le premier. Elle lui emboîta le pas en claquant des dents et s'agrippa à la corde pour le suivre – ils avaient laissé l'autre extrémité sur la rive, enroulée autour d'un pic rocheux –, support bienvenu : elle perdit pied juste après.

– La corde va vous aider, lui dit Guiaulth en la voyant gigoter, l'air éperdu. Tenez-la bien en avançant.

Elle suivit ses instructions du mieux qu'elle put, avec l'impression de sentir chacun de ses membres lentement emprisonnés dans une gangue de glace. Guiaulth, lui, progressait devant elle avec une aisance déconcertante, comme s'il avait été poisson dans une autre vie. Elle commença à reprendre confiance en parvenant au nœud entre les deux cordes. La première moitié avait été parcourue plus vite que prévu. Elle en venait presque à oublier l'insolite de leur traversée : perdus dans une eau noire, au fin fond du fossé du monde, à des lieues et des lieues de toute civilisation…

Elle allait formuler ses observations à voix haute quand un bruit étrange, mi-grondement mi-glougloutement, retentit dans le noir.

– Guiaulth ?

Sans répondre, il parcourut les trois mètres qui les séparaient. Ce repli rapide lui confirma que quelque chose ne se passait pas bien.

– Qu'est-ce qu…

D'un geste impératif, Guiaulth lui fit signe de se taire. Elle resserra sa prise sur le cordage, tendant l'oreille comme lui.

Elle crut tout d'abord avoir rêvé. Le silence les entourait, irréel, tranquille. En se concentrant davantage, elle distingua pourtant un bruit de fond inhabituel.

Ce n'était pas un bruit d'eau. Cela ressemblait à un battement, une pulsion qui faisait trembler imperceptiblement l'air… et la rivière. Elle écouta mieux.

Oui, c'était bien ça.

Le battement venait de sous l'eau.

Guiaulth avait apparemment abouti à la même conclusion.

– On va continuer, ordonna-t-il tout bas. Ne faites pas de remous et tout se passera bien.

Elle suivit sans un mot. En revanche, elle ne pouvait s'empêcher d'entendre. Et elle percevait nettement que le battement se faisait plus ample, un peu moins lent. Bientôt la surface de l'eau se hérissa de milliers de vaguelettes.

– Avancez plus vite ! jeta Guiaulth. Avancez, ça vi…

La rivière se fendit en deux, dans toute sa largeur, une dizaine de mètres avant la corde.

Ils ne virent rien. Rien qu'un noir d'encre. Ils n'entendirent que le fracassement des vagues qui retombaient sur l'eau, et un souffle d'une profondeur inouïe qui donnait l'impression d'inspirer tout l'air disponible.

La chose ne bougea pas. Aux aguets. Tout comme eux. En dépit de la lumière des Phreells qui scintillait à fleur d'eau. Tout comme les autres créatures souterraines, celle-ci devait être aveugle. Son unique moyen de détecter les intrus était de se fier aux mouvements de l'eau…

Entre la chose et eux, un seul obstacle : la corde. Un rempart dérisoire.

Lentement, très lentement, Guiaulth abaissa la main jusqu'à l'épaule de la jeune fille. Ses yeux bleus, écarquillés, se tournèrent aussitôt vers lui. Du bout des lèvres, il articula : « Tout doux. »

Et ils recommencèrent à longer la corde. Avançant centimètre après centimètre. Le souffle de forge de la créature rythmait leur avancée. C'était pire que le tambour du bourreau. Les autres avaient le bon sens de se taire, pas le moindre bruit ne leur parvenait de la rive. Sept personnes étaient en sécurité. Sauf qu'ils n'étaient pas parmi celles-ci…

L'attaque survint avec une rapidité monstrueuse. Ils ne purent rien prévoir, rien faire. My vit juste le noir ambiant se modifier devant eux. La créature avait plongé, dans un fracas de fin du monde.

Vif comme l'éclair, Guiaulth lâcha la corde, entraînant My à sa suite. Privée de leur dernier support, elle se mit à s'agiter de façon désordonnée. Un nouveau remous les sépara. Elle se retrouvait seule dans cet univers liquide, sur lequel elle n'avait aucune prise. L'eau atteignait son menton. Sa bouche. Son nez, son front… Suffoquant, elle battit convulsivement des pieds et émergea quelques secondes. Elle n'avait plus de souffle et une douleur aiguë, familière, l'avait envahie. Dans le tumulte ambiant, son corps se modifiait avec une lenteur extrême…

Puis My perdit tout sens du concret. Survolant les eaux déchaînées d'une aile frénétique, elle monta, monta, droit vers le ciel, droit vers la vie, abandonnant les autres.

14. Le Pygmalion

Les grands chocs provoquent parfois, chez certaines personnes, les réactions les plus inattendues. Le premier geste de My, redevenue humaine, fut de marcher, sans but précis, errant à droite, à gauche.

Il était inutile de fuir la réalité, elle aurait dû le savoir. La peur finit par la rattraper, sous la forme d'une crise de vomissements. Mais sans doute commençait-elle à mieux résister au mal, car celui-ci ne sut pas la freiner. À moins que ses jambes n'aient pris le pas sur son esprit – comment savoir, quand son être était bouleversé au-delà de ce qu'elle avait déjà vécu ? Toujours est-il qu'elle s'éloigna des Ravins en courant à perdre haleine. Le flottement de ses cheveux au rythme de sa course fut remplacé par le battement régulier de ses ailes, qui bruissaient autour d'elle, insistantes. La lutte pour la survie, réduite à sa plus simple expression.

Orest crispa sa main sur le manche de son poignard. Malgré sa nervosité, le geste était tout à fait maîtrisé.

Bien sûr, un poignard, dans leur situation, ne servirait à rien. Le jeune homme n'en était pas moins prêt à dégainer. Il frappait juste et fort, en cas d'attaque il aurait toujours la possibilité de surprendre… Face à la mort, Orest était le dernier du groupe à réfléchir avec une certaine lucidité.

Ils s'étaient tous plaqués contre la paroi. Le surplomb de la rive était large d'à peine un mètre, et il aurait suffi d'un vacillement pour que l'un d'eux fasse le grand saut, entraînant le groupe dans la foulée : ils étaient serrés les uns contre les autres, immobiles, en apnée – sept vies ridiculement vulnérables face au titan qui évoluait dans l'ombre… si près d'eux.

Jamais un silence n'avait été si dense. Si long. Ils ne faisaient absolument pas un bruit. La bête non plus. Elle passait dans les eaux, énorme, discrète. Orest pouvait suivre sa progression, mais seulement en détectant la vibration de son corps en déplacement. Sa trajectoire était simple : droite, gauche. Elle prenait toute la largeur de la rivière pour se retourner, dans un silence irréel. Si, pour Orest, l'être humain était jusqu'alors la créature la plus dangereuse sur terre, il lui fallait admettre que sa théorie était bouleversée : l'homme, en l'occurrence, n'était plus que de la chair à pâté…

Qu'était ce monstre au juste ? Quelle taille, quel aspect, quel âge ? Il n'avait jamais entendu parler d'une créature pareille. La seule chose qu'il pouvait deviner d'elle, c'était sa patience. Elle les tenait, elle le savait, et elle était capable d'attendre pendant des jours qu'ils viennent à elle. Sauf si elle décidait d'attaquer avant… Comment deviner ? Leur promontoire paraissait un obstacle bien faible. Si elle avait la force nécessaire pour se propulser vers eux…

Pour la énième fois, la mort venait à lui. Inattendue, massive… invincible ? Victorieuse, pour cette fois ? Désincarnée, une phrase d'Allian émergea de sa mémoire.

« Le seul pion à pouvoir s'échapper, vois-tu, c'est la petite. Parce qu'elle n'est pas conventionnelle. Elle, elle possède un atout sur toutes les autres pièces, elle peut voler. »

Il ignorait si My s'en était sortie. Il ne pouvait rien pour elle, pas plus que pour Guiaulth, son complice de toujours. Redressant la tête avec défi, il passa néanmoins à l'action sans attendre : les vies de Guiaulth et My ne pesaient pas lourd face à sept autres en sursis.

Sans un mot, il tendit le bras pour tirer la manche de Krud. Incrédule, celui-ci le regarda réinstaller son sac d'un coup d'épaule et ébaucher la remontée. Sans cordage, sans provisions, complètement vulnérable.

Allian fut instantanément partant et, en moins de temps qu'il n'en faut pour le dire, Krud vit son meilleur auxiliaire disparaître dans les airs. Il fallait l'admettre : tous deux se débrouillaient fort bien, évoluant sans bruit. Restait à savoir si l'ouïe de la créature pouvait ou non détecter leur déplacement.

Léréon et Lyrend'ell ne le laissèrent pas réfléchir plus longtemps, s'échappant à leur tour. Il ne fallait pas être grand clerc pour deviner que, si quatre de ses hommes prenaient la poudre d'escampette, les autres suivraient aussitôt. Étouffant un grognement, Krud ferma la marche à contrecœur. C'était un beau suicide qu'ils tentaient là, sensationnel et désespéré. Depuis quand les malfrats dans leur genre s'essayaient-ils à l'héroïsme ?

Ils avaient à peine gravi dix mètres qu'un souffle énorme se fit sentir dans leur dos. Beaucoup trop près. Krud eut à peine le temps de saisir la prise suivante, manquant dégringoler : plus violente qu'un coup de bélier, la bête s'était ruée contre la paroi, juste en dessous.

Repérés en moins de deux.

Sous eux, un pan entier s'était écroulé suite à l'assaut du monstre. Ils perçurent distinctement le bruit mat de quelques pierres chutant sur une peau écailleuse. Endolorie et irritée, la bête redoubla de violence et répéta son attaque un cran plus haut.

Un hurlement d'homme éclata, effrayant d'inhumanité, terreur et souffrance mêlées, un cri d'une force telle qu'il heurta les parois de plein fouet.

Puis, presque doux, un bruit d'éclaboussures…

My avait tellement forcé l'allure que ses ailes l'élançaient.

Certes, elle aurait pu se transformer et continuer à pied, mais sous son apparence ailée elle était plus sensible aux courants d'air et aux changements de paysage. Elle n'aurait pas su expliquer comment, mais elle parvenait à deviner, à d'infimes indices, les endroits où les passages de l'homme se multipliaient.

Krud avait vu juste. En direction du sud, la région devenait plus hospitalière et la vie reprenait de ce côté-là des Ravins. L'étrange voie qui les avait égarés à leur arrivée dans la région avait elle aussi disparu, remplacée par des routes pavées. Comme partout, l'homme s'annonçait des lieues à l'avance. Lorsque, enfin, les toits de la première ville se découpèrent sur l'horizon, My sentit une allégresse étonnante l'envahir.

Une ville, cela signifiait des gens. Et qui disait des gens disait un secours possible.

Elle se serait plutôt attendue à voir un bourg, mais non, c'était bel et bien une ville qui s'étendait en dessous d'elle, avec ses remparts, ses tours et ses portes. Il y avait des douves, un pont-levis. Si Krud ou Allian avaient été là, ils auraient sûrement trouvé la cause de cette curieuse implantation d'une cité aussi près des Ravins : un village seul, loin de la protection de Liett, aurait agonisé en solitaire, tandis qu'une ville digne de ce nom détenait une aura suffisante pour faire pousser d'autres bourgades et repeupler une partie du royaume qui en avait cruellement besoin. En revanche, ni Krud ni Allian n'auraient deviné que la création de cette ville, Edrilion la devait à Madael en personne. Elle avait été sa première initiative lors de son accession au pouvoir, noyée au milieu de beaucoup d'autres. Des siècles plus tard, cette ville était le premier vrai soutien qu'il plaçait sur la route de sa descendante.

Pour une fois, le Don d'ailes lui obéit au doigt et à l'œil, refluant à sa première demande. Ses pieds émirent un tapotement sourd sur le bois du pont-levis pendant qu'elle traversait en courant, s'arrêtant à peine pour choisir une rue et bifurquant à droite, au jugé.

Que cherchait-elle au juste ? Elle n'en avait aucune idée. Où aurait-elle pu convaincre quelqu'un de secourir sept personnes enfouies au fin fond des ravins d'Erlett, attaquées par une créature d'apocalypse dont personne n'avait entendu parler ? Dans un autre contexte, en un autre lieu d'Edrilion, elle aurait pu se servir de son nom pour attirer l'attention. Sauf qu'ici, les Siartt devaient être inconnus. Ou plus tellement, si l'offre de récompense l'avait précédée. Dans tous les cas, dévoiler son identité était la dernière chose à faire.

Par un immense effort de volonté, la jeune fille s'arrêta pour évaluer la situation. Inutile de courir partout. Elle s'assit sur un muret, et enserra son visage de ses mains. Elle n'était pas plus bête qu'une autre. Elle allait bien trouver !

Le hurlement s'était tu. Les éclaboussements, apaisés.

Un corps venait de disparaître, et ils n'avaient aucun moyen de savoir qui, parmi eux, venait de mourir…

Regarder en arrière, s'arrêter, aurait signé leur arrêt de mort. Orest recommença à grimper, espérant que les autres auraient la présence d'esprit de faire de même. Maintenant, c'était chacun pour soi. Ils étaient tous rompus à leur discipline, avaient affronté bien des dangers, mais leur situation actuelle, si atypique, risquait d'en déstabiliser plus d'un…

Un second heurt ébranla le mur. Il y eut une deuxième dégringolade, un nouveau bruit d'éclaboussures. Impossible de déterminer si la chute était celle de pierres ou d'un corps humain.

Avant toute chose, il lui faudrait du matériel. En grande quantité. Le gouffre était si profond – il l'était beaucoup trop, réalisa-t-elle. Dix cordes mises bout à bout ne suffiraient pas à atteindre le fond, en admettant qu'elle en trouve. Alors ? Quelle solution restait-il ?

Y retourner…

My secoua vivement la tête. Affronter les Ravins était un défi qu'on relevait une seule fois dans sa vie. Et puis, arrivée là-bas, qu'aurait-elle bien pu faire ? Tracter sept personnes à la seule force de ses petites ailes ?

Je ne peux rien faire.

Telle était la vérité, nette, cruelle. Un coup de poignard en plein cœur. Une fois de plus, elle était inutile ! Quelle imbécile elle avait été… Elle avait fui. Presque sans le faire exprès. Elle avait abandonné Guiaulth, seul face à un monstre dont elle n'osait imaginer la taille ! Guiaulth… et tous les autres !

N'y avait-il pas, dans un grimoire oublié, un second Don d'ailes pour personne en danger ? N'y avait-il pas un dragon pour combattre les monstres, une bonne fée pour lui accorder trois vœux ? Contre un sortilège, elle aurait tout donné. Mais la magie des temps anciens s'était évanouie, ne survivant que dans les papillons. Quelle misère…

Pour la énième fois depuis le début de son voyage, My éclata en sanglots. Ses larmes laissaient de grandes traînées sur son visage noirci, comme d'étranges balafres. Tout occupée à se traiter des noms les plus abominables, la jeune fille ne se rendit pas compte que, laissant derrière elle ses ravisseurs, elle était libre à présent. Ni qu'elle n'avait aucune dette envers ces hommes qui l'avaient traînée de Liett jusqu'au pire endroit du monde. Son esprit travaillait toujours, malgré l'évidence de son impuissance, à contourner le mot « impossible ».

Elle essuya ses larmes avec minutie. L'eau salée évacuait la crasse, faisant à nouveau apparaître le blanc aristocratique de sa peau. Elle sortit son mouchoir pour sécher son visage et secoua sa pèlerine, ôtant les petites saletés qui s'étaient accrochées à la laine. S'aidant de ses doigts, elle se recoiffa minutieusement. Ainsi plus présentable, elle reprenait du poil de la bête.

Le visage froid, la jeune fille sauta sur ses pieds.

Quelqu'un avait dit un jour que dans une grande ville, on trouvait toujours ce qu'on cherchait. Elle était toute disposée à aller vérifier.

Le monstre avait recommencé à attendre. Ils avaient recommencé à s'arrêter.

Par trois fois la bête s'était jetée avec furie sur les parois, ébranlant la pierre. Ils s'étaient élevés sans discontinuer, mais elle les rattrapait toujours. Le dernier coup avait frappé non loin d'Orest. À présent la créature semblait réfléchir : sa méthode en avait eu un ou deux. Il lui fallait le groupe au complet.

Outre sa taille, son meilleur atout était son ouïe. Fort de cette observation, Orest s'était fixé à son mur dès que le tumulte des vagues avait disparu. Il avait deux doigts de la main gauche agrippés à une prise, un pied à moitié dans le vide, et tout son corps ne tenait que par sa main droite, enserrant solidement un relief de roche. Au moins, il était silencieux. Mais maintenant que l'eau ne couvrait pas tous les bruits, les halètements de ses compagnons s'acharnant à grimper s'entendaient nettement. Imbéciles ! Combien avaient eu la présence d'esprit de penser survie avant fuite ?

Une sorte de raclement, presque un rugissement tant il était sonore, vint le tirer de ses réflexions. Alerté, il plaqua davantage sa paume contre la paroi. La pierre tremblait. Quelques graviers filèrent entre ses doigts.

Abandonnant toute discrétion, l'assassin se rua sur l'appui suivant, enchaînant les prises aussi vite qu'il le pouvait.

Entre un monstre et un éboulement, il n'y avait pas à hésiter. Il choisissait la fuite.

Hormis sa taille, la ville n'avait pas grand-chose en commun avec Liett. Les habitations étaient en grosses pierres, les toits, en ardoise, et on trouvait même des ruelles en terre battue… Paradoxalement, c'était une ville qui respirait la campagne. Un bon signe, car My avait des chances d'y trouver autre chose que des boutiques de joaillerie.

Par prudence, elle rabattit son capuchon sur son visage, mais n'en cessa pas moins de courir à toutes jambes, bousculant les passants. Elle prenait toujours soin d'observer les devantures de boutiques, en quête d'inscriptions providentielles, mais elle ne vit guère que des marchands de tissu ou de nourriture. Pas de mage, pas de bonne fée. La partie était loin d'être gagnée.

Elle empruntait les rues les plus directes jusqu'au centre, là où les commerces foisonnaient. C'était jour de foire et les étals abondaient, débordant des places. My s'immergea dans la foule. Un coup d'œil lui suffisait pour jauger un étal, quand l'odeur ne s'en chargeait pas. Elle réussit à distinguer les différentes zones : ici les bouchers, là les orfèvres… des forgerons proposaient des articles, un peu plus loin. Elle s'éloigna avec une moue déçue : il n'y avait que des épées ou des lances, rien qui pût lui être utile.

La foire aux animaux était plus originale. Le bétail voisinait avec des oiseaux en cage, aux couleurs stupéfiantes. On vendait de superbes chevaux qui piaffaient, leur robe étincelant au soleil de midi. Elle avait toujours aimé les chevaux et les dépassa à regret, retombant sur les éternels ânes gris qu'on rencontrait partout en Edrilion.

En revanche, l'enclos voisin sut retenir complètement son attention.

D'étranges reptiles louvoyaient les uns parmi les autres, à l'étroit derrière les barrières. La foule s'était massée pour les regarder, pleine de déférence. My se fraya un chemin jusqu'à l'enclos pour les observer tout à son aise.

Jamais elle n'avait vu de semblables bêtes. C'étaient de grands reptiles, avec une peau écailleuse, des yeux ronds comme des billes dissimulés derrière des paupières plissées, des pattes courtes et trapues et une longue queue fouettant la poussière. Leur peau était d'un vert imprécis assez laid, mais la longue crête dorée qui leur courait de l'échine jusqu'au bout de la queue leur conférait un panache inattendu.

– Ce sont des Pygmalions, disait une mère à son fils qu'elle portait sur ses épaules. Ils sont tellement forts qu'ils peuvent en soulever trois comme toi.

– Trois ! s'exclama l'enfant éberlué. Mais ils sont tout petits !

Ce n'était qu'à moitié vrai : si on les comparait aux lézards ordinaires, leur taille était gigantesque. Mais ils devaient faire un petit mètre de long, et étaient si courts sur pattes qu'ils semblaient presque ramper.

Fascinée, My suivit des yeux l'une des créatures. Avec vivacité, le reptile sauta soudain par-dessus l'un de ses congénères qui lui barrait la route. Un appui sûr et léger, une souplesse de biche. Et une détente formidable. La foule retint un cri en la voyant atterrir plus loin, tout naturellement.

– Pygmalion, commenta quelqu'un sur un ton d'évidence.

My n'en avait jamais entendu parler. Plus tard, elle apprendrait que ces créatures naissaient dans le Sud, où on les utilisait autrefois comme bêtes de bât. Elles étaient cependant devenues si rares qu'elles s'apparentaient presque, maintenant, à un mythe. Les maisons nobles avaient coutume de les atteler à leurs litières, pour les parades. En attendant, My n'osait imaginer à quel prix ceux-là étaient mis aux enchères !

Un Pygmalion s'était arrêté face à la barrière où elle se tenait, examinant les gens de son regard fixe. Intimidée, la foule recula de quelques pas. My, au contraire, s'accouda à la rambarde pour le voir de plus près. Les piques de la crête étaient tapissées d'écailles minuscules, très lisses, qui accrochaient la lumière, mais les pattes, surtout, la fascinèrent : au lieu des pattes menues qu'elle s'attendait à voir, elle découvrit de vraies pattes de fauves, avec des griffes solides, à moitié rétractées. Des pattes qui devaient faire des ravages dès qu'il s'agissait d'attaquer. Et qui devaient être tout aussi redoutables pour grimper à l'assaut d'un mur…

Le regard calculateur, la jeune fille décompta rapidement les bêtes contenues dans l'enclos. Il y en avait une quinzaine. C'était largement suffisant.

Les pierres tombaient, dégringolaient en rafale, atterrissant dans l'eau avec des plouf de fin du monde. Orest avait l'impression d'entendre une averse cent fois amplifiée. La paroi tremblait follement, rendant, avec l'humidité, la montée extrêmement périlleuse. Il ne se raccrochait plus que du bout des doigts. Quelques gravillons heurtaient sa peau, le faisant sursauter, mais ils se trouvaient relativement à l'abri, puisque seule la base de la paroi était réellement endommagée.

– Par ici ! hurla quelqu'un. Montez là, vite !

Les yeux plissés, Orest leva le visage en direction du son. L'air, déjà obscur, était saturé de poussières en suspension, et il ne put apercevoir la Phreell à présent très pâle que Krud agitait pour les guider. Il s'orienta donc à tâtons, finalement hissé par une main secourable, et rejoignit les autres, réfugiés sur un promontoire. Leur ultime Phreell s'était éteinte. Impossible de savoir combien en avaient réchappé.

Il y eut une crispation collective de mâchoires quand, en dessous d'eux, un nouveau choc secoua la pierre. Le monstre s'acharnait toujours, vainqueur de l'éboulement, mais vainqueur distinctement furieux.

Comment allait-elle faire ?

On lui avait souvent dit qu'un malheur n'arrivait jamais seul. De fait, elle l'avait constaté. Et réalisait, face à l'enclos le plus entouré de la foire, qu'un problème en remplaçait un autre sitôt le premier réglé.

Comment allait-elle faire ? Pas d'argent, pas d'aptitudes pour le vol, enfin pas le vol au sens habituel… et ces articles n'étaient pas de ceux qu'on dérobait discrètement. Elle avait beau se creuser la tête, elle ne trouvait pas de solution. Et le temps passait…

« Je pourrais… bluffer, pensa-t-elle, employant l'un des mots préférés d'Allian. Demander de payer plus tard, emmener les bêtes aux Ravins, faire sortir les autres et revenir… » Elle haussa les épaules. Le marchand voudrait encaisser d'abord.

Et si elle laissait… un gage ? Mais quel gage serait suffisant ? Et puis elle n'avait rien de précieux sur elle. Orest ou Allian auraient trouvé un moyen, eux ! L'un était d'une efficacité brute, l'autre avait le bagout nécessaire pour convaincre n'importe qui de faire n'importe quoi. La jeune fille en vint rapidement à la conclusion qu'elle n'avait, elle, pour parvenir à ses fins, que sa beauté. Une beauté ternie par les larmes, la crasse et l'insomnie. C'était peu. Elle pouvait toujours s'en servir pour émouvoir, mais il y avait difficilement moins impressionnable que les marchands. Seulement, que pouvait-elle tenter d'autre ?

La réponse était la même qu'auparavant : le bluff.

Ou bien l'attaque.

Coupant court à ses hésitations, elle longea la barrière pour se rapprocher de l'homme qui gardait les reptiles. Elle le héla franchement :

– On dit les Pygmalions très forts. Que mettez-vous exactement derrière le mot ?

Il répliqua affablement :

– Vous doutez de leur réputation ? Je peux vous garantir qu'elle n'est pas usurpée.

– Vous ne répondez pas à ma question, dit-elle d'un ton impérieux. Ils sont forts, mais comparativement à quoi ? Quelles charges peuvent-ils porter ?

Sa question tombait visiblement à pic pour l'homme, qui saisit aussitôt l'occasion de vanter sa marchandise, élevant la voix pour attirer l'attention de la foule.

– Ces créatures, mademoiselle, peuvent porter plus lourd qu'un humain. Leur résistance dépasse celle d'un cheval…

– On dit pourtant les chevaux assez peu résistants, répliqua My. Et combien de temps tiennent-ils ?

– Plusieurs heures, assurément.

– C'est tout ?

À présent l'homme était sur la défensive. Il s'agissait sûrement d'un simple marchand, non d'un éleveur, qui comptait à juste titre sur la célébrité de ses reptiles pour écouler le stock. Les Pygmalions étaient une valeur sûre, et il ne s'attendait absolument pas à un interrogatoire en règle. C'était exactement ce qu'elle espérait.

– Vous voulez sérieusement me faire croire que ces lézards peuvent soulever quelqu'un ? insista-t-elle. Ils font tout juste un mètre. Ont-ils atteint leur taille adulte ?

– Oui.

– Raison de plus ! Et à quoi voulez-vous qu'ils servent ici ? Ils supportent le climat, au moins ? S'ils viennent du sud, cela m'étonnerait.

– Les Pygmalions sont polyvalents et résistent à tous les milieux. Vous pouvez vous en servir comme bête de bât, d'attelage ou même comme monture ; les possibilités sont infinies…

– Oui… si on ne se fait pas mordre avant !

Il inspira profondément.

– Tous nos Pygmalions sont parfaitement dressés et aptes à l'usage dès leur acquisition. Ils supportent un harnachement sans broncher. Du reste, ils ne sont pas naturellement agressifs et se nourrissent d'insectes.

– Vous m'en direz tant, avec les crocs qu'ils ont !

La rumeur de la foule s'accrut dans son dos. Le public n'était pas difficile à impressionner. Le marchand devait penser la même chose, car il pâlit considérablement. C'était sa plus grande vente qu'elle mettait en danger, le clou de cette foire qui réunissait une multitude d'autres étals susceptibles d'attirer les badauds… et de faire déserter le sien.

– Vous mettez ma bonne foi en doute ? demanda-t-il, se forçant à garder un ton égal. Je réponds de tout. Entrez donc dans l'enclos !

– Entrer ! Pour me faire déchiqueter ?

– Venez, vous dis-je. Vous verrez par vous-même et leur force et leur docilité.

Le cœur battant, My releva ses jupes pour enjamber la barrière et se retrouva au milieu des reptiles, sous le regard de dizaines de personnes avides de sensationnel. L'homme siffla le plus grand des Pygmalions, déjà harnaché, qui ondula jusqu'à eux sur ses courtes pattes.

– Parfait. Un petit tour, ça vous dit ?

Et, sans avoir eu le temps de répondre, My se retrouva juchée sur l'interminable dos. Elle avait une certaine expérience de l'équitation, mais cette nouvelle monture changeait du tout au tout. Ses talons touchaient terre, position inconfortable que le marchand corrigea en ajustant les étriers, puis le licou, qu'il fourra de force dans les mains de la jeune fille.

– Et voilà le travail ! Faites le tour de l'enclos, pour voir. Ils ont été dressés comme des chevaux. Lancez-le avec les talons.

Timidement, elle enfonça ses pieds dans les flancs mous et lisses de la bête qui partit aussitôt au petit pas, longeant les barrières, l'échine redressée. La foule suivit la progression, sa curiosité tout à fait éveillée. La rumeur devenait enthousiaste. Aux anges, le vendeur cria à la jeune fille :

– Faites-le partir au trot !

Elle accentua la pression de ses pieds. Le Pygmalion changea prestement d'allure, adoptant une foulée élastique ; rassurée par la docilité du reptile, My ne jugea pas utile de retarder encore le moment de la fuite. Elle le fit volter rapidement puis courir à une allure sidérante vers la barrière opposée, lui laissant tout le temps de préparer son saut. Le Pygmalion comprit instantanément l'intention. Un appui ferme les propulsa dans les airs, et ils atterrirent à plusieurs mètres de l'enclos. Il fonça vers la maison la plus proche, exploitant les appuis de fenêtre pour grimper jusqu'au toit.

En bas une clameur explosa. Le Pygmalion était déjà sur la maison suivante.

– On n'aurait jamais dû passer par là.

La voix de Krud renfermait tout le fatalisme du monde.

– Allian, si je ne t'avais pas écouté…

– Mon cher, si tu ne m'avais pas écouté, nous nous serions fait rattraper, et nous aurions fini pendus !

– Au lieu de quoi nous mourrons en pourrissant lentement les uns près des autres.

– Tu peux grimper si tu veux.

– Un bélier ambulant attaque la paroi juste en dessous. Je ne ferai pas trois mètres sans lâcher prise.

– Voyez le bon côté des choses, grinça Orest. Vous avez le choix entre deux morts atypiques…

– En quoi le fait de pourrir est-il atypique ? riposta Allian. On connaîtra tous un jour.

– Personnellement, j'aurais préféré connaître plus tard…

Personne ne répondit, mais il n'était nul besoin d'exprimer ce qu'ils pensaient tous, exactement au même moment : parmi eux, plusieurs avaient rencontré la mort, bien plus tôt qu'il ne le fallait. Ils n'avaient pas osé se passer en revue pour déterminer qui manquait à l'appel. C'était inutile, ils le savaient tous.

Guiaulth, noyé. My, qui avait sombré elle aussi, certainement. Et Gariott, le garde du corps de Krud, qui, couvrant son chef lors de l'escalade, avait été happé dans le plein exercice de ses fonctions. La vie recélait des clins d'œil redoutables.

Orest leva le menton vers le ciel, si loin d'eux, stagnants dans leur enfer humide. Et une étincelle bien connue vint reprendre possession de son regard.

Que les autres abandonnent et meurent ici, s'ils le voulaient. Lui, il avait dix-neuf ans, il cachait une âme en acier trempé, et un trésor l'attendait quelque part. Réunis, ces arguments offraient un solide rempart au découragement.

– Je continue.

Sa voix résolue, tranchant sur les chuchotements, figea tout le monde.

– Tu n'y penses pas ! s'exclama Krud. Tu as décidé de mourir plus vite, ou quoi ?

– Je préfère en effet une mort rapide. Pour le moment, j'aimerais simplement arriver en haut.

– Orest, regarde la distance. Nous n'avons pas grimpé le dixième de la paroi. Qu'est-ce que tu espères ?

– Je ne sais pas.

Le jeune homme tendit l'oreille avant de se redresser lentement. La bête s'était calmée, l'eau s'était tue, une ambiance pesante, suintant autant l'humidité que la peur, s'était incrustée dans leur abri. La voie semblait libre…

Pourtant, alors qu'il retroussait ses manches, un son nouveau vint murmurer contre les pierres. Il était faible, mais il n'y avait pas à s'y tromper.

C'était une voix humaine.

– Écoutez ! s'exclama Nadrett.

La voix venait d'en haut. Son message était incompréhensible, mais on identifiait le timbre, cristallin.

– C'est My !

Krud sauta sur ses pieds.

– Qu'est-ce qu'elle fiche là-haut ?

– Son Don, répondit laconiquement Allian qui tâtonnait dans le noir, à la recherche de sa Phreell. Sortez vos pierres, bon sang ! Comment voulez-vous qu'elle nous repère autrement ?

– Elles sont toutes hors d'usage, répliqua Lyrend'ell.

– Eh bien, donnez-les-moi. Je vais essayer…

Il rassembla les pierres, isolant deux d'entre elles. Un claquement sec explosa dans le noir.

– Qu'est-ce que tu…

Une étincelle suivit le claquement, retomba sur la cape d'Allian, roulée en boule, et se métamorphosa en une flamme verte, éclairant son visage satisfait. Sans perdre de temps, l'homme ramassa les Phreells laissées de côté et les tint, les unes après les autres, au-dessus du feu mourant. La lumière s'effaça un peu plus tard, révélant les deux dernières Phreells posées sur un monticule de cendres. Toutes les pierres brillaient, maintenant, avec force et éclat.

– Ci-gît ma cape, vieille compagne de route, déclara sombrement Allian en rendant leurs pierres aux autres. Bon. Avec ça, on doit suffisamment éclairer la paroi pour que la petite nous repère, mais il faut se poster au-dessus du trou. Qui m'aime me suive.

– Ta dernière phrase n'était pas indispensable, maugréa Orest en montant à son tour.

La paroi se renflait doucement au-dessus du creux. C'était une pente abrupte, assez large pour qu'ils y tiennent tous, agitant leurs Phreells à bout de bras. Mais My s'était tue.

– Qu'est-ce qu'elle fait ? pesta Krud. Ho ! hurla-t-il au ciel. Mydria !

– Inutile de s'impatienter, je vois mal comment elle pourrait nous tirer de là, de toute façon, observa Orest qui s'assit calmement, posant sa Phreell en équilibre sur un genou.

Une espèce de grattement le fit se redresser. Cela venait du haut, encore une fois. Un trottinement… allègre, léger. Cela ne pouvait pas être My. Mais quelque chose descendait droit vers eux, guidé par les Phreells. Le jeune homme hésita un moment à couvrir sa pierre, mais orienta plutôt sa main vers son poignard.

– On a de la visite…

Un museau des plus inattendus surgit du noir, à mi-hauteur.

Un silence surpris accueillit l'apparition. Le museau était suivi d'un long corps souple, semblable à celui un lézard géant. C'était un reptile, en effet, quoique d'un autre genre que celui qui les avait attaqués… Orest détailla les pattes solides, qui s'accrochaient sans la moindre difficulté au mur, et la crête brillante courant sur son dos. Que leur avait envoyé My ?

– Il a un papier coincé dans un étrier, dit tout à coup Allian qui s'était rapproché de la créature. Une lettre, il me semble.

Il contourna la bête, nullement effarouchée, et ôta le papier.

– C'est un Pygmalion ! annonça-t-il après une rapide lecture. D'après elle, il sera assez fort pour nous porter les uns après les autres jusqu'en haut.

– Il est bien plus petit que nous, observa Lyrend'ell.

– La valeur ne réside pas toujours dans la taille. Ces bestioles ont une force de tous les diables, je ne sais pas où elle l'a dénichée mais c'est une idée brillante. Qui se lance ?

Tous les regards se tournèrent sur Orest. Qui haussa les épaules.

– Moi.

Il prit place sur le Pygmalion en espérant que la légende n'avait pas exagéré la puissance de ces reptiles. A priori tout allait bien, la selle tenait en place et ses pieds étaient solidement calés dans les étriers. Il délaissa la bride pour nouer ses doigts autour de la crête, comme sur un pommeau. Le Pygmalion s'ébroua puis se lança brusquement à l'assaut de la paroi, à la surprise de l'assassin qui lâcha la crête et entoura le cou de ses bras pour se retenir, juste à temps. Le reptile grimpait rapidement, peu incommodé par le noir. S'élevant d'un effort fluide, il n'infligeait aucun à-coup à son cavalier, crispé sur sa selle…

Et, victorieuse, la créature émergea des ravins d'Erlett moins d'un quart d'heure après.

– Orest !

Un cri, une silhouette, My était accourue à ses côtés et l'aidait à freiner sa monture. Le cœur encore battant, Orest mit pied à terre – si on pouvait appeler ainsi le fait d'enjamber une créature qui faisait le tiers de votre taille. My se tenait face à lui, une expression de soulagement extrême mêlée, sur ses traits, à la fatigue et à l'inquiétude encore présentes. Elle gratifia le Pygmalion d'une tendre caresse sur le museau puis le guida par les rênes vers le gouffre, où il disparut à nouveau.

– J'espère qu'il tiendra. Je n'en ai amené qu'un…

– Ça ira. Il faudra bien.

My lui coupa presque la parole. Ses yeux étaient remplis d'angoisse.

– Orest, le monstre… est-il… vous a-t-il ?…

Les deux jeunes gens se regardèrent. Pour une fois préoccupés par le même problème.

– Oui.

– Combien ? demanda My du bout des lèvres.

– Deux. Guiaulth et Gariott.

Irrépressiblement, les yeux de la jeune fille se remplirent de larmes. Deux d'entre eux…

– Nous n'avons rien pu faire.

Elle n'écoutait pas, prostrée. Cette nouvelle, elle la redoutait, mais sans s'y être préparée. Les paroles d'Orest étaient un coup de dague en plein cœur.

Silencieux, l'assassin la regarda pleurer, s'essuyant les yeux avec son mouchoir sans parvenir à endiguer le flot de larmes qui ruisselait sur ses joues. Elle remarqua ses poings serrés. Ce garçon dur comme le roc semblait incapable de libérer ses émotions. Guiaulth avait sans doute été son complice le plus proche… mais pas une larme. Malgré son antipathie pour l'assassin, la jeune fille se surprit à le plaindre. Le silence s'installa entre eux, gênant.

– Pourquoi avez-vous fait ça ? demanda Orest.

Malgré la formulation sibylline, elle comprit ce qu'il voulait dire. « Pourquoi êtes-vous revenue ? »

– Je ne sais pas.

C'était une réponse honnête.

– Je suppose que je ne suis pas assez lâche pour laisser mourir des gens, quel que soit le mal qu'ils m'ont fait.

Il la regarda intensément.

– Faire ce que vous avez fait, c'était du courage.

Et il ajouta :

– Merci.

Touchée, elle sut apprécier le mot à sa juste valeur.

– Je suis sûre que vous l'auriez fait aussi, dit-elle avec conviction.

Il laissa échapper un sourire sardonique.

– Comme vous me connaissez mal…

– Quel âge avez-vous, Orest ?

– J'ai dix-neuf ans.

– Je ne pense pas qu'à dix-neuf ans on puisse être tout à fait insensible à la souffrance d'autrui.

Le jeune homme lui lança un regard acéré. Elle se rétracta, incapable de déterminer si ses mots l'avaient surpris ou irrité. Le retour du Pygmalion, portant un Krud livide, mit fin à l'échange. My accorda une légère pause à la bête avant de la renvoyer dans le gouffre. Tiraillée entre la peur d'un nouvel assaut du monstre et celle de voir le Pygmalion lâcher prise, elle se mordait les doigts en décomptant le temps pendant que, affichant diverses couleurs, les rescapés étaient hissés à la surface les uns après les autres.

Quand le dernier du groupe atteignit l'air libre, l'après-midi touchait à sa fin.

La taverne était claire et bien tenue, les meubles cirés luisant aux chandelles, pendant que la nuit tombait devant les fenêtres. Un endroit réconfortant… tellement plus irréel que les Ravins qu'ils avaient laissés derrière eux. C'était du moins l'impression de Mydria. Le nez sur la table, elle s'appliquait à observer les nœuds du bois, mais dans la lumière mouvante des chandelles, ils semblaient lui parvenir au travers d'un voile.

Krud avait payé une tournée générale. C'était autant un pied de nez aux Ravins vaincus qu'une proposition de détente et d'oubli, du moins elle l'avait pris ainsi. Elle avait bu avec application l'alcool que le chef avait offert à la ronde, mais l'oubli ne daignait pas venir. Aussi restait-elle immobile, la tête claire, repassant sans cesse l'image d'un Guiaulth disparaissant sous les eaux, et ne pouvant se défaire d'un affreux sentiment de culpabilité.

S'il avait sombré, c'était en partie sa faute. Mais le pire, c'était de se dire que même si elle n'avait pas fui, elle n'aurait rien pu pour lui…

Oui, les Ravins avaient été une erreur. Ils avaient réussi à franchir le fossé du monde, mais à quel prix ! My repoussa son verre d'un geste brusque et s'enroula dans sa cape, fermant les yeux. Elle avait l'impression d'être torturée de l'intérieur, et ni l'alcool qui l'emplissait d'une chaleur factice, ni l'assurance d'être à l'abri pour un soir ne pouvaient lui apporter de soulagement. Ils étaient toujours recherchés, elle en particulier, le récit de son vol ayant dû faire le tour de la foire – même si elle avait rendu sa liberté au Pygmalion dès que la ville était apparue à l'horizon. Cette halte dans une auberge se payait par le risque de se faire reconnaître, raison pour laquelle leur groupe s'était dispersé dans la salle, espérant se rendre moins visible.

Et ensuite ? Allaient-ils continuer leur route vers un trésor dont ils ignoraient l'emplacement ? Elle avait peur. Elle savait, bien sûr, que chez elle cet état tendait à être constant, mais cette fois elle avait vraiment peur et se sentait incapable de lutter. Si elle avait eu moins d'amour-propre, elle serait allée supplier Krud d'abandonner toute cette histoire. C'était, bien sûr, du plus haut ridicule et sans espoir de succès, mais elle ne trouvait rien d'autre à faire. Impuissante, encore et toujours…

Une ombre s'avança sur la table, assombrissant les nœuds du bois.

– Bonsoir.

– Bonsoir, Orest.

Tendue, elle décala sa chaise pour qu'il s'asseye. Ils se retrouvaient les yeux dans les yeux, comme la dernière fois, avant les Ravins. Entre-temps, elle lui avait sauvé la vie et il avait failli supprimer la sienne. Étrange de voir comme même leurs actes étaient antithétiques.

Orest semblait plus indéchiffrable que jamais. Elle aurait pu croire que ce qui s'était passé aujourd'hui, le sauvetage, leur discussion, le rendrait plus chaleureux – plus humain, en fait. Il n'en était rien. Il la regardait toujours avec la même étincelle aiguë dans les yeux. Que fallait-il en penser ? Que fallait-il dire ? Vraiment, elle n'aimait pas ça. Elle avait l'impression qu'il n'était venu ici que pour l'examiner sous toutes les coutures. Que cherchait-il ? Elle était aussi transparente qu'il était sombre. Elle n'avait rien à cacher.

– Que voulez-vous ? demanda-t-elle.

– Vous pourriez varier.

Impossible de savoir s'il était agressif par volonté ou par habitude. La jeune fille regarda autour d'elle : toutes les tables étaient prises. Il venait sûrement parce qu'il n'y avait pas de place ailleurs, ce qui expliquait son mutisme. Elle cessa donc de s'inquiéter, croisa les jambes et finit tranquillement sa chope, inclinant souplement le poignet pour boire jusqu'à la dernière goutte. Le fait d'être observée l'empêcha cependant de donner à son attitude le naturel souhaité. Elle s'étrangla à cause de l'alcool et aspergea sa jupe ; Orest suivit le spectacle sans lever un sourcil. Vexée, à bout de nerfs, elle tendit le menton dans sa direction, agressive elle aussi :

– Vous ne buvez rien ?

– Non.

C'était à son tour d'être sur la défensive. Il devait plus avoir l'habitude de poser des questions que d'en entendre. Tant pis pour lui.

– Vous n'aimez pas l'alcool ?

– Quelle importance ?

Il refusait le dialogue en bloc. C'était plus que criant.

Tripotant sa chope avec perplexité, My risqua un coup d'œil vers son visage – c'était la première fois qu'elle pouvait le détailler à son aise. Elle remarqua tout de suite ses cernes, son air sauvage et agité. Combinées, toutes ses expressions crispées, fermées, encore plus que d'habitude, offraient un masque saisissant. Il donnait une impression… Elle passa un certain temps à chercher le mot. Oui, il avait un air… endeuillé. Elle avait lu quelque part que les fauves s'isolaient pour soigner leurs blessures. Était-ce son cas ?

Compréhensive, elle le laissa à ses pensées, respectant sa peine. Pendant quelques minutes. Inhumaines minutes. Mais le silence lui pesait autant qu'il semblait plaire à l'assassin. Elle n'avait jamais vécu une semblable expérience : rester face à quelqu'un sans échanger plus de trois mots. Elle, elle aimait parler, c'était presque un besoin maladif. Bientôt elle n'y tint plus.

– Quel âge avait Guiaulth ?

Orest releva vivement les yeux et elle se débattit un bref instant entre la satisfaction d'avoir ramené le jeune homme à ses côtés, et la peur panique d'avoir mis les pieds dans le plat.

– Guiaulth avait vingt-trois ans.

– Depuis combien de temps le connaissiez-vous ?

– Quelques années.

Il s'éloignait à nouveau ; tripotant la courroie de son sac, il reprit son air absent et figé. Mais cette fois, il continua de parler.

– Guiaulth était voleur, et expert dans le recel de bijoux.

– Il était bon ?

– Assez. Mais il était aussi trop prudent. Ça ne l'a pas aidé à s'élever. Il stagnait, depuis plusieurs années. Pas suffisamment d'ambition. Il était comme vous.

Elle protesta :

– J'ai de l'ambition !

– Ah oui, et de quel genre ?

– Mais… reprendre le trône qui me revient de droit.

Orest émit un petit rire. Comparé aux derniers ricanements, elle supposa que ce devait être un cran plus haut dans son quota d'amabilité, mais elle se vexa quand même.

– En quoi est-ce drôle ?

– Mydria, sortez du château… Les règles ne sont plus les mêmes qu'avant. Avoir de l'ambition, c'est très beau, mais il faut l'atteindre, ce trône, et quels sont vos atouts ? Vos atouts maintenant ?

Derrière la gouaille, elle devinait le sérieux de la question : Orest abordait un problème important, la raison implicite de leur voyage, son fondement même. Elle s'accorda un instant de réflexion.

– J'ai plus d'atouts que la plupart des gens. J'ai mon titre. D'anciennes relations. Le trésor, si nous le trouvons.

– Vous vous appuyez sur des théories. Croyez-moi, ce n'est pas suffisant.

Elle ouvrit la bouche pour protester, mais il reprit avec un signe autoritaire de la main :

– En admettant que vous y accédiez, à ce trône, vous allez devoir batailler ferme. Légitime ou pas, vous allez arriver comme un cheveu sur la soupe. Vous y avez réfléchi, j'espère, avant de vous mettre à rêver ?

– Je sais comment fonctionnent les hauts lieux du pouvoir, dit My d'un ton sec. Je connais les dangers, et je cherchais à atteindre la couronne bien avant votre arrivée, par le biais du mariage, figurez-vous !

– Le mariage était une solution pratique, mais vous n'auriez pas tenu le même rôle. Vous auriez fait tapisserie. Accéder directement au trône, par la grâce du titre, c'est autre chose. Et dois-je vous rappeler que vous êtes une femme ? Une jeune fille, même ? Vous perdez des droits d'entrée de jeu.

– Que voulez-vous que je fasse d'autre ? De toute façon, Krud est prêt à tout pour me hisser au pouvoir. Il m'aidera !

– Prêt à tout, oui. Prêt à nous faire affronter des horreurs comme ces Ravins. Et aussi prêt à vous tuer.

– Pourquoi dites-vous cela ? demanda My, interdite. Krud me veut vivante, de quelle autre façon pourrait-il m'utiliser ?

L'air pensif de l'assassin laissa place à un coup d'œil aigu.

– Ah ! Vous vous en étiez rendu compte. Surprenant…

Elle hésita : devait-elle prendre la déclaration pour une insulte ou bien pour un compliment ? Mais Orest repartait déjà vers d'autres horizons.

– Krud vous veut vivante, mais jusqu'au trône. Après cela, vous supprimer n'apportera aucun inconvénient. Vous n'avez pas d'enfant, que je sache, et pas de famille. Qui nommeriez-vous à votre suite ? Votre meilleur conseiller…

La jeune fille sentit une petite boule dure se former dans son ventre. Elle n'avait pas pensé à ça. Les intrigues de cour opposeraient un obstacle notable à ses souhaits de prospérité. Et Krud, malgré son air bonhomme et son manque apparent de vivacité, autant d'apparences qu'elle savait illusoires, était suffisamment redoutable à lui tout seul.

Oui, mais si elle était reine, n'aurait-elle pas sa garde personnelle pour la protéger ? Elle pourrait ainsi régner sans obstacle, et…

Mais pour régner, serait-elle assez forte ? La réponse était non. Même sans Orest, elle l'aurait su. Son don l'indiquait déjà : un papillon… rien de très menaçant. Elle l'avait vu aujourd'hui : elle ne pouvait compter sur elle-même. Le Pygmalion avait été un réel coup de chance. Pour un peu, le groupe serait passé de neuf à un…

Ce n'est pas ainsi qu'elle parviendrait à diriger ses sujets. Elle était faible. Elle était aristocratique. Fine et malléable. Cela aurait tout à fait convenu pour un mariage, mais Orest disait vrai : pour atteindre le trône de reine, il lui fallait plus. Elle devait être apte à régner, donc se faire respecter par des hommes. Se battre avec leurs armes. Et s'y préparer, dès maintenant. Parce qu'une fois le trésor découvert, dès son retour à Liett, elle n'aurait plus droit à la moindre erreur…

Il n'y avait pas trente-six solutions.

Perdue dans ses pensées, elle avait plongé son regard dans les larges plis de la cape d'Orest. Un éclat de lumière, surgi parmi l'étoffe, retint son attention. C'était sa dague, qu'elle n'avait jamais vraiment remarquée auparavant. La lame courbe lui donnait un aspect cruel… et fascinant. Ses yeux parvinrent à la pointe parallèlement à sa pensée, qui, elle, suivait un chemin plus sinueux. Tous deux en étaient arrivés à la même conclusion. Ou à la même décision.

– Très bien, dit-elle calmement.

Le visage entre ses mains, elle posa ses coudes sur la table et regarda Orest droit dans les yeux.

– Je voudrais que vous m'appreniez à me battre.

15. La rapière

De sa fenêtre, Orest jaugeait la grande place sur laquelle donnait l'auberge : dès le matin, elle était noire de monde. Noire de monde… il aimait bien l'expression. Parfois, il n'y avait pas plus significatif que l'abstrait. Il aimait la foule, également, cette entité informe et manipulable à souhait, dans laquelle la personne devenait simple individu et le voleur, ombre parmi d'autres. La rumeur qui en montait était une promesse de danger, excitante.

On gratta brièvement à la porte. C'était l'heure du départ. Le jeune homme referma la croisée et descendit dans la salle principale – par le plus grand des hasards, Léréon s'y trouvait, sans doute chargé de surveiller les allées et venues – puis se retrouva dehors, dans les effluves citadins qui lui rappelèrent instantanément Liett.

Par pure habitude, il s'échauffa les articulations pour être sûr de réussir ses fauches et s'immergea dans la foule. Quelque part, ses complices se mêlaient aux badauds, eux aussi à l'affût. Cependant, ils avaient soigneusement monté leur coup et n'étaient pas censés se croiser : c'était jour de foire et les articles qu'ils recherchaient – armes, habits, pain, viande – ne se situaient pas dans les mêmes zones.

Orest, lui, avait accepté de se charger du coup d'éclat : rien de moins que le vol de huit chevaux !

Il avait eu le temps de réfléchir à la manière dont il s'y prendrait, et à vrai dire l'histoire du Pygmalion l'avait beaucoup aidé. Avec son innocence, My avait réussi son vol en agissant en pleine lumière – l'exact contraire de ses procédés. Les artistes parlaient d'une évolution de style : c'était la même chose pour les voleurs, et Orest décida que son style à lui allait changer du tout au tout en l'espace d'une matinée.

Tant qu'il y était, autant taper dans la bonne marchandise. Le jeune homme avait appris à distinguer les pur-sang des canassons depuis ses débuts dans le trafic de Krud. Quelques tours d'étals lui suffirent pour repérer les plus belles bêtes de la foire. Il était impatient de se mettre au travail. Pour une fois l'exercice promettait d'être palpitant. Si My, à son premier essai, avait pu décamper avec un Pygmalion, pourquoi ne réussirait-il pas huit fois le même exploit avec des chevaux ?

L'enclos ressemblait à celui des Pygmalions, avec des barrières en bois arrivant à hauteur d'épaule. Orest prit le temps de marquer la distance, examinant les équidés un par un. Sa préférence allait aux alezans, moins repérables. Un rapide examen lui confirma que, tout comme il l'avait prévu, il n'y avait pas qu'un vendeur mais une demi-douzaine de palefreniers qui évoluaient entre les animaux pour les soigner. Les chevaux vendus ressortaient par l'arrière pour être confiés à leurs nouveaux propriétaires… Bon.

Il contourna l'enclos et entra par cette issue, crochetant la bride de l'alezan le plus proche. Puis il ressortit tout naturellement. La haute taille des animaux ainsi que la foule masquaient les allées et venues, le seul problème résidant dans l'attitude à prendre. C'était la politique du juste milieu : ni trop effacé ni trop frondeur – professionnel, en fait. Ce n'était pas le rôle le plus difficile à jouer. Le tout était de recommencer au prochain vol.

Léréon, sorti de l'auberge juste après lui, flânait dans les environs, toujours par le plus grand des hasards, et réceptionna aussitôt la marchandise. Guidé par l'homme, l'alezan se noya dans la foule. Orest pivota sur ses talons et retourna dans l'enclos sans tarder : il fallait sortir les chevaux avant midi en profitant de l'affluence – il connaissait la foule : dès midi, la place se viderait au profit des auberges…

Il évacua encore un petit hongre avec l'aide de Lyrend'ell. Après quoi il s'arrêta, le temps de laisser les jumeaux sortir de la ville avec les bêtes, ce qui risquait de prendre un bon moment. Cependant, il se rendit vite compte qu'il avait sous-estimé les palefreniers, qui commençaient à regarder autour d'eux avec méfiance, puis se mirent à compter leurs bêtes. Il n'y eut pas à attendre longtemps pour que s'élève le cri bien connu :

– Au voleur ! Au voleur !

Nonchalamment, Orest s'éloigna de l'enclos. Les deux chevaux n'étaient plus là, il ne courait aucun risque et pouvait donc entendre sans frémir le cri d'alerte se propager d'enclos en enclos. Maintenant que tous les vendeurs étaient sur leurs gardes, la partie allait devenir plus intéressante.

Il aurait pu attendre un peu que l'agitation s'apaise pour revenir à la charge, mais le vol sans péril perdait beaucoup de son attrait… Et la leçon de My avait fini de porter ses fruits. Toute bonne discipline devait être une succession de renouvellements : il fallait trouver autre chose. Voler les chevaux un par un était assez fastidieux et il n'avait plus beaucoup de temps à sa disposition. Donc… ?

Il décréta le chambardement général.

Le fond avant la forme. Le jeune homme jeta son dévolu sur un enclos situé non loin d'une rue, laquelle donnait sur plusieurs embranchements. C'était un endroit très fréquenté, ce qui servait idéalement ses projets. Le plus important restait toutefois sa localisation au milieu des autres enclos : Orest y nota avec satisfaction la présence de cochons et d'oies. Le reste était de la routine : poster les jumeaux revenus près de la ruelle, s'approcher subrepticement de l'enclos aux porcs et semer la pagaille avec quelques pierres adroitement lancées. Une tempête de grognements récompensa ses efforts. Le jeune homme en profita pour démonter une barrière – montées de toutes pièces, elles se défaisaient sans trop de difficulté –, laissant s'évader les porcs en furie. Assaillie, la foule perdit tout sang-froid et Orest en profita pour libérer tranquillement oies et moutons – les unes possédant un volume sonore susceptible d'entretenir l'affolement, les autres participant de bon cœur à la zizanie. Désormais, il n'était plus très compliqué de s'occuper des chevaux. L'enclos que visait Orest n'avait qu'un marchand, qui chercha aussitôt à évacuer ses bêtes à son approche. Le jeune homme régla le problème d'une droite efficace, attacha les chevaux deux par deux et les fit passer par la sortie la plus proche de la rue, aidé par les jumeaux.

Ils sautèrent en selle sans demander leur reste, et partirent en laissant derrière eux une effervescence qui mettrait des heures à disparaître.

Personne n'avait perdu la main : le groupe au complet se retrouva à l'heure dite, au lieu dit, chacun rapportant les rapines demandées. Ils s'étaient fixé comme lieu de rendez-vous un bois proche de la ville, pour cacher les chevaux. Seulement, les congratulations faites, ils s'aperçurent que quelqu'un manquait à l'appel. C'était d'autant plus ennuyeux qu'il s'agissait de My.

– Bon sang… elle était censée nous retrouver ici ! pesta Krud. Ce n'est pas le moment de la perdre, avec son éclat d'hier !

Inexplicablement, Orest avait l'air encore plus contrarié.

– Je vais la chercher, lança-t-il en faisant demi-tour.

Il aurait dû s'en douter. Elle était capable de voler un Pygmalion, mais à tous les coups sa maudite intégrité était revenue à la charge entre-temps !

Traversant les rues au pas de charge, il remonta jusqu'à la place. Il savait à peu près où elle devait se trouver et la dénicha en effet à deux pas d'un étal d'armes, sa chevelure blonde aisément reconnaissable. Son premier geste fut de lui rabattre, sans grande douceur, son capuchon sur la tête.

– Vous voulez vraiment vous faire prendre ? siffla-t-il en l'empoignant par le bras pour l'éloigner, sous le regard surpris des gens.

– Lâchez-moi, vous me faites mal !

Elle gigotait comme une anguille à ses côtés et, par pur sadisme, il accentua sa pression. Et recommença quand elle piaula de douleur.

– Pas de bruit, on nous regarde…

– Comment voulez-vous que je me taise si vous me serrez aussi fort !

– Il suffit de se maîtriser un peu. Taisez-vous et suivez-moi.

Relâchant sa pression, il se faufila entre deux étals, suivi par la jeune fille grimaçante. Mais My, fidèle à elle-même, ne pouvait se taire bien longtemps.

– Où allons-nous ?

– Vous voyez l'étal rouge, là-bas ? Il vend les meilleures armes. Ce sera bien plus rentable.

– Vous m'avez dit de choisir l'épée que je voulais, et j'ai choisi celle de l'autre étal ! protesta-t-elle en s'arrêtant net.

– Vous n'y connaissez rien. D'une, vous avez vu leur taille ? Ce sont des épées de guerre, vous n'arriverez jamais à les soulever, il vous faut une rapière. De deux, leur métal ne vaut rien.

– Qu'en savez-vous ?

Il ne jugea pas utile de répondre et, voyant qu'elle se dérobait, lui attrapa la main pour la traîner à sa suite.

– Et ne recommencez pas à vouloir vous échapper en douce ! la prévint-il tandis qu'elle le fusillait du regard. Cette fois, je vous crochèterai avant, et je me fiche bien que vous soyez une fille, une altesse ou un papillon. Venez donc là et tentez de prendre un air naturel. Que vous allez garder tout le temps de votre vol. Les marchands ont l'œil, là-bas, un faux pas et tout est fichu.

– N'y a-t-il pas moyen d'acheter cette épée ? demanda la jeune fille, désespérée.

– Pourquoi, vous avez de l'argent, vous ?

Orest avait accepté de lui enseigner les bases de l'escrime, à la seule condition qu'elle se déniche une arme. Elle regrettait amèrement d'avoir relevé le défi. Maintenant, il ne la lâcherait plus…

Ils s'arrêtèrent non loin de l'étal. Un drap rouge recouvrait les tréteaux, le drap lui-même couvert d'une multitude d'armes étincelantes. Il y avait de tout, du jeu de lames aux hallebardes.

– Les épées sont à droite, glissa Orest, et je vous conseillerais la rapière au fourreau noir. Sur ce, My, je vous laisse…

Et il se fondit dans la foule, laissant la jeune fille désemparée.

Par provocation autant que pour avoir une meilleure vision des alentours, elle repoussa son capuchon, considérant que, par une aussi belle journée, sa chevelure paraîtrait moins suspecte qu'une capuche abaissée jusqu'au menton. Cette première chose réglée, elle fit les cent pas, parallèlement à l'étal, lui jetant d'incessants coups d'œil. On aurait difficilement trouvé moins naturel. Elle cessa brusquement ses allées et venues et se faufila parmi les badauds occupés à contempler et soupeser les armes. Il ne servait à rien de retarder le vol.

La jeune fille se décala jusqu'à atteindre la rapière mentionnée par Orest. Le fourreau était assez joli, en cuir noir brodé de bleu, mais elle ne distinguait de l'épée que la poignée. Voyant que beaucoup de chalands dégainaient les lames pour les examiner, elle fit maladroitement glisser le fourreau. La lame, très fine, n'avait rien à voir avec celle d'une épée normale. Mydria saisit la poignée, sobrement ouvragée, décorée d'un lapis-lazuli au-dessus de la garde, et souleva un peu l'arme. Plus légère qu'elle ne l'aurait cru, la rapière lui donnait une impression curieuse de maniabilité et de précision. Elle sut que son choix était définitivement fixé.

Elle tenait son arme, mais comment l'emporter ? Sa pèlerine avait d'amples plis, serait-il possible d'y glisser sa rapine ? Oui, mais comment la maintenir en place après ? Elle écarta la pèlerine et chercha autre chose. Le drap rouge retint son attention.

Elle pouvait essayer de faire glisser la lame au sol, et la dissimuler sous les tréteaux… mais la récupérer ensuite poserait problème.

La jeune fille lança un regard implorant autour d'elle, mais Orest était introuvable. Évidemment !

Elle en était encore à hésiter quand une personne quittant l'étal la bouscula au passage. Elle réalisa avec un léger choc que la plupart des badauds repartaient après un simple coup d'œil sur les articles, alors qu'elle devait stationner là depuis plusieurs minutes.

Elle jeta juste un coup d'œil au prix avant de s'esquiver. La rapière coûtait huit pièces d'or. Elle présumait que ce devait être faramineux, n'ayant pas eu l'occasion, dans sa jeunesse, d'évaluer l'or à son prix véritable. En tout cas, Orest l'avait bien eue. Cet étal était un vrai piège. Et si elle tentait un vol direct, elle se ferait doublement avoir : la prison comme perspective tout aussi directe…

Très bien ! Si l'accès à l'étal lui était interdit, elle allait devoir s'en tirer autrement. Le tire-bourse semblait la seule solution possible.

My procéda comme les autres : elle jaugea les gens d'après leurs habits. Par une longue habitude, elle distinguait très bien le brocart des tissus moins coûteux. Quelques femmes en portaient, mais leurs bourses étaient dissimulées sous de longs manteaux. De toute façon, My se méfiait. Les femmes avaient un sixième sens pour détecter les ennuis. Elle décida donc de pister un homme, le premier qui passerait – âgé, de préférence. Elle jeta son dévolu sur un individu plus mûr que vieux et encore assez vigoureux, qui portait un costume bleu roi et, surtout, une bourse apparemment bien remplie. Prometteur. La jeune fille commença à le suivre à petite distance, se creusant la tête pour trouver un moyen de le détrousser discrètement. La panique et le sentiment d'urgence ne laissaient pas de place à la subtilité ; aussi elle attendit que l'homme atteigne une zone particulièrement encombrée et lui fonça dessus. Si brutalement qu'il tomba au sol, provoquant un remous dans la foule.

My ne remarqua pas les mains vivement tendues vers l'homme pour l'aider à se relever et ne prit pas garde à la déférence qu'il semblait susciter ; elle se rua sur lui et lui arracha sa bourse sans perdre une seconde. Puis elle s'empressa de disparaître, les pièces tintant dans sa main. Elle aurait bien rendu la monnaie, il y en avait trop, mais le temps lui manquait. Par chance, l'étal n'était pas loin. Elle se rua vers lui, saisit sa rapière, laissa tomber le paiement dans la main du vendeur et s'enfuit au galop, encombrée par sa lame.

Un bras s'en empara au passage alors qu'elle filait dans une rue, tandis que son jumeau l'empoignait par la capuche.

– Imbécile ! feula Orest à deux centimètres de son nez. Vous ne pouviez pas choisir une autre cible ? Suivez-moi, et au galop !

– Mais enfin… ! hoqueta la jeune fille sans pouvoir finir.

L'assassin l'entraînait déjà au pas de charge. Il n'avait pas lâché sa capuche et l'étranglait à moitié. Ils bifurquèrent à droite, traversèrent une petite place, s'enfoncèrent dans une ruelle. Orest marchait de plus en plus vite. Ce n'était pas son cas à elle. Elle se prit les pieds dans ses jupes, trébucha et ne dut son salut qu'à sa capuche toujours maintenue par le jeune homme. Impatienté, Orest la souleva de terre et l'emporta dans ses bras sans prévenir.

– Lâchez-moi, je vais tomber ! glapit-elle.

– Vous n'êtes pas plus lourde qu'un sac à patates, je ne vois pas comment je pourrais vous lâcher.

– Vous me coupez la respiration, laissez-moi, je veux marcher !

– Taisez-vous donc. On va nous repérer encore plus vite.

Elle gigota comme une enragée, tentant de s'extirper de ses bras pour libérer les siens.

– Si vous recommencez ça, je vous jette sur mon dos, signala Orest, et vous aurez alors tout du sac à patates. Est-ce ce que vous souhaitez ?

– Reposez-moi ! exigea-t-elle. Je vous promets de marcher vite, mais arrêtez-vous !

– Même en marchant vite, vous allez nous retarder. Donc, non.

My risqua un œil vers les pavés, se demandant si elle ne ferait pas mieux de sauter, et verdit d'un seul coup en les voyant défiler sans interruption.

– Mais enfin, je ne comprends pas ! Pourquoi vous hâter ? Personne n'a pu nous suivre !

– Tiens donc ! Votre tentative de vol était tellement grossière que la moitié de la place doit vous avoir remarquée.

– Et comment vouliez-vous que je fasse ? s'écria-t-elle. Vous me laissez voler un objet de grande valeur sans conseil et sans aide !

– Je ne vais pas vous materner en plus de vous donner des cours d'escrime, rétorqua Orest d'un ton cinglant. Qu'est-ce qui vous a pris de dévaliser le fauconnier de la ville ?

– Le f… commença My.

Elle se figea.

– Comment cela, le fauconnier ? Et qui vous dit qu'il en était un ?

– L'insigne, pardi.

– Je n'ai vu aucun insigne !

– Et l'aile sur sa cape, vous ne l'avez pas vue ? Ce type-là est non seulement l'une des légumes de la ville, mais en plus il est chargé du contact avec Liett ! Au cas où vous l'ignoreriez, les fauconniers échangent avec la capitale par la voie des airs, ils collectent les impôts et doivent obéissance aveugle à l'usurpateur, et par-dessus tout ce sont eux qui distribuent les récompenses et les avis de recherche. Que pensez-vous qu'il va faire, alors ?

My resta muette.

– Eh bien, d'ici trois heures, vous êtes identifiée !

Ils s'étaient donné l'après-midi pour faire leurs paquets. Le retour plus ou moins piteux des deux jeunes gens les contraignit à modifier de nouveau leurs plans.

– C'est la dernière fois que vous mettez les pieds dans une ville ! hurla Krud à l'intention de My. Vous le faites exprès, ou quoi ?

Orest ricanait dans son dos, ce qui la mit hors d'elle. Elle sauta sur son cheval avec une fureur à peine contenue.

– En selle ! ordonna Krud aux autres, et ne vous avisez pas de traînailler ! Vous avez des chevaux, cette fois, pas d'excuses, au galop !

– J'avais bien dit que nous y reviendrons, aux chevaux, observa Allian avec satisfaction.

Sa remarque tomba dans le vide. Personne n'écoutait, les hommes étant occupés à fourrer pêle-mêle leurs provisions dans les sacs, sous le regard furibard d'un Krud menacé d'implosion. Ce fut un curieux équipage qui quitta les bois, des manches de chemises émergeant des sacs, des malles ou des sacoches de selle claquant au vent comme d'insolites étendards. Ils semèrent un pain en route, et un cheval prit le mors aux dents, heureusement retenu juste à temps. Seul Allian offrait l'image d'un cavalier modèle sur son alezan brûlé, leurs crinières de même couleur flottant en rythme. Orest caracolait juste derrière. Il avait hérité d'un hongre tout en jambes, sans grande élégance, mais aux foulées étonnamment élastiques. Les deux éclaireurs semèrent le groupe dès la sortie du bois.

My, comme à son habitude, était la dernière, chevauchant le canasson du lot, à sa grande irritation. Elle s'emmêlait dans les rênes, et sa selle, trop lâchement attachée, glissait sans cesse. Elle aurait presque regretté les ânes. Il fallait cependant admettre que les chevaux filaient à une tout autre allure…

Craignant de laisser tomber sa rapière, elle l'avait glissée devant elle. La simple vue de l'objet lui redonnait du courage, mais cette impression était toujours mêlée à un peu de culpabilité.

À de la rage aussi, mais cette rage était exclusivement tournée vers elle-même.

Elle allait finir par croire que Krud avait raison. Une malédiction devait la pousser à se faire remarquer dès qu'elle entrait dans une ville. Et cette fois, c'était plus grave : par ses origines, elle dérangeait le roi. Par son vol, elle avait offensé le fauconnier et la moitié de la ville… N'en supportait-elle pas déjà assez ?

Les autres galopaient devant, il n'y en avait pas un pour l'attendre. Elle avait à peine droit à quelques coups d'œil en arrière. Était-ce ainsi qu'on la remerciait, après la mésaventure des Ravins ? Elle fut saisie par la brusque envie de planter là le groupe, de crier quelque chose, une insulte bien sentie, bref de recommencer l'un de ces caprices qui lui réussissaient si bien quand elle était à Siartt. Une brusque pensée lui rappela Krud et son visage cramoisi. Ce n'était pas le moment d'agacer le chef… même si c'était déjà fait.

Attaché sur son perchoir en bois, l'aigle attendait patiemment que l'homme achève sa missive. Il attendait avec une sorte de lassitude, l'habitude lui faisant déjà pressentir un voyage cent fois répété entre deux perchoirs, deux humains, et un agaçant papier enroulé autour d'une serre. Se sachant vaincu d'avance, mais par habitude encore, il fit bouffer ses plumes d'un air menaçant quand l'homme repoussa sa chaise et s'approcha de lui. Son bec crochu était prisonnier d'une gangue de cuir qui l'empêchait d'attaquer.

Le fauconnier attacha rapidement la missive à sa serre droite. Elle était ornée du sceau noir et argent, avec l'aile symbolique de son statut. Ce message-là irait directement au roi, dans un court délai, puisque l'oiseau sélectionné était le meilleur. Plutôt que des faucons, on envoyait toujours des aigles aux personnalités importantes, par convention autant que par souci de rapidité.

Le fauconnier détacha le rapace, qui passa du perchoir à son gant en cuir. Le bras levé, il se dirigea vers la fenêtre ; puis, d'un geste vigoureux, l'homme lança l'oiseau qui déploya ses ailes immenses. Détaché sur le ciel bleu, il ressembla, un bref instant, au symbole d'une dynastie oubliée qu'il s'apprêtait précisément à combattre.

16. Les Vallons

Ils galopèrent toute la journée. Les chevaux étaient couverts d'écume, mais même eux n'osèrent pas désobéir à Krud et tinrent plus ou moins le choc. Selon le chef, la troupe disposait de deux jours, pas plus, pour mettre entre le fauconnier et eux le plus de distance possible.

L'installation du camp se mit en place toute seule. La corvée d'eau revenait à Léréon et Lyrend'ell, Nadrett se chargeait du feu, et My, du repas. Allian et Orest prenaient en charge le bouchonnage des chevaux. Il manquait les deux personnes habituellement chargées de cette tâche, ce qui généra un léger flottement. Il allait falloir s'habituer à l'absence définitive de leurs compagnons…

Éreintés, ils se retrouvèrent autour du feu par une nuit limpide. On distribua à la ronde des quartiers de viande fraîche – souvenirs de la foire – et des tranches de pain. Ce repas, bien que sans sel ni sauce, n'en fut pas moins un vrai réconfort. Seul Krud ne mangeait pas, replié derrière sa carte. Quand il la baissa enfin, il affichait une mine sinistre.

– Je n'ai vraiment aucune idée de ce qu'on peut faire.

Il tourna la carte vers les autres, indiquant du doigt :

– Nous, nous sommes là, à peu près. Nous atteignons une région vallonnée qui abrite pas mal de monde, les grandes villes reprennent autour. Demain, toutes seront prévenues, et les routes, mises sous surveillance.

Allian lui prit la carte des mains et s'absorba dans son étude, l'air préoccupé. Malgré l'éclairage chaleureux du feu, les visages étaient lugubres. Tous commençaient à comprendre que, quoi qu'ils fassent, l'usurpateur ne les lâcherait plus. Nadrett brisa le silence :

– On devrait se séparer, et voyager par groupe de deux ou trois. Ce serait moins dangereux.

– Merci bien ! rétorqua Krud. J'ai perdu deux hommes, pas la peine de vous éparpiller pour multiplier les ennuis ! On reste ensemble.

– C'est en restant ensemble que nous multiplierons les ennuis.

– Aucun d'entre vous ne connaît assez bien la région pour s'orienter tout seul et j'ai toujours entendu dire que l'union faisait la force. Donc…

L'atmosphère devenait électrique. My soupira et se pelotonna dans sa cape. Parti comme c'était, ils allaient y passer la nuit. De son côté, elle se sentait si fatiguée qu'elle était bien résolue à ne pas participer à la conversation, situation critique ou pas.

– Passe la carte, entendit-elle derrière ses paupières closes, identifiant la voix d'Orest.

Il y eut un froissement de papier et Allian répondit, fataliste :

– Cherche, mais il n'y a pas grand-chose à en tirer, ou du moins pas grand-chose de réjouissant étant donné qui court derrière… Quelqu'un connaît-il les méthodes de pistage de notre royal poursuivant ?

Il y eut un haussement d'épaules général.

– Ça fait pourtant partie des choses à savoir ! Pour résumer, dans l'absolu, Edrilion est annexé à La Déléane et n'a pas à craindre d'attaque particulière. Il a donc distribué une partie de son armée dans le royaume. Vous avez un fort militaire à côté de toutes les grosses villes – forts naturellement dirigés par les fauconniers. Le roi privilégie les rapaces pour les échanges entre les cités, ce qui lui permet de garder le contrôle à distance. Vous pouvez donc être sûrs que nous aurons dix troupes au train dans un délai limité.

Un silence abattu succéda à la tirade.

– Bien sûr, vous connaissez mon idée sur ce que nous devrions faire, précisa Allian, mais j'ai cru comprendre, au fond d'un ravin, qu'elle ne faisait plus l'unanimité…

– Non, l'interrompit Krud fermement, non. Tes idées nous ont coûté assez cher. Nous emprunterons les routes.

– Allez-y et vous verrez ! dit Allian avec hauteur. Vous vous rendrez compte bien assez tôt que vous vous engagez dans une impasse.

– Pas si nous voyageons de nuit, contra Nadrett, qui s'était emparé de la carte et suivait les routes du doigt.

– De nuit ou pas, vous restez en zone piégée.

– Et en empruntant les petites routes ?

– Je ne pense pas que ça change grand-chose.

– Il y a bien un moyen, grogna Krud. Il doit y avoir des endroits inhabités où passer…

– Oui, et nous rejoignons ici ma théorie du non-conventionnalisme, s'empressa d'ajouter Allian. Comme on avait fait avec les Ravins : passer par les zones de vide…

– Tu parles d'une théorie…

– Quelle importance, rétorqua Allian offensé, si nous sommes sortis ?

– Nous en avons laissé deux derrière. Si tu sacrifies une partie du groupe à chaque nouvelle théorie, il n'y aura plus personne pour accéder au trésor !

– De quelle zone de vide veux-tu parler cette fois, Allian ? intervint Orest.

– Les Bois.

Les visages affichèrent des expressions diverses. S'ils ne montraient pas la terreur ressentie quand la traversée des Ravins avait été annoncée, ils ne reflétaient pas non plus un fol enthousiasme. Quelques-uns semblaient perplexes, d'autres, méfiants. My, elle, était surtout curieuse.

– Attends, fit Krud, qui s'absorba à nouveau dans sa carte. Passer par les Bois, cela signifie traverser les Vallons !

Allian resta sobre.

– Oui.

– C'est beaucoup trop dangereux !

Allian ouvrit largement les bras.

– Peut-être, mais les Bois permettront de faire une grande partie du territoire à couvert. À vous de choisir : la difficulté contre le risque. Mais je vous préviens : si vous continuez sur votre lancée, je ne vous suivrai pas, et j'arriverai au trésor par mes propres moyens.

C'était une grande première pour la Guilde : Allian avait toujours été un complice très fiable, dictant rarement ses conditions.

– Un ultimatum ? demanda Krud, méfiant. Une scission ? Une déclaration de guerre ?

– Rien de tel. Juste une façon comme une autre de vous convaincre de me suivre…

My regarda la silhouette du second, élancée et parfaitement détendue – très différente de la voix dure qu'il venait d'adopter. Pour la première fois de la soirée, son cerveau daigna se dégeler un peu.

Elle ignorait tout d'Allian, son âge, ses origines et sa fonction exacte. Mais il était sûrement moins enjoué, moins détaché qu'il voulait bien s'en donner l'air, et elle fut la seule à se faire la remarque que sa provocation était peut-être pour lui l'unique moyen de sauver le groupe, quitte à faire grimper la tension artérielle de Krud. Celui-ci était acculé au seul choix possible : avec les pertes qu'il venait de subir, il ne pouvait se permettre de laisser partir son meilleur adjoint et d'en faire un adversaire sérieux dans une chasse au trésor déjà bien ardue.

– Que le diable t'emporte, Allian ! Va pour les Bois, mais tu as grand intérêt à réussir ton coup, cette fois !

Allian répliqua avec un sourire carnassier.

– La sagesse s'exprime par ta bouche, Krud. Dans tous les cas, croyez-moi, vous ne regretterez pas votre choix.

– On n'a rien choisi, signala Orest. Et comment comptes-tu nous faire traverser la région, avec le fauconnier à nos trousses ?

Allian passa sans transition de l'aigreur à un enjouement affairé.

– Pas d'inquiétude, j'ai tout prévu ! On va exploiter la région où nous sommes, les Vallons chanteurs, un joli nom pour une belle opportunité. Cette région est toute en clairs-obscurs. Elle est très peuplée, mais aussi très broussailleuse par endroits. On peut contourner les villes en passant par les futaies. Elles sont peut-être sous surveillance, mais aussi plus difficiles à contrôler, les troupes ont du mal à s'y déplacer massivement. Par contre, il y a un problème…

– Dis toujours…

– La région est très organisée ponctuellement. Les villes poussent partout. Elles sont reliées entre elles par les petites zones à découvert qui subsistent. On peut passer entre les mailles du filet, mais en étant discrets. C'est problématique, bien sûr, s'empressa d'ajouter Allian devant les rictus qui naissaient un peu partout, mais pas infaisable. On peut traverser en étant prudents – on a nos chances, ils n'ont que le signalement de My.

– Oui, justement, dit Orest, et My ?

– S'il le faut, My prendra la voie des airs. Elle pourra ainsi nous prévenir si des forces armées s'approchent.

Krud se frotta pensivement la barbe. Il n'avait plus l'air aussi opposé à l'idée qu'auparavant, mais de toute évidence, la perspective de voir My s'envoler ne lui plaisait qu'à moitié.

– Trop fatigant, déclara-t-il finalement.

– Je ne lui demande pas de s'envoler dès le départ, assura Allian. Juste en cas de problème, pour faire le guet lors des passages critiques ou trop fréquentés.

– Encore faut-il qu'elle ait une bonne vue.

– Ma vue est différente de la vôtre, intervint My, elle est plus générale et plus vague, mais je n'aurai pas de mal à m'adapter.

Elle n'avait même pas songé à protester. C'était inutile, de toute façon. Et l'expérience la tentait assez. Elle avait hâte de renouer avec son Don et de reprendre son envol, même si l'idée d'une échappée définitive avait fini par disparaître. La perspective du trésor redorait son horizon. Elle qui avait refusé si âprement, auprès de ses parents, d'endosser ses responsabilités d'héritière n'avait plus au cœur que cette envie. Finalement, l'aventure avait peut-être bon goût…

Krud était visiblement sceptique, mais il finit par s'incliner. Ordre fut donné, au mécontentement général, d'installer un tour de veille pour les quelques heures qu'ils passeraient à dormir : ils repartiraient vers minuit.

Frigorifiée, My alla chercher sa couverture et s'y blottit, tâchant d'ignorer les trous qui laissaient passer d'inconfortables courants d'air. Elle tourna le visage vers le ciel, comme les autres, et resta stupéfaite. Le ciel nocturne déployait au-dessus d'eux un ahurissant tapis d'étoiles.

– La nuit de la Chance, dit Krud.

– Oh non, pas en cette saison, répondit Allian en s'installant sur un coude. Les cieux sont plus dégagés vers le sud, c'est tout. Et je gage que les nuits seront de plus en plus lumineuses à mesure qu'on se rapprochera des Bois…

My cessa bientôt d'écouter. C'était la pleine lune et ils avaient éteint le feu ; ne subsistaient que les tons froids de la nuit. La jeune fille avait l'impression de se fondre parmi eux comme dans une eau glacée et cristalline. Une symbiose froide et complète, qu'elle n'avait jamais ressentie aussi intensément. Elle n'avait pas envie de dormir. Juste de regarder les étoiles, de chercher celle qui aurait un éclat particulier… comme un clin d'œil stellaire.

Elle ne se rendit pas compte que, non loin, Orest l'observait à travers ses paupières mi-closes. Aussi insaisissable qu'elle l'était pour lui à cet instant précis.

Ils avaient un fauconnier et une garde royale à leurs trousses, s'aventuraient dans une région que personne ne connaissait hormis Allian, et pourtant, cette partie du voyage fut pour My la plus agréable. Liett était loin, le gris de la région d'Erlett aussi. Le Sud s'annonçait petit à petit. Si My avait dû mettre un nom de saison sur tous les endroits qu'ils avaient traversés, elle aurait dit qu'ils venaient de quitter l'automne pour se retrouver en plein printemps, lequel tendait inexorablement vers un été radieux. Elle avait toujours aimé l'été, et la douceur du temps semblait effacer comme par enchantement ses inquiétudes. Elle avait oublié de se demander où les attendait l'hiver.

Il était surprenant de voir à quel point les paysages pouvaient changer sans que l'on s'en rende compte. Des plaines, ils étaient passés à une région doucement vallonnée, où les arbres étaient omniprésents. Les ombres de leurs frondaisons parsemaient l'herbe avec une douce constance. Ils se dressaient partout, en solitaires ou en bosquets, jeunes arbres ou troncs noueux, percés par les rayons du soleil qui mettaient en évidence leur abondant feuillage. Ici, la nature n'était qu'à moitié domptée. C'était là un univers étrange, une alternance de plateaux illuminés et de sous-bois tachetés, qui se dévoilait à eux. Et très vite, My se rendit compte qu'elle était la seule à l'aimer : au lieu d'admirer, les autres troublaient le silence de discussions futiles qui prouvaient assez bien leur mal-être. Krud, le plus nerveux et le plus irritable, les maintenant sous le feu d'une surveillance constante. Il ne tenait pas en place, constamment tourné sur sa selle pour sonder les ombrages, ou penché en avant pour deviner la route. My comprenait son inquiétude : les arbres pouvaient tout aussi bien les cacher aux yeux de leurs poursuivants qu'aider ceux-ci à les traquer discrètement. Cependant, elle restait persuadée qu'une escouade en approche était aisément décelable. Mais Krud ne voulait rien entendre, et tant que le chef serait sur ses gardes, elle resterait, elle, clouée au sol avec l'interdiction formelle de s'envoler. Bien sûr, elle pouvait voir les arbres de plus près quand ils s'arrêtaient le soir venu et grimpaient dans les troncs pour y passer la nuit. Mais escalade et envol n'avaient strictement rien à voir. Aussi les Vallons, tout d'abord simplement plaisants, prirent-ils pour elle des allures de paradis perdu.

– Vous en faites une tête, observa Orest un beau soir.

La jeune fille s'était repliée dans les hauteurs de leur arbre, une moue boudeuse aux lèvres.

– J'ai la tête que j'ai.

– Allez, cessez donc, coupa Orest qui, d'un rapide appui des bras, se hissa à sa hauteur. Qu'est-ce qui ne va pas cette fois ?

– Rien.

– Bon.

Elle mourait d'envie de lui faire remarquer qu'elle irait sans doute mieux s'il lui fichait la paix. Son ton railleur l'incitait presque à monter plus haut dans l'arbre pour rester seule. Mais, comme souvent, craignant une dérouillée verbale, elle se tut.

– J'étais venu vous demander de commencer les cours, annonça l'assassin.

Son état d'esprit en était tellement éloigné qu'elle mit un moment à établir le lien.

– Les quoi ?

– L'escrime. Le terrain s'y prête, il y a une percée tout près. Vous venez ?

– Ah… ébaucha-t-elle.

Escrime. Le mot qui fâchait. Surtout après la mésaventure de la foire. Mais elle les avait voulus, ces cours, après tout…

Mécontente du monde entier, et surtout d'elle-même, la jeune fille descendit lentement de l'arbre et alla chercher son épée dans les fontes de sa selle. Orest l'attendait dans la clairière, lame au clair. Elle jeta un coup d'œil suspicieux dans son dos : tous les membres de leur groupe, qui bivouaquaient au pied de leur arbre, les regardaient avec attention. Elle se serait bien passée d'un public…

La jeune fille rejoignit Orest en traînant les pieds. Elle avait mal partout, sommeil et aucune envie de vivre son premier contact avec l'escrime sous le regard gouailleur de six professionnels. Mais Orest n'en aurait probablement cure et un coup d'œil à son visage redevenu péremptoire la conforta dans sa décision de filer doux.

– En garde ! attaqua-t-il sans préambule, en levant légèrement sa lame. De profil par rapport à moi. Bras levé haut.

– Vous n'enseignez pas le salut ? demanda la jeune fille, déconcertée.

C'était bien la seule chose qu'elle connaissait dans ce domaine. Le salut, passage obligé dans l'escrime aristocratique, le début plein de panache d'un assaut si codé qu'il ressemblait plutôt à une danse. Orest écarta le problème de la main.

– Un salut ne sert à rien. Le salut équivaut à une reconnaissance de l'adversaire, une marque de respect. Il sert à la Cour, pas dans le vaste monde. Il va vous respecter, vous croyez, le garde qui s'apprête à vous embrocher ?

My garda le silence.

– En garde, donc.

My s'exécuta avec maladresse, guidée par les nombreux conseils de l'assassin ; à la fin, elle avait l'exacte position requise, mais son épée tremblotait follement au bout d'un bras déjà épuisé. Sans daigner le remarquer, Orest poursuivit son cours, impassible :

– Selon vous, quel est l'avantage d'une épée ?

– L'avantage ? répéta-t-elle, toute préoccupée par son bras. Eh bien… qu'entendez-vous par avantage ?

– Qu'est-ce qui fait que l'épée soit devenue une arme aussi prisée, aussi systématique ? Comparé, par exemple, à la hache, la dague…

Cela méritait réflexion. Elle reposa son bras pour réfléchir tout à son aise.

– Parce qu'une dague est courte et une hache, trop lourde. Il faut pour le premier cas une grande aisance et pour le deuxième une force supérieure à la moyenne. L'épée permet d'affronter un adversaire en plaçant devant soi une barrière mobile, difficile à franchir par la plupart des armes, et ce avec une dépense d'énergie moindre.

Elle nota qu'il avait l'air légèrement surpris.

– À peu de choses près, c'est ça ; mais n'allez pas croire que le maniement d'une épée est aussi facile que vous le dites. Gardez une chose en tête : le but d'une épée est de vous protéger, en effet, tout en cherchant par tous les moyens possibles à percer la défense de l'adversaire sans vous exposer à sa lame. Par conséquent, l'art de l'escrime est basé sur une stratégie assez complexe, et vous ne pouvez pas vous permettre d'user de votre seule force. Il faut réfléchir en combattant, et de manière ininterrompue. Démonstration.

Il se fendit soudain, et elle fit un bond en arrière avec un glapissement en voyant sa lame, qui n'était évidemment pas mouchetée, passer près de son ventre en un revers fulgurant.

– Voilà la première chose à ne pas faire. Vous avez une épée, et elle doit se trouver devant vous, c'est sa seule place. Tentez de parer. Pour le moment, qu'importe si la défense est maladroite, parez simplement. Démonstration.

Quand il revint à la charge, elle était presque prête. L'épée du jeune homme glissa avec un chuintement sur la lame de sa rapière vacillante. Le jeune homme s'arrêta et précisa :

– Par « parer », j'entends « bloquer l'autre lame ». Pas croiser mollement le fer, ça n'est d'aucune utilité.

– J'ai mal au bras, figurez-vous !

– C'est normal et si vous commencez déjà à vous plaindre, autant arrêter tout de suite. Bien. Je vais à présent tenter de vous attaquer de différentes manières, sous un nouvel angle et avec une nouvelle gestuelle chaque fois. Mettons-nous d'accord : ces assauts, je vais tous les gagner ; je veux juste que vous analysiez pour chacun les raisons de votre défaite. Cela ne tiendra qu'à votre façon de tenir l'épée et de vous déplacer, pour le moment, autant attaquer par la base.

– Vous allez prendre cette épée-là ? coupa précipitamment My, les yeux fixés sur sa lame à double tranchant – large et pesante, mais redoutable en attaque. Vous allez me déchiqueter !

– Ce n'est pas mon objectif principal, et j'ai l'habitude de ce genre d'épée. Je doserai mes coups.

– Dosés ou non, contre une telle arme, ma rapière ne fait pas le poids !

– Une rapière ne mise rien sur la force, et tout sur la finesse. C'est désavantageux face à une épée de guerre, mais un bon épéiste muni d'une rapière peut remporter rapidement un combat. De toute façon, ce n'est pas important, je vous le répète, puisqu'il ne s'agit pas de rendre coup sur coup pour aujourd'hui. En garde !

– Mais…

Une demi-seconde plus tard, Orest attaquait. Terrorisée, My vit la large lame se ruer dans sa direction, et eut une réaction tout à fait stupide : au lieu de lever sa rapière pour se défendre, elle ne pensa qu'à la laisser choir pour s'enfuir à toutes jambes, poursuivie par son professeur. Les moulinets de l'épée de guerre faisaient dans le soir de grands cercles blancs tournoyant à toute vitesse. En cet instant, elle croyait, fermement, la mort toute proche…

– Stop !

Elle courut encore sur quelques mètres avant que l'ordre parvienne à son cerveau.

Orest était revenu au milieu et, la lame au repos, la regardait sans qu'elle sache exactement s'il était moqueur ou consterné. À l'arrière-plan, tous les hommes riaient à s'en étrangler. La tête basse, elle revint près du jeune homme, souhaitant ardemment disparaître sous terre.

– S'il vous plaît, réveillez le peu de combativité qui stagne en vous ! l'invectiva Orest, sans ironie, mais sans bienveillance non plus. Je vous apprends à vous battre, pas à courir !

– Je suis désolée, dit-elle d'une petite voix.

Il eut la grandeur d'âme de ne pas s'attarder sur l'incident.

– On reprend.

Cette fois, elle résolut fermement de se servir de sa rapière ; elle se remit en garde, butée, mais l'empressement à combattre lui fit cette fois bouger la lame un peu trop vite. Orest bloqua son épée à quelques centimètres du corps sans protection de la jeune fille. Ils se remirent en garde sans rien dire, pareillement découragés. Le troisième assaut fut le bon : My leva sa lame à temps, le métal crissa contre le métal avant qu'Orest se dégage et attaque sous un nouvel angle. La rapière ripa contre l'épée, trop précipitamment pour l'arrêter : le métal froid se posa sur son cœur, d'un geste naturel, comme une évidence.

Elle ne sentit qu'un picotement lointain, la délicatesse du mouvement épargna même le tissu. Son cœur tambourinait. Elle comprenait à quel point elle était sans défense. Un enfant aurait eu raison d'elle.

– Selon vous, demanda Orest sans bouger son épée, quelle est la cause de votre défaite ?

– Pas assez de rapidité et pas assez de force ? suggéra-t-elle, la voix chancelante.

– C'est cela. Les défauts de base, et les plus durs à éliminer. Les identifier est déjà une bonne chose. Nouvel assaut.

Elle se mit en garde correctement, et accueillit passablement le premier coup, le bloquant à moitié.

– Reculez-vous, reculez-vous ! lui ordonna Orest, vous êtes trop proche, il faut une certaine distance pour parer convenablement !

Elle sautilla en arrière, et para de justesse un nouveau coup qui n'avait pas daigné l'attendre. Orest changea aussitôt d'emplacement, tournant autour d'elle à la recherche de failles dans sa défense, qu'il devait sans doute récolter par dizaines. Elle avait l'impression d'être encerclée par une espèce de fauve, et la nervosité l'empêcha d'orienter convenablement sa lame vers le jeune homme. L'épée adverse surgit dans un sifflement, s'enroula autour de la sienne comme un serpent et la lui arracha des mains. La rapière vaincue tomba au sol pour la deuxième fois, avec un petit tintement.

– Le défaut, cette fois ?

– Mauvaise position de la lame, marmonna-t-elle.

– Oui. Votre lame est une barrière, mais une barrière pointée vers l'ennemi. Autrement, il n'a qu'à attaquer de front votre arme pour la retourner contre vous, ou l'écarter, comme je viens de le faire.

Elle opina, le moral en berne. Ainsi décortiqués, ses échecs devenaient compréhensibles, mais elle se sentait incapable d'agir un jour contre son instinct, dont la devise devait être : « Le salut est dans la fuite. » Devise avec laquelle, de plus, elle était tout à fait d'accord.

– On arrête pour aujourd'hui, déclara Orest en rengainant. Vous avez suffisamment de choses à méditer. Évitez de répéter vos étourderies demain, et nous pourrons peut-être aborder le problème des parades un peu plus tard.

Il quitta le cercle et elle resta au milieu, tâchant maladroitement de remettre son épée au fourreau. Krud venait d'ordonner le couvre-feu, et tous avaient disparu dans les hauteurs de leur arbre. My remonta lourdement sur sa branche.

Ce soir-là, elle ne lut pas une page. Elle s'enfonça dans sa couverture jusqu'à être à moitié dissimulée, et entreprit de fixer les cieux, les lèvres serrées. Le passage d'une étoile filante ne la dérida pas. En cet instant précis, elle n'avait qu'un vœu en tête : arrêter l'escrime.

17. Arcanes

My rêva de Siartt, cette nuit-là. De bals, de réceptions. De notes de piano, de rires et de rumeurs. De jeunes gens, également. Elle revit en songe tous ses prétendants, toutes ses amies. Des couleurs, de la frivolité, et nulle arme, là-bas… Aussi se crut-elle pleinement exaucée.

Elle revint très vite sur terre. Au matin, la rapière était toujours là, dépassant du nœud de branches où la jeune fille l'avait coincée, brillant insolemment de tout son éclat. My vit là une insulte personelle ; pire, un défi.

– À nous deux, ma grande, siffla-t-elle en tirant brutalement l'épée à elle.

La protestation de ses bras ne se fit pas attendre. Son rictus se mua en grimace, mais l'humiliation de la veille était encore vivace dans son esprit et, par bravade, elle crispa les muscles un peu plus fort pour déposer, avec une lenteur étudiée, la rapière sur sa couverture.

Elle n'avait absolument rien d'extravagant, la seule coquetterie étant le lapis-lazuli à la garde et l'entrelacs de fils argentés autour de la poignée pour une touche d'élégance pas complètement superflue puisqu'elle protégeait aussi la main des coups vicieux. La lame était fine, s'étrécissant imperceptiblement jusqu'à une pointe aiguë. Malgré sa simplicité, l'objet était beau, très beau même, et correspondait exactement à ses goûts… Mais, Orest l'avait dit, une épée n'était pas qu'un objet. Et My devait bien admettre que considérée en tant qu'arme sa rapière lui faisait peur. Trop frêle, trop souple, elle n'avait justement rien d'une arme : My avait beau faire, toute chose frêle et souple lui apparaissait fragile. Elle aurait bien demandé à Orest de préciser les avantages de ce type d'épée, mais il n'aurait pas compris ses peurs.

Quelle idiote elle avait été de lui demander des cours ! Non seulement il l'avait poussée au vol, mais en plus il la menait à une telle allure qu'elle allait perdre ce qui restait de son énergie en un temps record. Elle aurait dû s'en douter : étant donné son caractère, il lui dispenserait évidemment un enseignement à la dure. Cela ne lui convenait pas du tout. Et maintenant, elle était piégée…

Oh, si Orest n'avait pas été Orest, elle aurait pu l'amadouer, mais Orest était Orest, malheureusement. Quelqu'un qui exigeait le meilleur de lui-même et qui en attendait autant des autres. Il avait accepté sans rechigner de lui dispenser ses cours. Si elle n'émettait rien qu'une fois l'envie de tout abandonner… À quelle intensité d'écrasant mépris, de rage froide et d'indifférence fallait-il s'attendre ?

Elle grimaça. Mieux valait continuer. Elle l'avait voulu, après tout… Si seulement elle s'était doutée de la façon dont se passeraient ces cours !

Rejetant sa couverture, elle glissa son épée dans sa ceinture et, avec précaution, posa un pied sur la branche inférieure pour descendre à petits pas. Elle s'était levée très tôt. Tant mieux. Elle aurait le temps…

On ne se refait pas, et la première chose qu'elle entreprit de faire, ce fut sa toilette. Un torrent passait de l'autre côté de la clairière où elle avait combattu Orest la veille ; dans la semi-obscurité, l'eau qui glissait sur les pierres du torrent avait un petit quelque chose d'immatériel, comme de la poussière d'étoiles. La jeune fille risqua un pied, puis deux. Elle ôta sa cape et sa robe, puis s'allongea lentement dans le courant, laissant l'eau glisser sur son corps. C'était froid au-delà de toute expression. La My de Siartt n'aurait pas supporté un tel contact.

Mais elle avait changé, qu'elle le veuille ou non. Elle était devenue plus résistante, plus attentive aux éléments. Elle se redressa néanmoins quand la sensation de froid devint trop forte, et entreprit de laver sa robe à l'aide d'une savonnette à base d'herbes qu'elle avait fabriquée suivant les indications d'Allian.

Elle la lavait quand elle pouvait, c'est-à-dire peu souvent, et le vêtement gardait une odeur de cheval, de fauve, de transpiration qui lui fit froncer le nez de dégoût. Robe et cape passèrent aussitôt au lavage. Quand elle les remit, elle eut l'impression que des morceaux d'algues lui pesaient sur le corps. Tâchant d'oublier l'agacement que lui procurait ce contact, elle alla récupérer sa rapière, restée sur la rive d'en face, et s'éloigna encore un peu du camp, à la recherche d'un endroit approprié pour s'entraîner, qu'elle finit par trouver en aval.

Assurée d'être seule, elle dégaina, tentant d'abord quelques revers dans le vide. À sa grande satisfaction, l'épée retrouva la même adresse et la même précision que la première fois, quand elle l'avait tenue à la foire. My se remémora les quelques instructions de la veille : se protéger avec la lame, être prête à recevoir la moindre attaque de n'importe quel côté, parer…

Elle se lassa bientôt de combats décousus contre l'air ambiant et résolut d'appliquer point par point les préceptes d'Orest, façonnant en pensée une silhouette identique à celle du jeune homme pour organiser ses coups. Son adversaire imaginaire était bien plus lent et prévisible que l'original ; elle para toutes les attaques, agitant son épée avec grandiloquence, et tenta même une fente, transperçant le bras du fantôme qui laissa échapper un piaulement et son épée en même temps, puis fit le tour de la zone de combat en sautillant. La jeune fille laissa échapper un éclat de rire, dépourvu de bienveillance mais indéniablement spontané, ne se reprenant qu'à grand-peine. Elle avait presque l'impression de voir une paire d'iris la fusiller du regard.

La suite de l'entraînement se passa de façon moins rigoureuse. La corvée de la veille devenait un jeu, et elle oublia tout du caractère défensif de l'affaire pour se concentrer sur l'élégance de la gestuelle. Elle essaya d'imiter le maintien plein de nonchalance des combattants qu'elle avait vus en tournoi, tout à fait dans son élément mais négligeant le fait qu'ainsi tenue sa lame n'offrait aucune protection. Objectivement inutile, cet exercice matinal réussit tout de même à lui remettre le moral au beau fixe : quand elle rengaina, My était absolument volontaire pour reprendre les cours et infliger à Orest une pâtée historique.

Mais la suite des événements la déçut : ce jour-là, il n'y eut aucun combat. Orest la surprit en revenant vers elle, non à la pause du soir, mais l'après-midi. Il avait décidé d'intensifier les leçons et semblait résolu à la faire travailler jusqu'à ce que mort s'ensuive, au vu du programme sadique qu'il lui avait concocté.

– Pour commencer, vous allez vous exercer à tenir une lame. Vous essaierez les figures réglementaires après. Sortez votre épée – et restez à cheval.

– Mais…

– Pas de déplacements à pied aujourd'hui. Je vous rappelle que je vous enseigne l'escrime essentiellement pour vous battre. Or, nous risquons fort de combattre à cheval.

Il laissa les autres membres du groupe les dépasser et reprit froidement :

– Vous avez une rapière de type Elvianthal. Cela signifie que son équilibre est un peu différent, la position de votre main devra s'adapter en conséquence. Enveloppez fermement la garde de tous vos doigts, ceux-ci bien étalés sur toute la surface, le pouce vers le bas. Pas de maintien étudié ; de la fermeté, c'est tout. Les vraies épées de guerre s'empoignent à deux mains, mais vous n'avez pas assez de place sur la garde, donc vous allez devoir vous muscler le bras.

Il parlait, parlait, sans s'assurer qu'elle avait compris, et la jeune fille avait toutes les peines du monde à retenir ses instructions. Heureusement, elle avait toujours eu une bonne mémoire et parvint plus ou moins à suivre le rythme, empoignant délicatement la rapière. Avec le cheval qui trottait, c'était peu pratique, et elle faillit laisser échapper la lame.

– J'ai dit : tenez fermement, la réprimanda Orest en la voyant s'agiter. Quitte à réinstaller la main ensuite. Qu'une chose soit bien claire : je n'enseigne pas la subtile escrime des nobles. Alors pas de chichis ! Je vous le répète : une épée n'est pas un instrument, c'est une arme, et une arme est faite pour frapper. Tenez-la donc correctement !

– J'aimerais bien vous y voir !

Elle se rattrapa, mais Orest attendit que sa posture soit totalement satisfaisante pour poursuivre.

– Parfait. Maintenant, l'angle de tenue de l'épée à cheval. L'objectif, entendons-nous, est d'enfoncer le plus directement la lame dans le corps de votre adversaire.

Elle frémit devant le cynisme du ton. Orest la mettait immédiatement face au but réel de l'escrime : tuer. La suite du programme la réjouit encore moins :

– Et, dans un combat, cela demande une sérieuse musculature du bras. Que vous devez acquérir au plus vite.

– Que proposez-vous ? demanda-t-elle, méfiante.

– Vous allez maintenir cette rapière en l'air jusqu'à notre prochaine pause. Interdiction de tricher.

– Vous… vous plaisantez, j'espère ? Vous croyez vraiment que j'ai assez de force pour ça ?

– La force n'est pas l'essentiel, il y a aussi la volonté.

– Vos instructions sont stupides ! se rebella-t-elle. Je gagnerai en vigueur en m'entraînant à l'épée, pas en la pointant en l'air !

– Je vous signale que je manie l'épée aussi bien que la dague ou l'arc, et parce que j'ai appris comme vous allez le faire… pas plus tard que tout de suite.

– Et si je refuse ?

– Je vais faire comme Allian : si vous refusez d'obéir, c'est moi qui pars…

– Attendez ! s'écria-t-elle en le voyant talonner sa monture. J'accepte, reprit-elle d'un ton sec quand il ralentit. Mais je ne promets rien.

– J'espère bien ! Moi, je veux des preuves. Bonne chance, et ne me décevez pas…

Il fit claquer sa langue, et son cheval s'éloigna à petites foulées. My attendit d'être sûre qu'il ne se retourne plus pour empoigner sa lame et, le bras vacillant, l'orienter vers l'extérieur. Surpris, son cheval effectua un écart qui faillit lui faire lâcher prise. Son bras tremblait deux fois plus quand elle partit au galop pour rattraper les autres. Elle avait l'habitude de s'accrocher des deux mains au pommeau quand elle faisait courir son cheval, et l'absence d'un bras lui donnait une effrayante sensation de déséquilibre… Instinctivement, elle l'avait rabattu vers elle, et le força à s'éloigner à nouveau.

La rapière n'était pas lourde, et la première partie du voyage se passa sans difficulté. Elle se sentait bien un peu ridicule, à galoper ainsi, la main dans le vide, mais elle n'avait pas la possibilité de s'entraîner en cachette : Nadrett et Léréon fermaient la marche, commentant abondamment le moindre de ses déséquilibres. La honte combinée à la colère produisit en My un mélange explosif : elle tint son bras parfaitement perpendiculaire à son corps sur un bon nombre de mètres supplémentaires. Mais ledit bras commença à s'échauffer. Au début, cela ne la dérangea pas : elle eut juste l'impression de sentir une multitude de muscles à l'existence insoupçonnée s'étirer, savourant leur éveil… Puis, à force, l'échauffement devint brûlure, et d'horizontale, l'épée commença à ployer inexorablement au bout d'un bras faiblissant, comme un arc scintillant. Qui se retendit d'un seul coup lorsque la jeune fille tira des tréfonds d'elle-même un effort intense et presque électrique. Pic fulgurant et éphémère : l'épée s'arqua à nouveau, bien plus vite. Elle essaya de redresser son bras, il n'y avait rien à faire : la sensation qui en montait était à moitié une impression d'écartèlement, à moitié celle d'un blocage net. Elle se dit tout à coup qu'Orest, s'il lui avait interdit d'abandonner l'exercice, n'avait rien dit au sujet du bras gauche, en pleine possession de ses moyens. Et si…

Elle n'hésita pas longtemps : Orest avait toujours le dos tourné, et Nadrett et Léréon étaient plongés dans une conversation qui semblait monopoliser toute leur attention. Prestement, elle effectua l'échange. Il en résulta un mieux-être immédiat… jusqu'à ce que les brûlures reviennent à la charge. La rapière semblait s'être métamorphosée en hache, lourde, si lourde, la poignée entre ses doigts ayant quasiment triplé sa circonférence, selon ses sens troublés.

Au départ, les instructions biscornues d'Orest l'avaient indignée. À présent elle les haïssait, regrettant amèrement de ne pas avoir deux bras de rechange. La pensée lui vint qu'Orest n'avait rien dit quant à la cumulation des deux bras. Elle cumula donc. Pas de soulagement cette fois, mais une souffrance plus diffuse… Néanmoins, dans l'ensemble, elle était assez satisfaite de sa prestation et put décompter le temps qui restait en observant la nuit tomber, dosant ainsi le peu de forces qui lui restait. Cela ne l'empêcha pas de tomber peu glorieusement de sa monture lorsque vint le moment de mettre pied à terre. Elle alla s'affaler au pied d'un arbre pendant que les autres installaient le campement, guettant un regard d'Orest, qui ne vint pas. L'assassin s'occupa des diverses corvées, passant parfois devant elle, mais se comportant exactement comme si elle n'existait pas. À quoi servait-il qu'elle s'échine à exécuter ses exercices s'il ne lui disait même pas ce qu'il en pensait ?

Écœurée, vexée, elle fut d'une humeur massacrante pendant toute la soirée, à la grande indifférence des autres d'ailleurs. Boudant le bivouac, elle alla se réfugier au pied d'un grand chêne, considérant d'un œil haineux ses compagnons de route qui parlaient de l'itinéraire du lendemain. Son regard vengeur se mua en air hautain quand Orest, se levant à la fin du repas, vint la rejoindre dans sa retraite, s'asseyant calmement à ses côtés.

– Alors ? s'enquit-elle.

– Alors ? Pitoyable.

La sentence lui fit l'effet d'un coup de dague en plein cœur.

– Et n'ayez pas la bêtise de me demander pourquoi. Vous le savez aussi bien que moi. Je pensais qu'une grande dame dans votre genre aurait la sagesse de respecter mes instructions, sans chercher à les tourner à son avantage, selon un procédé des plus puérils, d'ailleurs… À bon entendeur, salut.

Humiliation et colère faisaient mauvais ménage : la seule chose qu'elle trouva à faire fut de s'isoler dans les hauteurs du chêne, ressassant toutes les ripostes qu'elle aurait pu adresser à l'assassin, et le sentiment de son propre ridicule. Elle passa la nuit là-haut, dormant très peu. L'attaque d'Orest l'avait atteinte en profondeur. C'était bien la première fois qu'on remettait en question la qualité dont elle était la plus fière : sa loyauté. Qualité fort noble, mais que, tout à coup, elle n'était plus sûre de détenir…

Et s'il avait raison, après tout ? Si le sang royal dont elle était tellement fière n'était qu'un vague legs et non une réelle possession ? De tous ses ancêtres, elle ne connaissait que Madael, et le courage que celui-ci avait montré en se sacrifiant pour son royaume l'avait toujours impressionnée. Inconsciemment, elle était convaincue de cacher la même grandeur quelque part en elle…

Au petit matin, n'en pouvant plus, elle sauta à bas de son arbre, son épée serrée contre elle. Il lui fallait faire quelque chose, n'importe quoi, pour se prouver que l'opinion d'Orest était fausse. Comme la veille, elle partit à la recherche d'une clairière peu éloignée, où s'entraîner sans être dérangée. À cette différence qu'elle passa, cette fois, une heure sans bouger, le bras tendu, l'épée au bout. Pour tenir, elle sollicitait toutes ses forces, ce qu'il y avait de meilleur en elle. Elle commençait à comprendre les paroles d'Orest : « La force n'est pas l'essentiel, il y a aussi la volonté. » Elle tint jusqu'à ce qu'elle n'en puisse honnêtement plus. En rangeant son épée, elle avait l'impression d'avoir perdu son bras. Mais l'estime qu'elle se portait à elle-même était revenue à tire-d'aile.

Quand elle regagna le camp, tout auréolée de fierté, les autres commençaient à se réveiller. Seul Allian était levé et, assis au pied de l'arbre, étudiait leur itinéraire sur la grande carte de Krud. Elle s'approcha pour regarder par-dessus son épaule. La carte ne lui évoqua cependant pas grand-chose, recouverte comme elle l'était d'une foultitude de noms et de reliefs dessinés à l'arrière-plan. Le second se désintéressa un moment de son étude pour lui indiquer obligeamment :

– Nous sommes actuellement, comme vous pouvez le voir, sur une bande de forêts et de légers vallons qui traversent deux chaînes montagneuses, de faible envergure. On peut parler d'une cuvette géante, qui s'étend sur des centaines de lieues. À part la région de Liett, nous sommes dans l'une des zones les plus prospères d'Edrilion : protégée des intempéries et des attaques par des montagnes suffisamment dissuasives, terrain plat, terre riche…

– C'est une région aussi habitée que les environs de Liett ?

– Mettons que c'est différent. Près de Liett, ce sont de grosses villes. Ici, pour le moment, des villages. Mais ils sont plus nombreux, ce qui pose problème. Nous devons louvoyer sans arrêt.

– Je vois, dit-elle. Il faut sans cesse rebondir sur de nouveaux lieux… C'est la théorie du saute-mouton, cette fois ?

– Ha, ha. Je vous ferai observer que c'est la seule solution que nous ayons encore, grâce à votre éclat de la foire.

– Pour cela, il faut remercier Orest. Je n'ai pas choisi de voler cette épée.

– Non, vous avez accepté, ce qui est pire… On se demande d'ailleurs pour quelle raison, étant donné votre indiscutable talent d'escrimeuse. Beau spectacle hier, en passant.

Elle pâlit sous l'outrage, mais étant dans un état d'esprit relativement serein, se retint de répliquer. Il en fut pour ses frais.

– Où sommes-nous par rapport à Liett ? demanda-t-elle d'un ton dégagé.

– Liett est ici.

Mydria se pencha un peu plus pour distinguer le point indiqué par Allian, et écarquilla les yeux de surprise : la capitale était loin derrière. Ils avaient couvert une belle distance… Elle s'amusa à retracer leur itinéraire : les Ravins étaient symbolisés par une mince ligne noire, tortueuse, qui barrait la région comme une cicatrice. Les villes reprenaient du côté sud, timidement, puis de plus en plus nombreuses. Allian indiqua du doigt la première d'entre elles :

– Elle, c'est Mealla. Celle où vous avez… trouvé le Pygmalion.

– Et maintenant ?

– Maintenant nous sommes à peu près là.

– Et les Bois ?

– Ici.

La jeune fille étudia longuement la tache sombre, à quelques centimètres du doigt d'Allian. Elle s'étendait largement, avalant les vallons qui moutonnaient à proximité.

– Que savez-vous des Bois ? demanda-t-elle à Allian. Ont-ils une particularité ?

– Il s'agit de la plus grande forêt d'Edrilion. Donc, d'un large territoire inexploité. Les forêts sont déjà peu accommodantes en temps normal, et celle-ci est la pire.

– Pourquoi ?

– Tout le monde préfère l'éviter.

– Comme pour les Ravins, alors ?

– Hum… Les Ravins présentent un obstacle naturel, c'est tout. Je ne pense pas qu'on connaisse l'existence du monstre. Les Bois, c'est autre chose. On peut les traverser, mais on ne le fait pas. C'est une habitude, je dirais une superstition.

– On ne sait rien sur eux ?

– Non, puisque les Edriliens se cantonnent à leur lisière. Voyez-vous, votre royal ancêtre, Madael, avait autrefois lancé ses soldats contre La Déléane qui nous envahissait par la mer, et les avait fait passer par les Bois pour atteindre plus vite les frontières. Je vous laisse deviner ce qui est arrivé…

– Ils sont morts ?

– Depuis le temps, sûrement. Mais peut-être pas sur le moment ; personne ne sait ce qui s'est passé, en tout cas ils n'ont jamais atteint les frontières.

– Je n'avais jamais entendu parler de cette histoire !

– Peu la connaissent. Ce n'est pas une légende qu'on raconte volontiers. Et ce n'est pas la seule histoire de ce genre. Les gens aiment avoir peur, mais un tel danger n'amuse pas vraiment. Alors, on laisse les Bois de côté.

– Je vois.

La jeune fille reposa la carte sur la couchette, déçue. En temps normal, Allian était une encyclopédie sur pattes. C'était la première fois qu'elle le voyait faillir, et sur un sujet aussi grave.

– Si les Bois sont dangereux à ce point, pourquoi nous y emmener ?

– Parce que je préfère un danger imprécis à celui, très concret, qui nous suit ; et si nous allons dans les Bois, la garde royale n'osera pas nous suivre. C'est tout simple. À situation désespérée…

My ne répondit pas immédiatement. Un léger pli se creusait entre ses sourcils, reflet de sa concentration intérieure.

– J'ai l'impression que nous filons droit vers une impasse, dit-elle. Si une armée n'a pas survécu aux Bois, nous ne le pourrons pas non plus. Ou du moins pas sans pertes.

– Nous avons pour atout notre nombre réduit ; nous passerons sans doute inaperçus. Et si ce n'est pas le cas… eh bien, chacun connaît les risques, chacun s'est engagé librement. Du reste, c'est ça ou finir épinglé par l'escouade qui nous poursuit.

– Votre façon de parler de la mort est choquante.

– Vous êtes encore toute jeune, My, vous verrez plus tard que la mort n'est rien de plus qu'un passage.

– Oui, eh bien, je préfère ne pas passer tout de suite, et j'ai l'impression que votre plan va précipiter les choses, si vous voulez le fond de ma pensée.

Voyant que sa remarque n'avait pas l'air de le toucher, elle haussa les épaules et se remit debout.

– Je vais préparer les chevaux.

Les autres s'étaient réveillés entre-temps. Elle gagna la clairière où ils avaient attaché leurs montures. Son cheval eut un sursaut quand elle flanqua la selle sur son dos.

Assez ! Voilà ce qu'elle avait envie de crier. Oui, taper du pied par terre, protester une bonne fois contre leur parcours erratique ! Elle avait prévenu, pourtant ! Elle s'en souvenait comme si c'était hier. Elle l'avait dit à Orest : « J'ai de bonnes raisons de croire que d'autres personnes sont passées par ici, des personnes plus fortes, infiniment plus fortes que nous, et qui n'ont pas survécu. » Et à nouveau, ils envisageaient de passer par des endroits louches qui, eux, avaient carrément englouti non des héritiers mais une armée entière ! Et elle pourrait dire ce qu'elle voulait, personne ne se soucierait de son avis... Qu'était-elle pour eux ? Une petite dame qui ne savait rien du monde, une Madame My tout court. Leur sauver la vie n'avait guère changé les choses de ce côté. Que fallait-il faire, bon sang, pour s'attirer leur respect, ou simplement leur attention ?

La réponse, hélas, était toute trouvée.

Il fallait montrer qu'elle savait combattre.

My soupira et s'appuya contre son cheval, soudain épuisée. Elle était assez fine pour deviner que manier une épée signifiait renoncer à une partie de sa culture. Les femmes nobles ne se battaient pas. Elles n'en avaient de toute façon pas besoin... Dans le vaste monde, c'était une autre affaire. Il lui faudrait conquérir la considération des autres à la force du poignet. Mais l'escrime n'était même pas sûre de lui assurer l'égalité face aux hommes, une fois cette discipline maîtrisée...

Quand elle comparait les deux mondes dans lesquels elle évoluait, celui d'hier et celui d'aujourd'hui, elle avait l'impression de se trouver entre deux miroirs inversés. Toute honte ici était convention là-bas, toute convention là-bas était enfantillage en face. Ce n'étaient pas les mêmes valeurs, certaines étaient même escamotées – elle imaginait très bien Orest ricaner à la seule évocation de l'honneur… Alors, comment passer d'un monde à l'autre sans dépaysement ? C'était d'autant plus embarrassant que ces deux mondes étaient réunis dans un seul royaume. Ce n'était pas l'idée qu'elle se faisait d'Edrilion. Ou du moins, pas l'idéal qu'elle en avait.

Si elle devenait reine… My se laissa aller à rêver, savourant le mot. Si elle devenait reine… elle changerait tout cela. S'ils l'atteignaient, le trésor leur permettrait tout. Krud avait suffisamment de relations pour la porter jusqu'au trône ensuite. Et quand elle serait couronnée, Krud passerait à la trappe, elle n'aurait aucun scrupule. Alors, elle serait seule à décider, et elle appliquerait les principes qu'elle jugeait les plus indispensables. Elle avait navigué dans les deux classes majeures d'Edrilion, et connaissait les injustices qui sévissaient ici où là… Elle répartirait les richesses, s'allierait ses voisins pour équilibrer les forces contre La Déléane. Le trésor servirait précieusement ces alliances ; elle…

Son cheval bougea soudain et elle sortit de sa rêverie juste à temps pour voir les autres s'éloigner au petit trot. Elle s'empressa de mettre un pied à l'étrier, et se ravisa en se rappelant qu'elle avait oublié toutes ses affaires – « toutes » était un bien grand mot : il comptabilisait au sens large une couverture, une cape de rechange et sa précieuse rapière – sur le lieu de campement ; le temps qu'elle fasse demi-tour, ramasse ses effets et grimpe sur sa monture, son groupe s'était éloigné de cent bons mètres. Fulminante, elle finit par remonter à la hauteur du dernier cavalier, lequel était Orest, arborant son rictus habituel.

– C'était à cause de quoi, cette fois ?

Elle ouvrit la bouche pour répliquer vertement, et la referma aussi sec.

– Je pensais, dit-elle avec hauteur.

– C’est un détail heureux.

Elle ne daigna pas répondre.

– Alors, reprit-il tranquillement. La nuit portant conseil, quelles sont vos impressions sur vos deux premières leçons ?

– Une impression de médiocrité absolue, soupira-t-elle.

– My, que les choses soient claires : vous êtes nulle, nous le savons tous les deux, alors inutile de revenir tout le temps là-dessus. Je veux un esprit critique sur votre travail. Pas des plaintes.

– Mais je suis critique, dit-elle, et tout ce qu’il y a de plus objectif.

– Vous n’êtes pas objective, vous êtes résignée. Je ne veux pas de ça.

– Très bien ! Si vous voulez une analyse détaillée, je vous dirai que je sais tenir correctement une épée, mais que je ne sais ni parer ni rendre coup sur coup, et que vous allez trop vite pour moi !

La réponse n’était manifestement pas celle qu’attendait Orest.

– À vous entendre, on croirait que vous me reprochez de ne pas tenir l’épée à votre place. Je ne suis qu’un guide, je n’agis pas pour vous. Dans un apprentissage il y a une part d’investissement personnel, et vous n’en montrez aucun.

– Je…

– Avez-vous montré la moindre motivation depuis le début, autre que celle engendrée par la colère ou le dépit ? Je ne crois pas. En tout cas, cela ne suffit pas. Vous ne tiendrez pas longtemps. Alors, entendons-nous bien : soit vous persévérez et y mettez un peu du vôtre. Soit nous arrêtons là. À vous de choisir.

D’entrée de jeu, ça partait mal.

– Bien sûr que je continue ! s’écria-t-elle, indignée. Vous ne m’avez pas fait voler une épée pour rien !

– Il faut d’autres motivations que le choix d’une épée.

– C’est-à-dire ?

Il ne répondit pas immédiatement, occupé à formuler sa réponse de façon satisfaisante.

– L'enseignement que je vous dispense n'est pas un loisir. Vous n'apprenez pas à vous battre pour épater la galerie, mais pour tuer. Cela mérite réflexion, et pleine connaissance de cause.

Venant d'un assassin, le conseil était pour le moins inattendu.

– Vous accordez donc un tant soit peu de valeur à la vie ? demanda-t-elle.

La question parut l'irriter.

– Bien sûr que oui.

Maintenant qu'elle avait commencé à le faire parler de lui, elle n'allait pas s'arrêter en si bon chemin.

– On ne dirait pas, pourtant…

– Être assassin ne signifie pas obligatoirement être assoiffé de sang. C'est un gagne-pain nécessaire… un métier comme un autre.

– Moins agréable que la plupart…

– Il est vrai.

– Alors pourquoi le pratiquez-vous ?

Un silence soudain lui répondit. Elle sentit aussitôt qu'elle venait de toucher une corde sensible.

– C'est vrai, poursuivit-elle. Vous montrez des aptitudes pour une infinité de choses. Pourquoi rester assassin ?

– C'est compliqué.

– Alors expliquez-vous, insista-t-elle.

Si un regard pouvait tuer, elle aurait été à cet instant raide morte, enfoncée dans vingt centimètres de terre fendillée. Les battements de son cœur s'accélérèrent, mais elle avait des yeux, elle aussi, et capables de faire transparaître les émotions les plus diverses. Durant un bref instant, la jeune fille hésita entre une peur réelle, une attention à moitié feinte et une curiosité qui ne l'était pas. Elle opta finalement pour un air d'incompréhension totale. Il était coincé.

– C'est compliqué, lâcha Orest, compliqué à comprendre pour toute personne n'ayant jamais tué dans sa vie.

My s'était attendue à peu près à toutes les esquives, sauf à celle-ci.

– Qu'est-ce que vous voulez dire par là ?

Elle avait dû parler avec un peu trop d'empressement, trop d'intérêt. Le retour de l'huître fut instantané : Orest se ferma définitivement, s'entrouvrant juste assez pour laisser filtrer :

– C'est suffisamment clair, il me semble.

– Quoi qu'il en soit, je ne comprends pas, insista-t-elle.

– Eh bien, My, pensez !

Son cheval bondit en avant et s'éloigna de son galop élastique. La jeune fille resta seule à l'arrière, frustrée. Comment pouvait-il être ainsi sur ses gardes en permanence ? Le problème la dépassait. À croire qu'Orest s'était condamné à se fermer indéfiniment au monde sous peine de… de quoi, au juste ? Les gens normaux avaient des peurs par dizaines et ne savaient pas les cacher. Quelles étaient les peurs d'Orest ? Autant de questions sans réponses… et elle n'était pas près d'en avoir.

À force de voyager avec la Guilde, My avait appris bien des choses. Que Nadrett était marié, que Guiaulth avait commencé sa tortueuse carrière dans l'armurerie, que Léréon n'aimait que les brunes et Lyrend'ell, que les blondes, que Krud n'avait aucune famille et s'en accommodait très bien ; Allian était un cas à part, mais simplement parce que My était incapable de démêler le vrai du faux dans ses nombreux récits. Orest, lui, ne laissait rien transparaître. Elle repensa à son image de l'huître. C'était assez juste. À l'extérieur, la coquille, commune et irrégulière, et à l'intérieur… eh bien, c'était la question. Qu'y avait-il à l'intérieur ? Aucun moyen de le savoir, et elle n'avait jamais été douée pour les énigmes…

Mydria eut tout le loisir de se maudire pendant le reste de la journée : Orest ne revint pas et prit soin d'intercaler entre eux la moitié du groupe. Elle essaya bien de remonter la file, mais alors, par une étrange coïncidence, le garçon partait en éclaireur et ne revenait que lorsqu'elle s'était fait dépasser par tous les autres. Il la fuyait ! Jamais elle n'aurait cru cela possible. Ce constat donnait matière à réflexion. S'il l'évitait à ce point, c'est qu'il cherchait à se protéger. Et maintenant, les cours d'escrime tombaient à l'eau !

Elle essaya de poursuivre toute seule, tenant son épée dans le vide pour se muscler le bras, sous les sarcasmes d'Allian qui chevauchait à son côté. Habituée à ceux, plus acides, d'Orest, elle ne broncha pas, mais l'exercice fut tout de même un échec : au bout d'une lieue, son bras tremblant et affaibli lâcha la rapière qui alla se ficher dans le sol avec un bruit mat. Galamment, son compagnon de route la ramassa. Elle finit par la ranger dans son fourreau, se désintéressant du problème pour une idée soudaine : utiliser Allian.

– Dites-moi… demanda-t-elle, depuis quand servez-vous Krud ?

– Je ne sers pas, se piqua-t-il, je travaille avec. Et cela fait huit ans.

– C'est très long ! s'exclama-t-elle en ouvrant de grands yeux.

– Ce qui est long, c'est de gravir les échelons. Je ne serais pas enrôlé dans cette mission, autrement.

– Si vous êtes là depuis longtemps, vous devez bien connaître ceux de notre groupe, alors ?

– Plus ou moins. Nous ne travaillons pas dans le même domaine, voyez-vous, certains sont dans le crime, d'autres, dans l'espionnage, d'autres encore, dans le vol… J'ai très peu travaillé avec les jumeaux, par exemple. Un peu plus avec Guiaulth et Nadrett. Gariott m'était en revanche quasiment inconnu.

Volontairement ou non, il avait laissé de côté le seul nom qui l'intéressait. Elle se résigna à demander :

– Et Orest ?

– Orest… très peu.

– Mais c'est un assassin, non ? Ne m'aviez-vous pas dit que vous en étiez un, vous aussi ?

– À mes heures perdues… Je privilégie l'espionnage.

Si bavard au début, l'homme se murait à son tour, de façon tout à fait inexplicable. Lui jetant un coup d'œil, elle constata qu'il attendait simplement qu'elle poursuive. Avait-il deviné le but de la manœuvre ?

– Pourquoi ? Le métier d'assassin ne vous plaît pas ?

– Mettons que c'est particulier.

Ce fut à son tour d'attendre, et à celui d'Allian d'expliquer :

– Voler un objet peut se faire de mille façons différentes et on ne dérobe jamais le même ; surprendre des intrigues nécessite une stratégie qui s'élabore avec des jours de travail… En comparaison, je trouve le métier d'assassin… dépossédant. Vous n'emportez rien, vous ôtez. Oh, vous gagnez quelques piécettes au final, mais c'est toujours la même chose : dégainer, entrer, frapper, retirer, sortir, fourbir, recommencer… Répétitif et obsédant. Je ne comprends pas ceux qui s'y consacrent.

– Exutoire ? suggéra-t-elle.

– Au risque de vous surprendre, non. Pas quand on décide d'en faire son métier, donc de tuer à horaires réguliers : la violence est à proscrire ou à canaliser. Il faut savoir rester maître de soi en toutes circonstances.

Elle fut effectivement surprise. La vision d'Allian, très différente de la sienne, se rapprochait de façon troublante de ce que lui avait dit Orest. Elle décida d'aller plus loin :

– Et Orest ? Est-il un bon assassin ?

– Plutôt. Mais j'ai toujours dit que le métier des armes lui irait mieux.

– Et pourquoi ne change-t-il pas ? demanda-t-elle, sa curiosité piquée au vif.

– Ah, ça…

Allian leva les bras au ciel. Et elle obtint comme unique réponse :

– Allez donc le lui demander.

Les jours qui suivirent comptèrent, pour My, parmi les plus ennuyeux de son existence. Elle redoutait la solitude plus que tout et les autres l'y renvoyèrent sans états d'âme. Au début du voyage, elle avait eu Guiaulth pour la distraire. Ensuite Orest, puis Allian. Mais en tant qu'éclaireur, Allian dut très vite ouvrir la route en s'éloignant de plus en plus, Guiaulth, le plus reposant des trois, n'avait jamais tant mérité cet adjectif, et quant à Orest, c'est à peine s'il semblait se rappeler qu'elle existait. Oh, il avait cessé de l'éviter. Mais ce n'était guère mieux. Il voyageait parfois devant elle et lui passait les gamelles aux repas, en évitant toutefois, très soigneusement, de croiser son regard ou d'entamer une conversation. Elle était malheureuse comme les pierres : à force de vouloir le sonder, elle avait frappé trop vite et visé trop juste. Comment revenir en arrière à présent ?

La jeune fille avait laissé sa rapière au fourreau. Cela ne servait plus à rien. Orest était plus têtu qu'elle, il ne reprendrait pas les cours. Et elle ne pourrait pas progresser seule, même avec la meilleure volonté du monde. Elle s'était habituée aux longues heures de chevauchée et pouvait maintenant penser à autre chose qu'à ses douleurs musculaires, sauf qu'elle n'avait plus rien à penser. Elle avait épuisé son stock de méditation, le paysage ne l'intéressait plus, et les cieux lui restaient catégoriquement interdits, sous peine de séjour dans un bocal à confiture. Le bilan fait, il ne lui restait plus grand-chose… les regrets et la mauvaise humeur. Portant sur un peu tout et rien. Siartt. Orest. Le vol de l'épée. Les Ravins. Les morts…

Les jours passaient, paisibles en apparence. Personne ne les poursuivait, le temps était au beau fixe. Les autres avaient fini par s'accoutumer à la singularité du paysage et passaient leur temps à discuter sur la suite de l'itinéraire. My, elle, chevauchait au milieu, silencieuse. Elle avait perdu l'envie de parler. Les remords l'assaillaient par vagues amères. Plus que des remords, c'était un véritable mal-être. L'indifférence d'Orest la blessait plus qu'elle ne l'aurait cru, parce qu'elle le sentait lui-même blessé. Prémonition inexplicable, mais aiguë. Ses tentatives pour le percer à jour lui avaient paru, sur le moment, bien innocentes… sauf qu'Orest était un être secret. Trop secret. Ses questions, il avait dû les percevoir comme une agression, lui qui mettait un point d'honneur à ne jamais rien laisser filtrer… Maintenant, c'était au tour de My de se sentir vulnérable. Mourant d'envie d'aller s'excuser, ne le faisant pas par un sursaut d'orgueil. Elle résista de longues journées. Son amour-propre ne pouvait tolérer qu'elle, Mydria Siartt, se sente coupable vis-à-vis d'un simple manant. Mais… Orest était plus qu'un simple manant. Même né au plus bas, même insignifiant par rapport à elle, il avait en lui quelque chose de brut et de particulier qu'elle n'avait rencontré nulle part ailleurs. Sans compter que, les cours de combat suspen-dus, il détenait un savoir susceptible de lui sauver la vie… Pour toutes ces raisons, le voir contrarié à son égard lui était insupportable. Après quelques jours, elle se contraignit à taire sa fierté, pressa sa monture et remonta à sa hauteur pour lui dire sans préavis :

– Je m'excuse.

Elle crut qu'il n'allait pas répondre. Il restait immobile sur sa selle, regardant droit devant, mâchoires serrées. Têtu ou foudroyé ?… Dans tous les cas elle pouvait prévoir à la seconde près le moment où il talonnerait sa monture pour la semer. Pressentiment qui l'inquiéta d'abord, puis de fil en aiguille l'irrita et lui fit retrouver d'un coup toute sa morgue seigneuriale.

– Est-ce pour cela, oui ou non, que vous m'évitez soigneusement depuis une semaine ?

Le garçon crispa une main sur ses rênes. Geste imperceptible qu'elle ne remarqua pas.

– Finement observé, lâcha-t-il enfin sans se départir de son calme. Ne revenez donc pas pour recommencer…

– Je n'ai jamais dit ça.

– Vous en prenez le chemin.

– Je venais m'excuser, c'est tout.

– Votre excuse a des airs certains de provocation.

– C'est vous qui vous vexez d'un rien !

– À voir votre réaction, vous aussi.

– Pas du tout, je…

– Suffit ! Excuses acceptées.

Il décala légèrement sa monture pour permettre à celle de la jeune fille, à moitié hors du sentier, de se remettre à sa hauteur.

– Mais j'espère que vous aurez compris : aucune question sur moi.

My, qui avait un « pourquoi ? » sur le bout de la langue et tout prêt à l'envol, le ravala de justesse.

– Entendu, dit-elle, résignée.

– Parfait.

Et le garçon se mura dans le silence. Une fois de plus, elle se trouva déconfite.

Qu'espérait-elle en venant à lui ? En tout cas, pas un tel résultat. Il se méfiait visiblement et semblait guetter son départ… sans parler, sans rien faire pour montrer qu'il pardonnait. Il ne faisait aucun effort. L'amour-propre de la jeune fille, touchée en plein cœur, la fit demeurer, malgré une envie grandissante de faire volte-face, à ses côtés, calquant exactement son allure sur la sienne, dans le même silence hautain. Pour une fois, ils se ressemblaient comme deux gouttes d'eau. L'instant ne dura pas.

– À présent que je suis venue vous adresser mes excuses dans les règles de l'art, que vous les avez acceptées avec la magnanimité qui vous caractérise, et qu'aucun différend, sans nul doute, ne nous oppose plus… je présume que vous allez retrouver votre jovialité naturelle ?

– Ne vous arrive-t-il jamais de vous taire ?

Cette fois, elle refusa d'analyser ses paroles pour deviner l'humeur qui se cachait derrière. Il répondait, c'était l'essentiel.

– Il faut bien que je parle. Vous ouvrez la bouche une fois par heure !

– C'est parce que, contrairement à vous, j'ai compris quelle haute vertu se cachait dans le silence…

– Vous ne trouvez pas la conversation de vos semblables plus intéressante ?

– Les conversations s'éternisent pour ne rien dire. Le silence est d'emblée plus… synthétique.

Il lui répondait machinalement. Aussi, charitable, elle fit dévier la conversation sur la question de l'itinéraire.

– À votre avis, combien de jours d'ici les Bois ?

– Nous avons fait la majeure partie de la route. Ils ne devraient pas tarder à apparaître… Du reste, vous verrez bien par vous-même : moins les lieux seront habités, plus nous serons proches de l'orée.

– Voilà qui est rassurant, commenta-t-elle. Et sans commune mesure, probablement, avec ce qui nous attend passée ladite orée…

– Chut !

Orest venait de stopper sa monture. Tête dressée, il semblait à l'affût, décryptant les nombreux bruits de fond qui habitaient le silence des Vallons chanteurs. Obéissante, My se tut, tendant l'oreille à son tour. Elle n'entendit rien, mais Orest cessa d'écouter après quelques secondes, et se pencha soudain en avant pour prendre la bride de sa monture, l'entraînant à la suite de la sienne, rapide et furtif. Ils entrèrent dans une sorte de cercle formé par quelques arbres, les troncs épais ou plus minces laissant passer une lumière indécise. On voyait l'herbe du vallon suivant ondoyer à travers un interstice.

Sans faire craquer une pièce de cuir, Orest descendit de sa selle et lui fourra dans la main le licou de son cheval :

– Vous, vous restez là. Je reviens.

– Hors de question, je ne…

L'assassin la coupa sèchement :

– Vous réussirez bien à garder deux canassons sans mon aide, non ?

Elle n'eut que le temps de voir la silhouette d'Orest se faufiler à travers les troncs avant de se retrouver seule, le licou dans les mains. Que se passait-il ? Qu'avait-il repéré ?

À la fois inquiète et furieuse, elle mit pied à terre à son tour, partant jeter un coup d'œil au vallon qu'ils venaient de quitter.

Orest n'était visible nulle part. C'était bien son genre, la planter là avec deux chevaux et sans la moindre explication ! Par pure bravade, elle fut tentée un instant de se métamorphoser pour partir explorer les lieux de son côté. L'idée qu'Orest allait la tuer s'il l'apprenait, et Krud avec, la calma quelque peu. Elle en fut réduite à retourner près des chevaux et à attendre en tapotant du pied. Elle aurait préféré retourner en arrière avec Orest. Maintenant que le groupe était disloqué, ils risquaient d'avoir du mal à se retrouver…

Le temps s'écoula, angoissant tout d'abord, puis si monotone qu'elle en arrêta de guetter. Elle attacha les chevaux à la diable et alla s'adosser contre un tronc noueux, les racines surélevées lui procurant une sorte de siège. Un bruit de course qui se rapprochait à toute allure la fit se relever d'un bond.

Les uns après les autres, cinq chevaux s'engouffrèrent dans la cachette improvisée. Allian fermait la marche, lame au clair.

– Patrouille à cent mètres.

– Celle que nous avons vu comportait vingt hommes, à peu près.

Orest haussa les épaules.

– Dans une certaine mesure, on peut dire qu'on a eu de la chance. Nous aurions pu tomber sur une troupe bien plus grosse – et je ne dis pas qu'elle n'est pas en marche. L'usurpateur semble avoir fait envahir tous les vallons et je gage qu'il sera lui-même sur les lieux dans un avenir proche… En attendant, le fauconnier est redoutablement efficace.

– J'ai survolé la route principale, fit My. Elle est occupée par plusieurs troupes. Et les environs immédiats également.

– Mâtin ! jura Krud jusque-là muré dans un silence de mauvais augure. Je ne me serais jamais douté qu'ils nous serraient d'aussi près !

Allian passa dans ses cheveux une main décontractée qui jurait avec sa mine.

– L'heure est grave. Très, très grave. Il va falloir à tout prix sortir de ce guêpier… sauf que les gardes occupent la partie de la région que je connais le mieux ! Nous allons devoir nous enfoncer dans les Vallons pour les ralentir.

– C'était de toute façon prévu, fit Orest. Les Vallons bordent les Bois, non ?

– Oui, mais j'entendais prendre l'itinéraire sécurisé, si tu vois ce que je veux dire…

– Pas vraiment.

– Je vous ai déjà dit que nous frôlions les villes. Ici, les vallons sont clairsemés. Si nous nous éloignons, ne vous attendez pas à une progression aussi facile, ce sera broussailles et compagnie. Nous allons devoir abandonner les chevaux. Et même à pied, je ne sais pas au bout de combien de temps nous allons retrouver les Bois…

Sur cette dernière phrase, le second tourna le dos au groupe et repartit en direction des sacs qu'ils avaient déposés au pied d'un arbre voisin. Les autres l'imitèrent peu après. Il n'y avait rien de plus à ajouter, en effet… Les Bois étaient leur seule issue de secours. Et quelle issue…

La journée se passa de façon uniforme : marche prudente, arrêt, détours. En partie parce que Allian n'avait pas vraiment l'air de savoir vers où se diriger. À plusieurs reprises, il les laissa sur place pour s'éloigner, disparaissant pendant plusieurs minutes, avant de revenir en affichant toujours le même air affairé accompagné du catégorique « C'est par là ».

– En es-tu bien sûr ? finit par grincer Krud, après leur quatrième volte-face.

– Si je te le dis !

– Bizarre, j'ai pourtant l'impression que tes itinéraires sont diamétralement opposés les uns par rapport aux autres…

– Krud, il y a des arbres partout et aucun repère. Je ne peux pas marcher dans le bon sens du premier coup.

– Tu pourrais au moins t'aider d'une boussole, ou de la carte…

Allian coupa son supérieur d'un ton définitif :

– Inutile. Tout est dans le flair.

Ce fut ce jour-là seulement que My put identifier de façon sûre un défaut d'Allian : un entêtement forcené. Mais aussi, peut-être, un flair en définitive pas si mauvais. Le soir venu, elle put voir qu'incontestablement les vallons s'étaient obscurcis sous une futaie d'arbres plus malingres qu'auparavant mais aussi bien plus nombreux. Elle trouva à ce nouveau paysage un certain charme mélancolique jusqu'à ce qu'elle découvre que l'endroit était dépourvu de tout ce qui pouvait s'apparenter, de près ou de loin, à un sentier. Ils en étaient réduits à se frayer un chemin dans les ronces. L'humeur de la jeune fille s'assombrit proportionnellement au nombre de déchirures que les plantes infligèrent à sa jupe, en dépit de toutes ses précautions. La nuit venue, tout le bas de sa robe se trouvait artistiquement crénelé. Les autres étaient nettement mieux nantis.

– De l'avantage de porter des pantalons, commenta Nadrett.

Krud, lui, se préoccupait d'un autre genre d'ennui :

– Qu'est-ce qu'on fait ? On continue, ou on s'arrête ? Sachant que, certes, nous sommes tout à fait perdus dans les sous-bois, mais que les gardes ne doivent pas être bien loin quand même…

– On n'est pas perdus, protesta Allian, on brouille les pistes. Et je suis sûr d'avancer dans la bonne direction. Les gardes ont sûrement l'ordre d'explorer les Vallons dans le sens strict du terme. Je pense que nous nous sommes raisonnablement éloignés.

– Entendu. Alors on s'arrête pour cette nuit, lança Krud à l'intention des derniers arrivants. Pas de feu ce soir.

Lyrend'ell avait repéré des bosquets de baies comestibles, qui furent leur repas. L'ambiance était morne, Allian tentant sans résultat d'amener un sourire sur des visages renfrognés, fatigués ou boudeurs. Les uns après les autres, les membres du groupe délaissèrent le cercle et se glissèrent dans leurs couchettes. Restèrent finalement les deux guetteurs désignés pour le premier tour : Orest et My.

Résolument, la jeune fille empoigna sac et couchette pour aller s'asseoir à l'autre bout du lieu de campement. On ne pouvait faire plus clair.

– Alors, laissez-moi deviner, cette fois-ci. Vous mourez d'envie de me faire payer mon attitude de la matinée, et n'ayant pas le cran de me le dire en face, vous préférez bouder. Je me trompe ?

La voix d'Orest débordait d'une ironie mordante. Comment diable quelqu'un d'aussi peu sociable pouvait-il se montrer aussi sagace dès qu'il s'agissait de décrypter le comportement des autres ?

– Ce n'est pas une question de cran, répliqua-t-elle. Je ne veux pas vous parler, c'est tout. Puisque vous vous plaignez habituellement de m'entendre, cela devrait vous contenter, non ?

– De fait oui, mais avouez que du bavardage à la bouderie vous n'innovez guère…

– Bon, les tourtereaux ! grogna la voix de Krud. Allez faire un tour de reconnaissance dans le secteur, vous nous ficherez la paix !

Un ordre était un ordre, et les deux jeunes gens se relevèrent à contrecœur, sous les ricanements plus ou moins contenus de Nadrett et d'Allian.

– Par ici, intima le jeune homme à My, avant de commencer son tour de ronde à grandes foulées silencieuses.

My essaya tant bien que mal de tenir le rythme, se demandant au passage s'il avait fait exprès de choisir un itinéraire tapissé de ronces plus crochues les unes que les autres. Et, le cas échéant, s'il arborait cet air railleur pour cette raison-là : des deux, elle semblait la seule irritée, alors que le visage de l'assassin ne montrait pour une fois aucune marque d'hostilité. Elle le détailla attentivement, avec l'étrange impression de le redécouvrir.

Elle savait qu'il avait dix-neuf ans, mais c'était la première fois qu'elle réussissait vraiment à raccorder son âge à ses traits : un tel manque d'éclat rejaillissait de toute sa personne qu'elle aurait tout aussi bien pu lui donner la trentaine. Il avait ce genre de physique qu'on croisait dans tous les bas quartiers, trop maigre, les cheveux pendants… Un être sans âge, ou bien trop vite vieilli. Mais ses yeux, cette fois, jetaient une tache de couleur sombre au milieu de sa figure, avec une intensité inattendue, comme deux pierres en fusion. Elle était sûre qu'il devait être moitié moins froid qu'il s'en donnait l'air. Endurci par instinct de survie, par nécessité, cela, elle le croyait sans peine. Mais s'il était capable de râler, de chipoter tout comme elle, d'être profondément touché par la disparition d'un proche, alors, d'une certaine manière, il portait parfaitement son âge. Et progressivement, la pensée qu'il avait seulement trois ans de plus qu'elle lui devenait acceptable.

Un timide élan de confiance s'éleva en elle alors qu'ils reprenaient leur discussion interrompue. Improbable, surtout quand on marchait au côté d'un assassin confirmé. Et que la conversation ressemblait à s'y méprendre à une prise de bec : tantôt furieuse, tantôt glaciale, ou tout bonnement interrompue. À cela aussi, elle s'accoutumait. Elle acceptait ses silences brusques, sa discrétion sur lui-même. Il était aussi huître qu'elle était papillon. Mais l'étrangeté du personnage provoquait sa curiosité, et au fond d'elle-même elle gardait l'attente, et l'espoir patient, de voir l'huître s'ouvrir un jour sur quelque chose de plus intéressant que les ténèbres.

18. Les Bois

– En garde !

Traînant les pieds, My alla ramasser son épée, projetée à plusieurs mètres par un imposant coup de taille. Lorsqu'elle la leva de nouveau, la lame, bien que vacillante, se dressait dans l'axe voulu.

– Vous voyez que vous faites des progrès, fit remarquer Orest. Encore quelques jours, et vous aurez assimilé qu'une épée doit rester dans votre main au lieu de s'envoler un peu partout.

– Le moyen, quand vous frappez comme une brute ?

– Vous apprendrez à résister. On ne se muscle pas en un jour.

Découragée, la jeune fille recula de quelques pas pour être prête à accueillir l'assaut suivant. Leur différend oublié, Orest avait consenti à reprendre les cours et, imperceptiblement, remplaçait les critiques par quelques encouragements, mais cela ne changeait pas grand-chose. Après dix leçons, ils n'avaient toujours pas eu un seul combat digne de ce nom.

– Prête ?

– Prête… soupira-t-elle.

Orest repartit, avec une attaque latérale qu'ils avaient essayée et analysée de nombreuses fois. Elle positionna sa lame du bon côté, para avec une énorme difficulté, exécuta quelques pas rapides en arrière tandis qu'Orest attaquait à nouveau ; à point nommé, elle fit fuser sa rapière qui se rua contre l'épée en tintant… puis fut brusquement bloquée, entortillée par la lame de son adversaire. Orest avait fait jouer son poignet avec une fulgurance inattendue et la jeune fille, le bras douloureusement tordu, dut lâcher prise à nouveau. L'épée alla se ficher dans la terre, un peu plus loin.

– Mmm… conclut Orest, songeur, tandis qu'à grandes enjambées rageuses, elle partait récupérer sa lame.

– Vous voyez ? Vous voyez ! Je connais les figures élémentaires, mais comment voulez-vous que je les applique ? ! Je vous répète que vous frappez trop fort !

– L'escrime exige de l'énergie, la finesse ne suffit pas. Vous savez comment recevoir les coups et vous avez une certaine intuition émergente, mais vous manquez de force, à mon avis…

– Alors, comment suis-je censée faire ?

Orest rengaina, le regard concentré.

– Je vais y réfléchir.

En silence, les deux jeunes gens rejoignirent le reste du groupe. L'après-midi débutait tout juste quand ils se remirent en marche. L'heure était à la morosité : Krud les soumettait à un rythme d'avancée extrêmement soutenu pour être sûr d'atteindre les Bois avant d'être rattrapés, et sans les chevaux, la marche perdait un certain nombre d'attraits, l'inconvénient principal résidant dans les ronces. Une fois n'étant pas coutume, le moins spontanément joyeux d'entre eux fut ce jour-là le seul qui ne se plaignit pas : chaque fois que My regarda Orest, celui-ci était plongé dans une méditation profonde. Les autres râlaient mais, bien entraînés, suivaient le mouvement. My, elle, envisageait de plus en plus sérieusement de prendre la voie des airs. L'interdiction toujours valide de Krud s'effaçait lentement devant la réflexion qu'au moins un papillon ne marchait pas…

– Mais sacredieu, quand est-ce qu'on va les atteindre, ces Bois ? pesta Nadrett, dont la constitution plus délicate s'accommodait mal d'un effort continu.

– Sur la carte, on est à quelques centimètres, indiqua obligeamment Allian, mais dans la réalité…

– Quelques centimètres, ça nous fait bien deux centaines de lieues à faire ! commenta Léréon, ce qui généra un léger haussement de sourcils de la part du second.

– N'exagérons rien. Voyez un peu le bon côté des choses, on est entrés dans la partie obscure des Vallons. Plus de villes, plus de gardes… Cela vaut bien quelques milles supplémentaires, non ?

– Les arbres, j'en ai ma claque ! grogna Nadrett. Je promets solennellement qu'à notre retour à Liett, avec ou sans trésor, je m'y calfeutre pour le restant de mes jours !

– Quel esprit fermé tu fais par moments. Un peu d'enthousiasme, que diable ! Vous allez visiter les Bois !

– Oh, pour ça oui, c'est enthousiasmant, grinça Krud. L'endroit du monde où l'on a le plus de chances de mourir… Pourquoi ai-je suivi ton conseil ?

– Si tu veux mourir avec toutes les chances de ton côté, tu peux revenir sur tes pas ! Et puis arrêtez de juger sans savoir. Les Bois se révéleront peut-être un endroit charmant où tous les voyageurs précédemment disparus se sont en fait arrêtés pour couler des jours heureux sous la futaie.

Krud leva les yeux au ciel.

– Pourquoi ai-je du mal à te croire ?

– Admettons que l'hypothèse soit farfelue. Cela n'empêche pas que vous jugez sans savoir. Après tout, peut-on avoir affaire à pire que le monstre d'Erlett ?

Un silence éloquent lui répondit.

– Et en plus vous êtes de mauvaise foi !

De telles chicanes étaient devenues coutumières et My, à la longue, n'y prêtait qu'une attention distraite. Généralement, elle était plus occupée à surveiller sa marche. La fraîcheur ambiante se mêlait à pas mal d'obscurité et le terrain des sous-bois était abominablement inégal. Inconsciemment pourtant, tandis qu'elle fouillait le sol des yeux pour savoir où poser le pied, les paroles des autres se frayaient un chemin dans son esprit.

Nadrett avait raison. Les Bois se faisaient attendre, et de façon troublante. Techniquement, à en juger par le paysage forestier dans lequel ils évoluaient depuis un certain temps, ils étaient déjà dans des bois. Mais Allian semblait attendre autre chose.

– Comment saurons-nous que nous sommes arrivés dans les vrais Bois ? s'enquit My, se désintéressant un moment du sol.

Allian fit la moue.

– Je… ne sais pas trop. Il paraît qu'on s'en rend compte.

À nouveau, cette réponse, qui semblait convenir à Allian, ne la satisfit pas. Elle vit que les jumeaux, de même, échangeaient un regard sceptique.

– Qu'est-ce que ça veut dire, « on s'en rend compte » ?

– D'une façon ou d'une autre, la frontière entre les Bois et les Vallons se présentera de façon claire. Et inutile de chercher dès maintenant, je vous dis qu'on a encore un certain nombre de jours de marche. On a le temps de… se préparer.

My jeta un regard sur ses compagnons de route, sur leurs fourreaux, leurs habits renforcés, leur allure endurante. Ils avaient l'habitude, eux. Ils avaient du cran et savaient se battre. Son premier contact avec l'escrime, la vraie, lui avait montré, au contraire, à quel point elle-même était vulnérable. Orest, certes, lui dispensait régulièrement des cours, toujours très professionnel et impassible, avec une foule de bons conseils… Mais dans les Bois, cela suffirait-il ?

N'y tenant plus, elle remonta la file pour se placer à la hauteur de l'assassin, brûlant d'impatience.

– Alors ? demanda-t-elle aussitôt. Vous avez réfléchi à notre problème ?

Orest quitta instantanément son air pensif pour lui décocher l'un de ses fameux coups d'œil aigus.

– Il n'y a pas trente-six solutions. Vous ne considérez dans l'escrime que la finesse des frappes sans avoir l'énergie de les réussir…

– Et… ?

– Je pense que je vous allez devoir apprendre à frapper, à votre tour, comme une brute.

– Orest, c'est une très mauvaise idée.

Désemparée, sa rapière à la main, My regardait son professeur improvisé bourrer un sac en jute de feuillage. Elle ne comprenait ni l'utilité ni le but d'un tel enseignement, avait tenté à plusieurs reprises de le faire admettre à Orest, mais l'assassin n'avait rien voulu entendre.

– Vous me l'avez déjà dit, et je trouve, moi, qu'il s'agit d'une étape essentielle pour vous. Étant donné que c'est moi qui enseigne, j'ai forcément raison.

En quelques gestes précis, le garçon attacha le sac autour du tronc mince de l'arbre le plus proche, à mi-hauteur, puis se recula, l'air satisfait.

– Voilà.

– Qu'est-ce que je dois faire ? demanda My, perdue.

– D'abord vous allez prendre le coup de patte. Vous n'avez pas appris à être vive et directe, il faut commencer dès maintenant. C'est le but de l'exercice. Je veux que vous compreniez qu'une épée est faite de bout en bout pour tuer le plus vite possible. Oubliez-moi vos jolis moulinets. Attaquez, foncez là-dedans.

– Mais… je vais détruire le sac !

– Vous avez encore beaucoup d'objections du même genre ?

– Non, mais…

– Il est bien connu qu'un sac en jute a une valeur marchande considérable. Allez, attaquez maintenant.

– Comment dois-je faire ?

– Pas de méthode. Je veux que vous appreniez par vous-même les frappes les plus efficaces.

Mydria regarda le sac, puis le jeune homme, perplexe au plus haut point mais n'osant protester. L'assassin se recula de façon à voir le spectacle dans son ensemble, rejoignant Léréon, Lyrend'ell et Nadrett qui avaient quitté le lieu de campement pour assister au cours. Et My resta seule, épée en main, dans le trou de lumière dégagé entre les quelques arbres où ils s'étaient installés.

Elle fit face au tronc, tâchant de s'apaiser. Frapper comme une brute. Le principe était simple. N'importe qui en aurait été capable... mais l'expression seule la remplissait de dégoût. C'était si éloigné de ses habitudes...

– My, qu'est-ce que vous attendez ?

Orest s'impatientait – avec raison, elle devait l'admettre. Ce fut son intonation qui la décida. Elle s'élança en avant ; fendant l'air, sa lame alla se planter droit dans le tronc... à droite du sac.

Orest ne fit aucun commentaire, mais les rires discrets de ses comparses suffirent pour donner à la jeune fille une furieuse envie de disparaître sous terre. Elle prépara son deuxième assaut avec une attention redoublée. L'épée épingla mollement un coin du sac.

– Pas d'importance, continuez, dit Orest. Il est assez difficile de viser juste avec une rapière. En attendant, vous ne frappez pas assez fort. Considérez que vous devez tuer votre homme en un coup.

– Pourquoi tuer ? objecta-t-elle. Mettre hors d'état de nuire ne suffit-il pas ?

– Dites-vous qu'un homme mort a peu de chances de revenir à la charge la minute d'après.

– Il y a du vrai, reconnut-elle.

Le troisième assaut fut déjà plus satisfaisant : la rapière se ficha en plein milieu du sac.

– Stop !

Orest se leva rapidement et alla inspecter l'impact.

– C'est mieux mais insuffisant. Vous n'avez même pas éraflé le tronc. Il faut traverser le sac, pas le piquer. Je veux que vous combiniez rapidité *et* force.

Il lui rendit son épée puis retourna s'asseoir, ajoutant seulement :

– À présent je ne vous interromps plus. Lancez vos assauts à répétition et analysez seule les effets de vos échecs ou réussites.

Ainsi, pendant une heure, My s'entraîna dans un silence presque solennel. Seul s'élevait le son du froissement des feuilles percées par l'épée, alterné au début avec le bruit plus sec du tronc que la lame heurtait par inadvertance, et qui disparut peu à peu à mesure que la jeune fille maîtrisait mieux ses gestes et sa visée. Elle finissait par comprendre ce qu'Orest entendait par « frapper comme une brute ». Simplement une efficacité sans fioritures…

Sans aimer l'exercice, elle fut un peu réconfortée en voyant que ses gestes devenaient lentement plus rapides et familiers, arrachant à Orest un « C'est mieux » à l'issue du cours. Le sac était quasiment réduit à l'état de confettis et perdait ses entrailles par flots de plus en plus abondants. Quant au tronc, elle vit, en retirant le sac, qu'il était rayé de multiples éraflures ou piqûres, encore superficielles.

– Pour un premier essai, vous ne vous en sortez pas si mal. J'ai toujours su que vous aviez une certaine capacité d'adaptation…

– Merci.

– … mais vous ne frappez tout de même pas suffisamment fort.

My, dont le bras était enflammé et douloureux à force de manier l'épée pendant une heure, répliqua un peu vivement :

– Désolée, mais après une journée de marche, il me reste assez peu d'énergie !

Orest ne broncha pas.

– Dans ce cas, nous nous entraînerons désormais le matin.

Elle nota avec un certain plaisir l'affabilité qui accompagnait ses paroles. Ce fut l'une des rares fins de cours où ils ne se disputèrent pas, et ils revinrent vers les autres pour le bivouac dans un état d'esprit plus proche de l'insouciance.

– Qu'est-ce que vous pensez des Bois ? demanda My tout à coup.

– Je ne suis guère plus avancé qu'Allian… J'attends de voir.

– Je me disais… ébaucha-t-elle.

– Oui ?

– Je me disais qu'ils risquaient d'être beaucoup plus dangereux que les Ravins, monstre et parois glissantes compris.

Orest ne la relança pas, se contentant d'écouter. Elle poursuivit, écartant au passage une branche qui lui bloquait la route :

– Vous vous souvenez de la conversation que nous avions justement eue avant les Ravins ? Nous parlions de mes ancêtres. Je vous avais dit qu'ils étaient sûrement passés par les Ravins eux aussi. Je ne crois pas qu'ils y soient descendus, à moins d'avoir eu des problèmes avec l'usage de leur Don. Mais je pense que la majeure partie a dû se faire attraper par les Bois.

– Pourquoi ça ? Ils ne sont peut-être pas passés par là.

– Allian disait que les Bois couvraient une grande partie du territoire jusqu'au littoral. C'est un point de repère précieux, quand on voyage dans le ciel…

– Cependant, objecta Orest, rien ne dit qu'ils se sont arrêtés dans les Bois.

– On voit que vous n'avez jamais volé ! Il est impossible de survoler une telle étendue sans se poser.

– Je voulais dire, s'arrêter réellement dans les Bois. Pourquoi ne se seraient-ils pas cantonnés aux branches ?

– À moins d'être très méfiants, ils ont sûrement voulu explorer l'endroit. La curiosité est humaine… Et ils devaient compter sur leur Don pour se sauver en cas de danger.

Orest eut l'air peu convaincu.

– Cela s'est passé il y a des siècles. Ils ont pu mourir de bien d'autres façons.

– Et lesquelles ? Arrivés à la mer, quels autres dangers auraient-ils pu connaître ? Ils avaient fait le plus dur, il ne leur restait qu'à chercher l'île, ce qui, avec une paire d'ailes, semble moyennement ardu…

– Vous oubliez l'aide du sifflet.

– Je ne crois pas en cet objet. Il est normal, il est inutile.

– C'est grâce à lui que vous nous avez retrouvés, dans les Ravins.

– Vous persistez à le croire ? Voilà qui m'étonne de vous !

L'assassin haussa les épaules.

– Je pense que votre ancêtre était très intelligent et qu'il avait compris que les pouvoirs les plus utiles sont aussi les plus discrets. Dans le vaste monde et à travers les générations, vous avez bien plus de chances de conserver un sifflet qu'une baguette magique qui fait de la musique et des étincelles quand on l'utilise. Tenez, regardez votre don. Quand vous vous métamorphosez, vous êtes la créature la plus vulnérable qui puisse être… mais vous êtes aussi toute petite. Et c'est ce qui vous a sauvée. C'est moins glorieux, moins spectaculaire, mais souvenez-vous de notre leçon d'aujourd'hui. l'élégance ne va pas toujours avec l'efficacité. Et je pense que, de la même façon, le pouvoir du sifflet est suffisamment subtil pour influer sur votre instinct, d'une manière ou d'une autre, et vous aider à nous repérer.

My n'était toujours pas convaincue, mais les paroles d'Orest semblaient frappées au coin du bon sens. Elle se contenta de serrer les doigts autour du sifflet, dans sa poche, pour s'assurer de sa présence. Krud, après l'avoir longuement gardé, avait fini par le lui rendre, convaincu de son inutilité, comme elle l'était elle-même, comme ils l'étaient tous… sauf Orest.

– Vous savez que vous me surprenez ? Je ne vous aurais jamais cru du genre à croire à la magie.

– Cela prouve que vous me connaissez bien mal, répliqua Orest d'un ton léger.

Il paraissait même amusé. Nouveau sujet d'étonnement. Après un coup d'œil, elle rectifia : pas amusé, non, moqueur. Apparemment. Elle ne parvenait qu'à entrevoir le personnage, sans jamais le cerner avec exactitude – l'entrevoir seulement, comme à travers un voile, qui ondulait et recouvrait certaines zones de son être au moment où elle s'interrogeait à leur propos… esquivant la question qu'elle ne pouvait s'empêcher de se poser depuis l'une de leurs disputes : pourquoi était-il devenu un assassin ?

Orest avait sûrement des antennes : il se claquemura dans un mutisme austère en la voyant songeuse. Un froid inconnu, insidieux, monta en elle. Puis un début de panique. Elle qui pensait l'avoir apprivoisé… Le fauve était de retour, prêt à mordre parce qu'elle s'était interrogée, une seconde, sur son compte. À ce moment-là, elle sentit toute la fragilité, toute la précarité des rapports humains.

Elle résolut de prendre le taureau par les cornes :

– Qu'est-ce qu'il y a ?

Orest se raidit sous l'apostrophe.

– Rien.

Et qu'aurait-il pu dire d'autre ? Elle commença à se rassurer. Elle avait trouvé la meilleure façon d'éviter le conflit. Ce fut même Orest qui relança la conversation et l'entretint pendant toute leur progression dans les sous-bois, jusqu'à ce qu'ils retrouvent les autres. Intérieurement satisfaite, elle put enfin tracer, sur le tableau de ses victoires, sa toute première petite croix.

Nadrett parlait de cent lieues pour accéder aux Bois. Quoique Allian ait taxé cette affirmation d'exagérée, plus les jours passaient et plus My pensait qu'elle se rapprochait au contraire de la réalité.

Sans ralentir ni s'égarer, ils ne voyaient pas un seul indice pouvant leur indiquer le commencement des Bois, ce qui avait quelque chose d'infiniment crispant. D'autant plus que l'allongement du voyage s'accompagnait du resserrement des sous-bois. Auparavant, ils arrivaient à se frayer un sentier sans le moindre mal ; à présent, ils devaient se faufiler parmi les arbres, esquiver les branchages, les toiles d'araignées, et passer de longues minutes à déblayer les ronces sur leur lieu de campement le soir venu, car il n'y avait plus de clairières. Cela aussi, c'était oppressant.

Même l'atmosphère avait changé. Le jour, c'était un silence de plomb. La nuit, une cacophonie de cris nocturnes, de crissements, de bourdonnements qui hantaient leurs oreilles plusieurs heures après la venue de l'aube. My était même certaine d'avoir entendu des hurlements de loups. Peu étonnant… ils étaient là chez eux. Mais subsistait la peur panique d'être attaqués par une meute.

Puis vint un jour où la dispute éclata.

Ce fut par le biais de Nadrett, le plus teigneux d'entre eux depuis qu'ils avaient quitté les Ravins. Et, venant de lui, l'attaque alla frapper Allian de plein fouet.

– Qu'est-ce que tu nous fabriques ?

Malgré le ton doucereux, la menace était tangible. Tous s'arrêtèrent, hormis Allian, qui continua à marcher du même pas léger, écartant les branches de quelques coups d'estoc.

– Hé, le Héron !

My réprima un sourire en voyant le second stopper instantanément. On l'avait appelé le Héron lors de ses débuts à Liett, en raison de sa grande silhouette maigre et élégante, et le retour inopiné de ce sobriquet après des années d'oubli ne parut pas le ravir.

– On m'a appelé ?

– Qu'est-ce que tu nous fabriques ? répéta Nadrett. Cela fait des jours qu'on marche, que tes prétendus Bois ne sont plus très éloignés… Je demande à voir, moi ! Où nous emmènes-tu ?

La dernière phrase, lancée d'une voix vibrante, jeta un léger froid. Allian répondit avec son flegme ordinaire :

– Eh bien, aux Bois.

– En es-tu sûr ?

Allian se contenta de hausser les sourcils, mais le mal était fait. Mydria pouvait presque voir le soupçon naître lentement chez tous les membres du groupe, les uns après les autres.

– À mon tour de te demander ce que tu fabriques, dit Allian d'un ton plus sec.

– Je m'interroge, c'est tout.

– Précise ta pensée aux pauvres mortels que nous sommes, qu'on comprenne…

En dépit du ton badin, Allian ne plaisantait pas. My sentit un petit frisson lui parcourir la nuque. Allian… un charmant compagnon de route. Sauf quand on lui mettait des bâtons dans les roues. Tout à coup, elle réalisa qu'il tenait toujours son épée. Laquelle, presque machinalement, effectuait de petits moulinets assez peu rassurants.

– C'est simple, dit Nadrett. Depuis le début, tu t'arranges pour diriger le groupe à ta guise. On a eu les Ravins. Deux d'entre nous sont morts. Et puis les Vallons. Surprise, des soldats. Et maintenant, nous errons à la recherche de Bois prétendument proches depuis un laps de temps étonnamment long…

– Oh, je vois. Merci pour ces éclaircissements.

Les moulinets de l'épée s'amplifièrent légèrement.

– Malheureusement, vois-tu, si nous sommes poursuivis par des gardes, cela n'est dû qu'à la maladresse d'une certaine jeune fille. Et je vous ai dit que je ne connaissais pas beaucoup la région. Je ne pense pas que nous soyons perdus, mais il se peut que la route soit plus longue que prévu…

– Ça, ça ne veut rien dire. Comment expliques-tu que les gardes nous aient retrouvés aussi vite ?

Discrètement, My observa Krud. Un « À quoi joues-tu, Nadrett ? » aurait mis fin à la scène et réglé le problème. Mais Krud se taisait. Pire, une étincelle déplaisante commençait à naître dans son regard.

– Bon, qu'attends-tu, mon grand ? lâcha Allian. Peut-être veux-tu prendre la tête des opérations ? Attention, si tu t'égares, je vais être contraint et forcé de t'accuser de détournement de personnes en vue d'un assassinat en série dans une caverne sombre…

– Ne change pas de sujet ! Je t'ai accusé, réponds.

– Il me semble avoir dit l'essentiel…

– Nadrett, c'est ridicule, intervint My. Allian sait ce qu'il fait.

– Ça, je n'en doute pas. Mais fait-il vraiment ce qu'on attend de lui ?

Allian poussa un juron.

– Enfin, Nadrett ! Nous sommes dans la même guilde depuis des années. Tu ne vas quand même pas te mettre à jouer les inquisiteurs !

– Et pourquoi pas ?

De gênante, la situation devenait houleuse. Nadrett venait de porter la main à son fourreau.

– Allez, Nadrett, ricana Allian. Cesse de tourner autour du pot. Dis-nous le fond de ta pensée… Je suis à la solde du fauconnier ? Mieux, du roi ? Oui, après tout, je vis à Liett, je suis espion… J'ai toute latitude pour jouer double jeu, hein ?

– Et, je te le répète, pourquoi pas ?

– Mais mon petit, je suis dans la guilde de Krud. Krud, connu pour éplucher les antécédents de ses subordonnés jusqu'à l'âge des couches-culottes.

– Les antécédents peut-être, mais les activités parallèles ?

Toutes les têtes se tournèrent vers Krud. Qui marmonna :

– Plus difficile…

Allian inspira un grand coup.

– Bon, très bien, j'ai compris. Bien le bonsoir, je continue tout seul.

– Reste ici ! s'époumona Krud en voyant son acolyte rengainer nonchalamment et s'éloigner sans un regard en arrière. Que je sache, tu appartiens encore à ma guilde !

– Alors, bon sang, défends-moi ! s'écria Allian en faisant volte-face. Tu connais la théorie du beurre et de l'argent du beurre ? Si tu veux me garder dans tes rangs, mouille-toi un peu !

– Comment veux-tu que je prenne immédiatement parti, quand les charges contre toi sont écrasantes ?

– Des charges, allez donc ! Parce qu'un obscur tire-laine commence à arranger les faits pour les retourner contre moi…

– Je suis un assassin, pas un tire-laine ! rugit Nadrett.

– Qu'est-ce que tu veux que ça me fiche ?

Nadrett ne se donna même pas la peine de riposter. Ou plutôt, il riposta d'une manière inattendue. Deux secondes plus tard, Allian avait affaire à une attaque à la dague et dut dégainer à son tour. Une rixe furieuse opposa les deux hommes, poignard contre épée. Le groupe s'écarta rapidement pour éviter un mauvais coup. Les jumeaux étaient consternés, le cœur de My battait à tout rompre et Krud hurlait en vain pour séparer les antagonistes. Seul Orest semblait se repaître du spectacle.

– Regardez attentivement, lui confia-t-il entre deux cliquètements de lame. Un beau combat comme vous aurez rarement l'occasion d'en voir. En plus, personne ne triche…

L'affirmation fut très vite mise à mal. Une fraction de seconde plus tard, Nadrett s'écroulait, les deux mains crispées sur son ventre. Allian, le visage froid, rengainait déjà.

– De l'inconvénient de ne pas porter de plastron…

– Qu'est-ce que tu lui as fait ? s'étrangla Krud.

– Une bonne droite dans l'estomac. Rien de tel pour vous remettre les idées en place.

De fait, le coup de poing sembla calmer tout le monde. Avec un indéniable fair-play, Allian aida Nadrett à se relever et lui rendit sa dague. Penaud, Nadrett se garda bien de persister dans son accusation, de même que Krud qui ne se départit pas, néanmoins, de son air méfiant. Le côté comique de la situation commençait à leur apparaître à tous, installant une nouvelle gêne – à l'exception d'Orest qui réprimait une furieuse envie de ricaner. Peu après, le groupe se déclarait prêt à reprendre la route.

– Qu'est-ce qu'il y a ? demanda Lyrend'ell en voyant le visage d'Orest se décomposer à mesure qu'il regardait autour de lui, cherchant quelque chose de très précis.

Sans répondre immédiatement, le jeune homme se passa avec lenteur une main sur le front.

– My a disparu.

Acte inconsidéré, qu'elle regrettait déjà un peu…

My était passée outre l'interdiction de Krud pour s'envoler juste à l'issue du combat. Son Don avait à moitié décidé pour elle. Elle s'était faufilée entre les branches pour déboucher en plein ciel, effarée de quitter les autres aussi vite. Mais le mal était fait. Ou le bien, elle ne savait pas trop…

Son objectif était simple : trouver les Bois avant que tout le groupe s'entretue. Quittant les autres avant la réconciliation, elle était à moitié persuadée qu'Allian avait éventré Nadrett et que Krud n'allait pas tarder à passer lui aussi à l'offensive. Connaissant Orest, elle doutait que l'assassin bouge la dernière phalange du petit doigt pour entrer dans la mêlée, surtout quand celle-ci était provoquée par une dispute aussi infantile. Les jumeaux, eux, pouvaient adhérer à n'importe quel camp, sauf qu'ils choisiraient le même, déséquilibrant ainsi les équipes… Elle pressentait presque viscéralement la catastrophe.

Et qu'allait-elle faire, elle ? Que pouvait-elle ? Une seule solution : trouver les Bois pour mettre fin aux soupçons qui pesaient sur Allian et risquaient d'empoisonner la vie du groupe… Mais où étaient-ils précisément, ces Bois ?

Tout à ses pensées, elle en oublia de surveiller le vent et fut à moitié renversée par un courant d'air intempestif. Elle repartit plus paniquée que jamais, tentant d'étudier le paysage aussi minutieusement que possible. Pourrait-elle apercevoir le début des Bois d'ici ?

Elle eut un coup d'œil plein de regret pour les feuillages en contrebas. Dans cet océan vert, les autres étaient, de toute façon, perdus pour elle… À contrecœur, elle étendit donc ses ailes, qui, gonflées par le vent, l'emportèrent loin au-dessus des sous-bois. My parvint à se stabiliser et, aiguisant sa vue, entreprit de repérer un indice quelconque de la proximité des Bois.

Elle n'eut pas à chercher longtemps. Son cœur manqua un battement en voyant les premiers arbres. Ils se détachaient nettement sur le paysage alentour, en un moutonnement grandiose et raffiné. Allian parlait d'une limite… Elle était là, sous ses yeux. Pas d'espace entre forêt et Bois, pas de barrière, mais une sorte de passage. D'un monde à un autre…

Comme dans un rêve, elle se laissa tomber. Son corps minuscule esquiva les feuillages, les branches, se posa dans les sous-bois, tremblant d'excitation. S'étirant comme au réveil, il céda lentement, gracieusement, la place à une fine silhouette de jeune fille. Laquelle beugla aussitôt :

– J'ai trouvé les Bois !

– Vous êtes sûre qu'ils sont dans cette direction ? demanda Allian en se tournant vers My.

– Oui. Je les ai aperçus vers l'ouest. Voulez-vous que je retourne vérifier ?

– Non ! dit Krud précipitamment. Nous avons eu suffisamment de mal à vous retrouver, il est hors de question de renouveler l'expérience !

La jeune fille esquissa une moue déçue mais n'insista pas.

– Je propose que quelqu'un grimpe à un arbre pour repérer les alentours, dit Léréon. Ce serait plus efficace…

– Inutile, dit tout à coup Orest. Vous n'entendez pas ?

– Entendre quoi ?

Le jeune homme ne se donna pas la peine de répondre. Tous tendirent l'oreille pour tenter de distinguer un changement dans la tranquillité ambiante. My devina la première.

– Les bruissements.

– Quels bruissements ?

– Ce sont ceux des Bois. Les arbres sont plus feuillus, et bien plus hauts. Ils doivent offrir une belle prise au vent, pour émettre un son pareil…

Ils se turent pour écouter à nouveau. My disait juste. Il s'agissait bel et bien de bruissements, mais très amplifiés par rapport à ceux émanant des Vallons chanteurs.

– On se rapproche, dit Nadrett, la gorge serrée.

Allian s'était déjà éloigné du groupe en compagnie d'Orest. My s'empressa de les suivre, tranchant les branchages trop serrés à l'aide de sa rapière pour se frayer un chemin plus rapidement. Elle manqua percuter Orest, immobile et muet face au spectacle qui venait de surgir de derrière un rideau d'arbres.

– Oh ! dit-elle, le souffle court.

Survolant les sous-bois, elle avait trouvé les arbres grands… En réalité ils étaient titanesques. Quelle hauteur atteignaient-ils ?… Ils devaient être aussi hauts que le donjon du palais de Liett. Les troncs, en s'élevant, s'amincissaient, s'amincissaient, sans qu'il fût possible de distinguer la cime. Les branches se déployaient en rondes régulières, chargées de feuilles vertes et mêlées à ce qui semblait un argenté presque blanc. Elle n'avait vu cette variété nulle part.

– Sacrebleu ! émit Krud.

La suite de sa phrase s'étrangla dans sa gorge. De tels monuments étaient en effet très intimidants… Soudain, My comprit pourquoi les Bois effrayaient tant. Effrayants, ils l'étaient, mais aussi curieusement attirants. Ils avaient quelque chose d'ancien, de révolu, quelque chose d'un passé regretté. Là était le danger. Elle désirait autant franchir l'orée qu'elle le craignait.

– Bon, dit Allian. Je pense qu'il est inutile de rester là plus longtemps.

Krud émergea de ses pensées et se gratta le cuir chevelu, en plein débat intérieur.

– Krud ? insista Allian. Un avis sur la question ?

– Avant tout… l'état des provisions ?

Léréon se pencha pour inspecter le sac. Il leur restait du pain, du gibier et des baies séchées en quantité.

– Mmm, grogna Krud. Je doute que ce soit suffisant pour nous tenir en forme… Mais pour tenir debout, ça devrait aller. Les armes, à présent.

Un rapide décompte leur assura que leur armement comptait suffisamment d'armes de rechange et que la plupart étaient en bon état. En malfrats sérieux, tous les affûtaient régulièrement et les tenaient propres.

– Maintenant, les règles, poursuivit Krud. Interdiction formelle de s'éloigner du groupe – cela vaut aussi pour les papillons. Nous avancerons groupés, et en silence. Quelques heures de som-meil suffiront, avec deux veilleurs chaque fois. Interdiction de tuer du gibier là-dedans. En cas de danger indirect, la fuite, sans hésiter ; si le danger est immédiat, formation dos à dos pour plusieurs adversaires, encerclement pour un seul. Si l'un d'entre nous succombe, s'éloigne, disparaît lors de la traversée, interdiction d'aller à son secours. Sauvez votre peau d'abord, ce sera bien suffisant. Des questions ?

Les instructions étaient suffisamment claires. Personne n'intervint.

– Alors allons-y. Allian en premier, puis Orest, My, Nadrett, Léréon et Lyrend'ell. Je ferme la marche.

Ils se mirent en route en silence. Tous les cœurs furent semblablement oppressés lorsqu'ils passèrent sous le premier arbre. My ne put s'empêcher de regarder en l'air, détaillant l'immense tronc, l'écorce rugueuse, et la masse de feuillage culminant tout en haut. Elle parvenait à peine à voir les premières branches.

Les deux arbres suivants étaient placés légèrement plus en avant que les autres. Tous eurent l'impression de s'avancer entre deux gardiens, vaguement menaçants. Les autres arbres se révélèrent presque aussi espacés, de sorte que l'orée était exceptionnellement verdoyante et lumineuse.

My tendit le cou. Le ciel avait disparu, mais le soleil filtrait à travers les feuillages, qui teintaient sa lumière de vert ; agités par le vent, ils la troublaient doucement. Elle en conçut également un trouble étrange. Les yeux au ciel, elle avait l'impression d'être au fond d'un lac et d'en voir la surface, agitée par une lumière mouvante. La lumière teintait tous les visages d'une nuance verdâtre qui les rendait d'une pâleur glauque et mortelle… comme celle de noyés.

La jeune fille pressa une main sur son cœur qui bondissait comme un lapin affolé. Inutile de paniquer. Ce n'était que de la lumière… Pour un peu, pourtant, elle serait allée toucher Orest qui marchait devant elle pour s'assurer qu'il était bien vivant. Et dès lors, inconsciemment, elle ne détacha pas ses yeux de la nuque du jeune homme. Les autres, au contraire, regardaient avidement autour d'eux. Moins imaginatifs que My, ils appréciaient pleinement la sérénité tranquille des lieux, malgré le malaise persistant au fond d'eux-mêmes. Ils se sentaient ravalés à l'état de fourmis, arpentant péniblement un verger immense. Orest était le plus attentif, analysant l'étrangeté du paysage d'un œil acéré.

– Tu as remarqué ? murmura-t-il à l'intention d'Allian. On dirait presque… un sanctuaire.

Allian regarda à son tour. Et en effet, les troncs massifs et régulièrement espacés n'étaient pas sans évoquer les colonnes de pierres qui supportaient les voûtes des grands lieux de culte. Même l'ambiance s'y apparentait un peu.

– Que doit-on en déduire ? marmonna-t-il en retour. Le grand manitou des lieux nous guette ?

Orest sourit.

– On peut toujours proposer une pause prière à Krud, si ça t'inquiète.

– Jeune homme, j'ai viré hérétique dès ma prime jeunesse, et ce ne sont pas quelques arbres, si impressionnants soient-ils, qui vont me faire changer d'avis…

– Taisez-vous, à l'avant ! intima Krud.

La voix du chef exprimait une tension que, par expérience, ils savaient dangereux d'amplifier. Tous deux se turent donc, se contentant de communiquer par signes.

L'échange était parvenu aux oreilles de My, et elle observait à présent les alentours d'un tout autre œil. La disposition des arbres, leur taille, tout était si peu naturel que l'orée ressemblait beaucoup, en effet, à un lieu de prière. Les Siartt adoraient Bekel, le dieu de la région, autant par tradition que par inclination personnelle, et elle gardait de son enfance au domaine le souvenir de prières régulières dans leur sanctuaire. Le nouvel aspect des lieux lui parut soudain plus familier, plus accueillant. Ainsi, la plus effrayée de tous à l'entrée des Bois devint la moins méfiante une demi-heure plus tard.

Les autres regardaient autour d'eux, prêts à réagir à la moindre intrusion. My, elle, s'intéressa plutôt au sol, découvrant une infinité de détails qui échappaient aux autres. Ici, il n'y avait pas d'humus, pas de sentier, mais une sorte de pelouse qui s'étendait uniformément, recouvrant le bas des arbres d'une mousse parfumée. L'observant de plus près, My réalisa cependant que la pelouse n'était pas constituée d'herbe ordinaire. Cette variété, elle ne l'avait vue nulle part : au lieu d'une simple tige, il y en avait six qui émergeaient d'un cœur commun et se déployaient en une très fine étoile, bijou de délicatesse et de fragilité. Il en était de même pour l'intégralité du sol, ce qui donnait une impression de régularité étonnante dans la répartition du vert… Cédant à la tentation, la jeune fille se baissa et cueillit l'une des herbes pour la voir de plus près. Le cœur retint son attention. C'était impossible de s'en rendre compte de loin, mais il était composé d'une multitude de petites feuilles formant un motif en arabesque. Elle rapprocha l'étrange plante de son nez et inspira profondément. L'odeur était fraîche, inconnue… un mélange de sève et de menthe, allié à une touche musquée, d'une tonalité plus chaude. Le tout si volatil qu'elle ne put la saisir que quelques secondes.

Pour occuper sa marche, la jeune fille redoubla d'attention pour la pelouse, espérant découvrir de nouvelles variétés de plantes, ou quelques fleurs sauvages au milieu du vert. Mais, à son grand désappointement, elle ne trouva rien. La pelouse était si épaisse qu'il était même impossible d'apercevoir la terre. Alors elle releva la tête et explora les branches du regard. Les Vallons chanteurs regorgeaient d'une faune abondante et variée. Peut-être y en aurait-il quelques traces ici ?

Mais aucun gazouillis d'oiseau ne troublait le silence. Elle n'aperçut aucun mouvement dans les branches, ne vit pas l'ombre d'une fourrure ni d'un plumage. Cette absence de vie la mit mal à l'aise. Dans un endroit aussi hospitalier que cette orée, pourquoi n'y avait-il aucun animal, aucun nid, aucun terrier ? Elle ne voyait même pas d'insecte. La seule trace de vie… c'étaient eux. Les intrus.

Alors, elle regarda de tous côtés, autour d'elle, comme les autres. Mais force était de constater qu'ils étaient vraiment seuls. Pas de faune, mais pas non plus de manitou vengeur…

Elle jeta un coup d'œil en arrière, puis en avant. Plus trace des sous-bois qu'ils avaient quittés, mais pas trace de changement face à eux. Toujours les mêmes gros troncs épais, réguliers, qui s'alignaient, s'alignaient à l'infini. Son cœur se serra. C'était si grand. Combien de temps mettraient-ils à traverser les Bois ? Et comment savoir s'ils se dirigeaient dans la bonne direction ? Certes, les arbres leur ménageaient un large sentier, mais…

Rompant la file indienne, elle pressa le pas pour arriver à la hauteur d'Allian.

– Allian, vous êtes sûr de ne pas nous perdre ? demanda-t-elle à voix basse. Avez-vous quelque chose qui puisse vous diriger ? Une boussole ? La carte ?

Il posa une main apaisante sur son épaule.

– Il n'y a pas de raison de paniquer. Je vous fais marcher droit vers le sud, il n'y a pas de menace à l'horizon, et nous nous offrons une agréable promenade dans les bois les plus légendaires du royaume. Ça vaut le coup de savourer le moment, non ?

– Il n'y a personne ! Vous trouvez cela normal, vous ?

Il prit le temps de réfléchir puis répondit nonchalamment :

– Je préfère que nous marchions seuls plutôt qu'entourés de quelque manière que ce soit.

– L'endroit a quelque chose d'éternel, d'immobile, qui a effrayé les bêtes, remarqua Orest. Les animaux ont une sensibilité très développée de ce côté-là.

– Mais nous…

– Nous, nous traversons. Nous ne mutilons pas ces lieux, nous ne nous les approprions pas. Qu'avons-nous à craindre ? Une attaque forestière ?

– Regardez devant nous, et autour, et derrière… des arbres, partout ! On peut trop aisément s'égarer…

– Vous voulez qu'on sème des petits cailloux pour marquer notre progression ? lui proposa Orest, goguenard.

Sauf qu'elle le prit au sérieux.

– Bonne idée. Ce serait plus prudent.

– Prudence, prudence ! Votre maître mot, hein ? Si Allian vous dit qu'il n'y a pas de raison de s'inquiéter, c'est qu'il n'y en a pas.

– Mais…

– My, je sais quand même ce que je fais, lui dit Allian. Je sais bien que l'endroit est dangereux, et je fais attention. Faites-moi confiance.

À nouveau, ils la traitaient comme une gamine effarouchée. Elle en fut profondément vexée.

– Dites, Orest ! Vous parliez de l'intuition des bêtes, je crois bon de vous rappeler que je suis à moitié papillon !

– Et ?

– Et si je m'inquiète, ce n'est sûrement pas pour rien !

– Avez-vous essayé d'échanger ne serait-ce que trois mots sans vous voler mutuellement dans les plumes ? demanda Allian en levant les yeux au ciel.

– Laisse donc, riposta Orest. C'est comme ça qu'elle s'éduque.

– Ah oui ? Figurez-vous que je me…

– Vous allez vous taire, à l'avant ? cria Krud.

My freina brusquement, laissant les deux éclaireurs la dépasser. Elle reprit sa marche sans un mot, bouillant de rage. Très bien ! Très bien ! Qu'ils se débrouillent seuls. Qu'ils se rassurent. Les ennuis surgiraient, tôt ou tard. Et elle serait la seule à les avoir prévus !

Pourtant, quand ils s'arrêtèrent, le soir venu, les faits plaidaient en faveur d'Orest : la journée s'était écoulée de façon uniforme, sans péripétie d'aucune sorte. Allian avait presque l'air déçu.

– Bon, eh bien… je suppose qu'on va s'installer là, dit-il en désignant vaguement l'herbe. Krud, es-tu sûr qu'il faut instaurer des tours de veille ? Je ne pense pas que ce soit indispensable…

– Tours de veille, décréta Krud.

– Bien, bien…

My hésita longuement avant d'étendre sa couverture sur le sol. Dans un tel endroit, le geste lui semblait un peu déplacé, un peu impoli, même si la pelouse offrait le plus moelleux des matelas. Elle se sentait si mal à l'aise qu'elle ne put quasiment rien avaler pendant le dîner. Ils avaient pourtant beaucoup marché, et leurs portions étaient réduites, mais elle regarda longuement sa poignée de baies avant de se résoudre à en picorer une.

– Un problème, My ? s'enquit Léréon.

– Non… rien.

– Un problème avec votre intuition ? persifla Orest.

– À votre avis ?

– Si vous recommencez à vous taper dessus, signalez-le, qu'on s'écarte… lâcha Allian.

– Que je sache, ce n'est pas moi qui me suis battue contre Nadrett l'autre jour ! riposta My.

– La petite commence à avoir du répondant, observa Nadrett. C'est encourageant…

Impatientée, My se leva d'un bond.

– Où allez-vous ? l'apostropha Krud.

– Je vais faire un tour.

– Restez ici !

Le défiant du regard, la jeune fille alla chercher sa couverture et s'installa plus loin. Cette demi-révolte ne parut pas perturber grand monde. En réalité, My fut la plus embarrassée : elle s'était éloignée du groupe d'un ou deux mètres, tout juste, mais déjà un sentiment d'insécurité l'étreignait. Le tronc le plus proche la surplombait, prêt, semblait-il, à s'abattre de toute sa masse sur elle quand elle fermerait les yeux. Elle décida donc de ne pas dormir. Tandis que tous sombraient, à l'exception du premier veilleur, elle ressortit fébrilement son livre de contes.

Il était déjà un peu vieilli quand il avait quitté Siartt. À présent, il était tout à fait défraîchi. La traversée de la rivière des ravins d'Erlett avait gondolé toutes ses pages, même si elle avait réussi à le sécher avec un certain succès. Depuis quelque temps, malheureusement, elle n'en prenait plus grand soin. Quelques averses l'avaient atteint, éteignant ses belles enluminures, moisissant le vélin sur les bords… Elle passa sa main sur la couverture en cuir, avec tristesse. Son compagnon des jours fastes disparaissait peu à peu. Et elle ne parvenait pas à en éprouver un réel chagrin.

Les pages étaient non seulement gondolées, mais aussi illisibles. On aurait dit que l'encre des lettres pleurait à sa place. La jeune fille joua un moment avec le coin d'une page, qu'elle écorna par inadvertance puis, lassée, referma le livre d'un coup sec. Le claquement se répercuta lugubrement parmi les arbres.

Faute d'autre distraction, elle laissa son regard dériver sur le paysage, entourant ses genoux de ses bras. Il devait être près de minuit, car la lumière du soleil ne perçait plus le feuillage, et la température avait fraîchi. Les Bois n'en étaient pas plus obscurs pour autant. En fait, même en pleine nuit, on y voyait étonnamment clair. Elle distinguait encore l'écorce de l'arbre le plus proche. Et avec… Intriguée, elle scruta le tronc de plus près. Couvert d'étranges petites lueurs blanches… des points nacrés, parant le tronc avec régularité. Et la pelouse aussi. Tout comme les autres troncs.

– Qu'est-ce que… ?

Machinalement, elle leva la tête. Ce qu'elle soupçonnait tout juste se révéla l'exacte vérité : la lueur des étoiles arrivait, par elle ne savait quel tour de passe-passe, à trouer la masse des feuillages pour arriver jusqu'à elle. Elle voyait les astres par transparence, leurs contours rendus vagues et arrondis à cause de la barrière des feuilles.

– Vous avez vu… commença-t-elle à l'intention du groupe, mais ils dormaient tous, à l'exception d'Allian qui avait pris le premier quart.

L'homme lui répondit par un petit hochement de tête.

– Comment cela se fait-il, selon vous ? chuchota-t-elle.

– Magie.

– Vous croyez ?

– Ces Bois en sont imprégnés. Ça se sent dès les premières minutes.

– Et pourquoi cette manifestation-là en particulier ?

– Qu'en sais-je ! Aux dernières nouvelles, c'est vous la plus magique d'entre nous.

– Ça ne m'aide guère à comprendre… murmura-t-elle. C'est… tellement curieux, ici. Tout semble défier la logique… ou la norme. Vous pensez que nous arriverons à ressortir ?

– Vous avez de ces questions existentielles à minuit passé ! Dormez, My. Personne, pour le moment, ne saura vous répondre.

Dormir… Encore fallait-il le vouloir. My se glissa sous sa couverture et se tourna sur le côté, les yeux grands ouverts. Deux mètres plus loin, la silhouette d'Allian se détachait au milieu des autres corps couchés. Leur calme, en accord avec le paysage, avait quelque chose d'apaisant. Malgré elle, My sentit ses yeux se fermer…

Peu après minuit, Allian restait la seule créature consciente dans les plus beaux bois du monde, vides d'animaux, de mouvement – dépourvus, semblait-il, de toute forme de vie.

Les Bois se présentèrent à eux, le lendemain matin, dans un état exactement inchangé. Pelouse émeraude, feuillages uniformément répartis laissant passer la même lumière verte que la veille… C'était à se demander si les arbres étaient vivants, comme le fit observer Gariott : depuis le début de leur marche, ils n'avaient aperçu aucune feuille au sol. Pourtant l'odeur de la sève était là, bien présente, et aussi celle de l'humus, qu'on devinait à travers celle de la pelouse. My se lassa bientôt de questions sans réponses et cessa de se préoccuper du problème.

Plusieurs jours passèrent sans anicroche. Tous étaient tombés d'accord pour penser que les Bois étaient bien moins dangereux que leur réputation ne le laissait croire. Le seul risque, tout au plus, c'était de s'égarer. Mais la vigilance d'Allian restait intacte, associée à celle d'Orest, tous deux menant le groupe avec prudence et efficacité. Krud, en revanche, avait relâché la pression et certains interdits s'étaient envolés. Il était fréquent à présent de voir l'un d'entre eux rompre leur formation en file indienne pour en attendre ou en rattraper un autre. Les voix s'élevaient plus haut, à mesure qu'ils s'accoutumaient à l'étrange silence des lieux. Parfois même, quelques-uns, lors du bivouac, s'éloignaient un peu pour une exploration sommaire. En définitive, la traversée semblait bien plus agréable qu'ils ne l'avaient prévu…

Puis, un jour, le paysage changea.

Ce fut Orest qui le remarqua le premier. Par une sorte de pressentiment qu'il ne s'expliquait pas, il était certain que les Bois ne pouvaient se limiter aux troncs immenses parmi lesquels ils déambulaient. Tout au plus pouvaient-ils correspondre, pensait-il, à l'orée…

Il n'avait fait part de ses réflexions à personne, excepté My, mais la jeune fille l'avait à moitié cru. Bien des jours plus tard, le changement des Bois lui prouva qu'une fois de plus il ne s'était pas trompé. Changement dérisoire, pour commencer ; et tellement que les autres ne s'en rendirent compte que plusieurs jours après, par l'intermédiaire de Léréon qui, en tant qu'archer, consacrait toujours une part de son attention aux alentours.

– Vous avez vu ? fit-il un jour. Les arbres… vous ne trouvez pas qu'ils ont quelque chose… de changé ?

Dans un parfait ensemble, cinq têtes basculèrent en arrière. Pour se rendre enfin à l'évidence : sans qu'ils le réalisent, les arbres avaient modifié leur forme. À présent, ils n'étaient plus droits, lancés vers le ciel comme d'énormes piliers, mais se ployaient avec grâce en une sorte d'incompréhensible révérence, dans des directions différentes et chargeant le sol d'ombres.

Aussitôt, My pressa le pas, rattrapant Orest qui n'avait pas accordé un regard aux arbres.

– C'est de cela que vous m'aviez parlé ? Ce changement-ci ?

– Oui. Ils ont commencé à ployer depuis plusieurs jours, mais progressivement. Il était difficile de s'en rendre compte auparavant.

– Et pourquoi font-ils ça ?

– Je ne sais pas. Je pense que nous commençons tout juste à toucher du doigt l'étrangeté de ces lieux.

My plissa les yeux et regarda devant eux, tâchant d'apercevoir la forme des arbres les plus lointains ; ils se courbaient aussi, selon des angles et des directions tout aussi variés. Sans aucune logique apparente.

– Il doit pourtant y avoir une explication, vous ne croyez pas ? Des arbres ne plient pas ainsi, sans raison. Et surtout pas… tous ensemble…

– L'ennui, c'est que, comme vous l'avez dit, tout, ici, défie la norme. Et sans doute aussi la raison.

Sous les silhouettes énormes, qui se penchaient vers eux comme de curieux géants, My éprouvait un sentiment d'insécurité aigu. Inconsciemment, elle se rapprocha du jeune homme. Malgré son mauvais caractère et son affirmation répétée de n'avoir ni foi ni loi, elle pressentait que, face au péril, il la défendrait. Un assassin pour vous sauver la vie… Peu importait le paradoxe.

– Mmm… My, vous savez, toussota Orest, les arbres ne se sont pas encore rapprochés au point de vous forcer à empiéter sur mon espace vital.

Confuse, la jeune fille réalisa qu'elle avançait quasiment accrochée au jeune homme et se décala vivement.

– Désolée.

– Pas grave.

Orest avait pris un air très étrange qu'elle ne lui connaissait pas, à mi-chemin, semblait-il, entre la gêne et l'austérité. Elle craignit de l'avoir – une énième fois – effarouché.

– Orest ? Tout va bien ?

– Bien sûr que oui.

Ce genre de riposte, déjà plus dans son tempérament, la rassura un peu. Pourtant, il ne changea pas d'expression. Et, comme chez Orest les mines austères s'accompagnaient systématiquement d'un mutisme long de plusieurs heures, My en fut réduite à marcher en silence tout le jour. Elle eut ainsi l'occasion de réfléchir et d'observer. Elle essaya de compter le nombre de troncs s'inclinant à droite ou à gauche, devant, derrière, se torturant l'esprit pour dégager de ce désordre apparent un fil conducteur, un début d'explication. Elle en entrevit plusieurs, n'en retint aucun… à une exception. Et si étrange, si inattendu, qu'elle peinait un peu à l'admettre. Mais plus les jours passaient, plus les courbes des troncs se modifiaient, se vrillaient, confirmant ses suppositions. La voûte avait perdu son éclat verdâtre, la lumière ne passait plus qu'avec difficulté, zigzaguant entre les branches qui se croisaient aux cimes. Tous, l'un après l'autre, commençaient à comprendre et à s'inquiéter. Et l'inquiétude atteignit son comble quand ils s'arrêtèrent dans une petite clairière, ménagée entre les troncs.

Tout autour, des arbres, toujours aussi régulièrement répartis, mais des arbres courbés vers leur vis-à-vis, comme se saluant mutuellement, les branches mêlées formant plusieurs arches déployées autour du groupe. Ou, plus exactement, d'immenses galeries, qui s'allongeaient, s'allongeaient à perte de vue. Enfin la logique apparaissait. Et quelle logique…

Par où passer ?

Ils furent plusieurs à poser la question en même temps. L'arche qui leur faisait face ne semblait pas être celle qui menait au sud, car elle effectuait un virage radical à droite. Quant aux autres galeries… elles serpentaient de même. Ils n'avaient même pas la possibilité de se faufiler entre les arbres pour mener leur route à leur idée : les troncs étaient étroitement serrés. Ils ne pouvaient que passer sous une arche. Mais laquelle ?

– Voilà donc le coup fourré ! s'exclama Krud.

– Je me doutais bien que les choses se compliqueraient, soupira Nadrett, mais pas de cette façon.

D'un pas vif, Allian marchait d'une arcade à une autre, risquait un œil, s'avançait un peu sous la voûte à l'occasion. La conclusion ne se fit guère attendre :

– Il semble que nous ayons peu de choix. Soit rester là, soit tenter le coup. Ce passage me paraît plus engageant que les autres.

– Mais… protesta My.

– Pas d'affolement. Nous laisserons une marque de notre passage sur les troncs, afin de revenir sur nos pas en cas de doute ou d'égarement. Une rayure supplémentaire par jour nous aidera à nous situer dans le temps.

C'était une bonne chose qu'Allian, dans leur situation, eût l'esprit d'initiative. Ses arguments étaient clairs et bien choisis, et arrachèrent à Krud un « Allons-y » après quelques échanges.

Allian marchait en tête, épée dégainée, gratifiant chaque arbre d'une balafre vivement esquissée. Les autres, par réflexe, s'étaient remis en file indienne et avançaient en regardant craintivement le curieux couloir où ils s'enfonçaient. Et plus ils avançaient, plus la lumière s'estompait : au bout d'une lieue, les feuillages s'étaient tellement mélangés qu'elle ne perçait plus que par étincelles. Ils avaient l'impression de progresser dans une grotte, dont les parois rondes et boisées, toutes les dix secondes, subissaient l'éraflure de la lame, qui rythmait l'avancée de « tchac ! » inlassables.

La galerie tournait souvent, par courbes lentes ou par virages en épingle à cheveux. Rapidement, My perdit le compte. Seule, elle aurait été incapable de savoir s'ils se dirigeaient vers le sud ou vers l'est. Et les choses se compliquèrent quand ils parvinrent à un nouvel embranchement.

– Allons bon ! explosa Krud. Ils en ont prévu combien, comme ça ?

– On prend la troisième, décida Allian, le visage fermé.

Les « tchac ! » recommencèrent, cette fois plus nombreux : en dessous du trait indiquant le jour, Allian ajoutait deux éraflures, correspondant à leur deuxième galerie. Ainsi pourraient-ils se repérer s'ils retombaient sur l'une d'entre elles qu'ils auraient déjà traversée. La troisième galerie ne fut pas suivie jusqu'au bout : elle serpentait vers l'est, et Allian comme Krud préférèrent revenir sur leurs pas pour en trouver une autre qui irait franchement jusqu'au sud. Ce n'était pas chose aisée, car aucune n'était rectiligne. My, qui proposait de prendre son envol pour repérer un couloir correctement orienté, se fit sèchement rabrouer.

Le fameux flair d'Allian les entraîna dans une série d'allers-retours qui leur mit à tous les nerfs à vif. Aucun d'entre eux n'aimait attendre ni reculer ; la bonne moitié du groupe aurait voté sans hésitation pour continuer tout droit et aviser après. De longues discussions commencèrent à poindre, les suivant tout au long de leur marche. Seuls Krud et Allian étaient partisans d'une avancée prudente. My, à peu près neutre, assistait avec lassitude aux disputes qui éclataient dix fois par jour.

– Ça va mal, ça va mal… soupira-t-elle.

Orest, qui dégainait face à elle, haussa les épaules.

– C'est tout à fait normal. En garde !

– Normal ? releva-t-elle en sortant sa rapière. Et pourquoi donc ?

– Parce que personne ne sait où on va et que chacun croit pouvoir guider les autres.

– Et vous, dans tout ça ?

– Krud aura le dernier mot, et je pense qu'il a raison. Inutile donc que je me lance dans la mêlée… Bon, voyons voir ce que le sac de feuilles vous aura enseigné.

Elle leva son épée à son tour, concentrée. C'était le premier combat qu'Orest consentait à faire depuis longtemps. Elle commençait à donner de réels coups d'estoc, secs et énergiques. Pour travailler ses coups de taille, l'assassin la faisait affronter quotidiennement un grand bâton solidement fiché en terre, qu'elle devait décapiter le plus vite possible. Ces exercices portaient lentement leurs fruits. Orest l'avait donc jugée prête à recommencer les combats. Elle espérait ne pas le décevoir et se sentait nerveuse.

– Non !

Orest, amorçant une attaque, s'était arrêté.

– Vous recommencez à tenir votre épée n'importe comment. Plus haut !

Elle rectifia. À peine avait-elle fini son geste qu'Orest fusait vers elle. Elle dévia sa lame le plus fort qu'elle put, et replaça aussitôt sa rapière devant elle.

– Bien.

Orest tournait autour d'elle, étudiant sa position avec attention. Il attaqua de nouveau ; il frappait réellement comme une brute, et elle se sentit dériver à gauche quand leurs épées s'entrechoquèrent. Elle se redressa à grand-peine, fit exécuter à sa lame un rapide tournoiement qui la dégagea, recula un peu, tourna autour de son adversaire en quête d'une faille dans sa défense. Passer à l'attaque était une nouveauté.

– Stop ! Restez où vous êtes.

– Qu'y a-t-il ? s'enquit-elle, contrariée.

– Étudiez soigneusement ma position avant de lancer votre assaut.

Reconnaissante, elle observa l'angle de l'épée adverse, ayant ainsi le temps de se préparer. Au signal d'Orest, elle reprit le combat et frappa de toutes ses forces… Presque gentiment, la lame de l'assassin emporta la sienne.

– Pas mal, dit-il cependant, engendrant la colère de la jeune fille.

– Pas mal ! répéta-t-elle, pas mal ! Alors comment expliquez-vous que j'ai échoué cette fois encore ?

– Parce que vous n'êtes pas assez rapide et pas assez forte.

– Mais vous aviez dit…

– Vous l'êtes davantage qu'à vos débuts. Je n'ai jamais dit que cela suffisait pour me vaincre.

– Comment voulez-vous que je m'améliore si vous me faites tout le temps perdre ?

Devinant l'orgueil blessé derrière la question, Orest laissa échapper un sourire narquois.

– Hé là ! Je ne vais pas abaisser mon niveau jusqu'au vôtre pour vous satisfaire. D'ailleurs, on n'évolue pas en gagnant, mais bien l'inverse… Si vous n'avez pas encore compris ça, c'est que vous n'êtes pas près de profiter de l'apprentissage autant que vous le voudriez.

La remarque la doucha. Y reconnaissant un fond de vérité, la jeune fille approuva à contrecœur. L'excuse gomma la dispute, et ils redressèrent leurs épées pour un nouvel assaut. À son tour, My avait aux lèvres un imperceptible sourire. Combattre Orest n'était pas la belle revanche qu'elle espérait, mais c'était pourtant quand ils s'affrontaient qu'ils s'entendaient le mieux…

Les cours devinrent bientôt le moment que My attendait avec le plus d'impatience. Après les heures de marche, l'errance, les disputes à n'en plus finir, le côté froid d'Orest était incroyablement reposant.

Il était pour elle une découverte de tous les instants. Elle ne pouvait s'empêcher de le comparer à ses prétendants nobles : du même âge que l'assassin, ceux-ci ne lui avaient pourtant jamais donné l'impression d'être plus vieux ou plus sages qu'elle. Rom-pus à l'art de la conversation, ils parlaient avec autant d'aisance que ses amies, riaient aux mêmes choses qu'elle, avaient les mêmes centres d'intérêt : persiflages et amourettes. Quelle différence avec Orest… Lui, elle ne le voyait pas son semblable. Chaque échange était pour elle une occasion de l'observer, cherchant à saisir les différentes facettes de son tempérament. En vain.

Cela faisait plusieurs semaines, à présent, qu'ils erraient dans les Bois, bifurquant souvent, au gré des clairières qui se présentaient à eux avec leurs nouvelles galeries. Les provisions diminuaient à une allure effrayante, appelant à un rationnement strict. Impatientés par la lenteur de l'avancée, Nadrett et les jumeaux avaient proposé plusieurs solutions : se séparer pour lancer l'exploration chacun de son côté et revenir dans un lieu précis faire part de ses observations aux autres, retourner carrément à l'orée pour prendre un nouvel itinéraire… Impatienté, Krud avait tout refusé en bloc. L'ambiance au sein du groupe en avait d'autant plus souffert. My, exaspérée, finit par marcher en éclaireur aux côtés d'Allian et Orest, attentifs à une foule de détails qui échappaient aux autres. Notamment à la disparition des carrefours qui, nombreux au début, n'apparaissaient maintenant que dans un intervalle de plusieurs jours, compliquant l'orientation. Allian assurait, toutefois, être absolument certain d'avancer dans la bonne direction…

– Même si je doute, murmura Orest à l'oreille de My, que ces Bois aient moins d'une centaine de galeries propres à nous égarer gentiment.

La jeune fille aurait parié qu'il avait raison. De la main, elle suivait les courbes des troncs pour se rassurer. L'écorce irrégulière la réconfortait, bien concrète, bien réelle. Les arbres n'avaient rien de mauvais, elle s'y était toujours fiée.

Ils protégeaient les hommes ou abritaient leurs rêveries. Pourquoi se retourneraient-ils contre eux ? Elle laissa brusquement la question en suspens en remarquant l'étrange lumière qui nimbait l'écorce et sa main posée dessus. Or franc, et transparent tout à la fois. La lumière était encore timide, mais My pouvait presque suivre le tracé des rayons : ils émanaient de l'autre bout de la galerie, comme venant de très loin…

Allian s'était arrêté le premier. Plutôt qu'effrayé, il paraissait pensif. Apparemment, il ne décela rien de dangereux, puisqu'il fit repartir toute la troupe. En effet, la lumière était rassurante, chaude, respirant la vie. My aurait dit la lumière du soleil, mais en plus dorée et moins violente. Le cou tendu, elle cherchait obstinément à voir la fin de la galerie, en vain. Et toujours la lumière arrivait par flots, des flots ondoyants qui couraient sur leurs habits, jouaient avec les plis et disparais-saient dans les fissures des écorces. Elle devenait insistante, les contraignant à s'abriter derrière leurs mains. Ils avaient autant de mal à avancer en pleine lumière que précédemment dans les ténèbres.

Aucun d'entre eux ne vit que l'espace entre les arbres s'élargissait, que les derniers troncs de la galerie se dépliaient pour redevenir droits, cédant la place à une clairière immense aux arbres tout aussi rectilignes, dont l'écorce aux tons chauds paraissait se gorger de lumière et la diffracter à l'infini. Ils ne s'arrêtèrent qu'après plusieurs mètres. Plus exactement, quand Léréon eut trébuché. Non sur une racine, mais sur le dernier objet qu'ils se seraient attendus à voir : une grosse pierre taillée, sagement posée sur le sol. Exceptionnelle aussi bien par la taille que par le matériau qui la constituait ; pour un peu, on aurait dit du vieil or. Cela en avait la teinte, en plus terne, mais la texture était bel et bien celle d'une pierre, comparable au granit, avec un grain plus fin.

– Ça existe, ça ? demanda Orest en s'agenouillant pour examiner la pierre de plus près. Curieux…

Dégainant un petit couteau, il frappa quelques coups secs sur un angle de la pierre, en détachant un morceau. De minuscules fragments maculaient sa paume, brillant très légèrement. Paillettes ou poussière, le qualificatif était difficile à déterminer.

– C'est une pierre de taille, dit Allian. Elle en a les proportions et la forme. Mais les arêtes sont complètement ravinées… elle doit être là depuis longtemps.

Peu intéressée par la question, My s'était éloignée. Les arbres surtout l'intriguaient. Elle toucha le bois du bout des doigts, analysant en une fraction de seconde sa matière, à la fois sèche, souple et fragile. Avec un peu d'imagination, elle pouvait sentir la sève se faufiler dans le bois, derrière, faisant battre la mince membrane. Peut-être le sentait-elle réellement, peut-être n'était-ce qu'un écho de son propre sang qui coulait dans ses veines. Ses sens s'affolaient, exacerbés, lui faisant tout percevoir avec acuité, même le moins palpable, comme la lumière qui enveloppait ses mains, ses bras, son visage, éblouissante et, pourtant, sans émettre de véritable chaleur. Juste une impression.

À regret, elle détacha ses doigts du tronc et continua à marcher. D'autres arbres attendaient derrière, au garde-à-vous, parfaitement alignés. Fort différents de l'orée où les arbres, bien qu'anormalement espacés, poussaient où bon leur semblait. Une telle régularité dans la répartition ne pouvait que lui évoquer Siartt. Le domaine abritait un bois de quelques hectares à peine, mais soignés à la perfection, destination habituelle des promenades du soir… La similitude était troublante.

Machinalement, la jeune fille contourna l'arbre, retombant sur le sentier suivant, qui fusait droit au milieu des arbres alignés. La lumière la frappa de plein fouet, sans arbre, sans branche pour s'intercaler. Alors seulement, elle put voir au bout de l'allée le palais magnifique dont jaillissait la lumière.

D'innombrables tourelles, de toutes tailles, montaient à l'assaut du ciel en flèches raffinées. Il y avait de nombreuses fenêtres, hautes, minces, dont les petits carreaux de verre réfléchissaient la lumière avec une féroce efficacité. Et que penser du matériau même, cette pierre qui, sans être ornée ni taillée d'aucune sorte, rendait la façade plus féerique que tout édifice au monde ? Cette pierre aux tons d'or terni, l'élégance sans tapage qui les avait tant saisis devant la pierre de taille… Un soupir involontaire s'échappa des lèvres de la jeune fille, qui fit un pas pour se rapprocher de l'étrange palais. Une main s'empara soudainement de la sienne, fermement. Orest.

– Restez là.

Elle fit un effort pour se dégager, mais il refusa de la lâcher. Ses doigts, sans pourtant trop serrer, maintenaient les siens dans un étau implacable. Le contact lui rappela celui de l'arbre. Sec et chaud en même temps. N'eût été la furie soudaine de voir ses désirs contrariés, My, envahie par un sentiment de réconfort puissant, se serait abandonnée à ce contact. Mais la situation ne s'y prêtait pas. Orest semblait sur le qui-vive.

– Qu'est-ce qui ne va pas ?

– Je me méfie, c'est tout. La présence d'un palais ici est tout sauf normale.

– Mais… il n'a rien de menaçant !

– Ce n'est pas parce qu'il est beau que cela doit vous rassurer. Depuis le temps que nous sommes dans ces Bois, vous avez dû comprendre leur logique. Ils n'en ont pas, hormis celle de nous perdre, et leur magie est puissante.

– Il émet de la lumière à cause de sa pierre, objecta My. Il n'y a rien de magique là-dedans. La clairière est à découvert, et le soleil frappe les pierres de plein fouet, d'où la réflexion…

– Et comment se fait-il qu'on ne trouve de telles pierres qu'ici ? Cela n'est pas suspect, selon vous ?

– Eh bien…

My haussa les épaules. C'était en effet curieux… Vaincue, elle cessa de se défendre et resta sagement à ses côtés, se contentant de contempler le palais à distance. Elle avait gardé sa main dans la sienne. Et lui ne l'avait pas lâchée. Au milieu du sentier, ils détaillaient au même rythme chaque fenêtre, chaque tour, chaque porte… une expression différente brillant dans leurs yeux. Lui, de l'envie. Elle, de la nostalgie.

– Vous ai-je déjà parlé de Siartt ?

– Un peu, oui.

– Siartt… comment décrire ? Siartt, c'est toute mon enfance. C'est tout en tons gris-bleu. Je me souviens des vieilles pierres. Des escaliers partout. Des grandes pièces glaciales en hiver, avec les tapisseries aux murs. Un moment j'ai cru le revoir. En beaucoup plus calme… et beaucoup plus doré… Quel choc !

– Mmm…

– Avez-vous grandi dans une maison particulière, Orest ? Vous en souvenez-vous ?

L'assassin éluda.

– Des maisons, on en trouve partout. Des foyers… c'est plus rare. Mon chez-moi, aujourd'hui, c'est dehors.

– Tout comme moi…

Mais c'était dit sur le ton d'une simple constatation. Elle n'envisageait même pas son futur après leur quête. Impossible, tant qu'elle était avec les autres. Un glissement s'était opéré au fil de leur voyage, et elle avait cessé de se considérer comme prisonnière. À ses yeux, les membres de la Guilde et elles étaient simplement compagnons de route, exposés aux mêmes dangers, un microcosme social avec ses disputes et ses bons moments, ses hauts et ses bas. Une seule personne échappait à cette harmonie, l'empêchant de considérer son groupe comme une deuxième famille, mais…

– Nous devrions revenir vers les autres, dit Orest, brisant sa rêverie.

My reprit lentement ses esprits. La lumière l'inonda, comme si elle venait d'ouvrir les yeux.

– Oui, dit-elle après un silence, oui peut-être… nous devrions.

Il fit volte-face et s'éloigna. Après un dernier regard au château, My se détourna à son tour, et le suivit sans un mot. Ils se faufilèrent entre les arbres et finirent par retrouver leur point de départ, près de la pierre de taille. Mais les autres, quittés à cet emplacement même, avaient disparu.

Le visage d'Orest se durcit.

– Je suis sûr que ces abrutis ont filé au palais !

Faisant demi-tour, il s'élança vers la lumière, l'entraînant à sa suite. Les cheveux de My lui cinglaient le visage, aussi clairs que les rayons émis par le château. Orest lui broyait la main et elle ne pouvait courir aussi vite qu'il le voulait. Son compagnon ne s'en rendit pas compte, tout occupé à regarder à droite, à gauche… En vain. Il n'y avait personne dans les environs.

– Ils ne sont tout de même pas entrés !

– Si nous faisions le tour ? proposa My. Ils sont peut-être partis par un autre côté.

Ils contournèrent une aile du palais ; des jardins s'étendaient derrière, haies taillées au cordeau, pelouse bien verte, reflets dorés. Et toujours personne.

– Orest, je crois qu'ils sont bel et bien entrés, haleta My, pliée en deux.

– Allian et Krud ne les auraient jamais laissés faire !

Sans qu'il la voie, la jeune fille secoua doucement la tête. Elle était sûre du contraire. Face au pouvoir du luxe, très peu résistaient… et le palais en était une si belle promesse !

– Il faut aller les chercher, dit-elle. Ils n'ont pas dû entrer depuis très longtemps…

– Hors de question. C'est trop dangereux.

– Pas si nous y allons à deux.

– My, je vous connais. Vous êtes tentée pour un rien. Vous vous éloigneriez pour aller là où il ne faut pas.

– Je vous promets que non, assura la jeune fille avec ferveur. De tels lieux me sont habituels. Je resterai près de vous.

– Je préférerais que vous m'attendiez dehors.

– Non ! Je viens. Je pourrai vous guider.

Orest eut une hésitation.

– Peut-être est-ce mieux, en effet… Mais…

– Puisque je vous le dis. Venez !

Cette fois, ce fut elle qui l'entraîna d'autorité vers la porte. Le garçon traînait à l'arrière, réticent, et quelque peu effrayé face à un paysage qui, elle, l'intimidait à peine. Les marches étaient de facture classique, formation en éventail, avec des degrés étroits. La porte, en revanche, possédait une forme qu'elle ne connaissait pas, avec beaucoup de courbes, d'arabesques… Les battants étaient laissés ouverts. Ils s'y glissèrent sans difficulté. L'intérieur les laissa cois.

Un autre escalier, fort large, menait au premier étage avant de se diviser en trois. Le rez-de-chaussée, quant à lui, partait en quatre larges corridors de marbre, diversement ornés. Par où chercher ?

– Où iriez-vous ? demanda-t-elle spontanément à Orest, lequel répondit du tac au tac :

– À l'étage.

Elle entreprit aussitôt d'y monter. Les autres avaient sans doute fait le même choix que lui. Explorer les étages d'un palais… autrement plus excitant que la découverte du rez-de-chaussée, pour des personnes de basse extraction.

Le premier étage s'étendait tout autour de l'escalier, jusqu'à une sorte de perron en vis-à-vis, avec des fenêtres en cristal. My plaça ses mains en porte-voix et hurla, le plus fort qu'elle put :

– Où êtes-vous ? On vous cherche !

– Ils ne sont pas ici, dit Orest. Ils sont probablement encore montés.

– Jusqu'où ? fit-elle, découragée. On en a pour des heures à tout explorer !

– Ils n'ont pas beaucoup d'avance sur nous. Je suppose que si nous…

Indécis, ils levèrent les yeux vers l'étage suivant, se retournèrent vers les degrés déjà franchis… et s'immobilisèrent en même temps.

Juste devant eux, l'escalier menant au deuxième étage se déroulait, gracieusement.

Celui qui descendait au rez-de-chaussée, en revanche, avait disparu.

– Je vous en collerai, moi, des explorations seigneuriales !

Allian ramena son poing en arrière, et le projeta énergiquement devant lui. Son bras traversa la grande fenêtre du perron, sans exploser le moindre petit carreau. Loin de l'abattre, ce phénomène ne fit que raviver sa colère.

– Mais regardez-moi ça, bon sang ! On ne peut même pas s'échapper en grimpant sur la façade, tous les murs sont impalpables ! Une autre idée, sire Nadrett ? Un escalier de secours, peut-être ?

Nadrett garda un silence piteux, à l'instar de ses compagnons. Il les avait entraînés jusqu'au quatrième étage, avant de constater la disparition des niveaux inférieurs, et n'en menait pas large. À présent, ils se trouvaient dans une grande salle toute miroitante, aux allures fantomatiques, et bénéficiaient d'une vue imprenable sur le paysage.

Ils avaient tout essayé pour s'échapper, mais une seule chose leur aurait permis de sortir : le saut de l'ange. Et personne n'avait envie de tenter l'expérience.

Lourdement, Krud s'assit sur un sofa et se prit la tête entre les mains. Dans les situations d'urgence habituelles, le chef se montrait toujours plein d'astuce. Mais il ne dit rien, et garda toutes les apparences du découragement le plus complet. En toute honnêteté, Allian ne pouvait l'en blâmer.

– Bon, eh bien, messires, prenez place ! dit ce dernier en écartant les bras avec un enjouement feint. Il y a de quoi s'asseoir et de l'espace à votre disposition ! En attendant de trouver une idée…

Il donna lui-même l'exemple en s'installant sur un tabouret de piano, s'accoudant sur les touches. Pour se distraire, il exécuta quelques gammes d'un doigt ; celles-ci résonnèrent sinistrement dans la grande salle. Il cessa, l'oreille soudain tendue.

– Dites ! Ce ne serait pas le sifflet de la petite, ça ?

Tous avaient entendu de même le sifflement ténu provenant des étages inférieurs. Krud bondit le premier.

– Oui, c'est le sifflet ! Ils ont dû venir à notre recherche !

Dans un parfait ensemble, le groupe rebroussa chemin pour revenir à l'escalier, appelant les jeunes gens à grands cris. La voix d'Orest leur répondit peu après : lui et My parvenaient au quatrième étage.

– Attendez ! s'écria Allian. Stop !

Deux visages se levèrent vers lui, surpris.

– Restez là, ordonna Allian. Si vous venez nous rejoindre, nous serons sept coincés ici et je préfère éviter… Attendez, je réfléchis.

Six paires d'yeux restèrent braquées sur lui tandis qu'il faisait les cent pas devant l'escalier.

– Il y a un phénomène avec ces escaliers que j'aimerais comprendre… Qui a vu à quel endroit exactement les marches disparaissaient ?

– Dès l'arrivée sur un nouvel étage, répondit Krud. C'est très rapide.

– Entendu. Orest, monte lentement jusqu'aux dernières marches.

Sans poser de questions, le garçon s'exécuta, sous le regard perplexe de My.

– Qu'est-ce que vous voulez faire ? demanda-t-elle. Il va se retrouver coincé là-haut, lui aussi !

– Non, je ne crois pas… enfin j'espère. À partir de là, Orest, monte très lentement. Au moment où tu poseras le pied sur la dernière marche, arrête-toi.

Les yeux étrécis, My suivit le manège d'Allian, comprenant peu à peu où il voulait en venir. Au moment où Orest posa le pied droit sur le nouvel étage, Allian descendit le sien sur l'avant-dernière marche.

– Ça fonctionne ! s'exclama-t-il. La marche est palpable ! Retire ton pied dès que je suis descendu, et ce sera bon.

Avec une coordination impressionnante, tous deux se retrouvèrent côte à côte sur l'avant-dernière marche. Allian était libre… dans une certaine mesure.

– Et nous ? demanda Léréon.

– Nous allons suivre la même méthode avec vous, mais prenez soin de rester en phase. Apparemment cet escalier a fonctionné comme si le pied d'Orest et le mien n'appartenaient qu'à une seule et même personne.

– Et ça ne peut pas fonctionner si nous restons simplement sur les dernières marches, pour les rendre tangibles pour les autres ? demanda Orest.

– Non, le détrompa Krud. Tu ne peux pas le voir d'ici, mais de notre étage, l'escalier est à peine visible. Son contour est brouillé, à l'exception de la dernière marche. Maintenant tout est redevenu vague… sauf vous.

– Alors suivons la même méthode, déclara Allian. Une personne à la fois. Orest et My, attendez-nous plus bas, je vais me charger de faire passer tout le monde.

Évacuer quatre personnes selon un procédé aussi précis n'était pas chose aisée. Il s'écoula un long laps de temps avant que tous se retrouvent au troisième étage… face à un nouvel escalier, tout aussi flouté.

– Et c'est là que le bât blesse, grimaça Allian. Évidemment, si on en a encore trois à passer comme ça…

My regarda au-dehors. La nuit tombait, teintant de noir le moutonnement des Bois. En apparence, la vitre au travers de laquelle elle regardait semblait exister réellement. Elle voyait ses reflets, le scintillement du cristal. D'après Allian, néanmoins, toutes les fenêtres étaient immatérielles. Elle avait peine à le croire… mais, s'il disait vrai…

– Je peux essayer de sortir, proposa-t-elle. En m'envolant par la fenêtre, je pourrai revenir en bas, remonter tous les escaliers et venir vous chercher. Qu'en pensez-vous ?

Tous la regardèrent, manifestement étonnés. N'avait-elle donc pas le droit d'avoir de bonnes idées ?

– Alors, ne tardez pas, dit Krud. Il va bientôt faire nuit, et toute cette belle lumière va disparaître. Je n'aimerais pas me retrouver enfermé pour la nuit dans ce palais…

Sentant six paires de prunelles fixées sur elle, la jeune fille s'éloigna du groupe et se recueillit, invoquant son don. La sensation familière de ses entrailles qui se soulevaient lui indiqua que le Don revenait. Agitant fortement les ailes, elle réussit à décoller, et s'envola droit vers la fenêtre, priant pour qu'Allian ne se soit pas trompé. Une collision avec la vitre risquait de la blesser sérieusement…

Mais, à sa grande surprise, elle ne se vit même pas traverser le verre. Elle se retrouva dehors, sans transition, flottant au-dessus des Bois. Le sentiment d'urgence ne lui laissa pas le temps de reprendre ses esprits. Elle dut aussitôt fondre en piqué, retrouver son apparence de jeune fille, courir vers la porte, recommencer à gravir les escaliers à toute allure. Mais la nuit semblait arriver plus vite qu'elle.

– Vite, vite, vite ! la pressa Krud alors qu'elle achevait, péniblement, la montée du deuxième escalier.

Le chef insista pour passer le premier. Compréhensible. Mais My ne se souciait que d'Orest : le garçon s'effaçait pour laisser passer les autres, restant systématiquement le dernier. Où était donc passée sa politique du chacun pour soi ? Un tel comportement ne lui ressemblait guère… Elle accéléra le passage des autres. Un obscur pressentiment lui faisait redouter la venue des ténèbres. Krud avait raison : une promenade nocturne dans cet étrange palais ne devait guère être rassurante…

Pressée par Nadrett, elle se métamorphosa de nouveau, ressortit, rentra, remonta les escaliers. Elle y voyait à peine et rata une marche, tombant durement sur la pierre. Elle boitait bas quand elle atteignit les dernières marches, étourdie par les exclamations qui fusaient de toutes parts, la pressant de les faire passer. Tous avaient l'air effrayés, mais elle ne parvenait pas à démêler leurs paroles. Elle attrapait les mains, au hasard, pour être sûre de coordonner la pose des pieds avec chacun. Bientôt ils n'y verraient plus rien. Quelques rayons subsistaient tout juste…

– Dépêchez-vous, lui dit la voix d'Orest. (Elle sentit une légère poussée dans son dos.) Allez !

Pour la troisième fois, la jeune fille s'envola. Le trajet, cette fois, fut plus court : elle n'avait qu'à descendre la hauteur d'un escalier pour arriver au rez-de-chaussée. Elle ne se métamorphosa en humaine qu'en haut des marches du premier étage, évitant ainsi de chuter lors de l'ascension. Les mains des autres se pressaient, tâchant d'agripper la sienne en premier. Elle reconnut celle d'Orest et l'attrapa fermement. Rodé à présent, Orest passa sans problème, puis Allian, les jumeaux… Les ultimes lueurs du jour commençaient à glisser le long de la rampe, à s'évanouir. My s'arrêta tout à coup, électrisée.

– Le sol disparaît !

Quelqu'un lui attrapa le bras sans lui laisser le temps de confirmer le phénomène. Elle fut tirée par le bas, et commença à courir malgré elle, terrorisée à l'idée de tomber. Le sol devenait de plus en plus instable, ondulant. On aurait dit qu'il se disloquait.

– My, plus vite ! hurla Orest, alors qu'elle essayait de reprendre son équilibre.

Elle s'efforça d'allonger sa foulée, descendant les marches deux à deux. Bientôt ils atteignirent le hall. Le sol tremblait toujours. My sentait ses talons s'enfoncer. La personne qui la précédait lui tira le bras de nouveau, violemment, la projetant en avant. Ils dégringolèrent plus qu'ils ne descendirent les marches de l'entrée, s'échouant dans la clairière.

Il faisait nuit, complètement. Une nuit sans étoiles. Leurs halètements troublaient à peine le silence. Il faisait froid, le sol avait une odeur âcre. Mais ils étaient en sûreté.

My releva la tête, scrutant les ténèbres pour apercevoir la façade menaçante du château. Mais elle ne sentait pas sa masse menaçante les surplomber. Une brise légère rôdait, agitant les herbes, là où aurait dû se dresser le monument, entouré de tous ses jardins. Au lieu de cela…

Elle repoussa ses cheveux en arrière pour mieux voir. Le souffle coupé. Mais il fallait se rendre à l'évidence.

En même temps que la lumière, le palais s'était évanoui.

Se refermant sur ceux qu'elle n'avait pas sauvés à temps… Nadrett. Et Krud.

– My… Venez.

La jeune fille se dégagea violemment. Ses joues étaient mouillées de larmes, ses cheveux, dans un état épouvantable, et son regard, brouillé. De tout cela, elle se moquait. N'importait qu'une chose. Ce vide, dans la clairière, devant elle. Un grand vide, qui avait englouti une bonne part d'elle-même.

Elle ne se sentait plus fatiguée, elle ne tremblait plus, elle n'avait plus peur. Elle n'abritait plus qu'un immense sentiment d'horreur.

Le tiraillement sur sa manche devint plus insistant.

– My, venez, vous dis-je.

– Laissez-moi tranquille !

Échappant à Orest, elle fit quelques pas vers le trou. Rien n'indiquait qu'un palais s'y dressait quelques heures plus tôt, pas plus que des jardins. Le palais s'était bel et bien évanoui, la lumière soufflée par les ténèbres, comme la flamme d'une bougie. Et les autres… les autres, emportés avec le tout.

– Le palais reviendra demain matin. J'irai les chercher…

– My, le palais ne reviendra pas. C'était un piège. Les autres…

Un bras lui entoura les épaules.

– Les autres… nous ne pouvons plus rien pour eux.

– Qu'en savez-vous ? cria-t-elle. Ils ne sont plus là, cela ne veut pas dire qu'ils sont morts !

– La magie de ces Bois n'est nullement bienfaisante. Elle ne nous les rendra pas.

Orest parlait d'une voix atone. Chacune de ses phrases, assenées sans compassion, était un coup de massue pour la jeune fille. On y sentait la voix de la raison, froide et exacte. Il disait vrai et les espoirs de My, si ténus, ne pourraient rien contre la réalité. La jeune fille sentit toutes les larmes qu'elle avait retenues remonter jusqu'à sa gorge et former une grosse boule.

– Je…

Brusquement, elle éclata en sanglots qui ne la soulageaient en rien, ne faisant qu'accroître le sentiment de culpabilité qui la taraudait. Jamais elle n'avait eu aussi mal. La souffrance l'empêchait de réfléchir, de respirer. Dans sa tête vide, deux visages se succédaient sans cesse, ceux qu'elle avait livrés à la mort, sans même s'en rendre compte…

Elle sentit vaguement qu'on l'étreignait, et que sa tête se posait sur une épaule. Orest l'avait prise dans ses bras et la berçait comme une enfant. Elle entendait ses murmures, des paroles de réconfort qu'elle ne comprenait pas, prononcés par une voix tout près de se rompre. Autour d'eux, les autres faisaient cercle, en silence.

– Je voudrais rester jusqu'au matin, hoqueta-t-elle. Simplement… pour être sûre…

Allian et Orest échangèrent un regard. Ni l'un ni l'autre ne se faisait d'illusions.

– My, c'est inutile, dit doucement Allian. Il faut partir.

La jeune fille se laissa guider jusqu'aux abords de la clairière. Orest l'avait gardée dans ses bras, marchant pour elle, trop choquée pour avancer seule. Il resta à ses côtés quand ils s'installèrent parmi les arbres pour se reposer un peu, dans un silence lugubre. Elle sentait sa présence contre elle, son cœur qui battait à grands coups lents, ralentissant le sien. Son seul point de repère dans le noir. Son garde-fou. Livrée à elle-même, qu'aurait elle fait pour se fuir ?

– C'est ma faute, chuchota-t-elle.

– Non, dit Orest. Vous avez été prise par le temps. On ne peut pas exiger de vous que vous rattrapiez l'erreur de tout un groupe. Ils sont entrés dans le palais. Ils l'ont payé.

Le manque flagrant de compassion du jeune homme la fit frémir. Elle ne se doutait pas qu'il parlait dans un seul but : déraciner le sentiment de culpabilité qui croissait en elle.

– Comment pouvez-vous les charger aussi durement ? Ils ne savaient pas… et j'étais la seule personne qui pouvait…

Ses sanglots reprirent, plus saccadés. Dans son dos, Orest hésita. Elle le devinait aussi désemparé qu'elle. Bien sûr, c'était un assassin, la mort était pour lui une compagne au quotidien, et pourtant… elle devinait obscurément qu'il la comprenait.

– Vous vous chargez toute seule. Pourquoi ne sont-ils pas passés ? Parce que la nuit tombait, que le sol commençait à disparaître, que vous étiez épuisée et que vous aviez six personnes à sauver en quelques secondes. Vous en avez fait passer quatre. C'est déjà un exploit.

– Mais…

– Ça suffit.

Le ton, catégorique, la calma tout net.

– Vous avez été un facteur dans la disparition de Krud et Nadrett, mais pas l'élément déclencheur. Rien ne justifie que vous portiez le poids de leur mort. Imaginez quelles nuits hantées vous allez vous infliger, quels remords vont vous poursuivre, pendant des années. Le moindre moment heureux est immédiatement gâché. La culpabilité n'est pas une compagne agréable. Et elle se laisse rarement oublier… Vous êtes sûre de vouloir vivre ça ?

– On ne peut pas choisir d'oublier quand on est responsable.

– On peut choisir d'oublier, sauf quand on tue vraiment.

La voix d'Orest s'était faite ténue, presque un souffle.

– Et je ne veux pas que vous éprouviez ça. Un meurtre, un vrai, ça n'a rien à voir avec ces morts.

My leva son visage vers l'assassin. Elle aurait pu toucher du doigt la souffrance qui pulsait sous les paroles hachées. Il se raidit sous son regard mais, pour la première fois, ne se déroba pas.

Il continua de parler, comme se déchargeant d'un poids trop lourd.

– Je peux vous dire tout cela. Je l'ai vécu quand j'étais encore enfant. Je n'aimerais pas que vous viviez la même chose… C'est la pire épreuve qui soit.

– Que s'est-il passé ?

Orest laissa s'écouler un long moment. L'aveu, bloqué dans son cœur pendant des années, peinait à sortir. Pourtant, cette fois, il ne se défendit pas. Il laissa le goût amer l'envahir, sans le museler, et commença à parler, sous les yeux attentifs de My. Les yeux, dit-on, sont les miroirs de l'âme. Face à cette âme-là, il pouvait parler sans crainte…

– J'ai commis mon premier meurtre à douze ans. C'était accidentel. À moitié voulu seulement. Je n'ai jamais su où était la limite exacte, à quel degré je devais me sentir coupable. Mais coupable, je le suis, quelles que soient mes excuses…

Il prit une grande inspiration.

– Mon frère, à l'époque, avait dix ans. Le drame est simple et cruel. Un jour, je l'ai incité à venir voler en ma compagnie le destrier d'un seigneur des environs. Vous savez comment on est à cet âge… Je n'avais pas d'arrière-pensée, je ne savais pas ce que je ferais de ce cheval si je réussissais à le voler. Je le voulais simplement, mais les choses ont mal tourné. C'était une bête farouche. Je suis entré dans l'écurie le premier et elle m'a aussitôt attaqué. Mon unique réflexe de défense a été…

Sa voix s'étrangla. Il luttait pour continuer, mais les mots semblaient se bloquer dans sa gorge, malgré tous ses efforts.

– A été quoi ? demanda My à voix basse.

Les mains du jeune homme se verrouillèrent sur ses épaules.

– Ça.

Le silence retomba, lourd de sens.

– Je l'ai utilisé comme bouclier. Je n'ai pas réfléchi. Il a pris le coup de sabot de plein fouet, et il est mort sur le coup.

Un immense silence suivit ces paroles. My était glacée d'horreur. Sans s'en rendre compte, elle eut un léger mouvement pour s'éloigner du jeune homme. Elle se reprit aussitôt, mais le mal était fait. Orest se dégagea d'un coup sec. La jeune fille se mordit la lèvre. Il était tellement sauvage… le moindre faux pas, et c'était la fuite. Aussi elle ne songea pas au meurtre, à l'horrible culpabilité qu'il impliquait. Il souffrait, et qu'importait le reste. Elle reprit immédiatement la parole.

– Et qu'avez-vous fait ensuite ?

Le souffle du garçon se figea dans son cou. Elle ne le jugeait donc pas. Elle s'intéressait, s'inquiétait, sans remontrance. C'était du My tout craché. Ou plutôt du pur My. Douce, attentionnée, derrière des airs hautains, parfois, qui cachaient une réelle grandeur d'âme.

– Ma mère avait…

Sa voix ordinairement trop maîtrisée s'était mise à trembler. Il s'interrompit. Mais la douleur, trop longtemps refoulée, avait trop hâte de s'échapper de lui, maintenant qu'il avait ménagé une fissure. Ne pouvant s'écouler par la parole, elle se fraya un chemin par ses yeux. Et Orest, assassin certifié, homme sans cœur plus certifié encore, se retrouva à sangloter comme un enfant devant une toute jeune fille qui était, théoriquement, sa reine.

Sept ans qu'il n'avait pas pleuré. Sept ans qu'il tenait, étroitement serré en lui, un nœud de regrets, de chagrin, de haine envers lui-même qui avait fini par distiller lentement son poison dans tout son être. Enfin il pleurait et, étrangement, il n'en concevait nulle honte.

Une petite main serra son bras, visiblement désemparée. Il l'étreignit en retour.

– Ça va, dit-il, la voix rauque. Ça faisait juste… longtemps.

My ne demanda pas d'éclaircissements. Cela aussi, elle comprenait. Elle le laissa pleurer en silence, sans l'interrompre par des paroles de consolation, sans le toucher même. Il apprécia l'attention. Elle montrait avec lui un tact étonnant.

– Et qu'avez-vous fait ensuite ? reprit-elle, quand les sanglots du jeune homme se furent espacés.

Il saisit l'échappée qu'elle lui offrait, et répondit, tâchant de braver le tremblement de sa voix :

– Ma mère n'en a rien su. Pour elle, Ryllian était mort par accident, tué par le cheval, c'était tout. Je n'ai jamais osé lui dire la vérité. À cause de cela je me suis enfui, l'abandonnant avec mes sœurs, et je me suis réfugié à Liett. La suite… la suite n'est guère plus reluisante. J'ai fait tous les métiers et me suis rabattu sur le marché du crime. Le plus payant ? Assassin. Le premier crime est le pire, mais passé celui-ci tout devient mécanique. On ne ressent plus rien, ni la souffrance de l'autre ni son propre écœurement… Puis il y a eu Krud. J'ai alterné les meurtres avec les vols, pendant de longues années. Et puis il y a eu vous. Votre carte, votre sifflet, votre étrange ascendance, votre trésor à la clé…

Il se rembrunit.

– Les choses ont bien changé. Quatre d'entre nous sont morts, le roi nous poursuit et quant au trésor… qu'on sorte ou non des Bois, on ne saura toujours pas où il se cache.

– Orest, My. Il est temps.

Allian, resté à l'écart avec les jumeaux, les attendait. Ils étaient au repos depuis plus longtemps qu'ils ne le pensaient. Le temps était venu, en effet, de repartir… droit vers l'inconnu, laissant presque la moitié de leurs effectifs dans cette clairière à l'allure faussement enchanteresse.

Un dernier coup d'œil à l'endroit, un dernier adieu à leur chef, et à leurs deux compagnons, abandonnés au milieu de nulle part…

Et les galeries reprirent.

Comme tout paraissait terne, sans leurs compagnons ! Les jours n'étaient plus les mêmes. Il manquait la saveur des piques de Nadrett, le piment des beuglements de Krud… À présent, les repas se prenaient en silence. Tous avaient du mal à s'habituer. Une interjection alerte, comme avant, aurait semblé une insulte à une veillée funèbre qui s'éternisait…

La disparition de Krud, en particulier, bouleversait leur petit groupe. La voix autoritaire de leur chef ne s'élevait plus pour distribuer les corvées et les réprimandes. Ils se trouvèrent d'abord démunis, puis finirent, tout naturellement, par élire Allian à la place de leur défunt chef. L'ancien bras droit de Krud retomba habilement sur ses pieds et prit les choses en main avec un apparent naturel. Second efficace, Orest l'aidait à répartir les tâches, ou à orienter leur itinéraire. La gouaille de l'un, la susceptibilité de l'autre ne leur permettaient pas de fonder une réelle amitié, mais d'un point de vue professionnel ils formaient un bon tandem. My et les jumeaux suivirent sans protester.

Ils en étaient arrivés à un paysage intermédiaire. Les galeries se défaisaient, les nœuds entre les branches devenaient plus lâches, et l'espace entre les troncs, plus large, mais sans céder la place à de vrais bois.

Puis, au fil des jours, les Bois ressemblèrent de moins en moins à des bois. Les galeries disparurent, mais la plupart des arbres aussi. Finis la lumière verte de l'orée et le noir pailleté des galeries. Ils se retrouvèrent plongés dans une brume qui collait à leurs habits et gênait leur vision. La tension monta d'un cran. La transparence de l'orée avait eu quelque chose de dérangeant, certes, mais elle était bien préférable à cette grisaille qui les empêchait de voir à dix pas. Ils distinguaient presque normalement les alentours vers midi, heure décrétée par Allian pour la sieste, afin de faciliter le travail des guetteurs. Ils partageaient ainsi leurs nuits en deux. C'était aussi l'occasion pour Orest et Mydria de travailler l'escrime dans des conditions à peu près normales. La nuit du palais semblait avoir quelque peu adouci Orest qui, bien que sans indulgence, lui dispensait ses leçons avec plus d'amabilité qu'auparavant ;

ses défauts étaient toujours passés au crible et elle pouvait s'estimer heureuse si elle récoltait un compliment par jour. Orest n'en était pas moins un bon professeur. Elle remarqua que, progressivement, leurs assauts étaient plus vifs et maîtrisés, qu'elle exécutait tout à fait correctement un certain nombre de bottes, et qu'elle pouvait à présent se fendre, sautiller, repartir à l'attaque et se replier rapidement sans éprouver l'épuisement qui la saisissait auparavant au point de la priver de ses bras. Comme le concédait Orest du bout des lèvres, elle se rodait… passablement. Elle était encore loin d'être la grande escrimeuse dont elle rêvait. Mais il y a un temps pour tout, et elle appréciait d'évoluer à son rythme.

Les cours étaient l'un des jalons de leurs journées de marche, pénibles et ennuyeuses au possible, encadrées par des nuits de sommeil entrecoupé, et quelques repas vite avalés. La brume influençait de façon néfaste tous les caractères et ils passaient le reste du temps à marcher mécaniquement, sans un mot. Les jumeaux venaient d'avoir la troisième brouille de leur existence, Allian avançait le nez vissé au sol par crainte de laisser filer des indices ; quant à Orest, il était d'humeur si instable en dehors des cours que My préférait ne pas s'y frotter. Prenant la chose avec philosophie, elle avançait donc seule.

À l'instar d'Allian, elle accordait une grande attention aux changements du paysage. Si l'on exceptait leur caractère inquiétant, ils étaient tout à fait intéressants. Nulle part ailleurs des Bois ne se seraient métamorphosés aussi rapidement : des troncs massifs laissant place à des arbres entremêlés, devenant de plus en plus chétifs, jusqu'à disparaître, poussant solitairement ici où là parmi les marcheurs. C'était très intrigant. Et il y avait autre chose…

– Avez-vous remarqué le sol ? demanda-t-elle à Allian, le lendemain de ce constat.

Celui-ci opina.

– J'avais vu, en effet. Le terrain devient herbu.

– Serait-ce signe que nous approchons de la sortie, alors ?

– Peut-être. Mais si vous voulez mon avis, les plaines qui nous attendent par-delà ces Bois ne sont sûrement pas… pavées.

– Que voulez-vous dire ?

– Simple. Pour un sol herbu, celui que nous foulons me paraît singulièrement dur. J'en déduis que nous marchons sur de la pierre. Or l'herbe ne pousse pas naturellement sur de la pierre. Et la pierre en question est exceptionnellement plane. Donc, il s'agit de pavés.

My renâcla. Elle voulait bien croire qu'Allian était un homme d'une intelligence rare, mais sa supposition lui paraissait, dans le cas présent, plutôt farfelue.

– Pourquoi des pavés ? releva-t-elle. Qu'iraient-ils faire ici ?

– Vous commencez à connaître, je pense, la particularité de ces Bois. Il y a des pavés pour la même raison qu'il y a eu un palais : les Bois décident. Et ce, pour nous déstabiliser. Peut-être changent-ils d'aspect à volonté…

À la surprise de My, les prédictions d'Allian s'avérèrent juste. Il ne leur fallut parcourir que quelques lieues avant de voir le paysage muter de nouveau. Les arbres persistèrent, mais l'herbe s'effaça peu à peu au profit des pavés. Assortis à la brume, ils étaient larges, gris, répartis en damier dans une disposition tout à fait classique. Mais aucun d'eux n'était cassé, malgré leur exposition au grand air. Et tous arboraient la même couleur, uniforme. Pas de taches. Pas de traces d'érosion.

– Je n'aime pas ça, déclara Léréon tout net.

Il s'était arrêté dès la disparition des dernières plaques d'herbe, et regardait les environs avec appréhension.

– Vous vous souvenez du sol, dans le palais ? Imaginez que ça recommence ? Qu'il se dérobe à nouveau ?

– Mais il fait jour, observa My.

– Et je doute que les Bois nous réservent deux fois de suite la même surprise, fit Orest.

Allian tapotait sa carte d'un air impatienté.

– Léréon, on va au sud. Les pavés aussi. C'est le plus court, le plus simple, et je ne vais pas m'amuser à nous imposer des détours.

Lyrend'ell, lui, restait tiraillé entre son jumeau et les autres.

– Je pense, dit-il finalement, qu'il vaut mieux affronter ces pavés qu'un danger pire encore en cherchant un autre chemin…

Son frère prenant parti, Léréon ne put que suivre le mouvement. Les arguments des autres tenaient la route… Mais pour combien de temps au juste ?

Orest, en particulier, s'interrogeait. Allian était trop occupé à les diriger pour compter les journées et les distances, mais lui l'avait fait dès les premiers jours. Pour en arriver à un résultat des plus étranges.

Les Bois étaient les plus grands d'Edrilion. Ils s'étendaient en une large tache, englobant une partie des Vallons et empêchant toute prolifération urbaine jusqu'à disparaître petit à petit non loin du littoral. Les traverser prenait donc du temps, mais guère plus de deux semaines avec une avancée régulière. Or ils avaient avancé régulièrement, étaient revenus sur leurs pas, certes, mais assez peu souvent en définitive, et ils étaient sûrs de marcher plein sud. Or ils étaient dans les Bois depuis un mois…

Constat des plus étranges. Combien de temps les Bois les retiendraient-ils ? S'ils les libéraient un jour… Ils ne semblaient soumis à aucune norme, ni celle du temps ni celle de la distance. N'y avait-il qu'une lisière pour entrer, et aucune pour sortir ?

Fidèle à son tempérament circonspect, Orest ne fit part de ses réflexions à personne, pas même à My. Cela n'aurait fait que l'inquiéter davantage, et du reste personne ne pouvait rien faire. Envoyer My sous sa forme ailée en dehors de ces Bois ne les aiderait pas à s'orienter convenablement : la jeune fille ne pouvait pas monter suffisamment haut, juste assez pour perdre la trace de ses compagnons. Et si Orest croyait fermement au pouvoir de son sifflet, il était plus convaincu encore de la magie vicieuse des Bois, tout à fait capable de neutraliser le legs de Madael… Oui, il ne leur restait qu'une chose à faire. Avancer, en espérant atteindre leur but.

Et s'ils finissaient perdus sans espoir de retour, il se chargerait personnellement de faire évader My.

19. L'ARCHE

Comme tous les soirs, ils s'arrêtèrent en plein dallage. Au milieu de nulle part, puisqu'il n'y avait rien d'autre, ni abri ni limite pour trouver un repère dans ce paysage d'une désespérante platitude. Moyennement rassurant…

Ce fut sur cette dernière pensée que My posa sa tête sur le pavé et s'endormit. Les premiers rayons du lendemain, perçant faiblement la brume, la virent se redresser lentement, chevelure en bataille, et ouvrir sur les alentours des yeux déjà lassés. Leur expression changea en une seconde.

– Hé ! s'écria My, levée d'un bond. Regardez !

– Quoi ? grogna Léréon.

Orest et Allian le prirent de vitesse. Ils étaient déjà sur leurs pieds quand Lyrend'ell se réveilla.

– Qu'est-ce que ça fiche là, ça ? demanda Orest, la mine farouche. Ça n'a quand même pas poussé pendant la nuit ?

Une très grande arche, aux arcs-boutants dénués de toute ornementation, jetait son ombre sur le dallage, l'air de se tenir là depuis toujours. My se ressaisit la première.

– L'arche, sans doute. Eux, en revanche, ils sont sûrement arrivés tout seuls…

Elle désignait les trois chevaux qui se tenaient de l'autre côté de l'arche, leurs longues têtes tournées vers eux d'un air interrogateur.

– Ça alors ! s'exclama Allian. Il y aurait donc des animaux, dans ces Bois ?

Se détachant du groupe, My marcha en direction de l'arche pour voir les chevaux de plus près, s'arrêtant peu avant les arcs-boutants. Quelques foulées la séparaient des bêtes. Effarouchés, les animaux renâclèrent, mais ne s'enfuirent pas. Ils se contentèrent de tendre l'encolure dans sa direction, leurs yeux noirs brillant dans l'ombre de la pierre. Avec la distance, elle ne se rendait pas vraiment compte de leur taille, mais ils semblaient d'assez belles proportions. D'un type impossible à définir.

– Vous ne passez pas l'arche, l'avertit une voix.

Orest se hâtait vers elle, l'air nettement moins serein.

– Je sais bien, répondit-elle. Mais je peux tout de même regarder. Ils sont beaux, ne trouvez-vous pas ?

– Je leur trouve plutôt un air bizarre. Que font-ils ici, alors que nous n'avons pas vu un insecte depuis le début de notre marche ?

My haussa les épaules et reporta son regard sur les chevaux. À l'évidence, ce n'était nullement une illusion, et à ses yeux ils n'avaient rien d'étrange ni d'effrayant… Comme s'il avait saisi son état d'esprit, le premier cheval amorça un pas vers elle, aussitôt suivi par ses comparses. Ils avançaient toujours aussi groupés, d'un pas curieusement lent, plein de majesté. Pour la première fois, My sentit un petit frisson lui parcourir l'échine.

– Ils viennent.

– J'avais remarqué, fit Orest d'un ton cassant. Gardez vos distances et ne les touchez pas, compris ?

– Vous m'ennuyez, à la fin ! répliqua My. Je sais très bien ce que je dois faire.

Elle regretta son mouvement d'humeur dès qu'elle lui eut laissé libre court, mais l'arrivée des chevaux lui fit oublier l'excuse qu'elle s'apprêtait à lui présenter. Par défi tout autant que par envie, elle s'écarta du jeune homme et posa sa paume sur le chanfrein du premier cheval. Une chaleur diffuse envahit le creux de sa paume, accompagnée d'une odeur qu'elle connaissait très bien, celle du poil chaud. Elle sourit et flatta l'encolure de la bête. Pas d'illusion, pas de piège. C'était un vrai cheval, avec du vrai sang coulant sous la robe satinée, et de vrais yeux liquides qui plongeaient dans les siens, porteurs de l'expression douce et mélancolique si caractéristique de leur race. Elle passa au cheval de droite, qui l'accueillit avec un petit hennissement. Celui de gauche appuya sa tête sur son épaule, tout aussi amicalement. Entre elle et tous les chevaux du monde, avait toujours régné une surprenante alchimie…

Le cas d'Orest était tout autre. Quand elle se tourna vers lui, elle vit qu'il avait reculé de trois bons mètres et considérait la bête du milieu avec une expression fort voisine de l'horreur.

– Orest ? demanda-t-elle, inquiète, avant de se souvenir tout à coup.

Le cheval en question était un grand noir. Il devait rappeler au jeune homme le destrier de son enfance… Mais ses suppositions s'évanouirent quand elle le vit froncer les sourcils, l'air non plus apeuré mais soupçonneux.

– Reculez.

– Pourquoi ? demanda-t-elle tout en revenant vivement à ses côtés.

– D'ici, vous ne leur trouvez pas quelque chose de bizarre ?

My passa en revue les trois chevaux qui leur faisaient face, dubitative.

– Non…

– La seule chose qui me surprend, intervint Allian, c'est leur robe, mais c'est tout.

En effet, maintenant que ce détail était mis en évidence, My devait reconnaître que le trio devant eux n'était pas commun. Un cheval noir, un cheval gris, un cheval blanc. Non pas un noir bruni, mais un noir franc, profond, aux reflets veloutés sur le relief des muscles et la ligne de l'encolure. Non pas un gris hésitant, mais un gris perlé, délicat, sans tache ni fausse note. Et le blanc le plus pur qui soit, blanc neige, qui recouvrait la robe et descendait sur la crinière en volutes légères… Nulle part ailleurs robes de chevaux n'avaient offert un rendu si net.

– Les plus courants, ce sont les alezans, dit Léréon. Pourquoi ces trois couleurs-là ?

– À bien des égards, ils sont exceptionnels, murmura My, mais j'ai peine à ne voir qu'une coïncidence dans la réunion de ces trois chevaux…

– Je ne voulais pas parler de la couleur des robes, dit Orest, ni des chevaux eux-mêmes. Regardez leurs pattes.

La jeune fille, imitée par Allian et les jumeaux, se pencha en avant, détaillant de plus près les antérieurs du cheval le plus proche. Ils étaient parfaitement normaux. Des jambes musclées, aux sabots luisants…

– Non, pas celui-là, dit Orest, tandis qu'elle poursuivait l'examen du cheval gris.

Perplexe, My passa au noir. Normal lui aussi. Elle termina par le blanc. Et poussa un cri d'effroi. L'antérieur droit était absent. Ou plutôt, la jambe commençait, identique aux autres, de forme parfaite, puis s'interrompait au jarret. Elle ne semblait pas mutilée mais inachevée, comme s'accommodant de ce qu'elle était…

– Comment cela se fait-il ? Que lui est-il arrivé ?

– Regardez les autres.

À nouveau, la jeune fille se pencha en avant, examinant les pattes arrière. Le même constat s'imposa. Il manquait au noir la patte gauche, et au gris la droite. Elle comprenait maintenant pourquoi ils avançaient aussi lentement, et groupés.

– Pourquoi ont-ils tous la même infirmité ? demanda-t-elle, l'effroi le disputant à la curiosité.

– Sûrement un coup des Bois, fit Allian. Dans ce cas, méfiance.

– Mais ils n'ont rien de dangereux, dit My. Ils sont juste… eh bien, différents.

Malgré leur infirmité, elle ne pouvait s'empêcher de les trouver beaux. Leur mutilation se combinait bizarrement avec leur perfection physique, suscitant en elle la répulsion autant qu'une grande admiration. Mais quel dommage que de pareilles merveilles ne puissent pas courir…

– Et dommage qu'ils ne soient pas cinq, ajouta-t-elle à haute voix. Imaginez, avec des pattes correctes, ils auraient pu nous emmener et nous faire quitter les Bois beaucoup plus vite.

– Oui, mais ils ne sont que trois, et peuvent à peine marcher, rétorqua Orest. Ils ne nous sont d'aucune utilité. Et moi, je jugerais plus sage de repartir par nos propres moyens. Laissez-les.

À contrecœur, My tourna le dos aux chevaux et suivit les autres pour rechercher son sac. Ils reprirent la route sans tarder. L'arche jetait toujours vers le ciel ses parois brutes, et sa grande ombre sur le sol semblait s'étendre sournoisement vers de nouvelles dalles. Quant aux chevaux, ils s'en étaient retournés et s'acheminaient lentement vers l'arche. Une grande pitié saisit My en les voyant clopiner péniblement, mètre par mètre, en équilibre instable. Sans réfléchir, elle planta là les autres et courut vers les trois bêtes. La main sur l'encolure du grand blanc, elle s'adapta à l'allure lente et irrégulière des bêtes et, tout à son avancée, passa sous l'arche sans s'en rendre compte.

Un grondement assourdissant retentit au moment où elle disparut dans l'ombre. Le dallage fut secoué avec une force inouïe. Orest, occupé à surveiller la jeune fille, fut rudement projeté à terre. Il se replia, protégeant sa tête de ses bras, et attendit la fin du séisme, hésitant entre deux extrêmes : voler au secours de My ou bien l'achever dans les règles de l'art. Il en était toujours à hésiter quand l'éboulement prit fin. Et son indécision redoubla quand, se relevant à l'instar des jumeaux et d'Allian, il constata qu'aucune dalle n'était fissurée, et que l'arche tenait toujours bien sur ses pieds.

Mais My n'était plus là.

– Elle innove, elle varie…

Le cœur oppressé, le garçon flanqua son sac par terre et s'élança vers l'arche. Finalement, il n'avait même pas à choisir. Ses pieds volaient au secours de My de leur propre initiative.

Lui-même, en son âme et conscience, ne savait plus bien où il en était. Il avait simplement peur. Si My… si cette petite idiote était… Ah non ! Il l'avait traînée d'un bout à l'autre d'Edrilion. Elle n'allait pas lui claquer dans les doigts maintenant !

– My ! beugla-t-il. Répondez, ventredieu !

Rien. Pour une fois, elle se taisait. C'était bien le moment…

Orest s'apprêtait à lancer un nouvel appel quand il parvint face à l'arche. Sa bouche s'ouvrit sur un silence rond comme un O.

Pas de silhouette sanguinolente écroulée à terre. Pas de silhouette écroulée tout court. My était de l'autre côté, entourée des trois chevaux, non loin d'une sorte de calèche. Bien portante, souriante, jolie comme un cœur. À gifler.

– Elle était au beau milieu de l'éboulement pourtant, non ? demanda Allian en haussant un sourcil.

– Je… n'en sais rien, répondit lentement Orest. Mydria ! cria-t-il.

Il avait appelé si fort que sa voix se répercuta sous l'arche, faisant bondir les autres. Mais la jeune fille ne répondit pas et ne tourna même pas la tête vers lui.

– Elle n'entend pas… Bon, je vais la chercher.

Prudent, il contourna l'arche au lieu de passer en dessous. Il la dépassa rapidement puis s'arrêta, surpris.

Pas de My, et pas de chevaux.

Avec un calme apparent irréprochable, il retourna de l'autre côté, expliquant succinctement à ses compagnons :

– Elle est derrière, mais là-dedans. On doit passer sous l'arche si on veut la retrouver.

Coupant court aux questions d'un revers de main, il se contenta d'ajouter :

– Je passe en premier.

Allian ne perdit pas son temps en objections inutiles et emboîta immédiatement le pas au garçon, peu soucieux d'assister à un nouveau séisme. Les jumeaux durent suivre le même raisonnement, car ils se ruèrent sous l'arche à leur suite, avec un bel ensemble. Et de fait, le séisme semblait bel et bien avoir un lien avec l'arche, car le sol se remit à trembler quand ils passèrent dans l'ombre. Cette fois, le bruit fut plus lointain, plus sourd. Ils se retrouvèrent à l'extérieur sans qu'une seule pierre les ait atteints.

My était à quelques mètres. Elle jouait toujours avec les chevaux, qui baissaient la tête vers elle, faisant de leurs quatre crinières mêlées une chevelure d'une magnificence inédite. Il fallut qu'Orest l'appelle à nouveau pour qu'elle consente à tourner la tête dans leur direction.

– Ah ! Vous voilà.

– Vous voilà ! répéta Allian, incrédule. Vous voilà ! À croire que c'est nous qui sommes en tort ! Qu'est-ce qui vous a pris de passer sous cette arche ? Je ne vous demande pas de rester groupés pour rien !

L'âpreté de Krud semblait resurgir chez son successeur, et le sourire de My commença à quitter son visage.

– Oui, je sais, mais…

– Mais rien du tout, coupa Orest. Laissez ces canassons tranquilles et suivez-nous. On a bien assez à faire sans s'arrêter tous les trois mètres !

La jeune fille se redressa de toute sa taille.

– Si vous réfléchissiez deux secondes, vous vous diriez plutôt que ces canassons peuvent nous faire gagner du temps !

– C'est-à-dire ? demanda Allian, acide. Côté steak ?

– Côté jambes.

Elle se détacha des chevaux pour leur indiquer la calèche qu'Orest avait déjà remarquée. Elle stationnait plus loin, bien d'aplomb sur ses quatre roues.

– Vous voyez ? Elle peut servir.

– Certainement, railla Léréon, et comment comptez-vous faire courir des bêtes qui ont déjà du mal à marcher ?

Son jumeau ainsi qu'Allian étaient déjà partis voir l'attelage pour l'examiner sous toutes les coutures. À première vue, la calèche forçait l'admiration. Elle était en bois blanc avec des ornementations dorées sur les côtés. Les roues, blanches elles aussi, possédaient de fins rayons en bois sculpté, avec un cerclage en métal. Deux banquettes se partageaient l'habitacle, protégé par une petite avancée du toit, plus décorative qu'autre chose puisqu'elle était tendue d'un tissu translucide, de facture inconnue. L'ensemble était très sophistiqué, mais ils relevèrent tous le même détail. Il n'y avait pas de siège pour le cocher.

– Je m'y connais pourtant en attelages, déclara Allian, mais je n'en ai jamais vu de tel… Il n'y a même pas de rênes, et regardez-moi ces harnais !

Les regards se portèrent sur l'avant de la voiture. Elle était prolongée par une longue barre de métal, qui tenait à l'horizontale grâce à trois barres écartées les unes des autres d'un mètre environ et fichées au sol. Chacune était surmontée d'un anneau, d'où pendaient respectivement trois harnais blancs en cuir clouté, constitués de tant de boucles dans tous les sens qu'on peinait à s'y retrouver.

– Un attelage à trois chevaux… murmura Allian.

La chose avait de quoi surprendre pour un Edrilien : tous les attelages du royaume étaient pairs. C'était une tradition, et aussi une question d'équilibre du véhicule. Des rangées inégales étaient plus difficiles à gérer. Mais cet attelage-là était prévu pour trois chevaux. Pas un de plus, pas un de moins. Et trois chevaux les attendaient à dix mètres… Des chevaux mutilés. Or, une jambe manquante, chez un cheval, le privait généralement de toutes ses autres. Les proportions exceptionnellement équilibrées de ces trois-ci leurs permettaient de tenir debout, certes… mais pour tirer un attelage ? Impossible. Impensable.

– Pourtant, ébaucha Léréon, pourtant…

Pourtant il y avait la calèche, et les trois chevaux requis. Un hasard ? Sûrement pas.

Cruellement embarrassé, Allian se gratta le menton. Plus que jamais, il regrettait l'absence de Krud et ses décisions expéditives. Diriger un groupe était finalement une tâche bien peu agréable. Une initiative malheureuse pouvait apporter mille dangers supplémentaires et mille protestations en sus.

Bien sûr, cette calèche était une vraie tentation. Ils marchaient depuis un mois, ils en avaient tous par-dessus la tête, changer le mode de locomotion leur aurait convenu à tous… mais, quoi qu'en dise My, ils restaient dans les Bois et le moindre havre de paix réservait toujours un piège. Deux d'entre eux avaient payé le prix fort.

Oui, mais ces montures étaient réelles. Ils vivaient, claudiquaient et hennissaient comme n'importe quels chevaux. Et My leur faisait entière confiance. Il déplorait bien des choses chez la jeune fille, mais, indéniablement, elle avait un sixième sens. Pourquoi ne pas… et puis, oui, il pouvait bien essayer. Essayer simplement.

– My, amène les chevaux, ordonna-t-il. Je voudrais vérifier quelque chose…

Obéissante, la jeune fille amena les bêtes.

– Bien. Alors, voyons…

Après quelques minutes d'observation, il s'éloigna des chevaux pour s'intéresser aux harnais. La plus grande des boucles passait vraisemblablement autour du poitrail, et les deux autres s'y fixaient pour tenir le haut des jambes. Une lanière de cuir passait ensuite sur le dos pour sangler les pattes postérieures. Et la dernière se rattachait à la barre. Quoique peu classique, la disposition semblait cohérente. Il s'intéressa ensuite à l'ordonnance de l'attelage. Les chevaux étaient placés en triangle. Encore moins commun… et encore moins pratique. Ils avaient déjà du mal à avancer les uns serrés contre les autres !

– Une idée ? demanda-t-il à My, qui restait pensive depuis quelques minutes, un harnais dans les mains.

– Oui, mais c'est…

Sans finir sa phrase, elle reposa le harnais à terre et revint près des chevaux. Elle les contempla un moment, comme l'avait fait Allian. Le gris était éclopé au postérieur droit. Le blanc, à l'antérieur droit. Le noir, au postérieur gauche…

Non, son idée était folle. Ça ne pouvait pas marcher. Mais si, ici, ce qui ne semblait pas marcher… marchait quand même au mépris de la normalité, pourquoi ne pas essayer ?

Elle empoigna doucement la crinière du noir et la tira dans sa direction. Il réagit à ses gestes avec un à-propos qui la rasséréna et, docile, fit un pas en avant. Elle recula, il suivit. Pas à pas, elle le mena ainsi jusqu'à la calèche, et entreprit de l'attacher au harnais de gauche. Malgré les nombreux emmêlements et recommencements, la bête resta patiente, s'équilibrant aussi bien qu'elle pouvait. Enfin, elle fut attachée. À la grande satisfaction de My, l'une des trois barres verticales se trouvait exactement à côté de la jambe manquante. Solidement attelé, le cheval pouvait appuyer une partie de son poids sur elle et tenir debout. Elle avait donc vu juste.

– Amenez les deux autres, demanda-t-elle, fébrile. Ça a l'air de fonctionner.

Les jumeaux, habitués à travailler avec des chevaux dans leurs diverses entreprises, guidèrent les bêtes près de la calèche, se calquant sur leur allure inégale.

– Attachez le blanc à droite, demanda My à Lyrend'ell. Et le gris à l'avant.

Les harnais furent mis sans peine, et tout comme le noir, les deux autres chevaux purent répartir leur poids sur la barre métallique qu'ils avaient près d'eux.

– Regardez ! s'exclama My, aux anges. Cela fonctionne bel et bien ! Le gris est amputé au niveau du membre postérieur droit. Le noir, lui, a ses deux jambes antérieures et, étant placé der-rière le gris, à gauche, il vient compléter la patte manquante du gris. Les autres chevaux se complètent selon le même principe. Ainsi, l'équilibre se maintient sur l'ensemble de l'attelage. Et les trois barres servent à rééquilibrer en cas de trébuchement… Ces chevaux ne peuvent courir qu'ensemble ! Quant à savoir d'où vient la calèche… Aucune idée. Mais elle va nous permettre de voyager beaucoup plus vite. En route !

– Hé là ! contra Orest. Vous n'allez pas nous faire grimper dans une calèche venue de nulle part, avec des bêtes estropiées on ne sait comment surgies d'une arche poussée en une nuit !

– Mais là c'est différent, argumenta My. Je sens qu'on peut leur faire confiance. Ils vivent ici, ils sauront nous faire sortir…

– Ou nous perdre un peu plus, dit Léréon.

– Nous ferons attention !

– Une fois à bord, croyez-vous pouvoir nous faire descendre quand vous le voulez ? Ils vont galoper sec, si votre hypothèse est juste…

– Pas forcément, remarqua Allian. Un projectile lancé dans une jambe peut les déstabiliser en un rien de temps si nous voulons descendre…

– Il n'est pas question de leur faire du mal, protesta My.

– Il faut bien être prévoyant pour deux, puisque vous en êtes incapable, observa Orest sans la moindre aménité.

Elle posa sur lui un regard de biche blessée, qui l'affecta modérément. Les petits airs princiers de My commençaient à l'agacer sérieusement et il se fit un plaisir d'enfoncer le clou.

– C'est Allian qui décidera de la marche à suivre. Pas vous. Vous, je vous rappelle que vous êtes officiellement captive. Sauvetage dans les Ravins ou non ! ajouta-t-il en la voyant ouvrir la bouche.

Elle la referma sans rien dire, l'air outragé. Dans le mille…

– Fort bien, si tu le dis, intervint Allian avec désinvolture. Alors, si c'est moi qui décide, je vous ordonne de grimper à bord.

– Quoi ? s'écria Orest, incrédule. Tu la suis ? Tu veux nous faire prendre un tel risque ?

– Il y a quelque temps, tu reprochais à notre petite princesse préférée d'être trop prudente. Pour une fois que ça ne semble pas être le cas, encourage-la dans son effort…

Reconnaissante, My lui adressa son sourire le plus étincelant, et le retourna vers Orest avec un air provocant qui fit resurgir aussi sec ses envies de meurtre. Manifestant sa répugnance de la façon la plus explicite, il fut le dernier à monter à bord. Tout occupée à minauder des encouragements aux chevaux, elle ne sembla même pas s'en rendre compte, ce qui le rendit d'humeur encore plus maussade. Le gris, en tête, lança la première foulée, imité par les autres avec un temps de retard. La calèche vacilla dangereusement, et les chevaux ne restèrent d'aplomb que grâce au concours des trois barres, qui se fichèrent droit dans le sol, stabilisant brutalement l'attelage. Le second essai fut plus concluant, les chevaux s'accordant mutuellement, et la voiture avança sur quelques mètres, cahotant d'abord en raison des nombreux arrêts et des barres qui s'enfonçaient à nouveau. Peu à peu, les foulées des bêtes gagnèrent en puissance et en sûreté, chaque cheval s'appuyant comme il le fallait sur la jambe de son voisin. Bientôt, les barres restèrent parallèles au sol et les chevaux se mirent au galop, comme n'importe quel attelage. On sentait à peine l'hésitation de certaines foulées. Le dallage, parfaitement lisse, facilitait grandement les choses : il n'y avait pas à ralentir à cause de creux ou de bosses.

– La grande vie, déclara Allian en se réinstallant plus confortablement sur son siège.

– Et tu ne sais même pas où ils vont ! rétorqua Orest.

– Pour le moment, ils font comme nous : plein sud. J'ai vérifié.

– Et plein sud jusqu'à quand ?

– Eh bien, vérifie, dit Allian avec langueur, qui, sur ces bonnes paroles, ferma les yeux et appuya sa tête contre le dossier, savourant le confort des sièges et, plus encore, le grand luxe de ne rien faire.

Les jumeaux eux aussi s'en remettaient au bon vouloir du destin et contemplaient le défilé des dalles avec un air absent. Seule My surveillait les chevaux, mais avec un air confiant tout à fait écœurant. Orest aurait dit « déplacé » s'il en avait eu la faiblesse, mais même lui se sentait d'humeur sereine. Et pourquoi s'en étonner ? Après tout, la calèche était confortable, et pour le moment les chevaux allaient bon train, dans la bonne direction…

Et le plus insupportable, dans tout cela, c'était qu'il le devait à My !

Pendant les jours qui suivirent, le jeune homme garda à l'égard de Mydria une distance glaciale. Son aigreur gagna en force à mesure que le voyage se poursuivait, sans autre changement que celui des paysages. Les dalles firent place à de nouveaux sous-bois, moins ordonnés que les précédents, des rivières firent leur apparition, ainsi qu'un grand lac. Aucun coup fourré du côté des chevaux ; ils voyageaient en bonne intelligence. Mal-gré leurs silhouettes racées, ces bêtes n'avaient rien du tempérament capricieux qui caractérisait les pur-sang. Elles étaient placides et affectueuses, et les menaient tout le jour sans rechigner, même si elles refusaient que quiconque les guide : Lyrend'ell avait essayé un jour de confectionner des rênes, écopant d'un coup d'encolure quand il avait voulu les passer aux chevaux. Ce fut la seule manifestation de mauvaise humeur de leur part. Finalement, tout le monde s'accommodait très bien de leur atypique attelage…

L'unique point noir, c'était Orest. Il répondait, au mieux, par un grognement vaguement modulé aux questions des autres et refusait de prendre part aux conversations. Et My, la seule à laquelle il acceptait habituellement de parler quand de telles humeurs le prenaient, était loin d'être l'exception. Il lui réservait une agressivité toute particulière.

– Qu'est-ce qui lui prend ? demanda-t-elle à Allian, après deux jours de bouillonnement intérieur. Que lui a-t-on donc fait ?

Ils étaient en train de panser les chevaux, à la nuit tombée. Elle avait pris soin de s'éloigner suffisamment de l'assassin, mais de là où elle était, elle distinguait parfaitement son profil farouche, froid comme la pierre. Une telle distance lui donnait envie de pleurer.

Certes, ils s'étaient déjà disputés, et gravement. Mais elle connaissait toujours la raison de leurs conflits, et sa responsabilité dans leur déclenchement. Elle aimait le provoquer, détestait avoir tort, autant de défauts qui favorisaient l'explosion… Mais cette fois-ci ? Elle le ménageait autant qu'elle pouvait. Elle faisait tout pour lui être agréable. Ne voyait-il pas, à la fin, qu'elle tenait à lui ? Que trouvait-il encore à redire à son attitude ?

– Orest est une vraie tête de cochon, voilà tout ! décréta Allian. Il n'aime pas perdre. Il déteste être humilié. Or vous l'avez fait, en vous fiant à ces chevaux contre son avis.

– Humilié ! Et comment, je vous prie ? Je l'ai fait pour que nous puissions sortir d'ici. Que se figure-t-il ? Que j'agis pour le simple plaisir de le provoquer ?

Les lèvres d'Allian frémirent, puis il renversa la tête en arrière et éclata franchement de rire.

– Vous m'amusez, tous les deux ! Orest n'est pas un pur esprit, et vous non plus. Vous ne pouvez pas savoir ce qu'il pense si vous n'allez pas lui parler pour arranger l'affaire !

– Je ne lui parlerai de rien du tout. Qu'il se calme, et nous verrons ! C'est son problème.

– Alors pourquoi avez-vous l'air si triste ?

Voyant qu'elle ne répondait pas, Allian cessa de bouchonner le cheval noir, et se tourna vers elle.

– Orest vous estime, mais il est orgueilleux. Et j'ajouterai qu'il est également rancunier… Chacun ses défauts. Si vous montrez autant d'amour-propre d'un côté comme de l'autre, vous n'arriverez à rien. Allez lui parler.

– Pourquoi moi ? Pourquoi pas lui ?

– Parce qu'il ne le fera pas de lui-même.

– Il serait temps qu'il apprenne.

D'un geste violent, elle jeta son bouchon de feuilles à terre et s'échappa.

En d'autres circonstances, son âme claire l'aurait spontanément fait aller vers l'assassin, mais elle avait l'impression de l'avoir fait si souvent. Accepter la défaite et serrer les lèvres, essayer de s'adapter, toujours, toujours… Sa relation avec Orest lui semblait fuser en sens unique. Donner, donner, il lui semblait ne faire que cela, se vider de sa substance au profit d'une ombre qui se l'accaparait avidement. Elle avait peu de grandes idées sur l'amour, hormis celle-ci : l'amour était échange. Pas sacrifice. Ou du moins, pas seulement sacrifice…

Amour… elle s'arrêta sur le mot. Amour et Orest. Antithèse.

Malgré l'agacement qu'il éveillait chez elle, elle avait aimé Floan. Aimé à la manière d'un animal de compagnie ou d'un vieil ami, sans réaliser que cet amour, en réalité, dépassait à peine le stade de la tendresse. Elle l'avait traité avec maints égards, comme un objet précieux, Orest, non. Elle n'avait pas tant de délicatesse. Elle n'hésitait pas à le malmener, ni à lui prouver ses torts preuves à l'appui. Elle n'était pas polie. Et lui, il n'était pas galant. Égalité… opposition. Curieux de voir à quel point leurs qualités et caractéristiques tantôt se combinaient, tantôt prenaient le contrepied l'une de l'autre… Dénaturé par des années de vaines rêveries, le verbe « aimer » lui paraissait bien pâle et bien sucré pour exprimer ce qu'elle ressentait aujourd'hui.

Depuis l'âge des poupées, elle avait cherché l'amour un peu partout. Que ce soit dans les bals ou les livres, elle s'était jetée corps et âme dans cette absurde partie de cache-cache. Mais l'amour avait pris un visage tout différent de ce qu'elle attendait. Aucune fleur, aucun petit nuage, pas de couleurs pastel, pas de musique de fond. Il s'était comporté bien plus sournoisement, douceur et force combinées, se glissant en elle comme un poison, touchant au cœur… violemment. Ce n'était pas une libération, mais au contraire quelque chose qu'elle devait cacher. Si Orest, rien qu'une seconde, devinait son point faible… Elle imaginait trop bien les sarcasmes qui suivraient, et ceux que, blessée, elle ne manquerait pas de renvoyer. Aimer et détester

Orest en même temps se révélait un écartèlement dont elle se serait bien passée.

Mais pourquoi, se demanda-t-elle avec désespoir, pourquoi n'était-elle pas tombée amoureuse d'un homme facile à vivre, plein d'humour et bien de sa personne ? Tout aurait été tellement plus facile ! Allian, par exemple. Tout aurait pu la conduire à Allian, et si naturellement, mais par étrange coup du sort, c'était Orest qu'elle avait choisi, ni beau, ni facile, ni radieux. Orest et bien des soucis…

Elle dormit près des chevaux, s'isolant du groupe, et remonta à bord de la calèche sans un mot quand ils repartirent à l'aube. Ses bras serrés autour de ses genoux semblaient vouloir la protéger aussi bien du froid que des autres, et son silence, fait d'incertitude et de défiance, gela toutes les conversations. My était d'ordinaire une compagne de route agréable. Elle râlait souvent mais boudait peu, se montrait attentive et toujours prête à discuter. La même My semblait, en l'espace d'une nuit, avoir vieilli.

Unique source d'intérêt, ce jour-là, ils passèrent non loin d'un grand lac, entièrement à découvert. Ce soudain dépouillement d'arbres sur une aussi grande surface paraissait encourageant. Mais l'enthousiasme d'Allian et des jumeaux retomba quand les mêmes sous-bois qu'auparavant recommencèrent à défiler. Ce fut le cas jusqu'au soir, et jusqu'au lendemain, jour où les chevaux bifurquèrent vers le sud-est. Allian n'opposa qu'une main fataliste. Si impatient de sortir des Bois au départ, il était peu à peu gagné par une lassitude désespérée. Il n'eut même pas l'air surpris quand la calèche déboucha sur un nouveau type de sous-bois, loin de leur être inconnu. En fait, la ressemblance était frappante. Ils retrouvaient sans transition les arbres gigantesques qui avaient abrité leurs premiers pas dans les Bois. La lumière verdâtre était identique, comme la pelouse, comme le silence. Avaient-ils tourné en rond ? Un rapide repérage leur assura qu'ils poursuivaient vers le sud-est. L'espoir revint, timide.

Il leur fallut encore plusieurs jours d'avancée pour qu'une lumière jaune vienne enfin se mêler à la verte. La lumière du soleil, sans aucun doute possible. Les chevaux la sentirent aussitôt. Ils accrurent leur vitesse, la lumière jouant sur leurs robes et claquant dans leurs crinières, amie folâtre, aussi enthousiaste qu'eux. Arbre par arbre, les Bois s'effaçaient sous leurs pas, s'en retournant vers leurs mystères et leur splendeur sournoise. Et ils émergeaient, la pelouse devenait moins uniforme et moins verte sous les sabots, retrouvait ses mauvaises herbes et ses insectes, et l'horizon, d'un trait flou, dévoilait leur avenir…

Et brusquement, la calèche s'arrêta. Cinq paires d'yeux effarées, posées sur la plaine, regardèrent sans comprendre.

Bruissante, fourmillante, une armée déployait sa multitude en contrebas.

20. L'ARMÉE

Allian réagit à l'instant et sauta à bas de la calèche, se réceptionnant souplement. Les chevaux bronchèrent lorsqu'il se dressa face à eux, les bras largement écartés, et reculèrent nerveusement de plusieurs foulées, butant contre l'avant de la voiture. Orest quitta la voiture à son tour, suivi par les jumeaux, pour tirer la calèche en arrière. En quelques secondes, ils la mirent à l'abri des arbres.

– Quittez la calèche, murmura Allian à My, figée sur son siège. Mieux vaut s'éloigner encore.

Mydria s'empressa d'obéir. Ses mouvements désordonnés lui firent manquer le marchepied. Elle se rattrapa de justesse à la porte ouverte. Ils rejoignirent Orest, Léréon et Lyrend'ell, tous trois repliés à l'abri d'un arbre plus éloigné.

– Que fait-on ? demanda Orest à brûle-pourpoint.

Allian s'adossa à un tronc, prenant soin de se placer face à la lisière, et répondit de même :

– Aucune idée. C'est un comité d'accueil spécialement prévu pour My, pas de doute là-dessus. Tant que nous restons dans les Bois, nous sommes en sécurité, mais pour ce qui est de sortir… nettement plus périlleux.

– Une armée pour attraper My !

– Il n'y a pas que l'armée, rappela Lyrend'ell. Il y a aussi le trésor.

– Et l'usurpateur compte sur nous pour y accéder, j'en suis sûr, compléta Allian. Le pauvre. S'il savait que nous ne sommes guère plus avancés que lui !

Ils furent secoués par un rire nerveux. My, elle, n'eut pas l'ombre d'un sourire.

– Comment a-t-il su que nous sortirions d'ici ? chuchota-t-elle, en essayant de conserver son calme.

– Les gardes, dans les Vallons. On a dû se faire repérer à distance. Il était logique de penser que nous allions vers les Bois, et ils ont pensé juste. Le fauconnier a prévenu l'usurpateur, qui s'est rué sur l'opportunité de nous rafler à la sortie, et voilà l'armée. La boucle est bouclée. Les Bois se jettent dans la mer à l'ouest, expliqua Allian, en réponse au regard surpris de My. Il y a plein d'écueils et de phénomènes bizarres de ce côté. Les chevaux nous ont conduits vers la zone la plus sûre… la seule par laquelle nous pouvions sortir.

– Les chevaux… répéta lentement Orest.

Le même soupçon passa au même moment dans tous les esprits. My secoua la tête la première.

– Non. Je suis sûre qu'ils n'ont rien à voir avec la situation présente. S'il y a un piège, il vient de l'usurpateur.

– Comment diable a-t-il fait ? demanda Lyrend'ell avec un regard craintif vers l'armée invisible. Comment a-t-il pu rassembler autant d'hommes en si peu de temps ?

– Un mois de route, tu appelles ça peu de temps, toi ? renvoya Orest, que la nervosité commençait à rendre agressif. On a tournicoté là-dedans pendant des semaines. L'usurpateur a largement eu le temps de quitter Liett et de contourner les Bois. Quant au rassemblement des hommes… Allian en a déjà parlé. Chaque grande ville est annexée à une garnison. Les hommes enrôlés sont d'ici. Le plus difficile a dû être la disposition des escadrons, mais sinon… un jeu d'enfant quand on est roi.

– Eh bien, ce jeu me plaît moyennement, à moi, déclara Léréon. Que fait-on ?

– On revient en arrière, dit My.

– On crée une diversion, proposa Orest.

Les autres ne semblèrent inspirés par aucune des propositions.

– Revenir en arrière, c'est une mauvaise idée, dit Allian. Et pour créer une diversion… si vous voulez attirer l'attention de l'armée sur nous, allez-y.

Toute la déception du monde parut envahir le visage de My, tandis qu'Orest fixait durement son supérieur.

– Inutile de faire ces mines, j'essaye simplement d'éviter les bêtises, ajouta Allian d'un ton sec.

– Pourtant il faut bien tenter quelque chose ! insista Orest. Nous n'allons pas rester coincés ici jusqu'à la fin des temps !

Un petit frisson passa sur l'échine de My. Ils étaient si proches de la mer… Allaient-ils finir avalés par les Bois, comme ses ancêtres ? Alors même qu'ils pouvaient en sortir ? Ils s'étaient tant démenés pour approcher l'île. Pourquoi avoir sacrifié cinq des leurs, s'ils se faisaient tuer maintenant ? La colère remplaça la peur. Confronté à la perspective d'une défaite, le tempérament belliqueux des Darcer se mettait à prendre le dessus.

C'était son île. Son trésor, son héritage. Pour cela, elle avait dû abandonner tout ce qu'elle aimait. Et pour cela, ses compagnons de route avaient joué leur vie et la risquaient encore. Elle ne se savait pas possessive, mais la peur d'être dépouillée de son héritage lui fit prendre, d'instinct, la tête des opérations.

– Je reviens.

Perplexes, les autres suivirent des yeux sa silhouette qui disparaissait résolument entre les arbres. Arrivant à hauteur de la calèche, la jeune fille se mit à plat ventre pour observer l'armée sans être vue.

Elle avait en tête d'étudier sa disposition pour y trouver une faille à exploiter. Maintenant que l'effet de surprise ne la prenait plus de court, elle avait toute latitude pour observer l'armée. Les hommes étaient placés à quelques centaines de mètres de l'orée, en escadrons de quatre, séparés par un espace régulier. Ils s'étendaient ainsi de part et d'autre de la plaine, et disparaissaient, suivant les contours des Bois. Le campement, lui, était situé à l'arrière. Les tentes, alignées en longues rangées, semblaient elles aussi au garde-à-vous. L'espace était exploité de façon à piéger chaque mètre carré d'herbe. Un fuyard parmi les tentes avait de bonnes chances d'être cerné rapidement.

La jeune fille scruta les tentes avec plus d'attention, cherchant celle du roi. Elle ne fut pas difficile à repérer. En drap bleu frappé du signe de l'aigle, celui-là même que ses ancêtres avaient choisi et conservé par leurs successeurs, mais avec des ailes repliées. Brodé tout en noir, il avait quelque chose de redoutablement imposant. Elle distinguait l'entrée de la tente, minuscule point noir, mais il était impossible de voir à l'intérieur. Elle cessa ses efforts, un peu déçue de ne pas voir son adversaire. Au moins, elle avait une vue d'ensemble de ce qui les attendait.

L'herbe ploya à côté d'elle, Orest observait la plaine à son tour. Le soupir excédé qu'il laissa échapper lui indiqua qu'il n'était guère plus optimiste qu'elle concernant leurs chances d'évasion.

– My, au moins, pourra sortir, conclut Léréon qui s'était allongé un peu plus loin.

– Regarde en l'air…

Quatre têtes basculèrent vers le ciel. Pendant un long moment, My scruta sans rien voir. Le ciel était nuageux, et les différentes palettes de gris laissaient entrer le soleil par plaques irrégulières, ne rendant les rayons que plus aveuglants. Puis un point noir jaillit, se précisa, et se précisa tant et si bien qu'elle repéra, malgré la distance, sa forme allongée, fuselée aux deux extrémités. C'étaient des ailes de rapace. Plus précisément, celles d'un aigle.

– Je doute qu'ils repèrent un papillon, objecta Allian en se désintéressant de l'oiseau. C'est bien trop petit.

– Sous sa forme d'insecte, My a des couleurs vives. Je pense qu'un aigle planant assez bas…

Le silence retomba. My n'avait pas dit un mot. La vue de l'aigle venait de lui porter un vilain coup au moral. Sans compter qu'il n'y avait sûrement pas qu'un oiseau. Comment s'échapper, s'ils étaient surveillés depuis les cieux ?

– On va devoir sortir par un autre côté des Bois, alors…

– Je vous ai déjà dit que la seule partie des Bois non surveillée est celle qui finit dans la mer. C'est dangereux, et je ne retournerai pas dans ces Bois un jour de plus, coupa Allian. Ne tentez pas trop la chance. Les Bois aquatiques sont trois fois pires.

– Dans ce cas, dit Orest, tentons une diversion. Je ne vois aucune autre solution.

– Comment veux-tu tenter une diversion avec une armée ?

– Je veux juste en perturber une partie pour que nous puissions passer.

– Et donner l'alerte par la même occasion !

– Il faudrait pouvoir passer sans être vus… intervint My.

– Brillante idée, mais comment ?

– En traversant de nuit.

– Ils auront des flambeaux, des guets. Ça ne marchera pas.

– Et si nous essayions…

La jeune fille s'interrompit. Ses yeux allaient de la calèche aux arbres, en allers-retours pensifs. Une idée commençait à germer. Folle et dangereuse, très dangereuse… meurtrière.

Mais si c'était la seule solution…

Le soleil se couchait. Sa sphère disparaissait derrière l'horizon, ne laissant visible qu'une parcelle flamboyante, qui descendait, elle aussi, à vue d'œil. Une dernière flammèche rasa le paysage, coucha les ombres des herbes. Puis tout s'éteignit et le campement disparut. Seules les étoiles dominaient, points argentés bientôt concurrencés par leurs pendants terrestres : dans le campement, des torches s'allumaient les unes après les autres.

Il était temps.

My sentit l'épaule d'Orest bouger sous elle, l'incitant à l'envol. Elle agita bravement les ailes et décolla, effectuant quelques arabesques hésitantes avant de se reprendre. Ce n'était pas le moment de les décevoir. Et surtout pas lui.

– Bonne chance.

L'encouragement feutré, flottant dans son sillage, fut plus efficace que la meilleure brise. Elle s'éleva comme un fétu de paille, quittant définitivement les Bois. Elle laissait quatre hommes à l'arrière, dont les vies dépendaient tout entières des frêles ailes d'un papillon. Sa mission n'était pas de celles que l'on pouvait se permettre d'échouer.

My accéléra le battement de ses ailes. Le campement se rapprochait lentement. Grâce aux flambeaux, elle pouvait évaluer la distance et repérer les endroits vides. Elle prit soin de voler très haut au-dessus de la ligne des gardes, évitant ainsi de se brûler les ailes à la fumée dégagée par leurs torches. Des rangées de tentes succédèrent à la rangée de gardes. Arrivée là, elle descendit, errant par-dessus les toits de tissu, en quête d'un endroit désert. Congédiant son Don, la jeune fille choisit de se poster au coin d'une allée. Mieux valait surveiller deux côtés en même temps…

Elle n'y voyait presque rien. Des ronflements émanaient des tentes, tout autour, accompagnés du bruit de corps se retournant sur leur couche et de quelques discussions à voix basse. Elle redoutait de voir quelqu'un sortir d'un moment à un autre, même si la prochaine relève devait, d'après leurs observations, se produire une heure plus tard.

Bien qu'emmitouflée dans sa pèlerine, le capuchon soigneusement rabattu sur sa chevelure blonde, elle doutait de pouvoir passer bien longtemps, même de loin, pour un homme. Or Allian avait été très clair : recherchée ou non, une femme dans un camp militaire était une femme en danger. Sortant le briquet d'amadou prêté par les jumeaux, elle se mit donc au travail sans attendre.

Le principe était simple : approcher la flamme de l'herbe, et attendre l'embrasement. Celui-ci survint dans une gerbe de crépitements et d'étincelles. Plus bruyant que prévu. Tâchant de faire abstraction du sentiment d'urgence qui croissait, My ferma les yeux et se concentra, toute tendue vers l'appel de son Don. Elle avait fait d'immenses progrès ces derniers temps, et il obéissait de plus en plus vite et docilement, mais sa peur lui fit répéter l'appel à deux reprises. Quand elle réussit à s'envoler, elle était cernée. Les fumées toxiques l'attaquèrent de front, brûlantes. Elle battit des ailes de longues minutes, s'élevant toujours plus, jusqu'à sentir le frais de la nuit rafraîchir son corps minuscule. Alors, elle put regarder en bas et contempler son œuvre.

Les flammes grimpaient sur trois des tentes les plus proches. Le feu se propageait bien plus vite que prévu. Déjà, l'herbe grillait sur une circonférence de dix mètres. Des hommes affolés sortaient des tentes, se bousculant les uns les autres dans un concert de cris, d'appels, de directives contradictoires. Quelques-uns remontaient en courant la rangée de tentes, vers le point d'eau. My battit à nouveau des ailes et s'éloigna. D'ici à ce qu'ils arrêtent l'incendie, elle aurait tout le temps de mettre le campement sens dessus dessous.

Elle survola quelques dizaines de tentes, se posa à nouveau, sortit le briquet et recommença ; les mêmes hurlements retentirent, le même vent de folie se mêla au fracas du feu. L'air chaud la porta aux nues sans qu'elle ait à faire d'effort. Vues de haut, les tentes semblaient avoir troqué leur tissu bleu foncé pour un satin orange aux mille reflets. L'une d'entre elles s'effondra dans un concert de chuintements, sa voisine l'imita peu après. My évita de se demander si des hommes s'y trouvaient encore. Elle s'envola plus loin, et refit la même chose, la tête vide. La partie du campement qui faisait immédiatement face à l'endroit où ses compagnons attendaient était enflammée à tous les points stratégiques, à présent. Et le feu gagnait du terrain à une vitesse affolante. Pour maîtriser l'incendie, toutes les énergies allaient être requises. La voie était, théoriquement, libre… Et l'opération n'avait pas pris un quart d'heure.

Satisfaite mais éreintée, My repartit en direction des Bois. Le tumulte du campement s'amenuisa et devint imperceptible quand elle en atteignit la lisière. Orest avait allumé son propre briquet, et la flamme, invisible depuis le camp, était assez proche d'elle pour la guider jusqu'à ses compagnons. Ils l'attendaient, installés dans la calèche, précédée des trois chevaux piaffants.

– Bon travail, la congratula Allian.

Hors d'haleine, la jeune fille monta à bord de la calèche et s'écroula sur un siège. Léréon claquait tout juste la portière que les chevaux s'élançaient déjà. L'orée se trouvait en surplomb par rapport à l'armée, et la calèche attaqua la descente bien trop précipitamment. Cramponnés au siège, les passagers sentirent la voiture vaciller sous eux, attendant avec terreur le choc de la chute. Mais, d'extrême justesse, la calèche se stabilisa et retomba lourdement sur une roue. Ils n'eurent pas le temps d'arrêter l'attelage pour évaluer l'ampleur des dégâts : déjà le campement approchait, grouillant de flammes et de soldats.

Malgré l'aura de mystère qui les entourait, les chevaux étaient comme leurs semblables sur au moins un point : ils avaient le feu en horreur. La calèche exécuta un brusque virage, les trois chevaux cherchant à traverser le camp par une zone restée intacte. My retint un juron. Elle avait pourtant pris soin d'enflammer le campement de façon à ménager un couloir pour la calèche !

– Arrêtez-les ! enjoignit-elle à Allian, qui tentait déjà de contrarier la course des chevaux en tirant sur la barre.

Mais les bêtes étaient trop énervées pour obéir. En désespoir de cause, Allian sauta sur la croupe du cheval noir, brisant l'équilibre maintenu entre le trio. Poussant un hennissement de surprise, la bête pila net, tenta de se cabrer et s'écroula au sol. Entraînant dans sa chute non seulement son voisin, mais aussi le cheval de tête, la barre, et la calèche, fracassée sur tout un côté.

– Pas prévu ça, marmonna Allian. Désolé.

Il se massait le pied en grimaçant. Par chance, il avait eu le réflexe de rouler à terre dès que sa monture avait amorcé sa chute, évitant ainsi à sa jambe d'être écrasée ; le noir, cependant, s'était affaissé sur son pied tandis qu'il était au sol, le tordant du même coup. Orest, My et les jumeaux, bien que secoués, s'en sortaient avec quelques ecchymoses. Pour ce qui était des chevaux, le cas était bien plus critique.

– Mon Dieu… murmura My en découvrant le spectacle.

À la lumière des flammes, le sang qui coulait de l'antérieur du cheval noir n'était que trop visible. L'animal avait chu sur la barre censée maintenir l'équipage debout, mais qui avait dérapé sous son poids, déchirant la robe satinée. La blessure semblait grave, et l'était doublement pour une bête déjà privée d'un de ses quatre membres. Le blanc, atteint à l'antérieur gauche, faisait déjà de pitoyables efforts pour se remettre debout. Quant au gris, il gisait sur l'herbe, bougeant à peine. My se précipita vers eux, tentant de désangler les harnachements qui les entravaient à la barre, mais le noir se redressa avec furie à son approche, montrant les dents. Elle passa outre. Un sabot fusa à quelques centimètres d'elle, alors qu'elle tendait la main vers la boucle.

– Reculez !

Le bras de Léréon la crocheta à la taille. Elle fut tirée en arrière, juste à temps. Meurtrier, un nouveau coup de sabot fit vibrer l'air à l'endroit où elle se trouvait l'instant d'avant. Léréon la tenait toujours d'une poigne solide, prévenant un retour à la charge qu'elle ne manqua pas de faire.

– Laissez-moi au moins les détacher ! pria-t-elle, mise au supplice par les hennissements stridents des animaux.

– Ce n'est pas le moment de vous faire tuer !

La voix d'Allian leur parvint de l'autre côté de la voiture, pressante :

– Léréon a raison. La calèche est hors jeu. Il faut la laisser ici, et les chevaux avec. Nous devons traverser le campement à pied, et vite.

– Mais ils vont mourir ! s'écria My en montrant les chevaux.

Orest l'entraîna de force.

– Il y a une chose très pratique dès lors qu'on devient malfrat.

– Et quoi donc ?

– La grandeur d'âme est en option.

Le mieux que put faire Allian fut de trancher les harnais à distance pour permettre aux chevaux de se relever et, peut-être, de retourner d'où ils venaient. Le râle des chevaux fut le dernier écho qu'ils emportèrent des Bois. Puis tout, les hennissements, la calèche fracassée et les roues tournant à vide, disparut dans l'ombre des Bois, et ils se préparèrent à passer l'épreuve du feu, à pied.

Ils n'avaient même pas encore franchi la ligne des gardes, disloquée par l'incendie, mais qui tenait encore. Il allait falloir se battre pour passer. Les autres s'y préparaient déjà, la main posée sur la poignée de leur épée. Machinalement, My fit de même. Allian lui coupa l'herbe sous le pied.

– Vous, vous partez.

– Mais…

– Ça suffit, hein ! Changez-vous. Vite !

Cédant moitié par lâcheté, moitié par sagesse, la jeune fille finit par obéir. Elle les serra de près, voletant quelques mètres au-dessus d'eux. Ils avaient décidé d'exploiter l'effet de surprise et se rapprochèrent à vive allure de la barrière de gardes. Ceux-ci réagirent dès que les intrus eurent surgi de l'obscurité. Le combat s'engagea, sans un mot, ponctué de grognements et de sons métalliques. Le cœur de My se serra devant l'inégalité flagrante des forces. Malgré les nombreux gardes absents, il en restait, dans cette zone, plus d'une dizaine. Impuissante, elle regarda les jumeaux ainsi qu'Allian et Orest lutter dos à dos pour se tailler un passage parmi les corps qui leur bloquaient la route. Plus vif et reptilien, Orest se coula en premier et s'enfonça dans la gueule du loup. Léréon l'imita juste après. Son jumeau et Allian finirent par se ménager un passage à grands coups de coude et pressèrent l'allure, se fondant parmi les autres soldats. Dans le noir et la fumée, leurs silhouettes, se hâtant à l'instar des autres, passaient inaperçues. Ils avaient ainsi plusieurs centaines de mètres à parcourir, passant entre les foyers allumés par My, pour sortir sains et saufs du campement. Ils mettraient plus de temps, sans calèche pour faire office de rouleau compresseur et avec Allian qui boitait de plus en plus bas, sans parler du risque d'une alerte lancée à tout moment par l'un des gardes affrontés. Trop de facteurs que My n'avait pas pris en compte. Elle avait toutes les difficultés du monde à embrasser la scène dans son ensemble, pour à la fois garder ses compagnons à l'œil, et voir arriver d'éventuels adversaires. En contrepartie, il était vrai, le tumulte empêchait pour l'instant tout appel aux armes ou toute alerte…

Arrivé dans une zone plus éloignée des foyers, Léréon se mit à raser les tentes, dégageant doucement les hommes sur son passage. Intelligent, il n'avait pas essayé de fuir la foule en passant entre les tentes et restait dans l'allée, plus large, plus encombrée. Ce fut un parcours sans faute. Il se retrouva loin du campement avant tous les autres. Rassurée sur son sort, My entreprit de surveiller Orest. Moins diplomate que son prédécesseur, il écartait franchement les hommes, ce qui lui valait, au moment où elle le retrouva, une empoignade avec un garde spécialement mal embouché. Les environs peuplés empêchaient Orest de recourir à la manière forte. Il fut contraint de s'excuser, ce qui ne manqua pas d'enchanter My. Même vu de haut, il était clair qu'il fulminait en repartant. La leçon porta toutefois ses fruits, car il se fraya un chemin de façon plus courtoise, sortant du camp dix minutes après Léréon.

Allian et Lyrend'ell, eux, avaient parcouru moins de la moitié du campement. Le boitillement d'Allian s'était tellement accentué qu'il ne pouvait marcher seul. Appuyé sur Lyrend'ell, il avançait avec difficulté, s'attirant quelques regards curieux. Ni l'un ni l'autre ne portaient l'uniforme, et leurs capes n'avaient ni la même coupe ni la même couleur que les autres. My se laissa redescendre de façon à mieux les suivre du regard, prête à se poser pour allumer un nouveau foyer ou pour faire diversion si nécessaire. Mais les gardes avaient d'autres soucis en tête, outre l'impression d'assurance que dégageaient les deux hommes, apte à les faire passer pour des militaires de rang supérieur. Méfiant, Lyrend'ell jugea cependant plus sûr de quitter l'allée et entraîna son compagnon vers les minuscules passages serpentant entre les tentes. My se manifesta aussitôt pour leur indiquer les itinéraires peu fréquentés, ses ailes colorées captant la lumière. Elle redoutait plus que tout de voir plusieurs soldats surgir de leurs tentes à l'improviste. En cas d'affrontement, Allian ne pourrait lutter convenablement, ni Lyrend'ell s'en sortir seul. Mais les hommes qui les croisaient étaient souvent isolés, et peu soucieux d'observer la tenue d'autrui. Et ils sortirent à leur tour, dans une épaisse fumée de fin d'incendie, les yeux larmoyants, le cœur galopant. Ayant peine à croire à leur réussite.

À eux cinq, ils avaient mis une armée sens dessus dessous avec un papillon pour seule aide. La voie était libre. Derrière eux, ils laissaient les Bois, l'usurpateur, et quatre des leurs. Devant, une île, perdue dans la mer d'Olrante, les attendait.

L'aube commençait à poindre. Les nuages qui avaient dissimulé les étoiles s'évaporaient, chassés par les premiers rayons d'or pâle, exactement la couleur de la chevelure de My qui, éclairée par le soleil rasant, fut auréolée d'une lumière surnaturelle, sans qu'on sache exactement où finissaient les cheveux et où commençait la lumière.

La jeune fille s'amusait à marcher les yeux clos, foulant les cailloux qui parsemaient le chemin tout en s'efforçant de ne pas trébucher. Concentré sur le jeu, son visage offrait une mine sérieuse, éclairée de temps à autre par un sourire furtif. Elle était simple, à cet instant, et vraie. Jolie, oui, et pleine de défauts. Enfantine. Égoïste. Irrationnelle… Mais, pour le jeune homme qui marchait à ses côtés et la regardait en silence, les défauts se mêlaient aux qualités de telle façon qu'ils devenaient indissociables.

Mydria, My pour les intimes. Attachante – agaçante… Charmante quand elle ne s'efforçait plus de l'être. Il avait besoin de cette ambivalence pour la sentir humaine.

Il suffisait d'un rien pour qu'elle s'envole. Les yeux fermés, elle était déjà si loin de lui, si loin… Elle abritait en elle une créature qu'il ne comprenait pas. Une palette de couleurs en pleine esquisse sur deux pages jointes en cœur pointu. Ses rêves n'étaient pas les siens. Des teintes pastel, trop d'harmonie. Et il restait de l'autre côté de la grille. À regarder un monde où il n'avait pas sa place. Et un avenir où elle se présenterait, en grande robe, avançant comme maintenant sur les gravillons blancs d'une allée, le front ceint d'une couronne. Un homme à son bras, tôt ou tard. L'idée lui était insupportable. Et pourtant, c'était inévitable… Leurs routes les menaient vers des futurs si différents qu'il en sentait dès maintenant les déviations. Elle montait droit vers les cieux, il retournait dans l'obscurité. L'ombre et la lumière étaient déjà inscrits sur leurs visages. L'un blanc et rose, et l'autre blafard, de ce teint qu'ont les captifs… et les morts.

C'était ainsi. Il fallait l'accepter. Il était là pour la mener jusqu'à son trésor, et lui faire reprendre sa place de souveraine. Après cela… il ne pourrait en rien lui être utile. Même leurs cours d'escrime, les seuls moments où il se sentait son égal, ne lui serviraient pas. Elle l'avait prouvé la nuit précédente : elle n'avait pas besoin de lui pour mettre une armée en déroute. Alors pourquoi mettre son cœur à vif, pourquoi l'aimer, vraiment, d'un amour moitié lucide et moitié fou… s'il devait finalement la laisser partir ?

Prenant son silence pour un nouvel accès de mauvaise humeur, My ne vint pas le déranger. Stupidement, il en fut déçu. Depuis quelques jours, leurs discussions aigres-douces lui manquaient. Déjà, elle papillonnait vers d'autres nouveautés : le Sud éclosait tout autour de leur route, en même temps que les premiers rayons.

Le Sud… c'était comme un nouveau pays. N'eût été le mutisme de son compagnon, My aurait trouvé l'instant parfait. Elle tenta de renouer le dialogue mais ses quelques tentatives demeurèrent sans succès. Aussi, découragée et malheureuse, elle ralentit pour se faire dépasser et continua de marcher seule. Quelques insectes passèrent en bourdonnant devant elle, dont plusieurs papillons aux couleurs vives. Le jour se levait de plus en plus franchement, la chaleur prenait de l'ampleur, le paysage gagnait en couleur. L'attitude d'Orest ternissait tout. Allian et les jumeaux, qui marchaient en tête, n'avaient pas l'air très heureux non plus. Leurs visages étaient trempés de sueur et, dans le cas d'Allian, tordu par la souffrance. Les jumeaux le soutenaient de chaque côté pour l'aider à avancer, mais il pouvait à peine s'appuyer sur son pied. Heureusement, certains détails commençaient à indiquer que la mer n'était pas loin. Les oiseaux blancs qui traversaient le ciel par intermittence, par exemple, ou l'odeur d'iode. Un peu plus tard, en regardant plus attentivement l'horizon, My constata que sa ligne se teintait d'un bleuâtre impossible à confondre avec le ciel. La mer s'annonçait par toutes petites touches.

À son tour, l'herbe se modifia au fil des lieues, plus rêche et dure, parsemée de plantes couleur sable. Une immense respiration se fit entendre au bout du sentier, profonde, régulière. Cinq cœurs s'emballèrent, porteurs de sentiments divers.

Olrante… leur dernière épreuve.

21. Olrante

– Jolie vue.

Ce fut par ces mots qu'Allian accueillit les premières vagues ourlées d'écume montant à leur rencontre.

« Jolie » : l'épithète ne suffisait guère. Un seul mot ne pouvait rendre compte de l'immense satin bleu qui s'étendait devant eux, ni du petit air ancien qui émanait du lieu, perçant derrière les couleurs chatoyantes. C'était là une plage qui semblait exister depuis la nuit des temps.

– Vous avez ici la mer d'Olrante sous son plus beau jour, déclara Allian en s'asseyant. Toutes ses plages ne sont pas aussi lisses. C'est une mer capricieuse… Pour cette raison, je ne garantis pas que ces eaux-là soient sûres. Donc…

Un bruit de chute, puis de pas : My s'était débarrassée de ses chaussures et s'éloignait déjà. Elle passa avec précaution la bordure craquante de coquillages qui précédait les vagues et, relevant ses jupes, laissa l'écume s'enrouler autour de ses pieds et les noyer dans le blanc. Un retrait, un retour. Ses pieds furent engloutis à nouveau, entraînant en volutes le sable qui se trouvait sous ses pieds, au grand plaisir de la jeune fille. Un fort sentiment de conquête s'ajoutait à l'ivresse. Sans hésitation et sans retour, elle considéra cette plage comme le premier territoire lui revenant de droit. N'avait-elle pas bravé la mort pour venir la chercher ? Elle aurait volontiers cédé les Bois contre cette étendue de sable fin. Et dire que cette plage n'était que l'écrin ! Là, parmi les eaux, le vrai joyau l'attendait. Son île. Et son trésor. Dans son excitation, elle oubliait ses compagnons, et le fait qu'ils étaient venus jusqu'ici dans le même but qu'elle.

My, depuis son enfance, avait un goût prononcé pour les objets précieux. Savoir que, dans cette mer, le plus grand amassement de merveilles au monde n'attendait qu'elle la rendait à moitié folle de convoitise. Mais il y avait tellement plus avec : une royauté rendue.

Depuis qu'elle avait des ailes, elle n'avait fait que chuter dans l'échelle sociale. Le pouvoir de l'or pourrait-il la rehausser jusqu'à sa juste place ? Elle penchait volontiers vers le oui. L'or était l'une des rares choses ici-bas qui ne mentait pas…

– Contente avant l'heure ?

Orest la jaugeait avec une sorte de mépris. Il était resté sur la zone jonchée de coquillages de toutes formes, à dominante rose pâle, et, avec sa cape noire et ses habits tout aussi sombres, il paraissait extraordinairement déplacé. Par pure provocation, le sourire de My s'accentua. La sensation de puissance, si nouvelle, qu'elle éprouvait en cet instant chassait sa délicatesse habituelle et elle n'avait plus qu'une envie : lui faire payer ses silences, son aveuglement, sa mauvaise humeur, le tout en une seule phrase dévastatrice :

– Pourquoi n'aurais-je pas le droit d'être contente quand mon calvaire touche à sa fin ?

Le visage du garçon se vida de ses couleurs, d'un seul coup, ôtant tout écho possible au rose des coquillages. Le sourire de My s'atténua en même temps. Elle ne ressentait pas autant de plaisir à le blesser qu'elle l'aurait imaginé. Le principe de vengeance semblait perdre de sa force dès lors qu'elle l'essayait…

Chose rare, Orest ne riposta d'aucune façon. Pas un mot. Pas un rictus. Et ils restèrent face à face, trop fiers pour s'excuser, trop atteints pour relancer le combat, comme deux escrimeurs désarmés. Puis Orest tourna les talons, refusant explicitement la bataille. Elle resta seule sur les lieux, victorieuse, d'une certaine façon… alors que tout son être lui dictait de courir après Orest, de lui demander pardon, de restaurer cette belle complicité éclose un soir de deuil, au fond des Bois. Et de faire ce qu'elle attendait ardemment : l'enlacer et se laisser étreindre, dans le seul havre de paix qui la satisferait. Lui qui refusait tout contact, elle avait besoin de le toucher pour le sentir humain.

Mais elle ne fit rien de tout cela. Elle le regarda s'éloigner, tandis que la marée remontait et trempait sa robe, changeant le bleu clair en noir. Ses rêves de gloire s'étaient dissous dans l'eau. Envolés, les reflets d'or ; elle n'avait qu'un trésor. Une perle rare cachée dans une huître. Et cette perle s'enfonçait si vite dans la carapace, noyait si vite ses reflets dans la nacre, que sa perte l'effrayait bien davantage que celle d'un trésor qui la valait mille fois.

Allian jouait avec un petit objet métallique quand elle revint. Il s'était enroulé le pied dans une sorte de plâtre à base d'algues qui semblait lui faire le plus grand bien, à en juger par le regard malicieux qu'il leva vers elle. Avec un temps de retard, My constata la présence du sifflet dans sa paume – sifflet censé jusque-là séjourner dans sa poche.

– Vous protégez très mal vos affaires, lui fit observer Allian, prévenant ses protestations.

Elle intercepta de justesse l'éclat argenté qui vola dans sa direction.

– Je vous l'ai emprunté pour vérifier quelque chose. Asseyez-vous… s'il vous plaît.

Elle s'installa à côté de Léréon, les sourcils froncés.

– Vous perdez votre temps en examinant ce sifflet. Je l'ai fait avant vous, et mon père aussi, de même que tous les héritiers…

– Je le sais bien. Mais on ne perd rien à être minutieux.

– Et que cherchiez-vous, précisément ?

– Je voulais voir si les parois n'étaient pas démontables. Sait-on jamais…

– Et ?

– Elles ne le sont pas. Il s'agit d'une bonne pièce de métal bien soudée, et le seul creux dans le sifflet, c'est celui du corps. Et, non, je n'ai pas trouvé de petit message là-dedans non plus. Le seul que nous ayons…

– C'est la lettre, acheva My.

Celle-ci était toujours glissée dans le bec. My la déplia, relut tour à tour les signatures de ses ancêtres, survolant le message de Madael qu'elle connaissait par cœur. Mais tout y était limpide, sans sens caché.

– Vous pensez que Madael a pu dissimuler un code dans sa lettre ? demanda-t-elle.

Lyrend'ell semblait plus que dubitatif.

– Votre ancêtre a écrit ce message dans la précipitation. Il n'aurait pas eu le temps. De plus… non. Les messages codés ont toujours un petit quelque chose qui les révèle, une formulation tordue, une disposition particulière des paragraphes…

– J'ai réfléchi sérieusement à toute cette affaire, déclara Allian, et je suis convaincu que la lettre n'a qu'un rôle informatif. C'est sur le sifflet qu'il faut nous concentrer. Mais pourquoi un tel objet, pourquoi dans une telle quête ? C'est ce qui, je l'avoue, me laisse perplexe…

My relisait la lettre, y cherchant un indice quelconque.

– « À mes descendants », lut-elle à haute voix, « j'ai légué deux pouvoirs »…

Elle passa sa main sur le vieux parchemin, pensivement.

– Le Don d'ailes et le pouvoir de transmission qui le perpétue. Cela au moins est clairement expliqué… Mais jamais je ne me suis penchée sur ce pouvoir de transmission. Qu'est-ce que cela signifie précisément ? La passation du Don d'ailes est naturellement héréditaire, non ?

– Oui, mais c'est le pouvoir de transmission qui vous permet d'hériter du sifflet en même temps. Donc, si sifflet et Don d'ailes sont liés…

– Le Don d'ailes doit aider le sifflet à nous révéler l'emplacement de l'île ? la devança Allian en se redressant, vivement intéressé. Et de quelle façon ?

Les têtes de Mydria et des jumeaux se penchèrent sur le papier.

– « Jusqu'à ce moment-là, vos ailes seront vos plus fidèles alliées. »

Ils avaient relevé la phrase en même temps.

– Jusqu'à ce moment-là, répéta My. Alors le sifflet, en intervenant, les rend inutiles ? Plutôt curieux, non ?

– Je ne sais pas, soupira Léréon en appuyant ses paumes sur son front. Je ne sais vraiment pas. Ce peut être un mot lancé sans arrière-pensée…

– Madael me semblait un roi plutôt précis, contesta son jumeau. Pourtant…

– Silence.

Allian avait le front plissé à son tour, signe d'une intense réflexion.

– My, passez-moi la lettre.

Découragée, la jeune fille obtempéra sans discuter. Ce bout de parchemin commençait à l'exaspérer. Rien ne ressortait. Madael ne leur avait donné aucun indice fiable. Que croyait-il ? Que ses héritiers trouveraient d'eux-mêmes ? Mais elle avait beau chercher, elle n'y comprenait rien. Un sifflet pour une chasse au trésor… Soutien idiot ! Bien sûr, ils s'en étaient servis, dans les Ravins et les Vallons, lorsque My avait disparu. Mais elle hésitait toujours à mettre leurs retrouvailles sur le compte de la magie : difficile de savoir si le sifflet était bel et bien intervenu ou si elle avait simplement eu de la chance…

Lyrend'ell se leva soudain.

– Je vais chercher Orest.

Ses paroles furent saluées par une approbation silencieuse. Orest avait un rare talent pour démêler les problèmes les plus complexes. Le jeune homme revint, suivant Lyrend'ell avec une mauvaise grâce évidente.

– Orest ! L'homme de la situation ! s'exclama aussitôt Allian. Alors, voici la lettre, voici le sifflet, je t'écoute.

Orest se contenta de demander qu'on lui lise la lettre. Tous se tournèrent d'un même mouvement vers My, la plus lettrée. À part un passage qu'il lui demanda de répéter, Orest écouta en silence, les doigts joints sous le menton. La dernière phrase fut suivie par un petit silence.

– La lettre est claire sur un point, observa enfin Orest : avec le Don d'ailes, le sifflet est l'unique aide apportée pour détecter l'île. Nous avons vu par nous-mêmes que ce sifflet est tout à fait normal. Pas de trucage, un son ordinaire. Quelles sont les utilisations habituelles de ce genre d'objet ?

– Euh… il siffle, hasarda Léréon.

– Tout à fait. Il émet un bruit fort, qui lui permet de se faire entendre… et aussi d'appeler.

– Appeler l'île ? répéta My, incrédule, s'attirant un regard noir.

– Ce n'est sûrement pas aussi simple ! Je pense plutôt que vos ancêtres ont prévu un code.

– Et l'île répond quand on la siffle ? railla Allian.

– Allian ! gronda Orest, tout à fait hérissé cette fois. Il y a un temps pour les plaisanteries douteuses et nous en sommes loin !

– Je mettais simplement l'accent sur un détail curieux. En admettant que nous trouvions le code, comment l'île est-elle censée se manifester à nous ? Il faut bien un écho de sa part, puisque nous ne savons pas où elle se cache !

En effet, l'observation atteignait le raisonnement d'Orest dans son point faible. Les yeux réduits à deux fentes, celui-ci médita longuement en regardant le sable. Puis son regard remonta au sifflet, et dériva vers My.

– Le sifflet et le Don d'ailes.

– Pardon ?

– Les deux pouvoirs reçus. Seul un vrai héritier peut accéder à l'île. Donc cet héritier doit posséder à la fois des ailes, et un sifflet. C'est logique. Ainsi l'héritier doit prouver son astuce, en trouvant le code. Puis son courage, en affrontant la mer. C'est en survolant l'océan qu'il retrouvera l'île. Vous l'avez lu : cette quête est conçue comme un test, et l'intelligence ainsi que la bravoure sont les deux qualités requises pour faire un bon souverain.

L'explication souffla tout le monde. C'était si évident. Si logique, en effet. My dévisageait Orest avec un mélange d'admiration et de jalousie. Elle le savait sagace, mais il venait en quelques minutes de trouver le fin mot de l'énigme, battant les héritiers légitimes, et surpassant l'évaluation qu'elle avait faite de son intelligence… Il comprenait mieux les Darcer qu'elle-même. Il y avait dans ce constat quelque chose de douloureux et d'infiniment rageant.

– My remplit la première condition, laissa tomber Orest. Elle est loin d'être stupide, l'histoire de la calèche nous l'a confirmé. Pour le courage…

Hélas, elle se connaissait bien. Le courage n'était pas vraiment son fort. Elle craignait la mort, la chute, la douleur, le sang. Cela faisait beaucoup. Surtout pour une héritière. Et là, toutes ses ressources, tant physiques que morales, allaient être mises à l'épreuve. Elle allait devoir affronter la mer, sa furie, ses vents forts, son immensité. Armée, en tout et pour tout, de deux ailes.

– De grâce, je suis un papillon, dit-elle. Je n'y survivrai pas !

Allian répondit lentement :

– Vos ancêtres savaient ce qu'ils faisaient. Le but est non seulement de tester l'héritier, mais aussi de lui éviter une mort stupide une fois arrivé à Olrante. Vous savez ce qu'on dit : auparavant, la magie était beaucoup plus puissante. Peut-être que des sortilèges de protection, étendus jadis sur la mer, sauront vous préserver…

N'en croyant pas ses oreilles, la jeune fille se leva d'un bond.

– Soyez donc un peu objectif ! s'écria-t-elle. Tous mes ancêtres devaient être des oiseaux de proie, des dragons… un papillon n'était sûrement pas attendu. Pourquoi auraient-ils voulu protéger des créatures déjà puissantes ? Non, croyez-moi. Il n'y a aucun sortilège de protection. Lancée au-dessus de la mer, je finirai à l'eau !

– Comment voulez-vous que nous fassions ? se fâcha Allian. Vous avez le Don, vous êtes un maillon indispensable, et peu m'importent vos états d'âme, quand quatre personnes ont risqué votre vie pour vous…

My éclata d'un rire sarcastique.

– Pour moi ? Pour mon trésor, plutôt !

– Ce trésor est également le nôtre ! Nous vous avons protégée jusqu'ici. À vous de remplir votre part du contrat.

– Je n'ai signé aucun contrat !

– Si, en restant avec nous quand vous auriez pu vous enfuir. Non contente d'être lâche, seriez-vous en plus de mauvaise foi ?

My ouvrit la bouche, la referma et, blême de rage, porta la main à son épée. Elle s'était toujours entendue avec Allian, mais la proximité du trésor semblait transformer bien des choses… Elle avait à moitié dégainé quand Orest s'interposa entre elle et son supérieur.

– Vous êtes aussi immatures l'un que l'autre ! cracha-t-il. Rangez cette épée, My, je ne vous ai pas appris à vous battre pour vous voir jouer de la rapière à la moindre occasion – et Allian, évite d'aller trop vite, merci ! Ma théorie sur le sifflet est peut-être fausse, et il est stupide d'envoyer My à la mort sans réfléchir avant.

À part pour Léréon et Lyrend'ell, qui ricanaient sous cape, l'atmosphère était des plus électriques lorsque leur cercle se reforma sur le sable. Orest reprit froidement la parole :

– Tout à l'heure, je parlais d'un code concernant le sifflet. Inutile de se lancer dans l'exploration d'Olrante si nous n'en savons pas plus là-dessus.

– Si nous lançons notre appel depuis la plage, rétorqua Allian, nous n'avons aucune chance de localiser l'île.

– Concernant le danger d'un survol de l'océan, je suis d'accord avec My. Seul un dragon pourrait s'en sortir indemne, et Madael ainsi que ses ancêtres ont dû prévoir la difficulté.

– Donc, tu penses qu'un code depuis la plage pourrait faire l'affaire ?

– C'est possible.

Pourtant, même Orest semblait en douter. My retint un soupir d'exaspération. Tant de route et d'efforts… pour s'arrêter, désemparés, face au double obstacle d'une mer et d'une énigme ! Les jumeaux, à en juger par leur air désabusé, pensaient la même chose. Et déjà Allian haussait le ton pour contredire Orest, qui s'agaça à son tour. Une deuxième dispute éclata. Une deuxième fois, My se leva.

– Je vais faire un tour, dit-elle sèchement.

Personne ne lui prêta attention. Léréon, à son tour, mettait son grain de sel dans la conversation, automatiquement suivi par son frère. Elle était la seule à garder un certain calme.

Tristement, la jeune fille s'assit face à la mer. La tentation de se servir de son Don, en dépit des dangers qu'elle avait elle-même soulignés, la prit un instant. Le découragement fut plus fort. Faute d'occupation, elle repensa aux quelques indices dont ils disposaient.

C'était une île. Nulle part Madael n'avait fait allusion à Olrante, mais il ne pouvait s'agir que de cette mer. My voyait mal ses premiers ancêtres choisir une île dans les grands océans du Nord, au-delà des frontières d'Edrilion. Sifflet et Don d'ailes étaient les deux atouts qui permettaient à un héritier d'y accéder. Quoi d'autre encore ? Hélas, la liste était courte. Madael finissait en invoquant comme maîtres mots l'astuce, le courage et la réflexion. Voilà qui lui faisait une belle jambe. L'explication d'Orest, bancale par bien des côtés, était pour le moment la seule qui paraissait valable et elle n'en trouvait pas d'autre. Elle n'avait jamais été douée pour les énigmes. On disait que les dragons les aimaient. Si elle était née dragon, peut-être les prédispositions naturelles de cette créature l'auraient-elles aidée. Mais elle était papillon, et avait les plus grandes difficultés à réfléchir sans dériver. Pourquoi avait-elle hérité d'une créature aussi stupide ? se demanda-t-elle, écœurée. Elle ne pouvait rien faire, rien, la mer lui était interdite, même un vol d'une heure !

Un son strident retentit. Orest faisait les cent pas sur la plage, sifflet aux lèvres, scandant différents rythmes. Allian et les jumeaux, penchés sur quelque chose, semblaient travailler d'arrache-pied non loin. La querelle paraissant terminée, elle se décida à les rejoindre.

Allian, le seul qui savait écrire, noircissait un parchemin des différents codes proposés par les jumeaux. Le nombre était impressionnant. Chaque entreprise frauduleuse devant être protégée par un code précis, les ramifications d'alphabets inventés et de runes peu connues étaient presque infinies dans le milieu des tire-laine. Ses compagnons devaient être les plus aptes à trouver le code fixé par ses ancêtres… ce qui la rasséréna un peu.

– Le signal du Sonneur, proposa Léréon après un temps de réflexion.

Allian fit aussitôt courir sa plume de droite à gauche, en traits rapides et courbés.

– Ça pourrait correspondre, approuva-t-il, satisfait. C'est un vieux code, il date de plusieurs siècles. Orest !

Le jeune homme revint dans leur direction, balançant le sifflet au bout de son cordon.

– Marche pas, lâcha-t-il en rayant le premier alphabet de la liste. Du nouveau ?

– Essaye le Sonneur.

Le visage d'Orest s'éclaira un peu.

– Bonne idée.

Les appels du sifflet décrurent quand le jeune homme recommença à longer la plage, essayant différentes combinaisons.

– Comment marchent vos codes ? demanda My, intéressée.

– C'est un autre langage, avec des lois plus ou moins complexes. Le signal du Sonneur, par exemple, est inspiré des lois grammaticales des runes septentrionales.

– Vous faites des phrases en musique ?

– Si l'on peut dire. Pour le moment, Orest essaye les mots-clés : « île », « trésor », les noms de vos ancêtres, les extraits les plus significatifs de la lettre…

La jeune fille retint une observation. Si la lettre détenait seulement un rôle informatif, pourquoi l'utiliser dans le code ? Au fond d'elle, My était sûre qu'un système bien plus élaboré protégeait l'île. Elle ne dit cependant rien. Ils se démenaient pour trouver, et ce déploiement d'énergie lui paraissait admirable, quand elle-même ne parvenait pas à mener un seul raisonnement cohérent.

Se sentant inutile, elle quitta le groupe et monta sur les dunes, dans l'intention d'invoquer le Don d'ailes pour scruter la mer sans pour autant s'aventurer au large. Instinctivement, elle avait pris le temps d'analyser les courants aériens qui passaient et repassaient sur les environs, et, à condition de ne pas s'élever et de ne pas trop s'éloigner, elle se sentait capable de les exploiter convenablement. Son tour d'horizon fut malheureusement rapide et sans appel : aucune île ne bordait les côtes. Ébouriffée et grelottante, elle revint sur terre consternée. C'était à n'y rien comprendre. Qu'attendait donc Madael ?

Jusqu'au soir, le sifflet varia et poursuivit ses appels tandis qu'Allian raturait son parchemin en fonction des codes éliminés ou modifiés. Ils étaient tous éreintés et énervés quand le soleil se coucha. En dépit de leurs nombreuses tentatives et discussions, aucun résultat. Les esprits divaguaient, cherchant mille explications tordues : peut-être fallait-il un jour précis dans l'année, ou bien un condensé de tous les mots-clés… Sentant qu'ils n'arriveraient à rien ce jour-là, ils finirent par abandonner.

My fut la plus longue à s'endormir. Le ciel, incrusté de milliers d'étoiles, se reflétait sur la mer, qui grondait comme une bête aux aguets. Elle appuya sa tête sur le sable, délaissant sa couverture. Soucieuse.

Et si, n'aboutissant au final sur aucune piste sérieuse, ils se trouvaient contraints… de faire demi-tour ?

– Bon, j'en ai marre.

Telle fut l'expression très claire de l'exaspération d'Orest, une semaine plus tard.

Le jeune homme arpentait la plage depuis le matin. La veille, il les avait même quittés pour aller lancer ses appels depuis une falaise, à quelques lieues. Plus qu'eux tous réunis, il s'était impliqué dans la recherche de la solution de l'énigme, patient et appliqué au début, sans résultat. L'annonce de sa défection fut un coup de tonnerre dans le ciel bleu.

– Orest, ne fais pas l'idiot ! s'exclama Allian. On ne va quand même pas baisser les bras au bout de quelques jours !

– Nous pourrions continuer des semaines que ça ne changerait rien. Je suis désolé, Allian, mais j'ai tout essayé, et visiblement, Madael attend trop de ses héritiers. Il les a lâchés presque sans aide… Comment s'étonner que personne n'ait trouvé avant nous ?

Le jeune homme s'échappa avant qu'Allian n'ait le temps de répliquer. My, elle, sauta sur ses pieds. Il marchait à grands pas vers la mer, et l'eau lui arrivait aux genoux quand elle parvint enfin à sa hauteur.

– Orest, dit-elle, essoufflée, vous ne pouvez pas arrêter maintenant.

– Et pourtant c'est ce que je vais faire.

– Mais si vous abandonnez, dit My désespérée, comment voulez-vous que nous atteignions notre but ?

C'était là l'expression d'une ferveur aveugle, qu'elle regretta tout aussitôt. Mais il ne se moqua pas.

– Ce n'est pas moi qui suis indispensable ici.

Saisissant l'allusion, elle haussa les épaules.

– Oui, je suis héritière… et après ? Vous m'avez vue. Mes rares tentatives de recherche sont dérisoires. Vous vous dépensez bien plus que moi. Non, je suis loin d'être indispensable… C'est vous qui l'êtes.

Et si Orest abandonnait pour de bon ? S'il partait, retournant à Liett, poursuivant la vie qu'il menait avant leur rencontre, comme si de rien n'était ? Non. Elle n'y survivrait pas – du moins pas sans le suivre.

– My…

Le son de sa voix la fit tressaillir. Il avait l'air touché, incertain.

– My, vous me surestimez. Et vous vous méprenez sur vous-même. C'est vous qui avez le Don, vous qui pouvez comprendre… J'ai la conviction intime que Don, sifflet et île sont étroitement liés. Quiconque n'a jamais reçu de pouvoir restera aux frontières.

– Un don magique n'est pas grand-chose. Enfin, pas celui que j'ai. C'est… une autre nature, comme une facette de mon tempérament. C'est tout. Et cela ne m'aidera en rien…

Orest sourit sans répondre. La meilleure chose à faire lui parut de simplement prendre sa main, d'y glisser le sifflet et de la laisser avec pour seul encouragement :

– À vous de jouer.

« Cherche. »

Sur les pas d'Orest, My arpentait la plage, sifflet aux lèvres, larme à l'œil, éreintée mais acharnée, scandant à l'infini la même phrase. Son cerveau tournait à vide.

« Cherche. »

Chercher, oui. Mais quoi ?

Lassée, elle abandonna le code qu'elle sifflait jusqu'alors sur tous les tons et, ressortant le parchemin griffonné par Allian, se pencha sur le suivant. Son pied ripa sur un galet caché dans le sable, et elle s'étala de tout son long. La pause était salutaire. Relâchant la pression et le nœud dans sa gorge, elle fondit en larmes dans le soir tombant.

Elle était lamentable. C'était un fait. Quoi qu'en dise Orest, jamais elle ne trouverait. Elle était tellement lassée que l'idée de son trésor ne la revigorait plus. Trop faible... Elle n'avait aucune résistance, aucune ténacité. L'épreuve ne l'épanouissait pas. Elle ne savait être heureuse que dans la paix la plus parfaite... Délaissant le parchemin, la jeune fille s'étendit sur le sable, appuyant sa joue sur les grains encore chauds. À la lueur des derniers rayons, les tout petits reflets qu'ils lançaient avaient des éclats d'or.

Elle roula sur le dos. Les éclats d'or furent remplacés par ceux, argentés, des étoiles. La jeune fille contempla le ciel, ses innombrables constellations, reprenant peu à peu son souffle. Comparés aux cieux, ses problèmes lui paraissaient d'une réconfortante insignifiance. Pourquoi se contraindre à rechercher quelques bibelots dorés, quand la nuit lui offrait par poignées ses délicates pierres précieuses ? Et pourquoi s'épuiser contre Olrante, réduite à l'état de flaque à côté du trop grand océan du ciel... ?

Elle s'allongea sur le côté. Quelque chose de froid glissa sur son bras. Machinalement, elle attrapa le sifflet. Une matière dure et lisse, douce aux contours, un peu froide, un peu tiède. Un contact harmonieux...

Le premier mot-clé du code Flaurien mourut presque aussitôt sur ses lèvres quand elle approcha le bec. Une humeur mélancolique l'envahissait, rejetant toute envie de chercher encore. Elle posa les doigts sur le sifflet et se mit à jouer comme elle jouait de son Ayaule, la flûte argentée qu'elle possédait autrefois, modifiant les sons en bouchant complètement ou en partie le trou qui laissait passer l'air. À son grand ravissement, elle en tira des stridulations harmonieuses, bien loin de l'habituel cri strident. Ses doigts se déplacèrent, plus vite. Elle retrouvait d'anciens automatismes, de vieux airs lui revenaient en tête. Les étoiles l'inspirant, elle mêla à une berceuse le balancement d'une valse traditionnelle, se laissant porter par la musique. En suivant l'air du dos de la main, elle sentait presque les notes prendre leur essor, gagner en force et s'envoler définitivement vers les constellations. Si son Don avait été plus puissant, elle n'aurait demandé qu'à les suivre. Mais seul son esprit pouvait le faire, battant avec force de ses ailes imaginaires.

Elle joua longtemps encore, puis laissa la mélodie mourir. Les notes s'évanouirent, l'une après l'autre, et se distillèrent dans les airs. Chevauchant les derniers trilles, son esprit atteignit un point invisible et précis. Dans le ciel, ou ailleurs. Qu'importait la dimension, c'était le même infini qui s'ouvrait. Et, au beau milieu de cet infini, un point jusqu'alors discret brilla de mille feux, éclipsant quelques secondes toutes les autres constellations.

My ouvrit vivement les yeux. Leva la tête. Alors seulement, elle l'aperçut.

Au-dessus d'elle, une étoile. Ni plus grande ni plus brillante que les autres, et pourtant elle ne vit qu'elle, un rond nacré suspendu là-haut, comme un diamant perdu au milieu de ses semblables. Lentement, l'astre grossit, se déploya et se désagrégea, donnant naissance à une multitude d'éclats brillants.

Incrédule, le cœur battant, My regarda l'étoile décomposée descendre vers la terre, en une longue parabole. Plus qu'une descente, c'était surtout une chute. Mais trop lente et détachée du temps pour s'y apparenter réellement. À mi-chemin entre la note et le coup de pinceau, le premier fragment d'étoile entra en collision avec Olrante. Une lumière argentée amortit la chute, joignant l'astre et l'eau, achevant de la convaincre qu'elle assistait à un évènement magique de premier ordre.

Mais, mieux encore, elle avait la certitude que cette île qu'elle recherchait si ardemment était en train de renaître des eaux.

22. L'île

Incroyable. Incroyable…

C'était ce que se répétait Orest, tandis qu'ils mettaient à flots leur radeau de fortune. Incroyable et pourtant…

Contre toute attente, My avait trouvé. D'eux tous, elle avait été la seule à se douter, à percevoir. Au lieu de réfléchir, elle avait été la seule à suivre l'instinct de son Don, à s'élever au lieu de s'appesantir sur les détails… à chercher son île dans l'océan du ciel.

Orest avait cru que les ancêtres de My exigeaient d'elle les mêmes qualités qu'un combattant. Mais non. L'essence de la royauté edrilienne semblait mélanger bien plus d'ingrédients, que My détenait au centuple. La délicatesse, l'intuition… Et toute la rationalité d'Orest ne pouvait la comprendre.

Le jeune homme regarda My, assise à côté de lui. Elle était toute tendue vers l'île, sans paraître le moins du monde choquée par la façon dont les choses s'était précipitées. My était métamorphe, et My volait. Le miracle de l'île devait lui être quelque chose de tout à fait acceptable… Nouvelle frontière entre eux.

– On approche ! annonça Allian.

Malgré l'équilibre instable de leur radeau (ils avaient élagué à la va-vite quelques troncs, noués avec leur stock de cordages), le chef se tenait tout à l'avant de l'embarcation, aussi impatient que My. L'appât du gain balayait tout questionnement, pensa Orest, méprisant – tout en sachant pertinemment qu'il aurait réagi de la même façon quelques mois plus tôt. Mais les objets, à présent, l'intéressaient moins que les êtres humains, surtout un pour être honnête. Chaque coup de rame en direction de l'île était pour lui un mètre supplémentaire vers la fin.

L'île croissait régulièrement. De proportions impressionnantes, elle dressait vers le ciel de grosses roches, sans aucun brin d'herbe pour égayer le tout. Venant d'une étoile, c'était peut-être normal. Mais s'agissait-il vraiment d'une étoile ? Orest n'arrivait pas à décider. Quoi qu'il en fût, elle avait quelque chose de fascinant, et, comme les autres, il ne la quitta plus des yeux jusqu'à ce que le radeau bute sur le rivage. Il était idéalement pentu et les cailloux retinrent l'embarcation, le temps qu'ils descendent tous. Prudents, ils soulevèrent le radeau et le coincèrent entre les roches, non loin.

My regarda les environs avec curiosité. Il n'y avait pas un mètre sur le même niveau qu'un autre tant les pierres se chevauchaient. Le premier, Allian s'élança à l'assaut d'une haute muraille, posant habilement mains et pieds sur les prises les plus stables. Les jumeaux préférèrent pousser l'exploration sur un terrain plus plat, mais My, confiante, lui emboîta le pas. De grandes zones d'ombre étaient ménagées entre les pierres, dissimulant peut-être l'accès au trésor. Ils étudiaient donc consciencieusement chaque creux. Mais leurs mains ne faisaient qu'érafler de la pierre saillante, sans trappe ni anneau en perspective. Très vite, My se découragea. L'île était trop grande pour qu'ils mènent efficacement ce genre d'exploration.

– Allian, commença-t-elle, mais celui-ci s'était déjà immobilisé au sommet d'un promontoire escarpé, hors d'haleine.

– Oui, je sais. Une idée ?

Maintenant qu'elle avait réussi à trouver l'île, Allian semblait considérer comme acquis qu'elle détecterait le trésor en un claquement de doigts. L'ennui étant qu'elle ne savait pas quoi faire.

– Soulever les roches ? proposa-t-elle, regrettant aussitôt sa suggestion.

– My, faire descendre une île par magie, c'est une chose, mais soulever des pierres de plusieurs tonnes par la force de nos petits bras, eh bien… c'est tout de même difficile !

– Je m'en doute bien…

Elle se mordilla les lèvres, réfléchissant intensément.

– Mais il doit y avoir des endroits stratégiques, non ? Des pierres mobiles cachant l'entrée ?

Allian écarta largement les bras.

– Je vous laisse chercher.

La mine soucieuse, elle revint sur ses pas, dans la zone plus plane où l'attendait Orest, bras croisés. C'était le seul qui n'avait fait aucun effort pour aider les recherches.

– Je pense avoir trouvé, dit-il quand elle le rejoignit.

– Trouvé ? répéta-t-elle, estomaquée. Déjà !

– Ce n'est pas dur… une fois qu'on a compris le principe. Le sifflet, s'il vous plaît.

Perplexe, la jeune fille ôta le cordon de cuir qu'elle portait autour du cou et le confia à Orest, qui fit brièvement sauter le sifflet dans sa paume avant d'expliquer :

– Vos ancêtres aiment bien les secrets. Un trésor caché, une île lointaine, une quête exigeant de passer par les pires endroits… Toutes nos ressources sont sollicitées. Et je pense qu'ils n'avaient pas l'intention de nous faciliter la tâche une fois arrivés sur cette île. Regardez bien la disposition des pierres. Des pics vertigineux ici, du plat là, les roches voisinent avec les pierres plus petites… la disposition ne vous paraît pas étonnante ?

– Si, évidemment, mais…

– En fait, c'est très simple. Et très sensé. Regardez, vous allez comprendre : où se trouve le trésor, selon vous ?

– Sous nos pieds.

– De quelle aide disposons-nous ?

– Rien sauf le sifflet.

– Par conséquent… ?

Elle resta muette. Orest ne se démonta pas.

– My, connaissez-vous le principe des avalanches ?

– Non… répondit-elle, de plus en plus décontenancée.

– Pour résumer à l'extrême, une onde de choc entraîne le bouleversement de la neige qui va s'écouler de façon dévastatrice. Cette onde de choc est le plus souvent provoquée par un bruit. Ce sifflet, par exemple…

Orest porta l'instrument à ses lèvres et émit un sifflement retentissant. La réponse ne se fit pas attendre : plus haute que les autres et dressée en équilibre instable aux abords de la zone plate, une roche vacilla dangereusement et s'abattit au sol avec un bruit de tonnerre, ébranlant les autres promontoires qui s'écroulèrent à leur tour. My eut tout juste le temps de se souvenir qu'Allian et les jumeaux étaient dans le pierrier avant de se jeter au sol, se faisant la plus petite possible pour échapper aux gravats. Risquant un œil, elle vit d'autres roches, plus petites, dégringoler à leur tour, rebondir, exploser, avant que le silence revienne…

– … est tout à fait capable de provoquer une belle onde de choc, compléta Orest.

– Allian ! Les jumeaux ! s'étrangla My. Ils étaient dans les rochers !

– Pas d'inquiétude. Ils sont vivants.

– Comment pouvez-vous…

– Regardez où les pierres ont atterri.

Suivant la direction indiquée par le jeune homme, elle constata, stupéfaite, que toutes les roches s'étaient abattues sur la même zone, laissant intact le reste de l'île. Seul son centre se trouvait défoncé, mettant en évidence le début d'un large souterrain.

– Magie du sifflet, conclut Orest. Ou comment arranger un phénomène naturel à sa convenance… Nous étions dans la trajectoire des pierres et nous n'avons pas reçu un caillou : vous voyez bien que le but des pierres est purement utilitaire. Elles ne sont pas là pour nous faucher si près du but.

Comme pour confirmer ses paroles, les voix de leurs compagnons retentirent de l'autre côté d'un mur de pierres. Pendant qu'Orest leur ordonnait à grands cris de revenir, Mydria se rapprocha du trou ménagé et s'accroupit au bord, s'attendant à découvrir un gouffre béant. Mais son regard n'eut qu'à chuter d'un demi-mètre pour apercevoir une longue pierre étroite, lisse et blanche, suivie un peu plus bas par sa jumelle, cachée sous les décombres.

Un escalier.

Galvanisée, la jeune fille entreprit de soulever les pierres et les entassa à côté d'elle, tâchant de dégager les marches le plus vite possible. Ça y était. Ça y était ! Elle touchait au but. Elle était tout près ! La première marche fut libérée en un temps record. Elle s'acharna plus longtemps sur la deuxième, couverte d'une roche énorme qu'elle poussa péniblement sur le côté avec les pieds.

Il n'y avait que six marches à déblayer. Le reste disparaissait sous terre, se perdant dans l'ombre. My hésita, regarda en arrière. Les autres n'arrivaient toujours pas et son impatience était trop forte. Tremblante de nervosité, elle se plia en deux pour ne pas heurter le haut du tunnel, et entreprit de descendre dans le noir toute seule.

Très vite, le tunnel s'évasa jusqu'à lui permettre de tenir droite, et d'étranges halos de lumière fleurirent sous ses pas. Elle put ainsi descendre en toute tranquillité, humant l'odeur de vieille pierre tout en guettant la fin de l'escalier. Celui-ci, plus long que prévu, effectua plusieurs coudes puis se mit à tourner en colimaçon avant de se mettre à remonter, tel un étrange serpent. Une grande porte l'attendait en haut. Oppressée, elle se mit à monter les marches deux à deux. Sa petite main se posa sur l'énorme poignée d'or, s'enroula autour, appuya de toutes ses forces et de tout son espoir. Les panneaux lambrissés pivotèrent, scintillants.

À nouveau, l'obscurité.

Les halos de lumière se regroupèrent autour de ses jambes comme des chiens peureux. Intimidée elle aussi, My risqua quelques pas avant de s'arrêter brusquement, frappée par l'odeur ambiante. Un mélange de fer et de moisissure, lourd, étouffant. Elle imaginait très bien l'or distiller au compte-gouttes, décennie après décennie, son odeur piquante et légèrement moisie. Le luxe en hibernation…

Dans le noir, les odeurs prenaient le pas sur les reflets, grouillaient et s'amplifiaient, proliférant dans l'esprit de la jeune fille. Elle sentit une peur superstitieuse la gagner et fouilla fébrilement dans sa poche pour en extraire une Phreell. Après un léger frottement, la lumière verte, caractéristique, éclaira l'endroit par vagues progressives. Apercevant un éclat blanc, My leva davantage la pierre. Sursaut.

Intercepté par la lumière, un os très long venait d'apparaître à mi-hauteur, juste en dessous d'un crâne abîmé, mais qu'on devinait sans peine reptilien. Elle l'identifia aussitôt, n'en croyant pas ses yeux : Madael dernier du nom, roi-dragon gardien et défenseur du trésor, Madael… ou ce qu'il en restait, posait sur sa toute dernière petite-fille des orbites vides, hantées par plusieurs siècles d'enfermement.

L'espace d'un instant, My fut tentée de fuir. Mais il s'agissait du premier parent qu'elle rencontrait, même si elle aurait préféré que leur rencontre se fasse dans d'autres circonstances. Fascinée, elle s'approcha de la colline surmontée par l'immense squelette et entama péniblement l'escalade, des objets durs ou mous se dérobant sous ses pieds. Les orbites devinrent de plus en plus grandes et le crâne se hérissa de piquants qu'elle n'avait pas remarqués avec la distance. Malgré la mâchoire qui semblait rire sardoniquement, l'allure générale était d'une grande élégance, d'une grande finesse. Elle la retrouvait dans les pattes, minces et prolongées de longues griffes.

Doucement, elle fit glisser un doigt sur la colonne vertébrale, sinueuse comme celle d'une couleuvre. L'émotion la submergea. Un homme était mort avec ce dragon, lié au Don jusqu'à la mort, comme elle. Il avait volé, expérimenté les mêmes sensations qu'elle. Si l'esprit de famille était le fort sentiment de ressemblance qu'un papillon pouvait éprouver vis-à-vis d'un dragon… alors elle se sentait héritière jusqu'au bout des ailes.

Un bruit de pas la fit se retourner. Orest, Allian et les jumeaux, environnés par les halos, se découpèrent sur le seuil de la grande porte, la cherchant des yeux.

– Je suis là ! s'écria-t-elle. Et Madael aussi !

Les halos de lumière s'avancèrent dans la salle avec ses compagnons, l'éclairant du même coup, figure impressionnante dressée dans les hauteurs, la main posée sur l'échine du squelette. Mais ils s'y attardèrent à peine. Un premier rond de lumière redescendit vers le sol, éveillant un reflet brillant sur un objet. Ce fut le signal du départ. Les autres lueurs s'éparpillèrent à leur tour, réveillant par brassées l'or et l'argent. Une lumière précieuse et nuancée se répandit dans la salle comme une traînée de poudre, éclairant l'endroit en quelques secondes. Éblouis, les voyageurs se retrouvèrent au milieu d'une salle démesurée, creusée en voûte et soutenue sur tout son pourtour par de grosses colonnes de marbre. Il n'y avait de lampes nulle part, et de fenêtres encore moins, mais le lieu était éclairé comme en plein jour par le ballet mouvant des taches de lumière qui dansaient sur les parois, éveillant par réflexion un feu d'artifice d'étincelles dorées, argentées, vert émeraude, saphir, rubis…

Un bruit mat retentit. Orest avait laissé tomber son sac et, agenouillé, examinait un verre de cristal enchâssé dans une monture en or, qu'il avait failli piétiner. Ce n'était pas la ruée habituelle : ces objets détenaient une aura qui forçait le respect. Des rois les avaient touchés, eux aussi, des siècles étaient passés sur eux, et surtout… c'était l'héritage de My. Orest ne pouvait pas s'en emparer les uns après les autres comme s'ils constituaient un butin ordinaire. Il commençait à comprendre ce que signifiait réellement le mot « valeur ».

Dans un concert de tintements, My quitta l'amas d'objets sur lequel reposait le squelette, moitié marchant, moitié dégringolant. Des chaînes de collier s'accrochaient à ses chaussures, quelques coupes s'en allaient rouler un peu plus loin, et elle sentait ses pas s'enfoncer par endroits sur quelque chose de souple ; une rapide fouille extirpa quelques vêtements précieux – des habits de cour, dont le faste lui fit étinceler les yeux. Pour autant, elle n'osa pas les toucher, prise par une sorte de crainte révérencieuse.

Allian se ressaisit le premier. Méthodiquement, il se mit à rassembler par tas les objets selon la taille, la valeur marchande ou la nature. Il privilégiait les bijoux, qu'il glissait un à un dans sa besace.

– On achètera des chevaux avec, pour véhiculer les sacs.

Léréon s'occupait des pierres précieuses, Lyrend'ell, des articles plus menus qu'ils pourraient écouler dans un village voisin. Ils travaillaient vite et bien. En une heure, ils avaient parfait leur tri et s'attaquaient à présent au tas d'or sur lequel Madael reposait. Le métal succédait au satin, un fourreau remplaçait une perle. Chaque objet semblait en cacher trois autres, et la tâche paraissait sans fin. Personne ne se plaignait. Il leur semblait à tous que leur récompense, ils la touchaient là. Hors de cette salle, leur butin perdrait son aura, ils en étaient conscients, et leurs gestes se faisaient progressivement plus lents, comme s'ils craignaient d'interrompre le rêve.

Ce fut Léréon qui se redressa le premier, reposant la bague qu'il s'apprêtait à ranger dans son sac. La tête tournée vers l'entrée, il resta immobile quelques secondes, puis son expression changea du tout au tout.

– Stop !

Le murmure interrompit à l'instant tout bruit dans la salle. Statufiés, ils regardèrent Léréon se lever et marcher vers la porte, dans un craquement plaintif de bibelots piétinés. Appuyé au battant, il tendit l'oreille à nouveau. Mais il n'y avait que le silence, simplement plus lourd, et dépourvu de ce frémissement plein de lumières et de notes qui l'habitait depuis leur arrivée. À la place, My n'entendait qu'un sourd battement. Impossible de savoir s'il s'agissait de son cœur ou d'une autre bizarrerie de l'île, à mi-chemin entre l'existence et la suggestion. Mais l'odeur de la peur était bien réelle, englobant tout leur petit groupe. Plus personne n'osait bouger.

– J'ai entendu des bruits, souffla Léréon. Des bruits de pierre… je crois.

– Un éboulement ? demanda Allian, sur le qui-vive.

Un ébranlement lointain les figea net. Suivi de petits sons difficilement identifiables.

– C'est peut-être une suite de l'éboulement provoqué par le sifflet, proposa Lyrend'ell. Le champ de pierres n'avait pas l'air très stable.

Inquiets, ils se regardèrent les uns les autres, ne sachant quelle attitude adopter.

– Mauvais, un éboulement, fit Orest. On risque de se retrouver bloqués dans le tunnel. Si c'est bien ça, mieux vaut ne pas s'attarder. Mais d'un autre côté…

Allian secoua la tête.

– D'un autre côté, c'est très improbable. Il y a déjà eu un éboulement et l'île ne s'est pas écroulée pour autant.

– … d'un autre côté, il pourrait s'agir d'autre chose qu'un éboulement.

Le chef leva les yeux au ciel.

– Quelques cailloux sont tombés, c'est tout. On continue.

Il empoigna une nouvelle brassée de bijoux et les fourra résolument dans son sac.

De part et d'autre de la montagne d'or, My et Orest échangèrent un regard. Il n'en fallait pas plus pour se comprendre. Sans bruit, la jeune fille se débarrassa de son butin et ferma les yeux. La légère douleur qui annonçait le Don monta en elle, s'étirant jusqu'au bout des doigts à mesure que son corps s'amincissait et se chargeait de couleurs. S'envoler fut d'une facilité surprenante : elle eut à peine l'impression de s'arracher du sol. Tout comme elle peinait à réaliser qu'elle volait bel et bien. Elle parvint à la porte et s'esquiva sans que personne hormis Orest ne se soit aperçu de sa disparition.

La lumière disparue, il faisait plus frais dehors. Il n'y avait plus de couleurs, plus de mouvements, et presque plus de tintements en provenance de la salle. Tout à coup, le monde avait l'air dégrisé. À petits coups d'aile frileux, My s'enfonça dans les ténèbres et entreprit de remonter la galerie.

Lorsqu'elle avait sa forme ailée, elle était beaucoup plus sensible aux bruits, et au bout d'un moment, elle finit par identifier ceux que Léréon avait perçus depuis la salle : des bruits de pierres, en effet, mais qui résonnaient de façon inhabituelle, comme si les roches heurtaient une seule fois le sol au lieu de s'écraser dessus. On aurait dit qu'une main invisible les soulevait et les reposait à terre – exactement comme elle-même l'avait fait pour accéder à l'escalier. Elle accéléra l'allure. La galerie se déroulait, avec ses coudes et ses ondulations de terrain, rendant la progression plus difficile, de même que la localisation des bruits, qui se rapprochaient, s'éloignaient en fonction du jeu d'échos… Cependant il y avait autre chose. C'était moins facile à identifier, mais plus elle se rapprochait, plus cela prenait de l'ampleur. Et bientôt, My n'eut plus besoin d'avancer encore pour reconnaître des bruits de pas, des souffles, des murmures. Il n'y avait qu'une explication.

D'autres qu'eux avaient trouvé les escaliers, d'autres qu'eux descendaient la galerie, et en plus grand nombre. La menace approchait à pas de velours.

My n'eut pas le temps de prendre toute la mesure du danger. Un signal d'alerte se répandit dans toutes les fibres de son corps et ses ailes se mirent en mouvement de leur propre chef, lui faisant exécuter une volte-face et foncer à toute allure vers les entrailles de la terre. Jamais elle n'avait volé si vite. C'était comme si, démarrant au quart de tour, elle avait laissé son corps derrière elle. Au fil de son vol fiévreux, les marches se précipitaient vers elle, les parois ondulaient et refluaient, avec, pour seule constante dans cet enfer galopant, les bruits qui n'arrêtaient pas de croître. Elle pouvait aller aussi vite qu'elle voulait, elle ne les semait pas, comme si elle les traînait à sa suite.

Une grosse tache dorée envahit son champ de vision après un virage : la porte de la salle était restée ouverte et, à flots mesurés, déversait sa lumière si particulière jusqu'au bas des marches. Sans prévenir, le Don la lâcha. My dégringola les derniers degrés qui menaient à l'ultime escalier et s'attaqua à l'ascension sans ralentir. Elle ne savait pas combien de mètres d'avance elle avait sur les intrus, mais elle ne pouvait pas se permettre de les laisser gagner une seconde.

Alertés par le bruit de sa course, les autres avaient cessé de réunir le butin. À moitié pleins, les sacs restés ouverts déversaient leur contenu dans l'indifférence générale : sur le qui-vive de part et d'autre de l'entrée, ses compagnons la laissèrent entrer en trombe avant de refermer la porte derrière elle.

– Bloquez, vite ! ordonna Allian.

My, les mains sur les côtes, se redressa à temps pour voir s'abattre successivement contre les battants un pilier en marbre, un fauteuil à haut dossier et un miroir à pied, calés à leur base par un amas d'objets plus petits. Orest, la mine sombre, haussait déjà les épaules.

– Ça ne suffira pas. Pas avec cette porte-là.

Comme pour appuyer ses propos, Lyrend'ell envoya une chiquenaude à l'un des battants. Le résonnement qui retentit avait valeur de preuve : la fonction de cette porte était de séparer la salle des galeries, sans pour autant les isoler. La frontière existait par seule exigence esthétique et les battants étaient si peu épais que, même fermée, la porte laissait distinctement filtrer des bruits de pas. Des pas, des pas encore, non quelques heurts isolés mais un flot constant, un flot vibrant qui emplissait tout l'espace.

Glacée, My jeta un coup d'œil à ses compagnons. Personne ne bougeait. Pire, Allian avait porté la main sur le pommeau de son épée.

– Vous… vous n'y comptez quand même pas ! chuchota-t-elle, incrédule. Vous entendez le bruit qu'ils font ? Ils sont des dizaines !

– Et que voudriez-vous faire ? rétorqua Allian avec sécheresse. Les laisser entrer et vous faire tranquillement piller ?

La jeune fille hésita. Un coup d'œil circulaire lui fit embrasser la salle dans toute son infinie beauté. C'était son héritage, il était vrai, mais la sérénité de l'endroit rendait à ses yeux toute volonté de protection absurde.

– J'accorde plus d'importance à nos vies, dit-elle résolument. Allian, s'il vous plaît, partons. Il y a peut-être d'autres issues, ou si vous tenez vraiment à rester, cachez-vous, mais n'attendez pas ici.

Allian se retourna vers elle avec fureur.

– Mais quelle sorte d'Altesse êtes-vous pour préférer la fuite à un trésor pareil ? Partez si vous le voulez, My, mais fichez-nous la paix ! Nous n'avons pas risqué nos vies pour nous sauver au dernier moment !

My passa sans transition du rose au blanc. Allian ne changerait pas d'avis, ce n'était pas dans sa nature. Et si Allian restait, par honneur ou par fidélité, les autres aussi refuseraient de partir. Un coup d'œil lui confirma qu'Orest encore moins. Il avait déjà dégainé et attendait à quelques mètres de la porte, juste à bonne distance pour attaquer sans se faire déborder, immobile.

Orest prenant parti, son choix à elle n'en était plus vraiment un. La jeune fille porta une main tremblante à sa rapière et inspira un grand coup. Se battre ? Peut-être, mais saurait-elle tuer ? « N'y pense pas, s'intima-t-elle. N'y pense pas, contente-toi juste de te… »

Le silence qui tomba tout à coup sur la salle interrompit sa réflexion. À quelques mètres, de l'autre côté d'un ridicule panneau de bois, on piétinait. Ils étaient arrivés. Elle se mit à fixer les battants, comme si elle espérait les bloquer par la seule force de son regard. En guise de réponse, la poignée de porte sous laquelle ils avaient coincé le fauteuil s'inclina, butant avec un bruit sec contre le haut du dossier. Dans cette atmosphère d'expectative, le bruit retentit de façon monstrueuse.

Tremblant de la tête aux pieds, My jeta un coup d'œil à ses compagnons. Ils se tenaient tous prêts, reculés d'un mètre ou deux par prudence. S'efforçant de retrouver son calme, elle sortit sa rapière d'un geste large. Avec naturel, la lame se pointa droit vers la porte. Son bras, au moins, savait ce qu'il avait à faire.

Un coup sourd brisa le silence une nouvelle fois, ébranlant les battants. La porte frémit. Un deuxième suivit, plus violent. De là où elle se trouvait, My put apercevoir le vernis qui couvrait le bois se fendiller, devenant réseau blanchâtre. Le troisième coup fit jaillir de longues échardes de bois sur toute la longueur de la porte. Quatrième coup.

La porte explosa littéralement.

My n'eut que le temps de voir des éclats de bois voltiger dans les airs avant de se baisser par réflexe, évitant les plus gros morceaux qui traversèrent l'espace, aussi redoutables que des lames affûtées. Lorsqu'elle releva la tête, il ne restait de la porte que quelques planches éparses, échouées au sol. À présent, des hommes emplissaient l'encadrement, massés en une foule indistincte qui s'étendait jusqu'au bout de la galerie et disparaissait dans les ténèbres. Aucune silhouette humaine ne se détachait vraiment. Interdite, elle parcourut des yeux ce monstre étrange, sans visage et sans forme : un amas de volontés fondues ensemble sous un emblème commun. Derrière les casques, même les visages paraissaient semblables.

L'attroupement déborda sur le seuil, dans un piétinement sourd. La lumière tomba sur les premiers visages. My distingua des regards, braqués sur le petit groupe qui leur barrait crânement la route. La jeune fille sentit une vague de panique pure lui sauter à la gorge. Rien qu'à la façon dont ils étaient considérés, elle sentait qu'ils avaient dépassé le stade de la vulnérabilité. Ils se trouvaient exactement dans cet intervalle qui sépare l'animal en pleine course de la flèche qui va le faucher au flanc. Une seconde de répit, et aucun moyen pour la figer. Son épée sursauta quand une première vague commença à parcourir le monstre, bientôt suivie d'autres, plus rapprochées et plus brèves. La masse s'ébranla, dans un bruit énorme de pas, de cliquetis et de chocs sourds ; aucune voix. Lourdement, elle passa le seuil et se répandit dans la salle, escamotant le sol sous la couleur sombre des uniformes. La mort en marche, sans pitié ni vindicte. Déjà les gardes commençaient à adopter une formation qui s'arquait peu à peu, se refermant sur eux…

– En arrière ! lança Allian.

La voix hachée du chef agit sur My à la façon d'une décharge électrique. Trébuchant, elle courut rejoindre les autres à proximité de leur unique point stratégique : la colline. Juste au-dessus d'eux, le dragon étendait ses grandes ailes de part et d'autre de leur groupe, comme un esprit protecteur.

Machinalement, ils avaient adopté l'unique attitude de défense dont ils disposaient : dos à la colline, éloignés de quelques mètres les uns des autres, en un arc de cercle qui leur permettait de faire face à l'entrée. Protection dérisoire face au cordon serré qui progressait vers eux. Une quinzaine d'hommes, au moins. Les gardes n'avaient même pas besoin d'utiliser un quart de leurs effectifs : les autres s'étaient répartis le long des parois, prêts à bloquer toute tentative de fuite.

– My, appela-t-on à sa droite.

La jeune fille se détourna à grand-peine de la marée humaine qui remontait vers eux. Orest s'était placé à côté d'elle, les yeux vrillés sur les hommes en approche.

– Vous restez à côté de moi.

Le genre de ton qu'elle connaissait très bien. Sec et résolu, qui n'admettait ni réplique ni réponse, le ton stratège.

– Je veux, vous entendez, je veux que vous utilisiez votre Don dès que vous vous retrouverez isolée. Compris ?

Elle ouvrit la bouche sur un « mais » minuscule, le retint à contrecœur et hocha la tête à la place. Il avait raison, sûrement – encore : malgré son épée et toute sa bonne volonté, elle n'était pas une combattante, elle ne les aiderait pas. Pour eux, elle était juste un poids. Mais, puisqu'elle avait choisi de rester à leurs côtés, le Don ne lui était plus utile. Se campant fermement sur le sol instable, elle se remit en garde, les yeux posés sur la ligne qui progressait vers eux.

« Quand vous vous battrez pour de vrai, je vous interdis de penser à la mort. Les exemples de bons apprentis qui se laissent déborder par leurs peurs au moment décisif, on en compte à la pelle. Chassez les questions, n'anticipez pas. Toute votre vie se jouera au présent. Alors, pesez de toutes vos forces sur les quelques instants qui décideront du reste. »

S'accordant aux conseils d'Orest, son esprit commençait à s'aiguiser, récapitulait les bottes qu'elle connaissait, pensait failles, esquives, premier assaut. Elle oublia Mydria, sa robe bleue, sa rapière vacillante. Elle n'était plus qu'un corps, relié au prolongement infiniment logique d'une lame. La ligne s'était arquée entre-temps, épousant à distance la base arrondie de la colline. Ils étaient beaucoup plus près maintenant. Elle distinguait l'aigle noir frappé sur tous les écus, le port de tête acéré semblant déjà se rengorger de sa victoire.

– À mon signal, dit Allian.

De part et d'autre de My, quatre chuintements retentirent. Elle eut à peine le temps de réaliser que les épées de ses compagnons avaient disparu, remplacées par l'éclat plus bref de quatre dagues identiques.

– Lancez !

Une secousse, une étincelle. Les dagues s'envolèrent des mains, dessinant une trajectoire fulgurante à travers l'air. Plusieurs claquements retentirent en saccade, suivis par le bruit de corps s'effondrant au sol : sœurs jusqu'au bout, les lames avaient achevé leur course au cœur du même point faible – le front.

– Lancez ! répéta Allian plus vite.

Les chuintements se répétèrent, de nouvelles dagues jaillirent à nouveau. My vit une étincelle s'envoler, se fichant en plein vol dans le cou d'un garde, suivies par deux autres, plus espacées. La dernière manqua sa cible : conscients du danger, les gardes s'étaient mis à courir, devenant plus difficiles à atteindre.

– Dégainez ! hurla Allian.

Le cuir des fourreaux chuinta à nouveau, plus longuement. Les unes après les autres, les épées de ses compagnons s'inclinèrent en avant, telles les cornes d'invisibles créatures courbées pour l'assaut. Ultime seconde…

Ce fut comme si le monde venait d'exploser. My n'eut le temps de rien voir venir, ne perçut aucune transition. La ligne d'hommes qu'elle distinguait encore à distance disparut, remplacée par une lame qui fondit sur elle et se disloqua à quelques centimètres de sa rapière, stoppée net par un éclair blanc. Orest s'était interposé, lui sauvant la mise d'extrême justesse.

– Restez derrière, lança-t-il, dégageant son épée d'un coup de poignet.

Figée, My le regarda lancer l'assaut suivant sans voir autre chose de sa lame qu'une large traînée blanche qui retomba sur le garde avec une violence inouïe. L'homme riposta et la traînée devint éclair, prenant la lumière de plein fouet ou s'amincissant jus-qu'à être invisible. Très vite, My devint incapable de distinguer les épées. Elle ne voyait plus qu'un enchaînement de passes fulgurantes. Orest frappait comme une brute, sans utiliser une seule des bottes qu'il lui avait apprises. Tout était misé sur la violence et la rapidité. Il se mit à accélérer, alternant les fentes et les coups de pied, lancés droit dans les tibias de son adversaire. Débordé de tous côtés, celui-ci commençait à perdre son sang-froid. Un nouveau coup de pied le fit trébucher. Frénétiquement, il fouetta l'air de son épée pour retrouver son équilibre tout en essayant de maintenir son ennemi à distance. Un tout petit instant, une toute petite ouverture : pour un assassin, il n'en fallait pas plus. Orest le décapita net.

My n'eut pas le courage de voir la tête rouler au sol, déversant sur son sillage de longues giclées écarlates. Elle détourna la tête d'un mouvement convulsif, rendue nauséeuse par les relents du sang chaud. Tout était mouvement et vacarme autour d'elle. Elle ne voyait ni Allian, ni les jumeaux, Orest était reparti à l'attaque et se confondait à présent avec l'uniforme sombre de son adversaire. Elle était seule au milieu d'une ligne de défense qui se délitait, avec comme unique repère dans un monde en déroute le mince fil de son épée.

Un sifflement caractéristique retentit tout près d'elle, gagna en force et fut remplacé par un crissement suraigu. Un garde venait de l'attaquer par la droite, son attaque déviée de justesse par la jeune fille. C'était son heure, maintenant – l'heure de s'en sortir sans le Don.

« Vous avez une rapière, pas une épée. Vous êtes une fille, pas un athlète. Vous avez fait de la danse, je suppose ? Alors utilisez votre souplesse pour le combat. Et souvenez-vous : à deux doigts de la mort, tous les coups sont permis. »

Le garde relança son attaque à toute vitesse. My se tenait prête. Brandissant sa rapière à deux mains, elle bloqua le coup, tordit sa lame qui se dégagea souplement et se mit hors d'atteinte un mètre plus loin, légère et preste. Avec Orest, tout aussi rapide qu'elle, ce genre de tentative échouait à tous les coups. Mais l'homme qu'elle affrontait était plus âgé, alourdi par son armure, et elle le prit par surprise.

« Profitez des pauses, ne vous arrêtez pas. Vous ne disposez pas de minutes, vous n'avez que des secondes. *Allez !* »

La tête vide, elle plongea. Sa rapière se mit à virevolter face à l'homme, insaisissable, mais dessinant devant elle une barrière dangereusement fragile. Exactement le type d'attaque qu'Orest lui avait interdite. Le soldat faucha sa lame au vol. Électrisée, My vit la rapière lui échapper des mains et s'échouer à plusieurs mètres d'elle après une série de pirouettes, laissant ses mains vibrantes sous le choc. Dans un brouillard, elle vit le garde revenir vers elle pour un dernier coup d'estoc. Pas le temps de s'écarter, pas le temps de reculer : elle se laissa tomber au sol, se protégeant instinctivement la tête. Un grand déplacement d'air lui ébouriffa les cheveux et la lame poursuivit sa course à gauche. Minuscule répit. Elle bondit sur l'occasion et s'échappa agilement à quatre pattes. Là-bas, à quelques mètres, la ligne de sa rapière se dessinait sur le sol, brillant d'un éclat ténu. L'incarnation même de l'espoir. Fébrile, sa main s'abattit sur la poignée.

Tchak.

L'épée adverse s'était fichée droit dans la garde en corbeille, tordant l'acier sous l'impact. My sentit le tranchant s'enfoncer dans sa paume, la tailladant de part en part. Sa seule lenteur lui avait évité d'avoir la main transpercée : elle n'avait pas encore resserré ses doigts et la pointe de l'épée s'était immiscée dans l'espace vide qui subsistait encore. Abandonnant toute tentative de récupérer son arme, elle se projeta en arrière, hors de portée. Le garde n'était séparé d'elle que d'un mètre ou deux. Il extirpa sa lame de la corbeille tordue et se retourna vers elle d'un bloc. Un instant, une expression étrange traversa son visage quand il posa les yeux sur la main sanglante de son adversaire, serrée sur du vide. Une sorte de gêne. Son hésitation, cependant, ne dura pas.

My vit la silhouette du soldat se rapprocher, étrangement dissociée de la réalité. Parallèlement, son esprit œuvrait sur un autre niveau, à une autre vitesse. C'était comme si elle se trouvait au cœur d'un kaléidoscope, regardant dériver les couleurs et les formes sans rien faire pour les retenir. Elle lâchait prise. Avec mesure. Quelle était l'expression, déjà ?

« Reculer pour mieux sauter. »

Elle venait d'atteindre un point précis. Dans sa tête, ou ailleurs. Un point si minuscule qu'il tenait dans un millimètre, une seconde, un battement de cil. Tout s'inversa. Le kaléidoscope se fissura, les teintes commencèrent à se lier aux formes, les formes se fixèrent au présent et le présent engloba tout entier les mouvements du garde, lancé en courant dans sa direction. Vive comme l'éclair, elle s'empara à point nommé de la fraction de seconde qu'elle avait à sa disposition et son pied crocheta la jambe de l'homme qui se tendait pour une ultime foulée. Son adversaire s'écroula brutalement.

C'était trop rapide, bien trop violemment rapide pour qu'elle puisse distinguer les différents moments de la scène et la reconstituer. Tremblant de la tête aux pieds, elle ne garda en tête que la dernière image : un corps à terre. Un corps qu'elle devait tuer si elle ne voulait pas mourir. Pressée par le sentiment d'urgence, elle était déjà auprès de lui, elle lui avait déjà arraché son épée, elle posait déjà le tranchant sur sa gorge, là où battait une artère. Tout allait trop vite. Son cerveau guidait ses gestes sans attendre son assentiment, et bloquait toute réflexion au profit d'un mot unique.

« Appuie. »

L'acte se résumait à cela. Laisser glisser le tranchant, laisser faire l'arme. Quelques centimètres suffisaient… Il ne s'agissait même plus d'agir. Par terre, l'homme roulait des yeux effrayés, sans cesse effleuré par le tranchant de sa propre lame qui tremblait follement. L'indécision de la jeune fille était aussi dangereuse qu'un geste délibéré. Mais ce geste, elle était incapable de le faire. Quelque chose la retenait, qui n'était ni la peur du sang, ni la crainte d'un hurlement d'agonie. Quelque chose de plus noble.

– My, reculez.

Une main l'écarta fermement. Allian était à côté d'elle, les habits maculés de sang, harassé, aux abois. Sans qu'elle ait le temps de réagir, il lui arracha l'épée des mains. La lame se faufila sous le plastron du garde. Coup sec puis soubresaut.

– Suivez-moi.

Allian laissa retomber l'arme sur son propriétaire et se détourna. Pas de violence inutile, une économie de gestes qui portait le meurtre à sa forme la plus épurée. Des soubresauts de plus en plus violents commencèrent à agiter le corps tandis que la bouche du garde laissait échapper un râle sifflant. My ne le vit pas passer de l'état d'homme à celui de cadavre. Allian l'entraîna à sa suite, et la dernière image qu'elle garda fut celle d'un visage déformé par les affres de l'agonie, qui déjà n'avait plus rien d'humain.

Allian marchait vite. Il la traînait par le bras sans ménagement et elle était incapable de savoir où ils allaient. À nouveau, il lui semblait n'être qu'un corps qui avançait mécaniquement, indifférent au sol tour à tour arrondi ou tranchant. Les mètres succédaient aux mètres, des millions de lumières se répercutaient autour d'elle, des bruits explosaient ici ou là, bruits de ferraille, bruits de pas. Tout l'agressait sans l'atteindre. Le seul point d'ancrage, c'était la main d'Allian qui lui broyait les doigts. Ils réussirent à se faufiler entre les derniers gardes, puis le tumulte parut s'éloigner un peu.

My sentit quelque chose de rond rouler sous son pied. Elle se rattrapa à Allian de justesse. Le terrain s'inclinait, lui offrant enfin un point de vue : ils étaient revenus près de la colline, aux abords d'un flanc moins surveillé. Mais elle eut beau regarder de tous les côtés, elle n'aperçut aucune trace d'Orest ni des jumeaux. Ils étaient pourtant revenus à leur point de départ…

– Où sont les autres ?

Allian ne répondit pas. Il avait lâché sa main et attaquait l'ascension. La jeune fille suivit le mouvement, de plus en plus inquiète. Ils avaient pour objectif de défendre la colline. S'ils se rabattaient aussi vite sur leur seul et unique atout…

– Allian ? risqua-t-elle.

Le chef ne répondit pas. Elle insista :

– Je croyais que nous devions bloquer l'accès à la colline, pas nous y réfugier !

Les objets roulaient sous ses mains, des pans entiers dégringolaient et s'affaissaient sous elle, rendant périlleuse une escalade déjà ardue. La fin de sa phrase fut noyée par une cascade de cliquetis. Elle se rattrapa à un petit meuble et bondit en avant, utilisant sa détente pour s'élever avant que le terrain ne cède sous son poids. Allian était à sa hauteur, maintenant. Il lui indiqua le sommet d'un mouvement de tête impérieux.

– Les autres attendent en haut. Dépêchez !

Il restait dix bons mètres. S'appuyant sur les objets les plus gros pour éviter de dégringoler, My faussa compagnie au chef, avantagée par sa légèreté. À bout de souffle, elle acheva la montée sur des paumes sanglantes. Des bras l'attrapèrent alors qu'elle cherchait à se redresser, la hissant au sommet. Orest et Lyrend'ell.

– Éloignez-vous du bord, le terrain s'effondre beaucoup trop vite ici.

Plusieurs objets dégringolèrent sur ses pas quand elle s'avança, confirmant le danger : d'envergure modeste, le sommet s'arrondissait en un arc suffisamment marqué pour qu'un déséquilibre devienne aussitôt dégringolade. Effondré en travers de la colline, le squelette de Madael occupait une importante partie du peu d'espace disponible. De près, on voyait très bien les crocs qui garnissaient la mâchoire et la rangée de piquants qui le recouvrait du dos jusqu'à la queue. À défaut de faire un bon protecteur, Madael restait assez monstrueux pour intimider n'importe quel ennemi en approche. La contemplation de la jeune fille prit brutalement fin quand elle aperçut une tache sombre, à l'ombre d'une aile décharnée. Minuscule à côté des immenses os, mais non moins identifiable : un homme inerte. Son cœur manqua un battement quand elle reconnut Léréon.

– Mon Dieu ! Est-il…

– Il est encore vivant, dit Lyrend'ell. Mais il a été méchamment blessé. Je crois qu'il a une côte cassée.

En dépit du ton réservé, son angoisse était criante. L'état de son jumeau semblait le vider lui-même de ses forces. Ce n'était sûrement pas le premier combat qu'ils menaient ensemble, ni le premier où l'un d'entre eux était blessé. Mais, Léréon hors d'état de se défendre, ils restaient quatre à lutter, avec le handicap du cinquième à protéger. Et, s'ils avaient affronté sans grands dommages le premier détachement, cette victoire ne leur apportait rien, absolument rien. Ils avaient épuisé quasiment toutes leurs forces pour un bataillon d'éclaireurs. On ne pouvait même pas parler d'une vraie bataille. Tandis que la prochaine vague d'assauts allait en être une… On les avait sous-estimés tout d'abord, on avait cru pouvoir les éliminer en risquant le minimum de gardes. Ce n'était pas le genre d'erreur qu'on répétait quand on disposait d'autant d'hommes. Aucune chance ne leur serait laissée.

Et ils n'étaient que quatre…

– Qu'est-ce qu'on peut faire ?

Sa question s'était échappée dans un filet de voix. Orest la regarda et ne répondit rien. Contrairement à leurs habits éclaboussés de sang, la robe de My n'était souillée d'aucune tache. Le contraste entre leurs épées était tout aussi saisissant. Aux lames maculées de rouge, la sienne opposait un fil pur et brillant. My avait combattu, mais elle n'avait pas su dépasser l'escrime, elle n'avait pas su aller jusqu'au meurtre. Ils restaient trois à pouvoir réellement les défendre.

Un bruit de pas interrompit leurs réflexions. À son tour, Allian venait d'atteindre le sommet et traversait la colline en direction du bord opposé, qui donnait sur l'entrée de la salle. Il scrutait le panorama avec attention, cherchant à visualiser les déplacements de leurs ennemis.

– Les renforts s'organisent, annonça-t-il. Enfin, des renforts…

Il laissa échapper une grimace.

– Disons une relève des troupes. Je crois qu'on a laissé quatre survivants, on n'aura qu'à taper dessus en premier. Autant arrondir les comptes…

– Que faut-il faire, Allian ? demanda My. Vous avez un plan ?

– Mon plan tient tout entier sur cette colline. Voilà notre dernier atout, celui qu'il ne faut pas laisser prendre. Vous avez vu qu'il est difficile de l'escalader : une escouade qui tente l'escalade se cassera les dents dessus.

Le chef haussa les épaules.

– Ensuite, ils s'organiseront. Ils monteront les uns après les autres, en attaquant par différents flancs. On repoussera les premiers, sans doute. Mais à cinq…

La jeune fille le rejoignit, jetant à son tour un regard en contrebas dans l'espoir de trouver un point faible à exploiter depuis leur promontoire. Mais, de la colline, l'agitation qui bouleversait la salle ne présentait aucune logique. C'était un chassé-croisé incessant d'hommes en armes, écrasés par la hauteur, une fourmilière grouillante dont la structure ne cessait de se déformer et de se refaire. Ce ne fut cependant pas sur le spectacle des troupes en formation qu'elle s'attarda. Son regard venait de tomber à pic sur la seule zone totalement désertée du paysage qui s'étalait devant eux : celle de leur premier combat. Leurs adversaires gisaient là, recouvrant le sol d'un réseau de sang poisseux. Elle resta les yeux fixés sur le spectacle, incapable de se défaire de la lente prise de conscience qui se faisait en elle. La prochaine fois, ce sang serait le leur.

Elle sentit la panique passer un nouveau cap, tordant ses entrailles. Ce n'était pas possible. Ils n'étaient pas censés finir ainsi, ce ne pouvait être ce dénouement que le sort leur réservait, sans gloire, sans aucun sens. Elle réalisait que cette fois, la mort ne prenait pas sa forme abstraite habituelle. Même dans les Bois, même dans les ravins d'Erlett, il restait toujours un minuscule espoir. Elle pouvait éviter la mort, courir plus vite qu'elle, fermer les yeux. Plus maintenant. Maintenant, la mort venait au-devant d'elle, énorme et inexorable, et lui bloquait tout son horizon.

Allian avait fait volte-face, examinant l'autre moitié de la salle, dans la tentative d'y trouver elle ne savait quelle échappatoire. Elle le voyait aller et venir, disparaître de son champ de vision, resurgir tout à coup, arpentant la colline avec rage. Allian refusait encore la défaite, elle ne savait comment il y parvenait, elle admirait sans comprendre. Elle, elle avait l'impression de se trouver bloquée dans un mauvais rêve. Mais pas d'issue. Juste des minutes, qui se mueraient bientôt en secondes, en mètres, en centimètres, en peau de chagrin... en rien. Interrompant sa réflexion, un bras entoura ses épaules.

– Vous n'êtes pas obligée d'endurer ça.

Le vacarme qui explosait par intermittence en contrebas noya la fin de la phrase. My sursauta. C'était là le bruit de dizaines de pieds heurtant le sol en cadence. Un bruit organisé. Celui d'une troupe en marche. Orest lui saisit le menton, la forçant à le regarder.

– Vous entendez ? C'est le genre de bruit qui vous annonce que vous n'avez pas une chance. Sauvez-vous, utilisez votre Don !

Il ne lui ordonnait pas, cette fois-ci. Le ton avait changé. Pressant, nerveux. My tourna la tête, se dégageant doucement. En contrebas, la fourmilière s'était faite armée et s'avançait en rangs vers la colline. C'était comme la répétition d'un mauvais rêve, le retour de la même ligne de gardes qui s'avançait vers la colline mais multipliée jusqu'à former un carré compact, qui écrasait tout sur son passage. Piétinés par d'innombrables chaussures, les bibelots laissaient échapper la plainte stridente de leur métal tordu, combiné au bruit plus sec des cristaux brisés. Nauséeuse, elle contempla sa salle dévastée, atteinte au plus profond d'elle-même. Elle avait l'impression qu'on piétinait une part d'elle. Les mains d'Orest se resserrèrent sur ses épaules, avec une force qui confinait à la violence.

– Pourquoi est-ce que vous ne voulez pas partir ? My, vous ne ferez preuve d'aucune noblesse d'âme en vous laissant tuer pour nous ! Vous ne nous sauverez pas, vous savez à peine combattre !

Il la secouait à présent, son exaspération amplifiée par l'urgence. Elle sentait que s'il avait pu la transformer de force, il l'aurait fait sans hésiter. Mais l'unique chose sur laquelle elle pouvait lui résister était précisément le Don, cette magie ridiculement fragile que personne à part elle ne pouvait convoquer. Sa toute dernière force, sur laquelle Orest n'avait aucune emprise. Les mains de l'assassin pesèrent encore quelques secondes sur ses épaules puis se retirèrent d'elles-mêmes, avouant sa défaite.

– Vous êtes idiote. Vous allez mourir pour rien.

– Non, dit-elle, pas pour rien. Cette salle est à ma famille et vous vous y trouvez. Ma place est doublement ici.

Elle aurait bien aimé parler sur un ton plus crâne. Sa voix s'échappait de sa gorge en un filet minuscule et elle avait l'impression que c'était quelqu'un d'autre qui parlait à sa place, alors qu'elle n'avait qu'une envie : laisser tomber son épée et rejoindre les hauteurs si attirantes du plafond. Mais, emplissant tout son champ de vision, il n'y avait que le sol, dévasté et couvert de gardes. En un clin d'œil, la colline se trouva encerclée.

– Répartissez-vous aux bords ! cria Allian.

My fit volte-face, englobant le sommet d'un coup d'œil. Étendu en travers de la colline, Madael rayait de ses hautes épines dorsales l'autre côté du sommet. Impossible d'enjamber le squelette, à moins de le contourner en s'aventurant sur la pente, entreprise bien trop risquée. Ils ne pouvaient défendre que la moitié de leur place forte.

Lyrend'ell et Allian étaient déjà à leur poste, côte à côte et épées prêtes. De part et d'autre, deux grandes zones de vide subsistaient. Orest et My échangèrent un regard et se séparèrent sans un mot. Ils ne combattraient pas ensemble, cette fois-ci. Le sentiment de catastrophe qui couvait au fond de My l'envahit tout entière. Elle avait six mètres de large à défendre à elle toute seule, Léréon derrière elle et la barrière acérée de Madael coupant tout espoir de fuite…

– Votre seule chance, c'est de les repousser en arrière, lui dit Lyrend'ell. Faites-les tomber, par tous les moyens possibles. Prête ?

My hocha la tête, raide de peur. La vague des gardes grimpait vers eux, glissait en arrière, se détachait par paquets, jaillissait en avant, effrayante par sa débauche d'énergie plus que par les mètres grappillés. Il en venait de partout. Elle avait l'impression de voir une colonie d'insectes à coque métallique monter à l'assaut, animés d'une fureur mécanique.

– À gauche ! hurla Lyrend'ell.

Plus rapide que les autres, un garde se ruait déjà vers le sommet, droit dans sa direction. Elle projeta son épée sans réfléchir. La lame ripa sur le haut du plastron, mais l'impact était assez fort pour renverser l'homme en arrière. Il dégringola de plusieurs mètres, entraînant d'autres gardes dans son sillage, avant de se rattraper à un meuble, mais déjà un garde approchait de l'autre côté. Lyrend'ell se décala aussitôt à droite. Dans un aller-retour fulgurant, son épée se faufila à travers le casque et se retira, prolongée par un geyser de sang. À l'instant même, un effondrement du terrain les força à se précipiter en arrière, tandis que filaient sous leurs pieds de menus objets, rebondissant allègrement sur la pente. D'autres gardes approchaient, par grappes isolées, ébranlant la colline qui s'effondrait aux endroits les moins solides, par le seul biais de l'onde de choc. Du coin de l'œil, My aperçut deux nouveaux adversaires qui se faufilaient dans leur dos, cachés jusqu'alors par Madael. Instinctivement, Lyrend'ell se replaça devant son jumeau, délaissant la place qu'il devait défendre et que My s'empressa d'occuper. Ils étaient à présent attaqués sur deux fronts.

– Dos à dos ! ordonna Lyrend'ell, vite !

My pivota à toute vitesse, refaisant face à la pente. Le combat dos à dos était une technique qu'elle avait très peu travaillée, la technique des combats sans espoir. Ils y étaient. Elle entendit un soudain mouvement de pieds derrière elle – Lyrend'ell était passé à l'attaque. La respiration précipitée, elle parcourut vivement des yeux la demi-douzaine de soldats qui s'approchait vers elle. Avec une seule épée, elle n'allait jamais pouvoir tous les repousser. Cherchant une aide, elle baissa la tête : le terrain tremblait sous ses pieds, friable à souhait. De toutes ses forces, elle y expédia un coup de pied. Une giclée de petits objets, ronds, métalliques, tranchants ou cristallins, s'échappèrent en scintillant à la lumière, retombant sur la pente, et rebondirent sur les gardes avant de poursuivre leur course folle. Pris par surprise, deux d'entre eux trébuchèrent et glissèrent en arrière. Ce n'était pas suffisant ; elle expédia à nouveau un coup de pied au sol qui se creusa brutalement sous son poids, se mit hors de portée d'un bond et, raflant le premier objet suffisamment lourd qui était à sa portée, visa rapidement et le projeta sur le soldat le plus proche. Celui-ci le reçut dans les jambes, trébucha et bascula en arrière, dévalant cette fois la colline jusqu'en bas.

– My ! À moi !

L'appel de Lyrend'ell lui parvint entrecoupé de bruits métalliques. Interdite, elle regarda ses propres adversaires qui remontaient à l'assaut, suivis par un second groupe. Le nombre d'attaquants grossissait à toute vitesse, qu'elle délaisse ce front-là une minute et ils se trouveraient débordés à coup sûr. La voix de Lyrend'ell retentit à nouveau, impérieuse, angoissée. Prenant sa décision au mépris du sens stratégique le plus élémentaire, elle fit volte-face. Lyrend'ell bondit aussitôt sur le côté : de biais par rapport à Madael, ils s'efforçaient de faire face à la vague d'assaillants tout en s'occupant de ceux qui approchaient par-derrière. C'était un pis-aller qui n'établissait en rien une défense solide. Les quatre gardes furent sur eux l'instant suivant. My n'eut que le temps de voir une grande masse sombre jaillir au sommet, à l'endroit qu'elle défendait une seconde plus tôt, et Allian se précipiter vers la droite, hurlant :

– Orest, là !

Avec la distance, le cri perdait de sa force ; l'assassin n'en perçut qu'un vague écho. Son propre combat exigeait toute son attention et il ne répondit pas : il avait dû battre en retraite sur un demi-mètre, qui s'était révélé suffisant pour que trois gardes se hissent au sommet, et, même en étant le meilleur bretteur du monde, affronter trois ennemis en même temps au bord d'un gouffre et sur terrain instable relevait de la pure gageure. Le cliquetis des lames s'accélérait, il en venait de partout à présent, et Orest avait beau faire virevolter sa lame de tous côtés, il n'arrivait à atteindre personne. Pour cela, il fallait de l'espace et assez de temps pour viser les points faibles de ses antagonistes. Il n'avait aucun des deux. Déjà, un coup de lame mal orienté venait de taillader son bras, y ouvrant une plaie qui gênait ses mouvements…

– Orest ! Par ici !

– Deux minutes ! rugit-il.

Le juron d'Allian se noya dans le vacarme. Orest n'y prit pas garde, cherchant une faille par laquelle s'échapper.

Il avait repéré le garde le plus inexpérimenté et orienta l'offensive de son côté, esquissant une nouvelle attaque, plus emportée : un coup fait pour surprendre. La méthode d'intimidation fonctionna à moitié, l'homme marquant un temps d'arrêt tout juste suffisant pour qu'Orest se coule hors d'atteinte. Madael guettait derrière, plus proche que prévu. Le premier assaut avait été donné moins d'une minute auparavant et, déjà, la zone qui entourait le squelette était la seule qui se trouvait encore dépourvue de gardes : Allian avait réussi à dégager le flanc principal en faisant basculer un miroir démesurément long sur un détachement tout près d'accéder au sommet. À présent, ils étaient disposés en arc de cercle autour de Madael, comme s'ils défendaient le squelette au lieu de Léréon, invisible à l'ombre de la grande membrane blanche. Mais c'était précisément ce qu'ils cherchaient à défendre qui les plongeait en plein piège, cloués sur place sans possibilité de reculer ou même de se faufiler hors d'atteinte…

– C'est bon, ricana Orest, ça vous convient comme fin, c'est assez tragique ?

Allian le fusilla du regard par-dessus la tête de My. La jeune fille, tout comme Lyrend'ell, ignora l'apostrophe. Il était trop tard pour regretter de ne s'être pas mieux défendus ou pour accuser Allian de les avoir tous menés à la mort. Ils étaient arrivés au bout, maintenant, à l'extrême bout : les cinq survivants d'une guilde qui comptait le double de membres en quittant Liett, et qui d'ici quelques secondes n'existerait même plus…

Ils mourraient simplement. Une épée en plein cœur, la tête décapitée. Ils mourraient abominablement. Combien de temps prendrait leur mort ? Sentiraient-ils un simple pic de douleur avant le néant ? Ou cette douleur s'étendrait-elle comme un gros félin, envahissant leur corps entier et des minutes entières, pendant tout le temps que prendrait leur âme à s'extirper de la plaie ? La seule fuite possible passait par le regard. My cilla devant les gardes qui s'avançaient vers eux, sauta par-dessus les premières lignes, gagna mètre sur mètre, redescendit vers les murs. Tout était doré là-bas, dépourvu de la moindre flaque rouge. Elle avait presque l'impression de s'éloigner vraiment. Mais, même sur le tapis doré qui noyait la salle, des silhouettes restaient visibles. La salle devenait ennemie elle-même. Perdue, brisée, déjà conquise, bientôt vidée. Son regard s'éleva, papillonnant, affolé et s'éloigna encore. La porte approchait, encadrée par deux immenses colonnes de marbre. Une porte qui, elle aussi, avait cessé d'exister. Ses panneaux fantômes hérissaient les gonds de quelques fibres de bois et l'escalier avait disparu comme par enchantement, avalé par les ombres. My s'attarda devant le vide comme devant une barrière. Sous ses yeux agrandis, le noir s'anima soudain. Elle vit une parcelle sombre, plaquée sur le reste, se nuancer à force d'être fixée, reprenant sa vraie teinte.

Ce n'était pas du noir. C'était du bleu foncé – un bleu reconnaissable entre mille. Elle l'avait vu à Liett, sur les tentes du campement, jusque sur les plastrons de leurs adversaires. Un bleu qui, depuis le début, la suivait à la trace, cherchant à la doubler par tous les moyens possibles. Il pouvait enfin lui barrer la route.

– My.

Orest la rappela à la réalité d'un coup de coude. Sans réfléchir, elle se dégagea et remit sa rapière au fourreau. Le Don battait contre sa tête comme une grande vague emportée, qui attendait, qui exigeait qu'on la libère. Leurs adversaires les encerclaient, formant une barrière compacte autour de Madael : la seule parade à la menace se trouvait sur le squelette même. À toute vitesse, elle se retourna vers la colonne vertébrale du dragon et, glissant ses pieds entre les interstices qui séparaient les piquants, se hissa au-dessus de la foule. Un mouvement de surprise agita les gardes. Déjà, elle avait pris son élan et s'était projetée dans les airs.

Au monde, il n'existait qu'une sensation capable, l'espace d'un instant, de rapprocher l'homme et la créature ailée : c'était la terreur, l'immense terreur de l'envol. La frontière entre les deux extrêmes, l'essor ou la chute, était si mince à cet instant qu'une paire d'ailes ne suffisait pas à marquer la différence. My, qui se trouvait à la jonction, l'expérimenta plus intensément que n'importe qui. Elle se vit ralentir, amorcer une courbe fatale vers les épées, puis, fulgurant, le Don se déploya dans toute sa force, la faisant jaillir vers les hauteurs. Tous, les gardes, la Guilde, jusqu'à la silhouette immobile près de l'entrée, ne virent soudain que lui, le papillon chargé de couleurs qui se débattait éperdument dans le vide pour stabiliser son vol. Si minuscule qu'un seul rond de lumière aurait pu le recouvrir tout entier. Si fin que ce même rond, passant à travers, aurait révélé en un éclair le fin réseau de nervures qui parcourait les ailes : jusque dans son corps, incapable de rien cacher.

Il disparut sans un à-coup. Il était si transparent que personne n'eut le temps de voir la lumière le masquer, ni ses couleurs s'y fondre. Ce fut soudain, ce fut très doux. Mélange des deux, un incompréhensible tour de prestidigitation. Le charme se rompit et, désorientés, mal à l'aise, les deux camps se retrouvèrent face à face, exactement comme avant. Il manquait juste quelqu'un. Une toute petite présence… et la plus importante.

Un grand silence s'abattit sur la colline. Pour la première fois, Orest vit des épées hésiter, des soldats échanger des regards. Le sien se promenait rapidement autour de lui, fixant tour à tour le plafond et les murs. Le centre de ses priorités venait de se déplacer sans crier gare. My… disparue. My venait bel et bien de s'enfuir. D'un coup, sans prévenir, sans logique. Ou plutôt, avec une logique qu'il refusait de lui attribuer.

Les rats quittent le navire… une devise qu'il connaissait très bien. Qu'il approuvait aussi – pourtant…

– Décampé. Du Madame My tout craché.

Allian n'essaya même pas de dissimuler son amertume. Le dégoût l'emplissait tout entier, redoublé par la révolte. Un chuintement ponctua ses paroles. Orest constata qu'il avait rengainé et croisa le regard de Lyrend'ell, traversé par un éclair de panique. Ils restaient deux à attendre la mise à mort l'épée au poing.

– C'est bon, lâchez tout, laissa tomber Allian. La princesse tire sa révérence, vous attendez peut-être un traitement de faveur pour son escorte ?

Et quel traitement de faveur ! C'était la curée qu'ils allaient subir, Orest en avait une conscience aiguë, il sentait les lames se diriger vers eux, avides et répugnant un peu à une victoire si facile. Pourtant, quelle que soit l'inutilité d'une telle défense, il n'abaissa pas sa lame.

Il avait souvent essayé d'imaginer sa mort. Il avait prévu une infinité de situations, une multitude d'agonies. La seule constante était sa volonté de voir la mort en face. Mais celle-ci ne présentait pas le visage attendu : il n'aurait jamais cru qu'il mourrait par le fil d'une épée – c'était dérisoirement classique. Mieux toutefois qu'une dague en plein cœur ; sans parler du décor, évidemment, côté tombeau on touchait au raffinement suprême… Des pensées sans lien lui traversaient l'esprit, impuissantes à distraire sa peur, et encore moins capables de faire taire le sentiment poignant d'avoir été trahi.

– Un instant.

D'un même mouvement, les épées se remirent à la verticale. Surpris, Orest leva la tête, cherchant à identifier le propriétaire de la voix. Une silhouette apparut à l'autre bout de la salle, près de l'entrée. La distance la réduisait à une vague tache foncée : impérieuse et distincte, sa voix en semblait presque indépendante.

– Majesté, dit un garde.

À la différence des autres, il portait des galons rouges, qui l'établissaient explicitement comme capitaine. Pourtant, il affichait la même perplexité que ses hommes, hésitant entre un ton déférent ou trop ouvertement interrogatif. Le silence le contraignit à aller au-delà du premier mot.

– N'est-il pas plus prudent de les exécuter ?

Les trois combattants se resserrèrent par réflexe. Face à la marée humaine qui les guettait, autant qu'eux dans l'expectative, ils ne pesaient pas bien lourd, et le tour étrange que prenait la situation les rendait plus mal à l'aise que jamais. Que décidait la mort, à la fin ? Deux assauts s'étaient déjà produits, était-elle encore résolue à jouer à cache-cache ? Orest sentait un tremblement convulsif gagner ses membres devant le ressac irrégulier, imprévisible, du danger. Il se souciait peu de la souffrance, tant qu'elle allait vite. En revanche, l'attente était insupportable.

– Amenez-les ici et ligotez-les.

Un grand mouvement se fit, chassant tout début de soulagement. Les combattants virent une masse de gardes fondre sur eux et se trouvèrent brusquement séparés. Orest aperçut Léréon qu'on remettait de force sur ses pieds avant de quitter la zone de défense. Encadré par quatre gardes, il entama la descente de la colline en réfléchissant à toute vitesse. L'usurpateur les épargnait uniquement pour My, il n'y avait pas de doute, mais était-ce pour leur extorquer un renseignement quelconque au sujet du Don ? En ce cas, il allait être servi. Le Don... Aurait-il voulu y comprendre quelque chose qu'il en aurait été incapable. Le Don était irrationnel, incompréhensible, même My ne réussissait pas toujours à le maîtriser... sauf quand il s'agissait de prendre la fuite. Et là, aucun roi au monde ne pouvait la rattraper.

Par habitude plus que par véritable espoir, il s'était mis à échafauder un plan de fuite pour tenter de s'échapper dès qu'il aurait achevé la descente – lequel plan, dans les conditions optimales, lui aurait permis de gagner dix mètres sur la gauche avant de se retrouver pris en tenaille par plusieurs détachements – mais on ne le laissa pas faire un mètre seul. Une corde s'abattit sur lui dès l'arrivée, le saucissonnant de la tête aux pieds en quelques enroulements experts. En deux temps trois mouvements, il se retrouva paralysé, reconnaissant après quelques contorsions un travail pour le moins bien ficelé : impossible de bouger d'un pouce. Les gardes le lâchèrent sans préavis et il s'effondra au sol, qui s'affaissa peu après à sa gauche. Allian et Lyrend'ell l'avaient rejoint, également entravés. Léréon fut déposé en dernier, la respiration sifflante et les traits déformés. Les heurts infligés à sa blessure avaient amplifié sa douleur et il semblait à deux doigts de basculer dans l'inconscience.

Orest se tordit l'échine pour repérer l'endroit où ils avaient échoué, mais les objets les noyaient à moitié, empêchant de voir plus loin que le bibelot campé sous leur nez. Preuve que la situation pouvait toujours empirer : cette fois, plus d'yeux ni de liberté de mouvement, les deux choses indispensables. Libre, le corps était une arme, un creuset aux ressources insoupçonnées lorsqu'il se trouvait allié à l'intelligence. Son corps seul, dans l'état, ne lui servait strictement à rien, et son esprit tournait à vide, tout aussi impuissant. Il n'était pas My, il ne pouvait pas régler le problème en changeant de forme. Il ne pouvait que subir sa défaite, le nez dans l'or – cet or si convoité, qui depuis le départ ne leur causait que des handicaps…

– Je t'en foutrai, des quêtes…

En d'autres temps, il l'aurait hurlé ; la réflexion resta murmure. Adressée à tout le monde et à personne en particulier. Par pure forme, il tenta une ultime fois de desserrer ses liens, n'y parvint pas, et bascula la tête en arrière, attendant résolument le coup d'épée vengeur ou le sauvetage divin. Au choix.

Boum. Boum. Boum.

Des bruits de pas s'approchèrent, repris crescendo par le creux des coupes ou le chant du métal. Son cœur se mit à bondir dans sa poitrine, indifférent à ses récentes résolutions. Tout tremblait et cliquetait, donnant aux captifs l'impression de se retrouver cloués à un sol sur le point de se désagréger. Se fiant à l'accroissement de ses vibrations, Orest réussit à localiser les pas, qui s'arrêtèrent juste derrière les prisonniers, les forçant à se tordre l'échine pour apercevoir l'arrivant. La figure inversée de l'usurpateur leur apparut en contre-plongée, soudainement concrétisée. Rien n'était plus banal qu'un visage, en théorie ; pourtant un même sursaut les saisit tous.

– Mais… balbutia Allian… mais c'est un gosse !

Le mot était lâché, mais ne rendait le spectacle que plus choquant. Incrédules, ils considérèrent cette figure, qui, même retournée et mise à l'envers, n'arrivait pas à camoufler son extrême jeunesse : ni la voix ni l'attitude ne l'avaient trahie, elle était plaquée là, en évidence, sur des traits dont la finesse et la régularité l'établissaient tout juste aux portes de la vingtaine. L'image du roi mûr et barbu qu'ils avaient montée de toutes pièces à partir du seul nom de Keagan s'écroula comme un château de cartes. Un gosse, oui…

Orest dévisagea l'usurpateur en silence. Il n'arrivait pas à relier l'idée de l'immense puissance qui avait levé des troupes et mis à sa botte toutes les villes du royaume avec cette apparence juvénile. C'était… c'était incompatible. Mais, lorsque les traits de l'usurpateur se contractèrent, barricadant littéralement son visage, il écarta aussitôt ses doutes.

– Actuellement, c'est le gosse qui maintient votre guilde en vie, alors je vous conseille de la boucler si vous voulez encore servir à quelque chose.

Allian se raidit dans ses liens, soudainement statufié. Message reçu. Tranquillement, le jeune homme se mit à aller et venir derrière eux, passant en revue leurs maigres effectifs.

– J'ai beau faire des efforts, je n'arrive pas à dépasser le chiffre quatre. C'est une plaisanterie ? Je sais bien que votre chef avait tout intérêt à passer incognito, mais vous auriez poussé la recherche de discrétion à ce point ?

Aucun prisonnier ne se risqua à répondre. Le cric-crac des pieds foulant le trésor reprit après une légère pause, surgissant sur le côté. L'usurpateur leur tournait autour, cette fois, comme s'il cherchait à découvrir leurs différentes facettes par le simple fait de les détailler. À quel jeu jouait-il, à l'heure où sa seule ennemie était en fuite ?

– Vous étiez une dizaine en quittant Liett. Vos effectifs ont diminué de moitié entre-temps. Frappant. Et pourtant vous avez tenu jusqu'ici. De quelle nature est donc l'allégeance qui vous lie à votre meneuse ?

Orest entendit Allian s'étrangler au mot « allégeance ». Il dissimula soigneusement sa propre surprise. De My, l'usurpateur ne connaissait qu'un faux nom accolé à un prénom inusité. Rien sur la hiérarchie de la Guilde, et encore moins sur le réel statut de My au sein du groupe. De ce point de vue, ses tâtonnements s'expliquaient… mais pourquoi diable s'intéresser à la Guilde à cet instant ?

– Qui plus est, une allégeance aussi aisément trahie. Un manquement qui me surprend beaucoup. Comment ! Après des mois de route, voilà l'héritière qui s'envole en laissant derrière elle un trésor âprement recherché ? Et ses fidèles acolytes ? Quelle surprenante volte-face, ne trouvez-vous pas ?

La voix glissa insensiblement jusqu'au mielleux. Keagan fit une pause, attendant manifestement que l'un d'entre eux réponde. Mais qu'auraient-ils bien pu dire ? L'usurpateur ne faisait que récapituler ce qui les surprenait tous.

– Manifestement, vous êtes de cet avis, trancha-t-il lui-même avec satisfaction ; c'est tout ce que je voulais savoir.

Le jeune homme exécuta un arc de cercle plus large autour d'eux, cessant de les examiner.

– Parce que votre chef a pu s'échapper par les galeries du fond, ou encore par l'entrée ; et dans ce cas, il est inutile d'espérer la rattraper. Mais comme moi, la seconde éventualité vous paraît plus logique, et par conséquent…

Orest comprit brusquement où Keagan voulait en venir. Et le constat lui fit l'effet d'un coup de butoir. Il n'avait pas pensé à cette éventualité-là, sous-estimant l'astuce de My, talonnée de près par un affligeant sens moral. Elle n'avait pas fui, elle s'était envolée pour leur garantir un sursis. Rien d'autre. La jeune fille absente, il tombait sous le sens qu'ils n'avaient plus la moindre valeur, hormis celle de mouchards, ou de monnaie d'échange… Avantage dont Keagan s'était emparé. C'était précisément ce qu'elle voulait. Mais comment comptait-elle les tirer d'affaire ensuite ? Elle les avait fait passer d'impasse en impasse, c'était tout…

– Évidemment, si elle se trouve ici, les recherches risquent d'être un peu longues, reconnut Keagan. Pour cette traque-là, je ne peux pas grand-chose ; donnez-moi Vhrys.

Un garde s'approcha, les pas ralentis par sa charge. Les captifs entendirent le souffle caractéristique d'une pièce de tissu qui chutait au sol, aussitôt suivi d'un clac sonore. N'importe quel brigand l'aurait identifié à l'instant : celui d'un verrou qu'on ouvrait.

– Merci. Viens ici, Vhrys. Voilà… très bien.

À mots avares, l'usurpateur modulait sa voix, tour à tour prévenante et ferme, entre la volonté d'apprivoiser et celle de commander. Entre ces deux extrêmes, l'alternance était parfaite. Sans cesser de parler, il ouvrit la porte de la cage qu'un garde maintenait devant lui et un oiseau apparut, cillant à coups vifs sous l'éclairage de la salle. Le jeune homme passa la main à travers l'ouverture, présentant son point ganté aux serres du rapace, et ramena son bras à lui. Et soudain, Vhrys au poing, il cessa d'avoir vingt ans. L'aigle venait lui apporter un point d'équilibre, renforçait sa prestance, le grandissait.

– J'ignore quel but exact votre princesse poursuivait lorsqu'elle s'est transformée, mais où qu'elle soit, je vous garantis qu'elle ne quittera pas cette île. Et cette salle, encore moins.

Son poing s'ouvrit légèrement, laissant couler l'un des cordons qui entravaient les serres.

– Car quel endroit mieux indiqué qu'un trésor pour dissimuler un papillon, n'est-ce pas ? Les étincelles camouflent, les nuances absorbent… Vhrys ?

Le deuxième cordon tomba, battant l'air d'un gracieux mouvement de balancier. L'oiseau redressa la tête.

– À l'attaque.

Un coup de gantelet propulsa le rapace dans les airs. Pendant un instant, il parut suspendu entre ciel et terre, puis ses ailes se déployèrent de toute leur envergure, donnant l'impulsion d'un essor fulgurant. Tétanisés, les prisonniers le regardèrent fuser, s'élever jusqu'au plafond, virer de côté. Sans ralentir, il amorça un mouvement tournant qui épousa les contours de la salle. Ses battements d'ailes étaient forts et rapides, dosés avec justesse. Il n'hésitait pas. Tout entier tendu vers son but, profilé comme une dague…

Fasciné, Orest ne quitta pas des yeux cette forme lointaine qui esquissait une ligne vive et parfaitement continue. On ne voyait plus les plumes, ni l'éclat duveteux des ailes. L'oiseau s'exprimait tout entier à travers son vol. Un tour encore et la ligne se creusa. Il redescendait, s'éloignant des parois. L'ébauche, bien reconnaissable, d'une spirale. Glissant avec aise au-dessus du sol hérissé, il cessa d'être ombragé par le plafond et les contours de sa tête redevinrent visibles : elle pivotait à petits coups secs, s'orientant sur différentes zones, jamais les mêmes. Il se pencha sur une aile, exécuta un virage et passa au-dessus de la tête de son maître. Keagan le regarda s'éloigner avec un mélange d'orgueil et d'attention. Il n'était pas le seul. Vhrys attirait tous les regards, sans exception. Des hommes rivés au sol, lourds et lents, qui fendaient les airs à ses côtés par le seul pouvoir de la vue, éprouvant comme un seul être la sensation du vide et celle, plus piquante, de la vitesse…

Une nouvelle courbe, plus vive : la spirale s'enroulait, se recentrant sur le milieu de la salle. Vhrys tournait autour de la colline, à présent, descendant au niveau des flancs, effleurés d'une aile sûre. Le reste de la salle, déjà, n'était plus pris en compte. Cela paraissait à peine croyable : qu'un rapace, même ciselé pour la traque, resserre aussi vite son champ d'exploration, était un exploit qui défiait le bon sens… Mais le bon sens, dans une telle traque, ne jouait aucun rôle. Vhrys se guidait à l'instinct. C'était cet instinct qui primait sur tout, ignorant les objections et les difficultés – un instinct entraîné depuis l'âge de l'envol, travaillé jusqu'à dépasser la nature et devenir intuition sur commande. Et, plus l'aigle tournait autour de la colline, plus la certitude d'Orest se renforçait. My était là, tapie entre deux carafes, centre de plus en plus net du cercle qui se dessinait autour d'elle. Vhrys, cependant, ne s'arrêta pas aux flancs. Le virage serré qu'il traçait se détendit en ligne droite et il s'éleva brusquement, surplombant la colline dans son ensemble. Il repassa par-dessus la colline en planant, ombre portée sur le squelette de Madael…

La suite de la traque se passa si vite que sa silhouette paraissait encore projetée sur le blanc des os quand l'aigle fit volte-face et fondit sur le dragon.

Il y eut un craquement sourd. Abattu sur Madael, Vhrys griffait le squelette de ses serres, martelait le crâne d'une grêle de coups de bec. L'os se mit à gémir sous l'attaque, un grincement explosa et la moelle épinière se brisa net au niveau de l'échine. Détachée de son corps, la tête du dragon s'inclina en avant, s'immobilisa une fraction de seconde et, entraînée par son poids, se mit à dégringoler la pente, dans une alternance d'essors lourds et de retombées brutales. Un coffre, émergeant obliquement du flanc, l'arrêta en plein vol.

Un grand silence, bourdonnant, succéda à la chute. Le crâne, transpercé au niveau de la mâchoire par l'un des coins, parut adresser aux spectateurs un sourire provocant, démesurément étiré. Vhrys s'approcha et expédia au crâne un dernier coup de bec, y dessinant une fissure qui s'étendit jusqu'à la gueule. L'une des orbites du dragon se mit à clignoter. On aurait cru qu'il reprenait vie tout à coup, mais ce fut un papillon qui jaillit à la place du clin d'œil, rompant l'illusion. Vhrys plongea aussitôt. La lumière tombait à pic depuis le plafond, révélant l'insecte tapi au fond de la cavité, mais le seul moyen de l'attraper était de provoquer l'instinct de fuite, fruit mûr réservé aux traqueurs les plus habiles.

My avait très peu d'avance. Il gagnait mètre sur mètre, et plus il se rapprochait, plus le papillon emplissait son champ de vision, ses couleurs vives captant son attention comme autant d'explosions. Une proie facile. Déraisonnablement visible, et trop affolée pour voler droit. Il s'allongea, s'affina pour un dernier effort, croisant presque ses ailes dans sa hâte de la cueillir au vol. Le papillon fit un écart à quelques centimètres de son bec grand ouvert. C'était un mouvement convulsif, involontaire. Il avait cessé de voler, et s'abandonnait au vide, chutant comme une feuille morte. En pleine traque, il s'agissait, purement et simplement, d'un suicide. Acte absurde pour tout oiseau, mais Vhrys ne chercha pas à comprendre. Il se contenta de s'adapter, suivant d'une aile vive les virevoltes de l'insecte, prêt à saisir l'instant le plus propice pour l'épingler sur place. Sa proie le prit de vitesse.

Il ne vit rien venir. Ou plutôt, il se contenta de voir une succession d'images brèves, qui passèrent en rafale devant ses yeux sans lui laisser le temps de réagir : la feuille morte qui se pliait, redevenant papillon. Le coup d'aile frénétique, repoussant au loin une agonie factice. Et la toute petite forme propulsée dans les airs, un peu au-dessus, pas beaucoup… droit dans son œil.

Déflagration d'aiguilles. Il sentit son grand œil d'or, son œil fixe et sévère, s'enflammer au contact des pattes de l'insecte qui patinaient dans le liquide lacrymal, rayant la cornée de dérapages éperdus. Il n'avait jamais eu aussi mal. Sa trajectoire, toujours si directe et si précise, fut prise de folie à son tour. Il se mit à se tordre dans les airs, à envoyer au vide des coups de tête, des coups de bec, tentant de chasser la douleur par tous les moyens possibles. Une petite chose fut éjectée de son œil et s'éloigna à toute vitesse vers le sol. Elle laissa la douleur derrière elle, inchangée.

My chuta à pic et heurta un vase avec un petit bruit sec. Presque aussitôt, elle se sentit glisser le long des flancs lisses et bombés, échouant au fond d'un trou saturé d'odeurs métalliques.

Elle se hissa précipitamment à l'air libre. Au-dessus, une ombre passa. Vhrys était resté en l'air et, pris de convulsion, piaulait à pleine gorge, mais une colère noire remplaçait déjà la souffrance. Il n'attendit pas que son œil retrouve sa vue normale pour s'arquer vivement et plonger vers le sol. Vite, vite, beaucoup trop vite…

Sensible à sa détresse, le Don jaillit. Elle l'avait toujours invoqué dans les situations d'urgence, mais cette fois-ci, elle l'appela trop tard. Le gonflement caractéristique enfla dans son thorax, s'étira dans ses pattes, parcourut ses nervures… Le rapace fondit sur elle. Elle se baissa précipitamment, roula sur le côté. Une rémige l'effleura et disparut. Sauvée de justesse. Jusqu'à la prochaine attaque…

Le cœur battant, elle tenta fébrilement de se redresser. Ses bras plièrent sous elle. Une deuxième poussée. Ils la hissèrent en tremblant et cédèrent d'un seul coup. Elle se sentait faible, inhabituellement faible. Vhrys réattaqua en piqué, lui lacérant l'aile d'un coup de bec rageur. Il prit son essor, tournoya, redescendit à nouveau à toute allure. Cédant à un réflexe bien humain, elle voulut sauter sur ses pieds… la source de son malaise se précisa à cet instant.

Elle ne pouvait pas sauter sur ses pieds, pour la bonne raison qu'elle n'en avait pas.

Sa robe bleue s'étalait en plis soyeux autour d'elle. Mais c'étaient deux longues pattes d'insecte qui avaient poussé à la place de ses bras, assorties à la paire qui battait au niveau de son ventre, tandis que derrière elle, un lambeau d'aile incrusté dans sa robe prolongeait le tissu d'une traîne étrange : elle se trouvait rivée au sol, ni papillon ni humaine, entre deux tailles et deux natures. Le Don l'avait bloquée à la pire des intersections.

Un murmure horrifié parcourut la salle quand elle parvint à se remettre debout, révélant aux regards sa silhouette parcourue de spasmes nerveux, ravalée à la hauteur d'un enfant. À côté d'elle, Vhrys donnait l'impression de manger le double d'espace. Il était le seul à ne pas avoir réagi. La métamorphose l'intriguait, c'était certain – dans quelle catégorie classer une proie pareille ? – mais l'habitude le poussa avant tout à rechercher les points faibles de son adversaire. Ils étaient innombrables. Ils étaient offerts. Aucune carapace pour la protéger, ni pattes assez fortes, ni ailes assez grandes pour lui permettre de fuir… Il se focalisa sur le thorax, qui vacillait oblique dans les efforts de la créature pour se redresser, sans comprendre que sa morphologie ne lui permettait pas de s'abattre à la verticale… Elle s'abattit. Il fonça.

C'était si riche de sensations, une attaque. Le moment-clé. Le moment fort. On l'avait dressé à cela, ciselé pour cette fin, toujours la même, inéluctable, en apparence. Lui seul savait que cet instant qui précédait la mise à mort était en réalité la phase la plus équitable du combat. En chutant pour tuer, il s'exposait lui-même, sans réserve et sans autre garde-fou que son agilité et le capricieux facteur chance. Pris de panique, l'insecte rassembla ses pattes et se traîna hâtivement sur le sol, piètre tentative pour se soustraire aux serres tendues. Vhrys rectifia sa trajectoire avec une aisance déconcertante. Son tracé s'arrondit, devint parallèle au sol, il ouvrit largement le bec, prêt à le refermer d'un claquement décisif…

Et prit conscience d'une étrangeté de taille. Sa proie s'était retournée.

Il sentit deux pattes s'enrouler autour de son cou, dans le but manifeste de l'étrangler. L'étreinte était faible, lâche, mais, surpris, il battit des ailes avec un temps de retard et passa instantanément du statut de corps en suspension à celui de corps en chute. Les pattes le clouèrent au sol de toutes leurs maigres forces. Il se mit à se débattre, à cingler l'air de coups de bec, à frapper le sol de ses ailes. Il ne savait pas ce qui l'agitait le plus, de la colère ou de la peur, mais son énergie croissait sans faillir, le livrant à un corps à corps sans pitié contre l'ennemie qui l'arrachait à son ciel. Tout aussi impitoyable, l'étreinte s'était resserrée dans le même temps. Elle l'empêchait d'agiter les ailes, et même de bouger son cou. À présent c'était une véritable paire de tenailles qui cherchait à l'étrangler, transperçant la barrière du plumage jusqu'à taillader sa chair… Il n'était plus question de faiblesse. Derrière les pattes fines, il devinait des muscles à l'œuvre, animés par une volonté qui peu à peu dépassait la sienne.

Une inspiration. Bloquée. Il se recroquevilla, laissa l'air entrer, par petites goulées fragiles. Sa vue se brouillait, sa poitrine se soulevait par saccades. Pour la première fois, il perdait, et il ne comprenait pas. La dernière chose qui lui parvint ne fut même pas une explication. Pas davantage une image, cet accord de formes et de teintes qui avait guidé sa vie et contenait tout son sens. Sensation, simplement. Comme si les pattes se résorbaient, échangeant leur tranchant contre deux paires de mains, chaudes et vivantes.

Mydria se redressa lentement. Sa vue normale était revenue, restituant au décor flou tous ses détails. Avec un coup au cœur, elle vit les grandes zones sombres du fond redevenir des hommes, aussi nombreux qu'auparavant. Tous les yeux étaient braqués sur ses mains. Le cadavre qu'elle tenait lui parut soudain devenir très lourd.

– Vhrys.

L'aigle lui glissa des doigts et s'écrasa au sol. Réduit à l'état d'un monticule mordoré, tout petit, à ses pieds. Elle n'osa pas lever les yeux vers Keagan. Elle ne voulait pas avoir la confirmation de ce que sa voix annonçait déjà en une syllabe. Le choc, l'épouvante, et surtout, la conscience aiguë d'une perte gravissime. Elle venait de massacrer son meilleur atout – qu'il reprenne ses esprits et elle ne s'en relèverait pas.

Elle disposait de juste assez de temps. Vhrys mort, le Don pouvait revenir et la sauver pour de bon, comme il avait sauvé Madael, Don dans son sens le plus strict : don royal, don de vie, prétexte à lui seul pour sauter par-dessus les normes… Le Don ne répondit pas. Elle exigea, implora. Aucun tressaillement, pas d'écho, rien. Alors, dans l'intervalle qui sépara l'essai de l'échec, elle eut l'impression que l'horreur qui figeait le beau visage de son ennemi se transposait peu à peu sur le sien, tandis que par contraste Keagan retrouvait toute sa morgue.

– Eh bien, princesse, on a perdu ses ailes… ?

My resta silencieuse ; sa mine suffisait à avouer. Les yeux de Keagan se plissèrent.

– Parfait. Maintenant, tu jettes ton épée, tu ramasses mon aigle et tu viens me le rendre.

Elle n'eut pas le loisir de nuancer sa réponse. Vhrys retraversa la salle sous l'influx d'un vigoureux coup de pied.

– Si vous me donnez de l'Altesse, faites au moins l'effort d'assortir le titre au ton. On dit « vous ».

Les bonnes manières. Cheval de bataille de la comtesse, dès l'époque où sa fille avait fait ses débuts dans le monde grâce à l'institution des dînettes. Certains automatismes s'inscrivaient de manière indélébile dans la mémoire et, même des années plus tard, semblaient en resurgir intacts…

Keagan intercepta son aigle au vol. Sous l'impact, le cadavre eut un soubresaut et retomba flasque, le cou désarticulé, les ailes pendantes. Plus grand-chose ne le différenciait de la volaille apprêtée pour la cuisson, mais Keagan ne le lâcha pas.

– Sur la question de la bienséance, vous avez encore beaucoup à apprendre, Mademoiselle Siartt. On ne lance pas les objets, l'ignoriez-vous ?

Le tutoiement avait disparu, la condescendance restait égale ; il se reprenait vite.

– Je m'adapte à vos procédés, dit My sèchement. Vos gardes ont écrasé une grande partie du trésor en envahissant cette salle. Je considère qu'en comparaison, le traitement infligé à votre poulet est un moindre mal.

La meilleure défense, disait-on, résidait dans l'attaque. En règle générale, elle préférait courir, mais entourée comme elle l'était, elle n'avait pas d'autre choix que la provocation. Comme elle aurait aimé convoquer son courage de la même façon que le Don ! Malheureusement, le courage en question claquait discrètement des dents à l'arrière-plan et elle n'avait que le recours, bien plus creux, de l'audace…

– J'en conviens, les dommages faits au sol sont regrettables, dit Keagan en la gratifiant d'une courtoise inclinaison du buste, mais il se trouve que mes hommes n'ont pas, contrairement à vous, la capacité de papillonner dans les airs. Du reste, vous oubliez que les bibelots, eux, se réparent. Un être vivant (il agita légèrement Vhrys), non.

Il remit le cadavre à un garde, et se retournant vers elle, laissa tomber :

– Ce qui, du reste, est dommage pour vous.

La ligne des gardes se disloqua sur son passage puis se referma hermétiquement derrière lui. Keagan s'avança tranquillement au milieu du cercle, toute l'attention de ses hommes portée sur eux. Ainsi agencées, les choses devenaient plus simples… Deux silhouettes bleues, deux dynasties derrière, et exactement les mêmes ambitions. Sur le qui-vive, My porta immédiatement la main à sa rapière. Son rival dégageait une impression de détermination angoissante, il paraissait presque capable de la tuer à distance, si l'envie l'en prenait… Mais Keagan obliqua au lieu de s'approcher, allant et venant face à elle sans faire mine de l'attaquer. Elle réalisa alors que, tout simplement, il l'examinait.

– Mydria Siartt. Un nom familier. Vieille fortune et gros domaine, tout pour faire un bon parti, n'est-ce pas ? Du moins avant que vous n'alliez vous découvrir d'autres origines, et là, évidemment… les ambitions deviennent tout autres. Quel âge avez-vous ?

– Ce n'est pas une question qu'on pose.

– À une dame, peut-être pas, mais ne montrez pas ce genre de pudeur quand vous n'avez pas l'âge d'en être une. Je vous donnerais, tout au plus, seize ans… c'est bien précoce pour entreprendre tout ce que vous avez fait.

– Vous n'êtes pas bien vieux non plus.

– Mais la différence, c'est que moi, je n'ai rien à prouver. Ma légitimité s'en charge. Accommodant, non ?

Leurs prunelles se harponnèrent : elles se tournaient autour, jusque-là, se jaugeaient de côté, esquivaient l'affrontement. Bal rapide, stoppé net. Face aux yeux clairs de son rival, My eut l'impression de prendre de plein fouet une giclée d'eau glacée.

– Il y a un bon moment que vous me faites courir et que vous semez le chaos partout où vous passez, Mademoiselle Siartt, pour réussir je ne sais comment à retrouver cette île, mais… vous n'avez pas l'air de vous soucier du fait que personne, absolument personne, ne reconnaîtra l'héritière d'une dynastie aussi poussiéreuse que la vôtre. Vous me défiez en vain – tant pis pour vous.

– Parce que vous pensez que je me suis jetée à corps perdu dans la quête dès que j'ai eu connaissance de mon rang ? Que je considère le pouvoir comme un bien confortable dont je puisse user avec la même arrogance que vous ? C'est faux. J'ai voulu fuir tout d'abord, et j'ai fini captive. Mes compagnons de route ont vu dans le trésor une raison suffisante pour risquer leur vie, et vous y avez vu un intérêt assez grand pour risquer vos hommes. Mais si, moi, j'ai tenu la distance jusqu'au bout, ça n'a pas été à cause de l'appât du gain. Je ne revendique rien, Keagan… je suis reine de droit. Mais c'est un droit dont, au moins, je veux être digne, et c'est ce que cette quête me pousse à faire. Mériter, avant de prendre.

Keagan s'arrêta de faire les cent pas.

– Vous savez, Mydria, dans l'absolu, vous représentez une bien petite menace. Vous avez rompu toutes relations avec vos parents, vous n'avez pas d'armée, et vous êtes reliée à vos hommes par la nécessité, en lieu et place d'une allégeance. Mais vous comprendrez sans mal qu'après un tel discours, je n'éprouve plus aucun scrupule à vous anéantir.

Vif, éclatant, un crissement retentit. Le souffle d'Orcst se figea. Elle avait dégainé. La seule chose qu'elle savait faire convenablement – et elle le faisait à contretemps. Pourquoi le provoquer maintenant ? Elle aurait pu attendre encore, éterniser la conversation…

– Oui, dit Keagan, c'est une des morts possibles. Je vous en réservais une autre, plus agréable peut-être. Mais puisque votre choix est fait…

Second bruit métallique. Orest n'eut pas besoin d'en entendre plus. D'expérience, il savait que les jeunes paons comme Keagan, en escrime, se départageaient en deux catégories : les vrais bretteurs, ceux qui avaient su tirer tout le parti d'un enseignement d'élite, et les autres. À n'en pas douter, Keagan faisait partie des premiers.

– Reculez, ordonna l'usurpateur aux gardes, les disposant selon un nouveau tracé. Vous ne pourrez pas me prendre en défaut sur les règles, Votre Altesse : vous avez les vingt mètres de circonférence requis pour vous défendre.

Il avait étiré ses hommes en un grand ovale, qui occupait tout le milieu de la salle. L'espace était vaste, en effet, mais la proximité des gardes le faisait paraître aux yeux de la jeune fille comme une arène plus que comme un espace de défense. La rumeur enfla peu à peu autour des adversaires, bruits de voix et bruits de pieds. Parmi les gardes, l'avidité le disputait à la satisfac-tion malsaine d'assister à une mise à mort sans y être mêlés. Les prisonniers étaient tombés dans l'oubli ; par contraste, Orest pouvait se figurer l'extrême panique qui rongeait My, plus seule que jamais avec sa rapière serrée dans son poing. Cessant d'écouter, il reposa sa tête, contemplant le plafond pailleté de taches de lumière. Une étrange sérénité ralentissait les battements de son cœur, démêlait doucement le fil de ses pensées. La salle était pleine de gardes, ils se retrouvaient ligotés et tous leurs espoirs reposaient sur My. My qui n'était qu'une jeune fille, pas une combattante, ni une magicienne. Mais My perdant, était-ce possible ?… Il réalisa qu'elle était la seule personne qu'il n'arrivait pas à associer à l'idée de mort. Le Don la mettait à part, comme si, en défiant les lois les plus élémentaires de la nature, il était aussi capable de lui garantir l'immortalité. Rien de plus immortel qu'un papillon, en effet. Son côté sarcastique réagissait mécaniquement – le cœur n'y était pas. Face à cette mort-ci, il ne pouvait pas juger froidement les coups comme d'habitude. Et pour une fois que sa mission avait pour fin de sauver une vie au lieu d'en supprimer… il n'allait pas s'en priver.

Lyrend'ell tourna vers lui un visage surpris quand il commença à se tortiller, cherchant à se libérer. Il avait très exactement deux doigts libres pour dépister dans l'épais tapis du sol l'outil capable de trancher ses liens. Ses précédents efforts n'avaient abouti à rien, et les mêmes décevants objets repassèrent sous ses doigts, surfaces rondes, surfaces épaisses… Des plats. Des coupes. Un chandelier. Il roula sur le côté, s'aidant du remous provoqué pour les écarter les uns après les autres, et commença à s'enfoncer dans un creux de plus en plus profond, bientôt exaspéré par l'immobilité de ses compagnons.

– Cherchez quelque chose qui tranche, au lieu de jouer les vers à soie !

Allian et Lyrend'ell reprirent leurs fouilles sans conviction. Léréon, lui, ne bougea pas. Sa respiration s'était faite stridente et irrégulière, trahissant un état proche de l'évanouissement. De mieux en mieux…

– Prête, Votre Altesse ? s'enquit la voix lointaine de Keagan.

Depuis la zone de combat, My acquiesça d'un « prête » incertain.

– Alors en garde.

Salut bâclé, sifflement. L'épée de l'usurpateur se précipita sur elle. Habituée à Orest qui faisait toujours la même chose, elle contra à temps. Sa lame fut rejetée en arrière d'un simple moulinet. Prise de court, My effectua plusieurs petits bonds en arrière, ceux-là mêmes qui lui valaient régulièrement les sarcasmes d'Orest et qui firent marquer un temps d'arrêt à son adversaire. Keagan se ressaisit presque immédiatement et l'épée revint à l'assaut, exactement comme la première fois.

« Penche-toi. Recule ! Pare – à droite, attaque – arrière ! » Des ordres contradictoires faisaient danser sa lame à gauche, à droite, sans cesse remplacés par d'autres. Les coups pleuvaient et l'encerclaient de tous les côtés. Elle en parait certains, ainsi qu'elle l'avait appris, sous le bon angle et avec la fermeté voulue, mais à la façon d'un chat qui joue avec une souris, l'usurpateur refusait chaque fois une victoire trop facile et se retirait pour attaquer ailleurs. Il était partout. Chaque coup croisait sa lame, la moindre prise de distance était réduite à néant : infailliblement, elle le retrouvait devant elle, alerte et pimpant dans sa cape bleue, comme si la résistance extrême qu'elle lui opposait n'était pour lui rien d'autre qu'une sympathique mise en jambe.

Les crissements des lames, tantôt faibles, tantôt suraigus, montaient jusqu'aux voûtes. Il s'agissait du seul écho que les prisonniers recevaient du combat. Pour Orest, il ne signifiait rien, illustration simplement de ce que vivait My, un aller-retour permanent entre vie et mort. Les objets défilaient sous ses doigts à une vitesse croissante, mais c'était toujours la même ronde d'assiettes, de coupes, qu'il écartait de plus en plus difficilement et dont l'amas vacillant qui le poussait dans le dos menaçait de s'effondrer d'un instant à l'autre en recouvrant la surface qu'il avait si péniblement vidée.

– Je crois qu'on est tombés sur le service royal, commenta Allian.

– Je me fiche qu'il soit royal ! lança Orest. On se coltine des assiettes et des chandeliers depuis tout à l'heure, ils n'auraient pas simplement des *couteaux* en stock ?

Un outil s'enfonça cruellement dans son dos, lui arrachant une grimace. Précautionneusement, il fit glisser l'objet jusqu'à ses doigts, identifiant un couvert de type inconnu, avec trois grosses dents en biseau et une arête aiguisée.

– J'avais dit un couteau, mais on fera avec.

Avec difficulté, il prit le couvert en tenaille entre ses deux doigts et appuya sur la cordelette la plus accessible, tentant de ne pas se faire déborder par le sentiment d'urgence. La déflagration de cliquètements qui lui parvenait indiquait que My se battait toujours. La jeune fille faiblissait cependant à vue d'œil devant la vitesse des échanges. Keagan avait fini de la tester, et cherchait maintenant à pratiquer dans sa défense une ouverture assez grande pour mettre fin au combat dans les normes.

Elle dut tenir sa rapière trop bas. Ou hésiter une seconde. Keagan ne laissa pas passer la faute. Dans un brouillard, la jeune fille vit la lame éclatante se lever haut, très haut dans les airs et retomber droit sur elle. Toute la vaillance qu'elle avait rassemblée vola en éclats et elle s'abattit au sol, le dernier moyen d'éviter le coup.

Il était bien trop fort. Qu'elle l'affronte encore une fois lame en main et elle finirait décapitée. Il fallait trouver autre chose, une astuce, n'importe quoi. Bien sûr, d'après le code de l'honneur, c'était déloyal, mais Orest lui répétait à tort et à travers qu'il valait mieux être déloyal que finir dans la fosse...

Le premier manquement aux règles s'imposait de lui-même : elle prit la fuite. Stupéfait, Keagan la vit galoper vers le côté opposé de la zone de combat, s'arrêter brusquement et commencer à entasser pêle-mêle dans ses bras tous les objets qui pouvaient servir de projectiles. En bretteur traditionnel, il répugnerait à la pourchasser au lieu de la combattre, ce qui lui permettait de gagner un temps précieux... Keagan avait fait le même calcul. Terrorisée, elle le vit s'élancer à son tour, un masque haineux plaqué sur son visage. Elle le ridiculisait, elle dénaturait son beau duel mené de main de maître. Vu sous cet angle, le jeu du chat et de la souris semblait beaucoup moins l'amuser.

Tremblant de nervosité, Orest attendit l'apaisement d'une série de crampes avant de recommencer à se démener, intensément conscient de l'écoulement des secondes. Ses mains étaient à la torture. Le couvert avait tailladé au hasard, la peau, les liens, sans qu'il arrive à contrôler le tranchant, et le manche était devenu poisseux, de même que les cordes, attaquées à des endroits divers. Cédant à un mouvement d'exaspération, il redressa le tranchant et retomba de tout son poids dessus. La douleur lui coupa le souffle : son avant-bras s'était enfoncé sur l'outil, entaillant la peau sur plusieurs centimètres. Mais tranchant également les dernières fibres d'une cordelette. Les mains désormais libres, il s'empara du couvert et s'attaqua aux liens qui enserraient ses pieds, l'œil rivé au combat. Talonnée par Keagan, My s'était mise à courir, avec pour seule arme un bougeoir en argent. Elle s'arrêta d'un coup et fit demi-tour, dans l'intention d'envoyer son arme improvisée à la figure de son adversaire ; Keagan l'attendait au tournant. Son épée franchit avec aisance la distance qui les séparait et d'un revers, faucha la jeune fille au ventre.

Le souffle coupé, l'assassin regarda My vaciller, tomber à genoux. S'effondrer d'un coup. Abattue au sol, elle se mit à perdre toute forme, comme si elle se vidait de sa substance. Elle n'était plus qu'une flaque de plis, à présent. Une ombre bleue…

Un ébranlement léger fit trembler l'air. My s'estompa et revint, mais elle n'était plus la même : d'informe, elle était devenue tout à fait floue. Dans une semi-conscience, Orest se rendit compte que la lumière changeait. Lentement, elle se vidait de l'intérieur, agonisant en même temps que la jeune fille. Lui-même ne sentait plus son corps, aux gestes si faciles et suspendus. Immensément vivant, ou bien tout aussi mort…

Saisis d'inquiétude devant l'assombrissement de la salle, les gardes rompirent leur cercle et la silhouette de My lui apparut tout entière. Il se raccrocha à cette vision, de toutes ses forces. De loin, elle n'avait pas l'air morte. Les ténèbres avaient beau continuer à croître, il lui interdisait de mourir. Elle pouvait s'envoler, disparaître ailleurs. Mais My mourante, c'était trop dur, ça n'avait pas de sens…

Une ombre passa sur le corps de la jeune fille, s'éloigna puis revint, lui tournant autour. Keagan n'avait pas rengainé. Indifférent au changement de luminosité, il ne quittait pas des yeux la silhouette à terre. Pas ému, pas victorieux : simplement attentif. Il guettait, lui aussi. Le dernier pic de souffrance, l'affaissement final. Son épée était prête, pointée sur la jeune fille et tenue d'une main ferme. L'agonie durait trop, ou son coup de lame était insuffisant… Il allait la tuer, il était tout prêt à recommencer. Orest vit une étincelle glisser de la garde vers la pointe, claire et fluide comme une goutte d'eau. Alors, devant la simplicité du geste, quelque chose explosa en lui. Un sentiment pire que la révolte, pire que le refus. Il se leva d'un coup, tour à tour voilé ou révélé par les nappes d'ombres – assassin sans éclat, et donc tueur parfait. Ne manquait que l'arme. Une arme… vite. Fine et dangereuse. Un couteau. Sa main repoussa une plaque ouvragée, s'enfonça dans une myriade de petits objets floutés par leur propre éclat. Un contact aiguisé l'arrêta net. Manche allongé, large lame… Il serra le poing sur le manche et fit volte-face. Là-bas, Keagan n'avait pas encore frappé, retardant le moment comme ils le faisaient tous, ces jeunes coqs pour qui le meurtre avait le goût de la gloire et non du travail, et qui prenaient le temps d'en savourer l'âpre charme…

– Dégagez !

Il passa ouvertement la barrière des gardes. Sa haine s'échappait de lui sans retenue, par les yeux, par la voix, il se brûlait à une fureur qu'il avait crue connaître, et qui se déployait bien plus dévastatrice que dans ses pires souvenirs. Alerté par son approche, Keagan tourna vers lui son visage, resplendissant de pâleur dans les ténèbres. Orest le vit ouvrir la bouche, ébaucher un mot. Il lança son arme sans lui laisser le temps de prononcer une syllabe. Un éclat d'or s'envola de sa main, accéléra, prit de la hauteur et, comme mû par une vie propre, arqua sa trajectoire à toute vitesse. L'urgence, la rapidité chargèrent la seconde d'une intensité unique. Puis tout prit fin. Le front de l'usurpateur s'illumina brièvement et un bruit mat explosa : la lame avait transpercé le crâne d'un élan.

Il y eut un grand silence. Et un petit tintement. La pelle à tarte venait de tomber au sol, révélant à tous les regards sa lame plate et triangulaire, ourlée d'un rouge inhabituel. Une fleur écarlate naquit à l'endroit où elle s'était enfoncée et s'étendit progressivement sur tout le front. Un filet de sang dégoulina sur l'arc du nez, comme une tige fragile.

L'usurpateur tomba comme une masse.

Pause. Non pas un silence mais un arrêt complet. Orest eut l'impression d'avoir ouvert un trou dans le temps. Les gardes demeuraient à leur place, sans oser bouger ni se détourner de leur roi, incapables de savoir comment réagir. Partagé par tout un groupe, l'état de choc, néanmoins, n'allait pas s'éterniser. Saisissant le répit qui lui était donné, Orest s'empressa de rejoindre My et la souleva dans ses bras. Même inerte, elle était toute légère, une légèreté qui avait quelque chose d'inquiétant. L'obscurité avait crû à tel point qu'il ne pouvait même pas examiner son visage pour savoir si elle vivait encore. Mais en avait-il vraiment besoin ? L'accroissement des ténèbres était un signal de détresse suffisant. Il se retourna, cherchant dans la barrière formée par les gardes un espace assez grand pour lui permettre de s'enfuir. La lumière avait atteint sa plus extrême faiblesse et seuls quelques ronds subsistaient à mi-hauteur, éveillant sur le sol de vagues rayons lunaires. Plus aucun garde n'était visible.

Le cœur battant, il s'avança au jugé, ses sens brouillés par la multitude de cris et d'appels qui commençaient à retentir de tous les coins de la salle. Pris par surprise, les gardes tentaient tant bien que mal de réorganiser leurs effectifs, et les bruits de pas lui semblaient se multiplier à l'infini, se rapprochant de lui à toute allure ou effectuant une boucle pour le prendre à revers…

– Ici ! lança une voix.

C'était celle d'Allian. Se réorientant aussitôt vers l'endroit d'où elle provenait, le jeune homme bifurqua, butant au bout de quelques mètres contre un corps à terre. Allian se démenait dans le noir, non loin, pour libérer l'un de leurs compagnons. Orest déposa My et s'occupa aussitôt de l'autre prisonnier, s'attaquant aux liens avec son passe-partout de secours. Léréon était libre, inanimé, tout comme My.

– On y va, dit Allian à voix basse. Restez groupés, et pas de bruit.

Les pas du chef s'éloignèrent. Orest suivit aussitôt. Ils se dirigeaient, pour autant qu'il puisse en juger, vers le fond de la salle, là où se trouvaient les galeries. Lyrend'ell lui emboîta le pas, chargé de son frère. Ils avançaient avec lenteur, redoutant de buter contre un objet plus haut que les autres, et vacillant sans cesse sur le sol qui se dérobait. La désorientation de leurs adversaires jouait en leur faveur, mais déjà des signaux de reconnaissance s'échangeaient dans le noir, des groupes compacts commençaient à ratisser la salle. Un sifflement fusa aux oreilles d'Orest qui se rua en avant, sans savoir si sa fuite était ou non passée inaperçue. Il détestait l'insécurité dans laquelle ils se trouvaient plongés, pire encore que la précédente…

Devant lui, Allian s'arrêta brusquement. Ils étaient arrivés près des galeries du fond. L'assassin marqua une hésitation. Ils n'avaient pas d'autre échappatoire que les galeries, mais si les gardes les avaient envahies avant eux… la sortie de secours pouvait trop aisément se transformer en piège.

– On prend le risque, lâcha Allian dans un souffle.

Ses pas s'éloignèrent rapidement, étouffés par le vacarme ambiant. Orest s'arrêta au seuil du tunnel et, inspirant un grand coup, s'y aventura à son tour, imité par Lyrend'ell, chargé de son jumeau. Le renfermé des galeries effaça tout écho en provenance de la salle et ils n'eurent bientôt pour seul bruit de fond que le va-et-vient oppressé de trois respirations.

23. Départs

Ce qui tira My des ténèbres, ce fut le calme.

Une vibration enflait à l'arrière-plan, énorme, régulière. Une respiration qui n'était pas la sienne. La mer était tout près, qui la berçait de son ressac. Elle résista un peu puis se laissa finalement entraîner. Elle repartait comme elle était revenue, mais c'était la lumière qui l'emportait à présent, délicieuse comme une promesse de vie.

Le lien avec son corps ne s'était pas rompu. Il se tordait toujours de douleur, pauvre chose dont elle tirait tant de vanité et que l'épreuve du fer avait rabaissée à sa piètre condition. Des os, des ligaments. Elle n'en voulait plus. Comme une seconde âme, la douleur en avait pris possession, et combattre encore pour son dû, elle n'en avait pas la force, elle n'aspirait qu'à partir…

Plus vive que les autres, une nouvelle touche palpita dans l'air. Elle était ferme, amie. La jeune fille se sentit revenir à elle, dérivant de nouveau après un bref instant. La touche vibra avec plus d'insistance. On lui étreignait la main, sans violence mais avec une ténacité des plus agaçantes.

– Par ici, jeune fille.

C'était une voix de femme.

– Mydria… puisque tu t'appelles ainsi. Mydria la bien-nommée… Reste là. De toute façon, je ne suis pas disposée à te laisser partir, et toi, tu n'es pas faite pour t'en aller si tôt.

Un vague frisson agita la jeune fille. Qu'elle le veuille ou non, elle quittait peu à peu la léthargie qui la maintenait jusque-là dans son cocon moite. Par le pouvoir de cette voix, peut-être, qu'elle ne connaissait pas et qui continuait à parler, trop fort, lui écorchant les oreilles avec application. Le lit s'affaissa à sa droite.

– Je sais… il est plus facile de se laisser mourir. Mais je ne t'ai pas guérie pour qu'à nouveau tu dégringoles. Alors, toute myriade que tu sois… montre-moi que tu sais faire bloc.

Le bruit d'une inspiration profonde fit revenir My à elle. Le vent du large s'était mué en souffle neuf, réveillant légèrement la douleur de son ventre. Elle se raidit de tous ses membres, résistant à cette petite piqûre de réalité, mais déjà il était trop tard. Elle avait interrompu sa dérive, et se retrouvait clouée au lit.

Il n'y avait plus qu'une chose à faire. Minime en énergie, requérant une volonté folle. Elle ouvrit les yeux.

Blanchi à la chaux et soutenu par des poutres épaisses, le plafond lui était inconnu. Elle descendit vers les murs, blancs eux aussi. Seules une fenêtre à croisillons et une porte en ponctuaient la nudité, de part et d'autre de son lit. Où était-elle ?

Elle se redressa avec peine, sa blessure la rappelant à son bon souvenir. Mais justement, ce n'était pas ce souvenir-là qu'elle en gardait, cette palpitation sourde en lieu et place de la douleur dévorante qui avait eu raison d'elle. Le seul souvenir, du reste, auquel se raccrocher. Tous les autres se dérobaient, ne se révélant que par éclairs. Des soldats, un jeune homme blond et des épées – des épées partout. Elle n'était pas sûre de vouloir se rappeler davantage.

C'était compter sans le souvenir de la Guilde. Elle l'avait laissée sur l'île, c'était la dernière image qu'elle en avait : une

Guilde ligotée et encerclée de toutes parts… Tout désir d'oubli disparut, remplacé par une terreur sans bornes. Orest.

Elle rejeta ses couvertures et bondit au sol, reprise par un sentiment d'urgence. On l'avait vêtue d'une chemise de nuit deux fois trop grande pour elle, dont elle se débarrassa avec des gestes fébriles, enfilant sa robe qui l'attendait au pied du lit. Le livre de contes se trouvait en dessous. Elle suspendit son geste.

Si le livre était là, elle n'était pas la seule à avoir survécu à la salle. Mais qui d'autre alors ? Et surtout, combien ?

Repoussant le livre, elle quitta la pièce. Sa porte ouvrait sur un petit couloir bas, percé régulièrement d'autres panneaux. Une auberge, comme elle s'y attendait. Elle descendit l'escalier en colimaçon, débouchant sur la salle principale. Mais les tables étaient vides, aucun soudard ne s'enivrait dans les coins et, à en juger par la lumière qui se déversait à flots par l'œil de bœuf, la journée semblait loin d'approcher un crépuscule traditionnellement propice aux beuveries. Angoissée par le calme pesant de l'endroit, elle s'empressa de vider les lieux.

Au-dehors, la lumière était étourdissante. Elle se mit à marcher au hasard, dans des rues qu'elle ne connaissait pas, avec des maisons basses, des routes pavées émaillées d'herbes étranges. Un chien hurla quelque part, elle entendit des voix. Accent du Sud, allures du Sud, il n'y avait pas d'erreur, la région était la même. Mais ce qu'elle n'arrivait pas à comprendre, c'était pourquoi elle s'y retrouvait seule.

Le livre s'imposa à son esprit. Elle ralentit le pas, peu à peu gagnée par un pressentiment redoutable. C'était le seul objet qu'elle possédait. Ils le lui avaient rendu, sobrement et sans explication. Leur attitude ne pouvait être plus claire… bonne chance et sans rancune. Par les dieux, s'ils…

L'île.

Elle freina net. Puis se mit à courir comme si sa vie en dépendait. Présence énorme, Orlante grondait derrière les rues. L'île. L'île, vite, avant qu'il ne soit trop tard. Le mot agissait sur elle à la façon d'un aimant. La présence de Keagan et des gardes, c'étaient là des réalités dont elle ne se souciait pas, si futiles devant cette autre qui menaçait, elle le sentait au plus profond d'elle-même, de s'évanouir d'un instant à l'autre…

La marée était basse, et la mer lui apparut lointaine, séparée d'elle par des kilomètres de sable mouillé. Elle retroussa sa robe et continua à marcher. Hormis le bruit du ressac, les lieux étaient baignés d'un silence qui lui étreignait le cœur. Tout était lisse. Le sable, la mer, le ciel. Elle eut beau scruter l'horizon, aucun îlot ne troua le bleu nulle part. La plage resta vide d'occupants, elle aussi. Quelques silhouettes et un point dans l'eau, liés l'un à l'autre et pareillement absents…

À tout hasard, elle poursuivit à l'ouest. La plage amorça un coude, le village disparut. Elle ne se retourna pas. Ce n'était qu'un lieu de passage, pas un abri, ni un foyer. Son vrai point d'attache était sans cesse en mouvement, mais c'était la première fois qu'elle le sentait aussi indépendant d'elle. Elle n'avait pas l'habitude qu'il la laisse en arrière. Il lui courait après, normalement, et elle refusait l'inversion des statuts, elle se raidissait de tout son être contre la possibilité d'avoir été abandonnée…

Les dunes se mirent à défiler plus vite. Se désintéressant de la mer, elle les examina avec une attention soudaine. Des falaises se dessinaient derrière. Des falaises qu'elle reconnaissait. Ces bandes grises, noyées de bleu… Il s'agissait de la réplique exacte de celles qui bordaient leur plage.

Elle était revenue au même endroit qu'avant.

Un point noir apparut sous la falaise, renforçant sa certitude. Puis un autre. Deux encore. Le groupe était là, posté face à la mer, obstinément figé. Un sentiment étrange s'empara d'elle. La scène avait quelque chose d'éteint, d'oppressant. C'était comme si rien n'avait changé depuis leur dernier passage. Olrante s'étendait à l'infini, sereine, sa surface désertée par la moindre petite île.

Une chance unique au bout de leur quête, et ils l'avaient manquée.

– La vérité, My, c'est que le sifflet a disparu.

Allian jeta sur la table une poignée de ferraille.

– Tout ça, c'est ce que j'ai pu ramener du trésor. L'ensemble tient dans ma poche. Et dans ma poche, il y avait le sifflet, il était encore là quand nous sommes entrés dans la salle. J'ai voulu rappeler l'île, le lendemain de notre fuite. En une nuit, le sifflet s'était envolé sans laisser de traces. Et l'île aussi. Tac !

La mine sombre, il claqua des doigts. Quand My regarda la table, l'instant d'après, aucun objet ne s'y trouvait plus.

– C'est ce que j'appelle l'effet escampette. Et votre île, jeune fille, l'utilise avec grand talent. Disparu le trésor… et envolés les gardes. Je leur souhaite à tous un très bon vent.

La main d'Allian s'abattit sur sa chope dans un silence de mort. My suivit des yeux le récipient qui s'éleva dans les airs et s'inclina, déversant son liquide trouble dans la gorge du chef. Allian buvant, c'était un fait rare. Allian buvant trop… c'était du jamais-vu. Et lourd de signification.

– Un très bon vent, oui, parfaitement. Et une bonne agonie dans le caveau de notre maître à tous, j'ai nommé Madael, enfermé pour l'éternité aux côtés du représentant de la dynastie rivale, touchant croisement des sceptres par-delà la mort… mais il nous manque quelqu'un pour le tableau final, qu'est-ce que vous fichez encore ici, My ?

Le regard du chef se posa sur elle, brillant d'une ironie avivée par l'alcool. La jeune fille répliqua vivement :

– Si vous vouliez me laisser sur l'île, pourquoi ne l'avez-vous pas fait ? Et puis, touchant croisement des sceptres ou pas, je n'ai rien vu dans cette salle qui s'apparente à une réconciliation.

– Et vlan, commenta Léréon d'une voix pâteuse.

Le jugement en devait probablement plus à l'état d'ébriété qu'à un authentique souhait d'arbitrage, mais Allian reposa sa chope avec une violence qui fit sursauter toute la tablée.

– Si vous voulez le fond de ma pensée, je me fous totalement de vos querelles dynastiques. Des rois sont morts, et alors ? Il en viendra toujours d'autres, et ils se combattront toujours. La seule chose qui m'intéressait, moi, c'est ce satané trésor – ce trésor, mon Dieu…

Il trempa le doigt dans une flaque d'alcool répandue sur la table, les traits ravagés par l'amertume.

– J'en aurais pris une petite part. Je n'avais pas les ambitions de Krud, je m'en serais servi pour fuir le pouvoir, pas pour m'y imposer. Mais au final, notre butin est tout juste suffisant pour payer votre guérison et celle de Léréon, à moins qu'on vide les lieux sans rien débourser, comme des voleurs… mais que sommes-nous d'autre ?…

My leva les yeux vers le ciel nocturne, comme si elle espérait y trouver une réponse à la question d'Allian. Malheureusement, aucune solution n'attendait parmi les étoiles ce soir-là, et autour de la table, elle ne rencontrait que des visages fermés ou au bord du désespoir, reflets de son propre état d'esprit.

Elle baissa les yeux sur sa choppe. Dans les profondeurs stagnait une promesse d'échappatoire, la seule possible, finalement. Mais à une fuite sur place, elle préférait encore affronter cette veillée avec des yeux lucides.

Allian l'observait, l'air désagréablement goguenard.

– Mais au final, qu'est-ce que ça peut vous faire ? Vous, vous pouvez barboter tranquillement la tête hors de l'eau, Siartt est là pour amortir la chute – ce que c'est que d'être bien née, quand même !

– Allian, ça suffit, intervint Orest.

La chope du chef lui fut promptement arrachée des mains.

– Tu vires au pitoyable, si tu veux savoir. Tant qu'à finir raide torché, essaye au moins de fermer la bouche en même temps.

– Orest… le chevalier aux gnons, ricana Allian. Que de prévenance de la part d'un subalterne de naturel si accommodant. Me voilà surpris, vraiment.

De pesante, l'atmosphère devenait tout à fait irrespirable. Mydria appuya le menton sur ses poings serrés, affrontant Allian avec calme.

– Laissez, Orest. Il lui faut un responsable, et il n'a rien trouvé de mieux que moi. Après tout, n'est-ce pas, c'est moi qui ai décidé de faire ma bravache contre trois fois plus gros au lieu de m'enfuir avec mon butin.

– Ça suffit, intervint Lyrend'ell. Qu'est-ce que vous espérez ? Qu'un règlement de comptes fasse redescendre l'île ? Personne n'a de reproches à se faire. Nous l'avons trouvée, cette île, c'était un défi dont rien ne nous garantissait la réussite. L'usurpateur nous l'a prouvé. C'est fait, on ne peut pas revenir en arrière, alors soyez heureux d'être encore en vie !

Allian plissa les paupières.

– Vivants, oui, fit-il d'une voix traînante. Vivants, grâce à Orest. Parce que oui, Altesse, ajouta-t-il soudain à l'intention de My, c'est à Orest que vous devez votre présence ici. Vous avez la vie sauve du fait d'un assassin, rigolo, non ?

– *Allian !*

– Parfaitement, appuya Allian, l'air suprêmement satisfait. Homicide par pelle à tarte, sauvetage de la belle, libération des captifs, tout ! Il a tout fait. Et il fallait bien que je le dise, puisqu'il vous cache ce fait glorieux comme le pire de ses crimes…

Interdite, My tourna la tête vers le jeune homme, quêtant une confirmation. Le regard d'Orest était on ne peut plus clair : adressez-moi un seul merci et je vous le renvoie dans les dents. Elle souleva sa chope, cachant un sourire derrière sa première gorgée.

– Mais, braillait Allian soudain redressé sur son siège, puisque le bilan est fait, la défaite encaissée et la monnaie rendue, il convient, au terme de notre épopée et ainsi que la tradition l'exige, de vous rendre à tous des hommages égaux, alors allons-y. Vous avez affronté Edrilion de part en part, affronté les pires dangers qui soient, retrouvé le trésor le mieux caché de notre histoire. Vous avez tout donné… et vous avez tout perdu. Bon retour dans la vie.

Solennel, il leva sa chope et la vida d'un trait. À contrecœur, My imita les autres et but à son tour. Par la double amertume du vin et des propos, le toast d'Allian la révoltait, mais pouvait-elle faire autrement que de jouer le jeu ?

– Pour revenir à nos affaires, vous connaissez les enjeux de notre discipline. Aucun temps mort, ou c'est la nôtre. Aussi je ne m'éterniserai pas : Krud n'est plus, mais je n'ai aucun droit valable pour reprendre sa Guilde à Liett. Saisissez votre chance pour vous en emparer ou partez prêter allégeance ailleurs, ça n'est plus mon problème. Ultime demande, toutefois, avant de vous rendre votre liberté. Jouez cartes sur table… Ou plutôt, envoyez le butin.

Orest et les jumeaux se crispèrent aussitôt.

– Qu'est-ce que tu entends par butin ?

Allian laissa échapper un soupir.

– Alors d'une, je connais parfaitement le système des doubles poches, et de deux, vous n'arriverez pas à me faire croire que vous n'avez pas eu le temps de les remplir avant l'arrivée des gardes. Videz-les… vite.

C'était encore le chef qui parlait, et sur un ton qui n'admettait aucune réplique. Maussades, les trois brigands se résolurent à obéir et une pluie de petits objets se déversa sur la table à la lumière battante de la bougie.

– Comme prévu, même part pour chacun… bon appétit.

Les bijoux furent rapidement choisis et enfouis dans les tréfonds d'une poche. Quelques secondes plus tard, la table se retrouvait comme avant, encombrée seulement de chopes et de coudes.

– Voilà… dit Allian. Je pense que tout est dit.

Il repoussa sa chaise et se leva. Un bref salut de la tête :

– Bonne chance à tous.

Sans un mot supplémentaire, il quitta brusquement la table. Sa haute silhouette, à peine titubante, louvoya entre les tables et se noya dans les fumées. Allian, identique à lui-même jusque dans les adieux. Identique, parce que toujours mouvant.

– J'aurais dû prévoir le coup, dit Léréon. Trois petits tours et puis… pfuit… Dans notre groupe, ça ne fait rien qu'un mort de plus…

My inclina sa chope, faisant mousser une giclée d'alcool. Elle y trempa le doigt, comme Allian auparavant, étirant sur la table des arabesques aux lignes disloquées. Dans le vacarme ambiant, elle se sentait perdue.

– Plus de Krud, plus d'Allian, récapitula Lyrend'ell. Il va falloir retrouver une guilde, et vite. On pourrait peut-être reprendre celle de Krud à notre compte, en manœuvrant bien. À trois…

– N'y comptez pas, interrompit Orest. Je ne retournerai pas à Liett, et Krud est parti depuis trop longtemps. La Guilde a changé de chef à coup sûr, ou ses membres se sont entredéchirés – je ne veux pas savoir. Mais si vous retournez à votre point de départ, je vous garantis que vous allez vous retrouver à la même place qu'avant, avec un chef sûrement pire. Dans tous les cas, ce sera sans moi.

Les jumeaux encaissèrent la réplique de mauvaise grâce. Orest leur ôtait en trois phrases la seule perspective d'avenir qui n'ouvrait pas sur le hasard.

– Ça aussi, j'aurais dû m'en douter, dit Léréon. L'indépendance dans la servitude, tu préfères, hein ? Une guilde est plus rassurante, évidemment, mais est-ce que tu penses que tu y seras plus en sécurité qu'en fondant un groupe avec nous ?

– Cela, c'est mon affaire.

– Bien sûr. Et nous n'avons pas à mettre le nez dedans, c'est ça ?

Léréon se leva, imité par son frère.

– À ton aise. J'aurais préféré poursuivre avec ce qui nous reste de la Guilde. On aurait pu réussir quelque chose ensemble, au lieu de quoi… restons-en à l'échec.

– Ne dramatisez pas non plus. Qui disait que nous avions au moins la chance d'être en vie ?

– Venant de toi, c'est d'un optimisme inattendu…

– Je ne suis pas optimiste, je te cite.

Le visage de Lyrend'ell s'éclaira tout à fait.

– Je me disais, aussi.

Une brève poignée de main fut échangée entre les trois brigands, doublée d'une aura de connivence.

– Au plaisir, si tu repasses par Liett ; et bonne route pour le reste. Madame My…

La jeune fille répondit à l'adieu par un faible sourire. Leur groupe cessait d'être, avec une simplicité qu'elle n'avait pas prévue, et elle commençait à le réaliser quand il était trop tard. Tout à coup, les lois qui régissaient les rapports humains lui apparurent dans toute leur fragilité.

Les guildes se disloquent, et les rois tombent. Un rien pouvait changer la donne. Les unions se défaisaient en un clin d'œil, partaient se refaire ailleurs, tant bien que mal, surtout dans ces milieux du crime où en dépit des apparences, c'était bel et bien l'union qui faisait la force. Et elle… elle se trouvait totalement libre, puisqu'elle n'était plus d'aucun bord. Et libre signifiait, elle en avait une conscience aiguë, seule.

La jeune fille prit une inspiration tremblante et releva la tête. À leur table, ils n'étaient plus que deux, Orest et elle. Ceux par qui tout avait commencé.

– Et comme au premier jour… nous voilà face à face. J'ai l'impression d'avoir passé tout ce temps face à vous. Derrière un verre, ou lame au poing. Allez-vous vous lever, vous aussi, vous dérober pour une fois, déclarer que tout est dit ?

Elle s'était résignée à laisser partir les autres. Orest, c'était impossible. Elle s'accrochait aux contours de sa silhouette, et les battements de la bougie lui donnaient l'impression qu'il disparaissait, lui aussi. Même immobile, il était si fugace… Son comportement n'était régi par aucun souci de bienséance. Que ferait-elle s'il quittait la table à son tour ? Par quel moyen le retenir, alors que ni politesse, ni galanterie ne faisaient partie de ses règles de conduite ?

– Détendez-vous, My. Je ne vais pas m'envoler.

Orest lui décocha l'un de ses rares sourires.

– Je vous ai dans les pattes depuis notre départ de Liett. Vous croyez vraiment que je vais m'en aller sans prévenir ?

– Alors, dans ce cas, prévenez-moi bien à l'avance…

– Et puis quoi d'autre, il vous faut les heures d'audience ensuite ? Ma chère My, même en restant la dernière princesse estampillée grand cru, vous êtes un peu curieuse, par moments. Je prends congé quand je veux.

La jeune fille recula sur sa chaise, offensée par la gouaille du ton.

– Cessez de m'envoyer sans arrêt le mot « princesse » à la figure. Il n'y a plus de princesse désormais, et je ne donne pas d'audiences non plus ! Si les titres ne sont pour vous que des insultes à balancer à leurs porteurs, ayez la gentillesse d'adapter à mon réel statut. Je suis Siartt, c'est tout !

– À vous entendre, on dirait que Siartt fait à peine figure de lot de consolation, observa Orest. Je vous rappelle que les Siartt font partie des plus vieilles familles nobles du royaume. Comme le disait Allian, votre avenir ne s'annonce pas si mal…

– Orest, je suis Siartt par adoption. Et au point où j'en suis, je ne suis même pas sûre de pouvoir encore porter le titre.

– Allons donc, et pourquoi ?

– Parce qu'à cause de Madael, j'ai quitté Siartt de ma propre initiative. Aucune fille raisonnable n'aurait fait une telle chose. Vous, pour reprendre le cours de votre vie, vous avez tout un champ de possibles à considérer. Mon seul choix sensé serait, à moi, de rentrer à l'écurie… où de toute façon on ne me laissera pas rentrer.

Orest secoua la tête.

– Je ne pense pas : vous représentez le stock de sang royal de toute une dynastie. Vous avez vu à quel point vos parents étaient prêts à vous épauler pour retrouver l'île ? Que vous ayez échoué ou non ne leur importera guère… Je vous garantis que vous allez retrouver votre vie d'avant sans le moindre problème. Comme s'il ne s'était rien passé – et ça vaudra beaucoup mieux pour vous.

Les paroles d'Orest lui firent l'effet d'une gifle. Elle leva les yeux vers le jeune homme, totalement incrédule. Il lui livrait, très calmement, un avenir taillé sur mesure, comme si le choix s'imposait de lui-même… sans envisager qu'elle puisse décider autre chose.

– Pour moi, bégaya-t-elle… pour moi ! Alors puisque la quête n'a pas abouti, vous n'avez plus la case reine et vous me rangez sur la même étagère qu'avant, c'est ça ? Orest, le grand esprit de notre temps, sait sans doute mieux que moi pour quelle vie je suis faite et à quel décor m'assortir ?

– Que voulez-vous que je dise d'autre ? rétorqua Orest d'un ton agressif. Notre quête était un contrat. Ni plus, ni moins. Et ce contrat bouclé, je me dois de vous rendre à votre vie d'avant, c'est le moins que je puisse faire…

– Oui, et ajoutez aussi « paquet fragile », là, tout de suite, je me reconnaîtrais mieux ! Orest, comment pouvez-vous imaginer que cette quête ne soit pour moi qu'une parenthèse que je puisse refermer « comme s'il ne s'était rien passé » ? Non… les choses ne sont pas aussi simples. Pas pour moi du moins.

Du doigt, elle fit tournoyer sa chope sur la table, étreinte par un sentiment d'égarement complet.

– C'est… c'est peut-être ainsi que vous voyez les choses. Tout compte fait, j'en sais très peu sur votre façon de vivre. C'est sans doute plus facile lorsqu'on n'a pas d'attaches… vous allez passer à autre chose, superposer une vie nouvelle sur celle-là, et encore une… Mais moi, si je revenais à Siartt, je n'y trouverais plus ma place. Ce serait comme essayer de rentrer dans un moule qui n'est plus à ma taille. Et…

Elle fit silence, s'attardant malgré elle sur le visage d'Orest. Ce n'était pas le genre de visage qu'on se plaisait ordinairement à contempler, mais pour elle il était unique, frappé par le sceau d'une volonté et d'une force qui dépassait de loin le trompe-l'œil de la simple beauté.

– Je me souviens, dit-elle, de la première fois où je vous ai vraiment observé. Vous aviez des traits durs, fermés, un vrai mur… exactement comme en cet instant. Plus on vous regarde, et plus vous vous verrouillez. Vous n'aimez pas qu'on vous perce à jour, vous opposez une résistance que je n'ai vue nulle part ailleurs. Et pourtant c'est votre visage que j'aime, votre personne tout entière et votre caractère de cochon. Ne me demandez pas de retourner à Siartt. Siartt est un lieu du passé, et j'ai plus besoin de vous que d'un endroit où vivre.

Orest la regarda et le silence s'abattit sur leur table. Éclairée par les bougies, la chevelure de My captait toute la lumière. La chevelure et la peau pâle, trop pure. Mais c'étaient les yeux qu'il voyait avant toute chose, ces prunelles bleues avec l'âme au bord des paupières, qui ne cillaient pas et ne se détournaient pas des siennes.

– Ne dites pas ça.

Comme à son habitude, il avait parlé sèchement. Il n'avait pas pu s'en empêcher. Elle l'atteignait en plein cœur, dans une zone qu'il n'avait jamais bien connue, et il sentait sa carapace se transpercer, il se sentait se défaire. Il refusait que quiconque ait ce pouvoir sur lui. Et My encore moins. Surtout pas My.

– Écoutez… vous orientez votre avenir sans voir au-delà d'une amourette de seize ans. Vous ne savez pas à quelle vie ce choix vous livre, vous…

Il s'arrêta. De l'autre côté de la table, My le regardait fixement, toute droite sur sa chaise, avec des yeux immenses. Menue et désemparée comme une petite fille – une petite fille avec un regard d'adulte. Elle l'avait atteint en plein cœur ; il la blessait, lui, incapable de faire autre chose que ce dont il avait l'habitude : attaquer, se défendre.

– Je ne sais pas, répéta My d'une voix tremblante. Je ne sais pas. Très bien. J'ai seize ans seulement, c'est vrai. Et vous, vous en avez combien ? Quarante-six ?

– Là n'est pas la question, My, et vous…

– Si ! Si, la question est là et nulle part ailleurs ! Vous êtes orgueilleux, Orest. Terriblement orgueilleux et c'est pour cette raison que vous vous dérobez. Je viens déranger votre précieuse liberté, c'est cela ? Encore mieux, je vous demande de réagir en être humain et c'est encore pire ? Mais, avant d'être un tueur, vous êtes un homme et vous êtes capable d'actes bons, vous l'avez prouvé quand vous m'avez sauvée. Vous le savez, alors pourquoi ne l'acceptez-vous pas ?

Il y avait plus que de la confiance dans ces paroles. Il y découvrait une foi sans bornes, vibrante, obstinée, qui n'avait plus seize ni quarante-six ans. Interdit, il dévisagea la jeune fille, son visage résolu, et soudain, la voir plongée dans les vapeurs d'alcool et la beuverie qui battait son plein lui fut insupportable. Il repoussa sa chaise.

– Je voudrais que vous réalisiez quelques vérités une fois pour toutes. Venez.

My derrière lui, il traversa la salle et sortit. L'air nocturne remplaça la fumée, emplissant leurs poumons d'un souffle neuf. Une nuit sans nuages, belle et limpide. Les rues étaient lavées par le frais nocturne, avec leurs ombres soigneusement parquées à leur place. Mais ce n'était pas cela qu'il voulait lui montrer. La jeune fille silencieuse à ses côtés, il passa son chemin sans s'arrêter et quitta le village. Le paysage se vida, empli seulement du ciel et d'Olrante qui s'étendait en contrebas, noire et scintillante.

– Vous voyez ce panorama ? Regardez bien. De tous vos yeux. Pur et libre, dénué de toute présence humaine… Il est comme les Bois. Comme les Vallons et comme votre Siartt, je présume. Vous n'en avez pas conscience, parce que ce genre de lieu a bercé votre quotidien pendant des années, mais on en trouve très peu. Me suivre équivaudrait à les abandonner définitivement.

Orest se tourna vers elle. Un air grave avait remplacé son âpreté.

– Avez-vous la moindre idée de ce qu'est une vie d'assassin en comparaison ? Il n'y a pas de pelouse verdoyante là où je vis. Seulement la ville, et sous son pire aspect. Vous êtes prête à endurer des nuits dehors et à faire des faubourgs votre unique lieu de vie ? Dans une ville, les quartiers mal famés permettent aux errants d'éviter la prison ou l'expulsion, mais le mal y pulse partout et il n'épargne personne. Je ne veux pas vous voir là-dedans. Vous êtes une Darcer, vous méritez tellement plus…

Un ouragan d'émotions contradictoires traversa My de part en part. L'enfer des faubourgs rejaillissait tout à coup, qu'elle n'avait fait qu'entrevoir à Liett.

Refusant de se remémorer davantage, elle secoua doucement la tête.

– Qu'importe mon lignage, Orest, le trésor disparu, il ne signifie plus rien… Vous voulez coûte que coûte m'identifier à Siartt et à tous ces hauts lieux, mais ne voyez-vous pas que j'y ai grandi par pure chance ?

Elle eut un pauvre sourire.

– Je ne sais qu'une seule chose de mes ancêtres : hormis leur don, rien ne les distinguait de leurs sujets. Moi-même je ne suis guère différente… Une comtesse de pacotille. Une princesse sans couronne… suis-je assez bas, à présent, pour m'estimer digne de vous ?

Sans lui laisser le temps de répliquer, My prit doucement le visage du jeune homme entre ses mains. L'angle aigu des mâchoires s'enfonça dans ses paumes.

– Et, si vous m'enfermez à Siartt, Orest, vous vous claquemurez vous-même dans ces faubourgs, comme si notre vie ne passait que par les guildes. Mais vous valez plus que cela, plus que ce statut que vous n'avez pas choisi. Si tant de gens parviennent à vivre sans meurtre et sans trône, ne pensez-vous pas qu'à deux, nous serons capables de trouver notre place ?

Les doigts serrés sur son cou, elle se hissa sur la pointe des pieds et l'attira à elle. Elle redoutait qu'il s'en aille, figeant sur place son amour qui demandait tout et qui n'exigeait rien. Obstiné et fragile. À cet instant, elle en était l'image. Orest referma ses mains sur les siennes et, un à un, desserra ses doigts crispés. Les bras de la jeune fille redevinrent souples, enlacés autour des épaules de l'assassin. Entre le don et l'abandon, la nuance était progressivement plus floue, inexistante soudain quand elle se retrouva serrée contre le jeune homme. Les lèvres d'Orest se refermèrent sur les siennes. Tout à coup, il était penché sur elle, et l'embrassait avec une passion violente, lèvres dures contre sa bouche qui la buvaient, la mordaient sans retenue et sans délicatesse. Il n'y avait eu aucune hésitation, réelle ou feinte, pas une trace de ces méthodes d'approche dont elle avait l'habitude. Elle répondit avec fièvre, sans prendre le temps de réfléchir. Il ne s'agissait pas là d'un baiser, ce mot aux sonorités tendres capable de relier deux personnes, qui autrefois avait glissé de ses lèvres à d'autres : Orest chargeait le sien d'un sens qui lui ôtait sa douceur. Ses lèvres parcouraient tout son visage, marquant la peau au front, dans le creux du cou, et plus elle sentait son étreinte se refermer sur elle, plus elle prenait conscience de s'offrir à quelqu'un d'aussi indifférent aux conventions d'usage qu'elle en était pétrie jusque-là pleine de l'assurance que même en amour, il y avait des règles…

Fermant les yeux, elle enserra à nouveau entre ses mains le visage d'Orest. Elle n'avait pas besoin de la lune pour voir dans la pénombre son visage qu'elle connaissait par cœur, et que ses doigts, suivant les traits, recomposaient d'instinct. Elle le touchait enfin, et c'était un soulagement autant qu'un heurt. Les bras de l'assassin desserrèrent lentement leur emprise, la nouant dans une étreinte plus souple, qui abandonnait toute violence. Le cœur battant, elle sentit ses mains passer dans son dos, le caressant jusqu'à la nuque d'un long appui tendre. Elles s'emmêlèrent un moment dans les cheveux fous du cou puis entourèrent sa taille. Si frêle qu'elles donnaient l'impression de pouvoir se rejoindre en serrant un peu plus. Dans ses bras, My était une réalité plus tangible, mais si dangereusement fragile…

Une torsion des mains l'aurait déchirée comme une figurine de papier. Il redoutait de la briser, et n'aspirait qu'à l'engloutir.

Comme en écho, les mains de My se déposèrent sur lui. Deux petites mains très pâles sur le noir du vêtement. Même dans les ténèbres, il les voyait encore. Caressant sa poitrine ou son dos avec tendresse. Les os, les côtes affleuraient sous ses doigts, comme autant d'épines et de dernières défenses. Une résistance qui ne l'arrêtait pas. Elle avait l'impression d'étreindre le jeune homme tout entier, son corps trop maigre et toute son âme avec : cet ensemble en furie, qui la perçait au cœur.

Le souffle d'Orest se nicha dans son cou. Plus intime, plus profond. Dans un bruissement ténu, elle sentit la soie glisser lentement de ses épaules et, s'enfonçant dans les ombres, l'azur de sa robe s'éteignit petit à petit.

ÉPILOGUE

Quand il regarde les flots, l'eau semble filer sous la barque. L'esquif brise les ridules et les écarte au loin, la mer se plisse comme un tissu léger, qui se déchire, qui se refait. Bouleversement sans conséquence, puisque ici, tout est changement.

Il plonge dans les reflets vifs ou profonds, jamais les mêmes ; il s'y perd, et il s'y noie. Il n'est plus grand-chose au milieu des vagues. L'incessant ondoiement de la surface le ballotte comme un bouchon, il n'y a pas à résister, il n'y a qu'à se laisser faire… L'oubli est si tentant. Oui, lâcher prise pour une fois, cesser d'être homme, d'espérer et de se battre. La mort est à portée de main. Elle rampe contre la barque, mais encore faut-il accepter de se pencher vers elle, et de tomber, une dernière fois. Courage ? Faiblesse ?… Il ne l'a pas.

Son poing serre encore les quelques objets qui lui restent. Contact pointu, comme des canines usées. Il ouvre la main et les regarde avec dégoût. Il l'a trop vu, ce maigre butin, terne à la lumière du jour, à la couleur de ses désillusions : vieil or et pierres éteintes. Il n'y a qu'une gemme qui brille un peu plus fort, d'un joli rouge aux accents dorés. C'est la seule dont il soit sûr de ne pouvoir rien tirer. On la trouve partout, cette pierre semi-précieuse, cette Tinàthien dont la beauté s'offre le luxe de n'avoir aucune valeur…

Dans une myriade d'éclaboussures, les objets, les uns après les autres, heurtent la surface de la mer.

Immobile, Allian regarde les reflets se recomposer par-dessus les vides. Rien ne pouvait lui apprendre que la Tinàthien qui disparaissait sous l'eau, son éclat rouge virant au métallique, renfermait en secret l'unique héritage de toute une dynastie.

À découvrir dans le tome 2...
L'Allégeance

1. Le Sanreth

Pour la centième fois, la Reine Welfendà s'arrêta face à l'aigle, fascinée par le cadavre.

L'oiseau gisait sur la table, les ailes en croix, plusieurs plumes manquantes. Majestueux jusque dans la mort. Et immense à tel point que ses ailes couvraient toute la largeur de la table ovale, autour de laquelle Welfendà réunissait habituellement ses conseillers. En ce jour, il n'y avait qu'elle dans la salle ; elle et le cadavre, qu'on lui avait remis depuis déjà longtemps et dont elle ne pouvait se résoudre à se débarrasser.

La Reine dégagea doucement l'une des pattes. Un anneau d'or y brillait, et à la pâle lumière du dehors, elle distinguait un symbole gravé dans le métal. Ce symbole qu'elle ne connaissait que trop bien : c'était celui de sa propre volière, bâtie sur les flancs du massif de l'Arlant qui protégeait sa vie et celle de ses ancêtres depuis toujours. L'aigle était revenue mourir à ses portes.

Elle repoussa la serre. L'aigle bougea légèrement lorsque sa patte retomba, agitant son corps dans un simulacre de vie.

À l'intérieur de la salle, la température était glaciale. L'odeur de décomposition se perdait dans les courants d'air qui, entrant par la fenêtre ouverte, venaient balayer les lieux. Grâce au froid, Welfendà avait réussi à conserver le cadavre plus longtemps que nécessaire. L'aigle incarnait le décompte de ses heures ou des jours qui lui restaient à attendre, avant qu'enfin, on lui amène l'homme. Chaque seconde qui s'écoulait, inutile et figée dans cette salle, lui donnait l'impression de compter pour dix.

Une nouvelle brise s'engouffra par la fenêtre, faisant frissonner le plumage de l'oiseau. Welfendà, elle, ne trembla pas. Froid et pierre : elle s'y était habituée dès sa plus tendre enfance. Quiconque vivait au Daj'Arlant devait composer avec eux, apprendre à les aimer, sous peine qu'ils fassent de son existence un enfer permanent : nul vitrail sur les fenêtres du palais du Daj, nul volet. Construit à l'intérieur de la plus haute montagne du massif, il conservait au fil des siècles son caractère troglodytique, jusqu'à l'extrême. Pour les Déléaniens, le Daj'Arlant n'était ni un massif, ni une forteresse, mais l'union indissociable des deux.

Contournant la table, la silhouette épaisse de la Reine se dirigea vers la fenêtre, ses longs cheveux pesant dans son dos. Ils étaient tressés en un entrelacs complexe, alourdis de bijoux et de fils d'or qui indiquaient son rang plus sûrement qu'une couronne. En Déléane, une Reine ne se coupait pas les cheveux, c'était là son privilège et son fardeau. Elle le pouvait seulement à partir du moment où son aîné, à l'âge de quinze ans, avait le droit de revendiquer le trône. Mais Welfendà n'avait plus d'enfants.